LAUINGER VERLAG

Das Buch

Leo stellt keine Bedrohung mehr für das Leben von Lara und Logen dar. Die Hochzeitsvorbereitungen der beiden sind in vollem Gange. Alles ist genau so wie Lara es sich immer erträumt hat. Doch der Gedanke wie eine Zukunft mit Logan sein könnte, lässt Lara nicht mehr los. Sie möchte ihm nicht nur dieses eine menschliche Leben schenken. Um jeden Preis will sie die Ewigkeit mit ihm verbringen.
Erst als es schon fast zu spät ist, wird ihr schmerzlich bewusst, was sie dafür opfern muss – ihr gesamtes bisheriges Leben . . .
Altersempfehlung: ab 13 Jahren

Die Autorin

Katrin Gindele wurde in Sachsen-Anhalt geboren und liebte schon als Kind Erzählungen aus anderen Welten. Sie ahnte damals schon, dass sie eines Tages selbst Geschichten schreiben würde. Vor acht Jahren hat sie sich dann ganz auf Fantasy spezialisiert, 2015 erschien ihr erster Roman „Cold Fire" bei Der Kleine Buch Verlag. Mit dem Reihenauftakt konnte sie bereits Erfolge beim »The Beauty and the Book«-Award feiern, wo sie es mit »Cold Fire« unter die Top 5 der schönsten Buchcover schaffte. Der zweite Teil „Frozen Fire" erschien 2016 im Lauinger Verlag. Im November 2017 erschien eine Anthologie beim Tagträumer Verlag, mit einer Kurzgeschichte der Autorin. 2018 erscheint „Die Seelenkrieger Chronik", der Auftakt einer neuen Reihe, im Tagträumer Verlag.
Eternal Fire ist der letzte Teil der beliebten Urban-Fantasy-Trilogie. Mehr Infos über die Cold Fire-Trilogie finden Sie unter: facebook.com/coldfiretrilogie

KATRIN GINDELE

ETERNAL FIRE

Wächter der Illusion

FANTASYROMAN

LAUINGER VERLAG

Die deutsche Nationalbibliothek verzeichnet diese Publikation in der Deutschen Nationalbibliografie; detaillierte bibliografische Daten sind im Internet unter www.dnb.de abrufbar.

Projektmanagement, Umschlaggestaltung, Satz & Layou: Sonia Lauinger
Lektorat & Korrektorat: Franziska Morgenstern, Vanessa Gantner, Julia Horn
Coverdesign: Anna Hein, www.fuchsiasweltenecho.de
Druck: Bookpress, Polen

ISBN: 978-3-7650-9126-1

Dieser Titel erscheint auch als E-Book:
ISBN: 978-3-7650-9127-8

www.lauinger-verlag.de
www.derkleinebuchverlag.de
www.facebook.com/DerKleineBuchVerlag

Entscheide dich,
zwischen einem einzigen Leben für die ewige Liebe
oder einem ewigen Leben für die einzige Liebe.
Wähle mit Bedacht!

FÜR JOANA
Möge die Fantasie deine Welt
auf ewig beflügeln

PROLOG

SCHLECHTE NACHRICHTEN

»Wir sind wieder da!«
Erschöpft, aber zufrieden ließ ich meinen Rucksack auf den Boden gleiten und schaute mich in der Eingangshalle um.
»Das wurde auch langsam mal Zeit«, sagte Jean lächelnd, als sie aus dem Wohnzimmer kam. »Das College beginnt in zwei Tagen. Ich dachte schon, du spielst mit dem Gedanken, für immer dort zubleiben.«
Ich erwiderte ihre feste Umarmung. »So schön wie Neuseeland auch ist, zu Hause ist es immer noch am schönsten. Außerdem hat Danny nächste Woche Geburtstag.«
Jean trat einen Schritt zurück und musterte mich aufmerksam. »Der Urlaub hat dir wirklich gutgetan«, meinte sie. »Du siehst erholt aus, Lara.«
»Die Landschaft ist der helle Wahnsinn«, nickte ich. »Noch nie habe ich so viele grüne Hügel gesehen.«
Als ich Jean in die Küche folgte, entdeckte ich auf der Bar zwei Dosen Cola. »Setz dich«, bat Jean. Ihre Stimme war ruhig, aber dennoch hatte ich das Gefühl, dass etwas nicht stimmte.
»Was ist los? Gibt es Probleme?«
Jean spähte an mir vorbei in die Eingangshalle.
»Du sollst sofort in den Buchladen kommen«, sagte sie, als sie Logan dort entdeckte.
»Ich freue mich auch, dich zu sehen«, gab er grinsend zurück und schlug wie geheißen den Weg zum Buchladen ein.
Ich kannte meine Freundin gut genug, um zu wissen, dass sie etwas auf dem Herzen hatte.
»Erinnerst du dich an das Gespräch im Buchladen, welches wir belauscht haben?«, begann Jean zögernd.
Ich nickte und mich beschlich ein ungutes Gefühl. Jean erzählte mir von dem Gespräch mit Romy und Anna und von dem

Verdacht, den beide gegen Arek hegten. Immer wieder betonte sie, dass ich mir keine Sorgen zu machen brauchte, denn Romy und Anna würden sich darum kümmern. Na klar, dachte ich. Keine Sorgen machen. Sie musste ja auch nicht blöd herumsitzen und die Arbeit mal wieder jemand anderem überlassen.

»Mache dich nicht verrückt«, sagte Jean und lächelte ein wenig. »Deine Hochzeit ist im März. Bis dahin ist noch reichlich Zeit, um das Problem aus der Welt zu schaffen.«

Mühsam hob ich den Kopf.

»Wird das jemals aufhören, Jean? Wird es irgendwann mal eine Zeit geben, in der mich keiner mehr aus dem Weg räumen will?« Einen Moment lang schauten wir uns schweigend an. »Was ist mit Logan?«, fragte ich schließlich. »Muss er davon erfahren?«

Jean warf einen Blick in die Eingangshalle, um sich zu vergewissern, dass wir allein waren. »Ich konnte Anna nach einer längeren Diskussion vom Gegenteil überzeugen. Sie berichtet ihm vorerst noch nicht von dem Befehl, den Leo bei Arek hinterlassen hat. Sonst hätten wir innerhalb weniger Stunden die gleichen Vorsichtsmaßnahmen am Hals, wie zuvor auch schon bei Leo. Ich finde, so etwas ist im Augenblick noch nicht nötig.«

Wow. Ich musste schmunzeln. »Du bist ja ausnahmsweise mal auf meiner Seite.«

Jean rümpfte die Nase. »Immerhin bin ich dein Secutor und wenn es nur darum ginge, sollte ich zu jeder Zeit auf deiner Seite stehen.«

»Die Hochzeit ist im März«, sagte ich nachdenklich. »Wenn Arek die Hochzeit verhindern will, indem er mir etwas antut, dann bleiben uns bis dahin noch ein paar Monate. Ich konzentriere mich jetzt lieber auf das College und alles andere können wir besprechen, wenn es soweit ist.«

In Wirklichkeit ging es mir gar nicht um das College. Meine Ausrede war nichts weiter als reiner Selbstschutz.

Ich konnte und wollte in diesem Moment nicht weiter über Arek nachdenken. Gerade erst hatte ich mich an meine neugewonnene Freiheit und an ein Leben ohne Angst gewöhnt. Und mit einem Schlag, durch eine einzige Unterhaltung, wurde alles wieder zunichtegemacht.

Nur ein Unfall?

Ich stand im Buchladen und beobachtete die Menschen auf der gegenüberliegenden Straßenseite durch die Glasscheibe. Einige von ihnen hatten es ziemlich eilig. Voll bepackt mit Tüten und allerlei bunten Päckchen spurteten sie zwischen den parkenden Autos hindurch und rannten in die nächsten Geschäfte. In den letzten Wochen war ich so damit beschäftigt gewesen, mich auf andere Gedanken zu bringen, dass mir die buntgeschmückten Schaufenster beinahe entgangen waren. Leo, der Secutor, der mir eine halbe Ewigkeit lang nachgestellt hatte, war nun tot. Doch sein Vermächtnis war umso lebendiger. Es kam mir so vor, als würde mich Leo in meinen Träumen noch immer verfolgen. Er war ein Gefallener, so hatte Sam ihn genannt, ein Secutor, der nicht mehr das tat, wofür er bestimmt war – dem Menschen beizustehen, für den er ausgesucht wurde. Stattdessen hatte er sich in den Kopf gesetzt, mich zu verfolgen, um sich mit meiner Hilfe an Logan zu rächen.
Tagsüber versuchte ich mich abzulenken. Ich verbrachte so viel Zeit wie möglich mit Logan, Jean und meiner Familie, damit ich nicht darüber nachdenken musste, was in der Dunkelheit auf mich lauerte.
Als schließlich die Straßenbeleuchtung eingeschaltet wurde, entdeckte ich den kleinen weißen Flaum, der als dicker Teppich vom Himmel fiel. »Jean, es schneit!«
Meine Freundin kam ans Fenster und lugte durch die Scheibe. »Der erste Schnee ist immer etwas Besonderes«, hauchte sie

mit leuchtenden Augen. »Findest du nicht auch?«
»Doch, schon«, pflichtete ich ihr bei. Erst viel später würde mir wieder einfallen, dass ich mit dem weißen Zeug eigentlich auf Kriegsfuß stand. »Meinst du, der bleibt schon liegen?«, fragte ich gedankenverloren.
»Nun ja.« Jean spähte nach draußen. »Möglich wäre es, immerhin haben wir November. In nicht einmal vier Wochen ist Weihnachten.«
»Ich habe noch gar keine Geschenke«, fiel mir ein.
Jean kicherte leise und sagte: »Du hast noch genügend Zeit, um deine Geschenke zu besorgen. Wir könnten nächste Woche ins Einkaufszentrum fahren, wenn du willst.«
In Gedanken zählte ich jede einzelne Flocke, die gegen die Scheibe wehte. »Ja, gut«, sagte ich, mehr zu mir selbst.
Obwohl ich mir geschworen hatte, nicht mehr darüber nachzudenken, blieb die Sache mit Arek stets in meinem Kopf und sorgte dafür, dass ich kaum bei der Sache war. Doch dann wurde mir schlagartig bewusst, dass es mein erstes Weihnachtsfest mit Logan sein wird.
»Wie verbringt ihr eigentlich die Feiertage?«, fragte ich Jean ganz vorsichtig. Wurde überhaupt gefeiert?
Meine Freundin wechselte einen Blick mit Adelheid, dann zuckte sie die Schultern. »Am 24. Dezember gibt es immer irgendwo eine Party. Beinahe jeder Auftrag möchte an diesem Abend den besten Freund oder die beste Freundin dabeihaben. Danach sind wir unter uns. Wir wahren natürlich den Schein und schmücken unsere Fenster und Gärten. Das genügt völlig.«
Ich seufzte leise. »Also wird nicht gefeiert. Ihr tut nur so.«
»Möchtest du denn feiern?«, wollte Jean plötzlich wissen. Ohne meine Antwort abzuwarten wirbelte sie herum und wandte sich an Adelheid. »Was meinst du, Adelheid? Gibt es dieses Jahr bei uns vielleicht auch ein richtiges Weihnachtsfest?«
»So war das nicht gemeint«, warf ich hastig ein. Die Sache war mir höchst unangenehm. »Das war doch nur eine Frage, ich

wollte nichts durcheinanderbringen. Außerdem bin ich jedes Jahr bei den Jacksons, unseren Nachbarn. Sie geben eine große Party für Freunde und Bekannte.«

Ich vermied es, Logan anzusehen, der neben Adelheid saß und so tat, als müsse er sich um dringende Angelegenheiten kümmern. Doch ich wusste genau, dass er unser Gespräch aufmerksam verfolgte.

Jean schaute wieder zu mir und sah mich erwartungsvoll an. »Möchtest du in diesem Jahr wieder zu den Jacksons gehen?«

Logan hob den Kopf und schaute in meine Richtung, während ich überlegte.

»Nein. Ich glaube nicht. Aber es wäre schön, wenn ich am Weihnachtsmorgen Mom und Dad besuchen könnte. Danny wäre bestimmt sehr traurig, wenn er die Geschenke ohne mich aufmachen müsste.« Ich liebte es, ihm dabei zuzusehen, wie er sich durch Berge von Geschenkpapier wühlte.

»Mm.« Jean sah dabei sehr nachdenklich aus. Es dauerte einen Moment, bis ich begriff, dass Jean die ganze Zeit über mit Adelheid kommunizierte. Sie benutzten für ihr ›Gespräch‹ eine Illusion, natürlich konnte ich so nicht zuhören.

»Wir werden Weihnachten feiern!«, entschied Adelheid kurzerhand und strahlte mich an. »Mit einer großen Party und allen Freunden, die in der Nähe wohnen. Was hältst du davon, Lara?«

»Ihr müsst euch meinetwegen keine Umstände machen«, wiegelte ich hastig ab. »Ich komme auch ohne Party aus.«

Adelheid schien kurz darüber nachzudenken. Die Begeisterung für ihren Vorschlag blieb jedoch ungebremst. »Auch gut«, sagte sie nach einer Weile. »Dann also keine Party. Wir feiern im kleinen Kreis.«

Irgendwie hatte sie mich wohl falsch verstanden. »Ach, komm schon«, bettelte Jean. »Unser erstes gemeinsames Weihnachtsfest! Das wird bestimmt lustig.«

»Also gut«, gab ich nach, weil sie mich mit ihren großen Kulleraugen flehend anschaute.

»Aber wirklich nur ein ganz kleines Fest.«
Jean klatschte begeistert in die Hände. »Oh, Lara. Das wird super. Wir alle zusammen. Wie eine richtige Familie.«
Unweigerlich musste ich schmunzeln. Mir gefiel es außerordentlich gut, wenn Jean mich auf diese Weise anstrahlte. Wer konnte da noch nein sagen?
Adelheid sprang von ihrem Platz auf und fuchtelte mit beiden Händen wild in der Luft herum. »Wir brauchen Dekoration für die Wohnzimmer. Und einen Baum. Und natürlich Baumschmuck. Geschenke, wir brauchen Geschenke! Und ich muss mir noch überlegen, was ich zum Essen serviere.«
Nach einem tiefen Atemzug sagte sie: »Hat jemand von euch Megan und Betty gesehen?«
Kurz darauf stürmte Brenda in den Buchladen, als hätte sie der Blitz getroffen. »Was ist denn hier los?«, fragte sie sichtlich verdattert. »Deine Illusion war etwas fahrig, Adelheid. Was soll das bedeuten: Baum, Essen, Feier. Von welcher Feier reden wir überhaupt?«
Jean kicherte verhalten, als Adelheid genervt mit den Augen rollte. Das hatte sie noch nie gemacht.
»Leg endlich dein Strickzeug weg und hilf mir gefälligst«, fauchte sie Brenda an. »Lara will ein Weihnachtsfest und so wahr mir Gott helfe, sie bekommt ihr Weihnachtsfest!«
Brenda klappte die Kinnlade runter. »Soll das heißen, wir werden zusammen Weihnachten feiern? Mit allem, was dazugehört?«
Die gleiche Begeisterung, die ich zuvor auch schon bei Jean und Adelheid entdeckt hatte, schwappte nun ungebremst auf Brenda über.
»Oh, wie schön«, hauchte sie und spurtete um den Tisch herum. »Hast du auch an die Beleuchtung und den Baumschmuck gedacht? Ich schätze, wir brauchen ungefähr…«
Puh. Verlegen senkte ich den Blick und starrte auf meine Schuhe. Da hatte ich ja was losgetreten.
»Ihr könntet Illusionen benutzen«, schlug ich vor. »Mir würde

es bestimmt nichts ausmachen. Ich bemerke doch sowieso keinen Unterschied zwischen einem echten und einem ›falschen‹ Weihnachtsbaum.«
Adelheid starrte mich entrüstet an. »Das kommt gar nicht in Frage! Wenn wir schon feiern, dann richtig!«
Ihre Worte ließen keinen Widerspruch zu. Und ihr Blick erst recht nicht. Freundlich, aber definitiv zu allem entschlossen. Ein wenig irritiert von ihrer Hartnäckigkeit schaute ich beschämt zu Boden.
Wenig später verließ Adelheid in Begleitung von Brenda den Buchladen. »Ich denke, sie wird es übertreiben«, sagte ich und seufzte leise.
Jean grinste. »Oh ja. Das wird sie. Aber weißt du was?« Ihre Augen strahlten. »Ich kann es kaum erwarten.«

Am Montag in der Mittagspause fehlte jede Spur von Logan. War er den gesamten Vormittag nicht von meiner Seite gewichen, so schien er seit einigen Minuten wie vom Erdboden verschluckt zu sein. Während ich lustlos in meinem Essen herumstocherte, starrte ich gebannt auf den Eingang und versuchte mir vorzustellen, was ihn aufgehalten haben könnte.
»Lara?« Widerwillig löste ich meinen Blick von der Tür. »Was ist los?«, wollte Megan wissen, die soeben mit Debra an den Tisch kam.
»Du weißt nicht zufällig, wo Logan ist?«, fragte ich hoffnungsvoll. Es war untypisch für ihn, einfach so zu verschwinden.
Megan zuckte mit den Schultern, während ihr wachsamer Blick durch die Cafeteria schweifte. »Mm. Dean und Kevin fehlen ebenfalls. Das ist in der Tat sehr merkwürdig.«

»Merkwürdig?«, hakte ich skeptisch geworden nach. »Warum findest du das merkwürdig?«
Megan antwortete nicht. Lustlos stocherte sie in ihrem Essen herum. Ich schloss meine Augen vor den Gefühlen, die mich

erfassten. Ob Logan in Bezug auf Arek etwas ahnte? War er deshalb nicht da? Mühsam ignorierte ich das träge Geplauder um mich herum und konzertierte mich stattdessen lieber auf mein Essen. Wenn es tatsächlich so war und Logan zusammen mit den anderen Jungs unterwegs war, um Antworten zu suchen, dann würde ich noch früh genug davon erfahren.

Jean und ich waren einige Tage später gerade auf dem Weg ins Shoppingcenter. Während der Fahrt unterhielt sie mich mit kleinen Geschichten und erzählte mir etwas über alte Traditionen und darüber, wie die Menschen in anderen Ländern die Feiertage verbrachten.

Um dem Feierabendverkehr aus dem Weg zu gehen, wollte ich diesmal einen anderen Weg nehmen. Mein Jeep hatte einen Allradantrieb und meisterte die kleine leicht vereiste Gebirgsstraße ohne größere Anstrengungen. Als die Straße schmaler und kurviger wurde, nahm ich sicherheitshalber den Fuß vom Gas. Selbst im Sommer durfte ich an dieser Stelle nicht allzu schnell fahren, wenn ich unbeschadet im Tal ankommen wollte. Normalerweise war das auch kein Problem, doch diesmal wurde mein Jeep schneller und nicht langsamer. Ich versuchte es erneut und trat auf die Bremse. Doch nichts passierte.

Jean unterbrach ihren Redeschwall und spähte zu mir hinüber. »Lara? Ich möchte dich wirklich nur ungern kritisieren, aber bei diesem Wetter solltest du vielleicht ein bisschen langsamer fahren.«

Meine Finger krampften sich ums Lenkrad. »Was glaubst du, was ich hier die ganze Zeit versuche«, fauchte ich. »Irgendetwas stimmt nicht.«

Für mich wurde es immer schwerer, das Auto in der Spur zu halten. Mit einem Mal blinkten sämtliche Lichter auf dem Armaturenbrett auf.

»Was machen wir jetzt?«, fragte ich, mittlerweile etwas panischer, als die nächste Kurve vor uns auftauchte. Jean starrte wie gebannt durch die Windschutzscheibe. »Ich hole Hilfe«, sagte sie

und kniff die Augen zusammen.
Währenddessen umklammerte ich das Lenkrad so fest ich nur konnte. Die Kurve kam rasend schnell auf uns zu, dann drehten die Reifen durch und mein Jeep begann zu schlingern. Der Abstand zu den Leitplanken wurde erschreckend schnell kleiner.
»Gott steh uns bei«, kreischte Jean. »Wir müssen hier raus!«
Sie versuchte, meinen Gurt zu lösen, aber er klemmte. Jean gab sich wirklich alle Mühe. Selbst ihre übermenschlichen Kräfte reichten nicht aus. Mein Sicherheitsgurt ließ sich einfach nicht öffnen. Kurzentschlossen beugte sie sich zu mir herüber und griff ins Lenkrad, um den Jeep noch irgendwie in der Spur zu halten. Das konnte nicht verhindern, dass wir dem Abgrund immer näherkamen.
›Das überleben wir nicht!‹, schoss es mir unwillkürlich durch den Kopf. Zu mehr war ich nicht fähig. Kein anderer Gedanke drang in mein Bewusstsein. Es gab keine Bilder, die wie ein Film vor meinem inneren Auge abliefen, als der Jeep durch die erste Absperrung krachte. Da war nichts außer dem Gedanken, dass wir sterben würden.
Jean ließ das Lenkrad los, griff nach meiner Hand und drückte sie fest. »Ich bin bei dir«, flüsterte sie. Der Druck ihrer schmalen Finger wurde stärker. »Hab keine Angst, Lara. Alles wird gut.«
Selbst im Angesicht des Todes verrichtete mein Secutor seine Arbeit. Unerschrocken und furchtlos. Jean hätte sich aus dem Wagen befreien können, sie war stark und schnell. Ohne weiteres hätte sie ihre Kräfte nutzen können, um sich in Sicherheit zu bringen. Doch anstatt sich selbst zu retten, würde sie mit mir bereitwillig in den Tod gehen.
Wir hatten gerade die letzte Absperrung durchbrochen, als ich im Rückspiegel sah, wie sich ein undeutlicher Schatten an unsere Fersen heftete. Dunkle Raubtieraugen folgten uns.
Dann gab es plötzlich einen gewaltigen Ruck und mein Auto kam mit der Vorderachse über dem Abgrund zum Stehen. Beinahe zeitgleich löste sich mein Sicherheitsgurt und ich wurde

nach vorne geschleudert. Unsanft knallte ich mit dem Oberkörper gegen das Lenkrad. Zuerst vernahm ich ein seltsames Knacken, dann tanzten kleine Sterne vor meinen Augen. Etwas Warmes tropfte kurz darauf aus meiner Nase und sammelte sich zwischen meinen Lippen. Ein stechender Schmerz breitete sich rasend schnell in meinem Brustkorb aus und presste mir die Luft aus den Lungen.

»Holt sie raus«, schrie Jean. »Sie ist verletzt!«

Die Fahrertür wurde aufgerissen und das erschrockene Gesicht von Cole drängte sich ins Fahrzeuginnere. Zielstrebig griff er unter meine Beine und zog mich aus dem Auto. Undeutlich nahm ich die Gestalt wahr, die hinter meinem Auto verharrte. Mit rabenschwarzen Augen und hochkonzentriert hielt Logan den Jeep fest und zog ihn ganz langsam auf die Straße zurück. Kevin öffnete die Motorhaube, während Dean auf dem Boden kauerte und die Karosse mit fachmännischer Miene von unten inspizierte. Cole drückte mich fest an seine Brust.

»Herrgott nochmal!« Jean rannte um das Auto herum und ging auf Logan los. »Was hast du getan?«, brüllte sie ihn an. »Du verdammter Idiot hast ihr die Rippen gebrochen!«

Sie wirbelte zu mir herum, als ich husten musste und lächelte mich aufmunternd an. »Keine Angst, Lara. Das kriegen wir wieder hin.«

Ihre Stimme klang traurig. »Ganz ruhig. Nicht bewegen.«

Meine Augen huschten zu Logan. Mit geballten Fäusten stand er neben meinem Wagen und schaute mich bestürzt an.

»Das ist ganz allein deine Schuld«, zischte Jean und warf ihm einen bitterbösen Blick zu.

»Ich glaube, meine Nase ist gebrochen«, flüsterte ich. Und das Atmen wurde mehr und mehr zur Kraftprobe. Cole setzte mich behutsam auf die Decke, die Jean auf dem Boden ausgebreitet hatte und ehe sie etwas dagegen einwenden konnte, kniete Logan schon neben mir.

Sanft, beinahe ängstlich, legte er seine Finger an mein Gesicht und schloss die Augen. Seine kühlende Illusion strich über meine Haut und stoppte den unablässigen Blutfluss. Ich lächelte dankbar. Sprechen war zu schmerzhaft.

»Es tut mir so leid«, sagte er kaum hörbar und senkte den Blick.

Ich griff nach seiner Hand und versuchte zu lächeln.

»Wir sollten sie in ein Krankenhaus bringen«, schlug Cole vor.

Das war mein Stichwort. So gut ich dazu in der Lage war, versuchte ich den Schmerz zu unterdrücken und keuchte: »Kein Krankenhaus!«

Jean wollte protestieren, doch Logan war schneller. »Sie hat gesagt, kein Krankenhaus.« Dabei streckte er die Arme aus und hob mich hoch. »Ich bringe dich nach Hause, mein Engel.«

Seine funkelnden Augen streiften das erboste Gesicht meiner Freundin. »Oder willst du mich daran hindern, Wachhund?«

Jean verschränkte ihre Arme. »Ich weiß genau, was für sie am besten ist und ich sage, sie muss sofort ins Krankenhaus.«

Ich schüttelte fast unmerklich den Kopf, als mich sein Blick erneut streifte. Behutsam legte er die Decke um meine Schultern und wickelte mich darin ein.

Jean beobachtete ihn mit Adleraugen. »Meinetwegen«, sagte sie plötzlich. »Dann bring sie nach Hause. Aber wehe, wenn du nicht vorsichtig bist.«

Logan knurrte etwas Unverständliches, dann drehte er sich um und rannte mit mir auf dem Arm los. Obwohl die Bäume nur so an uns vorbeiflogen, gab er mir das Gefühl, mich in seinen Armen sicher und geborgen zu fühlen.

Ich konnte mich nicht mehr daran erinnern, wie ich ins Wohnzimmer gelangt war.

Jean hatte mir die ganze Zeit mit beruhigenden Worten zugeredet, aber ich hatte kaum etwas davon verstanden, weil ich noch gar nicht richtig wach war.

»Lara? Wie geht es dir?«, fragte sie. »Kannst du mir sagen, wie du dich fühlst?«

Das dumpfe Pochen hinter meinen Schläfen ließ merklich nach. »Ganz gut«, seufzte ich und rieb mir die Augen. Instinktiv tastete ich nach meiner gebrochenen Nase, doch ich konnte keinerlei Verletzung spüren.

»Habt ihr mich etwa schon wieder ruhiggestellt?«

Schmerzen hatte ich so gut wie keine mehr, allerdings fühlten sich meine Knochen ungewöhnlich steif an und das wiederum kam mir seltsam bekannt vor.

»Nun ja …« Jean lächelte ein wenig verlegen. »Das ließ sich leider nicht vermeiden. Du weißt sicher noch, wie unangenehm eine Heilung bei vollem Bewusstsein werden kann. Du warst schließlich dabei, als wir Sam behandelt haben.«

Die Erinnerung an sein schmerzverzerrtes Gesicht ließ mich zusammenzucken. »Schon gut. Lassen wir das.« Ich versuchte mich aufzurichten. »Wie lange habe ich geschlafen?«

»Eine ganze Weile«, gestand sie. »Wir mussten sichergehen, dass du wieder ganz hergestellt bist, ehe wir dich aufwachen lassen. Ich hoffe, du bist nicht böse auf mich.«

Mit einiger Anstrengung gelang es mir tatsächlich, mich aufzusetzen. »Sag mir einfach, welcher Tag heute ist«, forderte ich mit Nachdruck.

Eine böse Vorahnung überkam mich, als ich ihren reuevollen Gesichtsausdruck bemerkte. Jean setzte sich zu mir aufs Sofa und betrachtete mein Gesicht mir offenkundiger Sorge. »Aber werd' nicht sauer, o.k.? In fünf Tagen beginnen die Weihnachtsferien.«

Ich riss den Kopf hoch. »Was?!«

»Keine Sorge, ich habe mich um alles gekümmert. Du bist im College entschuldigt. Es ist alles in Ordnung, du musst dich nicht aufregen. Das ist nicht gut für dich.«

Wütend wehrte ich ihre Hand ab und sprang auf.

»Drei Wochen, Jean! Drei Wochen? Wie geht denn sowas? Habt ihr mich etwa an irgendwelche Maschinen angeschlossen, oder was habt ihr …« Mir wurde schwindlig.

»Ganz ruhig, Lara.« Jean griff mir unter die Arme. »Dein Körper muss sich erst wieder an die aufrechte Haltung gewöhnen.«
Sie beäugte mich skeptisch, als ich ihre Bemerkung mit einem Kopfschütteln wegwischte.
»Ihr könnt mich doch nicht einfach so drei Wochen lang außer Gefecht setzen. Das ist wirklich langsam nicht mehr witzig!«
Jeans Gesicht verdüsterte sich immer mehr. »Wir haben uns nach dir gerichtet, falls du das schon vergessen hast. Du hast gesagt, kein Krankenhaus, und obwohl ich damit nicht einverstanden war, habe ich deinen Wunsch respektiert.«
Sie erwiderte meinen düsteren Blick mit unnachgiebiger Härte. »Die Zeit deiner Genesung mag dir lang erscheinen, aber was glaubst du wohl, wie lange du mit diesen Verletzungen im Krankenhaus zugebracht hättest? Du kannst wirklich froh sein… «
Jean unterbrach ihren Redeschwall und drehte den Kopf ruckartig zur Hintertür.
Zögernd folgte ich ihrem Blick und fragte: »Wer ist da?«
Frustriert stöhnte sie auf. »Da ist niemand, Lara. Du sollst in die Garage kommen. Logan will dich sprechen. Ich habe ihm zwar mitgeteilt, dass du dafür noch zu schwach bist, aber er meinte, dass du das selbst entscheiden kannst.«
Irgendjemand stand draußen im Flur, da war ich mir sicher, und wartete darauf, dass ich den Raum verließ. Obgleich ich zu gerne gewusst hätte, was Jean vor mir zu verbergen versuchte, trottete ich in die Eingangshalle und machte mich von dort aus auf den Weg in die unterirdische Garage.
Logan kniete inmitten von herumliegenden Autoteilen auf dem Boden und warf ein Werkzeug nach dem anderen gegen die Wand.
»Was machst du da?«, fragte ich, als er sich langsam zu mir umdrehte. War das etwa der Motor? Konzentriert kniff ich die Augen zusammen, dann durchzuckte mich die Erleuchtung wie ein Blitz. »Ist das etwa mein Auto? Was!? Du hast meinen Jeep total auseinandergenommen?«

»Der Unfall ging nicht mit rechten Dingen zu«, sagte er versonnen. »Aber ich kann beim besten Willen keinen Hinweis darauf finden, warum deine Bremsen versagt haben und wieso der Airbag nicht funktioniert hat.«

Er beugte sich vor und griff nach einem Tuch, um sich die Hände abzuwischen. »Doch eins ist sicher. Das war kein Zufall.«

Ich überlegte, ob Arek mit der Sache etwas zu tun haben könnte. Ich verdrängte meine Gedanken an Arek und fragte: »Ähm. Hast du überhaupt schon einmal ein Auto auseinandergenommen und dann wieder zusammengesetzt?«

Die Frage war durchaus berechtigt, wie ich fand. Logan richtete sich auf. »Nun … nein. Aber bekanntlich gibt es für alles ein erstes Mal, nicht wahr?«

»Aber du hast dir hoffentlich gemerkt, wo welches Teil hingehört?«

Logan warf mir einen belustigten Blick zu. »Sei unbesorgt, Lara. Ich mache das schon.«.

»Vergiss bloß keine Teile«, mahnte ich vorsorglich. »Das könnte ziemlich unangenehm werden.«

Logan nickte grinsend und machte sich sogleich an die Arbeit. Direkt vor meinen Augen setzte er meinen Jeep in einer unglaublichen Geschwindigkeit zusammen. Das Ganze dauerte kaum mehr als eine halbe Stunde.

»Fertig.«

Er setzte sich hinters Lenkrad und startete den Wagen. »Traust du mir denn gar nichts zu, mein skeptischer Engel?«

Der Jeep schnurrte wie ein zufriedenes Kätzchen. Uff. Mit akribischer Sorgfalt inspizierte ich den Jeep. Letztendlich musste ich mich geschlagen geben.

»Dann steht unserem Einkaufsbummel ja nichts mehr im Weg. Durch den Unfall habe ich leider immer noch keine Geschenke, wie du weißt, und langsam wird die Zeit knapp.«

Drei Wochen. Einfach ausgelöscht. Ich würde alle Mühe haben, die verlorene Zeit aufzuholen.

»Kommt nicht infrage!«
Logan stieg aus dem Jeep und baute sich vor mir auf.
»Und warum nicht?«, fragte ich. »Du hast doch eben noch gesagt, dass mein Jeep fertig ist.«
Missmutig knabberte ich an meiner Unterlippe, um meine herbe Enttäuschung zu verbergen.
»Deinem Jeep fehlt nichts«, lenkte Logan ein, als er meinen zerknirschten Gesichtsausdruck bemerkte. »Aber in deinem Zustand wirst du auf keinen Fall zum Einkaufen fahren.«
»In welchem Zustand denn?« Nun verstand ich gar nichts mehr. »Ich denke, ich bin vollständig genesen? Bin ich nun gesund oder nicht?«
»Du brauchst noch ein wenig Ruhe«, brauste Logan unerwartet auf.
Ich funkelte ihn böse an, denn ich kannte seinen unverhofften Stimmungswechsel nur allzu gut. »Brauche ich nicht. Ich fühle mich sehr gut.«
Logan knirschte mit den Zähnen.
»Wir bleiben auch nicht lange«, versuchte ich ihn umzustimmen. »Und ich verspreche dir, ganz vorsichtig zu fahren.«
Seine Augen wurden schmal. »Lieber nicht«, sagte er mit dieser seltsamen bedrohlichen Samtstimme. »Mir wäre wohler zumute, wenn du nicht gehst.«
Ich überlegte, ob ich betteln sollte, aber ich wusste, das würde nichts bringen. Also musste eine Alternative her. »Ich könnte ja Romy und Anna fragen, ob sie mich begleiten wollen. Notfalls können sie mich zum Auto tragen, falls ich unterwegs tatsächlich zusammenbreche. Was hältst du davon?«
»Nicht viel.« Er schüttelte den Kopf und ich seufzte.
»Warum nicht?«, quengelte ich.
»Kein bestimmter Grund«, sagte er und wandte den Blick ab.
»Fein.« Resigniert gab ich auf. »Dann schenke ich meiner Familie dieses Jahr eben nichts zu Weihnachten. Auch gut.«
Logan zog grübelnd die Augenbrauen zusammen. »Ist es denn

so wichtig für dich?«

»Also, das ist folgendermaßen ...«

Ich versuchte so viel Überzeugungskraft wie nur möglich aufzubringen. »An Weihnachten trifft sich die ganze Familie. Es wird gegessen, man singt Weihnachtslieder und es werden Geschenke verteilt. Jeder überlegt sich eine Kleinigkeit, womit man dem anderen eine Freude machen kann. Das ist aufregend und sehr schön und es gehört zu Weihnachten einfach dazu.«

Logan lächelte mich an, als würde er jetzt erst kapieren, warum mir die Sache so wichtig war. Trotzdem schüttelte er kurz darauf wieder den Kopf. Noch weiter mit ihm zu diskutieren machte scheinbar keinen Sinn mehr.

»Wenn du nichts dagegen hast, dann gehe ich jetzt nach oben und frage Jean, ob sie für mich in die Stadt fährt. Irgendwer muss ja schließlich die Geschenke für meine Familie besorgen, wenn es mir verboten wurde.«

Sein Gesicht verhärtete sich und seine Augen wurden schmal. »Du willst Jean darum bitten? Warum?«

»Wen soll ich denn sonst fragen?«, beschwerte ich mich. »Jean ist meine beste Freundin und abgesehen davon, dass sie auch mein Secutor ist, glaube ich nicht, dass sie etwas dagegen hätte.«

Ich wusste, dass meine Argumentation einer seltsamen Logik folgte. Aber was Besseres fiel mir leider nicht ein. »Wenn du mir verbietest, in die Stadt zu fahren, bin ich nun einmal auf fremde Hilfe angewiesen«, fügte ich mürrisch hinzu.

Wir tauschten einen flüchtigen Blick, dann zuckte er mit den Schultern. »Meinetwegen, dann geh. Du lässt ja doch nicht locker.«

Jetzt verstand ich gar nichts mehr. »Ich darf gehen? Einfach so?«

»Du willst deinen Secutor losschicken, weil ich dir den Ausflug untersagt habe.«

Logan sog scharf die Luft ein. »Dein Wachhund wird mich in der Luft zerreißen, wenn sie davon erfährt.«

Sollte ich vielleicht erwähnen, dass Jean eigentlich derselben

Meinung war wie er? Lieber nicht.
»Dann fahren wir am besten gleich los«, lenkte ich freundlich ein. Auf keinen Fall wollte ich riskieren, dass Logan seine Meinung noch einmal überdachte.
»Nur unter einer Bedingung, Lara.«
Nervös trat ich von einem Fuß auf den anderen. »Und die wäre?«
Er straffte die Schultern. »Du benutzt deine Kreditkarte für die Einkäufe. Entweder so oder gar nicht.«
Empört öffnete ich den Mund, um zu protestieren, denn ich hatte mir geschworen, die Kreditkarte, die mir vollen Zugriff auf sein Vermögen erlaubte, niemals zu benutzen.
Logan schmunzelte amüsiert. »Überlege es dir gut, mein Engel. Du hast die Wahl.«
Ich war überzeugt davon, dass er sich nicht umstimmen lassen würde. »Na gut«, antwortete ich zögernd.
Logan nickte zufrieden.
So ein Schuft!

MERRY CHRISTMAS

Wie zu erwarten waren die Geschäfte hoffnungslos überfüllt. Ich verharrte noch ein paar Minuten am Eingang, bis ich mir sicher war, dass mich niemand zerquetschen würde. Dann atmete ich tief durch und stürzte mich in das Getümmel.
»Sieh mal.« Jean hielt eine Packung mit roten Kugeln hoch. »Sind die nicht allerliebst? Und was hältst du von diesen goldenen Zapfen? Die würden ganz wunderbar mit den Kugeln harmonieren.«
Ich erkannte meine Freundin kaum wieder.
»Seit wann stehst du denn auf solchen Schnickschnack?«, fragte ich spöttisch.
Ihre Augen glänzten mit dem Baumschmuck regelrecht um die Wette. Sie stellte den Karton ab und zwinkerte mir zu.

»Seit Weihnachten vor der Tür steht«, kommentierte sie gelassen, aber mit einer gewissen Ernsthaftigkeit in der Stimme.
»Vielleicht haben wir dafür später noch Zeit«, sagte ich achselzuckend und schob sie vorwärts. »In erster Linie brauche ich Geschenke und keine Weihnachtskugeln.«
Volle drei Stunden später war ich mit meinen Kräften am Ende. Der anfängliche Eifer, der mich unaufhaltsam vorwärtsgetrieben hatte, war längst verflogen. Dessen ungeachtet konnte sich meine Ausbeute durchaus sehenlassen, wie ich fand. Für Mom und Dad hatte ich eine Wochenendreise in die Berge ergattert. Super Sonderangebot. Danny würde das Wochenende bei mir und Logan verbringen. Das hieß, falls er bei dem Haufen Spielzeug, das sich gerade auf meinem Arm türmte, das Haus überhaupt noch verlassen wollte. Als Jean damit beschäftigt gewesen war, eine Kleinigkeit für Adelheid und Brenda auszusuchen, nutzte ich ihre kurze Unaufmerksamkeit und kaufte schnell den hübschen blauen Pulli, den wir vorhin im Schaufenster bewundert hatten. Auch für den Rest meiner neuen Familie hatte ich ein paar Geschenke gefunden. Ob ich damit richtig lag, würde sich bald zeigen. Jetzt fehlte nur noch das Geschenk für Logan. Doch mir wollte einfach nichts einfallen. Was sollte man jemandem schenken, der eigentlich schon alles besaß?
Als ein Tisch im Diner an der Promenade frei wurde, ließ ich mich erschöpft auf den Stuhl fallen und bestellte bei der genervten Kellnerin zwei Cola.
»Das ist die reinste Folter«, stöhnte ich, während ich eine Weile die vorbeieilenden Menschenmassen beobachtete. Wer wollte sich freiwillig so etwas antun?
Jean nippte an ihrer Cola, ehe sie den Blick auf mein Gesicht lenkte. »Jetzt hast du es ja überstanden«, meinte sie lächelnd. »Und du hast deine Karte benutzt. Das wird Logan gefallen.«
»Einerseits wird mir ganz schlecht, wenn ich an das viele Geld denke, das ich gerade ausgegeben habe«, murmelte ich.
»Und andererseits?«, hakte Jean interessiert nach.

»Andererseits muss ich immerzu daran denken, wie er mich angesehen hat, als ich ihm damals gesagt habe, dass ich die Kreditkarte niemals benutzen werde. Er war so traurig deswegen.«

»Geld spielt für ihn keine Rolle, Lara. Er will, dass du glücklich bist.«

»Ich bin auch ohne Geld glücklich«, konterte ich geschickt.

Jean lächelte zustimmend. »Mach ihm doch die kleine Freude. Was ist denn so schlimm daran?«

Normalerweise hätte ich weitere Einwände erhoben, aber ich wollte die Situation nicht unnötig verkomplizieren. »Ist ja gut, ich hab's ja kapiert«, grinste ich.

»Du hast ihn damit sehr glücklich gemacht, also musst du auch kein schlechtes Gewissen haben. Wenn ich du wäre, würde ich mich schon einmal an den Gedanken gewöhnen. In nicht allzu ferner Zukunft wirst du Mrs. Logan Ford sein und zu deinem neuen Leben gehört so etwas nun einmal dazu.«

Ich schaute sie an, erkannte den unbändigen Stolz in ihren Augen und verzog das Gesicht. »Was ist los mit dir? Seit wann gefällt es dir, dass ich Logan heiraten will?«

Jean lächelte, auch wenn ich das Gefühl hatte, dass es ein bisschen gezwungen wirkte. »Wir machen einfach das Beste aus der Situation. Nicht wahr? Du heiratest ihn sowieso, ob es mir nun gefällt oder nicht.«

»Braver Secutor«, neckte ich sie und Jean verdrehte die Augen.

Als wir beim Auto ankamen, warf ich die Taschen in den Kofferraum und rutschte auf den Beifahrersitz.

»Geschafft. Noch eine Minute länger und ich wäre auf der Stelle tot umgefallen.«

Dann legte ich den Kopf in den Nacken, starrte in den trüben Himmel und seufzte leise. »Wenn ich nur wüsste, was ich Logan schenken soll. Das ist so furchtbar schwer. Hast du vielleicht einen kleinen Tipp für mich?«

Jean startete den Wagen und reihte sich in die Karawane ein,

die im Schritttempo vom Parkplatz fuhr. »Am besten du wickelst dich in glänzendes Geschenkpapier und ich stecke dir zusätzlich noch eine dicke rote Schleife in die Haare. Damit bekommt er genau das, was er will.«
»Sehr witzig, Jean.«
»Das war kein Witz«, brachte sie die Sache auf den Punkt. »Wenn du ihm wirklich eine Freude machen willst, dann schenke ihm etwas, das mit dir zu tun hat. Alles andere wäre ohnehin nur reine Geldverschwendung.«
»Und was könnte das sein?«, fragte ich, gegen meinen Willen neugierig geworden.
Jean starrte einen Moment lang ins Leere. »Mm. Wie wäre es mit einem Bild von dir«, schlug sie vor. »Dann hat er etwas, was ihn an dich erinnert. Ich meine für später, wenn du nicht mehr ...«
Sie kam ins Stocken und schaute mich verlegen an. Doch momentan hatte ich ganz andere Sachen im Kopf, als mir über mein Ableben Sorgen zu machen.
»Logan hat aber schon ein Foto von mir«, gab ich zu Bedenken. »Was soll das bringen, ihm noch eins zu schenken?«
»Kein Foto, Lara. Ich meinte ein Gemälde.«
Die Idee war gar nicht mal so übel.
»Du kennst nicht rein zufällig jemanden, der gut malen kann?«, fragte ich voller Begeisterung.
»Doch. Ich kenne rein zufällig jemanden«, lächelte Jean. »Besser gesagt, ich kenne sogar zwei – Romy und Anna. Romy hat sich auf Landschaften spezialisiert, Anna malt am liebsten Personen und Stillleben. Meistens arbeiten sie gemeinsam an ihren Bildern. Auf den ersten Blick erkennt man keinerlei Unterschiede, erst bei genauerem Hinsehen fällt auf, dass nicht einer, sondern zwei Künstler das Werk vollendet haben.«
Wow. Ich war ehrlich beeindruckt. »Meinst du, sie würden vielleicht ein Bild von mir malen?«
Jean wischte meine Zweifel mit einer abfälligen Handbewegung zur Seite. »Natürlich, Lara. Was für eine Frage. Dieser

Auftrag wäre eine große Ehre für Romy und Anna. Was glaubst du, wer die Gemälde im Flur gemalt hat? Und das Bild in Logans Büro? Die stammen allesamt von den beiden.«

Darüber musste ich kurz nachdenken.

»O.k. Dann werde ich sie bei Gelegenheit danach fragen. Allerdings ist nächste Woche schon Weihnachten. Meinst du nicht, die Zeit wird ein bisschen knapp, um jetzt noch ein Gemälde anzufertigen?«

Jean stoppte den Wagen an der Ampel und schaute mich ungläubig an. »Die Zeit spielt hierbei keine Rolle, Lara. Sie werden das Bild rechtzeitig fertig haben. Mach dir darüber keinen Kopf. Wenn du möchtest, kann ich mit Anna Kontakt aufnehmen und ihr eine Illusion aus meiner Erinnerung schicken, welche als Vorlage dienen könnte. Welche Pose würde dir denn gefallen?«

Pose? Ich schluckte.

»Ähm. Weiß nicht. Am besten gefalle ich mir in dem roten Kleid. Vielleicht ein Bild, wie ich gerade die Treppe herunterschreite?«

Jean nickte beeindruckt. »Wirklich eine sehr gute Wahl. Ich kümmere mich gleich darum.«

Noch während sie das Auto über die Kreuzung lenkte, schloss sie die Augen. »Pass auf den Verkehr auf«, warnte ich. »Wir haben den letzten Unfall gerade erst hinter uns.«

Ihr Gesicht erstarrte. »Tut mir leid. Ich wusste nicht, wie empfindlich du reagierst. Kommt nicht wieder vor.«

»Ich bin nicht empfindlich«, wiegelte ich ab. »Allerdings würde ich gerne weitere Unfälle vermeiden.«

»Was hat Anna gesagt?«, versuchte ich sie auf andere Gedanken zu bringen.

»Wie zu erwarten, sind sie natürlich ganz begeistert von deiner Idee. Wenn du damit einverstanden bist, dann bringen sie das fertige Gemälde am 24. Dezember vorbei, früher geht es leider nicht.«

Meine Idee?

»Der Vorschlag kam von dir«, erinnerte ich Jean vorsorglich. »Aber sag ihnen trotzdem vielen Dank für ihre Mühe.«
»Schon geschehen, Lara.« Sie lächelte mir zu.
»Cool«, sagte ich heiter. »Dann habe ich endlich alle Geschenke beisammen.«
Weihnachten konnte kommen.

Ein paar Tage später, Logan war gerade in seinem Büro und sortierte die Unterlagen, die er aus Neuseeland mitgebracht hatte, klopfte es an der Hintertür.
»Lara? Hier ist Molly. Dürfen wir reinkommen?«
Dankbar für ein bisschen Abwechslung schob ich mein Mathebuch auf den Tisch und öffnete die Tür.
»Hey«, begrüßte ich Lilly und Helena. »Hallo Molly. Schön, euch zu sehen. Wart ihr zufällig in der Gegend oder seid ihr aus einem bestimmten Grund hier?«
Molly lächelte mich vielsagend an, während sie den Kopf schüttelte. »Sag jetzt nicht, du hast es vergessen«, wunderte sich Lilly.
Achselzuckend fragte ich. »Was vergessen?«
Helena gluckste vergnügt. »Oh ja. Sie hat es definitiv vergessen.«
Stirnrunzelnd überlegte ich, was Helena meinte. Doch Molly kam mir zuvor. »Die erste Anprobe, Lara. Dein Hochzeitskleid?«
Ich machte ein bestürztes Gesicht. »Oh Mist. Daran habe ich überhaupt nicht mehr gedacht. Das muss mir wohl irgendwie entfallen sein.«
Molly zog daraufhin die Nase kraus. »Wie kann man denn sein eigenes Brautkleid vergessen? Na du bist mir ja Eine.«
Sie betrachtete mich mit Wohlwollen und mit offenkundiger Erheiterung, als ich verlegen grinste. »Ich habe dir extra gesagt, dass wir kurz vor Weihnachten noch einmal vorbeikommen werden. Heute ist der 23. Dezember.«
Dann klatschte sie in die Hände. »Also los, meine Damen, wir haben nicht den ganzen Tag Zeit!« Und mit einem amüsierten Blick in meine Richtung fügte sie hinzu: »Raus aus den Kla-

motten, junge Dame.«
Folgsam zog ich meinen Pulli über den Kopf. »Logan ist aber zu Hause«, bemerkte ich nebenbei. »Oben im Büro.«
Ich wusste natürlich nicht, ob Molly unsere Traditionen kannte, von wegen, der Bräutigam darf die Braut in ihrem Kleid nicht vor der Hochzeit sehen und so weiter. Deshalb hielt ich es für angebracht, sie kurz darauf hinzuweisen.
»Das macht nichts«, wiegelte Molly ab. »Ich habe ihm schon gesagt, dass er es nicht wagen soll, herunterzukommen. Es bringt Unglück, wenn er das Kleid vor der Trauung sieht.«
Beschämt senkte ich den Blick, als ich in Unterwäsche dastand. Doch weder Molly, noch Helena oder Lilly schienen sich daran zu stören. Geschäftig hantierten sie mit Stecknadeln und Maßband, während ich voller Überraschung das Kleid anstarrte.
»Gefällt es dir?« Molly strich den hauchzarten Stoff glatt, dann reichte sie es mir. Lilly und Helena halfen mir beim Anziehen.
»Dreh dich mal«, forderte Molly und trat einen Schritt zurück.
Ich nickte gehorsam und vollführte eine Pirouette.
»Wow.« Voller Ehrfurcht schaute ich an mir hinunter. »Ich weiß gar nicht, was ich sagen soll«, murmelte ich überwältigt.
Molly hatte wirklich ganze Arbeit geleistet, das Kleid passte wie angegossen. Und es war noch tausendmal schöner als auf dem Foto.
»Ganz bezaubernd, Lara.« Molly nickte zufrieden. »Hier und da noch eine kleine Naht ausbessern. Mehr muss wirklich nicht gemacht werden.«
Es fiel mir unendlich schwer, meine Begeisterung in Worte zu fassen. »Vielen Dank«, hauchte ich mit Tränen in den Augen. Ich konnte kaum glauben, dass ich wirklich und wahrhaftig in einem Brautkleid im Wohnzimmer stand. Und was noch viel erstaunlicher war, es gefiel mir sogar außerordentlich gut.
»Du kannst dich wieder umziehen«, riss Helena mich kurz darauf aus meinem Tagtraum.
Mit gekonnten Handgriffen half sie mir aus dem Kleid und

verstaute es in der mitgebrachten Schachtel. Nachdem ich mich angezogen hatte, plauderten wir noch eine Weile über die bevorstehenden Feiertage und vereinbarten für das nächste Frühjahr einen letzten Termin zur Anprobe.

Kaum war ich wieder alleine, flog in der Eingangshalle die Haustür auf. Der Lärm ließ mich erschrocken zusammenzucken.

»Hey Alter«, dröhnte Kevins aufgebrachte Stimme bis zu mir ins Wohnzimmer. »Kannst du vielleicht mal mit anpacken oder ist sich die oberste Priorität zu fein für diese Arbeit?«

Ein paar schlurfende Geräusche waren zu hören, gefolgt von einem dumpfen Aufschlag und einem Schmerzenslaut. Was immer dort in der Eingangshalle vor sich ging, es brachte Dean dazu, hemmungslos zu fluchen.

»Ah, Mann! Du Volltrottel, pass doch auf, das war mein Finger! Was bist du nur für ein inkompetenter Secutor. Hochheben, habe ich gesagt, was ist denn so schwer daran. Bist du taub?!«

»Jetzt stell dich nicht so an«, konterte Kevin gelassen. »Bist du neuerdings aus Zucker, oder was?«

»Aber, aber, meine Herren.« Logan kam im gleichen Moment die Treppe herunter, als ich die Eingangshalle betrat. »Mehr Manieren, wenn ich bitten darf.«

Mit einem warnenden Blick deutete Logan in meine Richtung. »Es sind Damen zugegen.« Damen? Ich drehte mich um und entdeckte Jean, die zusammen mit Megan angerannt kam.

»Was soll das werden?«, fragte Jean empört, nachdem sie das grüne Ungetüm in der Eingangshalle entdeckt hatte.

Dean wirbelte herum und schaute sie mit bitterbösem Blick an. »Wonach sieht's denn aus?«, schnaubte er. »Das ist ein Weihnachtsbaum, hast du Tomaten auf den Augen?«

Jean schnitt eine Grimasse und verschränkte die Arme. Schweigend sahen wir zu, wie Logan den massigen Stamm mit einer Hand packte und den Baum gemeinsam mit Kevin und Dean anschließend ins Wohnzimmer beförderte. Dort angekommen, wurde der Baum aufgerichtet, was sich jedoch als äußert schwierig herausstellte, denn die kräftige Spitze streifte die Decke und drohte abzubrechen.

»Du meine Güte«, flüsterte Megan mir zu. »Ich fürchte, der Baumschmuck, den Adelheid und Brenda besorgt haben, wird dafür nicht einmal annähernd reichen.«

Fast die Hälfte unseres Wohnzimmers verschwand hinter grünen Tannenwedeln, einige Äste streiften sogar den Kamin.

»Und? Was sagst du?« Logan schaute mich erwartungsvoll an. Nur mit Mühe konnte ich ein Lachen unterdrücken.

»Ähm. Ein bisschen groß, oder?«

»Findest du?«

Er betrachtete den Baum mit einem prüfenden Blick. »Nun ja. Ein bisschen vielleicht«, gab er kurz darauf zu. »Ich kümmere mich gleich darum.«

Er hob den rechten Arm und ließ seine Hand durch die Luft sausen. Augenblicklich erfüllte ein Rauschen das Wohnzimmer und als es verebbte, wirkte der Baum plötzlich sehr viel kleiner.

»Das ist ja mal was Neues«, stellte ich schmunzelnd fest. »Wenn unser Weihnachtsbaum nicht ins Wohnzimmer passt, holt Dad die Säge aus dem Keller. Du vergrößerst stattdessen lieber das Wohnzimmer?«

Er lächelte mein Lieblingslächeln, als ich ungläubig den Kopf schüttelte.

»Seht ihr?« Kevin legte zufrieden seinen Arm um Jean. »Für alles gibt es eine Lösung.«

Nach dieser Aufregung musste Kevin erst einmal in allen Einzelheiten erzählen, unter welcher Mühe er den Baum schlussendlich zu Fall gebracht hatte. Dean ergänzte immer dann etwas, wenn ihm die Argumentation von Kevin nicht ausreichend erschien. Letzten Endes saßen wir allesamt auf dem Sofa und hielten uns vor Lachen den Bauch. Logan hatte darauf bestanden, den Baum ganz ohne übermenschliche Hilfe aus dem Wald zu holen und aus diesem Grund gab es wohl leider auch ein paar sehr menschliche Zwischenfälle. Weder

Kevin noch Dean waren davon verschont geblieben, denn beide listeten lang und breit die unzähligen Blessuren auf, die sie durch Logans Schuld davongetragen hatten.
Während Dean mir gerade den Holzsplitter zeigte, der noch immer tief in seinem Daumen steckte, bemerkte ich, dass Logan mich aus den Augenwinkeln musterte. Er wirkte glücklich, beinahe stolz. Und über alle Maßen zufrieden.
Erst als Megan und Jean aufstanden und zielstrebig die Hintertür ansteuerten, riss ich meinen Blick von ihm los. »Wir sehen uns morgen«, sagte Jean auf eine Art, die sehr geheimnisvoll wirkte. »Nicht vergessen, Lara. Morgen ist Weihnachten.«
»Schon klar«, gab ich zurück und winkte zum Abschied. Als würde ich so was je vergessen!
Es hatte sich gut angefühlt, neben Logan einzuschlafen. Sein warmer Körper sorgte dafür, dass ich mich rundherum geborgen fühlte, auch wenn er meine Albträume leider nicht auf Dauer verscheuchen konnte.
Als mich ein ungewohnt scharfer Geruch erreichte, streckte ich mich und stöhnte leise auf. »Was stinkt denn hier so bestialisch?«
Logan sprang aus dem Bett. Er duckte sich, sofort zum Angriff bereit, falls es denn einen geben sollte. Mit angespannter Miene atmete er ein paar Mal tief ein und schnaubte kurz darauf entnervt. »Verdammt nochmal. Jean!«
Im Vorbeigehen griff er nach seinem T-Shirt, dann stürmte er aus dem Zimmer. Benommen starrte ich hinterher und mein erster Gedanke war: Brennt es etwa?
Dicke Rauchschwaden kamen mir schon auf der Treppe entgegen. Richtung Küche wurde der beißende Geruch noch schlimmer. Ich konnte Logan hören, scheinbar außer sich vor Wut und Jean, die sich kleinlaut zu verteidigen versuchte.
Eine Hand vor dem Mund gepresst, ging ich in die Küche. Das Bild, das sich mir bot, war erschreckend und dennoch belustigend, wie ich zugeben musste. Jean hielt eine Zeitung in der Hand und wedelte damit den Qualm durch das offene

Fenster. Sie hatte sich von Kopf bis Fuß mit Teig bekleckert, das Zeug klebte sogar in ihren Haaren. Logan riss den Backofen auf, balancierte zwei heiße Bleche auf seinen Händen und warf sie achtlos in die Spüle.

»Ich wollte Plätzchen backen«, murrte Jean schuldbewusst.

»Das sehe ich«, knurrte Logan und kreuzte die Arme vor der Brust. »Kannst du das gefälligst in deiner eigenen Küche machen?«

»Aber ich wollte Lara damit überraschen«, sagte sie kleinlaut und hielt ihm ein Buch unter die Nase. »Hier steht: die Plätzchen auf mittlerer Schiene für zehn Minuten bei 180 Grad backen.« Dann knallte sie das Buch auf die Bar. »Da steht aber nicht, wie es dann weitergeht. Warum steht da nicht: Machen sie anschließend den Backofen aus und holen sie die Plätzchen heraus!«

Jean schnaubte aufgebracht. »Herrgott nochmal, ich mache so etwas zum ersten Mal, woher soll ich denn wissen, was ich als nächstes tun muss, wenn darüber rein gar nichts in diesem verflixten Buch steht?«

Logan verdrehte die Augen. »Das nennt man logisches Denken, Wachhund. Theorie und Praxis sind zwei Paar Schuhe.«

Arme Jean. Sie tat mir furchtbar leid, auch wenn die Gesamtsituation wirklich sehr lustig war.

»Halb so wild«, winkte ich ab und begann damit, die Schüsseln wegzuräumen, die sie in der ganzen Küche verteilt hatte. Logan presste die Lippen zusammen, als Jean mir zur Hand ging. Er war immer noch stinksauer auf meinen Secutor.

»Lara, es tut mir so leid.« Jean senkte den Blick. »Sieh nur, was ich angerichtet habe. Dabei sollte es doch eine Überraschung werden.«

Ich schenkte ihr ein Lächeln, als Zeichen, dass ich nicht sauer auf sie war. »Wenn du das nächste Mal backen willst, sag einfach vorher Bescheid. Dann verwüsten wir die Küche gemeinsam.«

Sie lächelte gequält. »Eure Rezepte sind wirklich merkwürdig. Die sind unvollständig und fehlerhaft.«

»Die sind nicht fehlerhaft«, entgegnete ich schmunzelnd. »Genauso werden Backbücher nun einmal geschrieben.«
Ich ließ Wasser in die Spüle und begann damit, die Schüsseln vom Teig zu befreien. »Wie oft hast du denn bis jetzt schon gebacken?«
Ihre dunklen Augen sahen mich irritiert an. »Erster Versuch«, murmelte sie kaum hörbar. »Aber ich schwöre dir, sowas passiert mir nie wieder.«
Der letzte Satz klang ein bisschen verbittert, deshalb fragte ich: »Warum hast du Brenda oder Adelheid nicht um Hilfe gebeten?«
Adelheid war eine begnadete Köchin, das wusste ich aus eigener Erfahrung, und backen konnte sie auch. Vor nicht allzu langer Zeit hatte sie einen Kuchen für mich gebacken, als Mom und Dad zu Besuch kamen. Und der war richtig lecker gewesen.
Jean hob trotzig die Schultern. »Ich wollte das alleine machen«, sagte sie. »Woher sollte ich denn wissen, wie schwer sowas ist? Bei Adelheid sieht immer alles ganz einfach aus, als hätte sie niemals etwas anderes gemacht.« Dabei seufzte sie schwermütig. »Ich glaube, ich geh jetzt lieber. Wir sehen uns heute Abend.«
Mit hängenden Schultern und gesenktem Kopf trottete Jean durch die Eingangshalle. Ich hatte Mitleid mit ihr, sie tat mir unendlich leid, doch ich wusste nicht, wie ich ihr helfen sollte.
»Mach dir keine Sorgen, mein Engel. Sie wird es schon verkraften.« Logans funkelnde Augen verrieten mir, dass er wieder gute Laune hatte. Wenigstens einer von uns.
»Was möchtest du zum Frühstück haben?«
Missmutig sagte ich: »Ganz egal was. Irgendwas.«
Gedankenverloren schaute ich aus dem Fenster und fragte mich, ob Jean ihren Ärger über die misslungenen Plätzchen jemals vergessen würde. Hoffentlich.

Der Tag verging wie im Flug. Während Logan in Begleitung von Cole und Richard die unterirdische Garage aufsuchte, packte ich die restlichen Geschenke ein. Was es dort unten Wichtiges zu erledigen gab, wollte Logan mir nicht sagen. Nur soviel: Es hatte mit Weihnachten zu tun.

Am frühen Nachmittag kamen Romy und Anna wie versprochen mit dem Gemälde vorbei und brachten es gleich nach oben ins Büro. Ich war ziemlich gut getroffen, fand ich, obwohl ich mich nicht einmal daran erinnern konnte, gelächelt zu haben, dafür war ich damals viel zu nervös gewesen. Dennoch zeigte ich auf dem Bild mein allerschönstes Lächeln. Was Anna und Romy anhand einer einzigen Erinnerung zustande gebracht hatten, war einfach unglaublich. Als würde das Bild jeden Augenblick lebendig werden. Mit einer festen Umarmung, die sie freundschaftlich erwiderten, bedankte ich mich bei beiden Defensoren und lud sie kurzentschlossen zu unserem Weihnachtsfest ein.
»Das ist nicht nötig«, versicherte Romy. »Aber danke für die Einladung.«
»Aber wie soll ich mich dann bei euch für das tolle Bild bedanken? Ihr wollt kein Geld annehmen und bleiben wollt ihr auch nicht,« sagte ich Zähneknirschend.
Anna und Romy antworteten mir nicht, sie lächelten nur. Das war sehr frustrierend.
Nachdem sie gegangen waren, verbrachte ich eine halbe Stunde am Telefon, um bei Mom unseren Besuch anzukündigen. Sie freute sich natürlich riesig darüber, allerdings währte ihre Freude nur kurz, denn wenig später begann sie damit, mich schon wieder mit Fragen über die Hochzeit zu löchern. Unter dem Vorwand, ich müsse noch dies und jenes erledigen, beendete ich das Gespräch. Adelheid wollte keine Hilfe von mir, was die Vorbereitungen für unser Weihnachtsfest betraf, mehrmals hatte sie mich schon aus der Küche gescheucht. Also blieb mir nichts anderes übrig, als mich irgendwie alleine zu beschäftigen.
Die meiste Zeit verbrachte ich im Schlafzimmer, auf der Suche nach passenden Klamotten für den heutigen Abend. Erst als es

allmählich dunkel wurde, hatte ich meine Entscheidung getroffen. Ein langer schwarzer Rock und die hübsche Bluse mit den Perlmutt-Knöpfen. Jean hatte mir die Sachen vor einer Ewigkeit ausgeliehen und noch nicht wieder zurückverlangt. Womöglich mit dem Hintergedanken: ›Damit du für alle Fälle etwas Vernünftiges im Schrank hast.‹

Meine Augen wanderten zum Bett und blieben an der Bluse hängen, die sorgfältig ausgebreitet neben dem Rock lag. Mein Secutor würde vor Stolz platzen, sobald sie mich in dieser Garderobe sah. Nach dem Missgeschick von heute Morgen tat ich ihr den Gefallen nur allzu gerne, denn sie konnte eine kleine Aufmunterung sehr gut gebrauchen. Du musst noch duschen, ermahnte ich mich kurz darauf, schnappte mir meine Unterwäsche und schlug den Weg zum Badezimmer ein.

Mit einem großen Handtuch fest um meine nassen Haare gewickelt kam ich zwanzig Minuten später aus dem Badezimmer. Zögernd blieb ich stehen, als ich die geschmückte Girlande bemerkte, die sich plötzlich um das Treppengeländer schlängelte. Und nicht nur das. Die gesamte Eingangshalle erstrahlte mittlerweile in festlichem Glanz. Üppige rote Blumenarrangements verdeckten die Pfeiler neben der Haustür, die Fenster quollen über vor Kerzen und funkelnden Kugeln, selbst die Wände hatten einen leichten goldenen Schimmer abbekommen.

Mein Blick huschte nach oben zum Kronleuchter, doch er war verschwunden. Stattdessen hing ein riesiger Kranz mit echten Kerzen an seinem Platz. Die Eingangshalle wirkte durch das mäßige Licht irgendwie geheimnisvoll und sehr feierlich. Jedes Kaufhaus, daran gab es in diesem Augenblick nicht den kleinsten Zweifel, wäre bei dieser Weihnachtsdekoration vor Neid erblasst. Der Anblick verschlug mir schlichtweg die Sprache.

Langsam ging ich die Treppe hinunter und schaute mir dabei alles ganz genau an. Als ich das Wohnzimmer erblickte, blieb ich mit offenem Mund stehen. Anders als beim letzten Mal, als wir Jeans ›Geburtstag‹ gefeiert hatten, war das Wohnzimmer dieses

Mal nicht durch Illusionen, sondern in liebevoller Kleinarbeit dekortiert worden, wenn auch in einer Geschwindigkeit, die ganz und gar nicht menschlich war.
Am Kamin hingen frische Tannenzweige und überall brannten Kerzen. Der riesige Baum, der jetzt gar nicht mehr so riesig wirkte, war über und über mit roten Kugeln behängt. Dazwischen funkelten unmöglich viele Lichter und kleine Zuckerstangen. Auf der Spitze prangte eine opulente rote Schleife. Wow, flüsterte ich schwer beeindruckt. Adelheid hatte tatsächlich übertrieben, genau so, wie ich vorausgesagt hatte. Doch das Wohnzimmer war mit so viel Liebe und Hingabe geschmückt worden, wer könnte es jetzt noch fertigbringen, sich deswegen zu ärgern? Adelheid machte ein sehr ernstes Gesicht, als ich fertig angezogen schließlich das Esszimmer betrat. Sie trug ein goldenes Kleid mit dunkelroten Applikationen, was ihre schmale Figur wunderbar zur Geltung brachte. Zwischen ihren hochgesteckten Haaren leuchtete ein kleiner Mistelzweig.
»Gefällt es dir?«, fragte sie vorsichtig. Ihre Miene bekam schon verzweifelte Züge, als ich nicht gleich antwortete.
»Es ist toll, aber ...« Ich seufzte leise. »Du hättest dir nicht so viel Mühe machen müssen. Ich wäre schon mit einem kleinen Baum zufrieden gewesen.«
Als sie mich unverständlich anblickte, sagte ich schnell: »Es sieht alles unglaublich hübsch aus, Adelheid. Wirklich. Aber du hattest meinetwegen so viel extra Arbeit. Das wäre wirklich nicht nötig gewesen.«
Ich hoffte inständig, dass Adelheid mich nicht falsch verstehen würde. Das Haus war wunderschön und traf genau meinen Geschmack. Und dennoch war es mir ein einfach unangenehm, vor allem, weil ich nun wusste, dass sie Weihnachten normalerweise überhaupt nicht feierten.
»Papperlapapp«, winkte Adelheid ab und lächelte versöhnt. »Brenda und ich, wir hatten eine Menge Spaß dabei. Allein das war die Mühe schon wert.«

Mit einem Kopfnicken deutete sie auf den reichlich dekorierten Tisch. »Setz dich bitte. Das Essen ist fast fertig.«
Wie auf Kommando füllte sich das Esszimmer, von allen Seiten strömten die anderen herein und gesellten sich zu uns. Logan setzte sich rechts neben mich, Jean hockte bereits an meiner linken Seite. Richard und Brenda servierten zusammen mit Adelheid das Essen, von dem ich überzeugt war, es müsste Stunden gedauert haben, um das alles zuzubereiten. Und allem Anschein nach wurden sämtliche Traditionen auf den Tisch gebracht, die Adelheid in ihren Büchern hatte finden können. Einige Speisen waren mir vertraut, andere wiederum kannte ich weder vom Namen, noch vom Aussehen. Zu meiner Verwunderung gab es sogar Burger und Cola.
»Logan hat darauf bestanden«, antwortete Adelheid auf meinen fragenden Blick. Allerdings wirkte sie nicht gerade sehr glücklich über diese Tatsache. Ich kicherte leise, als sie, mit einem Blick zu Logan, das Gesicht verzog. Doch Adelheid war nicht sauer auf ihn. Die festliche Stimmung hielt sie immer noch in ihrem Bann gefangen und darüber war ich sehr froh.
Richard lobte das Essen in höchsten Tönen und Kevin schmatzte genüsslich. Dean erzählte etwas über die neuesten Automodelle, die im Frühjahr auf den Markt kommen würden, während Megan und Betty sich über die aktuelle Frühjahrsmode unterhielten. Alle waren guter Dinge und hatten sichtlich Spaß an diesem Essen. Nur Jean blieb verhältnismäßig ruhig.
Natürlich lächelte sie mich an, sobald sich unsere Blicke trafen, etwas anderes hatte ich von meinem vorbildlichen Secutor auch gar nicht erwartet. Dennoch war ihre Verstimmung für mich offensichtlich. Ich schob ihre Zurückhaltung auf das kleine Malheur von heute Morgen. Womöglich hatte sie es doch noch nicht ganz überwunden. Vielleicht würde sich das ändern, wenn sie ihr Geschenk aufmachte.
Zum wiederholten Male ertappte ich mich bei dem Gedanken, was Logan wohl zu dem Gemälde sagen würde. Wenn das Essen

doch nur schon vorbei wäre. Dutzende Geschenke lagen unter dem Baum, hübsch verpackt und sorgsam aufgereiht lockten sie mit ihren glänzenden Schleifen. Meine Vorfreude steigerte sich ins Unermessliche. Nichts war schöner, als anderen beim Auspacken zuzusehen.

Nervös spielte ich unter dem Tisch mit meinem Ring und schaute erwartungsvoll in die Runde.

»Wenn wir nicht so bald wie möglich ins Wohnzimmer gehen, wird Lara noch vor Aufregung platzen.« Megan grinste schelmisch, als ich ihr einen bösen Blick zuwarf.

»Stimmt doch gar nicht.« Ich rutschte auf meinem Stuhl herum. »Das hat noch Zeit. Ich kann warten.«

Es wunderte mich ein bisschen, dass Megan noch vor Jean darauf gekommen war. Als mein Secutor hätte Jean doch meine Aufregung vor allen anderen spüren müssen. Stattdessen saß sie stumm an meiner Seite und lächelte nur. Seltsam.

Adelheid ließ ihren Blick über die Anwesenden wandern, nickte verständnisvoll und sagte dann: »Wir können den Tisch später abräumen. Ich glaube, jetzt wird es Zeit für die Geschenke.«

Kevin und Dean stürmten aus dem Esszimmer, kaum dass Adelheid zu Ende gesprochen hatte. Ich folgte in einem gemächlicheren Tempo und sehr darum bemüht, mir meine Nervosität nicht anmerken zu lassen. Ich wollte unbedingt den Schein wahren, denn schließlich war ich erwachsen und konnte ebenso gut auch als letzte Person das Wohnzimmer betreten. Die Geschenke würden dann immer noch da sein.

Logan umfasste meine Hand, während wir durch den Flur gingen. »Bist du aufgeregt, mein Engel?«

Ich zögerte kurz. »Vielleicht ein bisschen«, sagte ich, vermied es aber, ihn dabei anzusehen. Er lachte leise, öffnete die Tür und führte mich ins Wohnzimmer.

»Nun mach schon auf«, drängelte Jean, kaum dass sie mir ihr Geschenk in die Hand gedrückt hatte. Mit gespanntem Blick fixierte sie das Päckchen auf meinem Schoß. »Ich hoffe, es gefällt dir. Wenn nicht, kannst du es wieder umtauschen. Ich habe extra den Kassenzettel aufgehoben.«

Meine Finger zerrten ungeduldig an der Verpackung und als ich mein Geschenk dann endlich in den Händen hielt, musste ich herzhaft lachen.

Jean beäugte mich misstrauisch. »Was ist denn so lustig?«

Ohne zu antworten drückte ich Jean das Päckchen in die Hand, das ich für sie besorgt hatte. »Und jetzt du. Mach auf.«

Sie blinzelte. »Aber du hast mir noch gar nicht gesagt, ob es dir gefällt.«

Nur mit größter Mühe gelang es mir, einen weiteren Lachanfall zu unterdrücken. »Mach auf, dann wirst du schon verstehen.«

Jean nickte und wickelte schweigend ihr Geschenk aus. Als sie den blauen Pulli entdeckte, wurden ihre Augen riesengroß. »Das glaube ich jetzt nicht!«

»Gefällt er dir?«, fragte ich lachend.

Ihre Lippen verzogen sich zu einem breiten Lächeln. »Wir haben das gleiche Geschenk besorgt? Das ist ja wirklich …«

Sie schien nach den richtigen Worten zu suchen. »Wir werden uns immer ähnlicher«, warf ich augenzwinkernd ein. »Und falls du den Pulli nicht behalten willst, kannst du ihn selbstverständlich zurückbringen. Ich habe den Kassenzettel nämlich ebenfalls aufgehoben.«

Kevin und Cole brachen in schallendes Gelächter aus und Dean klopfte sich vor Vergnügen auf die Schenkel.

»Ihr zwei seid echt ein komisches Gespann«, gluckste Kevin, während er seinen Arm um Jean legte.

»Das ist von Dean und mir«, sagte Megan, nachdem sich alle wieder beruhigt hatten. Mit gespannter Miene reichte sie mir ein Päckchen. Ich setzte zum Widerspruch an, doch sie wiegelte ab. »Nimm schon, Lara. Ich weiß, dass du für uns auch etwas besorgt hast, also keine Widerrede.«

Ein wenig verlegen griff ich nach dem Päckchen.

»Dankeschön.« Dabei lehnte ich mich zur Seite, hob ein paar

von den Päckchen auf und verteilte sie. »Die sind für euch. Frohe Weihnachten.«
Alle schauten mich gespannt an, also begann ich damit, meine Geschenke auszupacken. Von Megan und Dean bekam ich einen Beauty-Gutschein – Aromatherapie, Massage und ein Abend Make-up. Das volle Programm.
Betty dachte da schon etwas praktischer, sie hatte mir einen neuen Rucksack fürs College besorgt. Adelheid überreichte mir eine kleine Schatulle. Mit einem flüchtigen Blick in Richards und Brendas Richtung erklärte sie: »Wir haben es zusammen für dich ausgesucht. Ich hoffe, es trifft deinen Geschmack.«
Es war ein Armband mit funkelnden, blauen Steinen. Mein Name stand auf der Innenseite.
»Oh. Es ist toll. Danke«, hauchte ich voller Rührung.
Adelheid legte das Armband um mein Handgelenk und drückte behutsam den Verschluss zu.
»Freut mich, dass es dir gefällt«, erwiderte sie lächelnd. Sie schien außerordentlich zufrieden mit meiner Reaktion zu sein. Cole wartete, bis sich unsere Blicke zufällig trafen. Dann überreichte er mir ein winziges, eckiges Päckchen.
»Nie im Leben hätte ich damit gerechnet, einmal einen Menschen in unseren Reihen zu finden.«
Mit vielsagendem Blick deutete er auf das Päckchen in seiner Hand. »Ich werde dich nicht länger auf die Folter spannen. Es ist ein neues Handy. Und das hier wird Logan nicht orten können. Sam war so nett und hat es auf ›ortungsfrei‹ eingestellt.«
Unsicher spähte ich an ihm vorbei, doch zu meiner Erleichterung sah Logan nicht verärgert aus.
»Allerdings hoffe ich inständig«, fügte Cole zu, »dass es nicht mehr nötig sein wird.«
»Das hoffe ich auch«, murmelte ich und widmete mich schleunigst dem Auspacken meines neuen Handys.
Meine Geschenke waren nicht einmal halb so toll wie das, was ich von meiner neuen Familie bekommen hatte. Vor allem nicht

so kostspielig. Bis auf die Geschenke für meine eigene Familie, die ich Logan zuliebe mit der Kreditkarte finanziert hatte, hatte ich alles andere von meinem eigenen Geld gekauft. Der klägliche Rest von meinen Ersparnissen ließ leider keine großartigen Ausgaben zu. Dennoch hoffte ich inständig, dass die Geschenke gut ankommen würden.
Richard und Adelheid wirkten zuerst ein bisschen überrascht, dann blätterten sie mit geschäftigen Mienen in den Büchern, die ich für sie besorgt hatte. Für Richard ein Buch über Oldtimer, weil das seine heimliche Leidenschaft war, wie Jean mir erzählt hatte und Adelheid bekam ein neues Kochbuch. Jean meinte, das wäre genau das richtige Geschenk für sie, weil sie so leidenschaftlich gerne neue Gerichte ausprobierte. Beide freuten sich ehrlich darüber.
Nach dem Auspacken diskutierten Megan und Betty angeregt darüber, wer von beiden den schöneren Gürtel von mir bekommen hatte. Und das, obwohl es fast die gleichen waren. Grün für Betty, passend zu ihren schönen schwarzen Haaren und Megans Gürtel leuchtete pink, so wie die meisten ihrer Klamotten. Auch diesen Tipp hatte ich von Jean und so wie es aussah, lag sie damit genau richtig. Brenda bekam ebenfalls ein Buch von mir. Kräuterkunde. Sie war hellauf begeistert davon.
Ohne Jean wäre ich beim Einkaufen der Bücher allerdings endlos verzweifelt. Sie kannte jedes einzelne Buch im Buchladen. Ihr hatte ich es zu verdanken, dass sowohl Adelheid und Richard als auch Brenda jetzt ein Buch in den Händen hielten, das noch nicht vorne im Laden stand. Darüber war ich wirklich sehr froh.
Dean, Kevin und Cole redeten die meiste Zeit über Autos, das hatte ich mittlerweile mitbekommen. Ein Umstand, der mir zwar hin und wieder gewaltig auf den Keks ging, bei der Auswahl ihrer Geschenke aber sehr hilfreich war. Als ich die Wochenendreise für Mom und Dad gebucht hatte, war mir das Plakat im Reisebüro aufgefallen. Im nächsten Frühjahr würde es hier ganz in der Nähe eine große Automesse geben. Die neusten Modelle

sollten dort vorgeführt werden. Glücklicherweise gab es noch ein paar Eintrittskarten. Ich sicherte mir gleich drei davon und damit waren meine Ersparnisse endgültig aufgebraucht. Logan stand mit verschränkten Armen an die Wand gelehnt und beobachtete das muntere Treiben aus sicherer Entfernung. Ihm fehlte, wie ich genau wusste, die nötige Erfahrung, um ehrliche Begeisterung zu zeigen. Und da er zur Hälfte ein Defensor war, fehlte ihm vielleicht auch das nötige Verständnis für diesen feierlichen Trubel. Er richtete sich auf, als ich vor ihm stehenblieb und lächelte mich an.

»Und?«, neckte ich munter. »Du bist der Letzte auf meiner Liste. Willst du jetzt dein Geschenk haben?«

Seine Augenbrauen schossen nach oben. »Mein Geschenk?«

Ich verdrehte kopfschüttelnd die Augen. »Ja, dein Geschenk. Willst du oder willst du nicht?«

Langsam beugte er sich nach vorne und hauchte mir einen Kuss auf die Schläfe. »Ich zuerst, mein Engel.«

Mit zusammengekniffenen Augen betrachtete ich die dicke Papierrolle, die er mir überreichte. »Was ist das?«

Vorsichtig streifte ich die rote Schleife ab und rollte das Papier auseinander. Mit zitternder Stimme las ich laut vor: »Kaufvertrag. Grundstück Nummer 867. White Rock.«

Nur langsam begriff ich, was ich da in den Händen hielt. Mein Herz drohte auszusetzen. »Ist das ein Haus? Du hast in White Rock tatsächlich ein Haus gekauft?«

Mir wurde schwindlig, als er nickte.

»Für dich«, flüsterte er mir ins Ohr. »Weil du White Rock so liebst und weil du mich dort zu einem besseren Anführer gemacht hast.«

Dann küsste er mich sanft auf die Lippen und flüsterte: »Frohe Weihnachten, mein bezaubernder Engel.«

Ich nahm kaum wahr, dass Jean neben mir stehenblieb und interessiert auf die Urkunde schaute. Ich bemerkte auch nicht, wie Kevin sich zwischen uns drängelte, um ebenfalls einen

Blick auf das Dokument zu werfen. Mein Sichtfeld beschränkte sich einzig und allein auf das Stück Papier, welches ich wie erstarrt umklammerte. Mühevoll befeuchtete ich meine Lippen und versuchte zu sprechen. »Du hast mir … du schenkst mir ein Haus?«

Selbst mir war aufgefallen, wie sehr meine Stimme zitterte. Doch ich konnte nichts dagegen tun.

»Warum nicht?«, fragte er sichtlich erheitert. »Weißt du noch? Zu gegebenem Anlass darf ich dir etwas schenken. Heute ist Weihnachten und damit erfülle ich sämtliche Kriterien unserer Vereinbarung. Willst du das leugnen?«

»Nein, aber … «

»Du hast zugestimmt, Lara.«

»Ja, aber…«

Seine Augen, die mich warnend anfunkelten, ließen mich verstummen. »Dann wäre das ja geklärt«, sagte er mit einem zufriedenen Lächeln. »Bekomme ich jetzt mein Geschenk?«

Einen Augenblick lang schaute er mich fragend an. Wortlos zeigte ich mit dem Finger in die Eingangshalle.

»Es ist oben«, stammelte ich, nachdem ich meine Stimme endlich wiedergefunden hatte.

»In deinem Arbeitszimmer.«

Logan sauste die Treppe hoch, während ich ihm mit offenem Mund hinterher starrte. Ein Haus in White Rock!

Ich würde endlich meine Freunde wiedersehen, Sam, Violett, die ganze Familie, die mir so sehr ans Herz gewachsen war. Alle außer Ruth. Mein Magen zog sich zusammen, als ich an ihr gütiges Gesicht dachte. Ruth war die beste Freundin meiner Großmutter gewesen und ihr Secutor. Ohne ihre Hilfe würde ich heute vielleicht nicht mehr leben. Sie hatte den Tod gewählt, eine Option, die jedem Secutor freistand, wenn er sich nach Ruhe und Frieden sehnte. Ich würde sie niemals vergessen. Niemals!

Erst als Kevin sagte: »Was treibt der denn so lange da oben?«, wurde mir bewusst, dass Logan schon eine ganze Weile fehlte. »Ich gehe mal nachsehen«, bot ich an und ging zum Büro. Er stand mitten im Zimmer. Seine Hände in den Hosentaschen vergraben, betrachtete er voller Hingabe das Gemälde. Als er mich bemerkte, drehte er sich zu mir um und ein atemberaubendes Lächeln breitete sich auf seinen Lippen aus.
»Was ist?«, fragte ich. Irgendwie machte mich seine Reaktion ein wenig verlegen. »Kommst du wieder runter oder willst du hier drinnen übernachten?«
Er schaute mich an, die Augenbraunen konzentriert zusammengezogen, ohne den leisesten Hinweis darauf, was er dachte.
»Megan hat Recht«, murmelte er. Seine Stimme klang brüchig. »Du würdest gut zu uns passen.«
Sein flüchtiger Blick streifte das Gemälde. »Ich wünschte, es gäbe eine Möglichkeit, wie ich ...« Logan verstummte und blickte mich eine Sekunde lang mit weitaufgerissenen Augen an. Scheinbar wurde ihm gerade bewusst, was er damit angedeutet hatte.
Er versuchte, die Situation mit einem umwerfenden Lächeln zu überspielen, griff nach meiner Hand und hauchte einen Kuss darauf. »Das Bild ist wunderschön. Ich danke dir.«
Seine Worte hatten mich aufgewühlt, durcheinandergebracht und verwirrt. »Freut mich«, sagte ich abwesend und spähte heimlich über seine Schulter. Ich gab mir alle Mühe, nicht darüber nachzudenken. Doch in Wirklichkeit dachte ich an nichts anderes mehr. Das war so ungerecht. Wieso sollte es für mich keinen Weg geben, um für immer bei ihm zu bleiben? Ich seufzte frustriert.
»Alles o.k., mein Engel?«
Seine weichen Lippen streiften meinen Hals. »Mm«, machte ich und schlang meine Arme um seinen Hals. Am liebsten hätte ich gesagt: Du musst nach einem Weg suchen, Logan. Du musst solange suchen, bis du eine Möglichkeit gefunden hast, wie ich für immer bei dir bleiben kann. Du darfst niemals aufgeben!

Doch ich tat nichts dergleichen. Ich hielt ihn eng umschlungen und vergrub mein Gesicht an seiner Schulter.

Ein seltsamer Traum

Die ersten Minuten vom neuen Jahr verbrachten wir gemeinsam mit unseren Freunden auf der Dachterrasse. Während Kevin und Dean anhand ihrer Illusionen eine Rakete nach dem anderen in den Himmel jagten, kuschelte ich mich warm eingepackt an Logans Brust. Außer mir brauchte niemand eine Jacke und das ärgerte mich ein wenig. Aber das war leider nicht zu ändern.

»Und?« Cole reichte mir einen heißen Früchtepunsch. »Was hast du dir für das neue Jahr vorgenommen?«

Ich nippte kurz an meinem Glas, bevor ich antwortete. »Nicht sehr viel.« Und mit einem Blick zu Logan fügte ich zu: »Es wäre schön, wenn ich mich in den einzelnen Kursen ein bisschen verbessern könnte, also habe ich mir vorgenommen, in Zukunft etwas mehr für das College zu tun.«

»Sehr lobenswert«, stellte Cole mit einem Augenzwinkern fest. »Dein Secutor wird sich freuen, das zu hören.«

Ein lauter Knall ließ mich zusammenzucken. Kevin hatte eine besonders große Rakete gezündet und erntete dafür von Jean sofort einen tadelnden Blick. Ich schmunzelte.

»Mir reicht's für heute«, sagte Cole über den Lärm hinweg. »Ich wünsche dir eine gute Nacht und träum' was Schönes.«

Mit diesen Worten verließ Cole die Dachterrasse und wenige Minuten später folgten auch Megan und Betty. Kevin und Dean gingen erst, nachdem Jean ein Machtwort gesprochen hatte. Zum Schluss standen Logan und ich alleine auf der Dachterrasse und schauten den grellen Lichtern zu, die ganz allmählich immer weniger wurden.

»Ist dir kalt, mein Engel?«

Seine Arme schlossen sich fester um meine Mitte. Ich versuchte das Klappern meiner Zähne auf ein Minimum zu reduzieren.
»Nur noch ein paar Minuten. Es ist so schön hier oben.«
Seine Lippen streiften meinen Hals und ich hielt die Luft an.
»Der Besuch bei deiner Familie hat mir gefallen«, murmelte er kaum hörbar. »Deine Eltern haben sich wirklich sehr über dein Geschenk gefreut. Sie sahen glücklich aus.«
Logan hob den Kopf und ich öffnete die Augen. »Nicht zu vergessen, Danny«, sagte ich mit einem Lächeln. »So viel Spielzeug wie dieses Jahr lag für ihn noch nie unter dem Weihnachtsbaum. Ich glaube, Mom war ein kleines bisschen sauer deswegen.«
»Du hast ein sehr enges Verhältnis zu deinem Bruder«, stellte er ohne Umschweife fest. »Es war schön, dir dabei zuzusehen, wie du mit ihm gespielt hast.«
Ich nickte. »Mit Kindern komme ich ganz gut zurecht, was glaubst du wohl, warum ich Grundschullehrerin werden möchte. In diesem Alter haben sie wenigstens noch Respekt vor den Lehrern.«
Der letzte Satz war eigentlich als Scherz gedacht. Doch Logan lachte nicht. Seine Augen wanderten unablässig über mein Gesicht, als suche er nach etwas.
»Du magst Kinder.«
Seine Stimme klang ernst. Ich befreite mich sanft aus seiner Umarmung, damit ich sein Gesicht genauer betrachten konnte.
»Klar, mag ich Kinder. Irgendwie sind sie ganz süß, jedenfalls, wenn alle so sind wie Danny. Ob ich sie auch noch mag, wenn sie älter werden, das wird sich noch herausstellen«, sagte ich schelmisch.
Er lachte wieder nicht. Seine Reaktion machte mich stutzig.
»Was ist los?«, fragte ich alarmiert.
»Nichts.«
Er drehte den Kopf zur Seite und wich mir aus.
»Logan, du hast doch was«, bohrte ich weiter. Dieser seltsam abwesende Blick war mir zum ersten Mal bei Mom und Dad

aufgefallen. Auch da hatte er mich schon so komisch angesehen. Als würde er unentwegt über etwas nachdenken.
»Ich glaube, ich würde damit nur die Stimmung ruinieren«, sagte er nach einigen Minuten.
»Egal«, winkte ich ab. »Raus damit.«
Logan seufzte leise. »Jean hat einmal zu mir gesagt, es wäre unverzeihlich, dass ich so rücksichtslos in dein Leben eingreife.«
Während er weitersprach, wurden seine Augen schmal.
»Hältst du mich für egoistisch, Lara? Weil ich dich bei mir behalten möchte, obgleich ich mir bewusst bin, dass ich dadurch dein Leben verändere. Deine Zukunft.«
Ich lachte leise, weil ich eigentlich etwas ganz anderes erwartet hatte. Eine neue Bedrohung zum Beispiel. In Anbetracht dessen war ich wirklich erleichtert über seine Frage.
»Nein, ich finde nicht, dass du egoistisch bist. Und ich halte dich auch ganz bestimmt nicht für rücksichtslos.«
Zärtlich legte ich meine Hand an seine Wange. »Logan, sieh mich an. Was ist los mit dir, was soll die Frage?«
Er zuckte mit den Schultern, vermied es aber noch immer, mich anzusehen. »Du magst Kinder. Du möchtest doch eines Tages sicher eine eigene Familie haben.«
Darüber hatte ich noch nicht nachgedacht. »Ich mag viele Sachen, was jedoch nicht zwangsläufig bedeutet, dass ich alles haben will, was ich mag. Wäre das der Fall, dann würde ein Elefantenbaby durch die Eingangshalle rennen, die mag ich nämlich auch.« Ich grinste breit, als er den Kopf hob und mich irritiert anschaute. »Außerdem bin ich noch viel zu jung, um mich jetzt schon damit auseinanderzusetzen«, fügte ich hinzu, um dem Thema ein Ende zu bereiten.
Logan strich meine Haare hinters Ohr, ehe er antwortete.
»Wenn du bei mir bleibst, dann wirst du niemals eigene Kinder haben, Lara. Äußerlich unterscheiden wir uns kaum voneinander, dennoch gibt es gravierende Unterschiede.«

Ich legte den Kopf zurück und schaute ihm in die Augen. »Und was sind das für Unterschiede?«
»Stell dir ein Puzzle vor«, begann er. »Ein Puzzle, bei dem aus Versehen ein paar falsche Teile ausgestanzt wurden. Auf den ersten Blick hat jedes Puzzleteil das dazugehörige Motiv. Dennoch passen die einzelnen Teile nicht zusammen. Ich bin der einzige meiner Art, ich vereine Secutor und Defensor in mir. Die oberste Priorität ist ein Puzzleteil, welches nirgendwo dazugehört.«
»O.k.«, sagte ich und versuchte es beiläufig klingen zu lassen. Logan hielt mich so fest, dass ich mich kaum bewegen konnte.
»Die Möglichkeit einer Schwangerschaft ist ausgeschlossen«, sagte er und schmiegte seine Lippen an mein Ohr.
Sein heißer Atem kitzelte mich.
»Ich BIN egoistisch, mein Engel. Obwohl ich dich um deinetwillen gehenlassen sollte, kann ich den Gedanken an eine Trennung nicht ertragen. Selbst wenn ich um die Konsequenzen weiß.«
Ich lächelte. »Dann bin ich mindestens genauso egoistisch wie du«, erklärte ich mit ernster Stimme. »Selbst wenn ich weiß, dass du mich nun so lange ich lebe ertragen musst und glaube mir, du wirst es noch oft genug bereuen, denn ich kann ziemlich anstrengend sein, werde ich dich trotzdem nicht mehr hergeben. Vielleicht kommt ja schon bald der Tag, an dem du deine Entscheidung bereust. Wer weiß. Ich kann wirklich sehr anstrengend sein.«
Er runzelte die Stirn, sah jedoch äußerlich ruhig aus. »Du willst es so?«
»Ja, ich will es so«, nickte ich. »Und zwar genau so, wie es jetzt ist. Und jetzt lass uns bitte über etwas anderes reden. Oder noch besser, wir reden am besten gar nicht mehr.«
Seine Lippen verschmolzen mit meinen zu einem innigen Kuss, bis er sanft, aber bestimmt meine Arme von seinem Hals zog. »Und jetzt gehen wir ins Haus. Du bist eiskalt.«

Bereitwillig folgte ich ihm. Eine angenehme Wärme begrüßte mich, als er die Tür öffnete.
»Ich habe mich noch gar nicht für mein Geschenk bedankt«, sagte ich und hängte meinen Mantel über die Stuhllehne. »Ich kann es noch gar nicht richtig glauben. Ein Haus in White Rock. Das ist einfach … unfassbar.«
Als ich daran dachte, wie ich auf die Papierrolle gestarrt hatte, musste ich schmunzeln. Ein schöneres Geschenk hätte er mir wirklich nicht machen können.
Sein Daumen strich zärtlich über meine Wange.
»Du musst dich nicht bei mir bedanken, Lara. Du bist glücklich und nur das zählt.«
Ein wunderbares Gefühl der Freude überkam mich. Obwohl die Ereignisse in White Rock von dunklen Wolken überschattet wurden, die ich größtenteils Leo zu verdanken hatte, konnte ich es dennoch kaum erwarten, wieder dorthin zurückzukehren. Ich dachte an den Tag, als ich Ruth kennengelernt hatte und dass mir keine Zeit geblieben war, mich von ihr zu verabschieden. Und an die Familie, die mich so liebevoll aufgenommen hatte. Die Erinnerungen daran überschwemmten mein Bewusstsein und hinterließen sowohl Trauer als auch Freude.
Nach einer ausgiebigen Dusche ließ ich mich aufs Bett fallen und schlief ziemlich schnell ein. Mir war nicht bewusst gewesen, dass ich so müde war. Kurz darauf drang ein merkwürdiges Rauschen an meine Ohren. Erst leise, dann immer lauter klatschten die hohen Wellen gegen den Strand. Etwas Nasskaltes fiel auf mein Gesicht und hinterließ eine kleine Pfütze. Schneeflocken wirbelten durch die Luft. Ich hob den Kopf und blickte zum Himmel. Der Sturm wurde stärker, das Meer bäumte sich auf. Fröstelnd schlang ich die Arme um meine Mitte und senkte den Blick. Als ich hinter mir Schritte hörte, drehte ich mich um. Ruth blieb stehen und begrüßte mich mit einem Lächeln.
»Guten Abend, Liebes. Wie geht es dir?«
Ich unterdrückte ein Seufzen. »Mir geht's gut. Ich bin so froh,

dich wiederzusehen.«
In diesem Moment fegte der Wind erneut über den Strand und ließ mich erzittern. »Es ist so kalt«, sagte ich mit bebenden Lippen. »Ich wünschte, ich hätte was zum Anziehen dabei.«
Nicht zu fassen. Selbst im Traum, und es konnte nur ein Traum sein, hatte ich meinen Mantel vergessen!
Der Wind peitschte Ruths Haare ins Gesicht, doch sie blieb unbeirrt stehen. »Du musst mir jetzt ganz genau zuhören«, sagte sie mit eindringlicher Stimme. »Uns bleibt nicht viel Zeit.«
Mit ausgestrecktem Zeigefinger deutete sie auf ein kleines, baufälliges Haus am Ende der Uferpromenade. »Ich weiß, dass du nach einer Antwort suchst und wenn du die richtige Frage stellst, dann wirst du sie auch finden. In diesem Haus gibt es einen Hinweis, ich habe ihn dort für dich hinterlassen. Du musst danach suchen, Lara, denn du wirst ihn brauchen.«
Ich musste mich furchtbar anstrengen, um noch etwas zu verstehen. Der Sturm wurde schlimmer. »Was denn für einen Hinweis?«, fragte ich verwirrt. »Ich weiß leider nicht, wovon du redest.« Ihre Silhouette begann zu verschwimmen. »Halt, warte noch«, rief ich erschrocken. »Geh nicht weg. Ruth!«
Sie lächelte über mein bestürztes Gesicht. »Nicht vergessen, Lara, du musst die richtige Frage stellen, um eine Antwort zu finden. Du schaffst das schon.«
Dann löste sie sich auf …
Mit einem gewaltigen Ruck knallte ich auf den Fußboden.
Aua!
Ein wenig desorientiert setzte ich mich am Boden auf und strich meine Haare hinter die Ohren. Im Schlafzimmer herrschte absolute Dunkelheit, kein einziger Lichtstrahl drang durch das Fenster. Als ich mich aufrappelte um wieder ins Bett zu krabbeln, entdeckte ich schräg über mir ein paar bedrohlich funkelnde Augen. Mit einem leisen Aufschrei, riss die Hände hoch und bedeckte mein Gesicht.
»Lara?«

Logan schaltete die Lampe ein und ich ließ langsam meine Hände sinken. Er sah ein wenig besorgt aus. »Was machst du denn auf dem Fußboden, wenn ich fragen darf?«

Ich brauchte eine Weile, bis ich mich von dem Schreck erholt hatte.

»Deine … deine Augen«, stotterte ich benommen, »die leuchten im Dunkeln?«

Er lächelte über meinen Gesichtsausdruck. »Hast du dir wehgetan?« Dabei ging er in die Hocke, hob mich auf und setzte mich auf unser Bett.

»Kannst du damit im Dunkeln sehen?«, fragte ich aufgeregt.

Seine Augen hatten gefunkelt wie zwei glühende Kohlen. Richtig unheimlich. Er nickte schmunzelnd und mir blieb die Spucke weg. »Wow. Was siehst du alles? Gibt es irgendwelche Einschränkungen?«

»Frag mich lieber, was ich nicht sehen kann, dann sind wir mit dieser Unterhaltung schneller durch«, meinte er augenzwinkernd.

»Hm«, machte ich leise und schürzte die Lippen. »Kannst du deine Umgebung im Dunkeln genauso gut erkennen, wie am Tag?«

»Lassen wir das lieber«, schlug er vor. »Mich würde vielmehr interessieren, was du auf dem Fußboden zu suchen hattest. Bist du etwa aus dem Bett gefallen?«

Ich biss mir auf die Lippe. »Das war nur ein Traum, nichts weiter. Ich kann mich auch kaum noch daran erinnern. Wahrscheinlich habe ich zu nah an der Kante gelegen und mich zur falschen Seite gedreht.«

Ich wusste nicht, was ich noch sagen sollte. Seine Stirn kräuselte sich leicht, während er mein Gesicht aufmerksam betrachtete. »Komm ins Bett«, sagte ich eilig, um ihn von seinen Gedanken abzulenken.

Ich war mir sicher, er dachte darüber nach, ob ich eventuell geflunkert hatte. Doch dann lächelte er mich an und zog mich in seine Arme. »Ich werde dich lieber festhalten, damit du nicht wieder aus dem Bett fällst.«

»Mach das«, stimmte ich zu und kuschelte mich an seine Brust. Und bevor ich mir über seine Reaktion noch weitere Gedanken machen konnte, war ich schon wieder eingeschlafen.

Nach diesem Traum wollte ich unbedingt mit Sam reden. Leider musste ich damit wohl warten, bis die Schule wieder anfing. Immer war irgendwer in der Nähe und ich konnte nicht sicher sein, ob die anderen das Gespräch eventuell mitbekommen würden. Und ich wollte keine Zuhörer.

Glücklicherweise ergab sich gleich am ersten Schultag, unmittelbar nach der Sportstunde, für mich die Gelegenheit. Logan hatte das College bereits verlassen und Jean trug Kopfhörer. Sie schien genervt von den ewigen Geschichten, die Kim mal wieder zum Besten gab. Für mich war das der perfekte Zeitpunkt. Mit einem Handzeichen deutete ich an, dass ich kurz telefonieren möchte. Jean sorgte für die nötige Privatsphäre, indem sie ein paar Schritte vorausging. Zur Sicherheit blieb ich stehen, um den Abstand noch ein bisschen zu vergrößern.

Dann wählte ich seine Nummer. »Sam? Hast du kurz Zeit?«, fragte ich und drehte dabei den Kopf nach allen Seiten.

»Klar, schieß los. Was gibt's?«

»Du musst mir helfen«, flüsterte ich. »Weißt du noch, wo wir damals unser Eis gegessen haben? In der Straße, ganz am Ende, da müsste ein leeres Haus stehen. Sehr alt und ziemlich heruntergekommen.«

Ich wartete. »Dort hat Ruth gewohnt«, sagte er nach einer Weile. »Solange sie in White Rock war, hat sie dort Unterschlupf gesucht. Meinst du etwa diese alte Bruchbude?«

»Genau die«, sagte ich überrascht. Ich wusste nicht, wo Ruth während ihrer Zeit in White Rock gelebt hatte. Doch genau das musste es sein.

»Hör zu«, nahm ich das Gespräch wieder auf. »Du musst das Haus unbedingt auf den Kopf stellen. Durchsuche das Haus von oben bis unten, das ist sehr wichtig, Sam. Irgendwo muss dort ein Hinweis für mich versteckt sein.«
»Ein Hinweis? Ein Hinweis auf was?« Er klang skeptisch.
»Keine Ahnung«, seufzte ich. »Das weiß ich leider auch nicht. Aber kannst du bitte nachsehen? Tu mir den Gefallen.«
Er seufzte ebenfalls. »Ich verstehe zwar nicht, warum du so einen Wirbel um diesen mysteriösen Hinweis machst, aber o.k. Von mir aus. Ich werde mich dort mal umsehen.«
Ich spürte, wie die Anspannung von mir abfiel.
»Danke, Sam. Ich schulde dir etwas.«
Er lachte ungeniert. »Darauf kannst du wetten, kleine Schwester. Du schuldest mir sogar eine ganze Menge. Vor allem aber eine Erklärung.«
Verärgert knirschte ich mit den Zähnen. War ja klar, dass ich nicht einfach so davonkäme.
»Also gut. Vor ein paar Tagen habe ich von Ruth geträumt. Sie hat mir das Haus gezeigt und gesagt, ich soll dort nach einem Hinweis suchen. Ich habe sie danach gefragt, aber sie wollte mir nichts Genaueres sagen. Sie hat nur gesagt, wenn ich die richtige Frage stelle, dann werde ich eine Antwort finden.«
Eine Weile blieb es still in der Leitung.
»Sam? Bist du noch dran?«
»Du hast von ihr geträumt?«
Zögernd sagte ich: »Ja.«
»Und sie hat dich gebeten, in diesem Haus nachzusehen?« Sam klang höchst misstrauisch.
»Ich soll dort nach einem Hinweis suchen.« Ich stöhnte leise auf. »Das hab ich dir doch gerade erst erzählt. Muss ich das jetzt nochmal wiederholen?«
»Das war kein Traum«, sagte er mit einem Mal und seine Stimme klang plötzlich sehr angespannt. »Lara, das war definitiv eine Illusion, gekoppelt an deine Erinnerung. Hast du in der letzten

Zeit irgendwann einmal an Ruth gedacht? Dadurch könnte die Illusion aktiviert worden sein. Denk mal scharf nach.«
Da musste ich gar nicht lange nachdenken. »Sogar öfter«, gab ich unvermittelt zu. »Seit Weihnachten habe ich eigentlich ständig an euch gedacht. Ich denke sehr oft an euch.«
Ich konnte hören, wie er geräuschvoll ausatmete. »Das meine ich nicht. Es muss eine ganz bestimmte Erinnerung sein, eine, die ausschließlich mit Ruth zu tun hat.«
»Keine Ahnung«, meinte ich schulterzuckend. »Kann schon sein, dass ich zwischendurch an Ruth gedacht habe. Und du glaubst wirklich, das war eine Illusion?«
»Ganz sicher, Lara. Was immer sie damit bezwecken wollte, die Illusion war so angelegt, dass du sie erst bekommst, wenn du an sie denkst. Das war verdammt clever.«
Sam hörte sich schwer beeindruckt an. Ich schüttelte den Kopf, mir schwindelte.
»Rufst du mich an, wenn du etwas gefunden hast?«
»Mache ich«, stimmte er sofort zu. »Aber gib mir ein paar Tage Zeit. Im Augenblick habe ich ziemlich viel um die Ohren.«
Ich hielt meine Ungeduld im Zaum. »Ja, gut. Und streng dich bitte an, du musst gründlich suchen.«
Er lachte. »Ich gebe mir Mühe, kleine Schwester. Bis dann.«

Meine Aufregung legte sich etwas und jetzt, da ich wieder ruhiger war, begriff ich, wie merkwürdig das alles klang. Ruth wollte mir also etwas mitteilen und dafür hatte sie eine Illusion hinterlassen. Eine Art Vermächtnis. Ich grübelte weiter. Wir hatten leider nicht viel Zeit miteinander verbracht, aber es hätte sicher eine Möglichkeit zum Reden gegeben. Aus irgendeinem Grund wollte sie das Gespräch nicht mit mir führen. Jedenfalls nicht persönlich.
Es klingelte zur nächsten Stunde, während ich versonnen den Flur entlang schlurfte.
»Beeil dich, Lara. Der Unterricht fängt gleich an.«

Jean drängte mich energisch vorwärts. Wir kamen gerade noch pünktlich in den Hörsaal und gingen schnell auf unsere Plätze.
»Wo ist Logan?«, fragte ich, als mir sein leerer Platz bewusst wurde.
Jean ließ ihre Notizen sinken und lehnte sich nach hinten.
»Im Sekretariat, bei Gordon. Er hat heute seinen ersten Tag mit Henry, seinem neuen Secutor. Logan greift ihm ein bisschen unter die Arme. Seit der Sache mit Leo scheint er noch nicht wieder ganz auf der Höhe zu sein.« Sie lächelte, als ich das Gesicht verzog. »Mach dir keine Sorgen, Lara. Es geht ihm gut. Gordon ist bald wieder ganz der Alte.«
Mr. Conners schrieb gerade etwas an die Tafel. Er beachtete uns nicht weiter und gab mir dadurch Gelegenheit, mich wieder mit meinem Problem zu beschäftigen. Mir wollte jedoch keine vernünftige Erklärung für Ruths Illusion einfallen, egal wie lange ich auch darüber nachdachte.
»Jean?« Jean wandte den Kopf von der Tafel ab und schaute zu mir. »Mal angenommen du möchtest mir etwas erzählen, du willst mit mir aber nicht persönlich darüber sprechen. Auch nicht anrufen oder schreiben. Sagen wir mal, du würdest stattdessen eine Illusion benutzen. Was wäre dein bestes Argument dafür?«
Ihre Augenbrauen sausten nach oben. »Für eine Illusion? Dafür gibt es kein gutes Argument. Eine Illusion ist das Letzte, was ich bei dir einsetzen würde. Das weißt du doch.«
Sie wirkte empört.
»Ich bin nur neugierig«, sagte ich schnell beschwichtigend. »Das ist alles rein hypothetisch. Also. Was wäre für dich der beste Grund, um eine Illusion einzusetzen?«
Die kleinen Falten auf ihrer Stirn glätteten sich.
»Bei dir? Ganz einfach: Logan. Wenn ich sichergehen will, dass er unser Gespräch nicht in deiner Erinnerung wiederfindet, müsste ich dir eine ganz bestimmte Illusion geben. Diese Art von Illusion hinterlässt keine eigenen Erinnerungen. Selbst

wenn du dich später daran erinnerst, kann er sie nicht sehen. Noch privater geht es nicht.«

Uff. Das war es also. Ruth wollte unter allen Umständen verhindern, dass Logan davon erfuhr. Ich musste schlucken. Verdammt nochmal. Dabei hatte ich mir doch fest vorgenommen, Logan nie wieder etwas zu verheimlichen.

Die Woche war emotional eine einzige Katastrophe gewesen. Eigentlich hatte sich nichts verändert, alles war so wie immer. Sam hatte sich bisher nicht wieder gemeldet und ich steckte mit meinen Überlegungen nach wie vor in einer Sackgasse. Ich kam einfach nicht weiter. Das zermürbte mich. Also hatte ich kurzerhand beschlossen, mich am Freitag, gleich nach dem College, mit Romy und Anna zu treffen. Wen sollte ich sonst fragen?

Zu meiner Enttäuschung fand ich jedoch keine Gelegenheit, das Gespräch in die richtige Bahn zu lenken.

Frustriert und genervt saß ich abends an der Bar und schlürfte meine Cola. Just in diesem Moment klingelte endlich mein Handy und Sam begrüßte mich gutgelaunt.

»Hast du was gefunden?«, fragte ich hoffnungsvoll.

»Tut mir leid, aber da ist nichts. Absolut gar nichts.«

»Das kann nicht sein«, stöhnte ich. »Dann hast du nicht richtig gesucht. Da muss etwas sein!«

Sam schnaubte lautstark. »Denkst du, ich bin blöd? Ich habe die komplette Bude auf den Kopf gestellt, ich war sogar auf dem Dachboden. Ein paar alte Möbel und ein Haufen Papierkram lagen überall auf dem Boden verstreut. Ich habe jedes einzelne Blatt umgedreht. Die meisten davon waren leer. Wenn ich wenigstens wüsste, wonach ich suchen soll.«

Ich gab keine Antwort.

»Tut mir wirklich leid, kleine Schwester. Wir können ja noch mal zusammen suchen, wenn du in den Flitterwochen herkommst. Aber glaube mir, da ist wirklich nichts.«

Wütend starrte ich auf die Cola in meiner Hand.

»Macht nichts, trotzdem danke. Bis zum nächsten Mal.«

Mit gemischten Gefühlen schob ich mein Handy in meine Hosentasche. Irgendwas hast du übersehen, sagte ich mir. Womöglich eine Kleinigkeit, von der ich dachte, sie wäre nicht wichtig. Ruth hätte mir niemals einen Hinweis hinterlassen, wenn sie nicht sicher gewesen wäre, dass ich ihn auch finde. Ich sollte nach der Frage suchen, um die Antwort zu finden. Aber wie?

Da fiel mir wieder ein, was Dad einmal zu mir gesagt hatte: ›Niemals aufgeben, Kleines. Wenn du davon überzeugt bist, dass es einen Weg gibt, dann wirst du ihn auch finden.‹

Damals lag ich heulend auf dem Bett, weil mein Job als Babysitter nicht genug Geld einbrachte und mein Jeep in unerreichbare Ferne rutschte. Dad hatte mir angeboten, das Geld vorzustrecken, aber das wollte ich nicht. Ich wollte es unbedingt ganz alleine schaffen.

Ein paar Tage später wollte ich mich mit Kim und Angela auf eine Cola bei Harry im Diner treffen. Sie hatten kurzfristig abgesagt und ich hockte alleine am Tresen. Harry war offenbar heillos überfordert. Er machte ein wütendes Gesicht und brüllte ständig die Bedienung an. Eine Weile beobachtete ich das Treiben als stiller Zuschauer, dann ergriff ich kurzerhand die Initiative.

»Willst doch noch was?«, murrte er mit einem Blick auf mein leeres Glas. Seine lichte Haarpracht klebte schweißglänzend am Hinterkopf.

»Ein Job wäre nicht schlecht«, gab ich grinsend zurück.

Er verschränkte seine Arme über dem massigen Bauch und schüttelte den Kopf. »Da kann ich dir leider nicht helfen, Lara. Ich brauche keine Aushilfe.«

»Sieht aber gerade anders aus«, bemerkte ich, den Blick flüchtig auf seine Kellnerin gerichtet. Das Mädchen versuchte mehrere Gäste gleichzeitig zu bedienen. Erfolglos.

Harry gab ein unzufriedenes Grunzen von sich. »Sally«, brüllte er durch den vollen Laden. »Wird das heute noch mal was oder

machst du schon wieder Feierabend?«
Das Mädchen verdrehte die Augen.
»Wie soll ich das alleine schaffen? Mary ist krank und Willa hast du vor die Tür gesetzt. Ich bin keine Maschine, ich hab auch nur zwei Hände.«
Ich grinste still in mich hinein, während Harry mit einem Geschirrtuch über den Tresen wischte.
»Was ist nun?«, knurrte er. »Willst du noch was oder nicht?« Dabei wischte er eifrig über einen angetrockneten Kaffeefleck. »Sowas ist eigentlich nicht meine Aufgabe«, sagte er, als er merkte, dass ich ihn beobachtete. »Ich mache die Küche, nichts weiter. Jetzt muss ich putzen, weil die dumme Pute dahinten einfach nichts auf die Reihe kriegt.«
Sally drehte sich um und streckte ihm die Zunge heraus.
»Tu endlich was für dein Geld«, fauchte er und warf das Geschirrtuch schwungvoll in ihre Richtung.
»Wenn du willst, kann ich gleich anfangen«, erklärte ich mit einem freundlichen Lächeln. »Dienstags und donnerstags kann ich bis zehn. Freitags und samstags kann ich meinetwegen auch bis Schluss. Sonntag geht nur bis acht. Ich habe Montag Schule …«
Dabei räumte ich das dreckige Geschirr vom Tresen und stellte es in die Spüle. »Oder willst du lieber warten, bis am Freitag die Trucker vorbeikommen und dir den Laden auseinander nehmen?«
Harry riss die Augen auf und für wenige Sekunden dachte ich schon, er würde mich hochkant rauswerfen. Stattdessen sagte er: »Von mir aus, dann versuch' dein Glück. Ich bezahle dir drei Dollar die Stunde. Ein Essen für die Hälfte, Kaffee ist frei. Es wird nicht mit der Kundschaft rumgemacht und wenn du zu spät kommst, ziehe ich dir die Zeit von deinem Lohn ab. Klar?«
Ich streckte das Kinn hervor. »Vier Dollar die Stunde und mein Essen bringe ich selbst mit. Ich trinke keinen Kaffee, also

dafür die Cola frei. Soll ich gleich anfangen?«
Harrys Blick ging zu Boden, er strich mit dem Handrücken über seine schweißnasse Stirn und murmelte etwas Unverständliches. Dann schaute er mir direkt in die Augen: »Freitag. Sei pünktlich. Und wenn du nicht spurst, fliegst du. Verstanden?«
Trotz der Schärfe in seiner Stimme wirkte Harry erleichtert. Ich glaube sogar, ihm fiel ein riesiger Stein vom Herzen.
»Geht klar, Boss«, sagte ich zum Abschied und Sally grinste mich an, als ich an ihr vorbeiging.
Einige Monate später konnte ich endlich meinen Jeep abholen.

Tief in Gedanken versunken rutschte ich vom Hocker und schlurfte die Treppe hoch. Nicht aufgeben, sagte ich zu mir. Du darfst nur nicht aufgeben.

Die Tür von seinem Büro war nur angelehnt. Ich schob sie auf. Logan saß am Schreibtisch, er lächelte, als er mich reinkommen sah. »Brauchst du noch lange?«, fragte ich interessiert.
Der große Stapel mit Akten aus Neuseeland wurde langsam aber sicher überschaubar.
»Ich bin gleich so weit«, versprach er und deutete auf den Sessel vor seinem Schreibtisch. »Setz dich doch zu mir und leiste mir ein wenig Gesellschaft. Ich könnte etwas Aufmunterung vertragen.«
Logan sah gestresst aus. Zweifellos immer noch unbeschreiblich gutaussehend, allerdings hatten seine Augen ein bisschen von ihrem Glanz eingebüßt, seitdem er so viel Zeit im Büro verbrachte.
»Kann Ethan das nicht machen?«, murrte ich und ließ mich in den Sessel plumpsen.
Er blickte erneut von seinem Schreibtisch auf. »Gib mir zehn Minuten, mein Engel. Nur noch eine Sache.«
Sein Arm sauste durch die Luft und augenblicklich erschien mitten im Büro ein Hologramm von einem wirklich furcht-

einflößenden Defensor. Daneben tauchten eine Menge Zahlen und Formeln auf. Erschrocken und neugierig zugleich lehnte ich mich nach vorne.
»Das sieht sehr gut aus«, bemerkte Logan und ging um den Tisch herum. Mit seinem Finger zeigte er auf eine der Zahlen. »Deine Blutprobe passt zu einem Kandidaten in Texas. Die Ergebnisse aus dem Labor weisen eine Übereinstimmung von 84 Prozent auf. Das sind sehr gute Voraussetzungen.«
Mir stockte der Atem, als das Hologramm antwortete.
»In Ordnung, Boss. Ich werde mich gleich auf den Weg machen.«
Logan nickte ihm zu, dann gab er weitere Instruktionen. Mein Blick wanderte ziellos durchs Zimmer. Vorbei an Logan, dann zum Defensor. Und schlussendlich wieder zu Logan.
Blutprobe. Übereinstimmung.
Was hatte Anna mir damals im Shoppingcenter erzählt? Ich durchforstete meine Erinnerungen auf der Suche nach der passenden Antwort. Es ging darum, den passenden Defensor für den zukünftigen Secutor zu finden. Genau aus diesem Grund kam für mich eine Umwandlung unter ›normalen‹ Umständen nicht in Frage. Ich war kein Empath und deswegen konnte es für mich auch keinen passenden Defensor geben.
Meine Hände begannen vor Aufregung zu kribbeln. Und was wäre, wenn es noch andere Umstände gab? Eine andere Möglichkeit sozusagen? Auf alle Fälle brauchte ich das Blut eines Defensors, so viel war klar. Ohne Blut würde es nicht funktionieren.
Doch wie sollte ich einen Prozentsatz erreichen, der eine Umwandlung zuließ, selbst wenn meine Voraussetzungen dafür gleich Null waren?
Ich schluckte schwer, als ich den Zusammenhang endlich verstand. Ruth hatte mir aus genau zwei Gründen von meiner Vergangenheit erzählt. Erstens hatte ich auf diese Weise von meiner Abstammung und der daraus entstandenen Gabe

erfahren und wusste nun, warum Leo mich verfolgt hatte. Und zweitens? Ruth wollte mir damit etwas zu verstehen geben: Die Tatsache, dass bereits Defensoren Blut durch meine Adern floss. Wer könnte also besser zu mir passen, als der Defensor, von dem ich abstammte? Voilà, eine Übereinstimmung von satten einhundert Prozent!

Und damit gab es nur eine einzige Frage, die zu der richtigen Antwort führen konnte und zu dem Hinweis, den Ruth für mich hinterlassen hatte: Wie lautete der Name des Defensors, von dem ich abstammte und der für eine Umwandlung infrage kam?

Mein Herz machte einen Satz. Jetzt, da ich die Frage kannte, hatte ich auch die Antwort gefunden, genauso, wie Ruth vorausgesagt hatte. Das war der Hinweis, nach dem ich suchen sollte. Ruth kannte seinen Namen!

Irgendwo in diesem verlassenen Haus in White Rock befand sich ein Hinweis auf den Namen des Defensors, der mir bei der Umwandlung helfen konnte.

Oh. Mein. Gott!

Ich spürte, wie Hoffnung in mir aufkeimte. Es gab also doch einen Weg, um für immer bei Logan zu bleiben!

SCHWERSTARBEIT

»Du führst doch schon wieder etwas im Schilde.« Jean lachte. »Raus damit, Lara. Früher oder später komme ich sowieso dahinter.«

Ich warf meinen Rucksack in die Ecke und schlug den Weg zur Küche ein. Jean folgte mir.

»Es geht um Logan«, machte ich meinem Ärger Luft. »Seit Tagen versuche ich, an seinen Ring heranzukommen. Aber er lässt ihn nie aus den Augen.«

Skeptisch betrachtete sie meine angesäuerte Miene.

»Seinen Verlobungsring? Was hast du damit vor?«
»Er meinte, ich soll zur Hochzeit für uns die passenden Ringe aussuchen«, klärte ich sie auf. »Aber das will ich gar nicht, ich würde die Ringe, die wir jetzt tragen, gerne behalten. Also dachte ich mir, ich lasse sie aufpolieren und gravieren. Mit Namen und Datum. Was sagst du dazu?«
»Die Idee ist sehr schön«, bemerkte Jean. »Allerdings bezweifle ich stark, dass du dein Vorhaben ohne sein Wissen auch in die Tat umsetzen kannst. Logan legt den Ring nur zum Duschen ab und selbst dort kommst du nicht mal annähernd in seine Nähe, ohne vorher von ihm entdeckt zu werden. Warum machst du überhaupt so ein Geheimnis darum? Frag ihn doch einfach.«
»Nein. Das geht nicht«, protestierte ich kleinlaut und seufzte leise. »Es soll eine Überraschung sein. Zum Geburtstag. Er darf nichts davon wissen.«
Jean riss die Augen auf.
»Zum Geburtstag?«, fragte sie ungläubig. Dann lächelte sie. »Ah, verstehe. Du hast dir ein Datum für ihn überlegt.«
Ganz so, wie Jean vermutete, war es nicht.
»Das Datum hat Logan damals ausgesucht. Der 25.Januar. An diesem Tag haben wir uns zum ersten Mal gesehen.«
Sie runzelte die Stirn und murmelte etwas Unverständliches.
»Da gibt es eine Kleinigkeit, die du noch nicht weißt«, sagte sie, begleitet von einem reuevollen Lächeln.
Ihre Reaktion machte mich neugierig. »Ach ja? Und das wäre?«
»An jenem Tag hast du ihn zum ersten Mal gesehen, das stimmt soweit. Allerdings hat Logan dich schon vorher auf dem Parkplatz entdeckt. Was glaubst du wohl, woher er wusste, dass du Dean angebrüllt hast?«
Ungläubig riss ich die Augen auf.
»Keine Ahnung, woher er das mit Dean wusste, darüber habe ich mir überhaupt keine Gedanken gemacht. Ich dachte, Dean hat es ihm erzählt.«
»Dean hat gar nichts erzählt«, wiegelte Jean ab. »Logan wusste

es, weil er dabei war. An diesem Morgen sollte er im College nach dem vermeintlichen Problem suchen. Kannst du dich noch daran erinnern, dass jemand einen Schneeball nach dir geworfen hat? Diese Attacke hast du Logan zu verdanken. Ich habe ihn deswegen zur Rede gestellt, doch er meinte nur, er wollte wissen, wie du darauf reagierst. Ich für meinen Teil fand sein Verhalten damals äußerst kindisch und unprofessionell.«
»Er hat also den Schneeball geworfen?«
Jean bestätigte meine Frage mit einem Nicken und ich schnitt eine Grimasse. »Tut mir leid«, murmelte sie.
»Du kannst doch gar nichts dafür«, nahm ich meine Freundin sofort in Schutz. »Außerdem ist das schon ewig her und damit sowieso nicht mehr wichtig.«
Ich schlenderte zum Kühlschrank und schnappte mir zwei Cola. Dann hockte ich mich neben Jean an die Bar.
»Kannst du mir helfen? Kannst du Logan irgendwie ablenken und dir den Ring schnappen?«
»Und wie soll ich das anstellen?«
Ich grübelte kurz. »Du könntest dich ins Badezimmer schleichen, während er duscht«, schlug ich vor.
Jean hob abwehrend die Hände. »Auf keinen Fall, Lara! Logan würde mich sofort bemerken. Außerdem ist er …« Sie zögerte. »… Er ist splitterfasernackt. Da geh ich nicht rein. Verlange das bitte nicht von mir.«
Ich kicherte. »Nein, schon gut. Aber es muss doch eine Möglichkeit geben. Was ist mit Kevin?«
»Was soll mit ihm sein?« Jean schien nicht so Recht zu wissen, worauf ich hinauswollte.
»Kevin könnte den Ring holen«, schlug ich vor. »Er spielt ihm doch ständig irgendwelche Streiche, vielleicht fällt ihm etwas dazu ein.«
Jean war sehr erleichtert über meinen Vorschlag.
»Ich werde ihn gleich fragen«, entgegnete sie lächelnd und schloss die Augen.

Ungeduldig nippte ich an meiner Cola, während Jean mit Kevin Kontakt aufnahm.
»Und? Was hat er gesagt?«, drängelte ich behutsam, als sie mich wieder anschaute.
»Er will dir helfen. Er ist einverstanden.«
»Super.«
Jean trank einen Schluck, ließ die Dose sinken und blickte mir unverhohlen ins Gesicht.
»Was ist?«, wollte ich wissen, weil ihr Blick immer intensiver wurde. Jean war seit einiger Zeit etwas abwesend. In der Rolle meiner Freundin ergab sich daraus nicht unbedingt ein Problem. Aber sie war gleichzeitig auch mein Secutor und dieser Blick, mit dem sie mich noch immer musterte, verunsicherte mich ein wenig.
»Es ist nichts«, wiegelte sie ab.
Ihre Augen sagten etwas ganz anderes.
Ich verzog den Mund und starrte auf ihre Hände, die krampfhaft die Cola umschlossen.
»Wir sind viel mehr, als nur gute Freundinnen. Du kannst mir sagen, wenn dich etwas bedrückt. Gibt es Probleme mit Kevin?«
Jean atmete tief durch, sie zögerte, dann: »Mit Kevin ist alles o.k., aber ...«, sie warf mir einen weiteren, sehr angespannten Blick zu, »... aber kannst du mir vielleicht sagen, wie es dir geht? Wie fühlst du dich?«
Ich kapierte die Frage nicht. »Ähm. Was meinst du damit?«
»Ich weiß, das hört sich seltsam an«, druckste sie herum, »aber kannst du mir bitte die Frage beantworten?«
»Klar«, sagte ich. »Alles ist so, wie es sein sollte. Kein Husten, kein Schnupfen und auch sonst keinerlei Beschwerden. Ich fühle mich rundum gesund.«
Jean dachte eine Weile nach.
»Mm. Und mit deinem Magen ist auch alles in Ordnung?«
Jetzt wurde die Sache aber wirklich langsam komisch.
»Ich habe nur ein bisschen Hunger, falls du das meinst,

ansonsten ist wirklich nichts.«

Ihre Fragen verunsicherten mich langsam aber sicher.

»Was ist denn los? Hab ich ein Magengeschwür, oder sowas in der Art?«

Jean verneinte meine letzte Frage, indem sie heftig den Kopf schüttelte. »Du hast kein Magengeschwür. Ich wollte nur wissen, ob du dich gesund fühlst. Sonst nichts.«

Das machte mich nur noch skeptischer.

»Sonst nichts? Das klang aber gerade eben noch ganz anders. Soll ich zum Arzt gehen, muss ich mich untersuchen lassen? Nun sag schon, du machst mir langsam Angst.«

Zuerst sagte sie gar nichts und bedachte mich nur mit einem sehr überraschten Blick.

Schließlich fragte sie: »Du würdest tatsächlich zu einem Arzt gehen? Freiwillig?«

»Sicher nicht freiwillig«, erklärte ich. »Aber deine Fragen machen mir inzwischen echt Angst. Also was ist nun, soll ich zum Arzt gehen?«

»Nein.« Sie rutschte vom Hocker und warf die leere Dose in den Abfalleimer. »Ich sagte bereits, dass alles in Ordnung ist. Mach dir keine Sorgen, Lara. Ich muss jetzt los. Wir sehen uns später.«

Jean verließ die Küche und ich blieb grübelnd zurück. Auch wenn Jean mir versichert hatte, dass es keinen Grund gab, um sich Sorgen zu machen, war ich in diesem Augenblick alles andere als ruhig. Da ist was im Busch. Und aus irgendeinem komischen Gefühl heraus wusste ich, dass das Thema noch lange nicht vom Tisch war.

Kevin gab sein Bestes. Wirklich. Aber selbst er konnte nicht leugnen, wie schwer es war, an den Ring heranzukommen. Vier Tage vor dem 25. Januar waren wir immer noch kein Stück weiter und ich beschloss schweren Herzens, mir für Logans Geburtstag lieber doch etwas anderes zu überlegen.

Kaum einen Tag später, ich kam gerade aus dem Klassenzimmer, zerrte Kevin mich um die Ecke. Mit zerknirschter Miene schob er mir den Ring zu.
»Du hast ihn?«, fragte ich begeistert. »Wie hast du das angestellt?«
Kevin legte seinen Finger blitzschnell auf meine Lippen. »Sei ruhig und erwähne den Ring mit keinem Wort …« Er drehte den Kopf flüchtig nach allen Seiten. »Du hast keine Ahnung, was ich alles anstellen musste, um das verdammte Teil zu kriegen. Seitdem er den Ring vermisst, ist er mir gegenüber sehr skeptisch und immer auf der Hut. Von Anfang an hatte er mich in Verdacht. Ich bin der einzige, der dafür in Frage kommt, hat er gemeint. Seitdem lässt er mich nicht mehr aus den Augen. Ich musste sogar einen Umweg machen, wenn ich zum Essen wollte. Er lauert mir überall auf.«
Kevin verzog keine Miene, doch seine Haltung war geduckt, beinahe ängstlich. »Sieh zu, dass er den … behalte ihn nicht zu lange, Lara. Umso früher er ihn wieder hat, desto besser für mich.«
Ich nickte eifrig. »Danke, Kevin.«
»Du kannst dich bei mir bedanken, wenn ich aus dem Schneider bin. Falls ich bis dahin noch lebe«, grummelte er.
Mit hastigen Schritten eilte er über den Flur und verschwand kurz darauf wie vom Erdboden. Ich schmunzelte in mich hinein. Armer Kevin. Er hatte seine Sache wirklich gut gemacht. Nun musste ich Logan nur noch davon abbringen, Kevin nachzustellen, dann war alles wieder beim Alten.
»Morgen ist dein Geburtstag«, verkündete ich einen Tag vor dem großen Ereignis, kaum dass Logan in der Cafeteria am Tisch saß. »Was sollen wir machen? Eine Party vielleicht?«
»Keine Party.«
Logan sah mich stirnrunzelnd an. »Wenn du nichts dagegen hast, würde ich diesen Tag lieber mit dir verbringen. Allein.«

Der Blick in seinen schönen Augen war flehend. »Na gut«, stimmte ich zu. »Dann eben keine Party.«

Er lächelte mein Lieblingslächeln und mein Herz begann zu flattern. »Was möchtest du stattdessen machen?«, forschte ich behutsam nach. Einfach nur zu Hause rumsitzen, an diesem besonderen Tag, fand ich irgendwie nicht angemessen.

Logan führte meine Hand an seine Lippen und küsste sie.

»Sei nicht so ungeduldig, mein Engel. Uns wird schon was einfallen.«

»Bis morgen? Wird das nicht ein bisschen knapp?«

Sein Mund kreiste über meinem Handrücken, während er lächelte. »Wenn du einverstanden bist, möchte ich den Tag gerne am See verbringen. Wir könnten ein Picknick machen.«

Ich blinzelte verwundert. »Im Januar? Ist es dafür nicht ein bisschen zu kalt?«

Ehe ich es verhindern konnte, hatte mich sein umwerfendes Lächeln überrumpelt. Er musste nichts sagen, es reichte völlig aus, mich auf diese Weise anzusehen.

»Picknick klingt toll«, hauchte ich und versuchte dem hypnotischen Blick seiner Augen zu entkommen.

Wie besprochen, saßen wir am nächsten Tag eng aneinander gekuschelt auf dem alten Baumstamm, genossen die Ruhe und schauten andächtig über den zugefrorenen See. Die Abenddämmerung hatte bereits eingesetzt, nicht lange und ich würde kaum noch etwas erkennen. Logan hatte absolut keine Schwierigkeiten, sich in der Dunkelheit zurechtzufinden. Das wusste ich jetzt. Bei mir war das anders. Meine menschlichen Augen würden mich bald im Stich lassen, mir blieb also nicht mehr viel Zeit.

»Ich hab etwas für dich«, sagte ich leise und zog die Schachtel aus meiner Manteltasche. Unsere Ringe waren gerade noch rechtzeitig fertig geworden und der Juwelier hatte sie freundlicherweise in eine hübsche Schachtel verpackt.

Logan betrachtete aufmerksam das kleine Päckchen in meiner Hand. »Was ist das?«

»Nimm den Deckel ab, dann weißt du es«, bemerkte ich altklug. Sein verwirrtes Gesicht brachte mich zum Lachen. Es kam nicht oft vor, dass Logan überrascht war. Ein seltener Moment, den man voll auskosten musste. Obwohl ich wusste, dass er sich bestimmt darüber freuen würde, wurde ich unruhig, sobald seine Finger über dem Deckel verharrten. Kevin hatte mir den Ring besorgt. In meinem Auftrag und ohne sein Wissen. Das war praktisch so etwas wie Diebstahl. Noch dazu musste ich in den letzten Tagen mit ansehen, wie Logan das ganze Haus auf den Kopf gestellt hatte. Ohne etwas zu sagen. Das war gemein.

»Tut mir leid«, murmelte ich und starrte einen Moment lang auf den verschneiten Boden, als Logan ungläubig die Augenbrauen hochzog. »Ich möchte keine anderen Ringe, ich will die hier.« Dabei schaute ich vorsichtig nach oben. »Kevin hat mir geholfen, aber es war ganz allein meine Idee. Ich habe die Ringe gravieren lassen. Unsere Namen und das Datum der Hochzeit. Ich hoffe, du hast nicht vor, das Datum nochmal zu ändern. Das wäre echt blöd.« Ich grinste, als er mich ungläubig anstarrte.

»Du hattest ihn die ganze Zeit?«

Seine Finger schlossen sich besitzergreifend um den Ring, während er mich verständnislos anschaute. »Hast du überhaupt eine Ahnung, was mir in den letzten Tagen alles durch den Kopf gegangen ist? Ich vergesse niemals etwas, dennoch war der Ring plötzlich weg und ich konnte mich nicht mehr daran erinnern, wo ich ihn zum letzten Mal gesehen hatte.«

Ich schmunzelte verlegen. »Das war Kevin. 'Tschuldigung.«

Logan war nicht böse auf mich. Erstaunt, ja. Vielleicht auch ein bisschen schockiert. Aber nicht böse.

Wäre er sauer gewesen, hätten seine Augen schon längst die Farbe gewechselt. Doch sie strahlten immer noch in meiner absoluten Lieblingsfarbe.

»Du siehst aus, als hättest du einen riesen Schrecken bekommen«, stellte ich fest und versuchte meinen neckischen Tonfall aufrechtzuerhalten. »Hast du tatsächlich gedacht, du hättest ihn verloren? Du verlierst niemals etwas.«

»Dieses Mal habe ich ernsthaft an meinen Fähigkeiten gezweifelt«, seufzte Logan. Dabei öffnete er seine Finger und betrachtete eingehend die Gravur auf der Innenseite.

»Happy Birthday«, sagte ich aufrichtig und seine Lippen verzogen sich zu einem umwerfenden Lächeln.

»Das ist eine wunderschöne Idee. Aber wir sollten die Ringe jetzt nicht mehr tragen, richtig?«

»Richtig«, stimmte ich zu. »Bis zur Hochzeit musst du sie verwahren. Erst dann wird es offiziell.«

Irgendwie tat es mir fast ein bisschen leid, dass unsere Ringe nun für die nächsten Wochen in der Schachtel liegen würden. Ich hatte mich schon daran gewöhnt, meinen zu tragen.

»Dauert ja nicht mehr lange«, murmelte ich gedankenverloren und stülpte den Deckel wieder über die Schachtel.

Seine warme Hand legte sich über meine Finger. »Um genau zu sein, dauert es noch 54 Tage und sechs Stunden, bis du Mrs. Ford wirst.«

Ein sehnsüchtiges Leuchten trat in seine Augen. »Dann bist du endlich meine Frau und nichts und niemand wird uns jemals wieder trennen.«

»Zumindest nicht für die nächsten achtzig Jahre«, schoss es aus mir heraus. Ich bemerkte meinen Fehler sofort und meine Kehle schnürte sich zu, als ich sah, wie Logan schmerzvoll das Gesicht verzog, bevor er den Blick von mir abwandte.

»Lass uns nach Hause fahren«, sagte ich, weil ich seinen Anblick nicht länger ertragen konnte. »Zuerst eine heiße Dusche und dann kuscheln wir uns aufs Sofa, ja?«

Ich glaubte zu hören, wie er leise seufzte. Doch sicher war ich mir nicht. Ohne Vorwarnung kehrte seine gute Laune zurück und er schenke mir ein wundervolles Lächeln. Die Gedanken, die ihn noch vor wenigen Sekunden gequält hatten, schienen allesamt verflogen zu sein. Zumindest wollte er mir das weismachen. Doch ich wusste ganz genau, was ihn beschäftigte. Ich gab mir Mühe und erwiderte sein Lächeln, obwohl alles in mir gegen die aufsteigenden Tränen ankämpfte. Ich wollte Logan nicht verlassen. Niemals. Doch wenn ich keinen Ausweg fand, dann würde genau das in einigen Jahrzehnten passieren.

Um mich warmzuhalten, legte er seinen Arm um meine Schultern und führte mich zum Parkplatz. Bis wir an seinem Auto ankamen, hatte ich mich wieder einigermaßen unter Kontrolle. Äußerlich wirkte ich ruhig und gefasst. Doch innerlich war ich aufgewühlt, weil ich glaubte, endlich eine Lösung gefunden zu haben. Dank Ruth musste ich meine Hoffnungen nicht begraben. Ob es für mich tatsächlich eine Möglichkeit gab, für immer bei ihm zu bleiben, würde sich nun bald herausstellen.

Die Zeit raste nur so dahin. So kam es mir jedenfalls vor.

Anfang Februar begann Jean damit, mich auf die Ankunft der Defensoren vorzubereiten. Sie wollte mich nicht ins kalte Wasser werfen, wie sie meinte und jeder musste sie dabei unterstützen. Megan und Betty erzählten mir alles, was sie über gutes Benehmen wussten. Jean ergänzte hin und wieder etwas, wenn sie der Meinung war, dass es nötig wäre. Ich sollte mich von meiner besten Seite zeigen und den Defensoren keinen Grund für Missstände liefern. Was jedoch viel schlimmer war: Sie schleppte unmöglich viele Bücher an, die ich allesamt lesen sollte. Tischmanieren. Die Kunst einer gepflegten Konversation. Tausende gutgemeinte Ratschläge. Ich las abends im Bett und im Wohnzimmer beim Fernsehen. Morgens beim Frühstück. Und im College, während der Mittagspause. Logan schmunzelte über meinen vermeintlichen Eifer.

»Warum tust du dir so etwas an, mein Engel?« Seine Frage ärgerte mich ein wenig, denn sie klang, als würde er mir Anstand und gutes Benehmen nicht zutrauen.

»Weil ich es will«, gab ich trotzig zurück und steckte meine Nase ins nächste Buch.

War es am Anfang noch ganz allein Jeans Idee, mich auf die

Hochzeit vorzubereiten, so hatte ich inzwischen einen Ehrgeiz entwickelt, der seinesgleichen suchte. Egal wie lange ich dafür trainieren musste, egal wie viele Bücher gelesen werden mussten, ich würde Logan bei unserer Hochzeit nicht blamieren. Weder vor meiner eigenen Familie, noch vor den Defensoren. Wäre doch gelacht, wenn ich das nicht hinbekäme!

Adelheid sortierte das Besteck neu. Zum hundertsten Mal in Folge. »Vorspeise. Hauptgang. Das ist die Dessertgabel«, erklärte sie mir. »Nicht vergessen, Lara, die Reihenfolge, in der das Besteck verwendet wird, ist immer von außen nach innen.«
Ungläubig starrte ich auf den Tisch und stöhnte leise. »Das kann sich doch kein Mensch merken. Wieso gibt es für jeden Gang neues Besteck? Wer hat denn so einen Schwachsinn erfunden?« Verzweifelt fuhr ich mir mit den Fingern durch meine Haare.
»Es stehen mehrere Gläser bereit«, erklärte Adelheid freundlich. Meine Bemerkung schien an ihr abgeprallt zu sein. »Zu jedem Gang gibt es ein anderes Getränk und dafür selbstverständlich auch ein anderes Glas.« Sie beugte sich nach vorne und tätschelte aufmunternd meine Schulter. »Ich werde die Tischordnung so anlegen, dass du in meiner Nähe sitzt. Sieh einfach zu mir, wenn du mit dem Besteck nicht weiterweißt. Ich helfe dir.«
Vergeblich versuchte ich meine Gedanken zu sortieren. Doch das Bild vor meinen Augen begann allmählich zu verschwimmen. Wahrscheinlich hatte ich zu lange auf die dämlichen Gabeln gestarrt.
»Also gut. Noch mal von vorn«, bat ich genervt.
Adelheid vergewisserte sich, dass alles an seinem Platz lag, dann ging sie einen Schritt zurück und überließ mir das Kommando. Von außen nach innen, wiederholte ich leise. Immer von außen nach innen. Das konnte doch nicht so schwer sein! Nach weiteren zwei Stunden konnte ich mir die Reihenfolge einigermaßen merken. Das war zumindest ein kleiner Erfolg.

Die Sache mit den Gläsern gestaltete sich dafür umso schwieriger. Mein Kopf wollte einfach nicht kapieren, wieso man bei einem einzelnen Essen so viele Gläser brauchte.
»Schluss für heute.« Adelheid richtete sich auf. »Du brauchst dringend eine Pause, Lara. Um den Rest kümmern wir uns morgen.«
Dankbar schob ich den Stuhl zurück und streckte meinen Rücken durch.
»Einen Moment noch«, warf Jean dazwischen. »Wir sollten uns im Buchladen vielleicht noch ein paar Fotos anschauen. Du brauchst jede Hilfe, die du kriegen kannst.«
Ich stieß ein ungläubiges Lachen aus, so verrückt klangen ihre Worte in meinen Ohren. »Ich soll mir nachts um halb eins irgendwelche Fotoalben ansehen? Jean, wir hocken seit geschlagenen fünf Stunden an diesem Tisch. Ich kann kaum noch die Augen offenhalten und du willst dir mit mir Familienbilder anschauen? Kann das nicht bis morgen warten? Eine Mütze voll Schlaf wäre mir jetzt wirklich lieber.«
Ihr Blick streifte mein Gesicht. »Ganz wie du willst«, sagte sie und machte sich nicht einmal die Mühe, ihren Ärger zu verbergen. »Ich dachte nur, du wüsstest gerne, wie die Defensoren aussehen, die zu eurer Hochzeit kommen ... und ihre Frauen.«
Schlagartig war ich hellwach.
»Hast du gerade Frauen gesagt?«
Mein Verstand versuchte die Worte zu erfassen. »Aber ich dachte, die haben keine Gefühle. Wieso haben die dann Frauen? Und wieso weiß ich noch nichts davon? Was sind das überhaupt für Frauen?«
Jean hob abwehrend die Hände. »Genau darüber wollte ich ja mit dir reden. Aber wenn du zu müde bist ...«
»Bin ich nicht«, ging ich dazwischen. »Ich hole mir nur eine Cola, dann kann's losgehen.« Das konnte ich mir doch unmöglich entgehen lassen!

Jean wartete bereits im Buchladen auf mich. Auf dem Tisch lagen ein Haufen Fotos und mehrere Stapel Papiere.
»Wow.«
Ich hockte mich auf einen Stuhl und stellte meine Cola zur Seite. »Das sind aber ziemlich viele Fotos. Kommen die etwa alle zur Hochzeit?«
Jean schüttelte den Kopf, während ihre Hände mit geschickten Bewegungen über die Bilder flogen.
»Nicht alle. Ich sortiere gerade aus. Zuerst schauen wir uns den Ältestenrat an.« Ihre Finger tauchten in dem Gewühl unter und nach wenigen Sekunden breitete sie ein paar Bilder vor mir auf dem Tisch aus.
»Der Rat besteht aus zwölf Defensoren. Logan ist ihr Anführer und die Nummer 13 auf der Liste. Er nimmt bei einer Versammlung immer am Kopfende der Tafel Platz. Sechs Mitglieder sitzen links und sechs weitere rechts von ihm.«
Ganz vorsichtig nahm sie das erste Foto in die Hand und reichte es mir. »Das ist Volkan. Seine Frau heißt Marischka. Er ist für Rumänien zuständig.«
Ich starrte angestrengt auf das Foto. Seine unbarmherzigen Gesichtszüge und die tiefschwarzen Haare, die ihm bis weit über die Schultern reichten, waren typisch für einen Defensor. Und was seine Partnerin betraf, konnte ich schon allein von ihrer Haltung auf ihren Charakter schließen. Ihre Erscheinung war sehr eindrucksvoll und sie war atemberaubend schön. Doch auf dem Foto wirkte sie ebenso arrogant und lieblos wie ihr Ehemann. Ihre schwarzen Augen schienen in ihrem ebenmäßigen Gesicht, als würden sie jeden Moment Funken sprühen. Ihre Haare, ein seidiger Wasserfall, der ihr bis zur Taille reichte, rundeten das Gesamtbild auf beängstigende Weise perfekt ab. Ich stöhnte leise. Nichts an ihr wirkte einladend. Gar nichts. Trotz ihrer Schönheit und obgleich sie völlig unschuldig aussah, konnte jeder Betrachter die eisige Distanz in ihrer Miene erkennen. Selbst die auffällige Halskette, die mit Sicherheit sehr wertvoll

war, schien irgendwie fehl am Platz zu sein. Sie wirkte viel zu groß. Volkan thronte auf einem Stuhl mit breiten Armlehnen. Seine Frau stand neben ihm, ihre linke Hand ruhte auf seiner Schulter.

»Verdammt«, murmelte ich eingeschüchtert. Der Gedanke, den beiden in wenigen Wochen gegenübertreten zu müssen, verunsicherte mich nur noch mehr.

»Das ist Cornelias«, fuhr Jean fort und reichte mir das nächste Foto. »Er legt sehr viel Wert auf gute Umgangsformen, ebenso wie seine Frau. Sie heißt Ava und weicht ihm nie von der Seite, außer bei den Versammlungen. Da sind die Ehefrauen nicht zugelassen. Auf Ava musst du Achtgeben, Lara.« Jean schaute mich eindringlich an. »Sie wird dich im Auge behalten und genau aufpassen, wie du die oberste Priorität behandelst.«

Jean machte eine Pause, als ich leise aufstöhnte. Ava wollte sich also als Anstandsdame aufführen. So etwas hatte mir gerade noch gefehlt.

»Cornelias ist für Mexico zuständig. Er arbeitet sehr gewissenhaft und äußerst präzise.«

Wie zu erwarten starrten mich seine Augen ebenso finster an, wie die von Volkan. Er hatte zwar ein anderes Gesicht und wellige Haare, nahm jedoch die gleiche arrogante Haltung ein. Zu meiner Erleichterung wirkte seine Partnerin ein wenig freundlicher als Marischka. Vielleicht lag es daran, dass sie jünger aussah. Irgendwie unerfahrener.

»Die hier sieht fast so aus, als könnte sie tatsächlich lächeln«, bemerkte ich.

Jean nahm mir das Bild aus der Hand und studierte aufmerksam ihr Gesicht.

»Lass dich nicht täuschen, Lara, sie ist extrem anstrengend. Ava ist noch nicht sehr lange bei Cornelias. Sie muss sich ihm gegenüber noch als würdig erweisen. Partnerschaften von Defensoren laufen ein bisschen anders ab, als die meisten menschlichen Beziehungen. Ihre Verbindung ist eine Art Zweckehe.

Der Defensor sucht seine Frau nach ihren Fähigkeiten aus und testet sie in den darauffolgenden Jahren auf ihre Loyalität und ihre Tauglichkeit als gleichwertige Partnerin. Kein Defensor würde sich mit einer Frau zufriedengeben, die ihm nicht ebenbürtig ist.«

Ich schaute nach oben. »Sie führen eine Ehe auf Probe? Und wie lange dauert so etwas?«

Jean legte das Bild zur Seite. »Das kommt ganz auf die Frau an. Mitunter kann es locker fünf bis zehn Jahre dauern, ehe der Defensor seine endgültige Entscheidung trifft.«

Ich blinzelte erstaunt. »Drum prüfe, wer sich ewig bindet. Den Spruch nehmen die wohl ganz genau, was?«

Jean kicherte. »Nun ja. Jeder so, wie er will. Sieh es mal von der anderen Seite, Lara. Keine Gefühle, kein Ärger. Es wird niemals Streit oder Eifersucht geben. Keine Frau, die sich über mangelnde Aufmerksamkeit beklagt und kein Mann, der sich über ihre Gefühlsausbrüche beschwert. So etwas gibt es unter Defensoren nicht. Von dieser Seite betrachtet, verlaufen ihre Ehen wahrscheinlich harmonischer, als die meisten menschlichen Beziehungen.«

Ich ließ mir ihre Worte einen Moment lang durch den Kopf gehen. »Und was ist mit Sex? Schlafen die miteinander?«

Jean riss empört die Augen auf. »Lara, ich bitte dich. Du kannst mir doch nicht so eine Frage stellen.«

Ich verzog das Gesicht. »Und warum nicht? Du sollst ja nicht ins Detail gehen, sondern nur die Frage beantworten. Ja oder nein?«

»Nein.« Jean seufzte resigniert. »Körperliche Zuneigung jeglicher Art existiert nicht. Die Verbindung basiert ausschließlich auf gegenseitiger Achtung und Respekt. Den Frauen steht bei ihrem Einzug in das Haus ihres zukünftigen Ehemannes eine komplette Etage zur freien Verfügung. Schlafzimmer, Wohnzimmer, Bad. Alles wird streng getrennt. Natürlich gibt es im Haus auch einige Zimmer, die für einen gemeinsamen Aufenthalt genutzt werden. Für eine gepflegte Konversation zum

Beispiel. Oder für den Fall, dass Gäste empfangen werden. Das Schlafzimmer seiner Frau zu betreten, käme einem Defensor allerdings nie in den Sinn.«

Jetzt war ich baff. »Kein Wunder, dass die immer so mies drauf sind. Bei so einem Leben würde mir auch die Lust vergehen.«

Plötzlich musste ich an das Gespräch mit Logan denken. Damals, als Logan zu Loganos wurde, hatte er mir genau diese Art von Leben vorgeschlagen. Ich schauderte bei dem Gedanken und schüttelte ihn schnell wieder ab.

»Und wer ist das?«, fragte ich und deutete auf das nächste Bild.

Jean beugte sich über den Tisch und sammelte weitere Bilder ein. Dann breitete sie die Fotos nebeneinander aus.

»Wir überfliegen den Rest nur kurz. Morgen machen wir weiter.«

Ihr war sicherlich aufgefallen, dass ich ständig gähnen musste.

»Das nächste Paar heißt Vargos und Marthea. Australien.«

Sie schob das nächste Bild in den Vordergrund. »Das sind Konstantin und Sabrisa. Sie agieren in Hawaii. Dann haben wir noch Aaron und Darana aus Russland.«

Sie machte eine kleine Pause, ehe sie mir das nächste Bild reichte. »Das ist Arek aus Finnland. Er hat bis jetzt auf eine Partnerin verzichtet, ebenso wie Makaro aus Slowenien.«

Der erste Name ließ mich aufhorchen.

»Das ist der Defensor, den Romy und Anna im Auge behalten werden.«

Jeans Blick heftete sich auf mein Gesicht. »Makaro zeigte bei der ersten ›Untersuchung‹ ähnliche Symptome wie Arek«, flüsterte Jean, als hätte sie Angst, dass uns jemand hören könnte.

Oh Gott!

Ich schluckte, doch Jean winkte ab. »Ganz ruhig, Lara. Im Gegensatz zu Arek konnten bei Makaro bei der zweiten Untersuchung keine Rückstände mehr festgestellt werden, die auf Leos Einfluss hindeuten. Romy hält ihn für harmlos.«

Ich nickte und versuchte mich auf die Bilder von Arek und Makaro zu konzentrieren. Beide hatten schulterlange glatte

Haare und ausdruckslose Gesichter. Im Großen und Ganzen macheten sie auf mich den gleichen bedrohlichen Eindruck, wie die übrigen Defensoren.

Jean nickte unmerklich, bevor sie mit dem Finger auf das nächste Bild zeigte. »Das sind Erik und Liliana aus China. Und die zwei dort heißen Daniel und Isadara. Sie kommen aus Deutschland.«

Dann zeigte sie auf das vorletzte Foto. »Gedeon und Faima aus Sibirien.«

Endlich waren wir bei dem letzten Foto angelangt. »Und Dagur und Katla aus Island. Das war´s.«

Ich überflog die Bilder noch einmal.

»Gibt es kein Bild von Ethan? Hat er auch eine Frau?«

»Wozu brauchst du ein Foto von Ethan?«, wollte Jean wissen. »Du kennst ihn doch. Und nein, er hat keine Partnerin. Ethan zieht es vor, allein zu bleiben. Und bevor du mich danach fragst, ich kenne die Beweggründe für seine Entscheidung nicht. Da musst du ihn schon selbst fragen.«

Uff. Angesäuert presste ich die Lippen zusammen. Mich hätte schon interessiert, warum Ethan keine Partnerin wollte. Aber ihn darauf anzusprechen, kam für mich definitiv nicht in Frage.

»Ab ins Bett mit dir«, stöhnte Jean und schob die Fotos unsanft zur Seite. Sie wirkte mit einem Mal ziemlich genervt.

»Was ist los? Bist du sauer?«

»Nicht auf dich. Auf Logan. Er hat mir gerade auf sehr unmissverständliche Weise klargemacht, dass du deinen Schlaf brauchst. Du sollst sofort ins Bett kommen.«

Lachend verschränkte ich die Arme. »Wundert dich das? Es ist inzwischen halb zwei Uhr morgens. Irgendwann sollte ich wirklich mal ins Bett gehen.«

Jean stieß ein bitteres Lachen aus, was mich sehr überraschte. »Du hast doch etwas«, mutmaßte ich. »Und jetzt komm mir nicht wieder mit der Ausrede, dass alles prima sei. Was ist los mit dir?«

Ihre Augenbrauen zogen sich finster zusammen. »Wieso mit mir?«, blaffte sie los. »Du bist es doch, die ihren Zustand die ganze Zeit herunterspielt. Doch sobald ich dich darauf anspreche, wiegelst du ab. Schlimmer noch, du belügst mich sogar. Ich finde das nicht fair, Lara. Ich mache mir Sorgen um dich und du trittst meine Fürsorge mit Füßen.«

Was war denn jetzt los?

Ich wollte ihr gerade erklären, dass ich nicht die leiseste Ahnung hatte, wovon sie sprach, da war meine Freundin bereits aus dem Buchladen gestürmt.

Im Bett entspannte ich mich in Logans Armen, die mich zu jeder Zeit willkommen hießen und nachdem ich ihm von der Auseinandersetzung zwischen Jean und mir erzählt hatte, ging es mir schon ein bisschen besser.

»Sie behauptet steif und fest, mit mir würde etwas nicht stimmen. Aber mir geht es gut, mir fehlt wirklich nichts.«

Er strich mir liebevoll das Haar aus dem Gesicht.

»Ich weiß, mein Engel. Du bist putzmunter, ich habe mich soeben davon überzeugt.«

Ich setzte mich auf und schaute ihn verblüfft an. »Und wie hast du das gemacht?«

»Genauso, wie ich schon seit jeher deinen Körper nach Wunden absuche, um sicherzugehen, dass du nicht mit meinem Blut in Berührung kommst. Dieses Mal habe ich mein Augenmerk auf deine inneren Organe gelenkt.«

Er ließ mir Zeit, um mich zu sammeln.

»Mithilfe einer Illusion«, nickte ich. »Dann fehlt mir also nichts? Ich bin gesund? Ganz sicher?«

»Natürlich, mein Engel. Alles ist so, wie es sein sollte. Gib deinem Secutor etwas Zeit, womöglich hat sie immer noch Bedenken wegen der Hochzeit.«

Damit könnte Logan natürlich Recht haben. Möglich wäre es immerhin.

»Wie geht es mit deiner Ausbildung voran?«, fragte er mich.

Zweifellos ein Ablenkungsmanöver, um mich auf andere Gedanken zu bringen. Und es funktionierte.

»Ganz gut, glaube ich.«

»Das klingt aber nicht sehr überzeugend.« Er lachte leise. »Ich hätte dir wirklich sehr gern geholfen. Nur schade, dass du so dickköpfig bist.«

Ich stützte mein Kinn auf seiner Brust ab und schaute zu ihm hoch. »Was soll das heißen, du wolltest mir helfen? Wann soll das gewesen sein?«

»Wie du dich bestimmt noch erinnern kannst, habe ich dich gefragt, warum du dir das antust. Weißt du noch, was du darauf geantwortet hast?«

Ich hatte ihm damals erklärt, dass ich es alleine schaffen wollte. Ganz ohne seine Hilfe. Er zwinkerte mir zu, als unsere Blicke sich erneut trafen.

»Wenn du mich ganz lieb bittest, stelle ich dir meine Dienste vielleicht doch noch zur Verfügung.« Über seine Lippen huschte ein verwegenes Schmunzeln. »Es sei denn, du möchtest dich weiterhin damit herumschlagen. Das Erlernen von Tischmanieren kann unter Umständen sehr ermüdend sein.«

»Das ist wirklich witzig, Logan.« Ich konnte es nicht ausstehen, wenn Logan mich auf diese Weise herausforderte.

»Darf ich dir einen Vorschlag machen?«, lenkte er ein.

»Und was für einen?«

»Du nennst mir eine Sache, bei der ich dir helfen darf. Den Rest kannst du meinetwegen allein bewältigen. Jean muss davon ja nichts erfahren, wenn du es nicht willst. Das bleibt unser kleines Geheimnis.«

Inzwischen war ich für Hilfe jeder Art dankbar.

»O.k. Dann sorge dafür, dass ich mir die Namen der Defensoren besser merken kann. Das sind einfach zu viele.«

Logan seufzte unzufrieden. »Niemand verlangt von dir, dass du jeden Defensor mit Namen kennst.«

»Du kennst sie alle«, konterte ich.

»Aber das ist doch wohl etwas völlig anderes, Lara.«
Ich machte einen Schmollmund. »Du hast gesagt, ich darf mir eine Sache aussuchen. Ich möchte diese Sache. Hilf mir bitte mit den Namen.«
»Von mir aus«, seufzte er. »Dann schließe deine Augen und konzentriere dich auf die Fotos. Ich stelle in deiner Erinnerung eine Verbindung zwischen den Namen und dem Aussehen her.«
Logan klang verärgert, aber das störte mich nicht.
»Danke, mein Schatz.«
Ich schmiegte mein Gesicht an seine nackte Brust.
»Schon gut«, brummte er. »Jetzt mach die Augen zu.«
Als mich kurz darauf ein wohliges Kribbeln erfasste, versuchte ich mich an jedes einzelne Gesicht zu erinnern, das Jean mir gezeigt hatte. Und wie durch Zauberhand kannte ich plötzlich alle ihre Namen.
Nachdem Logan fertig war, schaute ich ihn voller Bewunderung an. »Das ist echt cool. Kannst du das nochmal machen, wenn ich einen Mathetest schreibe?«
Logan unterdrückte ein Lachen und bemühte sich vergeblich um eine ernste Miene. »Jean würde mich auf der Stelle zum Teufel jagen, wenn ich das täte.«
»Aber du könntest es?«
Er nickte. »Ich könnte dafür sorgen, dass du nie wieder lernen musst und nur noch gute Noten schreibst.«
»Nie wieder lernen«, wiederholte ich. »Was für eine geniale Vorstellung. Mir würde es schon reichen, wenn du mir in Mathe ein bisschen unter die Arme greifst.«
Logan schüttelte lachend den Kopf. »Auf keinen Fall, Lara. Ich habe zwar keinen besonders guten Draht zu deinem Wachhund, was mir ehrlich gesagt auch völlig egal ist, aber so verrückt bin ich nun auch wieder nicht. Niemand darf sich in die Arbeit eines Secutors einmischen. Nicht einmal ich.«
Zähneknirschend kuschelte ich mich an seine Brust.
Schade eigentlich.

STILLE WASSER

Am nächsten Morgen, ich war gerade erst aufgewacht, musste ich sofort wieder an Jean denken. An unseren Streit, der eigentlich gar kein richtiger Streit war und mich dennoch die halbe Nacht lang beschäftigt hatte. In mir regte sich das dringende Bedürfnis, die Angelegenheit so schnell wie möglich aus der Welt zu schaffen. Erst danach konnte ich mich weiter um meine Tischmanieren kümmern.

Logan erwartete mich in der Küche. Während er den Teller mit frischem Toast in meine Richtung schob, machte er ein sehr ernstes Gesicht. »Wir müssen uns unterhalten, Lara.«

Ich duckte mich innerlich. Das klang gar nicht gut.

»Was ist los?«

»Eigentlich sollte Jean diesen Part übernehmen. Sie glaubt, ich wäre in diesen Dingen nicht sehr einfühlsam und man sollte es dir schonend beibringen. Da sie aber beschlossen hat, dich mit ihrer Fürsorge in den Wahnsinn zu treiben, nehme ich die Sache selbst in die Hand.«

Ich schluckte hastig das Stück Toast in meinem Mund runter. »Jean treibt mich doch nicht in den Wahnsinn. Wir haben im Augenblick nur eine kleine Meinungsverschiedenheit. Das ist nichts, was sich nicht wieder geradebiegen lässt. Ich wollte sowieso gleich zu ihr gehen und die Angelegenheit aus der Welt schaffen.«

»Später, mein Engel. Zuerst müssen wir zwei miteinander reden.«

»O.k.«, sagte ich interessiert, biss erneut von meinem Toast ab und schaute ihn erwartungsvoll an.

»Es geht um die Hochzeit«, fuhr er fort. »Wie du inzwischen sicher bemerkt hast, werden eine Menge Defensoren anreisen. Und sicher kannst du dir auch vorstellen, wie wichtig dieser Tag für uns alle ist. Die Zeremonie wurde auf den 21. März angesetzt. Bis dahin sollten alle Gäste eingetroffen sein.«

Ich hätte mich fast verschluckt. »Der 21. März? Warum hast du mir nicht gesagt, dass du die Hochzeit verschieben willst? Jetzt haben wir das falsche Datum auf den Ringen. Und die Einladungen sind auch schon raus.«

Oh Gott. Ich klang wie meine Mutter!

»Bleib ganz ruhig, Lara.« Logan nahm meine Hand. »Niemand hat etwas verschoben. Es geht nicht um unsere Hochzeit, die findet nach wie vor am 20. März statt. Ich rede von der Zeremonie.«

Nun verstand ich überhaupt nichts mehr.

»Was für eine Zeremonie? Ich dachte, wir sprechen die ganze Zeit über unsere Hochzeit.«

»Machen wir doch auch.« Logan seufzte leise. »Ich hätte auf Jean hören sollen. Ich bin wirklich nicht sehr gut im Erklären solcher Dinge.«

Er wartete darauf, dass ich ihn wieder ansah.

»Selbstverständlich werden wir zum vereinbarten Termin heiraten. Deine Familie wird da sein, deine Verwandten und Freunde. Es wird ein unvergesslicher Tag für alle Anwesenden. Das betrifft jedoch nur die menschliche Seite der Gästeliste. Für die Defensoren hat dieser Tag keinerlei Bedeutung. Das ist eine Prozedur, die ich deiner Familie zuliebe über mich ergehen lasse. Die richtige Vermählung, die Zeremonie, findet einen Tag später statt. Erst zu diesem Anlass wird der feierliche Eid gesprochen und damit unsere Verbindung besiegelt.«

Beinahe blieb mir ein Stück Toastbrot im Hals stecken. Ich musste furchtbar husten und Logan klopfte mir auf die Schulter.

»Danke. Geht schon wieder.«

Ich schob den Teller zur Seite, während ich seinem Blick auswich. »Du hast völlig Recht, du bist wirklich nicht sehr einfühlsam«, murmelte ich. Und dann sagte ich etwas lauter: »Eine Prozedur, die du dem Umfeld zuliebe über dich ergehen lässt? Wow, das klingt … wirklich sehr romantisch.«

Meine Antwort triefte vor Sarkasmus. Auf ein Mal war unsere Hochzeit nichts anderes als eine Angelegenheit, die nicht weiter von Bedeutung war. Und obwohl ich nicht zu den Mädchen gehörte, die ihr Leben lang von diesem Tag geträumt hatten, kränkten mich seine Worte.

»So war das nicht gemeint und das weißt du auch.« Logan verschränkte seine Finger mit meinen. »Ich werde alles tun, damit dieser Tag für dich und deine Familie ein unvergessliches Erlebnis wird. Ich werde mich von meiner besten Seite zeigen. Aber ich bin kein Mensch und für Unseresgleichen zählen nun einmal andere Werte. Wir pflegen eigene Traditionen.«

»Von welchen Traditionen reden wir hier überhaupt?«, fragte ich angespannt.

Logan lächelte, vermutlich, um die Situation ein wenig zu entschärfen. »Immer dann, wenn sich ein Defensor dazu entschließt, seine Partnerin als ebenbürtig anzuerkennen, wird dieses Ereignis auf gebührende Weise gehuldigt.«

»Mit einer Zeremonie«, schloss ich.

Ich wusste immer noch nicht genau, was ich davon halten sollte.

»Also hast du die Zeremonie gemeint, als du gesagt hast, du würdest meinetwegen auf die Anwesenheit aller Defensoren bei unserer Hochzeit verzichten? Du hättest die Zeremonie mir zuliebe wirklich ohne die Defensoren stattfinden lassen?«

Als er nickte, war ich sehr beeindruckt.

»In erster Linie ist es eine Sache zwischen dir und mir«, wiederholte er seine Worte von damals. »Das ist unsere Hochzeit und nichts ist wichtiger.«

Ich musste mir eingestehen, dass ich mich geschmeichelt fühlte.

»Sie freuen sich übrigens schon sehr darauf, dich kennenzulernen«, fügte er mit einem Lächeln hinzu.

Missmutig hob ich den Kopf. »Die können sich doch gar nicht freuen. Freude ist eine Emotion und davon haben Defensoren nicht gerade sehr viele. Genau genommen gar keine.«

»Freude hin oder her, sie können es jedenfalls kaum erwarten.«

»Na, da springe ich doch vor Begeisterung glatt an die Decke«, sagte ich sarkastisch.

Als ich seinen irritierten Blick bemerkte, musste ich gegen meinen eigenen Willen lachen. Logan schien nicht zu wissen, was er mit meiner Antwort anfangen sollte.
»Vergiss es einfach«, winkte ich schmunzelnd ab. »Eine Zeremonie also. Und was genau muss ich da machen? Soll ich mein Kleid zweimal tragen, oder legt ihr keinen Wert auf eine gepflegte Erscheinung? In dem Fall könnte ich sicherlich auch in Jogginghose kommen, oder?«
Als er seine Augen zusammenkniff, lachte ich noch einmal, wurde dann aber wieder ernst. »Nun sag schon. Was genau wird bei der Zeremonie von mir erwartet?«
»Wir legen sehr viel Wert auf eine gepflegte Erscheinung, Ms. Anderson. Ebenso wie auf gutes Benehmen und tadellose Umgangsformen. Ich kann dir diesbezüglich noch ein paar Bücher ausleihen, falls du deine Manieren ein wenig verfeinern möchtest.«
Das hatte gesessen.
»Ich hab's ja kapiert«, wiegelte ich ab. »Von jetzt an keine blöden Witze mehr. Reden wir ernsthaft darüber. Du hast meine Frage noch nicht beantwortet. Was soll ich anziehen?«
»Was immer du willst, mein Engel.«
So wirklich glauben konnte ich ihm das nicht. »Und nehmen wir mal an, ich wüsste nicht genau, was ich anziehen will. Was wäre die passende Garderobe für so einen Anlass?«
Logan ließ sich mit der Antwort Zeit.
»Ein Kleid wäre sicher angemessen. Aber das zu entscheiden, bleibt natürlich dir überlassen.«
Aus irgendeinem Grund, den ich nicht aus ihm herausbekam, wollte er mir nichts Genaueres sagen. Aber warum nur?
»Und was wirst du zur Zeremonie tragen?«
Er zögerte einen Moment. »Ich trage meinen traditionellen Anzug. Das ist die Garderobe, die ich zu jedem offiziellen Anlass trage.«
Damit konnte ich leider nicht viel anfangen.

»Wir haben ja noch ein paar Tage Zeit. Ich werde in Ruhe darüber nachdenken und dann entscheiden, was ich anziehe«, schlug ich vor.

Logan schien erleichtert und nickte lächelnd.

Ich erhob mich. »Und jetzt möchte ich unbedingt mit Jean reden. Ist das in Ordnung für dich?«

Er zog mich an seine Brust. »Natürlich.«

»Dann bis später«, sagte ich und löste mich sanft aus seiner Umarmung.

Bei Jean zu Hause angekommen, öffnete Brenda die Tür. Sie winkte mich herein und deutete mit einem Kopfnicken nach oben.

»Es geht ihr gar nicht gut«, sagte sie und lächelte zerknirscht. »Jean macht sich große Vorwürfe. Sie schämt sich furchtbar. Bitte rede mit ihr.«

»Genau das hab ich vor«, sagte ich gedämpft und machte mich auf den Weg in ihr Zimmer. Ein trauriges Häufchen Elend hockte auf dem Bett und starrte an die Decke. Brenda hatte nicht übertrieben, Jean sah wirklich schlimm aus. Und zum ersten Mal seit wir uns kannten, hatte ich das Gefühl, dass sie ernsthaft krank sein könnte.

»Lara?« Ihr Kopf flog herum. Sie sprang vom Bett, schwankte leicht und ließ sich wieder auf die Matratze sinken. »Ich muss mich hinsetzen. Tut mir leid.«

Ganz langsam ging ich vor ihr in die Hocke und betrachtete aufmerksam ihr blasses Gesicht. »Du siehst nicht gut aus, Jean.«

Sie lächelte achselzuckend. »Nein. Aber du fühlst dich offenbar großartig. Es kann also nicht an dir liegen.«

Endlich schien sie zu begreifen, dass ich damit nichts zu tun hatte.

»Ich habe dir gesagt, mir fehlt nichts. Aber du hast definitiv ein paar Probleme. Wie kann das sein? Ich dachte, ihr könnt gar nicht krank werden.«

»Können wir auch nicht.« Jean stöhnte. »Was glaubst du wohl, warum ich davon ausgegangen bin, dass es an dir liegen muss? Jetzt bin ich mir allerdings nicht mehr so sicher.«

Sie faltete ihre Hände auf dem Schoß und schaute mich hilfesuchend an.
»Hast du schon mit Adelheid und Brenda gesprochen?«, hakte ich nach. »Vielleicht gibt es ja irgendeine Krankheit, von der wir noch nichts wissen. Wir sollten auf jeden Fall alle Möglichkeiten in Betracht ziehen. Hast du was dagegen wenn ich Megan und Betty rufe? Vielleicht wissen die mehr als wir.«
Jean lächelte halbherzig und legte ihre Hände auf den Schoß. »Adelheid weiß nichts und Brenda denkt immer noch, dass du dafür verantwortlich bist.«
»Bin ich aber nicht.«
»Das sehe ich jetzt auch, Lara.« Sie schloss einen Moment lang die Augen, dann sank sie erschöpft ins Kissen.
»Megan und Betty kommen.«
»Gut.« Ich nickte.
Keine zwei Minuten später standen Megan und Betty im Zimmer.
»Hey Leute«, grüßte Betty freundlich. »Was ist los? Was macht ihr denn für lange Gesichter?«
Ihre heitere Miene erstarrte, als sie Jean auf dem Bett entdeckte. Und automatisch wanderten ihre Augen in meine Richtung. Ich hob abwehrend die Hände.
»Das bin ich nicht. Mir geht's blendend, also schau mich bitte nicht so vorwurfsvoll an.«
Betty und Megan tauschten einen irritierten Blick, dann hob Megan ratlos die Schultern.
»Aber wenn du es nicht bist«, sagte sie nachdenklich, »was ist es dann?«
Jean setzte sich ganz langsam und vorsichtig auf. Dann sagte sie: »Vielleicht liegt es an der ganzen Aufregung. Die Hochzeit ist ein großes Ereignis, womöglich schlägt mir der Stress auf den Magen. Es gibt noch so viel zu tun und ständig habe ich Angst, dass wir mit den Vorbereitungen nicht rechtzeitig fertig werden.«
Ihre Vermutung klang gar nicht so abwegig. Wäre da nicht eine kleine Tatsache, die sich leider nicht abstreiten ließ.

»Ich habe noch nie davon gehört, dass ein Secutor derart empfindlich auf Stress reagiert«, meinte Betty. »Wir sind nicht anfällig für so etwas.«
»Und was könnte es deiner Meinung nach sein?«, mischte Megan sich ein.
Betty zuckte die Schultern. »Gute Frage. Wenn Lara nichts damit zu tun hat, dann wird eine Diagnose ziemlich schwierig werden. Womöglich sollten wir Logan davon erzählen.«
Eine Weile lang hatte ich stillschweigend zugehört, immer in der Hoffnung, dass mir noch etwas einfallen würde. Als Betty eine Pause machte und Megan scheinbar auch nicht mehr weiterwusste, ergriff ich kurzerhand das Wort.
»Möglicherweise liegt es wirklich nur an der ganzen Aufregung«, mutmaßte ich vorsichtig. »Entweder das ... oder sie ist schwanger.«
Megan prustete lauthals los, selbst Betty kicherte ungeniert und Jean rollte mit den Augen.
»Jetzt bleibt mal ernst«, forderte ich kritisch und das Lachen verstummte. »Ich weiß, wie das klingt. Das ist völlig aus der Luft gegriffen. Aber wenn man mal von den Symptomen ausgeht, klingt das gar nicht mehr so abwegig. Das flaue Gefühl im Magen, ihre Stimmungsschwankungen und das Schwindelgefühl. Jeder normale Mensch würde sofort auf eine Schwangerschaft tippen.«
Megan betrachtete mich mit einer Mischung aus Belustigung und Spott. »Aber genau da liegt das Problem, Lara. Wir sind keine Menschen.«
»Kannst du mir denn garantieren, dass eine Schwangerschaft völlig ausgeschlossen ist?«, wollte ich wissen.
Ihre Augen wurden schmal. »Selbst wenn wir eine Schwangerschaft tatsächlich in Betracht ziehen würden, dann funktioniert so etwas bestimmt nicht durch Windbestäubung. Um schwanger zu werden, müssten Jean und Kevin nämlich Sex haben. Und wir wissen doch beide, was deine Freundin von

diesem Thema hält.«
Ich beobachtete Jean aus den Augenwinkeln. Kevin und sie waren zwar schon einige Monate zusammen, doch zweifelsfrei war sie nicht der Typ für so etwas. Megan hatte Recht, es klang eindeutig viel zu abwegig.
»Was?!«
Megan starrte Jean plötzlich mit großen Augen ungläubig an. Irgendeine Illusion war durch den Raum geflogen und ich war mal wieder die Einzige, die nichts mitbekommen hatte.
»Was ist denn los?«, fragte ich, denn schließlich wollte ich auch wissen, was Megan und Betty soeben erfahren hatten.
Megan verschränkte die Arme, sie war gleichzeitig überrascht und amüsiert. Betty starrte Jean mit offenem Mund an.
»Du solltest dich vielleicht lieber setzen, denn das, was ich dir jetzt sage, wird dich umhauen«, erklärte Megan an mich gewandt. »Anscheinend ist dein Secutor gar nicht so prüde, wie wir angenommen haben.«
Sie warf Jean einen flüchtigen Blick zu. »Alle Achtung, Jean. Damit hätte ich nie im Leben gerechnet.«
Dann drehte sie den Kopf zu mir. »Deine Freundin hat ihr Keuschheitsgelübde gebrochen.«
Mir klappte augenblicklich die Kinnlade runter und zuerst wusste ich nicht, was ich darauf erwidern sollte. Doch ich fasste mich relativ schnell wieder. »Dann könnte es also doch sein? Es besteht die Möglichkeit einer Schwangerschaft?«
Jean sprang vom Bett hoch und fuchtelte wild mit den Händen in der Luft herum. »Nun hört aber auf«, fauchte sie gereizt. »Ich bin schließlich nicht die Einzige, die … Ich bin nicht die Einzige. Was ist mit Megan?«
Sie schaute Megan herausfordernd an. »Du und dein Dean, ihr seid doch schon viel länger zugange. Warum sollte ich schwanger sein, wenn du es nicht bist? Das ist doch wirklich absolut lächerlich.«
Unsere Blicke richteten sich geschlossen auf Megan. An der

Behauptung von Jean war durchaus etwas dran, wie ich fand. Das ließ sich nun einmal nicht leugnen.
»Na, was glaubst du wohl«, erwiderte Megan mit ernster Miene. »Nur weil ich davon ausgehen muss, dass es nicht möglich ist, bin ich noch lange nicht so blöd und lasse es darauf ankommen. Ich tue das, was alle vernünftigen Mädchen tun sollten, wenn sie nicht schwanger werden möchten.«
Dabei zog sie eine Packung Kondome aus der Hosentasche und grinste Jean schief an. »Diese Dinger sind nicht gerade das, was man als Highlight beschreiben würde. Aber sie erfüllen ihren Zweck und nur darauf kommt es an.«
Sie schob die Packung zurück in ihre Hosentasche und hockte sich im Schneidersitz auf den Boden.
»Was denn?«, fragte sie gespielt harmlos. »Ihr braucht mich gar nicht so schockiert anzusehen. Ich wollte nicht die Erste sein, die herausfindet, dass ein Secutor eventuell doch schwanger werden kann. Tut mir leid, Jean, aber ich bin lange nicht so oberflächlich, wie du denkst.«
Wir verfielen in andächtiges Schweigen. Keiner von uns wusste so recht, was wir mit der neuen Erkenntnis anfangen sollten.
Jean verschränkte ihre Finger und starrte angestrengt auf den Boden. »Davon steht überhaupt nichts in den Büchern.«
Sie hob den Kopf und blickte vielsagend in die Runde. »In den Büchern gibt es keinen Hinweis auf die Möglichkeit einer Schwangerschaft. So etwas müsste doch irgendwo festgehalten werden. Das ist doch wichtig, verdammt nochmal!«
Megan versuchte Jean zu trösten, indem sie behutsam eine Hand auf ihre Schulter legte. »Wie viele Secutoren kennst du denn, die eine richtige Beziehung haben? Außer uns? Niemand. Wer sollte also darüber ein Buch verfassen? Du kannst nichts nachlesen, was noch nicht existiert. Tut mir leid, aber so ist das nun einmal.«
»Und wie finden wir nun heraus, ob Jean schwanger ist oder nicht?« Meine Frage brachte mir einen bösen Blick meiner

Freundin ein, den ich jedoch so gut es ging ignorierte.
»Wenn ihr wollt, kann ich in die Stadt fahren und einen Test besorgen«, schlug ich vor. »Die gibt es an jeder Ecke.«
»Das bringt nichts«, gab Jean mit gesenktem Blick zu.
»Und wieso nicht?«, fragte ich.
Megan schaltete sich ein, als Jean nicht antworten wollte. »Weil man dafür auf ein Stäbchen pinkeln müsste und das können wir nicht.«
»Ihr müsst nicht aufs Klo?«
»Nein.«
Diese Erkenntnis war neu für mich, obwohl wir uns nun schon so lange kannten. »Aber ihr könnt essen und trinken. Warum müsst ihr dann nicht aufs Klo? Wie funktioniert das?«
»Das ist doch jetzt egal«, wiegelte Megan ab und machte eine abwertende Handbewegung. »Im Moment haben wir ganz andere Probleme. Zuerst müssen wir uns überlegen, was wir jetzt machen sollen. Strengt euch mal an, Mädels.«
Jetzt war guter Rat teuer. Wir konnten Jean nicht einfach zu einem Arzt schleppen, denn spätestens, wenn eine Blutprobe entnommen wurde, würden wir in ziemlich große Erklärungsnot kommen.
»Hester Sue«, schlug Betty nach einiger Zeit vor. »Sie ist mit ihrer Familie in Redford stationiert und arbeitet als Hebamme. Sie könnte uns sicher helfen.«
»Worauf wartest du noch?«, drängte Megan. »Kontaktiere sie. Aber sag ihr nicht, worum es geht. Sie soll einfach nur herkommen.«
Betty nickte hastig und kniff die Augen zusammen. »Sie ist auf dem Weg«, bestätigte sie ein paar Sekunden später.
Jetzt hieß es abwarten.
Noch nie war die Zeit langsamer vergangen. Megan marschierte im Zimmer auf und ab, während ich bei Jean saß und ihre Hand hielt. Betty blätterte ohne Interesse in einer Modezeitschrift herum. Dann klopfte es endlich an der Zimmertür.

»Komm rein«, rief Megan und wirbelte herum.
Eine zierliche Frau, fast noch ein Mädchen, betrat das Zimmer. Ihre schokobraune Haut zeichnete sich deutlich von ihrem weißen Kleid ab. Die lockigen Haare wurden von einer hübschen silbernen Spange zusammengehalten. Sie war klein, sogar noch kleiner als Jean. Aber ihre braunen Augen zeugten von uraltem Wissen. Mit zielstrebigen Schritten kam sie auf mich zu.
»Hallo Lara. Ich bin Hester Sue.« Ihr Händedruck war kräftig und fest. »Du hast dich in Schwierigkeiten gebracht?«
Es dauerte einen Moment, bis ich kapierte. »Wer ich? Nein, ich bin nicht in Schwierigkeiten. Ich nehme die Pille, ich bin nicht schwanger.«
»Noch mal Glück gehabt, junge Dame.« Sie lächelte mich an. »Versteh mich nicht falsch, Lara, Kinder sind etwas Wunderbares. Allerdings sollte man erst an Kinder denken, wenn man dem Kind auch etwas bieten kann.«
Sie wirbelte herum und schaute sich im Zimmer um. »Wenn nicht wegen dir, warum bin ich dann hier?«
»Du nimmst die Pille?«, warf Jean ein. »Das wusste ich gar nicht.«
Ich hätte fast gelächelt über ihren strengen Tonfall. »Ich habe mir die Pille verschreiben lassen, als ich mit Brad zusammen war. Ich dachte, sicher ist sicher. Und danach habe ich sie einfach weitergenommen.«
Jean nickte unmerklich, dann richtete sie ihren Blick auf Hester Sue. »Wegen mir. Du bist wegen mir hier.«
Hester Sue hielt das ganze offenbar für einen schlechten Scherz. »Du bist ein Secutor. Das ist unmöglich.«
»Kannst du uns das schriftlich geben?«, forderte Megan.
Ihre ernste Miene führte dazu, dass Hester Sue einen Augenblick lang sprachlos war.
»Alle raus hier«, sagte sie dann forsch und zeigte auf die Tür. »Ich muss Jean untersuchen.«
Betty schloss die Tür hinter uns und gespannt warteten wir alle

drei im Flur.
»Warum dauert das so lange«, murrte Betty nach ein paar Minuten. Sie schob ihre Haare hinters Ohr, während sie unentwegt auf die Tür starrte. Die Anspannung machte uns noch nervöser, als wir ohnehin schon waren.
Endlich wurden wir hereingerufen. Jean hockte auf dem Bett und blätterte in einer kleinen Broschüre. Hester Sue klappte gerade ihren Koffer zu, bevor sie uns anschaute.
»Wir haben ein gewaltiges Problem«, sagte sie und schob ihre Augenbrauen zusammen.
»Heißt das, Jean ist schwanger?«
Ich schluckte schwer, als Hester Sue nickte. »Sie ist im vierten Monat. Das Baby kommt im August.« Ihre Miene verfinsterte sich noch mehr. »So etwas habe ich noch nie erlebt. Ich weiß gar nicht, wie das möglich sein soll.«
»Ich schon«, ging Megan dazwischen. »Ich habe darüber etwas gelesen.«
Jean ließ das Prospekt sinken. »Oh bitte! Du hast doch noch nie in deinem Leben ein Buch in die Hand genommen.«
»Hab ich auch nicht«, grinste Megan augenzwinkernd. »Wozu gibt es das Internet?«
Wir schauten sie erwartungsvoll an.
»Induzierte Ovulation. Wisst ihr, was das ist?«
Als wir alle beinahe zeitgleich den Kopf schüttelten, fuhr sie mit ihrer Erklärung fort. »Im Tierreich gibt es einige Arten, die erst bei der Paarung einen Eisprung haben. Die Katze zum Beispiel. Ihr Fruchtbarkeitszyklus fällt solange in eine Ruhephase, bis sie Sex hat. Erst dadurch wird ein Eisprung ausgelöst und sie kann sofort schwanger werden.«
Jean stemmte erbost ihre Hände in die Hüften. »Sag mal, bist du noch ganz dicht? Ich bin doch keine Katze!«
»Aber genauso könnte es auch bei uns laufen.« Megan versuchte, ruhig und sachlich zu bleiben. »Überleg doch mal, Jean. Bei der Umwandlung waren wir alle im besten Alter und unser Körper

wird durch die Umwandlung nicht getötet, er wird verbessert. Was wäre also, wenn sich unser Zyklus auch verändert hat? Das muss doch nicht zwangsläufig bedeuten, dass ein Secutor nicht schwanger werden kann. Ein Defensor ist zweifelsfrei davon ausgeschlossen, da gibt es gar keine Diskussion, die waren schließlich niemals menschlich. Aber was ist mit uns? Biologisch gesehen gibt es keinen relevanten Grund, warum wir keine Kinder bekommen sollten.«

Wow. Megan hatte eine wirklich beeindruckende Show abgeliefert. So beeindruckend und vor allem so überzeugend, dass wir sie alle mit offenem Mund anstarrten.

Hester Sue runzelte die Stirn. »Wie auch immer das passieren konnte, nun ist es passiert. Jetzt geht es darum, wie wir weiter verfahren. Ethan muss benachrichtigt werden, die oberste Priorität sollte es schnellstens erfahren und …« Sie wirbelte herum. »Der Secutor muss Bescheid wissen. Das ist deine Aufgabe, Jean. Du musst ihm sagen, dass er Vater wird.«

Jean sackte in sich zusammen. »Oh Gott!«, stammelte sie und verbarg das Gesicht in ihren Händen.

»Kevin ist doch selbst noch ein halbes Kind«, witzelte Megan. »Na, das wird ein Spaß.«

Ich warf ihr einen bösen Blick zu und sie verstummte.

»Also gut«, sagte Hester Sue und zog ihren Mantel über. »Ich komme in vier Wochen wieder. Zur nächsten Untersuchung. Als deine Hebamme obliege ich der Schweigepflicht, ich werde also nichts sagen. Aber du solltest damit nicht allzu lange warten. So etwas verbreitet sich schneller, als du denkst.«

Sie verabschiedete sich und ging. Zurück blieben nur ein schockierter Mensch, zwei ratlose Secutoren und meine Freundin, die gerade von ihrer Schwangerschaft erfahren hatte, obwohl sie ein Secutor war und so etwas bis jetzt als unmöglich galt. Und die nun nicht mehr wusste, wie es weitergehen sollte.

»Na, das wird ein Spaß.«
Megans Worte hallten noch immer in meinen Ohren. Mit Spaß hatte die Situation allerdings nicht sehr viel zu tun. Genau genommen war das Gegenteil der Fall. Verwirrung. Chaos. Und sicherheitshalber noch eine gesunde Portion Angst. Zumindest etwas Angst wäre in diesem Fall angebracht. Vor Ethan. Und vor Logan? Wer konnte schon sagen, wie er darauf reagieren würde.
»Was jetzt?« Betty flüsterte in die Runde. »Hester Sue hat recht. Wir müssen mit den anderen reden. Und zwar so schnell wie möglich.« Sie sprach sehr leise.
»Ich wünschte, es gäbe eine andere Lösung«, erwiderte Jean ebenfalls sehr leise und seufzte.
»Lara? Würdest du bitte mit Logan sprechen?«, fragte sie mich kurz darauf. »Ich glaube, ich kann das nicht.«
Mit einem hastigen Nicken sagte ich: »Kein Problem. Ich mache das schon.«
Obwohl ich mir nicht sicher war, wie ich das überhaupt anstellen sollte. Aber ich wollte helfen und sei es auch nur, indem ich mit Logan redete. Mehr konnte ich im Augenblick ohnehin nicht tun.
Megan streckte ihre Beine und erhob sich. »Ich übernehme Dean und Cole. Betty, du könntest dich vorsichtig an Adelheid und Brenda herantasten. Und nicht zu vergessen, Richard.«
Sie richtete ihren Blick auf Jean. »Und du wirst mit Kevin reden. Er sollte die Neuigkeit von dir erfahren.«
Jean nickte resigniert, raffte sich auf und schlurfte ohne ein weiteres Wort aus dem Zimmer. Betreten schaute ich ihr nach. Meine Gefühle waren allesamt in Aufruhr, mein Herz hämmerte wie wild. Ich wünschte, ich könnte meiner Freundin beistehen, vielleicht ihre Hand halten. Doch leider war das eine Sache, die sie ganz allein bewältigen musste.

»Geh schon«, befahl Megan und gab mir einen Schubs. »Wir haben nicht viel Zeit.«
Betty schlüpfte an mir vorbei und rannte die Treppe hinunter. »Viel Glück«, rief sie mir zu, ehe sie verschwand.
Glück? Womöglich wäre es besser, diese Hiobsbotschaft noch ein bisschen für mich zu behalten. Doch das ging natürlich nicht. Ich hatte es Jean schließlich versprochen.
Logan saß im Wohnzimmer, mit einem Ordner auf dem Schoß und der Fernbedienung in der Hand. Er schaltete die Musik leiser und drehte sich zu mir.
»Hallo mein Engel. Sind die Wogen geglättet?« Dabei schob er den Ordner auf den Tisch und breitete seine Arme aus. »Hat sich dein Wachhund beruhigt oder muss ich ein paar Worte mir ihr wechseln?«
»Nein«, sagte ich viel zu schnell. Mist. Ich versuchte, mich zu beruhigen und lächelte harmlos. »Du brauchst nicht mit ihr zu reden. Alles ist wieder gut. Wir kennen jetzt den Grund für ihre Stimmungsschwankungen.«
Ich krabbelte auf seinen Schoß und schmiegte mein Gesicht an seine Schulter. »Jean ist schwanger«, murmelte ich und kniff schnell die Augen zusammen.
»Aha«, sagte er nur. Er klang keineswegs überrascht. Ich wartete. »Sie ist im vierten Monat. Das Baby kommt im August.«
»So, so. Im August.«
Was sollte das? Ich hob den Kopf und schaute ihm geradewegs in die Augen. »Ja, im August. Logan, hör mir zu, sie ist gerade bei Kevin und sagt es ihm. Er weiß noch nichts davon.«
Logan hauchte mir einen Kuss auf die Schläfe. Er war immer noch ganz ruhig. »Das wird eine ziemliche Überraschung für ihn. Wenn du möchtest, kann ich später mit ihm reden, von Mann zu Mann. Womöglich braucht er ein wenig Zuspruch. Was hältst du von der Idee?«
Meine Augen glitten prüfend über sein Gesicht. Nicht die kleinste Spur von Überraschung war darin zu erkennen.

»Hast du mir nicht zugehört?«, fragte ich verwirrt. »Jean ist schwanger! Dein Secutor bekommt ein Kind. Wie kannst du da so ruhig bleiben?«
Logan betrachtete mich mit einem amüsierten Lächeln und erst jetzt wurde mir klar, was hier vorging. »Du hältst das Ganze für einen Witz, nicht wahr?«
»Was sollte es denn sonst sein, mein Engel? Auch wenn ich den Grund für das Ganze noch nicht ganz verstehe, war es dennoch sehr unterhaltsam.«
Mir blieb die Spucke weg.
»Aber das ist kein Witz. Das ist mein voller Ernst. Betty hat eine Frau geholt, Hester Sue, die Jean untersucht hat. Sie hat die Schwangerschaft bestätigt. Ob du mir nun glaubst oder nicht, Jean ist wirklich schwanger.«
Es vergingen ein paar Sekunden, in denen Logan nichts weiter tat, als mich anzustarren. Dann wurde die Hintertür auf einmal aufgerissen und Kevin stürmte ins Wohnzimmer.
»Boss? Kann ich dich kurz sprechen?«, fragte er sichtlich nervös. In dieser Situation durchaus verständlich.
»Fang du nicht auch noch an«, knurrte Logan und schob mich unsanft zur Seite. Dann stand er auf.
»Willst du mir vielleicht auch noch erzählen, dass mein Secutor schwanger ist? Bemühe dich nicht, diesen Scherz habe ich bereits von Lara zu hören bekommen. Und ich muss sagen, ich finde das alles ganz und gar nicht mehr witzig.«
Logan warf ihm einen scharfen Blick zu und Kevin zog den Kopf ein.
»Tut mir leid, Boss. Aber das war kein Witz.«
»Dann willst du mir also ernsthaft weismachen, dass Jean ein Kind erwartet? Von dir?«
»Ja, Boss.«
Ein langes Schweigen folgte.
Logan hielt den Blick unverwandt auf Kevin gerichtet.
Noch immer nicht ganz überzeugt, fragte Logan: »Wie konnte

denn so etwas nur passieren?«

»Das war so: Jean und ich, wir haben … «

»Schluss mit dem Theater!« Seine Augen färbten sich rabenschwarz, während er einen Schritt auf Kevin zumachte. Scheinbar hatte Logan endlich begriffen, dass die Sache todernst war.

»So etwas ist unverantwortlich!«, brüllte er Kevin an. »Ich kann nicht glauben, was du getan hast. Seid ihr noch zu retten?«

Logan ballte die Fäuste. »Du elender kleiner Nichtsnutz. Hast du eine Sekunde lang darüber nachgedacht, was dein unbedachtes Handeln für Folgen haben könnte?«

Logan packte Kevin am Kragen und schüttelte ihn heftig. Seine schwarzen Augen glühten vor Zorn.

»Tut mir leid, Boss«, stammelte Kevin. »Wir dachten nicht, dass so etwas überhaupt möglich ist. Ich wollte nicht ... Tut mir leid.«

»Es tut dir leid? Ist das alles, was dir dazu einfällt? Es tut dir leid?«

Ich konnte mir das nicht länger mit ansehen, also ging ich dazwischen. »Logan, lass ihn los. Siehst du nicht, dass Kevin selbst unter Schock steht? Lass ihn los!«

Ich wusste nicht, ob ein Secutor einen Schock bekommen konnte. Aber genau so sah Kevin in diesem Moment aus. Er war kreidebleich und zitterte am ganzen Körper. Vielleicht war es gar kein Schock. Vielleicht war es Angst.

Logan ließ seinen Arm sinken und schaute mich mit dunklen Augen missmutig an. Ich gab Kevin ein Zeichen, damit er sich aus dem Staub machen konnte. Er nickte mir dankbar zu und suchte schleunigst das Weite.

Ganz vorsichtig schmiegte ich mich an Logans Brust und wartete, bis er sich wieder beruhigt hatte.

»Wir können es nicht mehr ändern«, flüsterte ich. »Jetzt müssen wir uns überlegen, wie es weitergehen soll.«

Logan seufzte ungehalten. »Was wird mit ihren Aufträgen? Wie sollen sich die beiden jetzt noch vernünftig um ihren

Auftrag kümmern?«
Das war nun wirklich das kleinere Übel, wie ich fand. »Kevin geht weiter seiner Arbeit nach. Das Baby kommt erst im August, bis dahin wird uns schon noch etwas einfallen. Und Jean? Ich komme auch ganz gut allein zurecht, ich brauche meinen Secutor nicht rund um die Uhr. Ich habe doch dich.«
Endlich huschte mein Lieblingslächeln über sein Gesicht.
»Nun, ich muss zugeben, diese Aussicht ist gar nicht so übel«, überlegte er laut. »Dein Wachhund wird in Zukunft nicht mehr jede freie Minute damit verbringen, meine Geduld auf die Probe zu stellen. Das hat in der Tat etwas für sich.«
Von dieser Seite aus betrachtet konnte Logan natürlich nur gewinnen.
»Na siehst du«, sagte ich mit einem Schmunzeln. »Das ist alles halb so schlimm.«
Nachdem Logan sich einigermaßen beruhigt hatte, wurde eine interne Versammlung einberufen. Logan ließ es sich nicht nehmen, allen Anwesenden eine gehörige Moralpredigt zu halten. Über Verantwortung und über die fatalen Folgen einer Missachtung seiner Regeln. Nachdem auch der letzte Secutor mit gesenktem Kopf am Tisch saß, beendete Logan seinen Vortrag.
»Ich hoffe, ich habe mich klar und deutlich ausgedrückt«, warnte er. »Zwischenfälle dieser Art sind in Zukunft zu vermeiden. Klar?«
Ein gehorsames »Jawohl, Boss« kam gleichzeitig aus aller Munde und erfüllte den Buchladen mit einer versöhnten Atmosphäre. »Dann bleibt nur noch eins zu sagen«, fuhr Logan fort. »Meinen herzlichen Glückwunsch den werdenden Eltern zu diesem freudigen Ereignis.«
Vorsichtig blickte Kevin auf.
»Ähm, danke Boss«, murmelte er mit irritierter Miene.
Logan setzte sich an den Tisch. »Und noch etwas«, fügte er hinzu. »Da ihr euch beide noch in der Ausbildung befindet und die Hilfe eines erfahrenen Secutors an eurer Seite benötigt,

werdet ihr auch weiterhin bei Richard, beziehungsweise Brenda wohnen. Doch wenn ihr mir beweisen könnt, dass ihr mit der neuen Situation umzugehen wisst, steht euch in einigen Jahren selbstverständlich ein eigenes Haus für eure Familie zur Verfügung.«

Kevin starrte Logan mit offenem Mund an. Seine entgleisten Gesichtszüge spiegelten seine Überraschung wider. Jean saß stillschweigend neben Kevin, doch ihre Augen strahlten schon wieder viel heller als noch vor ein paar Minuten. Meine Freundin hatte wohl den ersten Schock überwunden.

»Du bist ein Schatz«, flüsterte ich Logan ins Ohr und lächelte dankbar. Vielleicht fiel es Jean ein bisschen leichter, mit der Schwangerschaft klarzukommen, nun, da sie wusste, dass wir geschlossen hinter ihr standen. Im Augenblick sah es zumindest ganz danach aus.

Es stellte sich sehr schnell heraus, dass Jean beinahe schon genauso stur war wie ich. Sie bestand hartnäckig darauf, im College auch weiterhin nicht von meiner Seite zu weichen. Logan zeigte sich, nachdem ich stundenlang auf ihn eingeredet hatte, einsichtig und stimmte zu, jedoch mit der Anordnung, ihren Bauch durch eine Illusion zu kaschieren, sobald die Schwangerschaft für alle sichtbar wurde. Jean hatte nichts dagegen einzuwenden.

An meinem Geburtstag gab es dieses Jahr keine Party. Ich hatte den Schock mit Jean noch nicht ganz überwunden und mir war nicht nach Feiern zumute. Stattdessen wollte ich lieber die Zweisamkeit mit Logan genießen, daher entschied ich mich für ein romantisches Picknick auf unserer Dachterrasse.

Ich genoss die nächtliche Ruhe und stellte gerade meinen leeren Teller zur Seite, als Logan eine Schatulle hinter seinem Rücken hervorholte.

»Du sollst mir doch nichts schenken«, beschwerte ich mich.

Er lächelte mein Lieblingslächeln und machte es mir dadurch verdammt schwer, auf ihn böse zu sein.

»Ich habe dieses Collier extra für dich anfertigen lassen.«

Dabei öffnete er den Deckel. Mir stockte der Atem.
»Es wäre eine große Ehre für mich, wenn du das Schmuckstück bei der Zeremonie tragen würdest.«
Ehrfürchtig strich ich mit meinem Finger über die schwarzen Steine.
»Das sind Diamanten«, erklärte er lächelnd. »Den großen, in der Mitte der Fassung, nennt man Alexandrit. Das ist ein Stein mit starkem Farbwechsel. Je nachdem, ob er dem Tages- oder dem Nachtlicht ausgesetzt wird, schimmert er entweder blutrot oder tiefschwarz.«
»Er ist wunderschön«, hauchte ich. Mit wachsender Begeisterung betrachtete ich den Stein im Mondlicht und sah dabei zu, wie er die Farbe wechselte. Von Rot zu Schwarz.
»Ich werde die Kette bei der Zeremonie tragen«, versicherte ich ihm. Logan strahlte über das ganze Gesicht und mein Herz machte vor Freude einen Sprung. Es war so leicht, ihn glücklich zu machen und so schön, ihn lachen zu sehen.
Kaum schloss ich an diesem Abend meine Augen, übermannte mich auch schon der Schlaf.
Am nächsten Tag fuhr ich bei Mom vorbei und holte die Jacke ab, die sie mir zum Geburtstag gekauft hatte. Als Dankeschön nahm ich sie in den Arm und gab ihr einen dicken Kuss auf die Wange.
»Wie läuft es mit den Hochzeitsvorbereitungen?«, fragte ich, während Mom den Kuchen anschnitt.
»Oh, ganz gut.« Sie drückte Danny eine Gabel in die Hand. »Wir essen mit Besteck, junger Mann.«
Danny zog einen Flunsch, griff aber nach der Gabel und zerteilte damit den Kuchen in lauter kleine Brösel.
»Adelheid ist wirklich sehr nett«, sagte sie. »Wir treffen uns nächste Woche wieder und gehen die Einzelheiten noch einmal ganz in Ruhe durch.«
Mom war sichtlich zufrieden, was mich hoffen ließ, dass die Hochzeit vielleicht ohne größere Zwischenfälle über die Bühne ging.

»In knapp drei Wochen wirst du heiraten«, meinte Mom kauend. »Bist du schon aufgeregt?«
Anfangs hatte Mom einige Schwierigkeiten mit der Vorstellung gehabt, dass ihre einzige Tochter heiraten wollte. Doch inzwischen schien sie sich mit dem Gedanken angefreundet zu haben.
Ich kaute langsam und andächtig, schluckte dann den Kuchen runter und sagte: »Nö.«
Leider konnte ich Mom nicht sagen, dass ich vor dem Eintreffen der Defensoren mehr Panik hatte als vor der eigentlichen Hochzeit. »Bist du glücklich?«, wollte sie kurz darauf wissen.
»Ich bin sehr glücklich«, gab ich zurück und lächelte verträumt. Ich würde den Mann heiraten, den ich über alles liebte. Besser konnte es doch gar nicht laufen.

Jean kam mit ihrer Schwangerschaft besser zurecht, als ich geglaubt hatte. Nachdem sie den ersten Schreck überwunden hatte, war sie fast wieder ganz die Alte. Bis auf die Müdigkeit zeigte meine Freundin auch keine der üblichen Beschwerden mehr. Es gab keine Heißhungerattacken und auch keine morgendliche Übelkeit. Selbst ihre schlechte Laune war inzwischen verflogen. Wenn Jean sich unbeobachtet fühlte, erwischte ich sie manchmal sogar dabei, wie sie liebevoll über ihren Bauch streichelte. Scheinbar gab es auch bei Secutoren so etwas wie Muttergefühle.
Adelheid und Brenda waren inzwischen ganz aus dem Häuschen, nachdem Logan dem Rat die ›freudige‹ Nachricht verkündet hatte und nun jeder Bescheid wusste. Adelheid meinte, da es nun einmal so ist und wir es nicht mehr ändern können, müsse man das Beste daraus machen. Und das Beste hieß in ihrem Fall einen Haufen Bücher über Schwangerschaft und Geburt zu besorgen. Wenn Jean etwas ganz besonders liebte, dann waren es Bücher. Und während ich mich immer noch mit den Tischmanieren abmühte, saß sie stundenlang neben mir und studierte aufmerksam ein Buch nach dem anderen.

Als wir mal wieder vorne im Buchladen saßen, steckte Megan plötzlich den Kopf zur Tür herein. An ihrem ernsten Gesichtsausdruck konnte ich schon erkennen, dass etwas nicht stimmte. Jean sprang sofort auf. »Lara, du musst dich umziehen!«
Sie griff nach meinem Arm und zog mich vom Stuhl hoch. »Ich habe in meinem Zimmer etwas vorbereitet. Mach schnell, uns bleibt nicht viel Zeit.«
Ich sprang auf und folgte ihr den kurzen Flur entlang zu ihrer Tür. »Würdest du mir bitte mal erklären, was los ist?«
Jean drängte mich unaufhaltsam vorwärts, während sie antwortete. »Die ersten Gäste treffen in wenigen Minuten ein. Sie fahren gerade durch das Haupttor.«
Mein Puls schoss augenblicklich nach oben. Ich stolperte in ihr Zimmer und warf meine Jeans und meinen Pulli achtlos in die Ecke. Dann schlüpfte ich in das Kleid, das Jean für mich bereit gelegt hatte.
»Ich stecke deine Haare hoch«, bot Jean an.
Ich nickte abwesend. Meine Panik wurde immer größer.
»Jean, ich kann das nicht.«
Sie zupfte an meinem Kleid herum. »Natürlich kannst du das. Wir haben dir alles beigebracht, was du wissen musst. Du bist bestens vorbereitet.«
Mein Herz raste und ich konnte nicht richtig atmen. Was hatte ich mir nur dabei gedacht? Das würde ich nicht schaffen. Niemals.
Um mich von meinen Gedanken abzulenken, schaute ich prüfend an mir herunter. Jean hatte ein schlichtes nachtblaues Kleid ausgewählt, dazu ein paar Pumps.
Kritisch betrachtete ich die hohen Absätze.
»Damit kann ich nicht laufen. Willst du, dass ich mir das Genick breche?«
Jean verzog das Gesicht. »So hoch sind die doch gar nicht. Geh mal ein paar Schritte.«
Ich wackelte vorsichtig durchs Zimmer.

»Das wird nichts«, entschied Megan und schob die Tür auf, um einzutreten. »Sie torkelt wie ein Storch im Salat.«
Ich seufzte und zog die Schuhe aus.
»Warte mal.« Megan rannte aus dem Zimmer und kam mit ein paar Pumps zurück, deren Absatz nicht einmal annähernd so hoch war, wie der von Jeans Schuhen. »Wie wäre es damit?«, meinte sie lächelnd.
Ich schlüpfte hinein und ging im Zimmer auf und ab.
»Schon viel besser«, erklärte Megan und Jean nickte zustimmend.
Vor der Hintertür machte ich halt und schnappte nach Luft. Ich konnte Logan hören. Er sprach mit jemandem. Sogleich stieg eine leichte Übelkeit in mir auf. »Tief durchatmen«, flüsterte Jean. »Keine Angst, ich bin bei dir.«
Ich schloss die Augen, um mich ein wenig zu beruhigen. Dann gab ich Jean ein Zeichen und sie öffnete die Tür. Mit Erstaunen musste ich feststellen, dass wir tatsächlich Personal hatten. Eine junge Frau in typischer Dienstmädchenuniform legte gerade zwei Mäntel über ihren Arm und ein älterer Mann im Frack reichte auf einem Tablett Erfrischungen herum.
Die zwei anwesenden Defensoren waren in ein Gespräch mit Logan vertieft und schenkten mir keinerlei Beachtung. Auf diese Weise blieb mir genügend Zeit, um sie mir genauer anzusehen.
»Arek und Makaro?«, fragte ich leise.
Mir wurde ein bisschen komisch, als Jean nickte. Sie trugen ihre langen Haare zu einem strengen Zopf nach hinten gebunden, ihre Garderobe bestand aus einem Anzug, deren Vorderseite mit aufwendigen Applikationen in Gold und Lila verziert waren.
»Die sehen ziemlich finster aus.«
Jean verdrehte die Augen. »Sei still«, mahnte sie. »Die können dich hören, das weißt du doch.«
In diesem Moment wirbelte einer von ihnen herum. Ich versteifte mich, als er mich von oben bis unten musterte.
»Ich würde euch gerne meine Verlobte vorstellen, «sagte Logan.
Das war dann wohl mein Stichwort. In meinem Kopf wirbelte

alles durcheinander, während ich auf die Defensoren zuging.
»Das ist Lara Anderson.«
Ich machte artig einen Knicks, als ich meinen Namen hörte, so wie ich es von Adelheid gelernt hatte und lächelte freundlich. Logan drückte mich an seine Schulter. Sein Geruch und seine Wärme entspannten mich ein wenig.
»Sehr angenehm«, sagte Arek und griff nach meiner Hand.
Als seine Lippen meinen Handrücken berührten, durchlief mich ein eisiger Schauer. Doch ich ließ mir nichts anmerken.
»Die Freude ist ganz auf meiner Seite«, erwiderte ich höflich und begrüßte mit einem Nicken den zweiten Defensor, der daraufhin ebenfalls meine Hand küsste.
»Wir haben schon viel von Ihnen gehört«, brummte Makaro und warf mir einen verstohlenen Blick zu.
Ich lächelte tapfer und tat so, als hätte ich seinen forschenden Blick nicht bemerkt. Zum Glück tauchte Adelheid kurz darauf auf und drängte sich geschickt in den Vordergrund.
»Herzlich willkommen, meine Herren.« Sie machte einen tiefen Knicks und lächelte zuckersüß. »Möchten sich die Herren vor dem Essen vielleicht noch ein wenig frisch machen? Ich zeige Ihnen gerne die Räumlichkeiten.«
Als die Defensoren verschwunden waren, fiel mir ein riesiger Stein vom Herzen.
»Ausgezeichnet, Lara.« Jean lächelte anerkennend. »Das war wirklich hervorragend«, fügte sie zu.
Ich war mir da allerdings nicht so sicher. Blicke sagen bekanntlich mehr als Worte und beide Defensoren hatten mich mit ihren Blicken durchbohrt.
Beim Abendessen blieb es verhältnismäßig ruhig. Während ich das Essen in kleine Stücke zerteilte und dabei artig auf meinen Teller schaute, unterhielten sich Arek und Makaro angeregt mit Logan. Nur wenn sie sich unbeobachtet fühlten, konnte ich ihre Blicke auf mir spüren. Ich ließ mir jedoch nichts anmerken.

Als wir später im Wohnzimmer saßen, normalisierte sich mein Puls allmählich wieder. Ich fühlte mich zwar immer noch unwohl, aber wenigstens hatte mein Herz aufgehört wie wild zu rasen. Cole nickte mir aufmunternd zu, als sich unsere Blicke zufällig trafen. Anscheinend lief es gar nicht so schlecht.
»Wenn die zukünftige Dame des Hauses nichts dagegen einzuwenden hat ...« Arek stand auf und drehte sich in meine Richtung »... könnte sie mich vielleicht etwas herumführen?«
Ich zuckte innerlich zusammen, mein Puls schoss sofort wieder nach oben. »Natürlich. Es wäre mir ein Vergnügen«, erwiderte ich und ging an ihm vorbei in die Eingangshalle, bedacht möglichst ruhig zu wirken.
Nachdem er sich für meinen Geschmack etwas zu lange in der Küche aufgehalten hatte, um sich alles ganz genau anzusehen, ging ich wie in Zeitlupe die Treppe hinauf. Ich zeigte ihm den Gästetrakt und den Fitnessraum. Anschließend warf er einen Blick in Logans Büro und begutachtete eingehend den Kinosaal. Als letztes blieb nur noch unser Schlafzimmer.
Arek faltete seine Hände auf dem Rücken und stolzierte mit hocherhobenem Haupt durch unser Zimmer.
»Das ist eine sehr interessante Farbkombination«, bemerkte er und schielte dabei zu unserem Bett.
Scheinbar hatte er etwas anderes erwartet. »Logan wollte meinen Aufenthalt so angenehm wie möglich machen«, sagte ich vorsichtig.
Seine Miene verriet die Missbilligung meiner Worte, als er sich zu mir umdrehte.
Ich schluckte. »Das ist der Name, den er mir genannt hat«, wisperte ich schuldbewusst. »Logan. Unter diesem Namen hat er sich vorgestellt.«
Für eine Sekunde funkelten seine schwarzen Augen vor Empörung, im nächsten Moment huschte ein Lächeln über sein Gesicht. »Ist das so?«
Ich nickte hastig.

»Nun, dann hatte er sicher seine Gründe dafür«, sagte er.
Der seltsame Unterton in seiner tiefen Stimme war mir sofort aufgefallen. Während ich die Schlafzimmertür hinter uns schloss, blieb Arek am Treppenabsatz stehen und schaute mich vielsagend an. »Bitte nach Ihnen, Ms. Anderson.«
»Danke sehr.« Ich ging an ihm vorbei und setzte einen Fuß auf die erste Stufe. Plötzlich kam ich ins Wanken.
Bei dem Versuch, mich am Treppengeländer festzuhalten, griff ich ins Leere. Das Geländer war verschwunden.
In der Sekunde, in der ich dachte, ich würde jeden Augenblick die Treppe hinunterfallen und mir sämtliche Knochen brechen, packte Arek meinen Arm und zog mich ruckartig nach hinten.
»Das hätte aber böse enden können.«
Sein Griff wurde merklich fester. »Wir wollen doch nicht, dass der jungen Lady etwas passiert. Nicht auszudenken, was die Folgen wären.«
Dieser Blick. Diese Stimme. Mir lief es eiskalt den Rücken runter.
»Lara? Alles in Ordnung?«
Ich drehte den Kopf und entdecke Jean, die am Fuß der Treppe stand. Arek ließ meinen Arm los und deutete ein entschuldigendes Lächeln an. »Nur ein kleines Missgeschick. Nicht der Rede wert.«
Er ging an mir vorbei, als Jean die Treppe hinaufgerannt kam und entfernte sich zügig aus der Eingangshalle. Jean musterte mich kurz, dann schüttelte sie lachend den Kopf.
»Also wirklich, Lara. Das ist doch sonst nicht deine Art. Seit wann bist du denn so ungeschickt?«
Ich musste erst mal Luft holen, der Schreck saß mir immer noch in den Knochen. Am ganzen Leib zitternd ließ ich mich auf die oberste Stufe sinken und verbarg das Gesicht in meinen Händen.
»Ich bin nicht gestolpert«, sagte ich kaum hörbar. »Das war kein Unfall. Ich glaube, er hat mich gestoßen.«
Jean blickte mich entsetzt an. Doch sie riss sich zusammen, schloss die Augen und schaute sich meine letzte Erinnerung an.

Nach schier endlosen Sekunden öffnete sie die Augen und meinte: »Ich will lieber gar nicht darüber nachdenken, was alles hätte passieren können. Beschäftigen wir uns lieber mit der Frage, warum er sein Vorhaben nicht in die Tat umgesetzt hat. Wieso hat er dich in letzter Sekunde festgehalten?«

Ich atmete ein paar Mal tief durch.

»Keine Ahnung. Vielleicht ist ihm plötzlich wieder eingefallen, dass die oberste Priorität nebenan im Wohnzimmer sitzt? Was weiß denn ich.«

Ich sog scharf den Atem ein, als Logan in die Eingangshalle trat.

»Unsere Gäste haben sich zurückgezogen. Für heute hast du es überstanden, mein Engel.« Seine Augen wanderten über mein blasses Gesicht. »Fehlt dir etwas?«

Das ist nicht der richtige Augenblick, entschied ich kurzerhand. Ich würde Logan von meinem Verdacht erzählen, allerdings erst dann, wenn ich ausreichend Beweise gesammelt hatte.

»Nein, alles o.k.« Ich erhob mich und lächelte ihn an. »Das war nur ein bisschen zu viel Aufregung für einen Tag. Mein Schatz, es geht schon wieder. Geh du schon mal nach oben«, schlug ich vor und lächelte so überzeugend wie nur möglich. »Ich komme gleich hinterher.«

Mit einem Kopfnicken deutete ich auf Jean. »Wir haben noch eine Kleinigkeit zu besprechen. Frauenkram, du weißt schon.«

Im Vorbeigehen hauchte er mir einen Kuss auf die Schläfe. »Dann bis gleich.«

Ich schaute ihm nach, während er weiterging und wartete noch, bis die Badezimmertür ins Schloss fiel. Dann zog ich Jean ins Wohnzimmer und deutete an, dass sie den Raum unbedingt gegen unerlaubte Zuhörer sichern sollte.

»Wir lassen dich ab jetzt nicht mehr aus den Augen«, sagte sie im Schutz ihrer Illusion. »Von jetzt an bis zum Tag seiner Abreise lassen wir dich zu keiner Sekunde mit Arek allein.«

Jean raffte ihr Kleid hoch und fingerte ihr Handy aus dem Strumpfband. »Ich werde auch gleich mit Anna und Romy sprechen. Sie müssen einspringen, falls die Defensoren unter sich bleiben wollen. Wenn sie diesen Wunsch äußern, werden wir uns leider zurückziehen müssen. Und genau da kommen Romy und Anna ins Spiel.«

In dieser Nacht gelang es mir nicht, meinen wohlverdienten Schlaf zu finden. Viel zu sehr beschäftigte mich die Frage, was dieser Arek wohl im Schilde führte. Ich drehte mich unruhig zur anderen Seite.

»Kannst du nicht schlafen, mein Engel?«

Ich hätte wissen müssen, dass Logan meine Unruhe bemerken würde.

»Nicht so richtig«, gab ich zu und öffnete die Augen. »Wann kommen die restlichen Defensoren an?«

Er zog mich sanft an seine Brust. »Sie werden in den nächsten Tagen eintreffen.«

Seine Stimme wurde unruhig. »Diese Neuigkeit ist nicht gerade von Vorteil für deine emotionale Verfassung. Du bist sehr aufgewühlt, Lara.«

Ich versuchte ihn aufzuheitern. »Darf die Braut denn nicht ein bisschen aufgeregt sein? Schließlich sind es nur noch sechs Tage bis zur Hochzeit. Ich denke, da wird jede Braut langsam nervös.«

Logan schaltete die Nachttischlampe ein und warf mir einen belustigten Blick zu. »Das ist wahrlich ein sehr angenehmer Grund für deinen Zustand.«

Angenehm? Ich hatte vor zu protestieren, doch in dem Moment spürte ich, wie meine Kräfte nachließen. Gähnend schmiegte ich mich an seine nackte Schulter.

»Bist du das? Ich werde gerade furchtbar müde.«

Er lachte leise, als ich zum zweiten Mal gähnen musste. »Du brauchst deinen Schlaf, mein Engel. Mach die Augen zu.«

Ich grinste träge und kuschelte mich noch enger in seine Arme. »Gute Nacht, mein Schatz.«

Am Sonntag saß ich gemütlich auf dem Sofa und schaltete wahllos durch die Kanäle. Logan war mit unserem Besuch bei Ethan, so wurde mir ein wenig Ruhe gegönnt. Als es leise an der Hintertür klopfte, rief ich: »Komm rein, wer immer du bist.«
Ich drehte den Kopf zur Tür, doch sie blieb verschlossen. Dann klopfte es wieder.
»Die Tür ist offen«, sagte ich ein wenig lauter. Es rührte sich nichts. Leise fluchend legte ich die Fernbedienung auf den Tisch und wollte gerade aufstehen, als mir jemand von hinten die Augen zuhielt.
»Jean? Bist du das?«
Ein leises Kichern war zu hören, das eindeutig nicht von meiner Freundin stammte. Die Person hinter mir nahm die Hände von meinen Augen und hüpfte in einem Satz über die Sofalehne.
»Hallo Lara. Da sind wir wieder. Freust du dich?«
Violett strahlte mit der Sonne um die Wette, als ich sie perplex anstarrte.
»Du siehst überrascht aus«, stellte sie zufrieden fest. Ich konnte es immer noch nicht glauben.
»Klar bin ich überrascht. Und wie.«
Ich hatte eigentlich damit gerechnet, dass die Bakers erst ein oder zwei Tage vor der Hochzeit auftauchen würden.
»Wir haben frei bekommen. Und Maja weiß natürlich auch Bescheid«, erklärte Violett. »Offiziell bin ich die zweite Brautjungfer auf der Hochzeit meiner Cousine.«
Violett sprang auf und tänzelte wie eine Ballerina durch das Wohnzimmer. »Das ist alles so aufregend, findest du nicht? Eine richtige Hochzeit! Ich kann es gar nicht erwarten.«
»Du bist ja auch nicht diejenige, die in einem bodenlangen Kleid und mit unmöglich hohen Absätzen zum Altar schreiten muss«, beschwerte ich mich mit einem Lächeln.
Doch Violett zuckte die Schultern, als wäre das nicht weiter von Bedeutung.
»Wo ist Sam?«, wollte ich wissen.

Sie deutete mit einem Kopfnicken zur Hintertür. Und da stand er!
»Na, was denkst du wohl, kleine Schwester.« Sam breitete die Arme aus. »Habe ich dir nicht versprochen, dass ich dich mit diesen Lackaffen nicht alleine lasse?«
Mit einem befreiten Lachen fiel ich ihm um den Hals.
»Oh Sam! Ich bin so froh, dass ihr da seid. Ich brauche ganz dringend Verstärkung.« Ich blickte auf und legte den Kopf zurück. »Sag mal, bist du gewachsen?«
Seine Augen funkelten vor Übermut. »Quatsch, ich wachse doch nicht mehr. Vielleicht bist du auch geschrumpft.«
»Egal«, sagte ich überglücklich. »Hauptsache, ihr seid da.«
Sam lächelte mich an. Es war ein sehr selbstgefälliges Lächeln. Doch er schien darüber genauso glücklich zu sein wie ich.
»Ihr habt es gut«, sagte ich und ließ mich aufs Sofa plumpsen. »Ich muss noch die ganze Woche zum College. Ist das nicht ungerecht?«
Violett schüttelte den Kopf und grinste mich vielsagend an. »Muss ich nicht?«, fragte ich irritiert. »Woher willst du das wissen?«
»Jean ist vorne im Buchladen, sie bespricht mit Adelheid und Cate gerade den Ablauf der nächsten Tage.«
Violett machte eine kurze Pause und sagte dann: »Von College war da keine Rede.«
»Jean würde niemals zulassen, dass ich ohne triftigen Grund auch nur einen einzigen Tag versäume«, gab ich zu bedenken.
»Da kennst du meinen Secutor aber schlecht.«
Doch Violett beachtete mich nicht, sie schaute an mir vorbei zur Hintertür. Ich drehte mich um, folgte ihrem Blick und entdeckte Jean, die gerade hereinkam.
»Deine Hochzeit ist ein sehr guter Grund für eine Freistellung«, meinte mein Secutor mit geschäftiger Miene. »Sogar für deine Flitterwochen bist du freigestellt.«
Das war ja vielleicht ein Ding!
»Also gut«, sagte Jean, als wäre nichts gewesen. Sie ging um

den Tisch herum und blieb vor uns stehen. »Wenn ich schon einmal hier bin, kommen wir am besten gleich zum nächsten Punkt auf meiner Liste.« Dabei zog sie einen Zettel aus ihrer Jeans.

»Violett? Molly kommt morgen zur letzten Anprobe. Sie wird auch die Kleider für die Brautjungfern mitbringen. Du solltest anwesend sein.«

Violett nickte eifrig. Dann wandte Jean sich an mich.

»Am Freitag musst du woanders übernachten, ganz egal wo, aber nicht hier bei Logan. Der Bräutigam sollte die Braut vor der Hochzeit nicht sehen. Wir wollen doch wenigstens ein paar eurer menschlichen Traditionen wahren.«

Ich überlegte einen Augenblick lang.

»Ich könnte bei Mom und Dad schlafen«, schlug ich vor. »Da gibt es immer noch mein altes Zimmer.«

Violett kicherte hinter vorgehaltener Hand, als Jean energisch den Kopf schüttelte. »So viel Platz hast du in deinem alten Kinderzimmer gar nicht. Schließlich wollen wir deinen letzten Abend als Ms. Lara Anderson gebührend feiern.«

Ich blinzelte ratlos.

»Du schläfst natürlich bei mir«, erklärte Jean. »Genau wie die anderen Mädels.«

Erst jetzt kapierte ich, worauf Jean die ganze Zeit hinauswollte.

»Wir veranstalten eine Pyjamaparty? Ehrlich?«

Ich war ganz aus dem Häuschen. »Wen darf ich alles einladen? Dürfen Romy und Anna auch kommen?«

Jean spitzte die Lippen. »Nun. Das ist deine Party. Du kannst einladen, wen immer du möchtest.«

Das hatte ich vor nicht allzu langer Zeit schon einmal gehört.

»Was ist mit Megan?«, gab ich zu bedenken. »Wenn Romy und Anna kommen, dann gibt es dicke Luft.«

»Ganz sicher nicht!« Jean plusterte sich auf wie ein Papagei. »Megan wird sich zu benehmen wissen oder sie fliegt hochkant aus meinem Zimmer. Ganz einfach.«

Jean klang so energisch, dass ich nicht zu widersprechen wagte. Mein Secutor hatte definitiv Durchsetzungsvermögen. Manchmal wünschte ich mir, ich könnte genauso selbstsicher auftreten wie Jean. Zumindest gegenüber den Defensoren wäre das äußerst hilfreich. Doch davon war ich meilenweit entfernt.

»Sitzt wie angegossen. Sehr schön.« Molly schlich um mich herum und begutachtete ihr Werk. Ich stand auf einem Stuhl mitten im Wohnzimmer meiner Freundin, damit Logan mich nicht sehen konnte. Der Stoff fühlte sich warm und weich an. Ich konnte sogar richtig Luft holen.

»Wirklich bezaubernd«, sagte Molly und reichte mir die Hand. »Du kannst jetzt runterkommen. Wir sind fertig.«

Mir war immer noch etwas schwindlig, obwohl ich längst wieder sicheren Boden unter den Füßen hatte.

»Soll ich das Kleid am Samstag mitbringen oder willst du es gleich hierbehalten?«

Ich schlüpfte in meine Jeans. »Bring es lieber am Samstag mit«, antwortete ich, mit dem Kopf nicht ganz bei der Sache.

Gerade war mir wieder eingefallen, was ich Molly noch unbedingt fragen wollte. Molly hatte gerade das Kleid verstaut und saß nun mit einer Tasse Tee in der Hand neben mir auf dem Sofa, als sie mich fragend ansah.

»Ist etwas nicht in Ordnung, Lara?« Scheinbar hatte ich mich durch irgendetwas verraten. »Gefällt dir das Kleid nicht mehr?«

Ich seufzte leise. Molly lag meilenweit daneben. »Das Kleid ist umwerfend. Das ist es nicht, was mich beschäftigt.«

Hastig trank ich einen großen Schluck Cola, bevor ich Molly wieder ansah. »Mich würde interessieren, ob du weißt, was Logan bei der Zeremonie tragen wird.« So. Nun war es raus!

Ein kleines Lächeln huschte über ihr Gesicht.

»Ah, ich verstehe. Ja, ich weiß, was er trägt. Vor einiger Zeit habe ich ihn auf einem Gemälde gesehen.«

Ich horchte auf. »Ich kenne nur das Gemälde in seinem Büro.«

»Ich meine das Bild bei Ethan«, gab mir Molly zu verstehen. »Es hängt in seinem Wohnzimmer. Ich habe es bemerkt, als ich seinen Anzug für die Hochzeit vorbeigebracht habe.«

»Und?«

Molly verzog das Gesicht. »Nun ja. Die Farbe ist zwar schwarz, aber ansonsten hat seine Garderobe nicht sehr viel Ähnlichkeit mit einem Anzug, wie du ihn kennst. Er gleicht eher einer strengen Uniform. Ein wenig altertümlich, aber unheimlich elegant. Und vielleicht auch ein bisschen … düster.«

»Verstehe«, murmelte ich und schlug die Augen nieder. Mein Brautkleid würde definitiv nicht dazu passen, so viel stand fest.

»Und nun brauchst du ein Kleid für die Zeremonie, weil dein Hochzeitskleid nicht die passende Farbe hat?«

Molly grinste verschlagen, als ich sie schuldbewusst anschaute.

»Nein. Doch. Ach, ich weiß auch nicht. Ich hatte gehofft, ich könnte mir nochmal das schwarze Kleid von dir ausleihen. Dadurch hätte ich zumindest das Gefühl, irgendwie dazuzugehören.«

Es stand ganz außer Frage, dass auch die übrigen Defensoren der Farbe Schwarz den Vorzug geben würden. Ich wollte nicht schon wieder aus der Reihe tanzen. Molly zog grübelnd die Augenbrauen zusammen.

»Das Kleid hat den falschen Schnitt. Du würdest neben ihm aussehen wie eine Vogelscheuche. Das wird nichts, Lara.«

Und damit lösten sich all meine Hoffnungen in Luft auf. Ich konnte mir anhand ihrer Beschreibung leider kein genaues Bild davon machen, wie Logan bei der Zeremonie aussehen würde. Ich musste mich wohl oder übel auf ihr Urteilsvermögen verlassen. Was anderes blieb mir gar nicht übrig.

»Ich könnte dir ein anderes Kleid anbieten, wenn du magst.«

Jetzt war ich wieder ganz bei der Sache. »Was für ein anderes Kleid?«, wollte ich wissen.

Molly zwinkerte mir belustigt zu. »Eine Kundin aus Utha hat es vor einigen Monaten in Auftrag gegeben und sich dann kurzfristig umentschieden. Ein paar Änderungen hier und da, dann sollte es passen.«

Meine Augen wurden immer größer. »Aber schaffst du das denn noch bis Sonntag?«, fragte ich zweifelnd.

Doch Molly winkte ab. »Der Rohentwurf ist schon fertig, Lara. Ich musste dabei gleich an dich denken. Und na ja, deine Maße hatte ich ja schon. Man kann nie wissen, oder?«

Ich fiel ihr begeistert um den Hals. »Molly, du bist die Beste!«

»Nun hör aber auf, Kindchen. Du machst mich noch ganz verlegen.« Sie lächelte geschmeichelt. »Und wenn ich ehrlich sein soll, muss ich dir danken.«

Ich blinzelte. »Ach ja? Wofür?«

»Anscheinend hat es sich bereits herumgesprochen, dass du dein Hochzeitskleid bei mir nähen lässt. Jetzt rennen mir alle die Bude ein. Ich kann mich vor Aufträgen kaum retten. Auf ein Mal will jeder weibliche Defensor ein Kleid von mir.«

Ich grinste still in mich hinein, als Molly die Augen verdrehte und lachte. Damit war ich dann wohl so etwas wie ein Vorbild. Modetechnisch gesehen.

Am Mittwoch saß ich mit Logan gerade an der Bar, als Violett aufgeregt in die Küche stürmte.

»Tut mir leid, wenn ich störe. Ich soll sagen, dass noch zwei weitere Defensoren eingetroffen sind.«

Sie machte kehrt und sauste wie der Wind aus der Küche. Scheinbar hatte Violett keine Lust, den Defensoren über den Weg zu laufen. Da waren wir schon zwei!

Ich seufzte leise, als sich unsere Blicke trafen. Logan umfasste zärtlich meine Finger, dann lächelte er.

»Wer ist es?«, flüsterte ich. Dann schloss ich für ein paar Sekunden die Augen und atmete tief durch.

»Cornelias und Ava«, sagte er nur.

Ich presste die Lippen zusammen. Somit war also die Anstandsdame eingetroffen.

Ich rutschte vom Stuhl und schlurfte durch die Eingangshalle. Doch ehe ich die Treppe erreicht hatte, stand Logan schon neben mir.

»Was hast du vor?«, fragte er und blickte mich irritiert an. »Willst du dich etwa verstecken?«

Er grinste, als ich ihm gegen die Schulter schlug.

»Quatsch, ich will mich doch nicht verstecken. Ich muss mich umziehen. Megan und Betty haben dafür extra ihren Kleiderschrank geplündert. Für jeden Anlass lag ein passendes Kleid bereit. Ich konnte vor lauter Kleidern kaum noch meine eigenen Klamotten finden.«

Logan hielt mich zärtlich fest. »Lara. Hör auf damit.« Seine Miene wurde ernst. »Das ist überhaupt nicht nötig.«

Ich wusste es besser.

»Jean hat gesagt, ich soll mich vorsehen. Ava wird mich nicht aus den Augen lassen und ich will ihr keine zusätzliche Angriffsfläche bieten.«

Er ließ meine Hand los und verschränkte die Arme. »Du wirst dich nicht umziehen. Das erlaube ich nicht. Entweder funktioniert es auf diese Weise, oder sie können gleich wieder abreisen. Ich meine es ernst, Lara!«

Ungläubig schaute ich an mir herunter.

»Jeans und Pulli? Findest du das etwa witzig? Damit blamiere ich mich bis auf die Knochen. Willst du das?«

»Deine Jeans steht dir ausgezeichnet.«

»Ich bin underdressed«, maulte ich und wunderte mich darüber, dass ich so ein Wort überhaupt kannte.

Logan hauchte mir einen Kuss auf die Schläfe. »Ich werde mich auch nicht umziehen«, versuchte er mich zu beruhigen.

Zweifelnd schaute ich ihn an. »Wozu auch? Du trägst ein schwarzes Hemd und eine Bundfaltenhose. Außerdem bist du die oberste Priorität. Wahrscheinlich könntest du im Schlafanzug auftauchen und wärst immer noch passend gekleidet. Ich dagegen werde mich in Jeans und Pulli furchtbar blamieren.«

Er runzelte die Stirn. »Wie unaufmerksam von mir. Du hast natürlich völlig Recht.«
»Ach ja?« Ich blinzelte. »Dann lass mich durch. Ich will mich umziehen.«
Und dann war Logan verschwunden. Ich stand alleine in der Eingangshalle. Ich drehte mich suchend nach allen Seiten und als ich ihn nirgends entdecken konnte, fasste ich den Entschluss, mich doch noch schnell umzuziehen. Kaum einen Schritt getan, stand Logan am oberen Treppenabsatz und strahlte mich an. »Besser so?«
Jetzt trug er eine dunkle Jeans und einen schwarzen enganliegenden Pulli.
Ich musste lachen, als ich seine funkelnden Augen bemerkte. »Ist das dein Ernst? Du willst sie in Jeans empfangen?«
Er lächelte unschuldig. »Warum nicht?« Dabei kam er auf mich zu und ergriff meine Hand.
»Mach dir keine Sorgen, mein Engel. Sie werden deinem Charme erliegen. Genau wie ich.«
Ich gab mich geschlagen und folgte ihm widerwillig ins Wohnzimmer. Eigentlich machte es keinen Unterschied, was Logan trug, er sah immer blendend aus. Das konnte man von mir in diesem Augenblick leider nicht behaupten.
Avas abfälliger Blick, als sie sich zu uns umdrehte, bestätigte meinen Verdacht sofort.
»Cornelias. Ava. Wie schön, euch endlich wiederzusehen.«
Logan hielt meine Finger fest umschlossen, als er Cornelias mit einem kräftigen Händedruck begrüßte. Ava knickste elegant und senkte ihren Blick. Ihr Lächeln war ebenso kalt wie charmant. Mich fröstelte es.
»Darf ich vorstellen?«, sagte Logan und wandte sich zu mir. »Das ist meine Lara.«
Ich knickste vor Cornelias und sagte ein paar höfliche Worte zur Begrüßung. Genau wie ich befürchtet hatte, ließ Ava mich nicht mehr aus den Augen. Sie schaute mehrmals an mir herunter, als

könne sie nicht glauben, was sie sah. Mein Unbehagen wuchs unter ihrem wachsamen Blick. Warum nur hatte ich mich von Logan dazu überreden lassen, meine Jeans anzubehalten?

»Wie du sicher bemerkt hast, ist Lara etwas zeitgemäßer gekleidet«, sagte Logan und schaute Ava dabei ernst an. »Ich würde es sehr begrüßen, wenn du, und natürlich auch die anderen Damen, ihrem Beispiel folgen würdet und etwas Bequemeres anzieht. Wir versuchen hier nicht aufzufallen.«

Da klappte der Anstandsdame die Kinnlade herunter. Sie wusste wohl nicht so recht, wie sie darauf reagieren sollte. Dann knickste sie erneut.

»Es liegt mir natürlich fern, Euch in irgendeiner Weise zu verstimmen.«

Sie hob den Blick und verzog fast unmerklich das Gesicht. »Aber wenn ich mir die Frage erlauben darf, genügt ein schlichter Rock Euren Ansprüchen oder werde ich gezwungen sein, diese obskuren Beinkleider zu tragen?«

Logan zwinkerte mir zu und sagte: »Das genügt völlig, Ava. Danke für dein Verständnis.«

Ava verabschiedete sich eilig, um das prachtvolle Kostüm gegen etwas ›Bequemes‹ einzutauschen. Ich war mir sicher, dass sie den Raum nur so schnell verlassen wollte, damit sie in Ruhe fluchen konnte. Während sie sich durch die Hintertür davonmachte, hörte ich sie leise schimpfen. Ich wusste schon, wem sie die Schuld für diesen Vorfall in die Schuhe schieben würde.

»Den Göttern sei Dank, mein alter Freund.«

Cornelias löste seine Krawatte, kaum dass Ava den Raum verlassen hatte und ließ sich rücklings in den Sessel plumpsen. »Ich hege eine extreme Abneigung gegen diese steife Aufmachung.«

Er zupfte an seinem Kragen herum und öffnete den obersten Knopf seines Hemdes.

»Versteht mich nicht falsch«, sagte er, an mich gewandt, »ich bin ein Fan von Etikette, ein sehr großer Fan sogar. Doch hin und wieder gebe ich der Bequemlichkeit den rechten Vorzug.«

Ich musste unweigerlich lachen, als Cornelias das Jackett auszog und die Hemdärmel hochkrempelte. Er war mir auf jeden Fall sympathischer als Ava.
Noch am gleichen Abend standen auch Konstantin und Sabrisa vor der Tür. Sabrisa war nett – etwas zurückhaltend, aber erstaunlicherweise wirklich sehr sympatisch. Das konnte man von ihrem Begleiter leider nicht behaupten. Konstantin war alles andere als zurückhaltend. Während wir im Wohnzimmer saßen, horchte er mich ununterbrochen aus. Bald schon fielen mir keine höflichen Floskeln mehr ein, um noch weiter mit ihm Konversation zu betreiben. Auf solch ein langes Gespräch war ich nicht vorbereitet gewesen.
Als ich hilflos zu Jean hinüberspähte, übernahm sie fast unbemerkt die Unterhaltung. Doch allzu lange ließ sich Konstantin nicht von Jean ablenken.
»Sagen Sie, Ms. Anderson, Sie verfügen doch sicher über ein umfangreiches Allgemeinwissen? Ich halte es für äußerst sinnvoll, wenn die zukünftige Dame des Hauses intellektuell gesehen mit uns mithalten kann.«
Ich schluckte. Umfangreiches Allgemeinwissen?
»Lara macht enorme Fortschritte«, warf Jean ein. »Allein in den vergangenen Wochen hat sie sehr viel dazugelernt.«
Schon wieder kam mir Jean zu Hilfe. Konstantin nickte versonnen und wandte sich wieder mir zu.
»Sie sind ein gewöhnlicher Auftrag, nehme ich an?«
Bis zu diesem Moment hatte sich Logan angeregt mit Cornelias unterhalten. Nun schoss sein Kopf hoch und er sah streng zu uns hinüber.
»An Lara ist rein gar nichts gewöhnlich«, knurrte er und Konstantin zuckte zusammen.
Hastig schüttelte dieser den Kopf.
»Nein, selbstverständlich nicht.« Er sah wieder zu mir. »Sie ist wirklich, nun ja, außergewöhnlich?«
Ich hielt die Luft an und starrte peinlich berührt auf meine

Finger. Einen Vorteil hatte dieser Zwischenfall wenigstens. Konstantins nervige Fragestunde wurde dadurch mit sofortiger Wirkung beendet.

Während ich abends im Bett über die letzten Stunden nachdachte, konnte ich Logan und die anderen immer noch im Wohnzimmer reden hören. Irgendwann hatte Jean mir zugeflüstert, dass es für die Damen jetzt an der Zeit wäre, sich zurückzuziehen. Also gingen wir, gefolgt von Megan und Betty, kurzerhand in ihr Zimmer.

Dort angekommen zupfte Megan eine Handvoll Haarnadeln aus ihrer roten Mähne und stöhnte dabei laut auf. Sie war genervt.

»Ich hätte ja nie gedacht, dass ich so etwas mal sagen würde, aber dieses ständige Aufhübschen geht sogar mir langsam aber sicher gegen den Strich.«

Betty hatte es sich auf dem Bett bequem gemacht. Sie stützte ihren Kopf auf den Händen ab.

»Jean? Darf ich dich etwas fragen?«

»Frag nur«, entgegnete Jean und lächelte.

»Habt ihr euch schon einen Namen für das Baby überlegt?«

Ich wartete gespannt auf Jeans Antwort. »Also erstens ist es dafür noch etwas zu früh«, stellte sie klar. »Und zweitens weiß ich noch gar nicht, was es überhaupt wird.«

Ich kannte Jean gut genug, um zu wissen, dass sie sich mit Sicherheit schon damit befasst hatte. Vielleicht hatte sie sogar in ihren Büchern nachgeblättert.

»Was willst du?«, fragte ich, »Junge oder Mädchen?«

Ein geheimnisvolles Schmunzeln machte sich auf Jeans Lippen breit. »Ganz ehrlich? Ich weiß es nicht.«

»Und Kevin?«, versuchte ich es weiter.

Auf einmal brauste Jean auf. »Stellt euch vor«, beklagte sie sich. »Kevin besteht hartnäckig auf ein Mädchen. Hat man dafür Worte? Als ob ich das Geschlecht beeinflussen könnte!« Jean war tatsächlich stinksauer.

»Wieso ausgerechnet ein Mädchen?«, mischte sich Megan ein. »Wollen Männer nicht eher einen Stammhalter?«
Jean verdrehte die Augen.
»Kevin ist davon überzeugt, dass ein Junge die gleichen Dummheiten im Kopf hätte, wie er. Ein Clown in der Familie reicht völlig, hat er gemeint.« Sie senkte den Blick. »Er möchte eine Tochter, die so hübsch ist wie ihre Mutter.« Jean errötete. »Seine Worte, nicht meine.«
Betty nickte begeistert. »Das finde ich total süß.«
Jean zuckte mit den Schultern.
»So etwas geht nicht auf Bestellung. Er muss sich schon mit dem zufriedengeben, was kommt. Selbst wenn ich einen Sohn erwarte.«
Ich konnte mir sehr gut vorstellen, was Jean beschäftigte und Betty brachte es auch gleich auf den Punkt.
»Mach dich deswegen nicht verrückt, Jean. Kevin wird das Kind genauso vergöttern, wie er dich vergöttert, ganz egal, ob Junge oder Mädchen. Du wirst schon sehen.«

Ich war fast schon eingeschlafen, als Logan endlich ins Bett kam. Behutsam zog er mich in seine Arme und während ich mich an seine Schulter kuschelte, seufzte ich wohlig.
»Hattest du einen schönen Abend?«, fragte er zwischen den Küssen, die er auf meinen Lippen verteilte. »Entschuldige, dass ich dich in den letzten Tagen so oft alleingelassen habe.«
Ich blinzelte schläfrig. »Das macht nichts. Außerdem war ich nicht alleine und du hattest schließlich einen guten Grund. Die meisten Defensoren hast du schon eine halbe Ewigkeit nicht mehr gesehen. Ihr habt euch bestimmt einiges zu erzählen.«
Er küsste mich auf die Schläfe und mein Herz begann zu rasen, als er mit seinen Lippen über mein Schlüsselbein streifte.
»Es ist mir trotzdem unangenehm. Du darfst nicht denken, ich hätte Geheimnisse vor dir. Das ist alles rein geschäftlich.«
»Geht es um Jean?«, fragte ich vorsichtig.

Logan hielt inne und hob den Kopf. »Ja. Auch. Natürlich sorgt dein Secutor für reichlich Gesprächsstoff, das will ich nicht leugnen. Aber das meiste ist geklärt, sie wissen Bescheid, mehr nicht. Um alles andere kümmere ich mich persönlich.«

Bei dem Wort Geheimnis meldete sich mein schlechtes Gewissen wie auf Kommando.

»Aber ich habe eins«, gestand ich leise.

»Ein was?«

Ich hob den Blick und schaute ihm in seine eisblauen Augen. »Ein Geheimnis. Ich habe ein Geheimnis vor dir.«

Logan richtete sich auf.

»Ich wollte nicht, dass du dir Sorgen machst. Und wir wissen auch noch gar nichts Genaues.«

Logans Augen verengten sich.

»Ich habe einen Verdacht. Besser gesagt, wir haben einen Verdacht. Wir, also Anna, Romy, Megan, Betty und Jean. Ach ja, und Marius.«

Logan nickte. »Ich bin ganz Ohr. Worum geht es, Lara?«

Ich setzte mich auf und band meine Haare zu einem Zopf zusammen, um etwas Zeit zu schinden. Dann erzählte ich ihm von den Gerüchten über Arek und Makaro, die überall kursierten und von den Vermutungen, die Anna und Romy diesbezüglich hatten. Ganz zum Schluss und weil ich, nach Logans Offenheit, unbedingt ehrlich sein wollte, erzählte ich ihm von dem Vorfall auf der Treppe.

Als ich endete, biss ich mir auf die Lippe und schaute ihn vorsichtig an. So schnell, dass ich gar nicht reagieren konnte, sprang Logan plötzlich vom Bett auf und streifte seinen Pulli über. Dann schlüpfte er in seine Hose. Ich hielt erschrocken die Luft an.

»Wo willst du hin?«

»Ich werde sie zur Rechenschaft ziehen, was sonst.«

Ich sprang auf und griff nach seinem Arm, um ihn aufzuhalten. »Wir haben doch bis jetzt nur einen Verdacht. Das ist doch noch nichts Konkretes.«

»Dein Wort genügt mir völlig, Lara. Mehr brauche ich nicht.«
Ich ließ nicht locker. »Ich will aber keine voreiligen Schlüsse ziehen, ich will sie auf frischer Tat ertappen.«
Um ihn zu beruhigen, legte ich beide Hände an sein Gesicht. »Hör mir zu. Wenn du jetzt gehst, werden sie es niemals vor dir zugeben. Dann werden sie nur mehr auf der Hut sein und hassen mich nur noch mehr.«
»Niemand hasst dich!«
Ich ließ mich davon nicht beirren. Langsam schob ich ihn zurück zum Bett und krabbelte auf seinen Schoß. »Du kannst nicht erwarten, dass mich alle mögen, nur weil du es ihnen befielst.«
Er strich sanft über meine Wange. »Ich erwarte von ihnen, dass sie dich mögen, weil ich dich liebe.«
Ich schüttelte den Kopf und versuchte, gegen die aufsteigende Hitze anzukämpfen. »So funktioniert das nicht, Logan.«
»Nicht?«
Ich boxte ihm spielerisch in die Seite. »Jetzt bleib mal ernst. Mir ist es lieber, wenn sie sich selbst dazu entscheiden, mich zu mögen. Und wenn sie mich nicht mögen, dann ist das eben so. Aber das soll ihre Entscheidung sein und nicht deine.«
Eine Weile sagte er nichts, er schaute mich nur an.
»In Ordnung«, lenkte er schließlich ein. »Und was machen wir mit Arek und Makaro? Was schlägst du vor?«
Noch während ich darüber nachdachte, klingelte plötzlich sein Handy.
»Entschuldige mich bitte.« Er schob mich sanft von seinem Schoß und schwang sich vom Bett. »Ich bin sofort wieder bei dir«, fügte er hinzu und griff nach seinem Handy.
Er verließ das Zimmer nicht und so konnte ich hören, was er antwortete. »In Ordnung, ich bin auf dem Weg.«
»Musst du nochmal weg?«
»Vargos und Marthea sind soeben eingetroffen. Es dauert nicht sehr lange, mein Engel, ich beeile mich.«

Ich wollte aufspringen, doch Logan hielt mich zurück. »Du bleibst hier und schläfst dich aus. Du hast morgen immer noch genug Zeit, um die beiden zu begrüßen. Du brauchst deinen Schlaf.«

Ich lächelte dankbar und hauchte ihm noch einen Kuss auf die Wange. »Dann bis später.«

Einen Moment lang lauschte ich noch den fremden Stimmen, die kurz nachdem Logan unser Schlafzimmer verlassen hatte, bis zu mir nach oben drangen. Dann verstummten allmählich die Gespräche und ich schlief ein.

Zitternd vor Kälte suchte ich im Halbschlaf nach meiner Decke. Unser Bett schaukelte leicht. Ich versuchte, die Augen zu öffnen, doch irgendetwas hinderte mich daran.

Schlagartig wurde mir bewusst, dass ich überhaupt nicht mehr in unserem Bett lag. Jemand trug mich auf seinen Armen und an der eisigen Luft erkannte ich, dass wir uns im Freien befanden.

»Logan?«

Wollte er mich vielleicht überraschen?

»Es ist eiskalt hier draußen. Bring mich bitte zurück.«

Ich roch Kirschblüten und mich überkam ein ungutes Gefühl. Es gab nur einen einzigen Ort, an dem ein Kirschbaum zu jeder Jahreszeit in voller Blüte stand. Die Dachterrasse!

Nun wurde er langsamer und blieb dann abrupt stehen. Eine Weile verharrte er in dieser Position und ich fragte mich, was er wohl vorhatte. Dann spürte ich, wie er beide Arme ausstreckte. Panik befiel mich und ich versuchte mit aller Gewalt meine Augen zu öffnen, als ich erkannte, dass er mich über den Rand der Dachterrasse hielt. Es gab für mich keine Möglichkeit mehr, mich irgendwo festzuhalten.

Logan wusste, dass ich Höhenangst hatte. Er würde sich niemals einen solchen Scherz erlauben. Mein Herz begann zu rasen, als ich verstand, in welcher Lage ich mich befand. Wer immer das auch war, er wollte mich fallenlassen. Er würde mich

von der Dachterrasse aus in die Tiefe werfen!
Panisch versuchte ich, mich irgendwo festzuhalten, obwohl meine Sicht noch immer wie durch einen Schleier getrübt war.
Dann bekam ich seinen Unterarm zu fassen und klammerte mich voller Angst daran fest.
»Bist du verrückt geworden?«
Ich konnte spüren, wie mein Gewicht ruckartig erneut verlagert wurde und mich jemand über die Brüstung zurück auf die Dachterrasse zerrte.
»Das war nicht ausgemacht. Weißt du, was mit uns passiert, wenn er davon Wind bekommt? Wir sind tot!«
Nach kurzem Zögern ging der Unbekannte mit mir zurück ins Haus. Ich konnte zwar immer noch nichts sehen, aber weil ich mir nicht anders zu helfen wusste, biss ich ihm mit aller Kraft ins Handgelenk.
Keine Reaktion. Er ging einfach weiter, so als würde ihn mein Angriff überhaupt nicht interessieren und legte mich schließlich auf meinem Bett ab. Ich versuchte erneut, etwas zu erkennen. Es blieb alles verschwommen. Und dann verlor ich endgültig das Bewusstsein.

Ich blinzelte verschlafen und streckte mich. Von einem Moment auf den anderen war ich hellwach. Ich erinnerte mich. Ich wusste alles. Das war kein Traum gewesen. Das war eindeutig ein Mordversuch! Jemand hatte versucht, mich umzubringen. Und jemand anderes hatte ihn davon abgehalten.
Logan seufzte leise im Schlaf. Als ich mich abrupt aufsetzte, zuckte er zusammen. »Du bist schon wach, mein Engel?«
Meine Panik war erneut aufgeflammt und Logan reagierte mit erstaunlicher Geschwindigkeit darauf. Ehe ich mich versah, lag ich an seiner Brust. Beide Arme schützend um meinen Körper geschlungen, spannte er sämtliche Muskeln an.
»Was ist mit dir? Was ist los?«

Ich konnte nicht antworten, ich schluchzte nur. Eine Zeitlang wiegte er mich sanft in seinen Armen und drückte seine Lippen auf meine Schläfe. Diese Geste beruhigte mich ein wenig. Schweigend saßen wir eine ganze Weile da. Ich lauschte seinem Herzschlag, der immer denselben Rhythmus beibehielt, und so wurde auch ich ruhiger. Trotzdem dauerte es noch eine ganze Weile, bis ich in der Lage war, ihm von letzter Nacht zu erzählen. Logan saß mit unbewegter Miene neben mir und hörte sich an, was ich zu sagen hatte. Dabei wurden seine Augen von Sekunde zu Sekunde dunkler. Ich hatte Logan schon oft genug wütend gesehen. Kein schöner Anblick. Was sein Gesicht zeigte, nachdem ich geendet hatte, ließ sich allerdings kaum noch in Worte fassen. Das war blanker Zorn.

»Da waren zwei«, sagte ich zum Abschluss. »Ich konnte nichts erkennen, aber ich habe einen von ihnen in die Hand gebissen.« Vielleicht war das der Beweis, den wir brauchten. »Wie lange dauert es, bis die Wunde heilt?«

Ich sah Logan an, dass er sich sehr zusammenreißen musste, um ruhig zu bleiben. Seine Muskeln zuckten vor Anspannung.

»Ich bin um halb vier gegangen, um Vargos und Marthea zu begrüßen«, knurrte er mit funkelnden schwarzen Augen. »Als ich um sechs ins Schlafzimmer kam, hast du fest geschlafen.«

Er atmete tief durch, ehe er weitersprach. »Jetzt ist es kurz vor neun und damit reicht die Zeit völlig aus, um sämtliche Beweise zu vernichten. Die Wunde könnte schon verheilt sein, besonders dann, wenn es sich bei dem Verletzten um einen Defensor handelt. Bei einem Secutor würde es viel länger dauern.«

»Könntest du unauffällig nachsehen, ob Arek oder Makaro eine Verletzung an der Hand haben? Vielleicht haben wir ja Glück und man sieht doch noch etwas. Ich habe ziemlich fest zugebissen.«

Logan starrte mich an, als hätte ich etwas absolut Unmögliches verlangt. »Du willst, dass ich da runtergehe und so tue, als sei nichts gewesen?«

Er fletschte die Zähne, als ich nickte.
»Im Zweifel immer für den Angeklagten«, nickte ich. »Solange wir keine stichhaltigen Beweise haben, kannst du nicht das Geringste tun.«
Ich konnte die Macht förmlich sehen, die sich in seinem Körper bündelte.
»In deiner Welt vielleicht«, knurrte er mit fiebrigem Blick. »In unserer Welt bin ich das Gesetz und ich allein bestimme, wie wir mit Verrätern umgehen. Du hättest heute Nacht sterben können, Lara. Glaubst du allen Ernstes, ich werde das tolerieren?«
Ich musste ihn unbedingt beruhigen.
»Und was ist, wenn wir uns irren? Wenn Arek und Makaro gar nichts damit zu tun haben?«
Das war weit hergeholt, ich wusste das. Allerdings fiel mir im Augenblick kein anderes Argument ein.
»Logan, komm schon. Geh bitte erst nachsehen. Niemand hat sich so gut unter Kontrolle, wie du. Das heißt, wenn du es auch willst. Sobald du dir sicher bist, kannst du dein Urteil fällen. Aber nicht vorher.«
Es dauerte eine gefühlte Ewigkeit, bis seine Augen endlich wieder blau wurden und Logan sich wieder unter Kontrolle hatte.
»In Ordnung«, sagte er tonlos. »Du bekommst deinen Willen. Bist du nun zufrieden?«
Ich ging nicht darauf ein und schlug stattdessen einen unbeschwerten Ton an. »Ich gehe inzwischen duschen.«
Er trottete aus dem Schlafzimmer. Ich biss mir auf die Lippe und versuchte, nicht darüber nachzudenken, was in den nächsten Minuten passieren würde.
Logan brachte keine guten Nachrichten. Er war tatsächlich ganz ruhig geblieben, doch weder Arek noch Makaro wiesen irgendeine Verletzung auf. Ohne Beweise konnte und wollte ich niemanden verdächtigen. Die Lage war auch so schon problematisch genug. Also machten wir erstmal gute Miene zum bösen Spiel und konzentrierten uns lieber auf die Gäste.

An diesem Tag trafen Aaron und Darana ein, dicht gefolgt von Erik und Liliana. In der darauffolgenden Nacht gaben uns dann Daniel und Isadara die Ehre. Volkan und Marischka folgten in den frühen Morgenstunden. Dagur und seine Frau Katla empfingen wir am darauffolgenden Tag zur Mittagszeit und noch am selben Abend trafen auch Gedeon und Faima ein. Knapp 48 Stunden vor der Hochzeit wimmelte es in unserem Haus nur so von Defensoren. Der Ältestenrat war vollständig.
Am Freitag packte ich ein paar Sachen für meine letzte Nacht als Lara Anderson. Logan sah mir dabei zu.
»Sehen wir uns morgen?«, fragte er gespielt besorgt. »Oder hast du etwa vor, einen Rückzieher zu machen?«
»Ich mache ganz bestimmt keinen Rückzieher«, belehrte ich ihn mit einem Lächeln. »Wie sieht's mit dir aus?«
Logan zog mich in seine Arme. »Soll das ein Witz sein? Wenn Sie glauben, ich mache einen Rückzieher, Miss Anderson, dann irren Sie sich aber gewaltig.«

RITUALE UND TRADITIONEN

Zusammen mit Betty, Jean und Anna aß ich auf dem Fußboden und lachte über die Sticheleien, die unentwegt zwischen Romy und Megan umherflogen.
Trotz allem hatte ich das Gefühl, es würde so etwas wie Sympathie hinter den Beleidigungen stecken, denn beide schienen Gefallen an den gegenseitigen Sticheleien zu finden.
»Nun ja, es ist doch offensichtlich.« Romy reckte ihr Kinn. »Dein selbstgefälliges Auftreten übertrifft wirklich alles.«
»Das musst gerade du sagen«, konterte Megan und funkelte sie empört an.
Ich beobachtete beide kopfschüttelnd. Als hätten wir keine anderen Sorgen!

»Ich muss euch etwas erzählen«, unterbrach ich das Wortgefecht, als es mir zu bunt wurde. Sofort kehrte Ruhe ein. Ich straffte die Schultern und erzählte von den Vorkommnissen der letzten Nacht. Wie ich bereits erwartete, war niemand der Anwesenden sonderlich erfreut darüber.

»Und Logan konnte auch keine Verletzung finden. Also gibt es immer noch keine Beweise. Ende der Geschichte«, schloss ich meine Ausführungen.

Jean ergriff als erste das Wort.

»Gar nicht auszudenken, was passiert wäre, wenn …« Sie war fassungslos. »Ich habe rein gar nichts gespürt«, sagte sie, mehr zu sich selbst. Dann hob sie den Kopf und schaute mich ratlos an. »Wieso habe ich nichts gespürt?«

Bei dem Gedanken an die letzte Nacht zog sich mein Magen zusammen. »Darauf habe ich leider auch keine Antwort«, erklärte ich Jean und drückte mitfühlend ihre Hand.

So kurz vor der Hochzeit wollte ich mir nicht ausmalen, was alles hätte passieren können.

»Welche Farbe haben eigentlich eure Kleider?«, lenkte ich das Gespräch absichtlich in eine andere Richtung, damit Jean auf andere Gedanken kam.

Megans Gesicht erhellte sich schlagartig. »Na was denkst du wohl? Blau natürlich. Passend zu der Dekoration, die Adelheid und deine Mutter für die Hochzeit ausgesucht haben.«

Ich nickte. »Aha. Blau also.«

Seitdem ich wusste, dass es neben der ›menschlichen‹ Hochzeit noch eine andere Feier geben würde, hatte sich meine Aufregung etwas verlagert. Nun machte ich mir über die Zeremonie mehr Sorgen als um die eigentliche Hochzeit.

»Wie ist morgen der genaue Ablauf?«, wollte Anna wissen.

Jean übernahm sogleich das Wort: »Nach einem ausgiebigen Frühstück haben wir genügend Zeit, um uns für die Hochzeit fertig zu machen. Molly kommt gegen Mittag und die ersten menschlichen Gäste treffen kurz vor drei ein. Es sollte also ausreichend Zeit bleiben, um keine Hektik aufkommen zu lassen.« Sie sah mich kurz von der Seite an. »Ich kümmere mich um deine Haare und das Make-up.« Ihre Lippen verzogen sich zu einem wissenden Lächeln. »Und zwar an beiden Tagen, wenn du damit einverstanden bist.«

Ich nickte wortlos, Somit musste ich wenigstens nicht herumlaufen wie eine Vogelscheuche, denn ehrlich gesagt hatte ich mir um Haare und Make-up noch gar keine Gedanken gemacht.

»Du wirst fantastisch aussehen«, lächelte Romy.

Dankbar für ihre Unterstützung erwiderte ich ihr Lächeln. Solche Freunde zu haben, das war keine Selbstverständlichkeit. Dafür würde ich ewig dankbar sein.

Für den Abend hatte Jean Unmengen von alten Filmen und Spielen besorgt. Es gab sogar Alkohol. Das einzige, worauf ich verzichten musste, und das ärgerte Megan natürlich am meisten, war der Stripper. So etwas wäre für Jean niemals infrage gekommen. Woher auch immer Jean die Ideen für diesen Abend hatte, ihre Vorstellung von einem gelungenen Junggesellinnenabschied übertraf mein menschliches Durchhaltevermögen um Längen. Kurz nach drei Uhr nachts konnte ich kaum noch die Augen offenhalten. Während alle anderen munter weitertranken, hatte ich große Mühe überhaupt noch etwas von dem mitzubekommen, was um mich herum geschah.

»Ab ins Bett mit dir«, dirigierte Jean und zog mich lachend hoch. Schlaftrunken tapste ich ins Badezimmer

Während sich alle anderen auf dem Fußboden über die ausgebreiteten Matratzen hermachten, lag ich als einzige in einem richtigen Bett. Jean hatte darauf bestanden, dass ich in ihrem Bett schlafen sollte. Meine Proteste waren schlichtweg unter den Tisch gekehrt worden. Nachdem ich mich murrend in ihr Bett gekuschelt hatte, schaltete Jean das Licht aus und ganz allmählich kehrte Ruhe ein.

»Romy!« Megan richtete sich kerzengerade auf. »Mach die verdammten Augen zu! Das ist echt gruselig!«
Mühsam stützte ich mich auf meine Ellenbogen und spähte in die Richtung, in der ich Romy auf ihrer Matratze vermutete.
»Das ist ja schlimmer, wie bei einer Katze, wenn man sie mit dem Scheinwerfer anstrahlt«, beschwerte sich Megan lautstark. »Herrgott, wie soll ich denn da schlafen!«
Romys Augen schimmerten im Dunkeln gelb-grünlich. Zum Glück kannte ich diesen Anblick bereits von Logan, weshalb das nichts war, was mich noch erschrecken konnte.
»Hast du Angst?«, fragte Romy an Megan gerichtet.
Ich konnte hören, wie Megan laut schnaubte. »Vor dir oder was? Träum weiter!«
Dann drehte sie sich zur anderen Seite, offenbar zu keiner weiteren Diskussion bereit.
Ich ließ mich ins Kissen zurücksinken.
»Schlaf gut, Lara«, flüsterte Romy.
»Du auch«, flüsterte ich zurück.
So finster wie ich anfangs dachte, waren Anna und Romy eigentlich gar nicht. Irgendwie waren sie mir inzwischen sogar richtig ans Herz gewachsen.
Ich zog mir die Bettdecke über meinen Kopf und kniff die Augen zusammen. Wenn du jetzt nicht endlich schläfst, ermahnte ich mich, dann siehst du morgen wirklich aus wie ein Zombie. Das fehlte mir gerade noch!

Als ich wach wurde, war ich ganz alleine im Zimmer. Verschlafen rieb ich mir die Augen und versuchte, gegen die bleierne Müdigkeit anzukämpfen. Besonders viel Schlaf hatte ich wohl nicht bekommen. Die Tür wurde geöffnet und Jean trat ins Zimmer. »Guten Morgen, Schlafmütze.«
»Wie spät ist es?«, gähnte ich. Jean reichte mir einen Pulli und meine Lieblingsjeans, während sie antwortete: »Mach dir darüber keine Sorgen. Wir haben noch genügend Zeit.«

Ich schnappte mir die Klamotten und huschte ins Bad. Eine kalte Dusche war genau das, was ich jetzt dringend brauchte, um ganz schnell richtig wach zu werden. Als ich in die Küche kam, saßen alle meine Freunde friedlich vereint am Tisch und unterhielten sich angeregt.

Betty zog einen Stuhl zurück. »Hier ist dein morgendlicher Koffeinschock«, sagte sie und reichte mir eine Dose Cola.

Ich trank einen großen Schluck, während ich in die Runde blickte. Megan führte gerade ein Gespräch mit Romy und Anna. Was aber noch viel erstaunlicher war, sie schien sich dabei wohlzufühlen.

»Das will ich jetzt aber genau wissen«, erklärte ich und stellte meine Cola auf den Tisch. »Warum seid ihr denn plötzlich so nett zueinander?«

Megan grinste Romy vielsagend an und Romy grinste zurück.

»Waffenstillstand«, klärte Anna mich auf. »Allerdings nur für die nächsten zwei Tage.«

Als Molly mit meinem Kleid kam, stand ich bereits fertig geschminkt in unserem Schlafzimmer. Allerdings piksten die dämlichen Lockenwickler, die Jean in meine Haare gedreht hatte, ganz fürchterlich.

»Und?«, fragte ich aufgeregt.

»Dein Kleid ist fertig, wenn du das meinst.« Molly schenkte mir ein verschwörerisches Lächeln. »Und ich glaube, es ist mir sehr gut gelungen.«

Mein Herz machte einen Satz, obgleich Jean den Kopf schüttelte. Dann konnte morgen also nichts mehr schiefgehen. Allerdings hatten wir noch ein ganz anderes Problem. Logan würde Arek und Makaro während der Hochzeit im Auge behalten, das hatte er mir versprochen, doch eine Garantie gab es dafür natürlich nicht. Mir blieb also nichts anderes übrig, als abzuwarten und auf einen guten Ausgang zu hoffen. Hoffnung war das Einzige, was mich tröstete und die dunklen Gedanken

aus meinem Kopf vertrieb. Das und Logan.
Nachdem Jean meine Haare hochgesteckt und den Schleier befestigt hatte, half Molly mir mit dem Brautkleid.
»Fertig.«
Sie trat einen Schritt zurück, damit ich mich im Spiegel begutachten konnte. »Du bist wunderschön, Lara.«
Ich lächelte geschmeichelt. »Das liegt sicherlich nur an dem schönen Kleid. Vielen Dank, Molly.«
»Da fehlt noch was!«
Jean sauste ums Bett herum und rannte aus dem Zimmer. Beinahe hätte sie Megan und Betty umgerannt, die gerade zur Tür hereinkamen.
»Oh, Lara. Du siehst aus wie eine Prinzessin!«
Betty schlug die Hände vor den Mund und Megan nickte anerkennend.
»Wenn ich eure Traditionen richtig verstanden habe«, sagte Jean, nachdem sie zurückgekehrt war, »dann fehlen noch ein paar Kleinigkeiten.«
Ich betrachtete neugierig die funkelnden Ohrringe, die sie in meine Handfläche legte. Silberne Anhänger mit einer kleinen Perle in der Mitte.
»Etwas Altes«, erklärte sie. »Ich habe sie schon einige Jahre lang. Ich kann mich zwar nicht mehr daran erinnern, woher sie stammen, aber sie sind sehr alt und ich möchte, dass du sie bekommst.«
Ich legte die Ohrringe an und bedankte mich mit zitternder Stimme bei meiner Freundin.
»Nicht weinen«, mahnte sie lächelnd. »Dein Make-up ist nur bedingt wasserfest.«
Megan ging vor mir in die Hocke und schob ruckartig mein Kleid nach oben.
»Ich habe so viele davon«, meinte sie und platzierte ein blaues Strumpfband über meinem Schenkel, »eins mehr oder weniger fällt da nicht ins Gewicht.« Sie richtete sich zufrieden auf.

»Damit hast du etwas Blaues.«
Ich musste schwer an mich halten, um nicht loszuheulen.
»Von mir sind die Schuhe«, erklärte Betty fröhlich. Sie öffnete die Schuhschachtel in ihren Händen und ich bemerkte voller Dankbarkeit, dass die weißen Pumps keine allzu hohen Absätze hatten.
»Die sind ungetragen und ich will sie unbedingt zurückhaben. Also nur geliehen.«
»Und dein Kleid ist neu«, ergänzte Molly. »Etwas Altes, etwas Blaues, etwas Neues und etwas Geliehenes. Damit wäre die Liste dann wohl vollständig.«
Sie zwinkerte mir zu, als ich sie erstaunt anschaute. »Ich habe mich ausgiebig über eure Traditionen informiert, damit wir auch ja nichts vergessen.«
Jean musterte mich noch einmal von Kopf bis Fuß. Ich spürte, wie meine Hände unter ihrem Blick zu zittern begannen.
»So. Jetzt wird's ernst«, sagte ich und versuchte es locker klingen zu lassen. Stattdessen zitterte meine Stimme leicht.
»Deine Familie ist gerade eingetroffen«, gab Betty bekannt. Jean packte mich an beiden Schultern.
»Lara, ganz ruhig! Himmel, du hyperventilierst gleich. Atme. Ein und aus. So ist gut.«
Ich versuchte, meinen Atemrhythmus zu verlangsamen und holte langsam ein paar Mal tief Luft, bis Jean zufrieden nickte. Dann zog sie die Nase kraus und seufzte übertrieben laut.
»Der Mann schafft mich! Logan wird langsam ungeduldig. Er will wissen, wann es losgeht.«
Megan kicherte. »Vielleicht ist er nur froh, wenn alles vorbei ist.« Jean winkte ab.
»Das ist es nicht. Er kann es kaum erwarten, sie wiederzusehen. Sie sind seit gestern Abend getrennt und das macht ihn scheinbar nervös.«
Bei den Worten meiner besten Freundin breitete sich Vorfreude in mir aus. Ich nagte an meiner Unterlippe und gab mir alle

Mühe, diese im Zaum zu halten.
»Er wartet draußen im Flur auf dich«, sagte Jean und schob mich sanft vorwärts.
»Logan wartet auf mich?« Das kapierte ich nicht. »Aber ich dachte, er wartet auf der Dachterrasse, dort, wo auch die Trauung stattfindet.«
»Doch nicht Logan«, winkte Jean ab. »Den wirst du noch früh genug sehen. Ich meine deinen Vater. Er wartet darauf, dass er die Braut zum Altar führen darf.«
Sie zupfte an meinem Kleid herum. »Bist du bereit?«
Mein Puls spielte völlig verrückt.
»Ich bin nervös und mir ist ein bisschen schlecht. Aber ja, ich bin bereit.«
»Dann los.«
Dad stand vor der Tür. Er trug einen schwarzen Anzug mit weißem Hemd und blauer Krawatte. Seine Augen weiteten sich, als ich vor ihm stehenblieb.
»Oh, Kleines, du siehst aus wie deine Grandma auf ihrem Hochzeitsfoto.«
Ein schöneres Kompliment hätte Dad mir wirklich nicht machen können.
»Ich wünschte, sie wäre dabei«, sagte ich traurig.
»Ja. Ich auch.«
Er reichte mir seinen Arm. »Das wird deine Mutter umhauen, Kleines. Sie heult schon den ganzen Morgen. Wenn sie dich so sieht, gibt ihr das den Rest.«
Ich konnte nicht anders, ich musste lachen. »Meinst du, sie ist glücklich über meine Entscheidung?«
Dad schnitt mir eine Grimasse.
»Du hast dir einen ziemlich dicken Fisch geangelt. Wer wäre nicht glücklich, wenn er so einen Schwiegersohn bekommt?«
Dad zwinkerte mir zu, als ich ihn vorwurfsvoll anschaute.

»Aber jetzt mal im Ernst, Kleines. Du bist in sehr guten Händen. Mein Vater würde an dieser Stelle sagen, dein Logan ist ein feiner Kerl.«

Seine Worte beruhigten mich.

»Danke, Dad.« Ich wollte ihm um den Hals fallen, doch dann ging Jean dazwischen.

»Lass das. Dein Kleid zerknittert.«

Sie schob Megan und Betty an mir vorbei und rief nach Violett.

»Du stellst dich hier hin«, ordnete sie an. »Und du musst hier stehen!«

Nacheinander wurden meine Brautjungfern in die richtige Position gebracht. Zum Schluss nahm Jean ihren Platz ein.

»Sobald die Musik lauter wird, kommt ihr hinterher. Geht langsam und achtet auf die Schritte und Mr. Anderson, bitte nicht auf die Schleppe treten.«

Er salutierte. »Jawohl Ma'am.«

Doch Jean fand das ganz und gar nicht lustig.

Kaum waren meine Brautjungfern außer Sichtweite, fing mein Puls wieder an zu rasen. Ich fingerte umständlich an meinem Kleid herum, um mich abzulenken.

»Nervös, Kleines?«

»Und du?«, versuchte ich von mir abzulenken.

Dad grinste. »Ich mach mir fast in die Hosen. Sag's aber ja nicht deiner Mutter.«

Ich mussste grinsen, er war anscheindend fast genauso nervös wie ich. »Mach ich nicht«, versprach ich und versuchte, mich auf die Musik zu konzentrieren.

In Logans Büro hingen überall blaue und weiße Luftballons an der Decke. Die Gemälde waren, bis auf das von mir, allesamt verschwunden. Adelheid hatte im ganzen Raum riesige Blumengestecke verteilt. Es roch wunderbar nach Rosen und Lavendel. Auf einem langen Tisch türmten sich unvorstellbar viele Päckchen. An einigen entdeckte ich im Vorbeigehen Logans und meinen Namen. Als die Musik noch lauter wurde, tummelten

sich hunderte Schmetterlinge in meiner Magengegend.
Dad tätschelte beruhigend meine Hand.
»Also los«, sagte er und ich hakte mich bei ihm ein.
Während ich meinen Fuß über die Schwelle zur Dachterrasse setzte, schweiften meine Augen langsam über die Gäste. Schließlich entdeckte ich Mom in der vordersten Reihe und ich konnte die unbändige Freude in ihrem Gesicht sehen. Das entspannte mich ein wenig, ich atmete aus. Dann sah ich Logan. Mein Herz überschlug sich beinahe. Er sah einfach umwerfend aus. Wie ein wahrgewordener Traum. Und obgleich ich ihn schon des Öfteren in einem Anzug gesehen hatte, musste ich bei seinem Anblick schwer schlucken. Er lächelte mich an, voller Stolz und Zuversicht, und seine Augen strahlten wie tausend funkelnde Sterne. Als er seinen Arm nach mir ausstreckte, hauchte ich Dad einen Kuss auf die Wange, dann griff ich nach Logans Hand und drückte sie leicht.
»Sind wir soweit?«, fragte er. Ich nickte. »Wir sind soweit.«
Und in diesem Augenblick wusste ich, dass uns nichts und niemand mehr trennen konnte.
Nachdem Pastor Stevenson die Gäste und uns begrüßt hatte, hielt er eine kurze, aber wunderschöne Rede, die mich an einigen Stellen zu Tränen rührte.
»Dann kommen wir jetzt zum wichtigsten Teil«, sagte er anschließend und zwinkerte mir zu. »Logan Ford. Bist du aus freien Stücken dazu bereit, die hier anwesende Lara Marianna Anderson als deine Ehefrau anzunehmen? Dann antworte mit: Ja, ich will.«
Logan lächelte mich an. »Ja, ich will.«
Seine Stimme war klar und fest.
Nun wandte sich Pastor Stevenson mir zu: »Lara Marianna Anderson. Bist du aus freien Stücken gewillt, den hier anwesenden Logan Ford als deinen Ehemann anzunehmen? Dann antworte mit: Ja, ich will.«
Ich blinzelte erschrocken, als Logan mir aufmunternd zunickte.

Irgendwie hatte ich wohl meinen Einsatz verpasst.
»Ja, ich will«, sagte ich schnell und alle Anwesenden lachten amüsiert.
Ein Raunen ging durch die Menge, als Danny uns die Ringe brachte. Er sah so süß aus in seinem kleinen blauen Anzug.
Nur als Pastor Stevenson sagte: »Was Gott zusammenfügt, darf der Mensch nicht trennen. Lebt glücklich und zufrieden, bis dass der Tod euch scheidet«, verfinsterte sich Logans Miene für einen Sekundenbruchteil, er fasste sich jedoch schnell wieder. Ich drehte mich zu ihm um und er gab mir einen leidenschaftlichen Kuss.
Dann verschlang er unsere Finger miteinander und Cole trat an unsere Seite: »Sehr geehrte Damen und Herren. Darf ich vorstellen: Mr. und Mrs. Ford.«

Mir kam es wie eine Ewigkeit vor, bis alle Gäste endlich ihre Glückwünsche ausgesprochen hatten. Ich stand neben Logan, Jean und Cole und schüttelte eine beträchtliche Anzahl Hände. Dabei lächelte ich unentwegt, sodass mein Unterkiefer schon sehr bald empfindlich zu schmerzen begann.

Erschöpft aber glücklich ließ ich mich nach einer gefühlten Ewigkeit auf einen Stuhl sinken und leerte mein Glas Cola in einem Zug. Mom beugte sich zu mir hinüber und flüsterte hinter vorgehaltener Hand:
»Stell dir vor, Liebling, Tante Edith ist immer noch ganz durch den Wind. Sie behauptet felsenfest, dass es außerhalb von Bloomfield in Strömen regnet.«
Der Regen hatte irgendwann gestern Nacht eingesetzt und seitdem auch nicht mehr nachgelassen. Dass wir unsere Hochzeit dennoch unter freiem Himmel und bei strahlendem Sonnenschein feiern konnten, hatte ich meinem Secutor zu verdanken. Aber das konnte ich Mom natürlich unmöglich sagen.
»Wir haben so ein Glück mit dem Wetter«, strahlte Mom. »Son-

nig und warm, und das schon im März. Noch besser hätten wir es gar nicht treffen können.«
Wenn du wüsstest, dachte ich nur und grinste still in mich hinein.

Nachdem wir den ersten Tanz mit einem traditionellen Walzer eröffnet hatten und sich nun weitere Paare zu uns auf die Tanzfläche gesellten, hatte sich meine Nervosität endgültig gelegt. Das Schlimmste hast du überstanden, sagte ich mir und nippte erleichtert an einem Glas Sekt.
»Ist alles nach ihren Wünschen, Mrs. Ford?« Logan hauchte mir einen Kuss auf die Schläfe, als ich nickte.
»Du machst diesen Mann sehr stolz«, flüsterte er mir ins Ohr. »Es ist mir eine große Ehre, dich an meiner Seite zu haben.«
Seine tiefe Stimme, die wie Samt über meine Haut strich, ließ mich erschauern. Sofort stand ich lichterloh in Flammen.
»Sieh mal, Lara.« Danny zeigte voller Eifer auf die riesige Hochzeitstorte, die gerade von mehreren Personen auf einem Tisch abgestellt wurde.
»Noch so eine menschliche Tradition, die bei einer Hochzeit sehr gerne zelebriert wird«, erklärte ich an Logan gewandt. »Wir müssen gemeinsam den Kuchen anschneiden. Dafür bekommen wir aber auch das erste Stück.«
»Das gefällt mir, sagte Logan und zwinkerte mir zu.

Nachdem jeder von uns ein kleines Stück gegessen hatte, warf ich unter tosendem Applaus den Brautstrauß in die Menge.
»Oh, du meine Güte. Wir wollen doch nichts übereilen.«
Jean wirkte eine ziemlich verlegen, als der Blumenstrauß direkt auf ihrem Schoß landete.
»Gib es zu, Lara. Das hast du mit Absicht gemacht.«
Dabei strahlte sie von einem Ohr zum anderen.
»Ich habe damit nichts zu tun«, flunkerte ich grinsend. »Das war reiner Zufall.«
Megan prustete lauthals los, selbst Betty und Adelheid konnten

sich das Lachen nicht länger verkneifen.
»Wo ist eigentlich Sam?«, fragte ich Violett, als ich mit Dad von der Tanzfläche kam. Seit der Trauung hatte ich ihn nicht mehr gesehen.
»Eben war er noch da«, entgegnete sie und hob ratlos die Schultern.
Ich schaute mich um, konnte ihn jedoch nirgends entdecken. Für Sam war es nicht weiter ungewöhnlich, einfach so zu verschwinden, das hatte er in White Rock auch öfters gemacht. Trotzdem beschlich mich ein ungutes Gefühl.
»Dürfte ich einen Augenblick um eure Aufmerksamkeit bitten?« Cole sprang auf die Bühne und griff nach dem Mikrofon. Ich versuchte, mir keine Sorgen um Sam zu machen und konzentrierte mich stattdessen auf Cole.
»Liebes Brautpaar, verehrte Gäste. Ich würde gerne einige Worte zum Besten geben … Logan? Lara? Würdet ihr bitte zu mir nach vorne kommen?«
Logan nahm meine Hand und zog mich durch die applaudierende Menge.
»Wie die meisten von euch sicher schon wissen, hat Lara zu Weihnachten ein kleines Wochenendhaus in White Rock geschenkt bekommen …« Cole strahlte mich an. »Wir dachten uns, dass es vielleicht nicht schaden könnte, wenn das Haus schon einmal auf eure Ankunft vorbereitet wird. Also waren unsere Damen so frei und haben es mit allem eingerichtet, was ein junges Brautpaar so braucht. Es wird euch an nichts fehlen.«
Jean, Megan und Betty winkten mir über die applaudierenden Gäste zu, als ich sie mit großen Augen anstarrte. Ich konnte mir beim besten Willen nicht erklären, wann sie noch die Zeit gefunden hatten, um mit Brenda und Adelheid nach White Rock zu fahren.
Cole war anscheinend noch nicht fertig, denn er hob beide Arme und sorgte damit für Ruhe.
»Von Robbie habe ich mir sagen lassen, dass der gemeinsame

Bootsausflug bei Logan großen Anklang gefunden hat. Stimmst du mir in diesem Punkt zu, mein alter Freund?«
Logan lachte laut auf. »Voll und ganz. Der Ausflug hatte in der Tat etwas sehr Erfrischendes.«
»Dann bin ich ja beruhigt«, entgegnete Cole mit verschmitzter Miene. »Denn sobald du in White Rock eintriffst, wirst du im Hafen dein eigenes Boot vorfinden. Das ist unser Geschenk an euch.«
Logan runzelte erst die Stirn, dann breitete sich ein strahlendes Lächeln auf seinen Lippen aus.
»Das ist viel zu viel«, flüsterte ich mit Tränen in den Augen.
Ich war kaum noch in der Lage, meine Emotionen zu zügeln.
Dann sah ich Mom auf mich zukommen.
»Oh mein Liebling, ich könnte heulen vor Glück.«
»Nicht schon wieder«, scherzte Dad im Hintergrund und fing sich damit von Mom einen sehr bösen Blick ein.
Sie drückte mich noch einmal fest an sich, ehe sie mit der Sprache herausrückte. »Da du nun eine verheiratete Frau bist und deinen eigenen Weg gehen wirst, dachten dein Vater und ich, dass es an der Zeit wäre, dir ein Erbstück zu überreichen.«
»Ein Erbstück?«, fragte ich interessiert.
»Grandpa konnte heute leider nicht dabei sein. Der Weg ist für ihn zu beschwerlich.«
Ich nickte voller Mitgefühl, weil ich wusste, wie sehr sich Dad gewünscht hatte, dass sein Vater dabei gewesen wäre. Ebenso erging es Mom, die gerne ihre eigene Mutter an ihrer Seite gehabt hätte. Doch meine Grandma mütterlicherseits war schon vor einiger Zeit gestorben und der Gesundheitszustand von Grandpa Phil hatte sich in den letzten Monaten rapide verschlechtert. Dad befürchtete, dass sein Vater nicht mehr lange durchhalten würde.
Voller Ehrfurcht überreichte mir Dad ein sorgfältig in Stoff eingewickeltes Buch. Es war sehr schwer und sah ziemlich alt aus.
»Unsere Familienchronik«, erklärte er. »Sie wird von Generation

zu Generation weitergegeben. Ich habe sie an meiner Hochzeit bekommen und nun bekommst du sie.«

Mom legte ihre Hand auf meinen Arm. »Das Buch ist für die Familie von großer Bedeutung. Die Aufzeichnungen reichen bis weit ins 18. Jahrhundert zurück und seitdem hat jede Familie ihre eigene Geschichte dazugeschrieben. Eines Tages wirst du Kinder haben und dann gibst du das Buch weiter. Eine Familie zu haben ist wertvoller als alles Geld auf der Welt, denn sie schenkt dir bedingungslose Liebe und eine Sicherheit, die es sonst nirgendwo auf der Welt gibt. In diesem Buch lebt ein Teil deiner Vergangenheit weiter. Das ist unser Geschenk an dich.«

Ich war sprachlos. Freudig überrascht, überwältigt und schon wieder den Tränen nahe. Ich brachte einfach kein Wort heraus.

»Du musst nichts sagen«, hauchte Mom mit glasigen Augen. »Nimm mich einfach in den Arm.«

Und das tat ich. Voller Liebe drückte ich zuerst Mom und dann meinen Dad ganz fest an mich und hatte eindeuteig das Gefühl, dass wir uns noch niemals so nahe waren, wie in diesem Augenblick.

An diesem bedeutungsvollen Tag mussten wir jedoch eine Tradition auslassen. Während die meisten Brautpaare noch am selben Abend in die Flitterwochen aufbrachen, blieben wir einen Tag länger. Ich war ein wenig in Erklärungsnot gekommen, als Mom unbedingt wissen wollte, warum wir die Flitterwochen um einen Tag verschoben hatten.

»Und es bleibt dabei, ihr werdet erst morgen Abend fliegen?«

Mom spähte zu Logan hinüber, so als hoffte sie, dass er seine Meinung doch noch ändern würde.

»Alles bleibt so, wie es ausgemacht ist«, beharrte ich und verdrehte in Gedanken die Augen. »Mom, ich habe es dir doch schon hundertmal erklärt. Logans Großvater kommt erst morgen, er konnte leider nicht früher und er wollte uns vor der Abreise unbedingt noch einmal sehen. Einen Tag früher oder

später, das ist doch nicht schlimm.«
»Schon gut. Du hast ja Recht.«
Ich war mir sicher, dass Mom an diesem Abend noch ein paar Mal versuchen würde, mich doch noch umzustimmen. Traditionen waren ihr sehr wichtig.

Gegen Mitternacht wurde ohne Vorwarnung die Beleuchtung ausgeschaltet. Ein paar Sekunden später erhellte sich die Tanzfläche und Logan tauchte zwischen den Lichtern auf. Ich fragte mich, was er vorhaben könnte. Doch als er seinen Arm hob und eine sehr vertraute Bewegung ausführte, hielt ich erschrocken die Luft an: Wir waren umgeben von Menschen und er rief eine Illusion hervor!
Während ich durch die Menge lief, um ihn aufzuhalten, begann es Blumen zu regnen und winzige eisblaue Schmetterlinge flatterten durch die Luft.
»Du bist unmöglich«, tadelte ich ihn mit strahlenden Augen. »Es ist wunderschön, Logan.«
Keiner der Anwesenden schien sich darüber zu wundern. Erstaunte »Oh« und »Ah«-Rufe gingen durch die Menge.
»Sie glauben, ich hätte eine Firma damit beauftragt, die Schmetterlinge freizulassen.«
Er schlang seine Arme um meine Taille und zog mich an seine Brust.
»Und was ist mit den Blumen?«, neckte ich ihn.
»Die wurden aus einer Kanone abgeschossen. Andere lassen Tauben fliegen, wo ist da der Unterschied?« Er grinste verschlagen, als ich den Kopf schüttelte. »Gefällt es dir?«
»Ja. Sehr sogar«, hauchte ich.
Er begann sich mit mir langsam im Kreis zu drehen, als die Musik einsetzte. In einem Meer aus Blumen und umgeben von Schmetterlingen schmiegte ich glücklich meinen Kopf an seine Schulter und schloss die Augen.

Keine Ahnung, wann der letzte menschliche Gast gegangen war. Ich hatte schon vor Stunden meine Schuhe ausgezogen und ein paar Haarnadeln aus meiner Frisur gelöst. Ich war zwar erschöpft, aber rundherum zufrieden.

»So viel Durchhaltevermögen habe ich euch Menschen gar nicht zugetraut«, sagte Jean kichernd, als sie mir im Schlafzimmer aus dem Kleid half.

»Ich auch nicht«, sagte ich matt.

Es war kurz nach halb sieben Uhr morgens. Bald würde die Sonne aufgehen und mein Körper sehnte sich nach etwas Schlaf. Jean jedoch breitete ein sehr kurzes und sehr gewagtes schwarzes Etwas auf dem Bett aus.

»Für die Hochzeitsnacht«, erklärte sie mir augenzwinkernd und schmunzelte.

»Danke, Jean.«

»Habe ich gern gemacht«, grinste sie und zog die Tür hinter sich zu.

Ich schlug die Decke zurück und krabbelte ins Bett, nachdem ich in das schwarze Negligee geschlüpft war. Ungewollt überkam mich eine gewisse Nervosität, als Logan kurz darauf ins Schlafzimmer kam. Das war die erste Nacht, die wir als Mann und Frau verbrachten und damit würde sie immer etwas Besonderes bleiben.

»Du bist furchtbar müde, mein Engel, oder?«

Logan schob die Decke zurück. Sein Blick glitt über meinen Körper, dann riss er die Augen auf.

»Das war nicht meine Idee«, gelang es mir noch mit belegter Stimme zu sagen. Ein heißes Kribbeln durchlief mich. Er beugte sich zu mir hinunter und seine Augen wurden dunkel vor Verlangen.

»Du solltest so etwas nicht tragen«, raunte er mir zu. »Das ist nicht fair.« Er sah mich an wie ein Raubtier, das vor seiner Beute stand. Ich zuckte mit den Schultern und tat so, als würde mich seine Anwesenheit völlig kalt lassen.

»Es ist Zeit zum Schlafen. Ich bin furchtbar müde. Das hast du selbst gesagt.«

In Wirklichkeit konnte ich kaum noch an mich halten. Ich sehnte mich mit allen Sinnen nach ihm. Logan duckte sich lauernd und knurrte mich an. Ich musste unweigerlich lachen.

»Uhhh. Soll ich jetzt Angst haben? Vor so einem niedlichen kleinen Kätzchen?«

Sein überlegenes Grinsen verriet, dass er genau wusste, welches Spiel ich spielte. »Du bist verdammt mutig, Frau.« Seine Augen begannen zu funkeln. »Oder aber einfach nur lebensmüde«, fügte er zu und setzte zum Sprung an.

Ich hatte nicht den Hauch einer Chance. Ehe ich mich versah, kniete Logan schon über mir und hielt meine Hände über meinem Kopf zusammen. Erneut wanderten seine Augen über meinen Körper.

»Genug gespielt«, brummte er. »Ich will dich. Jetzt!«

»Wie viel Zeit haben wir?« fragte ich gespielt unschuldig.

»Die Zeremonie beginnt um Mitternacht. Wir können also den ganzen Tag im Bett verbringen.«

Mein Magen flatterte, als er meine Hände freigab und damit begann, sein Hemd auszuziehen.

»Ich bin ein Mensch, schon vergessen? Meine Ausdauer hat Grenzen.«

»Aber meine nicht.«

Sein makelloser Anblick versetzte mich nach all der Zeit immer noch in Staunen. Atemlos betrachtete ich sein Gesicht, seine wunderschönen Augen und die weichen wohlgeformten Lippen. Wir wechselten einen innigen Blick. Seine Augen verdunkelten sich noch mehr und seine Hände wanderten besitzergreifend über meinen Körper.

»Ich liebe dich, Mrs. Ford«, flüsterte er wenige Zentimeter vor meinen Lippen. Dann küsste er mich. Ich vergrub meine Hände in seinen Haaren und erwiderte den Kuss mit aller Leidenschaft, die so heiß in mir loderte.

Logan stand schon fertig angezogen im Schlafzimmer, als ich gerade erst richtig wach wurde.

»Nicht bewegen«, forderte er. »Bleib, wo du bist.«

Im nächsten Moment war er verschwunden. Ich war hin und hergerissen zwischen dem Wunsch, erst einmal ausgiebig zu duschen und seiner Bitte, im Bett zu bleiben. Während ich noch darüber nachdachte, erschien Logan mit einem Tablett auf dem Arm wieder im Schlafzimmer.

Ich setzte mich auf. »Frühstück im Bett?«

»Ja. Warum nicht?«

Ich griff nach der Cola, die er mir reichte. Beim Anblick von Toast und Rührei begann mein Magen zu knurren.

»Mann, hab ich einen Hunger«, sagte ich und schaufelte eine Portion Rühreier auf meinen Teller.

»Du hast letzte Nacht eine Menge Energie verbraucht«, meinte er augenzwinkernd. »Deine Reserven müssen aufgefüllt werden.«

Genüsslich biss ich in den Toast, während er mich amüsiert beobachtete.

»Du bist natürlich topfit«, beklagte ich mich zwischen zwei Bissen. »Ich wünschte, ich hätte auch so viel Ausdauer wie du.«

Für einen kurzen Moment zeichnete sich der Schmerz auf seinem Gesicht ab. Doch dann lächelte er wieder.

»Jetzt iss erst einmal in Ruhe und dann kannst du dich frischmachen. Ich gehe kurz runter und bespreche den heutigen Ablauf mit dem Ältestenrat. Das dauert bestimmt nicht sehr lange.«

»Ich dachte, wir wollten den ganzen Tag im Bett bleiben?«, neckte ich ihn.

Er schwieg einen Moment und betrachtete mich mit funkelnden Augen. Dann breitete sich ein erstaunlich selbstgefälliges Lächeln auf seinen Lippen aus.

»Du brauchst dringend eine Pause, Lara. Sobald du aufstehst, wirst du wissen, wovon ich rede.«

Er zwinkerte mir zu und machte sich davon. Ich schob mein Essen zur Seite und streckte mich ausgiebig. Von wegen Pause,

dachte ich nur und schwang mich gutgelaunt aus dem Bett. Was für ein Fehler! Zischend sog ich die Luft ein und lies mich ganz langsam auf die Bettkante zurücksinken. Letzte Nacht hatte ich davon noch gar nichts gespürt. Nun ja, das stimmte so nicht ganz. Ich hatte eine ganze Menge gespürt, ich hatte meinen Gefühlen freien Lauf gelassen. Und nun musste ich den Preis dafür zahlen.
Ich fühlte mich wund und ausgelaugt. Mein Körper schmerzte empfindlich, als ich vorsichtig ins Bad ging. Wird das immer so sein?, fragte ich mich und drehte das Wasser auf. Logan war so sanft und zärtlich gewesen und hatte so viel von sich gegeben, ohne müde zu werden. Ich wollte das auch, ich wollte ihm unbedingt ebenbürtig sein. Doch das würde nie passieren – nicht, solange ich noch ein Mensch war.

Es war ein seltsames Gefühl, heute durch das Haus zu gehen. Alles war wie immer und dennoch konnte ich das bevorstehende Ereignis ganz deutlich spüren.
Irgendwas ging hier vor.
Erschrocken blieb ich stehen, als der erste Defensor in der Eingangshalle an mir vorbeihuschte. Sie nickte mir höflich zu, blieb sonst aber eher reserviert. Eine Anspannung von ungeahnten Ausmaßen lag in der Luft, das konnte ich ganz deutlich spüren. Ava hatte sich nicht einmal die Zeit genommen, mich misstrauisch anzustarren, als sie an mir vorbeigerauscht war. Dieser ganze Wirbel hatte also auch Vorteile, stellte ich mit einem zufriedenen Lächeln fest. So gesehen würden sie mich wenigstens in Ruhe lassen.
Im Wohnzimmer kam mir Jean entgegen.
»Weißt du, was hier los ist?«, fragte ich, nachdem wir uns begrüßt hatten. »Heute Abend ist die Zeremonie, schon klar, aber da geht auch noch etwas anderes vor sich. Oder nicht?«
»Sie sind nur etwas angespannt«, erwiderte sie mit einem flüchtigen Blick in die Eingangshalle.

Soeben war ein weiterer Defensor aufgetaucht.
Wo kamen die nur alle her?
»Wir spüren es alle«, fügte sie kurz darauf hinzu.
Ich senkte meine Stimme zu einem Flüstern. »Was spürt ihr alle?«
»Logan.« Jean seufzte. »Er ist heute geradezu euphorisch. Wo immer er auftaucht, knistert die Luft wie pure Elektrizität.«
Ich neigte den Kopf und schaute sie neugierig an.
»Gibt es schon etwas Neues von Arek und Makaro?«
Jean schüttelte den Kopf und sie sah dabei nicht gerade glücklich aus. Schon die ganze Zeit über hatte ich mit weiteren Zwischenfällen gerechnet. Bis jetzt war zwar nichts weiter passiert, allerdings stimmte mich das auch nicht unbedingt zuversichtlich. Es könnte schließlich auch die sogenannte Ruhe vor dem Sturm sein. Und wenn es tatsächlich so war, dann würde uns ein sehr großer Sturm bevorstehen, dessen war ich mir sicher.
Als Violett um die Ecke bog, verdrängte ich meine Gedanken an Arek und Makaro und fragte sofort: »Hast du Sam gesehen?«
Langsam machte ich mir große Sorgen.
»Sam war nicht beim Essen«, beklagte sie sich. »Irgendetwas stimmt hier nicht. Ich kann ihn spüren. Aber er will sich nicht von mir orten lassen.«
Als ich gestern Abend mit ihm tanzen wollte, war er unauffindbar gewesen, was mich ein bisschen geärgert hatte. Seitdem hatte ich Sam nicht mehr gesehen und inzwischen war ich voller Sorge um ihn.
Ich schlich mich unter einem Vorwand aus dem Wohnzimmer und durchsuchte so unauffällig wie möglich die Räume. Bis auf die Gästezimmer durchkämmte ich alles von oben bis unten. Doch von Sam gab es keine Spur. Niemand hatte ihn gesehen. Schlussendlich hockte ich in der Eingangshalle auf der untersten Treppenstufe und stieß einen frustrierten Seufzer aus.
Irgendetwas musste ich übersehen haben, da war ich mir sicher. Was Sam betraf, gab es doch sicherlich eine Erklärung. Ich

versuchte mich zu konzentrieren und ließ den letzten Abend noch einmal Revue passieren. Genau in diesem Augenblick wurde die Tür hinter der Treppe geöffnet, die zur unterirdischen Garage führte, und Arek und Makaro traten in die Eingangshalle. Ganz leise huschte ich nach oben, versteckte mich hinter dem Treppengeländer und hielt die Luft an, solange ich konnte.

»… sollte es keine Probleme geben«, hörte ich Arek sagen. »Sie wird von einem Chauffeur zur Zeremonie gefahren. Ich gebe dir mein Wort, dort wird sie nie ankommen.«

Ich schluckte und lauschte weiter.

»Dann werde ich mich solange um ihren Secutor kümmern«, zischte Makaro. »Und um den kleinen Bastard, den sie in sich trägt.«

Mein Herzschlag setzte beinahe aus. Jean!

»Was machen wir mit dem anderen?«, wollte Arek wissen.

»Er ist uns nicht mehr von Nutzen«, erwiderte Makaro leise. »Beseitige ihn.«

Ich hatte das unverkennbare Rauschen längst wahrgenommen. Sie führten ihr Gespräch im Schutz einer Illusion. Doch niemand, und schon gar nicht ich, hatte damit gerechnet, dass ich ihnen trotzdem zuhören konnte. Ihre Unterhaltung drang zwar nur sehr gedämpft an meine Ohren, doch es reichte aus, um jedes Wort zu verstehen. Ich hatte genug gehört!

Unwillkürlich ballte ich die Fäuste, sprang aus meinem Versteck und rief: »Jetzt seid ihr fällig! Ich habe alles mit angehört, ihr zwei seid sowas von geliefert!«

Arek und Makaro starrten mich ungläubig an.

»Du bluffst doch, Mädchen«, lächelte Arek abfällig. »Was willst du schon gehört haben. Gar nichts hast du gehört.«

Im Gegensatz zu den anderen Defensoren, die mich mit Respekt behandelten, machten Arek und Makaro kein Geheimnis daraus, dass sie mich zutiefst verabscheuten.

»Ich werde von einem Chauffeur zur Zeremonie gebracht, richtig?«, sagte ich wütend. »Und du … « Ich funkelte Makaro

böse an. »Du wirst die Finger von meiner Freundin lassen, hast du mich verstanden? Du wirst sie nicht anrühren, sonst bekommst du es mit mir zu tun!«
Arek schwieg einen Moment, dann sagte er: »Du hättest überhaupt nichts verstehen dürfen.«
»Hab ich aber«, giftete ich zurück. »Ich habe ALLES gehört.«
Die Augen von Makaro verengten sich zu schmalen Schlitzen.
»Dann hat dir jemand geholfen«, zischte Arek und funkelte mich an.

Ganz langsam, mit erhobener Hand, kam Arek die Treppe hinauf, dicht gefolgt von Makaro. Instinktiv wich ich zurück.
»Stopp!«
Arek blieb wie angewurzelt stehen und ich wirbelte herum. Logan stand hinter mir, und mit ihm der gesamte Ältestenrat.
»Das ist alles ein riesengroßes Missverständnis«, keuchte Arek und jetzt war er es, der zurückwich.
»Nehmt sie in Gewahrsam«, befahl Logan und drückte mich an seine Schulter. Blitzschnell wurden Arek und Makaro umzingelt.
»Ich werde mein Urteil nach der Zeremonie fällen«, erklärte Logan mit strenger Miene
Es dauerte ein paar Sekunden, dann seufzte ich erleichtert und schmiegte meinen Kopf an Logans Brust.
»Alles in Ordnung, mein Engel?«
Mein Herzschlag beruhigte sich allmählich wieder. »Jetzt ja.«
Er strich zärtlich mit dem Daumen über meine Wange.
»Weißt du zufällig, wo Sam ist?«, fragte ich und hob den Kopf an. Seine Abwesenheit bereitete mir zunehmend Sorgen.
Logan schob mich ein Stück von sich weg, damit er mir in die Augen sehen konnte.
»Reg dich bitte nicht auf.« Er seufzte, während seine Hände auf meine Schultern ruhten. »Sie haben ihn gefangen gehalten, um so an Informationen über dich heranzukommen. Wir haben ihn gefunden. Brenda und Adelheid kümmern sich um ihn.«

Mein Puls schoss unwillkürlich nach oben. Ich war den Tränen nah. »Haben sie ihm etwas getan?«, fragte ich mit bebender Stimme. »Sag schon, haben sie?«
Meine schlimmsten Befürchtungen wurden bittere Realität, als er vorsichtig nickte.
»Sie haben ihn gefoltert.«
Oh Gott! Ich schlug die Hände vors Gesicht und schluchzte leise.
»Das ist alles meine Schuld. Das wäre nie passiert, wenn ich nicht gewesen wäre. Sie haben das meinetwegen getan, ich bin ...«
»Lara!« Behutsam zog er meine zitternden Hände von meinem Gesicht und hob mein Kinn an. »Hör mir zu«, forderte er. »Es geht ihm gut. Die Wunden heilen bereits. Was geschehen ist, ist geschehen, du kannst es nicht mehr ändern. Aber ich verspreche dir, sie werden ihre gerechte Strafe erhalten. Ich schwöre es beim Leben der obersten Priorität, ich werde sie bestrafen.«
Mehr konnte ich nicht verlangen. Ich nickte und wischte meine Tränen weg.
»Kann ich zu ihm?«
Er lächelte geduldig. »Er möchte nicht, dass du ihn so siehst. Er hat mich gebeten, dir das auszurichten.«
Typisch Sam.
»Ist mir egal«, widersprach ich. »Ich will ihn trotzdem sehen.«
»Lara. Bitte respektiere seinen Wunsch. Du sollst dich für die Zeremonie fertigmachen. Ihr werdet euch dort sehen.«
»Sam wird dabei sein?«, fragte ich hoffnungsvoll.
»Davon könnten ihn keine zehn Defensoren abhalten«, lächelte er. »Nun ja, sie könnten schon, aber sie werden es nicht.«
Logan griff nach meiner Hand und wir verschlangen unsere Finger ineinander.
»Soeben ist noch ein weiterer Gast angekommen. Sie wartet im Wohnzimmer auf dich.«
Ich horchte auf. »Sie?«
»Geh nachsehen«, sagte er und zwinkerte mir zu.

Ich rannte ins Wohnzimmer und machte abrupt Halt, als ich sie erkannte. »Eleonore?«
Sie wirbelte herum und nickte lächelnd. Ich war total baff, ich konnte es gar nicht glauben. Und noch ein bisschen überraschter war ich, als ich feststellen musste, dass ich mich wie verrückt darüber freute.
»Hallo, Lara.« Sie kam auf mich zu und streckte ihre Hand aus. »Es ist schön, dich wiederzusehen«, sagte sie. Begleitet von einem Lächeln, das beinahe echt wirkte.
Kurzerhand fiel ich ihr um den Hals. Ich wusste nicht warum, doch ich hatte plötzlich das Bedürfnis, sie umarmen zu müssen. Eleonore wurde ganz steif. »Ist schon gut. Du kannst mich jetzt loslassen.«
Als ich nicht gleich reagierte, wurde ihre Stimme etwas härter. »Es reicht jetzt. Ich freue mich ja auch, dich zu sehen. Lass los!«
Ich wich zurück und lächelte verlegen. »'Tschuldigung. Ich weiß auch nicht, was da in mich gefahren ist. Ich freue mich nur so wahnsinnig, dass du da bist.«
Eleonore verzog das Gesicht. »Mann, bist du anhänglich. Dich wird man nicht so leicht los, was?«
»Wie ist es so in Ungarn?«, fragte ich, um den peinlichen Moment zu überspielen. »Gefällt es dir dort?«
»Nun, ich muss zugeben, es ist gar nicht so übel.«
Eleonore faltete ihre Hände in ihrem Schoß, nachdem wir uns gesetzt hatten. »Ich kann wirklich zufrieden sein.«
Sie wirkte tatsächlich so, als wäre sie glücklich. Wenn man das Wort ›glücklich‹ bei einem Defensor überhaupt verwenden konnte.
»Wie lange kannst du bleiben?«, wollte ich wissen.
»Ein bis zwei Tage, denke ich. Länger seid ihr ohnehin nicht mehr da. Eure Flitterwochen warten.«
»Wir fliegen heute Nacht, glaube ich«, sagte ich und schaute gedankenverloren zum Fenster. Die Sonne ging langsam unter, sie warf ihre langen Schatten in den Vorgarten.

»Molly ist noch nicht da«, fiel mir ein. »Ich muss auf mein Kleid warten. Du weißt nicht zufällig, wann es losgeht?«
Eleonore schüttelte den Kopf und sagte: »Keine Angst, du wirst es merken.«
Als ich Eleonore neben mir sitzen sah, kam mir eine Idee. Wenn mir jemand bei der Sache mit dem Defensor wirklich helfen konnte, dann Eleonore.
»Hast du Lust auf einen kleinen Spaziergang?«, fragte ich voller Zuversicht. Sie runzelte kurz die Stirn, dann zuckte sie mit den Schultern. »Von mir aus gern.«
»Ich freue mich so, dass du da bist«, sagte ich, während wir den schmalen Pfad zum See hinuntergingen.
»Das habe ich gemerkt«, gab sie zurück.
Die Sache mit der euphorischen Umarmung war mir immer noch ein bisschen peinlich.
»Womit kann ich dir helfen, Lara?«
Ich hockte mich auf den alten Baumstamm und blinzelte. Sie wusste also schon, dass ich ihre Hilfe wollte.
»Womit habe ich mich verraten?«, fragte ich nebenbei.
Sie ließ sich neben mir nieder. »Du nagst an deiner Unterlippe, wenn dich etwas beschäftigt.«
»Mm.« Ich überlegte, wie ich am besten anfangen sollte. »Du hast einmal gesagt, ich hätte etwas gut bei dir.«
»Und ich stehe zu meinem Wort«, nickte sie.
Ohne sie anzusehen, sprach ich schnell weiter. »Wenn du eine Blutprobe von mir hättest, könntest du sie in eurem Labor untersuchen lassen?«
Eleonore riss die Augen auf und sah mich ungläubig an.
»Wozu, Lara?«
Ich biss mir auf die Lippe, weil ich nicht genau wusste, was ich darauf erwidern sollte. Mit eindringlichem Blick musterte sie eine Zeitlang mein angespanntes Gesicht.
»Komm schon, Lara. Das ist nicht dein Ernst. Das glaubst du doch nicht wirklich?«

Einen Versuch war es auf jeden Fall wert, fand ich. »Und warum nicht?«, fragte ich angriffslustig.
Sie verschränkte ihre Arme vor der Brust. »Du vergisst da eine Kleinigkeit, du hast nämlich nur diesen einen Versuch. Sollte das Blut nicht passen, wirst du keine zweite Chance bekommen. Du wirst bei der Umwandlung sterben.«
Eleonore stieß zischend den Atem aus. »Himmel nochmal, Lara! Wie kommst du nur auf so eine verrückte Idee? Es gibt keinen Defensor für dich.«
Ich war mir darüber durchaus im Klaren. Doch aus ihrem Mund klang es irgendwie heftiger. Endgültiger.
Eleonore beobachtete mich aufmerksam, während ich unsicher auf meine Schuhe starrte.
»Du sollst doch nur die Proben miteinander vergleichen«, sagte ich mit gesenktem Kopf. »Geh die Datei mit allen Defensoren durch und schaue nach, ob eine Blutprobe dabei ist, die zu meinem Blut passen könnte. Mehr verlange ich doch gar nicht.«
»Und was sollte das bringen?« Sie musterte mein Gesicht. »Wirst du weitersuchen, selbst wenn alle Proben negativ sind?«
Ich erwiderte nichts und Eleonore lachte abfällig. »Natürlich wirst du das. Was für eine unnütze Frage.«
»Kannst du es bitte trotzdem versuchen?«
Vielleicht war der Defensor, dessen Name ich nicht kannte, und der vor vielen Jahren ein Kind mit einem Menschen gezeugt hatte, nicht unter den Blutproben. Mein Ur-Ur-keine Ahnung-was-Großvater! Ich musste also auf jeden Fall weitersuchen, falls Eleonore tatsächlich schlechte Nachrichten brachte.
»Von mir aus. Wenn es dich glücklich macht, dann tue ich das für dich. Doch vorher bräuchte ich erstmal eine Probe von deinem Blut. Ohne die wird das nichts.«
Genau das wollte ich von ihr hören. Gehorsam schob ich den Ärmel an meinem Mantel nach oben und streckte meinen rechten Arm aus.
»Morgen bin ich schon in White Rock. Wenn, dann müssen

wir das gleich erledigen.«
»Jetzt sofort? Nun mach aber mal einen Punkt, junges Fräulein«, wetterte sie. »Woher soll ich denn um alles in der Welt so schnell das notwendige Equipment zaubern?«
Wo sie Recht hatte, hatte sie Recht. Ganz blöde Idee!
Als ich die Schultern hängenließ, sagte sie: »Pass auf«, und deutete zum Parkplatz. »Du lässt ja doch nicht locker. Ich borge mir kurz dein Auto, wenn ich darf, und besorge alles, was ich brauche. Du wartest hier.«
Ich nickte begeistert. Eines war mir allerdings glasklar: Sollte Logan jemals erfahren, worum ich Eleonore gebeten hatte, würde es mächtigen Ärger geben. Mein Gesicht musste ihr verraten haben, woran ich gerade dachte. Sie steckte meinen Autoschlüssel ein und betrachtete mich aus klaren Augen.
»Du weißt nichts von seinem Erlass, oder?«
Ich überlegte kurz, was Eleonore meinen könnte und schüttelte den Kopf.
»Das dachte ich mir«, seufzte sie. »Wer dir in irgendeiner Weise hilft, oder auch nur die kleinste Information über die Umwandlung an dich weiter gibt … ich sage es mal geradeheraus: Darauf steht die Todesstrafe.«
Ich musste heftig schlucken.
»Er kennt dich anscheinend besser, als du denkst«, lächelte sie. »Er wusste genau, dass du nicht lockerlassen würdest. Auf diese Weise geht er auf Nummer sicher, Lara.«
Meine Gesichtszüge entgleisten. Wann zum Teufel nochmal hatte Logan mitbekommen, was mir durch den Kopf ging? Ich fand darauf keine Antwort, doch eines war sonnenklar. Jetzt konnte ich weder Eleonore noch Sam um um Hilfe bitten. Ich konnte nicht verlangen, dass sich beide meinetwegen mit Logan anlegten.
»Bis gleich«, sagte Eleonore knapp und sauste den angrenzenden Hügel hoch. Ich hatte keine Chance mehr, sie davon abzuhalten, weil sie viel zu schnell für mich war. Das ärgerte mich.

»Bin wieder da.«
Erschrocken zuckte ich zusammen und schaute nach oben, als Eleonore schon wieder vor mir stand. Sie trug einen schwarzen Koffer mit sich.
»Vergiss es«, winkte ich ab. »Unter diesen Umständen werde ich dich auf keinen Fall mit hineinziehen.«
Eleonore bückte sich, ohne auf meine Worte zu achten und öffnete den Koffer.
»Ich stehe immer zu meinem Wort, Lara, also werde ich tun, worum du mich gebeten hast. Und du wirst es ihm ganz sicher nicht verraten.«
Verwundert entgegnete ich: »Nein, aber …«
»Ich werde deine Erinnerung nachher ein klein wenig verändern, damit keine Beweise zurückbleiben. In Ordnung?«
»Schon. Aber …«
Eleonore hielt inne und schaute mich mit ihren schwarzen Augen ernst an. »Mach dir keine Sorgen, Lara. Mir wird nichts geschehen. Ich bin die Letzte, die er verdächtigen würde.«
Sie deutete auf meinen Arm. »Zieh deinen Mantel aus.«
Ich gehorchte wortlos. Eleonore schnallte einen Gurt um meinen Arm und zog ihn fest. Dann klopfte sie meinen Unterarm fachmännisch ab.
»Sieht gut aus«, meinte sie kurz darauf und sprühte etwas Kaltes auf meine Haut. »Faust machen.«
Ich presste die Lippen fest zusammen, drehte den Kopf zur Seite und schaute die gegenüberliegende Wand an.
»Aua!«
Eleonore sah hoch. »Tut mir leid.«
Mir wurde etwas schummrig, als Eleonore wenig später sagte: »Mach die Faust auf, Lara.«
Ich gehorchte mit fest zusammengekniffenen Augen.
»Fertig. Das war's.«
Als ich die Augen öffnete, hielt sie ein Röhrchen voll Blut nach oben und schüttelte es leicht.

»Mm. Dein Blut ist etwas dunkler als gewöhnliches Menschenblut.«
Sie klebte ein winziges Pflaster auf die Einstichstelle.
»Wie lange wird das dauern?«, fragte ich und schlüpfte in meinen Mantel.
»Ungeduldig?«
»Ein bisschen.« In Wirklichkeit platzte ich beinahe vor Ungeduld.
Eleonore gab mir meinen Autoschlüssel zurück.
»Einige Stunden auf jeden Fall. Wir haben eine ganze Menge Blutproben, die ich abgleichen muss. Und jetzt mach die Augen zu, ich muss deine Erinnerung ein bisschen verändern.«
»Du glaubst mir nicht«, murmelte ich. »Darum hilfst du mir. Weil du nicht daran glaubst, dass du etwas findest. Ist doch so, oder?«
»Ich schulde dir einen Gefallen«, gab sie unverblümt zurück. »Dabei spielt es keine Rolle, um was du mich bittest und abgesehen davon glaube ich tatsächlich nicht, dass du jemals einen Defensor finden wirst, der zu dir passt.«
Gnadenlos ehrlich. Ich seufzte leise. Eleonore war ein Defensor, hatte ich tatsächlich etwas anderes erwartet?
Wir blieben noch eine Weile sitzen und Eleonore erzählte mir von Ungarn. Mit Erleichterung stellte ich fest, dass sie sich scheinbar wirklich ganz gut eingelebt hatte.
Als es Zeit wurde, stiegen wir in meinen Jeep und ich ließ den Motor an.
»Sollte ich mich irren«, begann sie nach einer Weile, »solltest du ihn tatsächlich finden, dann werde ich höchstpersönlich vorbeikommen und die Probe in Empfang nehmen.«
Ein sanftes Lächeln huschte über ihr wunderschönes Gesicht.
»Schwörst du das?«, fragte ich und schaute sie mit großen Dackelaugen an.
Sie hob prompt zwei Finger. »Beim Leben der obersten Priorität. Ich schwöre, ich komme her und nehme die Probe persönlich in Empfang.«

Als Eleonore meinen hoffnungsvollen Blick bemerkte, warf sie ihren Kopf in den Nacken und lachte schallend drauflos.

Ich drehte gerade den Türknopf herum, als mir die Tür ruckartig aus der Hand gerissen wurde.
»Jetzt aber flott, Lara.« Jean klatschte zweimal in die Hände. »Molly ist bereits unterwegs, du musst dich umziehen.«
Überall waren Stimmen zu hören. Die Luft war geschwängert von jener Aufbruchsstimmung, auf die ich schon den ganzen Tag gewartet hatte.
»Die Zeremonie beginnt um Mitternacht. Wir müssen uns ranhalten.« Jean drängte sich an mir vorbei und rannte die Treppe hinauf.
»Nun komm schon. Uns bleiben nicht einmal mehr drei Stunden.« Molly stand in unserem Schlafzimmer und hielt mein Kleid hoch. »Und? Was sagst du?«
Ich konnte überhaupt nichts dazu sagen, denn ich war hin und weg. Ein absoluter Traum in Schwarz.
Ich starrte so lange auf das Kleid, bis mir die Augen tränten. Jean griff nach meinem Pulli und zog ihn mir kurzerhand über den Kopf. Hastig entfernte ich das Pflaster von meinem Arm und ließ es verschwinden.
»Du kannst nachher weiter träumen, dafür haben wir jetzt keine Zeit mehr. Wo warst du überhaupt so lange?«
Ich schlüpfte eilig aus meiner Jeans.
»Unten am See. Mit Eleonore.«
Jean hielt kurz inne, sagte aber nichts. Dann wirbelte sie herum, schnappte sich das Kleid und half mir beim Anziehen.
Als ich mich fasziniert im Spiegel betrachtete, konnte ich es immer noch nicht glauben. Das sollte ich sein?
Mein Hochzeitskleid war ein Traum in Weiß gewesen. Ich hatte mich darin sehr erwachsen, aber auch brav und unschuldig gefühlt. Das hier war alles andere als unschuldig. Das schwarze enganliegende Korsett hatte einen unverschämt tiefen Ausschnitt und

einen kleinen Stehkragen, der violett schimmerte. Die schmalen Ärmel liefen direkt über meinen Handrücken spitz zusammen und waren mit unzähligen schwarzen Perlen verziert. Der weite, leicht geraffte Rock reichte mir vorne bis über die Knie, hinten lag er als meterlange Schleppe auf dem Boden auf. Darunter trug ich eine enganliegende schwarze Satinhose, die man dank des vorne kürzeren Rocks ebenfalls sehen konnte.

Jean zog die Schnüre am Rücken fest.

»Sag Bescheid, wenn es zu eng wird.«

Ich schlüpfte in die schwarzen Pumps, ohne mich über die hohen Absätze zu beschweren. Heute schienen sie mir angemessen, auch wenn ich keine Ahnung hatte, wie ich damit laufen sollte.

»Jetzt«, japste ich und Jean lockerte die Schnüre ein wenig.

»Deine Haare stecken wir nur zur Hälfte hoch, das passt besser.«

Ich drehte mich einmal vorsichtig im Kreis, sofern das mit dieser Schleppe überhaupt möglich war und Molly musterte mich von Kopf bis Fuß.

»Also wenn ich es nicht besser wüsste …« Sie spitzte die Lippen. »Mal abgesehen von der Haarfarbe und deinen blauen Augen siehst du beinahe aus wie ein Defensor.«

Zum ersten Mal in meinem Leben empfand ich den Vergleich nicht unbedingt als Beleidigung.

»Molly, das Kleid ist der Wahnsinn. Ganz ehrlich.«

Sie war sichtlich stolz über meine Reaktion. Ihre Augen glänzten vor Freude.

»So, jetzt wird es aber wirklich Zeit«, sagte sie und winkte mich hinaus.

»Halt!« Ich sauste zum Nachtschrank und holte ein flaches schwarzes Kästchen heraus. »Logan hat mich gebeten, die Kette zu tragen«, sagte ich und reichte sie Jean. »Das hätte ich beinahe vergessen.«

Sie legte das Schmuckstück um meinen Hals und drückte den Verschluss zu.

»Wie sehe ich aus?«

Jean hob die Schultern. »Düster, elegant und sexy. Perfekt.«
Ich grinste über beide Wangen. »Du hast sogar mein Make-up angepasst«, lobte ich, obwohl ich genau wusste, wie viel Überwindung sie das gekostet hatte.
»Was soll man da noch sagen«, stöhnte sie lächelnd, »leugnen ist zwecklos. Schwarz steht dir, Lara. Es steht dir sogar außerordentlich gut.«

FÜR IMMER UND EWIG

Mein Herz raste, als ich die Treppe hinunterging. Dann blieb ich wie angewurzelt mitten in der Eingangshalle stehen und machte große Augen. Hier unten war buchstäblich die Hölle los. Ständig hasteten fremde Personen an mir vorbei. Manche von ihnen lächelten freundlich, als sie mich erblickten, andere nickten mir im Vorbeigehen nur zu. Ich lehnte mich gegen das Treppengeländer und beobachtete das geschäftige Treiben aus sicherer Entfernung. Doch jedes Mal, wenn eine Frau an mir vorbeikam, musterte sie mich verstohlen aus den Augenwinkeln. Erst dann richtete sie ihren Blick wieder nach vorne und ging weiter.
Unauffällig schaute ich an mir hinunter.
Als ich an meiner Erscheinung nichts Ungewöhnliches entdecken konnte – na ja, abgesehen davon, dass ich heute ganz und gar in Schwarz gehüllt war – konzentrierte ich mich lieber auf die vorbeihastenden Defensoren. Niemals zuvor waren die Unterschiede zwischen Mensch und Defensor offensichtlicher gewesen.
Keine der Partnerinnen trug heute ihre übliche elegante Garderobe und keiner der Männer trug einen Anzug. Die Frauen steckten in einer Art schwarzen Robe mit langen ausgestellten Ärmeln und enganliegenden Taillen. Ihre Röcke waren weit und gerafft. Sie trugen allesamt die gleiche, sehr aufwendig gearbeitete Kette, die jeder bis tief in den Ausschnitt reichte. Sie gingen

stolz und mit etwas zu hoch getragener Nase an mir vorbei. Die männlichen Defensoren steckten in einer Art Uniform, die ganz eindeutig zu Mollys Beschreibung passte. Eine Uniform ohne Taschen, dafür aber mit seltsamen Symbolen auf dem Stoff. Ich atmete auf, als ein Teil meiner neuen Familie in die Eingangshalle trat. Ihre Kleider waren farbenfroh und elegant. So wie immer. Eine Flut von überwältigenden Emotionen stürmte auf mich ein, als Megan und Betty vor mir stehenblieben und anerkennend nickten. Ich hatte mir immer eine große Schwester gewünscht. Jetzt hatte ich gleich zwei davon.

»Wo ist Jean?«, fragte ich und ließ mich auf der untersten Stufe nieder.

Megan gesellte sich zu mir. »Gleich fertig. Sie ist etwas nervös.«

»Kann ich verstehen«, seufzte ich. »Geht mir auch so.«

»Das meinte ich nicht«, schüttelte Megan den Kopf. »Aber sieh selbst.«

Sie deutete zum Wohnzimmer hinüber. Dort stand eine hübsche junge Frau, die mich zurückhaltend anlächelte. Ihre schönen grauen Augen musterten mich vorsichtig. Sie hatte ihre blonden Haare mit zwei kleinen Spangen kunstvoll zurückgesteckt und ein wenig Make-up aufgetragen. Das nachtblaue Kleid schmeichelte ihrer zierlichen Figur.

»Hallo Lara«, sagte sie und senkte den Blick.

Ich schluckte geräuschvoll. Hatte ich tatsächlich schon wieder vergessen, wie mein Secutor in Wirklichkeit aussah? Das wahre Aussehen hinter der Illusion, die sie mir zuliebe den gesamten Tag aufrechterhielt? Warum ich damals im Buchladen so panisch reagiert hatte, konnte ich mir im Nachhinein nicht mehr erklären. Jean war eine bildhübsche Frau. Ihre Erscheinung war zwar etwas ungewohnt, aber durchaus sehr angenehm.

»Du siehst toll aus«, sagte ich und lächelte ihr aufmunternd zu.

»Ehrlich? Du sagst das nicht nur so?«

Es wurde Zeit, erwachsen zu werden. »In Zukunft brauchst du dich nicht mehr hinter deiner Illusion verstecken«, bot ich

großzügig an. »Ich gewöhne mich viel schneller daran, wenn ich dich so sehe, wie du wirklich bist.«
Ihre Augen begannen zu strahlen.
»Es freut mich wirklich, dass du so denkst. Sollte es dir jedoch unangenehm sein, dann brauchst du es nur zu sagen. Es macht mir nichts aus, meine Illusion noch einige Zeit aufrecht zu erhalten.«
Daran hatte ich nicht den geringsten Zweifel.
»Das ist schon in Ordnung«, versicherte ich ihr. »Es macht mir ganz sicher nichts mehr aus.«
Mein Blick heftete sich ungewollt auf ihren Bauch. Ich hatte mich nicht getäuscht. Wenn man genau hinsah, konnte man unter dem Kleid bereits eine kleine Wölbung erkennen.
»Ich weiß«, hauchte sie und legte beide Hände schützend auf ihren Bauch. »Lange wird es nicht mehr dauern, dann kann ich es nicht mehr verstecken.«
Behutsam schob ich ihre Hände weg.
»Das ist nun wirklich nichts, was du verstecken musst. Du bekommst ein Baby, und von mir aus können das ruhig alle sehen. Vergiss, was die anderen sagen. Ich freue mich für dich.«
Jean schaute mich mit ihren schönen grauen Augen überrascht an.
»Oh, Lara.« Dann fiel sie mir schluchzend um den Hals. »Das ist das Schönste, was du jemals zu mir gesagt hast.«
Ehe ich etwas erwidern konnte, rückte sie ein Stück von mir ab und gab Megan und Betty ein Zeichen.
»Adelheid hat nach uns gerufen. Wir sind gleich wieder da.«
Ich nickte nur und beobachtete alle drei dabei, wie sie mit rauschenden Kleidern durch das Wohnzimmer huschten.
Gerade, als ich mich auf die Treppe setzen wollte, blieb ein junger Mann vor mir stehen. Er grinste mich breit an, während er mir seinen Schlips entgegenstreckte.
»Du kannst nicht zufällig einen Schlips binden, Lara?«
Ich kniff die Augen zusammen. Seine dunklen Haare reichten in leichten Wellen bis auf seine Schultern. Er hatte große hellbraune Augen und ein markantes Gesicht.

»Doch. Kann ich«, gab ich zurück. »Aber du bist ein Secutor, du müsstest sowas selbst können.«
Er schmunzelte ertappt.
»War nur ein Versuch, um mit dir ins Gespräch zu kommen.«
Er legte den Schlips um seinen Hals und band ihn, ohne auch nur ein einziges Mal hinzusehen.
»Hast du Romy schon entdeckt?«, wollte er kurz darauf wissen.
Ich schüttelte den Kopf.
»Heute noch nicht. Sag mal, wer bist du überhaupt?«
Ich hatte absolut keine Ahnung, wer vor mir stand. Ein Secutor. Zweifellos. Denn außer mir waren keine weiteren Menschen anwesend. Und schwarze Augen hatte er auch nicht. Also war er auch kein Defensor. Ein Secutor, aber welcher?
»Bist du nervös?«, versuchte er abzulenken.
Ich verdrehte die Augen. »Das werde ich ständig gefragt. Aber wie wäre es, wenn du zuerst einmal meine Frage beantwortest. Kennen wir uns?«
Seine hellbraunen Augen funkelten mich belustigt an, während er nickte. »Das will ich doch schwer hoffen, junge Dame. Oder hast du etwa schon vergessen, wer dich nach White Rock kutschiert hat?«
Ich musste ein paar Mal blinzeln.
»Cole?«
»Zu Ihren Diensten, Ma'am.«
Überrascht und erstaunt zugleich starrte ich sein fremdes Gesicht an. Er hob fragend eine Augenbraue.
»Enttäuscht?«
»Nur völlig platt«, gab ich ehrlich zu. »Damit hatte ich nun wirklich nicht gerechnet.«
Der anerkennende Blick in seinen Augen durchflutete mich mit unsagbarem Stolz.
»Du siehst toll aus, Lara.«
»Danke.«
Mit einer flüchtigen Kopfbewegung deutete ich auf seine Haare.

»Die sind ja lang.«

»Ich bringe es einfach nicht übers Herz, sie abzuschneiden«, seufzte er. »Irgendwie hänge ich an dieser altmodischen Frisur.«

Cole unterbrach unseren Augenkontakt und deutete in Richtung des Wohnzimmers. Eine kleinere Gruppe hatte sich dort inzwischen versammelt.

»Wenn du möchtest, dann helfe ich dir ein wenig auf die Sprünge«, bot er an, als er meinen ratlosen Gesichtsausdruck bemerkte.

Ich nickte dankbar.

»Siehst du den kräftigen Typen mit den braunen Wuschelhaaren?« Höchst interessiert folgte ich seinem Blick. »Das ist unser geistloser Kleiderschrank, wie Romy ihn sehr gerne nennt.«

Dean war in natura sogar noch breiter. Er wirkte geradezu schwerfällig, als er sich wie auf Kommando zu uns umdrehte und seine Hand zum Gruß hob. Ich grüßte ihn mit einem Lächeln.

»Und dahinten, siehst du den Jungen, der mit dem Rücken zu uns steht?« Cole zeigte auf einen Jungen mit strohblondem Kurzhaarschnitt. »Das ist Kevin.«

Als er seinen Namen hörte, lugte Kevin breit grinsend über seine Schulter, hob seine Hand und streckte dabei zwei Finger zu einem V in die Luft. Der echte Kevin war mir auf Anhieb sympathisch, denn er hatte dieses freche Spitzbubengesicht, dem man sofort ansah, dass er es faustdick hinter den Ohren hatte. Ich schmunzelte innerlich. Kein Wunder, dass Jean so verrückt nach ihm war. Er war ganz niedlich.

»Adelheid und Brenda«, erklärte Cole weiter und lenkte damit meine Aufmerksamkeit auf die einzigen Frauen in dieser Runde. Adelheid erkannte ich sofort, obwohl sie eigentlich ganz anders aussah. Bei meinem allerersten Besuch hatte ich sie auf einem Foto gesehen und Adelheid trug ihre Haare genauso kunstvoll hochgesteckt, wie sonst auch immer. Brenda dagegen wirkte überhaupt nicht mehr wie die Mrs. Austin, die ich einst als Jeans Mutter kennenlernen durfte. Ihre Augen waren zwar

immer noch von einem schönen Haselnussbraun, doch ihre Haare waren nun schulterlang und beinahe aschblond.
Richard warum einiges leichter wiederzuerkennen. Gleiche Größe, gleiche Statur. Und obgleich er ohne seine Illusion um einige Jahre jünger wirkte, wies sein Gesicht ein paar gravierende Ähnlichkeiten mit seiner Illusion auf.
Brenda überprüfte gerade mit einem kritischen Blick die Garderobe der anwesenden männlichen Secutoren, dann nickte sie zufrieden und wandte sich erneut Adelheid zu, um ihr Gespräch fortzuführen.
In der Haustür erschien plötzlich eine dieser finsteren Personen, besser bekannt als Custor, und sofort verstummten alle Gespräche. Jean, die meine Unruhe gespürt hatte, tauchte sofort neben mir auf.
»Es ist soweit«, sagte sie und zog mich von der Stufe hoch. »Hoffentlich hast du dein Kleid nicht zerknittert«, raunte sie mir zu. »Wie kann man mit diesem Kleid überhaupt sitzen?«
Ich grinste still in mich hinein. So unbequem wie Jean dachte, war das Kleid gar nicht. Selbst die Schuhe mit dem hohen Absatz fühlten sich bequem an.
Im Vorgarten standen unzählige Limousinen. Jeweils ein Custor stieg aus dem Wagen und öffnete bereitwillig die hinteren Autotüren. Unschlüssig blieb ich stehen und überlegte, welche Limousine wohl für mich bestimmt war.
»Mrs. Ford?«
Ich reagierte zuerst gar nicht auf den Namen. Erst als ich das zweite Mal angesprochen wurde, verstand ich endlich, dass ich gemeint war. Ein wenig erschrocken musterte ich den Custor von oben bis unten.
»Ich kenne Sie von irgendwoher«, sprach ich meine Gedanken laut aus. Er senkte den Kopf und verneigte sich leicht.
»In der Tat. Wir hatten bereits das Vergnügen. Mein Name ist Wesley und ich bin heute Abend für Sie zuständig.«
Jetzt wusste ich es wieder! »Sie haben mich zum College gefah-

ren.« Und er hatte mir beigestanden, als mich die oberste Priorität nach Hause schicken wollte.

»Danke nochmal«, sagte ich und stieg in die Limousine, die für mich bereitstand.

»Noch nicht losfahren!« Jean kam angerannt und kletterte zu mir auf den Rücksitz. »Puh, geschafft!«, schnaufte sie.

»Wo warst du denn?«

Sie ordnete ihr Haar, während sie mir antwortete. »Kevin wollte, dass ich bei ihm mitfahre. Aber das kommt für mich nicht in Frage. Der Auftrag geht immer vor.«

Ich kicherte leise, als sie die Augen verdrehte.

»Männer! Dabei sind wir noch nicht einmal verheiratet und er stellt jetzt schon Ansprüche.«

Jean blieb ruhig, wie immer, doch ihre großen Augen funkelten angriffslustig.

»Reg dich nicht auf«, versuchte ich sie zu beschwichtigen. »Sowas ist nicht gut für das Baby.«

Es war ein seltsames Gefühl. Auf der einen Seite konnte ich es gar nicht erwarten, Logan gegenüberzutreten, doch auf der anderen Seite hatte ich unerklärliche Angst vor dem, was nun passieren würde. Ich hatte absolut keine Ahnung, was ich bei der Zeremonie machen musste. Musste ich überhaupt etwas machen?

»Ich bin so unendlich froh, dass die Sache mit Arek und Makaro nun endlich vom Tisch ist«, flüsterte Jean mir zu.

Ich nickte, ehe ich sagte: »Ja. Gott sei Dank.«

Jean drückte meine Hand. Sie wusste genau, woran ich in diesem Moment dachte.

»Keiner von uns hat damit gerechnet, dass sie jemanden entführen, um an Informationen zu kommen. Wir waren so mit der Hochzeit beschäftigt, dass es niemandem aufgefallen war. Mach dir bitte keine Vorwürfe.«

Ich seufzte leise. Natürlich war mir sein Fehlen aufgefallen, aber ich kannte Sam inzwischen gut genug, für ihn war das nicht

ungewöhnlich. In White Rock war er öfter mal ein paar Stunden verschwunden, wenn er seine Ruhe haben wollte.
»Kommt er zur Zeremonie?«
»Natürlich.« Jean lächelte. »Das würde er sich doch niemals entgehen lassen.«
Nach einer Weile bemerkte ich, dass Wesley den Wagen in einen Seitenweg lenkte. Kurz darauf waren wir von hohen Bäumen umgeben. Der Wald wurde immer undurchdringlicher. Nach weiteren scheinbar endlosen Minuten Fahrt durch den Wald kam ein Haus in Sicht. Es war groß und wirklich sehr beeindruckend.
Von weitem wirkte es sehr alt und irgendwie gespenstisch, geradezu düster. Ich schluckte mehrmals, als Wesley die Limousine vor dem Haus parkte und kurz darauf meine Tür öffnete.
»Ich wünsche den Damen einen angenehmen Abend«, sagte er mit unbewegter Miene und stieg wieder ins Auto.
Adelheid tauchte neben mir auf und lächelte mich an. Ihre Miene wirkte sehr feierlich. Meine innere Anspannung steigerte sich ins Unermessliche, als wir uns der Haustür näherten. Gleich darauf wurde sie geöffnet und ein Mann im Anzug ließ uns eintreten. In diesem Haus gab es keine Eingangshalle, sondern nur einen ewig langen Flur. Überall an den Wänden hingen Fackeln, die uns den Weg deuteten. Meine Absätze verursachten unüberhörbare Geräusche auf dem kargen Steinboden und das Echo hallte von den schmucklosen Wänden wider. Ich biss mir auf die Lippe und atmete einmal tief durch. Mein Puls ließ sich kaum noch beruhigen und mein Herz hämmerte wie wild gegen meinen Brustkorb.
Der Mann im Anzug, der uns zuvor die Tür geöffnet hatte, ging voraus und wir folgten ihm schweigend. Nach wenigen Minuten machte er vor einer schweren eisernen Flügeltür halt. Beide Flügel trugen seltsame Zeichen und auch in die Türgriffe waren seltsame Buchstaben eingraviert. Nichts davon kam mir bekannt vor. Ich klammerte mich an Jean fest, als die Tür wie

von Geisterhand aufsprang und so den Blick ins Innere freigab. Dieser Raum erinnerte mich unweigerlich an einen mittelalterlichen Thronsaal, nur dass es keinen Thron gab, sondern einen riesigen in Stein gemeißelten Altar. Einige Gäste tuschelten hinter mir, doch ich war so damit beschäftigt, meine Nervosität in den Griff zu kriegen, dass ich es nur am Rande bemerkte. Es gab keine Fenster, dafür hingen an der gewölbten Decke überall Kronleuchter. Links und rechts von mir waren gepolsterte Stühle aufgestellt, dazwischen führte ein schmaler Gang zum Altar. Die gleichen Zeichen, die Logan auf seiner Brust trug, zierten hier die schwarzen Banner an den Wänden. Auf einem weiteren war ein großer leuchtend violetter Buchstabe auf den schweren Stoff gedruckt. Das verschnörkelte ›*L*‹ stach deutlich hervor und war schon von weitem zu erkennen. Auf dem Gang zwischen den Stuhlreihen lag ein langer schwarzer Teppich, der direkt vor dem Altar endete. Und genau dort stand Logan!
Während alle anderen zu ihren Plätzen gingen, blieb ich auf dem Gang stehen und konnte meinen Blick kaum von ihm lösen.
Logan hatte seine Hände auf dem Rücken verschränkt, als er sich zu mir umdrehte und mich anschaute.
Er trug jene Uniform, die Molly mir beschrieben hatte und er sah fantastisch darin aus. Nie zuvor hatte er mehr Autorität und Männlichkeit verströmt. Der schwere Stoff passte sich seinem muskulösen Körper perfekt an und ließ ihn dadurch noch stärker wirken. Ich hatte Mühe, mich zu beherrschen. Am liebsten hätte ich mit ihm schleunigst das Weite gesucht. Ich wollte mit Logan allein sein, am besten für den Rest meines Lebens.
Doch das ging natürlich nicht.
Ein atemberaubendes Lächeln breitete sich auf seinen Lippen aus, als er mich entdeckte. Ich wurde ein bisschen rot und lächelte verlegen. Er streckte seinen Arm nach mir aus und ich konnte es gar nicht mehr erwarten, endlich an seine Seite zu treten. Mit schnellen Schritten ließ ich den Gang hinter mir. Seine Hände waren unglaublich warm und sein Lächeln

vermittelte mir ein wunderbares Gefühl von Sicherheit. Wie würde er auf mein Kleid reagieren? Beim letzten Mal, als ich ein schwarzes Kleid getragen hatte, war er wutentbrannt davon gestürmt. Ein wenig verunsichert schaute ich langsam zu ihm auf und erkannte den Stolz in seinen Augen.

»Sieh dich nur an«, flüsterte er. Seine Stimme war rau und voller Bewunderung. »Du bist so schön, dass mir die Worte fehlen.«

Ich konnte spüren, wie mein Gesicht heiß wurde.

Er machte eine ausschweifende Handbewegung durch den Saal und blinzelte mir zu. »Das ist gruselig, oder?«

Ich schüttelte nur den Kopf, sprechen konnte ich nicht mehr.

»Angsteinflößend?« Logan erwartete eine Antwort von mir.

»Nein, nicht angsteinflößend«, gab ich zu. »Ich habe keine Angst. Aber ein bisschen seltsam ist es schon.«

Er nickte.

»Und du siehst echt heiß aus«, rutschte es mir heraus.

Mist! Ich wich seinem Blick aus, als er fragend eine Augenbraue hochzog.

»Moment mal.« Er legte einen Finger unter mein Kinn und zwang mich, ihn anzusehen. »Du findest mich in diesem ... ?«

»Ja. Mm.«

Er schwieg einen Moment.

»Du findest meine Aufmachung nicht abstoßend?«

Beinahe hätte ich laut losgelacht.

»Du dachtest, ich würde dich abstoßend finden, weil du das da ...« Ich drückte meinen Zeigefinger auf seine Brust. »Weil du eine Art Uniform trägst?«

Als er zögernd nickte, konnte ich nicht mehr anders, ich musste einfach lachen. »An dir ist rein gar nichts abstoßend. Du bist vollkommen und ich liebe alles an dir. Wann wirst du das endlich begreifen?«

Logan gab mir das Gefühl, dass ich um meinetwillen geliebt und umsorgt werde. Um nichts in der Welt wollte ich dieses Gefühl je wieder missen.

Nur unter größter Anstrengung gelang es mir, meinen Blick von ihm zu lösen, als Ethan hinter den Altar trat. Er hob beide Arme und augenblicklich kehrte Ruhe in den Saal ein. Sämtliche Gespräche verstummten. Ethan nickte zufrieden.
Seine Miene war sehr ernst und feierlich. Seine Augen glänzten voller Erwartung. Auf dem Altar lag eine alte vergilbte Schriftrolle, die er nun langsam vor sich ausbreitete.
Er hob seinen Kopf an und sah mir direkt in die Augen. Ich zuckte unwillkürlich innerlich zusammen.
»Bist du soweit, Lara? Können wir beginnen?«
Ich erlaubte mir das Vergnügen, ihn einen Moment zappeln zu lassen, erst dann antwortete ich mit: »Ja.«
Logan umfasste meine Finger und drückte sie leicht. Dann schauten wir beide erwartungsvoll nach vorne.
Das meiste von dem, was Ethan nun sagte, verstand ich nicht.
Latein. Mein Name, der hin und wieder auftauchte, war das einzig Vertraute in dieser Rede.
Mit einem Mal standen hinter uns alle Gäste auf und ich schaute kurz über meine Schulter. Romy und Anna standen in der dritten Reihe. Logan sah zu mir und gab mir ein Zeichen. Dann zog er mich behutsam nach unten, bis wir beide auf dem schwarzen Teppich knieten, während Ethan um den Altar herumkam. Der Defensor blieb vor mir stehen und ich hielt unweigerlich die Luft an.
»Lara? Bist du dir dessen bewusst, was diese Verbindung für dich bedeutet?«
Ich schluckte. Logans Liebe war das Einzige, was ich mir jemals gewünscht hatte. Dafür würde ich alles tun.
»Ja.«
»Dein Leben, wie du es kennst, gibt es nun nicht mehr«, fuhr Ethan fort. »Mit dieser Verbindung bist du zu absoluter Geheimhaltung und bedingungsloser Treue verpflichtet. Von nun an regierst du an seiner Seite. Mit ihm und für ihn. Deine Pflicht ist die Wahrung seiner und unserer Existenz und mit

deinem Schwur wirst du dafür ein Leben lang einstehen.«

Ein Leben lang einstehen? Ich bemerkte sofort, wie Logan bei diesen Worten leicht zusammenzuckte, darum nickte ich hastig, damit Ethan fortfahren konnte. Er hob seine rechte Hand und legte sie auf meine Schulter.

»So sprich mir nach, Lara: Vita mea in vitatuus in aeternum.«

Mit ernster Miene wiederholte ich seine Worte und war froh darüber, dass ich mich nicht ein einziges Mal versprochen hatte. Ethan wandte sich an Logan. Ich beobachtete beide mit demütig gesenktem Kopf. Aus den Augenwinkeln konnte ich sehen, wie auch Logan den Kopf senkte.

»Bist du dir über diese Verbindung und ihre daraus folgenden Konsequenzen im Klaren?«, fragte er ihn und Logan zögerte keine Sekunde mit seiner Antwort.

»Ja. Das bin ich.«

Danach legte Ethan die Hand auf seine Schulter und sagte:

»So sprich mir nach, Loganos: Vita meus in vitatua in aeternum.«

Mir lief eine Gänsehaut über den Rücken, als Logan die Worte wiederholte. Seine Stimme war tief und voller Inbrunst. Und obwohl ich nicht ein einziges Wort verstanden hatte, fühlte ich seine Aufrichtigkeit in jeder Silbe.

Ethan richtete sich auf und kehrte zum Altar zurück. Ich hörte, wie sich die übrigen Gäste wieder hinsetzten und kurz darauf zog Logan mich auf die Beine.

Ethan kramte kurz in seiner Robe, dann förderte er eine schwarze Schatulle zutage und öffnete den Deckel. Er kam auf mich zu und ich ging instinktiv in die Hocke.

»Möge die Macht für eure Liebe einstehen. Möge sie euch auf ewig miteinander verbinden.«

Es war eine Kette, die unheimlich wertvoll aussah. Ein Raunen ging durch die Menge und ich drehte neugierig den Kopf nach hinten. Da bemerkte ich, dass sich die Flaggen an den Wänden veränderten. Das große ›L‹ rückte zur Seite und machte einem weiteren ›L‹ Platz. Groß und deutlich prangten nun zwei Buchstaben auf dem schimmernden Stoff.

»So, wie sie zu mir gehört«, begann Logan, »so soll sie fortan auch zu euch gehören. Heißt eure neue Schwester willkommen und nehmt sie mit offenen Armen in der Familie auf.«

Ethan trat in unsere Mitte und verkündete mit donnernder Stimme:

»Wir verneigen uns tief, es lebe die oberste Priora.«

Priora? Das war neu. Ich bekam also einen Titel? Ich ließ meinen Blick schnell durch den Saal gleiten und musste verblüfft feststellen, dass alle seiner Anweisung folgten. Die Herren verbeugten sich anmutig und die Damen machten einen eleganten Knicks. Selbst Ethan neigte den Kopf, als ich ihn verständnislos anschaute. Und Logan? Er ging vor mir auf die Knie und griff nach meiner Hand. Dann hauchte er mir einen zarten Kuss auf den Handrücken.

»Es lebe die oberste Priora«, wiederholte er laut und sogleich stimmte der gesamte Saal in seinen Ruf mit ein.

»Es lebe die oberste Priora«, hallte es wie ein Donnerschlag von den Wänden. Als Logan mich in den Arm nahm und voller Leidenschaft küsste, wurde im Hintergrund mit zurückhaltender Höflichkeit applaudiert.

Anders als bei der menschlichen Hochzeit gab es hier keine überschwänglichen Glückwünsche und Umarmungen. Einer nach dem anderen machte mir seine Aufwartung und sagte entweder so etwas wie: »Es freut mich wirklich sehr« oder ein schlichtes: »Willkommen in unserer Familie.« Doch jedes einzelne Wort davon war ernst gemeint. Das konnte ich deutlich spüren.

Auf einmal erkannte ich jemanden in der Menge, auf den ich schon die ganze Zeit gewartet hatte. »Sam!«

Er wurde von Robbie und Jack gestützt, während er auf mich zu humpelte. Die letzten Meter befreite er sich aus ihren Armen und wankte vorsichtig weiter. Ich wollte ihm entgegenlaufen, doch Logan hielt mich zurück.

»Lass ihn. Er braucht das. Er will es alleine schaffen.«
Als er endlich vor mir stand, lächelte er.
»Oh, Sam!« Ich fiel ihm um den Hals und er stöhnte leise.
»Mist. Tut mir leid.« Vorsichtig wich ich zurück.
Sam verzog kurz das Gesicht. »Sie haben ganze Arbeit geleistet, das muss ich ihnen lassen. Zum ersten Mal in meinem Leben fühle ich mich wie ein alter Mann.«
Ich seufzte. Sam sah furchtbar aus. Sein Gesicht war grün und blau verfärbt und unter seinem Anzug hatte ich deutlich einen dicken Verband gespürt.
»Es tut mir so leid«, hauchte ich mit Tränen in den Augen. »Ich wünschte, ich könnte es rückgängig machen.«
»Schwamm drüber, Lara.« Sam versuchte zu lächeln. »Das wird schon wieder.«
Dann wanderte sein Blick an mir herunter. »Du siehst verdammt heiß aus, kleine Schwester. Echt zum Anbeißen. Da könnte man doch glatt …«
»Übertreibe es nicht!« Logan stieß ein kaum hörbares Knurren aus und Sam hob abwehrend die Hände.
»Alles im grünen Bereich, Chef. Sie ist sowieso nicht mein Typ. Aber süß ist sie trotzdem.«
Er drückte mich noch einmal, bevor Jack und Robbie ihn zu seinem Platz brachten. Ich schaute besorgt hinterher. »Er sieht wirklich schlimm aus, Logan.«
»Der wird schon wieder, keine Angst.«
Anna und Romy stürmten auf mich zu und ließen sich von nichts und niemandem abhalten, mich vor versammelter Mannschaft in den Arm zu nehmen. Romy drückte mich ganz fest an sich.
»Ihr dachtet bis zum Schluss, dass ich einen Rückzieher mache. Stimmt's?« Der Gedanke war mir während der Zeremonie gekommen und erschien mir durchaus logisch.
»Wir kennen den Wankelmut der Menschen, Lara.« Romy grinste augenzwinkernd. »Menschen können in der einen Minute eine lebensverändernde Entscheidung treffen und

werfen sie zwei Minuten später schon wieder über den Haufen. Wir wollten lieber auf Nummer sichergehen und in aller Ruhe abwarten, ob du deine Entscheidung auch tatsächlich durchziehst.«
»Du etwa auch?«, fragte ich Anna gespielt beleidigt und beide schüttelten heftig den Kopf.
»Natürlich nicht!« Romy schnaubte. »Wenn ich ›wir‹ sage, dann meine ich damit die Gemeinschaft. Anna und mich hast du doch längst schon um den kleinen Finger gewickelt.«
Ich grinste verschämt und fragte mich, ob Romy und Anna vielleicht so etwas wie Zuneigung für mich empfanden. Ich wusste zwar, dass das unmöglich war, doch insgeheim hoffte ich es ein kleines bisschen.
»Darf ich der obersten Priora meine Aufwartung machen?«
Anna rückte ein Stück zur Seite und ließ Marius den Vortritt. Er verbeugte sich förmlich. »Meine herzlichsten Glückwünsche an die neue Gefährtin«, sagte er mit einem Augenzwinkern und ich stöhnte leise.
»Spinnst du? Lass den Quatsch. Und nenn mich nicht so.«
Er verzog die Lippen zu einem Grinsen. »Das ist von nun an dein Titel, Lara. Du bist die oberste Priora und ob es dir nun gefällt oder nicht, damit wirst du angesprochen.«
Ich überlegte kurz und sagte: »Das klingt irgendwie komisch. Ich glaube, ich mag das nicht.«
Anna kicherte leise, als Marius die Arme vor seiner Brust verschränkte. »Du hast gar keine andere Wahl, also freunde dich besser schon mal damit an.«
Ich schaute zerknirscht zu ihm auf. »Das gefällt mir trotzdem nicht«, sagte ich überfordert und warf ihm einen bösen Blick zu. Marius zuckte nur mit den Schultern, als wäre es völlig unnötig, noch weiter darüber zu diskutieren.
»Werte Familie ...« Ein stattlicher Defensor schob den Flügel einer weiteren großen Tür auf. »Es ist angerichtet.«
Logan tauchte wie aus dem Nichts neben mir auf und schob

seine Hand in meine. »Hast du Hunger?«
Sein Lächeln war entwaffnend und ansteckend zugleich.
»Ich könnte schon eine Kleinigkeit vertragen«, entschied ich kurzerhand und lächelte ebenfalls.
Wir schlossen uns der Menge an, die in den angrenzenden Saal strömte.
»Was gibt es denn zu essen?«, frage ich leichthin.
»Was immer du willst.«
Ganz sachte strich er mit seinem Daumen über meinen Handrücken. Hoffentlich auch Burger, dachte ich kurz. Dann entdeckte ich das Büfett und schmunzelte belustigt. Natürlich gab es Burger. Und Cola. Logan hatte an alles gedacht.
Ich setzte mich neben Jean, während Logan zwischen Volkan und Ethan Platz nahm. Einen Moment lang schaute mich Jean mit großen Augen ungläubig an.
»Lara?« Sie sagte meinen Namen so leise, dass ich mich zu ihr hinüberbeugen musste, um sie zu verstehen. »Was machst du hier?«, fragte sie im Flüsterton. »Dein Platz ist dort drüben bei Logan.«
Kaum merklich deutete sie an das Kopfende der langen Tafel. Zuerst dachte ich, Jean wollte mich veräppeln. Doch ihre ernste Miene war eindeutig nicht zum Scherzen aufgelegt.
»Warum kann ich nicht bei dir sitzen?«, fragte ich.
»Weil du die oberste …« Ich schüttelte energisch den Kopf und Jean verstummte.
»Sag das ja nicht! Wehe, wenn du das Wort aussprichst!«
Sie kicherte. »Du solltest dich umsetzen, Lara. Du musst dich den üblichen Gepflogenheiten beugen.«
Jean sollte mich eigentlich besser kennen.
»Ich muss überhaupt nichts«, murrte ich verstimmt. Ein Kellner brachte mir eine Cola. Ich dankte ihm und lehnte mich mit dem Glas in der Hand entspannt zurück. »Mir gefällt es hier, ich sitze gerne neben meiner Freundin.«
»Du bist unmöglich«, tadelte Jean. Doch sie lächelte dabei.

Logan saß an dem für uns vorgesehenen Platz und unterhielt sich mit einem Defensor, der ziemlich finster dreinschaute. Als er in meine Richtung deutete, folgte Logan seinem Blick. Ich versteifte mich und ließ die Cola sinken. Vielleicht hätte ich mich doch besser neben Logan gesetzt, dachte ich und erwiderte seinen Blick mit einem vorsichtigen Lächeln. Zu meiner Erleichterung lächelte Logan zurück und prostete mir augenzwinkernd zu.

Eine Weile beobachtete ich Jean, die zu meiner Überraschung einen erstaunlichen Appetit entwickelt hatte.

»Willst du das etwa alles essen?«, fragte ich, als sie die nächste Portion auf ihren Teller schaufelte.

»Ich weiß nicht. Eigentlich nicht. Aber ich muss doch jetzt für zwei essen.«

Ich verkniff mir ein Lachen und fragte: »Aus welchen Büchern hast du das denn? Du musst nicht für zwei essen, das ist absoluter Blödsinn. Iss das, worauf du Appetit hast und hör auf, das ganze Zeug in dich hineinzustopfen.«

»Woher weißt du so viel darüber?«, wollte sie wissen und ließ ihre Gabel sinken.

»Ich habe einen kleinen Bruder und Mom hat in der Schwangerschaft auch ziemlich verrücktes Zeug durcheinander gefuttert. Eis und Chips zum Beispiel. Von ihr weiß ich auch, dass eine Schwangere nicht für zwei essen muss. Das ist Quatsch.«

Jean schob ihren Teller weg und legte beide Hände auf ihren Bauch.

»Und? Immer noch keinen Namen?«, neckte ich.

Sie schwieg einen Moment und blickte zu Kevin hinüber, der sich angeregt mit Cole und Dean unterhielt. »Wenn es ein Junge wird, was hältst du von Karimo?«

Diesen Namen hatte ich noch nie gehört.

»Er klingt etwas altmodisch, ich weiß. Aber ich finde ihn schön.«

Ich nickte zustimmend. »Ein besonderer Name für ein besonderes Kind. Das passt doch.«

Jean lächelte dankbar.
»Und wenn es ein Mädchen wird?«, wollte ich wissen.
»Kevin hat den Namen ausgesucht«, erklärte sie nachsichtig. »Er möchte, dass unsere Tochter Namila heißt.«
Jean seufzte leise und das machte mich stutzig.
»Gefällt dir der Name nicht?«
»Doch. Schon.«
»Aber?«
Sie spähte wieder zu Kevin. »Eigentlich hatte ich einen anderen Namen vorgesehen.«
»Dann nehmt doch beide«, schlug ich vor. »Das machen heutzutage viele Eltern.«
»Vielleicht machen wir das«, erwiderte sie in einem Ton, der mir verriet, dass sie ernsthaft darüber nachdachte.
Da tauchte Eleonore in meinem Sichtfeld auf und winkte mir unauffällig zu.
»Bin gleich zurück«, sagte ich zu Jean und folgte Eleonore in gemäßigtem Abstand aus dem Saal.
»Nicht erschrecken, Lara.«
Während sie das sagte, hob sie ihren rechten Arm und schwenkte ihn einmal kurz durch die Luft. »Ich schütze unser Gespräch vor unerlaubten Zuhörern. Die Wände haben an diesem Ort sehr große Ohren, weißt du? Logan ist im Moment beschäftigt, damit sollte er wohl Besseres zu tun haben, als mich zu belauschen. Hoffe ich zumindest.«
Das mittlerweile vertraute Rauschen war so leise, dass ich kaum etwas hören konnte.
Ich wartete noch, bis sie mir zunickte und fragte dann: »Hast du etwas gefunden?«
Eleonore lehnte sich mit dem Rücken an die Wand. »Bleiben wir bei Lara, oder soll ich dich in Zukunft mit deinem neuen Titel anreden?«
Sie grinste, denn wahrscheinlich hatte sie längst mitbekommen, dass ich davon nicht ganz so viel hielt. Ich funkelte sie an.

»Untersteh dich, Fräulein.«
»Die Ergebnisse sind da«, sagte sie und ihr Lächeln verschwand.
Ich ließ die Schultern hängen.
»Ach komm schon, Lara. Wir wussten doch beide, wie der Test ausfällt. Ich habe ihn sogar zweimal durchgeführt, nur, um auf Nummer sicher zu gehen. Es gibt keinen passenden Defensor für dich.«
Ich wollte die Hoffnung nicht aufgegeben. Ich konnte nicht.
»Dann werde ich eben in White Rock weitersuchen. Ruth hat mir dort einen Hinweis hinterlassen. Ich muss nur den Namen finden.«
Ein positives Testergebnis hätte natürlich alles vereinfacht. Doch das würde nichts an meiner Entscheidung ändern. Eleonore riss die Augen auf.
»Moment mal. Welcher Hinweis? Was hat Ruth getan?«
Verdammt!
Ich schaute reumütig drein. Einst war Eleonore die engste Vertraute von Leo gewesen. Demzufolge wusste sie natürlich auch von Ruth. Von meinem Traum wusste sie jedoch nichts.
»Habe ich das noch nicht erwähnt?«, fragte ich zögernd.
Eleonore schüttelte wortlos den Kopf und kniff dabei ihre Augen zusammen.
»Muss ich wohl vergessen haben«, stammelte ich. »Aber ganz egal, was du jetzt denkst, du kannst sie dafür nicht mehr zur Rechenschaft ziehen. Ruth lebt nicht mehr, sie hat den Freitod gewählt.«
»Das weiß ich selbst«, schnaubte sie. »Dann verdanken wir das ganze Theater also einem verrückten alten Secutor. Na da bin ich ja beruhigt.«
»Ruth war nicht verrückt.« Ich verschränkte die Arme. »Sie wollte mir nur helfen. Sie wusste, was ich mir wünsche.«
»Dann bist du diejenige, die verrückt ist.« Eleonore rollte mit den Augen. »Jeder Defensor, der für eine Umwandlung in Frage kommt, steht in unserer Datei. Selbst wenn Ruth einen

Hinweis hinterlassen hat, wir haben bereits alle Blutproben getestet. Ganz egal, welchen Namen du findest, es spielt keine Rolle, weil ich bereits alle Defensoren überprüft habe.«

Wie konnte man nur so negativ sein.

»Ich muss es wenigstens versuchen«, murmelte ich. Eine andere Alternative gab es ohnehin nicht.

»Lara.« Eleonore kam auf mich zu und nahm meine Hand.

»Du bist etwas ganz Besonderes und du hast in unserer Welt Großes geleistet. Alle wissen das und dafür sind wir dir auf ewig dankbar. Und wenn ich wüsste wie, dann würde ich dir auch ganz bestimmt helfen. Aber es gibt kein ›Wie‹. Versteh das doch endlich.«

Für den Bruchteil einer Sekunde starrte ich auf ihre kühle Hand, die meine noch immer umschlossen hielt. Ich war den Tränen nahe. Ich schluckte das Gefühl hinunter, zog behutsam meine Hand weg und erwiderte tapfer ihren missbilligenden Blick.

»Wenn ich jetzt aufgebe und alles hinschmeiße, werde ich das für den Rest meines Lebens bereuen. Ich finde vorher keine Ruhe, ich muss es wenigstens versuchen.«

»Und wie willst du ihn finden?«, fragte Eleonore weiter. »Mal angenommen, du entschlüsselst Ruths Hinweise und findest einen Namen, den man tatsächlich nicht in unserer Datenbank findet. Er könnte überall sein. Willst du die ganze Welt bereisen, um ihn ausfindig zu machen?«

Bevor ich antworten konnte, sagte sie: »Nur die oberste Priorität weiß, wo sich alle Defensoren aufhalten und du hast ganz bestimmt nicht vor, ihn danach zu fragen.«

Die Sache wurde irgendwie immer komplizierter. Eleonore ließ mir keine Zeit, um noch weiter darüber nachzudenken. Sie löste ihre Illusion auf und öffnete die Tür.

»Ich werde auf deinen Anruf warten«, sagte sie zum Abschied und verschwand in der Menge.

Ich blickte ihr nach. Aufgewühlt und enttäuscht schlurfte ich zu meinem Platz zurück.

»Wo ist Logan?«, fragte ich Jean, während ich mich umschaute und ihn nirgends entdecken konnte.
»Der Ältestenrat tagt nebenan«, erwiderte sie und verzog das Gesicht. »Er muss ein Urteil sprechen, ehe ihr in die Flitterwochen aufbrecht und er muss zwei Nachfolger bestimmen.«
Arek und Makaro.
Ich knabberte an einem Stück Käse, um meine aufgewühlten Gefühle im Zaum zu halten.
»Was glaubst du, wird mit ihnen passieren?«
»Ich hoffe, eine ganze Menge«, zischte Megan über den Tisch. »Von mir aus kann er den beiden so viele Erinnerungen nehmen, bis am Ende nur noch Matsch in ihren verkorksten Hirnen übrig bleibt. Die haben es nicht anders verdient. Genau wie Leo.« Obwohl blanker Hass aus ihren Augen sprühte, lächelte Megan immer noch zuckersüß.
»Ich glaube, Makaro bekommt mildernde Umstände«, wisperte Jean, »was immer das in seinem Fall auch bedeuten mag. Er hat ein umfassendes Geständnis abgelegt und Logan hat sich seine Erinnerungen angeschaut. Man hat herausgefunden, dass er es war, der dich auf der Dachterrasse gerettet hat.«

Als sich eine Hand auf meine Schulter legte, zuckte ich leicht zusammen.
»Tut mir leid, mein Engel.«
»Macht nichts«, sagte ich schnell und schaute zu Logan hoch. »Seid ihr etwa schon fertig?«
»Ja.«
Seine Stimme überraschte mich. Wie ruhig und beherrscht sie war. Doch ich wusste genau, wie viel Kraft ihn diese Entscheidung gekostet hatte. Für Logan musste es sich anfühlen, als hätte er zwei enge Familienmitglieder verloren. Es vergingen ein paar Minuten, in denen Logan mich einfach nur ansah. Sein fragender Blick brannte sich in meine Seele.
Dann unterbrach er abrupt unseren Blickkontakt und schaute

zu Robbie. Eine Illusion wurde ausgetauscht, die Robbie schlussendlich dazu brachte, fluchtartig den Saal zu verlassen. Kurz darauf sprang Cate Robby hinterher und Violett folgte ihr nach ein paar Sekunden.
»Was ist denn los?«, fragte ich irritiert, als nun auch Sam und Jack hinausgingen. Hatte ich etwas Wichtiges übersehen?
Logan redete kurz mit Jean, die ihn daraufhin verwirrt ansah. Dann nickte sie mir lächelnd zu. »Viel Spaß«, sagte sie und schlang ihre Arme um meinen Hals.
Ich war ein wenig überfordert.
»Spaß bei was?«, wollte ich wissen.
Sie ließ ihre Arme sinken. »Na, bei euren Flitterwochen.«
Freudige Erwartung durchflutete mich.
»Aber die Gäste sind doch noch alle da«, flüsterte ich und deutete verheißungsvoll in die Runde. »Das Fest ... das Fest ist noch nicht vorbei.«
Als ich verwirrt zu Logan hochschaute, funkelten seine Augen amüsiert. Dann zog er meinen Stuhl zurück und fasste nach meiner Hand. »Die Gäste amüsieren sich auch ohne uns«, bemerkte er gelassen und schlug den Weg zum Ausgang ein.
Wir verließen den Saal und traten in den langen Flur, der immer noch mit lodernden Fackeln erleuchtet wurde.

Im Eingangsbereich angekommen, blieb er kurz stehen. Der Mann, der neben der Tür verharrte, beugte seinen Oberkörper respektvoll nach vorn und verneigte sich, als er Logan kommen sah.
»Danke, Luke. Du kannst gehen.«
Kalte Luft wehte mir entgegen, als wir nach draußen traten. Logan zog seine Jacke aus und legte sie mir um die Schultern.
»Steht dir ausgezeichnet, mein Engel.«
Die Jacke war ein wenig steif und wog gefühlt ungefähr eine Tonne. »Und was jetzt?«, fragte ich erwartungsvoll.
Im gleichen Augenblick rollte eine Limousine heran. Als sie vor uns zum Stehen kam, stieg Wesley aus dem Wagen und öffnete

die hintere Tür. Wir verließen das Grundstück und fuhren eine Weile durch die sternenklare Nacht. Immer wieder wanderte Logans glühender Blick zu mir und ich fragte mich, was er wohl dachte, wenn er mich so anschaute. War er glücklich? War alles so gekommen, wie er es wollte? Ich war auf jeden Fall sehr glücklich. Meine Wangen glühten heiß vor lauter Aufregung. Mit einer belanglosen Frage versuchte ich mich abzulenken.
»Wird Ethan nicht sauer, wenn wir einfach so abhauen?«
Nicht, dass es mich interessiert hätte, was Ethan dachte. Logan zuckte mit den Schultern.
»Na und? Er wird es noch früh genug erfahren.«
Ich spielte mit seinen Fingern.
»Du hast es ihm gar nicht gesagt?«, brachte ich hervor. Der Gedanke erschreckte und belustigte mich gleichermaßen. »Wer außer Jean weiß sonst noch davon?«
Als ich ihm einen Blick zuwarf und sah, dass er mich beobachtete, schlug ich die Augen nieder. »Sie ist die Einzige. Sobald sie deine Flugangst spürt, weiß sie, dass wir in der Luft sind und wird die anderen über unseren Aufbruch informieren. Dein Koffer ist bereits an Bord, du kannst dich dort also in Ruhe umziehen. Jean hat dir für den Flug ein paar bequeme Kleidungsstücke eingepackt. Den Rest und was du sonst noch so brauchst, kaufen wir neu.«
Beruhigt lehnte ich mich an seine Schulter. »Das hast du aber clever eingefädelt, mein Schatz.«
Seine Augen flammten auf. »War das etwa ein Kompliment?«
Ich kicherte. »Ja. Ein sehr großes sogar.«
Seine Lippen streiften mein Haar. »Ich fühle mich geehrt. Und falls du dich fragst, was vorhin mit Robbie los war: Sie sind bereits auf dem Weg zum Flughafen. Robbie war heilfroh, als sie aufbrechen konnten.«
Ich wusste, was Logan meinte. Kein einziger Secutor hatte sich zwischen den Defensoren wirklich wohl gefühlt.

Die Limousine hielt außerhalb der Stadt auf einem freien Feld. »Der Pilot braucht noch einen Moment«, erklärte Wesley und drehte sich zu uns um. »Der Aufbruch kam für ihn etwas überraschend.«

»Kein Problem«, versicherte Logan. Und an mich gewandt fügte er hinzu: »Wir können uns ja solange ein bisschen unterhalten.« Mit einem Mal war seine Stimme wachsam.

»Gerne«, sagte ich nur und wie auf Kommando verließ Wesley den Wagen. Scheinbar hatte Logan ihn per Illusion dazu aufgefordert.

Das verhieß nichts Gutes.

Sein Stimmungswechsel kam schnell und wie immer völlig unerwartet.

»Lara.« Er räusperte sich kurz. »Ich spüre jede Illusion, sei sie auch noch so gut abgeschirmt. Hast du mir vielleicht etwas zu sagen?«

»Ich habe nicht …«, wollte ich sagen. Doch dann wurde mir schlagartig bewusst, worauf Logan anspielte. Wenn ich keine plausible Antwort liefern konnte, würde er sich meine Erinnerungen ansehen. Sollte ich ihn anlügen? Ich wollte Logan nicht anlügen und ihm auch nichts mehr verheimlichen. Das hatte ich mir geschworen.

»Eleonore ist inzwischen eine gute Freundin«, begann ich kleinlaut. Ich wollte so nah wie nur möglich an der Wahrheit bleiben. »Sie hat mir versprochen, zur Hochzeit zu kommen. Wir haben uns nur ein bisschen unterhalten.«

Logan studierte aufmerksam mein Gesicht. »Und dazu braucht es eine Illusion, die unerwünschte Zuhörer ausgrenzt?«, hinterfragte er meine Antwort. »Ich habe mich zurückgehalten, Lara. Deinetwegen. Ich möchte deine privaten Gespräche nicht stören.«

Ich wusste genau, was er damit sagen wollte. Ich musste nur zwischen den Zeilen lesen.

»So privat war das gar nicht«, winkte ich ab. »Es war laut im

Saal und ich wollte mich anständig von Eleonore verabschieden, bevor wir in die Flitterwochen aufbrechen. Und Gott sei Dank habe ich das heute Abend auch gemacht, denn ich hatte keine Ahnung von deinen Plänen. Ich dachte wirklich, wir fahren erst morgen. Um ein Haar hätte ich Eleonore nicht auf Wiedersehen sagen können.«

Ich hoffte inständig, dass meine Erklärung halbwegs glaubwürdig klang. »Ich versuche gerade, meine neue Familie besser kennenzulernen. Ich dachte mir, das könnte nicht schaden. Eleonore ist nur der Anfang, irgendwann möchte ich alle deine Defensoren kennenlernen. Jedenfalls die, die ich nicht schon vom College her kenne.«

Scheinbar hatte ich genau die richtigen Worte gewählt. Logan nickte andächtig und die Wachsamkeit in seinem Gesicht wandelte sich zu einem strahlenden Lächeln.

Wesley klopfte genau im richtigen Moment an die Scheibe.

»Der Pilot ist startbereit.«

FLITTERWOCHEN

Als ich vor dem Flugzeug stand, verpuffte meine anfängliche Euphorie. Auf einmal hatte ich es überhaupt nicht mehr eilig.

»Müssen wir denn unbedingt fliegen?«, quengelte ich. »Können wir nicht mit dem Auto fahren? Das war beim letzten Mal gar nicht so schlimm.«

Logan schob mich sanft vorwärts. »Sei kein Angsthase, mein Engel. Ich bin bei dir, du kannst dich entspannen.«

Ich seufzte leise. »Ich entspanne mich erst, wenn ich wieder festen Boden unter meinen Füßen habe. Weißt du eigentlich, wie viele Flugzeuge jedes Jahr abstürzen?«

Als ich zögernd stehenblieb, hob er mich kurzentschlossen hoch und trug mich den Rest der Strecke. »Fliegen ist sicherer als Autofahren, Lara. Und jetzt sei ein braves Mädchen.«

»Ich kann selbst laufen«, entgegnete ich trotzig.
Doch Logan ging weiter und setzte mich erst ab, als der Mann hinter uns die Flugzeugtür verriegelt hatte und mir damit jede Chance zur Flucht nahm.
Ich schaute mich erstaunt um. »Das ist ja unser Wohnzimmer«, rief ich mit großen Augen. In einer Ecke entdeckte ich unser gemütliches Sofa. Genau wie zu Hause stand es unmittelbar vor dem Kamin, sogar der Fernseher hing über dem Kamin. In der anderen Ecke stand ein kleiner Tisch voller Snacks.
»Wahnsinn«, murmelte ich und ließ mich aufs Sofa plumpsen.
»Ich dachte mir, so wäre es für dich vielleicht angenehmer.«
Das Flugzeug rollte auf die Startbahn und ich umklammerte instinktiv die Sofalehne.
»Soll ich für etwas Zerstreuung sorgen?«, fragte Logan und schmunzelte vielsagend.
Ich blinzelte. »Was schwebt dir vor?«
Logan hob seinen rechten Arm. Kurz darauf verschwand das Sofa unter mir und stattdessen tauchte unser Bett auf. Er schob ganz langsam den Träger meines Kleides von meiner Schulter. »Ich sorge für ausreichend Ablenkung.«
Ich hielt die Luft an, als er sich über mich beugte und seine Lippen an mein Schlüsselbein schmiegte. Da wusste ich wieder, wie ich den letzten Flug überstanden hatte und eine tiefe Röte überflutete mein Gesicht. Seine Lippen verzogen sich an meinem Hals zu einem breiten Grinsen.
»Soll ich weitermachen?«
»Ja«, flüsterte ich zwischen seinen Küssen. Dann ließ ich mich nach hinten fallen und zog ihn dabei mit.

»Landeanflug in etwa 15 Minuten.«
Die Durchsage dröhnte aus irgendeinem Lautsprecher und weckte mich unsanft. Ich öffnete die Augen und räkelte mich wohlig. Kaum zu glauben, ich hatte ein bisschen geschlafen. Logan atmete ruhig und gleichmäßig, als ich aus dem Bett

krabbelte. Er sah friedlich aus.
Ich holte mir eine Cola aus der Bar und spähte aus dem Fenster. Über der Küste ging gerade die Sonne auf. Dieses Schauspiel war ein überwältigender Anblick.
Mein Blick fiel wieder auf Logan und mein Magen krampfte sich zusammen. Wer konnte mir verdenken, dass ich unbedingt bei ihm bleiben wollte? Wer würde nicht verstehen, was ich dafür alles geben würde?
Ich hatte mich gerade angezogen, als er die Augen öffnete.
»Hey, du Schlafmütze.«
Ich warf ihm seine Sachen zu. »Wir sind gleich da.«
Während ich immer noch mit meinem zweiten Stiefel kämpfte, stand er einige Sekunden später fertig angezogen vor mir.
»Das ist unfair«, seufzte ich und schlüpfte in den Mantel, den ich von Mom zum Geburtstag bekommen hatte.
Dann atmete ich einmal tief durch und versuchte einen klaren Kopf zu kriegen. »Wie lange dauert es noch, bis wir landen?«
Er schenkte mir ein geduldiges Lächeln. »Nicht mehr lange. Denk an was anderes, bis du wieder festen Boden unter deinen Füßen hast.«
Das war gar nicht so einfach. Doch Logan umfasste meine Finger und führte sie an seine Lippen und sobald sie meine Haut berührten, wurde alles andere ganz schnell zur Nebensache.
»Du kannst nicht jedes Mal mit mir schlafen, wenn ich gegen meine Flugangst ankämpfe«, sagte ich lächelnd. »Ich muss endlich lernen, diesen ganzen Mist in den Griff zu bekommen.«
Logan nickte verständnisvoll.
»Das war nicht immer so«, gab ich zu. Bis jetzt hatte ich noch niemandem davon erzählt. »Höhenangst. Flugangst. Das war früher kein Thema für mich. Doch seit Grandma gestorben ist, hat sich irgendwie alles verändert. Seitdem kriege ich schon Panik, wenn ich ein Flugzeug auch nur aus der Nähe sehe. Mir wird schwindlig.«
Ich blickte ihn an, als er nichts erwiderte.

»Ich bin ein Mensch mit menschlichen Schwächen«, stöhnte ich. »Sowas kann dir natürlich nicht passieren.«
Logan hatte keine Schwächen. Keiner von ihnen hatte Schwächen, weder Secutoren noch Defensoren. In meinen Augen waren sie geradezu perfekt.
»Du irrst dich«, sagte er sanft. Ich senkte den Kopf und starrte auf meine Schuhe.
»Ich bin keine Schwäche, Logan. Ich bin deine Schwachstelle! Durch mich wirst du angreifbar, durch mich hast du einen wunden Punkt.«
Das war nun einmal die Wahrheit und die ließ sich leider nicht leugnen. Solange ich ein Mensch war, würde ich immer ein Problem für seine Sicherheit darstellen.
Er richtete sich auf, sein Blick wurde eiskalt und seine Augen ein bisschen dunkler.
»Lass das!«, sagte er streng und funkelte mich böse an. »Darüber werde ich mit dir nicht diskutieren, hast du mich verstanden?«
Ich nickte mit zusammengepressten Lippen. Es hatte keinen Sinn. Was die Umwandlung betraf, würde Logan meinen Wunsch niemals akzeptieren, das wurde mir nun endgültig bewusst. Von ihm konnte ich keine Hilfe erwarten. Ich war auf mich alleingestellt.

Als ich wenige Minuten später endlich wieder sicheren Boden unter den Füßen hatte, war ich heilfroh darüber. Logan hatte ein Auto besorgt und raste damit über die Straße, während ich schweigend aus dem Seitenfenster schaute. Die Stille, die nur durch das aufheulende Auto unterbrochen wurde, wenn Logan beschleunigte, hing wie eine drohende Gewitterwolke über meinem Gemüt. Irgendwann kniff ich die Augen zusammen und blendete alles andere aus. Es machte keinen Sinn, noch weiter darüber nachzudenken. Logan hatte seinen Standpunkt klargemacht und von dem würde er ganz sicher nicht mehr abrücken.

Also konnte ich nur noch eines tun. Ich musste die Wogen glätten und für angenehme Stimmung sorgen. Schließlich waren das hier unsere Flitterwochen.

»Dein Weihnachtsgeschenk heißt dich willkommen.«
Ich blinzelte, als Logan den Wagen stoppte. Das Haus war noch viel schöner, als ich es mir vorgestellt hatte. Ein typisches Küstenhaus mit blauer Fassade und weißen Fensterläden. Ich ging die kleine Holztreppe zur Veranda hoch und strich entzückt über die verzierte Holzschaukel, die mit Decken und Kissen übersät war. Cate hat genau die gleiche Schaukel, schoss es mir durch den Kopf. Dieser Gedanke brachte mich zum Lächeln und hob meine Stimmung ein wenig.
Logan öffnete die Haustür. Erwartungsvoll steckte ich den Kopf durch die Tür, doch er hielt mich zurück.
»Es ist meine Pflicht als dein Ehemann, dich über die Schwelle zu tragen.«
Ich kicherte, als er mich tatsächlich ins Wohnzimmer trug.
»Das ist aber eine sehr menschliche Tradition.«
»Eine, die mir besonders gut gefällt«, lächelte er und setzte mich ab.
Ich war sprachlos. Jean hatte sich definitiv selbst übertroffen. Ich war mir sicher, dass sie bei der Einrichtung das Kommando übernommen hatte. Der Raum war in hellen, warmen Farben gestrichen und trug ganz eindeutig ihre Handschrift. In einem großen Schrank in der Ecke waren sicherlich noch mehr Decken und Kissen verstaut. Jean wusste, dass ich mich abends vor dem Fernseher gerne einmummelte.
Ein kuschelweiches Sofa und zwei große Ohrensessel umrahmten einen kleinen ovalen Holztisch, auf dem ein Tablett mit Kerzen drapiert war. Auf dem Kamin standen Bilder meiner Familie. Ich musste schlucken, als ich ein Foto von Grandma entdeckte.
»Jean, du bist ein Schatz«, flüsterte ich und strich gedankenverloren über den antiken Bilderrahmen. Niemand sonst kannte

mich so gut und wusste besser, was mir am Herzen lag. Ich fühlte mich schon jetzt wie zu Hause, obwohl ich noch nicht einmal alles gesehen hatte.
Die Tür zum Garten stand weit offen und gab den Blick auf eine wunderschöne Pergola frei. Mich fröstelte ein wenig, während ich nach draußen schaute. An der Küste war es immer ein paar Grad kälter als in Bloomfield, das wusste ich noch von meinem letzten Besuch. Wahrscheinlich hatte sich Cole deswegen dazu entschieden, mich nach White Rock zu bringen. Bedingt durch das Fieber war mir damals ständig heiß gewesen. White Rock bot diesbezüglich eine erfrischende Abwechslung.
»Du frierst.« Logan hob den Arm und entzündete ein kleines Feuer im Kamin. »Das Klima ist um diese Jahreszeit hier sehr rau und unbeständig.«
Ich bemerkte seinen Unmut und verschränkte grinsend die Arme. »Dir wäre es natürlich lieber gewesen, wenn wir jetzt irgendwo auf einer Südseeinsel sitzen würden und Cocktails schlürften.«
»Immerhin müsstest du dann nicht frieren«, grummelte er und verzog das Gesicht, als die ersten Regentropfen an das Fenster klopften. »Auch das noch.«
Seine Worte waren schärfer gewesen als beabsichtigt. Er lächelte milde, um seine Härte wiedergutzumachen.
»Das sind unsere Flitterwochen. Regen hin oder her, wir machen einfach das Beste daraus«, dirigierte er mit feierlicher Miene.
Seit unserem Gespräch im Flugzeug hatte sich seine Laune noch nicht gehoben. Ich öffnete den Mund und schloss ihn gleich wieder, nickte einmal und wandte mich ab. Früher oder später würde sich seine Laune schon bessern. Hätte ich bloß nicht damit angefangen, dachte ich, während ich mir das nächste Zimmer anschaute. Logan auf seine Schwachstelle hinzuweisen war wirklich nicht sehr klug gewesen.
»Wahnsinn«, japste ich, nachdem ich die Küche betreten hatte. Logan tauchte hinter mir auf.

»Englischer Landhausstil«, stellte er fest.
Ich ließ meinen Blick über die weißen Schränke gleiten.
»Jean hat mir vor einer Ewigkeit einmal ein Bild von einem Einrichtungshaus gezeigt. Sie meinte, diese Küche wäre wie geschaffen für mich.«
Ich wirbelte herum und rannte die Treppe hinauf. Oben befand sich ein wunderschönes Badezimmer mit einer riesigen Dusche und einer Badewanne, die auf kunstvoll verzierten Messingfüßen stand. Das Schlafzimmer war ebenso hell und freundlich eingerichtet wie der Rest des Hauses. Von hier aus konnte ich das Meer sehen und sogar das inzwischen vertraute Signal der Kutter hören, die gerade in den Hafen einliefen. Das habe ich vermisst, dachte ich beseelt. White Rock war eine Erinnerung, die sich tief in meinem Herzen verankert hatte.
»Oh, verdammt!« Logan stand im Türrahmen und starrte mit düsterer Miene auf ein großes Möbelstück.
»Soll das etwa der Kleiderschrank sein?«, schnaubte er. »Was glaubt die, was da reinpasst?«
Ich betrachtete den Schrank, der, wie ich fand, eigentlich groß genug war.
»Was passt dir daran nicht? Der reicht doch.«
Seine Augen huschten zu mir, dann zum Bett hinüber und schlussendlich wieder zum Kleiderschrank.
»Du bist eine Frau. Meine Frau. Du brauchst Platz für deine Garderobe. Wir gehen einkaufen, sobald der Regen nachlässt.«
Logan warf dem Schrank einen weiteren missbilligenden Blick zu. »Das ist kein Schrank. Das ist nicht viel mehr als ein Schuhkarton mit ein paar Messingbeschlägen.«
Ich konnte nicht verstehen, was er daran auszusetzen hatte und fragte stattdessen: »Geht es hier wirklich um den blöden Kleiderschrank?«
Er ließ die Schultern hängen, während er sich aufs Bett setzte.
»Nein.«
Ich setzte mich neben ihn und ergriff seine Hand.

»Logan. Was ist los?«
Er seufzte. Es klang verärgert und traurig zugleich.
»Das alles hier.« Er machte eine ausschweifende Handbewegung. »Das Haus, ich, unsere Flitterwochen. Ist das wirklich das, was du willst? Hast du dir dein Leben so vorgestellt?«
Mich beschlich ein komisches Gefühl, doch ich versuchte die Sache mit einem Scherz zu überspielen.
»Seit wann kriegst du denn ein schlechtes Gewissen?«
Er verzog die Lippen zu einem halbherzigen Lächeln.
»Ich habe kein schlechtes Gewissen, warum sollte ich? Du kennst mich, ich kriege immer das, was ich will.«
»Ja. Und jetzt hast du mich. Ist das nicht genug?«
Er legte eine Hand unter mein Kinn und hob meinen Kopf an, damit ich ihn ansehen musste.
»Das ist alles, was ich jemals wollte«, flüsterte er. »Du bist alles, was ich zum Leben brauche. Aber ist es auch für dich genug?«
Für mich war es sogar viel mehr als nur genug.
»Wenn uns langweilig wird, dann könnten wir ja unsere Familien hierher einladen«, schlug ich vor. »Kevin und Jean mitsamt ihrem Nachwuchs. Was hältst du davon?«
Logan zuckte mit den Schultern. »Ich glaube, ich mag keine Kinder«, sagte er, ohne mich anzusehen.
Ich nahm seinen Kopf zwischen meine Hände, drehte ihn zu mir und küsste ihn zart auf den Mund.
»Was hältst du davon, wenn wir zwei gemeinsam die Dusche ausprobieren? Ich möchte mich ein wenig frischmachen.«
Als ich mich umdrehen wollte, hielt er mich am Arm fest.
»Warte kurz«, sagte er und zog zwei Schlüssel aus seiner Hosentasche. »Der hier ist für dein Auto, es steht in der Garage.«
»Und der hier«, Logan hielt den zweiten Schlüssel hoch, »ist für die Verbindungstür zu Robbie und Cate. Allerdings sollten wir sie wenigstens ab und an mal verschlossen halten. Ansonsten wird es schwer, Violett von dir fernzuhalten.«
Er legte beide Schlüssel in meine Hand.

Verblüfft schaute ich zu ihm hoch.
»Wir haben einen Durchgang zu Robbie und Cate?«
»Natürlich.«
Das war ja ein Ding. »Und wo ist die Tür?«
»Unten im Wohnzimmer.«
Ich rutschte aufgeregt hin und her.
»O.k.« sagte ich. »Dann gehen wir jetzt erstmal duschen und später können wir Robbie und Cate besuchen. Einverstanden?«
Logan griff nach meiner Hand und zog mich behutsam vom Bett hoch.
»Zuerst duschen wir und danach gehen wir in die Stadt. Sobald wir zurück sind, kannst du die Bakers besuchen.«

Als wir am späten Nachmittag von unserem Ausflug zurückkamen, ließ ich mich ausgepowert aufs Sofa fallen. Logan hatte mich stundenlang durch die Geschäfte gezerrt und wenn ich ihn nicht gebremst hätte, wäre mein Kleiderschrank irgendwann aus allen Nähten geplatzt.
Logan hatte es jedes Mal wieder geschafft, mich umzustimmen. Hose um Hose und Kleid um Kleid hatte er mich mit seinem charmanten Lächeln eingewickelt.
»Wir hatten eine Abmachung«, erinnerte ich ihn und richtete mich auf. »Nur zu Weihnachten oder zum Geburtstag sind Geschenke erlaubt.«
Seine Gestalt verschwamm für wenige Sekunden vor meinen Augen, dann saß er neben mir auf dem Sofa.
»Zu besonderen Anlässen«, raunte er mir ins Ohr. »Unsere Hochzeit ist doch so ein besonderer Anlass, oder willst du das abstreiten?«
Ich seufzte leise, als seine Stimme rauer wurde und seine Worte wie flüssiger Honig klangen. »Nein. Ich streite es nicht ab.«
»Gut.«
Ich blinzelte verwirrt, als Logan sich aufrichtete und mich zufrieden anstrahlte.

»Dann ist das ja geklärt. Wolltest du nicht die Bakers besuchen?«
So ein Schuft!
Ich schüttelte meine Benommenheit ab und griff entschlossen nach dem Schlüssel in meiner Hosentasche.
»Ich räume die Sachen später weg«, sagte ich und steuerte besagte Tür an.
Behutsam steckte ich den Schlüssel ins Schloss und drehte ihn herum. Dann trat ich in den Flur und zog die Tür hinter mir zu.
Zwei Türen? Ungläubig starrte ich zuerst auf die eine, dann auf die andere Tür. Gab es außer den Bakers inzwischen noch eine weitere Familie von Secutoren in White Rock? Während ich noch überlegte, an welche Tür ich anklopfen sollte, wurde die linke Tür bereits geöffnet.
»Hallo Lara.« Cate winkte mich lächelnd herein. »Wir haben dich schon erwartet. Ich möchte dir unsere neuen Nachbarn vorstellen. Sie sind gerade erst angekommen.«
Erleichtert stellte ich fest, dass wir uns im Wohnzimmer der Bakers befanden. Cate hakte sich bei mir unter und führte mich zu einer kleinen Gruppe, die mitten im Raum verharrte. Robbie drehte sich zu uns um, als wir stehenblieben.
»Lara.« Er griff nach meinen Händen und tätschelte sie. »Wie geht es dir, hast du den Flug gut überstanden?«
Seine Augen strahlten mich an, als hätten wir uns schon eine Ewigkeit nicht mehr gesehen. Ich wurde rot, als ich an unseren Flug dachte.
»Mir geht es gut«, sagte ich und lächelte freundlich zurück.
Dabei wanderte mein Blick zu der kleinen Gruppe, die hinter Robbie stand. Drei ernste Gesichter beäugten mich mit zurückhaltendem Interesse. Dann flammte Überraschung und Neugierde in ihren Augen auf.
»Keine Sorge, Gina.« Cate nickte der Frau aufmunternd zu. »Lara beißt nicht. Sie ist wirklich sehr nett.«
Die Frau trug ihre langen dunklen Haare fast so kunstvoll hochgesteckt wie Adelheid. Allerdings ließ sie hier und da ein paar

lose Strähnen herunterhängen. Das wäre bei Adelheid undenkbar gewesen.
»Hoheit.« Sie machte einen förmlichen Knicks. »Es freut mich außerordentlich, Sie kennenzulernen«, sagte sie und warf Cate einen vorwurfsvollen Blick zu. »Du hast gesagt, sie ist eine liebe Freundin von dir. Aber das ist die oberste Priora!« Ihr Knicks wurde noch tiefer.
»Lara«, sagte ich schnell. »Das reicht völlig.«
Sie richtete sich auf. »Das sind meine Kinder«, erklärte sie. »Leland und Nadya. Wir sind nur zu dritt«, sagte sie, als sie meinen fragenden Blick bemerkte. »Ich habe keinen männlichen Secutor an meiner Seite, ich bin …«
Hilflos schaute sie Cate an.
»Du bist alleinerziehend«, half Cate bereitwillig aus.
Gina nickte. »Ach ja. So heißt das. Geschieden und alleinerziehend. Du meine Güte, vor zweihundert Jahren wäre so etwas undenkbar gewesen.« Sie rollte lachend mit den Augen. »Es lebe die Emanzipation.«
Ich musste schmunzeln. Ihr Lachen war ansteckend. Der Junge, Leland, hatte ein bisschen Ähnlichkeit mit Kevin, aber seine Haare waren länger und dunkler. Dieses breite spitzbübische Grinsen war definitiv das Gleiche. Er trug eine graue Jeans und einen dunkelblauen Pulli und stand mit verschränkten Armen vor mir. Der hat es mit Sicherheit faustdick hinter den Ohren, dachte ich und fragte geradeheraus:
»Mit oder ohne Illusion?«
Er wechselte einen schnellen Blick mit Gina. »Ohne«, sagte er dann und sein Grinsen wurde noch breiter.
Ich fragte mich, ob er wohl auch so viele Dummheiten im Kopf hatte, wie Kevin früher. Seiner Haltung nach zu urteilen deutete jedenfalls alles darauf hin. Im Gegensatz zu Leland wirkte Nadya sehr ernst und verschlossen. Sie versuchte die ganze Zeit, mich durch ihre langen Ponysträhnen möglichst unauffällig zu beobachten. Nadya war ungefähr so groß wie ich,

allerdings hatte sie viel mehr Muskeln an den Oberarmen und eine extrem schmale Taille. Sie trug eine schwarze lange Hose mit aufgesetzten Taschen und dazu ein khakifarbenes Trägershirt. Ihr schwarzer Pferdeschwanz reichte ihr bis zur Hüfte und war an den Spitzen knallrot gefärbt. Ihre großen grünen Augen standen ein bisschen schräg und wanderten immer wieder verstohlen in meine Richtung.
Es war nicht ihr Aussehen, was meine Aufmerksamkeit erregte, sondern etwas ganz anderes. »Du hast ein Tattoo?«
Ein stolzes Lächeln huschte über ihre vollen Lippen.
»Sieht ganz so aus«, sagte sie und drehte den rechten Arm zu mir, sodass ich den ziemlich finster aussehenden Drachen sehen konnte, der sich um ihren Oberarm wand. Die Tätowierung war groß und endete vermutlich irgendwo auf ihrem Rücken.
»Ich habe auch zwei Piercings«, erklärte sie voller Stolz. »Aber ich sage dir lieber nicht, an welcher Stelle.«
Als Cate das Gesicht verzog, prustete Nadya los. »Ich verrate es schon nicht. Keine Angst, Tante Cate.«
Ich musste mir das Lachen verkneifen, als Cate vorwurfsvoll den Kopf schüttelte.
»Mein Defensor hat mich gerade erst in Ginas Obhut entlassen«, fügte Nadya zu und ließ sich aufs Sofa plumpsen. »Das ist mein erster Auftrag ohne sie und darüber bin ich wirklich froh.« Sie wollte gerade die Beine auf den Tisch legen, hielt aber inne, als Gina sich laut räusperte.
»Mein Defensor heißt Astaria und sie macht ihrem Ruf alle Ehre. Sie hat es keinen Tag versäumt, mir unentwegt klarzumachen, wem ich das alles zu verdanken habe.«
Nadya hockte sich im Schneidersitz hin. »Ich bin wirklich froh, dass ich sie endlich los bin. Die ist mir im Laufe der Jahre irgendwann ganz gewaltig auf den Geist gegangen.«
»Nadya!« Gina warf ihr einen tadelnden Blick zu. »So redet man nicht über seinen Lehrer.«
Nadya rümpfte die Nase.

»Ja, schon gut. Entschuldigung.« Sie warf mir einen Blick zu und grinste heimlich. In dem Moment musste ich an Jean denken. Mein Secutor würde in ihrer Gegenwart total ausflippen. Die Haustür fiel ins Schloss und kurz darauf kamen Violett und Sam ins Wohnzimmer.

»Da bist du ja!«

Violett fiel mir um den Hals, während Sam an der Tür stehenblieb und sich nicht rührte. Mit großer Erleichterung stellte ich fest, dass Sam schon wesentlich besser aussah, selbst die dunklen Ränder unter seinen Augen waren beinahe völlig verblasst.

Mit strenger Miene musterte Sam die drei Neuankömmlinge. Als seine Augen an Nadya hängenblieben, erkannte ich den gleichen Blick, mit dem er auch mich damals eingeschätzt hatte. Ich beobachtete die Situation neugierig.

Plötzlich sprang Nadya wie von der Tarantel gestochen vom Sofa hoch und wirbelte blitzschnell herum.

»Pass mal auf, du kleiner Spinner. Wenn du das nochmal bei mir versuchst, liegst du schneller auf dem Rücken, als du Hilfe rufen kannst!«

Ihre Augen funkelten ihn herausfordernd an.

»Nadya!«, schimpften Cate und Gina gleichzeitig.

Gespannt schaute ich Sam an. Er wirkte einen Moment lang überrascht, dann verschränkte er seine Arme und sagte: »Mann, wo haben sie dich denn ausgegraben?«

Nadya lächelte schief und hob dabei ihren Arm. Sie zeigte ihm doch tatsächlich den Mittelfinger!

Ich kämpfte händeringend gegen einen Lachanfall an, als Sam die Augen aufriss und sie entgeistert anstarrte. Damit hatte er scheinbar nicht gerechnet. Keiner von uns hatte damit gerechnet. Und während Cate und Gina gleichzeitig ihre Schimpftiraden über Nadya ergossen, ging ich Sam begrüßen.

»Hallo, kleiner Spinner. Alles klar bei dir?«

»Die hat doch nicht mehr alle Tassen im Schrank«, murrte er und nahm mich in den Arm.

Er ließ mich los, als Nadya neben uns auftauchte.
»Ich soll mich bei dir entschuldigen«, fauchte sie und verdrehte die Augen. »Aber weißt du was? Darauf kannst du lange warten.«
Sam kniff die Augen zusammen. Er wollte gerade etwas erwidern, als es im Wohnzimmer mit einem Mal totenstill wurde.
»Du wirst dich bei Sam für dein Verhalten entschuldigen!«
Seine gebieterische Stimme erfüllte den Raum mit Ehrfurcht.
Ich drehte mich um, als Logan auf mich zukam. Er blieb neben mir stehen, legte seinen Arm um meine Taille und bedachte Nadya mit finsterem Blick.
»Sie hat es nicht so gemeint«, flüsterte Gina, hörbar nervös. »Nicht wahr, Nadya?«
Scheinbar hatte Nadya nicht kapiert, was Gina gerade versuchte, denn sie reckte ihr Kinn in die Höhe und sagte keck:
»Von wegen! Ich habe das genauso gemeint, wie ich es gesagt habe. Der Typ ist und bleibt ein Spinner.«
Logan ließ mich los und ging einen Schritt auf Nadya zu. Sie versteifte sich augenblicklich und presste die Lippen zusammen.
»Wir schätzen den höflichen Umgang miteinander und legen großen Wert auf gegenseitige Achtung und Respekt. Kannst du mir folgen?«
Nadya nickte hektisch und wich einen Schritt zurück, als Logan noch näherkam. »Wem soll ich also die Schuld für deinen Fehltritt geben? Dir oder Astaria? Wer von euch hat versagt?«
Nadya schluckte geräuschvoll. »Mir allein«, murmelte sie und senkte den Blick. »Astaria hat damit nichts zu tun. Das ist ganz allein meine Schuld. Ich bitte um Verzeihung.«
Logan senkte seine Stimme zu einem gefährlichen Flüstern. »Nicht mich musst du um Verzeihung bitten.«
Nadya hob den Kopf und lächelte zerknirscht. Dann wandte sie sich an Sam.
»Es tut mir leid, o.k.? Ich entschuldige mich hiermit für das, was ich zu dir gesagt habe.«

Sam winkte ab. »Schon gut. Entschuldigung angenommen.« Dann drehte er sich zu Logan und reichte ihm die Hand.
»Danke nochmal für deine Hilfe. Ich weiß nicht, was passiert wäre, wenn du nicht so schnell eingegriffen hättest.«
Sam sprach von Arek und Makaro und von dem, was sie ihm angetan hatten. Logan erwiderte seinen festen Händedruck und sagte schlicht: »Nichts zu danken.«
Dann begrüßte er Robbie, Cate, Jack und Violett und zum Schluss wandte er sich an die Neuzugänge.
»Leland?« Der Junge nickte gehorsam, als er seinen Namen hörte. »Du solltest es langsam angehen lassen. Jared hat im Moment einige Probleme. Seine Angebetete ist auf einem anderen College und hat die Verbindung unter dem Vorwand der Entfernung gerade beendet. Er will nicht darüber sprechen und tut so, als sei alles in bester Ordnung. Doch in Wirklichkeit leidet er extrem unter der Trennung.«
Leland hatte aufmerksam zugehört. »Ja, Boss. Geht klar. Ich werde es mir merken.«
Als er sich erneut an Nadya wandte, schüttelte er unmerklich den Kopf. »Könntest du vielleicht einmal über deine Garderobe nachdenken?«, machte er seinem Unmut Luft. »Oder willst du deinem Auftrag allen Ernstes in dieser Aufmachung gegenübertreten?«
Nadya pustete ihren Pony zur Seite und verschränkte angriffslustig die Arme. »Ich schaffe das schon. So schwer ist das nicht.«
»Ach, wirklich?« Logan schloss die Augen und kaum eine Sekunde später schnappte Nadya nach Luft.
»Das ist unfair«, murrte Violett. »Nadya bekommt eine Illusion von ihrem zukünftigen Auftrag. Wir anderen müssen das allein herausfinden.«
Als Nadya die Augen aufschlug, wirkte sie nicht mehr ganz so selbstsicher.
»Oh Mann. Das arme Ding.« Ihr Blick war voller Mitleid.
»Kelley ist sehr einsam. Obwohl sie immer gute Laune hat und

ständig lächelt, fühlt sie sich allein und verlassen. Ihre Mutter hängt an der Flasche, weil ihr Mann schon seit Monaten eine Affäre mit seiner Sekretärin hat. Nach außen hin tun alle so, als wären sie die Vorzeigefamilie schlechthin. Doch hinter verschlossenen Türen liegt ihre Mutter den halben Tag lang im Bett und versinkt in Selbstmitleid und ihr Vater überhäuft seine Tochter mit teuren Geschenken, um sein schlechtes Gewissen zu beruhigen.« Nadya seufzte. »Sie hat niemanden, dem sie sich anvertrauen kann. Das Mädchen ist todunglücklich.«

»Nun, dann schlage ich vor, du erledigst deine Arbeit. Und sollte es Schwierigkeiten geben, wende dich an Gina.«

Nadya nickte eifrig. »Ich kriege das hin. Versprochen.«

Ich spürte die Neugier in mir. Es gab noch so viel, das ich wissen wollte. Vielleicht war jetzt ein guter Zeitpunkt dafür.

»Du hast mir nie gesagt, wie das eigentlich funktioniert«, begann ich langsam. »Es gibt also keine Listen mit Telefonnummern. Aber wie findet ihr dann eure neuen Secutoren und wie finden sie ihre Aufträge?«

Logan schmunzelte. »In jedem Land gibt es ein Basislager. Von dort aus werden die umliegenden Regionen überwacht. Eine spezielle Gruppe von Custoren ist damit beschäftigt, das Gebiet nach potenziellen Empathen abzusuchen. Wir haben unsere Leute überall – selbst in den entlegensten Gebieten sind wir unterwegs. Du weißt, wie sie arbeiten. Sie finden jedes Baby, das mit der Gabe der Empathie geboren wird. Sie sind in ihrer Arbeit äußerst gründlich und jedes Mal, wenn irgendwo Menschen mit einer empathischen Veranlagung geboren werden, legen wir eine neue Akte an und verfolgen während der nächsten Jahre ihren Lebensweg. Wenn alles in Ordnung ist und der Empath mit seiner Gabe leben kann, schließen wir die Akte nach seinem Tod.

Ich nickte. »Und wenn nicht?«

Er schob die Hände in seine Hosentaschen. »Sollten wir nur kleine Anzeichen von schweren Depressionen oder gar Suizidgefahr feststellen, greifen wir sofort ein. Dieser Mensch wird dann von uns eine Weile gesondert beobachtet. Wenn keine Besserung eintritt oder sich der Zustand gar verschlechtert, nimmt ein Defensor Kontakt mit ihm auf. Sobald er sich für unseren Weg entschieden hat, wird sein Blut getestet und die Umwandlung vorbereitet.«

Mir fiel ein, was Violett vorhin gesagt hatte. »Nadya war eine Ausnahme«, sprach ich meinen Gedanken laut aus. »Warum bekommt der Secutor so wenig Informationen über seinen neuen Auftrag? Sie erfahren, in welcher Stadt und in welcher Schule sie suchen müssen, aber ist das nicht ein bisschen dürftig?«

»Das würde mich jetzt auch interessieren«, warf Violett ein und verschränkte die Arme.

»Ganz einfach«, erklärte Logan. »Das ist ein Test. Wir wollen damit sicherstellen, dass wir den richtigen Secutor für diesen Auftrag ausgesucht haben. Wir analysieren den jeweiligen Auftrag und stellen ihm den passenden Secutor zur Seite. Ein ruhiger, sehr schüchterner Auftrag bekommt beispielsweise einen Secutor, der sein Selbstbewusstsein ein wenig anhebt. Außerdem müssen unsere Secutoren lernen, selbstständig zu arbeiten. Sie sollen sich ein bisschen anstrengen und ihre Fantasie nutzen, um ihren Auftrag zu finden. Im Leben wird dir nicht alles auf einem Silbertablett serviert. Wenn du etwas erreichen willst, musst du dafür auch etwas tun.«

»Verstehe«, sagte Violett und nickte zustimmend.

»Wenn man es von dieser Seite aus betrachtet, klingt es durchaus einleuchtend.«

SPURENSUCHE

Ich würde ein Wunder brauchen!

Die Tage vergingen und ehe ich mich versah, waren wir schon fast eine ganze Woche in White Rock. Logan ließ mich kaum aus den Augen, irgendwie war er immer präsent. Selbst wenn ich mit Cate und Violett in der Stadt unterwegs war oder mit Jack und Sam auf der Veranda hockte, konnte ich seine eindringlichen Blicke auf mir spüren.

Ich musste vor unserer Abreise unbedingt in das alte Haus. Ich musste nach dem Hinweis suchen. Allerdings hatte ich keine Ahnung, wie ich das anstellen sollte, ohne dass Logan davon Wind bekam. Es kam mir beinahe so vor, als würde er ahnen, dass ich etwas im Schilde führte. Und das schärfte natürlich seine Sinne.

Als wir nach dem Abendessen auf dem Sofa saßen und Logan gerade mit einem Defensor telefonierte, weil er in meiner Gegenwart keine Illusion benutzen wollte, zog ich frustriert mein Handy aus der Hose und schrieb Sam eine Nachricht:

›Wir brauchen ein Ablenkungsmanöver. Vielleicht könnte man Logan für ein oder zwei Stunden aus dem Haus locken. Das sollte reichen.‹

Es dauerte nur wenige Sekunden, bis eine Antwort kam.

›Ein Freund von mir wird ihn in ungefähr zwei Stunden anrufen und ihm erklären, dass es Schwierigkeiten mit seinem zuständigen Defensor gibt. Der Typ schuldet mir was, also wird er ihn beschäftigen. Logan hat keine Wahl, er muss ihn aufsuchen und seinen Job erledigen.‹

›Und das klappt? Bist du sicher?‹

›Es gibt immer mal ein paar Meinungsverschiedenheiten zwischen dem neuen Secutor und seinem Defensor, das ist nichts Neues. Logan wird deswegen keinen Verdacht schöpfen. Sobald er weg ist, treffen wir uns unten an der Kreuzung.‹

Ganz überzeugt war ich zwar nicht, aber was blieb mir denn anderes übrig?

Unruhig rutschte ich auf meinem Stuhl hin und her. Der Abend neigte sich dem Ende zu und besagter Freund hatte noch immer nichts von sich hören lassen. Seit einer halben Stunde gähnte ich, was das Zeug hielt, um Logan klarzumachen, dass ich demnächst ins Bett gehen würde. Doch nichts

geschah und ich kam mir langsam aber sicher richtig blöd vor. Gerade als ich aufgeben wollte, klingelte sein Handy.
»Entschuldige mich bitte.«
Er zog seinen Arm von meiner Schulter und erhob sich.
»Ich gehe davon aus, dass dein Anruf wichtig ist, Eddy.«
Eine Weile sagte Logan nichts und hörte nur zu, dann runzelte er die Stirn und seine Augen wurden schmal.
»Dafür ist Castros zuständig. Ich bin im Moment nicht abkömmlich.«
Ich gähnte wieder, als er mich anschaute, dieses Mal sehr lange und ausgiebig und kuschelte mich dabei tief in die Sofakissen.
»Ich verstehe. Nein, das ist mein Gebiet. Sowas erledige ich lieber selbst.«
Ich jubelte innerlich. Es schien zu funktionieren.
Logan schob sein Handy auf den Tisch und beugte sich über das Sofa. Ich tat so, als würde ich fast schon schlafen. Er seufzte leise, während er mich auf die Schläfe küsste. »Lara?«
»Mm?«
»Ich muss dich für einen Moment alleinlassen.«
Ich blinzelte verschlafen. »Kein Problem. Außerdem bin ich nicht alleine, hier wimmelt es von Secutoren, mein Schatz.«
Er hob mein Kinn und streifte mit seinen Lippen zärtlich über meinen Mund.
»Ich bin schneller wieder da, als du glaubst.« Dann richtete er sich auf, steckte sein Handy ein und verließ das Wohnzimmer.
Ich wartete noch solange, bis ich sein Auto hören konnte. Erst dann setzte ich mich auf. Waren seine Worte nun ein Versprechen oder eine Drohung? Ich vermutete Letzteres.
Mein schlechtes Gewissen fraß sich durch jede einzelne Faser meines Körpers, während ich über die Wiese rannte.
Sam stand bereits mit laufendem Motor an der Kreuzung.
»Ging nicht schneller«, japste ich und sprang auf sein Motorrad.
»Wie lange haben wir Zeit, was meinst du?«
Er reichte mir den Helm.

»Eine Stunde hin und eine Stunde zurück. Und eventuell noch eine weitere Stunde, wenn Eddy es schafft, ihn lange genug hinzuhalten. Macht drei Stunden. Allerhöchstens.«

»Und nun?«, fragte ich, als wir gegenüber des alten Hauses anhielten.

Eine Gruppe Jugendlicher saß auf dem heruntergekommenen Gartenzaun. Sie alberten rum und lachten laut und ließen ein paar Bierflaschen herumgehen. Sam stellte seine Maschine an der Bordsteinkante ab.

»Wir gehen erstmal eine Cola trinken, vielleicht verschwinden die ja von ganz alleine.«

Das passte mir nicht. Ich folgte ihm widerwillig in das angrenzende Café. Eine Verzögerung konnten wir uns eigentlich nicht leisten. Sam bestellte zwei Cola und ich spähte unentwegt aus dem Fenster. Die Truppe machte nicht den Eindruck, als ob sie bald aufbrechen würden.

»Beruhige dich mal, du zitterst ja.«

Ich nahm einen Schluck, dann verschränkte ich meine Finger miteinander.

»Bist du nervös oder ungeduldig?«, wollte er wissen und lehnte sich entspannt zurück.

»Beides. Sam, uns läuft die Zeit davon.«

Er spähte aus dem Fenster. »Ich gebe den Typen noch fünf Minuten, solange, bis wir mit unserer Cola fertig sind.«

»Und dann?«

Er grinste augenzwinkernd. »Lass dich überraschen.«

Meine innere Unruhe wurde schlimmer, ich konnte nichts dagegen tun. »Wie lange noch?«, fragte ich und kippte den letzten Schluck hinunter.

Sam verdrehte die Augen. »Schon gut. Ich sorge dafür, dass sie verschwinden.«

Er hob kurz seinen Arm und wackelte mit den Fingern. Der Himmel verdüsterte sich, Gewitterwolken bäumten sich auf

und daraufhin gab es einen stürmischen Platzregen. Binnen weniger Sekunden war die Straße menschenleer.
»Cool«, flüsterte ich voller Ehrfurcht und trat nach draußen.
»Warte hier.«
Er schlich um das Haus herum und kurz darauf öffnete sich die Haustür. »Los, komm rein.«
Ich zwängte mich durch den schmalen Spalt ins Innere. Im Haus war es so dunkel, dass ich kaum etwas erkennen konnte.
»Da, nimm.« Er drückte mir eine Taschenlampe in die Hand. »Ich habe die Fenster mit einer Illusion belegt, damit man das Licht von außen nicht sehen kann.
»O.k.«, nickte ich und stolperte hinter ihm her.
Schon im Hausflur erkannte ich, was Sam mir bereits am Telefon gesagt hatte. Hier gab es nicht sehr viel, wonach man suchen konnte. Der Raum, der früher einmal das Wohnzimmer gewesen sein musste, war in einem erbärmlichen Zustand. Vor einem halb zerfallenen Kamin stand ein alter Sessel auf drei Beinen und an der Wand hing ein verstaubtes Bild.
Einige zerrissene Heftseiten lagen auf dem Holzboden verteilt und zwei durchlöcherte Vorhänge hingen noch an den Fenstern. Das war alles.
»Ich gehe kurz mal nach oben und sehe dort nach«, schlug ich vor. Doch Sam versperrte mir den Weg.
»Auf keinen Fall, Lara. Die Treppe ist durchgefault und die Holzdielen haben allesamt morsche Balken. Ich war schon oben, da ist noch weniger als hier unten. Die Zimmer sind leer.«
Ich war mir sicher, Ruth hätte bestimmt nicht gewollt, dass ich mir das Genick breche.
»Dann muss es hier unten sein«, beharrte ich und ging in die ehemalige Küche.
»Lara, komm schon.« Sam folgte mir widerwillig. »Das ist doch alles reine Zeitverschwendung. Hier ist nichts. Gib es auf.«
»Ich bin mir aber absolut sicher. Es muss hier irgendwo sein. Ich weiß es einfach.«

Ich begann damit, die Schubladen und Schränke aufzureißen, aber die meisten waren leer. Sam lehnte am Türrahmen und beobachtete mich mit zusammengepressten Lippen. Dann knirschte plötzlich etwas unter meinen Schuhen und ich sprang erschrocken zurück.

»Scheiße, Sam. Ich glaube, ich bin auf etwas Lebendiges getreten.«

Er trat einen Schritt vor und leuchtete mit der Taschenlampe auf meine Füße. »Was immer es war, jetzt lebt es jedenfalls nicht mehr.«

Ich schnappte nach Luft. »Oh Gott. Das ist eklig.«

»Reg dich ab, Lara. Das war nur Dreck.« Er lachte.

»Idiot«, maulte ich und ließ ihn stehen.

Das Haus roch nass und modrig und überall hingen feuchte Tapeten von den Wänden.

»Hör auf, in dem alten Kram herumzuwühlen«, schnaubte Sam nach einer Weile. »Das hat doch alles keinen Sinn.«

»Leuchte mal auf den Fußboden«, sagte ich und kniete mich im Wohnzimmer auf die Holzdielen.

Während ich jedes einzelne Blatt umdrehte, hockte sich Sam neben mich und sorgte mit seiner Taschenlampe für ausreichend Licht. Die meisten Blätter waren leer. Ich fand einen Flyer des hiesigen Pizzaservice und eine Werbeanzeige einer neueröffneten Wäscherei, die das Datum von vor zwanzig Jahren trug. Sonst gab es tatsächlich nichts Interessantes.

»Mist, verdammter.« Ich rappelte mich auf und klopfte den Dreck von meiner Jeans.

»Hab ich doch gesagt«, murrte Sam. »Das Einzige, was noch halbwegs brauchbar aussieht, ist dieses hässliche Bild. Alles andere kannst du vergessen.«

Ich wirbelte herum und starrte das Gemälde an. Sam hatte Recht. Es sah noch ziemlich neu aus, ein wenig angestaubt zwar, aber definitiv noch nicht so alt wie der Rest des Hauses.

»Kannst du es herunterholen?«

Er stellte sich auf die Zehenspitzen und angelte nach dem Bild. Dann legten wir es gemeinsam auf den Boden.
»Wer ist das?«
Er leuchtete auf das Gemälde und zuckte mit den Schultern.
»Irgendeine Sängerin aus den zwanziger Jahren. Bessie Smith, oder so ähnlich.«
Ich kannte den Namen!
»Das muss es sein«, strahlte ich und wischte mit meinem Ärmel den Staub herunter. Ich untersuchte jeden Zentimeter des Bildes und entdeckte am unteren Rand schließlich einen Schriftzug.
AN BESSIE SMITH
»Kannst du feststellen, ob das Ruths Handschrift ist?«
Sam schloss die Augen und nickte kurz darauf.
»Ganz eindeutig ja. Das ist definitiv ihre Handschrift.«
Ich atmete auf. »Das ist es also. Das ist der Hinweis, den Ruth mir hinterlassen hat.«
Nun musste ich nur noch herausfinden, was sie mir damit sagen wollte.
»O.k.«, murmelte ich. »Gehen wir mal logisch an die Sache heran. Da ist ein Name und ich suche einen Namen.«
Sam beäugte mich skeptisch aus den Augenwinkeln.
»Ich glaube nicht, dass es dieser Name ist, den du suchst.«
Ich ärgerte mich über mich selbst, weil ich tatsächlich gedacht hatte, es wäre so einfach.
»Es ist ein Buchstabenrätsel«, entfuhr es mir. Natürlich!
»Wir müssen nur die richtigen Buchstaben zwischen all den anderen herausfinden, dann haben wir auch den Namen.«
Ruth hatte den Namen des Defensors hier versteckt, davon war ich felsenfest überzeugt.
»Kannst du mir bitte dabei helfen?«, fragte ich Sam. »Du kannst sowas viel besser als ich. Und du bist schneller.«
Sam fuhr sich mit beiden Händen durchs Haar. »Ich kann dir helfen und ich werde dir helfen«, dabei verschränkte er die Arme, »wenn du mir jetzt endlich mal sagst, was das alles soll.

Du suchst einen Namen. Welchen Namen und warum?«

Unschlüssig knabberte ich an meiner Unterlippe.

»Wenn ich du wäre, würde ich mich mit der Antwort ein bisschen beeilen«, brummte Sam sichtlich genervt. »Logan ist bereits auf dem Rückweg.«

»Ich betreibe Ahnenforschung«, spuckte ich die Worte aus. »Ruth wusste, von welchem Defensor ich abstamme und sie hat seinen Namen irgendwo in diesem Schriftzug versteckt. Ich bin nun einmal furchtbar neugierig und ich würde gerne wissen, welchem Defensor ich mein Leben zu verdanken habe.«

Das war wenigstens nicht komplett gelogen.

Ich atmete auf, als Sam sich nach vorn beugte und angestrengt auf den Schriftzug starrte.

»Da gibt es unmöglich viele Variationen«, beschwerte er sich. »Wir wissen nicht einmal, aus wie vielen Buchstaben der Name besteht.«

Doch dann wich er plötzlich zurück und rappelte sich hastig auf. »Scheiße! Scheiße! Scheiße!«

Mit seiner Reaktion erschreckte er mich fast zu Tode.

»Was ist denn los? Hast du den Namen?«

Sam nickte, aber er sagte nichts und das machte mich noch nervöser.

»Wir haben keine Zeit mehr«, drängelte ich. »Sagst du mir nun endlich, was du herausgefunden hast?«

Wortlos hob er seinen Arm und die Buchstaben wirbelten augenblicklich durcheinander. Sam sortierte beinahe alle Buchstaben aus, bis am Ende nur noch ein paar wenige übrig blieben.

Alle Farbe wich aus meinem Gesicht.

»Scheiße!«

Sam nickte. »Das kannst du laut sagen.«

Ungläubig schaute ich auf das Gemälde, auf die neu sortierten Buchstaben. Dort stand groß und deutlich: Ethan.

Ich stand so lange unter der Dusche, bis ich irgendwann nicht mehr wusste, wie lange das heiße Wasser schon auf meinen Rücken prasselte. Dann wickelte ich ein Handtuch um meinen Körper und ließ mich rücklings auf das Bett fallen. Wie sollte ich bloß damit umgehen? Liebend gern hätte ich es mit jedem Defensor aufgenommen, um für immer bei Logan bleiben zu können. Notfalls hätte ich gebettelt oder ihn meinetwegen auch auf Knien angefleht, die Umwandlung vorzunehmen.

Aber Ethan?

Scheinbar war ich tief in meinen Gedanken versunken, denn ich bemerkte Logan erst, als er mit seinen Lippen über meine Schläfe strich.

»Deine Haare sind noch nass«, sagte er mit amüsierter Miene.

Ich schmiegte mich in seine Arme.

»Ich bin zu faul, sie zu föhnen. Wie war die Arbeit?«

»Der Zwist konnte nach einer Weile zur vollsten Zufriedenheit aller Beteiligten beigelegt werden.« Er lachte leise, als mir die Augen zufielen. »Ich bin gleich wieder bei dir«, flüsterte er mir ins Ohr.

Ich nickte und zog die Decke bis zum Kinn hoch. »Mach schnell«, murmelte ich. Doch ich bekam schon nicht mehr mit, wie Logan kurz darauf unter die Decke schlüpfte.

»Aber wieso denn?«

Violett warf ihr Brötchen auf den Teller. »Ihr habt doch noch zwei Tage. Warum willst du unbedingt schon morgen früh nach Hause fliegen?«

Ich kaute ganz langsam, damit mir genug Zeit zum Antworten blieb. Bloß wollte mir kein triftiger Grund einfallen. Ich konnte ihr ja nicht sagen, was mich antrieb. Noch nicht.

»Lara macht sich Sorgen um Jean«, kam Sam mir zu Hilfe.

Nadya zog die Nase kraus. »Du machst dir Sorgen um deinen Secutor? Wo gibt's denn sowas?«

Violett flüsterte ihr etwas ins Ohr und Nadya riss die Augen auf.

»Die mit dem Baby? Das ist dein Secutor?«
»Genau.« Ich schmunzelte. »Und gleichzeitig ist sie meine beste Freundin.«
Nadya wischte ein paar Brotkrumen von ihrem T-Shirt, ehe sie mich wieder ansah.
»Na dann richte ihr mal meine Glückwünsche aus. Und dem werdenden Vater natürlich auch.«
Violett schmollte noch eine ganze Weile weiter und ich konnte es ihr nicht verübeln. Nach meiner Entdeckung war irgendwie die Luft raus. Ich brauchte Zeit und Ruhe und ich musste intensiv über meinen nächsten Schritt nachdenken. Und das wollte ich nun einmal in meiner gewohnten Umgebung tun. So traten wir am nächsten Morgen die Heimreise an.
Sam begleitete uns zur Startbahn.
»Wie findest du Nadya?«, fragte ich ihn, als Logan gerade mit dem Piloten sprach.
»Geht so.« Er zuckte die Schultern. »Sie ist eigentlich ganz in Ordnung. Aber ziemlich frech.«
Ich musste mir das Lachen verkneifen. »Und ziemlich hübsch.«
Sam schüttelte den Kopf. »Machst du Witze? Sie trägt Jungsklamotten und hat ein Tattoo.« Er klang beinahe ein bisschen empört.
»Und sie hat zwei Piercings«, neckte ich ihn. »An einer nicht jugendfreien Stelle.«
Er schwieg einen Moment. »Du findest sie also hübsch?«
Ich blickte streng nach vorn und beobachtete Logan, während ich antwortete. »Jep. Du nicht?«
Er grinste, als ich mich zu ihm umdrehte.
»Eigentlich ist sie ja ganz süß. Rotzfrech. Aber süß.«

»Leute! Sie sind wieder da.«
Das Begrüßungskomitee stürmte aus dem Wohnzimmer. »Das wurde aber auch Zeit«, tadelte Jean. »Du hast eine ganze Menge Stoff nachzuholen. Am besten fangen wir gleich damit an.«

Sie kicherte, als ich ungläubig die Augen aufriss.
»War nur Spaß, Lara. Morgen reicht auch noch.«
Megan und Betty zerrten mich ins Wohnzimmer und zwängten mich auf dem Sofa in ihre Mitte.
»Wie findest du die Wilsons?«, fragte Megan und sah mich erwartungsvoll an.
»Wilsons?«
Betty gluckste. »Gina, Leland und Nadya Wilson.«
»Achso. Sie sind ganz nett.« Und weil ich meinen Verdacht unbedingt loswerden musste, sagte ich: »Sam und Nadya haben auch etwas gebraucht, da lief es anfangs nicht ganz so gut. Aber ich glaube inzwischen bahnt sich da was an.«
Megan wäre fast vom Sofa gefallen, wenn Betty sie nicht festgehalten hätte. »Ist das dein Ernst?«
»Ich will keine voreiligen Schlüsse ziehen, also behaltet das Ganze vorerst lieber noch für euch.«
Es war nur so ein Gefühl. Aber wenn mich nicht alles täuschte, dann hatten wir vielleicht schon bald ein weiteres Pärchen, denn Sams Augen hatten diesen typischen Glanz angenommen, als ich von Nadya sprach. Er hatte definitiv etwas für Nadya übrig, da war ich mir sicher.
»Das wäre ja der absolute Hammer«, seufzte Betty. »Überall, wo du auftauchst, finden wir früher oder später zueinander. Das ist irgendwie romantisch.«
Megan stieß ihr den Ellenbogen in die Rippen.
»In erster Linie ist das nicht romantisch, sondern absolut verrückt. Bis jetzt hatten wir nur unsere Arbeit im Kopf. Und auf einmal entdecken wir unsere eigenen Gefühle? Versteht mich nicht falsch, ich stehe total auf diese Gefühlskiste. Aber merkwürdig ist das schon.«
»Ja«, bestätigte Betty. Und auf einmal war sie ganz aus dem Häuschen. »Jeder Auftrag ist doch für eine bestimmte Sache vorgesehen und wird eines Tages etwas Besonderes leisten. Was wäre, wenn du deine Bestimmung bereits gefunden hast?«

Sie schaute mir tief in die Augen. »Was wäre, wenn du dazu auserkoren bist, die Liebe in unsere Reihen zu bringen? Das könnte deine Bestimmung sein.«
Ich blinzelte ein paar Mal.
»Möglich wäre es doch«, fügte Betty hinzu. »Überleg doch mal.«
Und womöglich war es dann auch meine Bestimmung, nach dem Defensor zu suchen, dem ich das alles zu verdanken hatte? Mir fiel wieder ein, warum ich früher zurückwollte.
»Was macht Ethan denn so? War er inzwischen mal wieder hier?«
Megan schüttelte den Kopf.
»Nicht, seitdem ihr abgereist seid und soweit ich weiß, ist er die nächsten Wochen in Island.«
Das hatte mir gerade noch gefehlt!
»Er ist gar nicht da? So ein Mist.«
»Du tust gerade so, als würdest du ihn vermissen. Sei doch froh, dass du ihm nicht begegnen musst.«
Noch vor ein paar Tagen hätte ich ihr ausnahmslos zugestimmt. Jetzt war die Lage allerdings viel komplizierter.
»Schau mal, Lara.« Jean kam auf mich zu und hielt mir lächelnd ein Bild unter die Nase.
»Was ist das?« Ich drehte das Foto ein paar Mal, konnte aber nichts erkennen.
»Das ist mein Baby.«
Bis jetzt hatte ich in meinem Leben nur ein einziges Ultraschallbild gesehen, nämlich das meines Bruders.
»Siehst du?« Jean deutete auf das Bild. »Da ist der Kopf. Und da ihr kleines Herz. Und hier sind die winzigen ...«
Ich ließ das Bild sinken und schaute Jean perplex an.
»Hast du gerade IHR gesagt? Es wird ein Mädchen?«
Jean nickte. »Hester Sue konnte es zweifelsfrei feststellen. Wir bekommen eine Tochter.«
»Oh, Jean.« Ich fiel ihr um den Hals. »Das ist ja wundervoll. Ich wette, Kevin ist ausgeflippt, als er das erfahren hat.«

»Er weiß es noch nicht.«

Ich rückte ein Stück von ihr ab. »Du hast es ihm noch nicht gesagt?«

Jean lächelte kopfschüttelnd. »Ich will ihn noch ein bisschen auf die Folter spannen.«

»Und wie lange willst du das durchziehen?«

»Mm. Keine Ahnung. Noch eine ganze Weile.«

Betty klatschte vor Begeisterung in die Hände. »Der wird durchdrehen, wenn er davon erfährt. Er wollte doch unbedingt eine Tochter.«

Megan zog Betty vom Sofa hoch. »Komm, wir sehen mal nach, ob Adelheid Hilfe braucht. Dann könnt ihr zwei ganz in Ruhe quatschen.«

Ich lehnte mich zurück, als die Tür ins Schloss fiel. Jeans Hände lagen wieder auf ihrem Bauch. Eine Geste, die für sie inzwischen ganz selbstverständlich war.

»Dein Bauch ist ganz schön gewachsen«, stellte ich fest.

Jean griff nach meiner Hand und legte sie auf ihren Bauch. »Spürst du sie?«

Irgendetwas stupste von innen ganz leicht gegen meine Finger. »Sie ist ziemlich aktiv. Bei Danny war es genauso, der hat auch so viel gestrampelt. Lange kann es jetzt nicht mehr dauern, oder?«

Jean kicherte. »Eigentlich bin ich erst im fünften Monat. Aber Hester Sue meint, es könnte auch vorher losgehen, weil sie schon so kräftig ist. Niemand kann genau sagen, wie meine Schwangerschaft verlaufen wird, also soll ich mich darauf vorbereiten, dass das Baby eventuell auch früher kommt.«

»Hast du Angst?«, wollte ich wissen.

Jean seufzte leise. »Ja. Ein bisschen schon. Aber ich denke, das gehört dazu.«

Sie beugte sich vor und schaute mich nachdenklich an. »Ich würde gerne auf deine Frage zurückkommen.«

Ich kniff die Augen zusammen.

»Seit wir uns kennen, habe ich dir mit Sicherheit hunderte von

Fragen gestellt. Welche meinst du?«
»Du wolltest auf deiner Hochzeit wissen, welcher Name mir für das Baby gefallen würde.«
Ich nickte. »Bleibt es bei Namila?«
»Was hältst du von Namila Sophia? Zum Andenken an die erste Frau in deiner Familie, die mit deiner Gabe geboren wurde.«
Ich war überwältigt von dieser Geste.
»Das ist ein wunderschöner Name.«
Und dann, weil mich meine Gefühle übermannten, nahm ich Jean fest in den Arm und drückte sie an mich.
Ich hätte stundenlang so weitermachen können, einfach nur dasitzen und meiner Freundin zuhören, wie sie über ihr Baby redet. Doch kurz darauf wurden wir schon wieder unterbrochen, als Megan mit Betty im Schlepptau erneut das Wohnzimmer betrat.
»Mir ist langweilig«, murrte Megan. »Was macht ihr Schönes?« Dabei schaute sie uns beide erwartungsvoll an.
»Wir reden über das Baby«, kam ich Jean zuvor und Megan verdrehte die Augen.
»Ich kann es kaum erwarten. Stellt euch nur mal vor, was passiert, wenn sie von Kevin zu sehr verwöhnt wird. Dann haben wir bald ein kleines arrogantes Miststück, das in einem pubertären Wutanfall mit ihrem Nagellack nach uns wirft.«
Jean funkelte sie empört an. »Das klingt eher nach dir, würde ich mal behaupten.«
Megan verzog das Gesicht. »So schlimm bin ich nun auch wieder nicht.«
Ein Moment blieb es still, dann prustete Betty lauthals los. Jean und ich stimmten mit ein, weil Betty uns ungewollt zum Lachen brachte. Megan fand das Ganze anfangs gar nicht so wirklich witzig, doch irgendwann konnte sie sich nicht mehr dagegen wehren und verzog die Lippen zu einem breiten Grinsen.

Die Sache mit Leo war inzwischen über ein halbes Jahr her und trotzdem ertappte ich mich hin und wieder dabei, wie ich im College nach Defensoren Ausschau hielt. Das war eine Angewohnheit, die sich nicht so leicht ablegen ließ, obwohl ich mich damals furchtbar darüber aufgeregt hatte.
Es war ein eigenartiges Gefühl, keinen dunklen Augen mehr zu begegnen und es war eigenartig, weil ich mich deswegen so merkwürdig fühlte. Als würde ein kleiner Teil von mir fehlen. Das Gefühl machte mir ein wenig Angst und ich fragte mich immer wieder aufs Neue, warum ich diesen Verlust so tief in mir spürte.
Heute blieb mir jedoch keine Zeit, um diese Gedanken weiter nachzuhängen. Kaum hatte ich die Vorlesung betreten, stürmte Kim auch schon auf mich zu. Im Nu war ich von einer Horde Mädchen umringt, die allesamt durcheinander redeten.
»Du gehörst jetzt also ganz offiziell zu den Reichen und Schönen«, verkündete Kim. »Nun musst du dir nie wieder Sorgen um Geld machen, du kannst dir alles kaufen, was du willst.«
»Wenn du meinst«, antwortete ich gelangweilt und schob meinen Stuhl zurück, damit ich mich setzen konnte.
Angela und ein Mädchen namens Charlotte setzten sich sogleich vor mich auf den Tisch und guckten mich mit großen Augen an.
»Zeig mal her«, forderte Kim und griff dabei nach meiner Hand. Dann rümpfte sie die Nase. »Aber das ist ja derselbe Ring, den du ...«
»Ich weiß«, ging ich dazwischen und zog meine Hand weg. »Ich brauche keinen anderen Ring. Der gefällt mir eben.«
Kim zuckte mit den Schultern und schielte zu Angela hinüber. »Am Geld kann es jedenfalls nicht liegen. Er hätte dir sicher auch einen neuen Ring gekauft. Also ich hätte ja auf einen Diamantring bestanden. Und du gibst dich mit dem Verlobungsring zufrieden?« Sie schüttelte den Kopf. »Das verstehe ich nicht.«
Ich wollte gerade etwas nicht ganz so Nettes erwidern, als Kim

nach Luft schnappte. Dabei wanderte ihr Blick nach oben.

»Guten Morgen, die Damen.«

Logan zauberte dieses unwiderstehliche Lächeln auf seine Lippen, während er direkt neben mir stehenblieb.

»Meine Frau ist leider furchtbar bescheiden«, seufzte er laut. »Sie wollte nicht einmal das rote Cabrio annehmen, das ich für sie ausgesucht habe.«

Als er sah, wie Kim mich mit offenem Mund anstarrte, legte er seine Hand auf meinen Arm und sagte: »Aber wenigstens ist sie meiner Bitte nachgekommen und hat das kleine Haus am Meer behalten, welches sie zu Weihnachten geschenkt bekommen hat.«

Ich warf ihm einen bitterbösen Blick zu, was ihn nicht weiter störte. Logan verabschiedete sich in alter Gentleman-Manier und schlenderte in aller Seelenruhe zu seinem Platz. Ich war heilfroh, als es kurz darauf klingelte und die Menge auseinanderstürmte.

»Das kriegst du zurück«, zischte ich in seine Richtung.

Das schien ihn ebensowenig zu stören. Er grinste nur. Während Mrs. Rayder den Stoff für die Vorlesung an die Tafel kritzelte, schlug ich mein Heft auf und versuchte, mich auf die Stunde zu konzentrieren. Mir würde schon etwas einfallen, um ihm das heimzuzahlen, da war ich mir sicher.

»Ms. Anderson?«

Ich hob den Kopf, als ich meinen Namen hörte. »Würden Sie mir die ersten zwei Fragen beantworten?«

Mrs. Rayder deutete auf die Tafel und ich nickte. Da huschte ihr Blick über meinen Kopf hinweg.

»Möchten Sie etwas zum Unterricht beitragen, Mr. Ford?«

»Nicht direkt«, gab Logan zurück. »Ich wollte nur etwas richtigstellen. Es heißt nicht mehr Ms. Anderson, sondern Mrs. Ford. Lara ist nun meine Frau.«

Lautes Gemurmel ging durch den Saal und ich wurde auf meinem Stuhl immer kleiner.

»Oh.« Mrs. Rayder wirkte überrascht, so wie die Hälfte meines Kurses. »Na dann, meinen herzlichen Glückwunsch.«
Sie drehte den Kopf in meine Richtung.
»Also Mrs. Ford. Können Sie mir die ersten zwei Fragen beantworten?«

Auf dem Weg zur Cafeteria hatte ich mich halbwegs beruhigt. Ich erntete zwar hier und da noch ein paar verstohlene Seitenblicke, die ich so gut es ging zu ignorieren versuchte, ansonsten gab es keine unangenehmen Überraschungen mehr.
Mein Blick streifte ziellos durch die Cafeteria. Keine dunklen Augen. Keine wachsamen Gesichter.
»Was ist denn nur mit dir los?« Jean stellte ihr Tablett ab und legte in einer fürsorglichen Geste ihre Hand auf meinen Arm.
»Es ist nichts«, wiegelte ich ab und piekte mit der Gabel ein paar Pommes auf.
Logans Blick brannte sich in meinen Rücken. »Es ist wirklich nichts«, wiederholte ich noch einmal und ließ meine Worte so unbekümmert wie möglich klingen. Jean kaute gedankenverloren, während sie mich aus den Augenwinkeln beobachtete.
»Das ist völlig normal, Lara. Mach dir nichts daraus.«
Ich ließ meine Gabel sinken.
»Was ist völlig normal? Wovon redest du?«
»Sie fehlen dir. Das liegt an deiner Abstammung und an dem Blut. Das ist nichts, wofür du dich schämen musst.«
Ich zuckte mit den Schultern und griff nach meiner Cola.
»Und du findest das nicht irgendwie merkwürdig? Immerhin reden wir hier von Defensoren.«
Jean vergewisserte sich, dass wir keine unerwünschten Zuhörer hatten, dann schüttelte sie den Kopf und lächelte mich an.
»Du hattest dich an sie gewöhnt und sogar einige interessante Freundschaften geschlossen. Da ist es doch ganz normal, dass du deine neuen Freunde vermisst. Defensoren hin oder her, du hast schließlich sehr viel Zeit mit ihnen verbracht.«

Mir war es schleierhaft, wie Jean so ruhig bleiben konnte.
»Aber ihr habt kein besonders gutes Verhältnis zu den Defensoren«, merkte ich an.
»Ach Quatsch.« Jean winkte ab. »Einige von ihnen waren eigentlich ganz nett. Und … Na ja, ich habe mich, so wie du, irgendwie an ihre Gegenwart gewöhnt.«
Wir grinsten uns an und ich atmete erleichtert auf. Jean war einfach die Beste!
Als ich nach der Vorlesung mit Jean über den Parkplatz schlenderte, wartete Logan schon an meinem Auto auf uns.
»Ich muss dich für einige Stunden alleinlassen.« Er griff nach meiner Hand und küsste meine Finger. »Geht das in Ordnung?«
Ich genoss seine warme Berührung und hätte beinahe vergessen zu antworten.
»Lara?«
Ich nickte eifrig. »Ja, klar. Kein Problem.«
»Ethan ist heute früh eingetroffen und es gibt einiges zu …«
»Ethan ist wieder da?«, platzte ich dazwischen. Mein Magen zog sich zusammen bei dem Gedanken.
»Ich beeile mich«, sagte Logan und berührte sanft meine Lippen. »Es dauert wirklich nicht sehr lange. Versprochen.«
Ich versuchte zu lächeln. Doch innerlich war ich viel zu aufgewühlt, um ruhig zu bleiben. Ich musste unbedingt mit Ethan sprechen. Ich brauchte Antworten!

ETHAN

Als ich die Souvenirs einräumte, die ich mir aus White Rock mitgebracht hatte, fiel mir Grandmas Kochbuch in die Hände. Weil ich dafür noch immer keinen geeigneten Platz gefunden hatte, lag es auf dem obersten Regal im Ankleidezimmer und fiel herunter, während ich die Koffer verstaute. Das Kochbuch erinnerte mich daran, dass ich Logan vor einiger Zeit versprochen

hatte, für uns zu kochen. Ich nahm mir fest vor, mein Versprechen so bald wie möglich in die Tat umzusetzen und drapierte das Kochbuch an einer Stelle, wo es nicht mehr zu übersehen war. Ganz vorne, zwischen meinen Lieblingspullis.
Anfang Mai wurde es von Tag zu Tag wärmer und bald darauf wurden die Sommerautos aus der Garage geholt. Von Megan wusste ich, dass sie auf dieses Vergnügen letzten Sommer verzichten musste, weil Logan es für zu gefährlich hielt, in einem offenen Wagen zu fahren, solange Leo noch auf freiem Fuß war. Dieses Jahr war alles anders und ihre offensichtliche Freude darüber brachte mich mehr als nur einmal zum Schmunzeln.
Logan fuhr ein rabenschwarzes und extrem flaches Monstrum von Auto, was ich ehrlich gesagt auch gar nicht anders erwartet hatte. Als er damit am ersten Tag im College auftauchte, strahlte er über das ganze Gesicht.
Außer Jean und mir kamen auch alle anderen mit ihren schicken Cabrios ins College. Ich blieb jedoch auch weiterhin hartnäckig, denn noch war ich nicht dazu bereit, mich der allgemeinen Verschwendungssucht anzuschließen. Mein Jeep genügte mir völlig, ich brauchte keinen Zweitwagen!
Der Bauchumfang meiner schwangeren Freundin nahm stetig zu und allein daran konnte man schon ganz gut erkennen, wie schnell die Wochen vergingen. Im Juni, knapp drei Monate nach unserer Hochzeit, richteten wir das Kinderzimmer ein. Jean war altmodisch und entschied sich für klassisches Rosa in Kombination mit Weiß. Ihre Euphorie kannte dabei wirklich keine Grenzen. Kevin stand seinen Mann und umsorgte Jean in einer Art, wie ich es ihm niemals zugetraut hätte. Wann immer sie irgendetwas brauchte, war er sofort zur Stelle. Kevin wurde erwachsen, er wuchs an seiner Aufgabe, und darauf konnte er wirklich stolz sein. Ich hingegen hatte keinerlei Grund, auf mich stolz zu sein. Bis zum heutigen Tage hatte ich es noch immer nicht geschafft, Ethan gegenüberzutreten. Ich war feige! Dabei wollte ich so gerne mit ihm sprechen und mir alles aus

seiner Sicht erzählen lassen. Doch sobald Ethan im Buchladen auftauchte, machte ich einen riesengroßen Bogen um ihn. Ich redete mir dann ein, dass es gerade nicht so günstig war und der Zeitpunkt beim nächsten Mal sicher passender wäre.
So ein Blödsinn! Irgendwie konnte ich mich einfach nicht dazu durchringen und ich hasste mich dafür.
Einige Tage später, ich kam mit Jean gerade aus dem letzten Kurs, bemerkte ich, dass Logan auf dem Parkplatz unruhig auf und ab tingelte.
»Ich glaube, ich warte lieber im Wagen auf dich«, bemerkte Jean mit einem flüchtigen Blick in seine Richtung.
»Was ist los?«, fragte ich ganz außer Atem, weil ich das letzte Stück gerannt war.
Logan kam auf mich zu und griff nach meinen Händen.
»Ich wurde soeben davon in Kenntnis gesetzt, dass Erik einen sehr vielversprechenden Empathen ausfindig gemacht hat.«
Mir war sofort klar, worauf er anspielte.
»Und du möchtest dich sehr gerne selbst davon überzeugen.«
Logan wirkte alles andere als glücklich, obwohl ihm die Aufregung buchstäblich über das ganze Gesicht geschrieben stand.
»Nur, wenn es für dich in Ordnung ist«, antwortete er zögernd.
»Ich würde gerne dabei sein, wenn sie der Umwandlung zustimmt.«
Meine Augen wurden riesengroß. »Ein Mädchen?«
»Eine junge Frau«, verbesserte er mich. »Sie ist gerade einmal 21 Jahre und steht schon kurz vor einem Nervenzusammenbruch.«
»Du musst mich doch nicht um Erlaubnis fragen«, winkte ich ab, auch wenn ich mich geschmeichelt fühlte. »Das gehört schließlich zu deinem Job.«
Logan nickte schmunzelnd. »Wir brechen gleich auf. Ich werde aber eine ganze Weile unterwegs sein. Ist das ein Problem für dich?«
»Kein Problem«, gab ich kopfschüttelnd zurück. »Geh nur, ich komme schon klar.«

Logan küsste mich zum Abschied zärtlich, stieg in dieses Ungetüm von Sommerauto und brauste gut gelaunt davon.
Zu Hause angekommen, erledigte ich zuerst meine Aufgaben für die einzelnen Kurse, später kam dann Adelheid mit einer kleinen Stärkung vorbei. Wir ließen uns den Kuchen schmecken, den sie gebacken hatte und unterhielten uns über dies und das, vor allem aber über meine Flitterwochen und die neue Familie, die in White Rock Stellung bezogen hatte. Danach musste ich irgendwann auf dem Sofa eingeschlafen sein, denn als ich die Augen öffnete, war es draußen bereits dunkel geworden. Ich hob den Kopf leicht an und zog den Zopfgummi aus meinen Haaren. Viel zu spät bemerkte ich, dass Ethan mir gegenüber im Sessel hockte.
»Wow!«
»Guten Abend, Lara.«
Ich richtete mich abrupt auf und starrte ihn mit großen Augen perplex an. »Wie lange sitzen Sie schon dort?« Ich weigerte mich, ihm in die Augen zu sehen.
»Hatten wir uns nicht auf du geeinigt?«, beantwortete er meine Frage mit einer Gegenfrage.
Geduldig schob ich meine Haare hinter die Ohren.
Mit einem Lächeln sagte Ethan: »Ich sitze hier schon eine ganze Weile. Du hast nicht auf mein Klopfen reagiert.«
»Weil ich geschlafen habe!«
»Jetzt bist du ja wach«, sagte er. »Wir müssen reden.«
Nachdem ich mir in Ruhe eine Cola geholt und es mir auf dem Sofa bequem gemacht hatte, war ich bereit, mich dem Unvermeidbaren zu stellen.
»Hast du es gewusst?« Ich musste ihn nicht direkt auf Sophia, seine Tochter, ansprechen, denn mir war klar, dass er genau wusste, wovon ich gerade sprach.
Ethan schüttelte fast unmerklich den Kopf und bestätigte damit meine Vermutung, was Sophia betraf.
»Ich habe es erst erfahren, als du damals aus White Rock zu-

rückgekommen bist.«

»Das ist lange her«, bemerkte ich, drückte mich tiefer ins Sofa und kniff die Augen zusammen.

»Ich wollte dir die Gelegenheit geben, dich mit dem Gedanken anzufreunden, bevor wir darüber reden«, gab Ethan zurück. »Das Ganze war sicher ein großer Schock für dich.«

Ich versuchte, mich zu einem Lächeln zu überwinden, was mir aber nicht so recht gelang.

»Im ersten Moment schon. Doch dann dachte ich mir, dass es sowieso nichts bringt, sich darüber aufzuregen. Also habe ich das Beste aus der Situation gemacht.«

In Wirklichkeit hatte ich immer noch meine Probleme damit. Ich war viel zu stolz, um das vor Ethan zuzugeben.

»Ich würde gerne deine Version der Geschichte hören«, forderte ich ihn auf. »Erzähl mir von Dorothea.«

Ethan betrachtete mich einen Augenblick lang mit leeren Augen. Dann nickte er resigniert.

»Der Auftrag lautete: Gehe in das Dorf und bewahre den Empath vor dem Scheiterhaufen. Der Junge, noch keine 17 Jahre alt, war des schweren Diebstahls angeklagt, ihm sollte ein paar Tage später der Prozess gemacht werden. Also machte ich mich auf den Weg, voller Überzeugung, dass ich meine Arbeit zu aller Zufriedenheit erledigen würde.«

Ethan schüttelte den Kopf, als könne er noch immer nicht glauben, was damals passiert war.

»Als ich sie das erste Mal sah, stand Dorothea am Brunnen und schöpfte Wasser. Ich beobachtete sie eine Weile und fragte mich, wie so etwas Schönes menschlich sein konnte. Ich merkte nicht einmal, welche Gefühle bei ihrem Anblick in mir aufwallten.«

Für wenige Sekunden huschte ein verträumtes Lächeln über sein Gesicht, als er kurz aus dem Fenster sah. Dann schaute er wieder zu mir und das Lächeln war wie ausgelöscht.

»Es fühlte sich seltsam an. Mein Herz, das jedes Mal fast auszusetzen drohte, wenn wir uns begegneten. Mein Magen, der

Saltos schlug, sobald sie mich anlächelte. Anfangs versuchte ich noch, ihr aus dem Weg zu gehen, schließlich hatte ich eine Mission zu erfüllen. Doch schon bald war ich ihrem Charme hemmungslos verfallen und meine Aufgabe rückte immer mehr in den Hintergrund. Und ehe ich wusste, was los war, hatte ich mich Hals über Kopf in Dorothea verliebt.«

Ethan verstummte und begegnete meinem fragenden Blick mit einem traurigen Lächeln.

»Ich kann mir denken, was dich beschäftigt«, merkte er an. »Es ist nicht so, dass wir niemals Gefühle hatten, ganz im Gegenteil. Doch lass mich die Geschichte erst zu Ende bringen, ehe ich darauf näher eingehe.«

Ich nickte und Ethan fuhr mit seiner Geschichte fort.

»Wir trafen uns von da an regelmäßig und ich konnte überhaupt nicht genug von ihr bekommen. Sie war eine so wunderschöne und unbeschreiblich liebenswerte junge Frau. Dass ich ursprünglich aus einem ganz anderen Grund in ihr Dorf gekommen war, schien mir auf einmal nicht mehr wichtig zu sein. Eines Abends versuchte ich ihr zu sagen, wer ich wirklich bin. Ich hatte furchtbare Zweifel, dass sie womöglich nur in meine Illusion verliebt war und nicht in mich, denn mein wahres Aussehen blieb ihr bis dahin verborgen. Mein Versuch, ihr die Wahrheit zu sagen, endete damit, dass sie mich auslachte und mich ›mein süßer kleiner Geschichtenerzähler‹ nannte. Allerdings verschwand in dem Moment, als ich meine Illusion vor ihr fallenließ und ihr mein wahres Aussehen offenbarte, jegliche Zuneigung aus ihrem Gesicht. Stattdessen erkannte ich Angst und Panik in ihren schönen Augen. Und blankes Entsetzen. Dorothea lebte in einem sehr dunklen Zeitalter und jede Abnormität wurde sofort mit dem Bösen in Verbindung gebracht. Sie wich vor mir zurück und schließlich lief sie einfach davon. Ich war so in meinem Stolz verletzt, dass ich noch am gleichen Abend abgereist bin. Ich habe Dorothea niemals wiedergesehen.«

Die Geschichte stimmte mit dem überein, was Ruth mir erzählt hatte. Was mich überraschte, war die unendliche Trauer, die sein Geständnis offenbarte. Ethan hatte Dorothea also tatsächlich von Herzen geliebt.

Schlagartig änderte sich sein Gesichtsausdruck von einer Sekunde auf die andere und eine Welle blanken Zorns überrollte seine bis dahin milden Züge.

»Ich habe meinen Auftrag ganz einfach vergessen«, grollte er. »Ich bin davongelaufen und habe keinen einzigen Gedanken mehr an ihn verschwendet. Damals wollte ich nichts anderes tun, als mich in meinem Selbstmitleid suhlen, weil Dorothea mich verschmäht hatte. Durch meine Schuld wurde er zum Tode verurteilt und hingerichtet und ich war nicht da, um das Urteil zu verhindern.«

Ethan lehnte sich im Sessel zurück. »Ich habe Loganos berichtet, dass er sich gegen die Umwandlung und für den Tod entschieden hat. Das war eine glatte Lüge. Durch mein Versagen hatte der Junge nicht einmal die Chance, sich für uns zu entscheiden.«

Ich musste schlucken. So viele Jahre waren inzwischen vergangen, doch die Angelegenheit schien Ethan immer noch fertig zu machen.

»Du darfst bitte nicht vorschnell urteilen«, sagte er und versuchte mich anzulächeln. »Ich dachte damals wirklich, es wäre für alle Beteiligten am besten so. Ich wollte die Defensoren nur vor solch einer demütigenden Erfahrung bewahren.«

Eine dunkle Vorahnung beschlich mich. Seine Worte verhießen nichts Gutes, soviel war klar.

»Was hast du getan?«, fragte ich und spürte, wie ich mich innerlich versteifte.

»Ich hatte mich durch meine Gefühle beeinflussen lassen«, stand er Rede und Antwort. »Gefühle sind nicht gut für uns, sie bringen nur alles durcheinander und kosteten schlussendlich einem sehr vielversprechenden Empath das Leben. So etwas war unverzeihlich und durfte niemals wieder geschehen.«

Ethan seufzte, als wolle er sich selbst beruhigen.

»Und aus diesem Grund habe ich sämtliche Emotionen rigoros aus den Erinnerungen aller Defensoren gelöscht. Alles, was sie in irgendeiner Weise in ihrer Arbeit beeinträchtigen könnte, habe ich ausnahmslos verschwinden lassen.«

»Du hast was?« Ich schnappte nach Luft. »Aber das ist doch ...«

»Lara.«

Er hob seine Hand und brachte mich zum Schweigen.

»Unsere Arbeit erfordert vollste Konzentration, wir können uns keine Fehler erlauben. Damals war ich der Annahme, dass es auf diese Weise, also ohne Emotionen, für alle Beteiligten sehr viel einfacher werden würde. Und ich sollte Recht behalten, denn niemals wieder gab es so einen katastrophalen Zwischenfall. Jeder Defensor erledigt bis heute seine Aufgaben ohne größere Komplikationen.«

Ethan ließ mir keine Zeit, das Gesagte zu verdauen, um meine Gedanken neu sammeln zu können.

»Allerdings gab es bei den Secutoren einige Schwierigkeiten«, führte er seine Erklärung fort. »Angesichts der Tatsache, dass Emotionen für ihre Arbeit unerlässlich sind, konnte ich sie nicht so einfach auslöschen. Ein Defensor kommt sehr gut ohne sie zurecht, doch ein Secutor kann nicht ohne seine Emotionen, arbeiten.«

Er schaute mich flüchtig an, um sich zu vergewissern, dass ich ihm auch weiterhin zuhörte.

»Also habe ich in den Erinnerungen der Secutoren eine Art Blockade errichtet. Eine Art Einbahnstrasse. Sie wissen zwar, was Liebe ist und auch, was Gefühle sind, aber sie verbinden diese Emotionen ausschließlich mit ihrem Auftrag. Sie beziehen es nicht auf sich. Ich habe dafür gesorgt, dass sie nur noch an ihre Arbeit denken und sonst an nichts anderes.«

»Aber die Blockade bröckelt«, warf ich ein, bevor er weitersprechen konnte. »Megan und Dean sind der beste Beweis dafür. Und Jean ist schwanger.«

»In der Tat.«

Ethan nickte. »Es hat mich all meine Kraft gekostet und es hat Jahrzehnte gedauert, bis ich jeden einzelnen Defensor und Secutor ›bearbeitet‹ hatte. Die rigorose Abneigung gegen Menschen war eine kleine zusätzliche Absicherung, damit sich die Defensoren auch in Zukunft von ihnen fernhalten. Sie sind nicht mehr fähig, etwas zu fühlen. Ich bin der einzige und letzte unter ihnen, der noch Gefühle hat.«

Für wenige Sekunden bezweifelte ich, ob Ethan wirklich gesagt hatte, was ich glaubte gehört zu haben. »Du hast also Emotionen?«

Als er nickte, musste ich schlucken. »Aber du bist nicht der einzige«, gab ich zu Bedenken. »Jetzt nicht mehr.«

Ethan schmunzelte. »Das ist wahr.«

Ich versuchte, mich zusammenzureißen, obwohl ich ziemlich wütend auf Ethan war. »Er ist die oberste Priorität«, stellte ich klar. »Vielleicht ist er einfach zu stark, um von dir manipuliert zu werden.«

Ethan faltete die Hände auf seinem Schoß. »Es geschieht mir ganz recht, wenn du mir gehörig den Kopf waschen willst.«

Er schmunzelte zwar, als ich ihn böse anfunkelte, doch sein trauriger Tonfall war nicht zu überhören.

Meine Wut verpuffte allmählich. Irgendwie tat er mir leid.

»Reden wir Klartext«, begann ich, um sicherzustellen, dass ich auch alles richtig verstanden hatte. »Nur, weil du unglücklich verliebt warst und weil deine Angebetete nicht so reagiert hat, wie du es dir erhofft hast, hast du sämtliche Defensoren manipuliert und ihre Erinnerungen so weit gelöscht, dass sie weder Liebe noch Freundschaft empfinden können. Und bei den Secutoren hast du sämtliche Empfindungen ausschließlich auf ihre Arbeit gelenkt?«

Ethan nickte und mir wurde abwechselnd heiß und kalt.

»Du musstest deine Gefühle all die Jahre vor den anderen verstecken und so tun, als wärst du so kalt wie Eis«, mutmaßte ich. »Doch in Wirklichkeit trauerst du immer noch deiner verlorenen Liebe nach.«

Er beobachtete mich eine Weile. »Wahre Worte, Lara. Das muss ich leider zugeben.«

Dann verfinsterte sich sein Gesicht aufs Neue.

»Es ist nicht so, dass ich nicht schon längst für mein Verhalten gebüßt hätte. Was glaubst du wohl, wie alt ich bin?«

Ich zog eine Augenbraue hoch und er lachte.

»Ich meine äußerlich. Wie alt würdest du mich dem Aussehen nach schätzen?«

»Ich bin schlecht in sowas«, gab ich zu. »Sechzig oder siebzig Jahre vielleicht?«

Ethan lachte laut auf und ich zuckte zusammen. Bis jetzt hatte ich ihn noch niemals lachen gehört.

»Ich war 24 Jahre alt, als sich meine Kräfte zeigten und bin es eigentlich immer noch. Aber sehe ich vielleicht aus wie 24?«

Sprachlos schüttelte ich den Kopf.

»So viel zum Thema, wir könnten nicht altern«, schmunzelte er. »Bei den Secutoren war es nicht ganz so schlimm, ich musste ihre Emotionen nur ein wenig umlenken, es hat mich damals unheimlich viel Kraft und noch viel mehr Energie gekostet, bis ich bei allen Defensoren die Gefühle ausgelöscht hatte. Die oberste Priorität zu manipulieren, daran wäre ich beinahe zu Grunde gegangen.«

Ethan suchte meinen Blick. »Du hast Recht, Lara, er ist sehr viel mächtiger als ich. Für den Versuch, ihn dennoch zu manipulieren, habe ich mit meiner Jugend bezahlt.«

»Dann mache es rückgängig«, forderte ich.

Ethan schüttelte den Kopf. »Das geht nicht, Lara. Was einmal gelöscht wurde, ist unwiderruflich verloren, das weißt du.«

Ich knirschte mit den Zähnen.

»Allerdings hat es den Anschein, als wäre das auch gar nicht mehr nötig«, fügte er hinzu.

Er lächelte wieder, als ich ihn verblüfft ansah.

»In dir lebt ein Teil meiner Fähigkeiten weiter. Deine Gabe ist mein Vermächtnis. Und so wie es aussieht, kannst du das bewirken, wozu ich nicht in der Lage bin. Du kannst die Barrikade durchbrechen und Gefühle wecken. Meine Kräfte in dir bewirken das Gegenteil von dem, was ich getan habe. Ich war damals voller Selbsthass und habe meine Fähigkeiten missbraucht, um andere zu manipulieren. Ich bin inzwischen ein alter verbitterter Mann. In dir lebt die Liebe zu Dorothea weiter und all das, was ich früher einmal war.«

»Es funktioniert aber nur bedingt«, gab ich offen zu. »Einige Defensoren haben überhaupt nicht darauf reagiert. Sie wollten weder eine Freundschaft mit mir, noch haben sie ihr Verhalten gegenüber den Secutoren geändert. Die sind immer noch so kalt wie ein Eisberg.«

Unwillkürlich musste ich dabei an den Ältestenrat denken und Ethan wusste auch sofort, worauf ich anspielte.

»Nun ja. Wie ich dir bereits sagte, habe ich jegliche Art von Empfindungen aus ihrem Gedächtnis gelöscht und was einmal gelöscht wurde, ist unwiderruflich verloren. Damals habe ich mit dem Ältestenrat begonnen und mich dann immer weiter vorgearbeitet. Im Laufe der Zeit ließen meine Kräfte nach, ich wurde immer schwächer. Womöglich habe ich es dadurch nicht mehr geschafft, alle Erinnerungen auszulöschen, was wiederum bedeuten könnte, dass es dort draußen Defensoren gibt, die vielleicht noch irgendwo tief in ihrem Inneren wissen, was Liebe und Freundschaft bedeuten. Aber bedenke, Lara, nicht jeder ist offen für Emotionen und Gefühle. Die Ältesten sind mit ihrem Dasein mehr als zufrieden, wie ich sehr schnell bemerkt habe, und ich denke nicht, dass sie auf Gefühle ansprechen würden, selbst wenn sie noch welche hätten. Schon vorher waren nicht alle Defensoren liebenswert, wenn du verstehst, was ich damit sagen will. Ebenso wie bei den Menschen gibt es auch in unseren Reihen einige, die nicht durchweg freundlich sind.«

Ganz in Ruhe ließ ich mir seine Worte durch den Kopf gehen. Dabei kam mir etwas in den Sinn, das ich vorhin scheinbar überhört hatte.
»Moment. Du hast gesagt, deine Kräfte hätten sich in deinem 24. Lebensjahr gezeigt.«
»Ja.« Ethan nickte. Er verschränkte seine Finger unter dem Kinn und betrachtete mich eingehend.
»Ich habe dir etwas versprochen, Lara. Und ich werde mein Versprechen halten. Wenn die Zeit gekommen ist, werde ich alle deine Fragen beantworten.«
Zähneknirschend sagte ich: »Und warum nicht jetzt?«
Er richtete sich kerzengerade auf. »Weil es jetzt viel Wichtigeres zu tun gibt, als all deine Fragen zu beantworten.«
»Und das wäre?«
»Du hast nach mir gesucht«, antwortete er. »Und zwar nicht nur, weil du wissen wolltest, von wem du abstammst. Richtig?«
Ich schluckte. »Richtig.«
»Wie kann ich dir helfen, Lara?«
Kurzentschlossen entschied ich mich für den direkten Weg.
»Ich habe mein Blut testen lassen«, sagte ich geradeheraus. Für das, was ich vorhatte, gab es ohnehin keine Umschreibung.
»Darum wolltest du also unbedingt wissen, welcher Defensor der Vater von Sophia war.«
Ethan blieb erstaunlich gelassen, was mich ein bisschen verunsicherte. »Du bist aber kein Empath, Lara. Damit ist eine Umwandlung für dich völlig ausgeschlossen.«
»Ja, ich weiß«, seufzte ich. »Aber ich will … ich muss …«
Verzweifelt starrte ich auf den Boden, unfähig, meinen Satz zu beenden. Und das war auch gar nicht nötig, denn Ethan hatte auch so verstanden, was ich vorhatte.
»Du willst es dennoch wagen? Bist du wahnsinnig?«, brüllte er mich an. »Ich werde mein Blut nicht testen lassen, denn ich will nicht für deinen Tod verantwortlich sein. Ein Unschuldiger lastet bereits auf meiner Seele und ich habe kein Verlangen

danach, meine Liste um deinetwillen zu erweitern. «Seine Augen funkelten mich böse an. »Wenn er davon erfährt, wirst du dir wünschen …«

»Was ich mir wünsche ist, für immer bei ihm zu sein«, ging ich entschlossen dazwischen. »Selbst, wenn die Chance verschwindend gering ist, muss ich es einfach versuchen. Kannst du das nicht verstehen?«

Ethan starrte mich fassungslos an.

»Mein Blut ist dunkler als normales Blut«, lenkte ich ein. »Das muss doch etwas bedeuten.«

Ethan erhob sich aus dem Sessel, kam einen Schritt auf mich zu und baute sich vor mir auf. »Das weiß ich, weil es mein Blut ist, verdammt noch mal!«

Ich war aufgesprungen und so standen wir uns tonlos gegenüber und hielten unsere Blicke stand. Wie konnte ich ihn umstimmen? Ich wusste nicht, was ich sagen sollte. Aber ich wollte auch nicht einfach aufgeben.

»Das wird ihn umbringen, Lara. Das weißt du.«

Seine Worte brannten wie Säure in meinem Inneren. Tief betroffen schlang ich die Arme um meine Mitte und versuchte ruhig zu atmen.

»Aber genau das will ich doch verhindern«, murmelte ich. »Oder glaubst du tatsächlich, dass ihr ihn davon abhalten könntet, mir in den Tod zu folgen? Er hat es längst entschieden und nichts und niemand wird ihn umstimmen können.«

Meine Worte waren nicht weniger hart als seine und sie trafen voll ins Schwarze. Das wusste ich. Die Situation war nun zwar eine ganz andere, doch das Ergebnis würde das gleiche sein. »›Wenn Logan fällt, dann fallen wir alle‹, deine Worte, Ethan. Und genauso wird es kommen.«

Ich nahm all meinen Mut zusammen, um weiterzusprechen.

»Logan ist egoistisch genug, sich nicht darum zu kümmern, wenn er euch mit in den Tod reißt. Es interessiert ihn nicht, was danach passiert und du bist ein Narr, wenn du etwas

anderes glaubst!«
Sogar ich hatte inzwischen eingesehen, dass ihn nichts und niemand würde aufhalten können, wenn ich mit meinem Vorhaben scheitern sollte.
»Lass dein Blut testen«, bettelte ich, weil mich die Verzweiflung dazu trieb. »Bitte, Ethan. So haben wir wenigstens eine klitzekleine Chance.«
Ethan schnaubte. »Das ist keine Chance, sondern Irrsinn.«
Ich hob abwehrend die Hände. »Also gut. Du hast gewonnen. Wenn dein Blut nicht passt, dann gebe ich auf. Dann schenke ich ihm dieses eine Leben und mache mir keinerlei Gedanken mehr darüber, was danach geschieht.«
Ich konnte zwar nicht ertragen, was ich gerade von mir gegeben hatte, aber was blieb mir anderes übrig? Sollte sein Blut nicht passen, hatte ich ohnehin verloren.
Ethan kniff die Augen zusammen. »Und wenn ich ihm sage, was du vorhast?«
Ich blieb hart und zeigte keinerlei Gefühlsreaktion auf seine offensichtliche Drohung.
»Dann sind wir beide erledigt, denn ich werde dafür sorgen, dass wir zusammen untergehen. Wenn er erfährt, was du getan hast, wirst du den Rest deines erbärmlichen Lebens in irgendeiner Anstalt verbringen.«
Das klang trotzig und ziemlich überheblich. Und das war pure Absicht. Nur so hatte ich vielleicht noch eine Chance darauf zu hoffen, dass er doch noch einlenkte.
Ethan begann im Zimmer auf und ab zulaufen. Ich verschränkte meine Arme und beobachtete ihn dabei. Dann blieb er vor mir stehen und zog ein kleines Röhrchen aus seiner Manteltasche.
»Ich bin ein wenig überrascht und schockiert über deine Verhandlungsmethoden«, grinste er. »Aber auch ein bisschen stolz. Gut gemacht, Lara.«
Und dann drückte er mir das Röhrchen in die Hand.
»Ruf deinen Defensor an und sag ihr, sie kann vorbeikommen.«

Völlig überrumpelt griff ich nach dem Röhrchen. Es fühlte sich eiskalt an, fast gefroren.
»Ähm. Danke.«
Er nickte. »Und du wirst dein Versprechen halten, Lara? Sollte die Probe negativ sein, wirst du von deinem Vorhaben ablassen.«
Dann gab es für mich ohnehin keine Hoffnung mehr.
»Ja. Versprochen.«

Eleonore wäre fast umgekippt, als ich ihr die Neuigkeit am Telefon mitgeteilt hatte. Und ein paar Tage später stand sie schon vor der Tür.
»Wo ist er?«, fragte sie mit vorsichtiger Zurückhaltung, während wir ins Wohnzimmer gingen.
»Logan ist nicht da. Sie haben einen vielversprechenden Empath gefunden. Wir telefonieren sehr viel, aber ich weiß nicht genau, wann er zurückkommt.«
Logan war nun schon seit fast zwei Wochen unterwegs und meine Sehnsucht wurde von Tag zu Tag unerträglicher. Ich vermisste ihn schrecklich. Doch ich wollte nun endlich Gewissheit.
Eleonore griff nach dem Röhrchen.
»Dann zeig mal her.«
Sie hielt das Röhrchen ins Licht und schüttelte es leicht.
»Wer ist es, Lara?«
»Das kann ich dir nicht sagen.«
Sie warf mir einen misstrauischen Blick zu, dann zuckte sie mit den Schultern.
»Also gut. Wenn du nicht willst, dann ist das für mich auch in Ordnung. Zwingen kann ich dich schließlich nicht. Na ja, könnte ich schon. Aber mache ich nicht.«
Sie steckte das Röhrchen in ihre Jackentasche, drehte sich um und war im Begriff zu gehen. Im ersten Augenblick war ich so überrascht, dass ich nicht darauf reagieren konnte.
»Eleonore, warte bitte«, rief ich hinterher, als ich mich wieder gefasst hatte. Sie blieb stehen.

»Ich will ja, aber ich kann es dir wirklich nicht sagen. Noch nicht. Umso weniger du weißt, desto besser für dich. Ich will dich nicht noch weiter mit hineinziehen.«

»Verstehe ich dich richtig?« Sie blinzelte. »Du schweigst, um mich zu schützen?«

Ich versuchte ihrem durchdringenden Blick standzuhalten und nickte.

»Warum, Lara?«

»Damit du wegen mir keinen Ärger bekommst.«

Ihre Mundwinkel verzogen sich zu einem Lächeln. »Ich mache dir einen Vorschlag«, bot sie an. »Wenn die Probe negativ ist, dann sei es drum. Aber sollte die Probe positiv sein, dann will ich wissen, welcher Defensor es ist.«

»Du glaubst also, sie könnte positiv sein?« Ich konnte meine Freude kaum bremsen.

»Das glaube ich nicht«, wiegelte sie schnell ab. »Aber man kann nie wissen. Bist du damit einverstanden?«

»Auf jeden Fall.«

Sie streckte ihren Arm aus und wir besiegelten unseren Pakt mit einem kräftigen Handschlag.

»Jetzt lass mich meine Arbeit machen«, sagte sie und wirbelte herum. »Und bis dahin übe dich etwas in Geduld.«

Es dauerte fast vier Wochen, bis ich Logan endlich wiedersehen sollte. Sie waren irgendwo in Marokko unterwegs und allem Anschein nach gab es wohl ein paar unvorhergesehene Zwischenfälle, woraufhin er seinen Aufenthalt verlängern musste. Anfangs hatte ich mich in dem riesigen Haus furchtbar einsam gefühlt. Im Laufe der Zeit lernte ich damit umzugehen. Ich besuchte Mom und Dad regelmäßig und verbrachte sehr viel Zeit mit Jean. Auch Romy und Anna kamen des Öfteren vorbei und blieben am Wochenende sogar über Nacht. Irgendwann stellte sich eine gleichmäßige Routine ein und ich kam mit der Einsamkeit etwas besser zurecht.

Mitte Juli, ich lenkte gerade meinen Jeep durch das schmiedeeiserne Tor, da entdeckte ich sein Cabrio im Vorgarten und mein Herz machte vor Freude einen Satz. So schnell ich konnte, spurtete ich in die Eingangshalle. Als ich ihn am Fuß der Treppe stehen sah, rannte ich geradewegs in seine ausgestreckten Arme.

»Lara.« Er vergrub sein Gesicht in meinen Haaren und atmete tief ein.

»Du hast mir so furchtbar gefehlt«, flüsterte ich und presste meinen Mund auf seine Lippen.

In diesem Augenblick gab es für mich kein schöneres Gefühl als meine Wiedersehensfreude.

»Habt ihr nun einen neuen Secutor?«, fragte ich am nächsten Morgen beim Frühstück. Logan schüttelte den Kopf.

»Noch nicht. Wir haben die Vorarbeit beendet, alles andere erledigen wir in den Sommerferien. Es dauert eine Weile, um einen neuen Secutor zu rekrutieren.«

Ich schluckte ein Stück Toast hinunter.

»Oh. Dann musst du in den Ferien nochmal weg?«

Er beugte sich über den Tresen und hauchte einen Kuss auf meine Nasenspitze. »Nicht ich. Wir. Ich möchte dir Marokko zeigen.«

So sehr ich mich auch über diesen Vorschlag freute, konnte ich trotzdem nicht darauf eingehen.

»Wärst du sehr enttäuscht, wenn ich lieber hierbleiben möchte?«, fragte ich vorsichtig. »Das Baby kommt bald, vielleicht sogar früher. Ich möchte Jean jetzt nicht alleinlassen.«

Logan wirkte nicht überrascht. »Ich habe auch nichts anderes von dir erwartet«, lächelte er. »Jean kann sich wirklich glücklich schätzen, so eine Freundin zu haben.«

»Das beruht auf Gegenseitigkeit«, nuschelte ich mit vollem Mund und würgte das letzte Stück Toast hinunter. »Wann musst du los und wie lange wirst du wegbleiben?«

Seine Finger glitten streichelnd über meine Wange. »Gleich in der ersten Ferienwoche. Eine Umwandlung birgt ihre Tücken und muss äußerst sorgfältig vorbereitet werden. Wenn alles glattgeht, bin ich spätestens nach zwei Wochen wieder da. Wenn du möchtest, könnte ich Sam und Violett fragen, ob sie dir während meiner Abwesenheit Gesellschaft leisten.«
Ich nickte abwesend. In Gedanken konzentrierte ich mich schon auf den für mich wichtigsten Teil und fasste nach reiflicher Überlegung einen ernsthaften Entschluss. Nun musste ich nur noch auf das Ergebnis der Blutprobe warten.

Eleonore ließ ewig nichts von sich hören und dann tauchte sie einfach so im College auf. Urplötzlich stand sie an meinem Schrank, als ich die Tür zumachte. Ihre schmalen Augen wanderten den Flur entlang.
»Wie hältst du das bloß aus?«, fragte sie und verzog das Gesicht zu einer Grimasse. »Das ist hier ja wie in einem Gefängnis.«
Ich legte einen Finger auf meine Lippen. »Sprich etwas leiser«, mahnte ich und warf ihr einen warnenden Blick zu.
Eleonore lehnte sich lässig gegen die Wand und beobachtete eine Gruppe kichernder Mädchen, die sich auf dem Flur versammelt hatten. »Das ist ekelhaft«, schnaubte sie. »Wie eine Horde gackernder Hühner auf der Stange.«
»Krieg dich wieder ein«, sagte ich gereizt. Dann zog ich sie am Arm in die nächste Ecke. »Die ganze Zeit habe ich auf deinen Anruf gewartet. Warum hast du dich nicht gemeldet?«
»Die Probe ist schon eine ganze Weile fertig«, gab sie ohne Reue zu. »Ich wollte es dir persönlich sagen und konnte nun einmal nicht früher weg.« Sie betrachtete eingehend ihre rot lackierten Fingernägel.
»Und?«
»Und was?« Sie grinste.
»Lass dir doch nicht jedes Wort aus der Nase ziehen«, maulte ich.
Ihr breites Lächeln wurde zu einem Stirnrunzeln, als sie meine

toternste Miene sah.
»Schon gut. Wir haben eine Übereinstimmung von 92 Prozent.«
Mein Herz blieb fast stehen. »Oh. Verdammt. Das ist ja …«
»Ganz und gar nicht gut.« Eleonore seufzte laut. »Ich habe eingewilligt, weil ich dachte, damit wäre die Sache ein für alle Mal vom Tisch. Nie im Leben hätte ich mit so einem Ergebnis gerechnet.«
Einige Mädchen drehten sich in unsere Richtung. Eleonore warf ihnen einen bösen Blick zu. »Verzieht euch«, zischte sie und die Mädchen machten sich eilig davon.
Dann schaute sie wieder zu mir. »Du willst das wirklich durchziehen, oder?«
Zögernd nickte ich.
»Das ist Wahnsinn, Lara. Das kann nicht klappen. Selbst mit dieser hohen Quote gibt es keine Garantie dafür, dass die Umwandlung funktioniert.«
»Ich muss es versuchen.«
»Du kannst dabei sterben!«
Als ich nichts erwiderte, beugte Eleonore sich vor und schaute mir tief in die Augen. »Dein Secutor sitzt dir auf Schritt und Tritt im Nacken. Wenn sie auch nur den leisesten Hauch von Angst spürt, und ich verspreche dir, du wirst jede Menge Angst haben, dann bist du geliefert. Du kannst sie nicht täuschen.«
Dann richtete sie sich kerzengerade auf und streckte ihr Kinn vor. »Aber ich.«
Meine Augen wurden groß. »Du? Du willst Jean täuschen?«
»Wäre nicht das erste Mal.«
Das stimmte zwar, denn sie hatte Jean bereits schon einmal von mir getrennt, als ich von Leo entführt worden war. Doch was sie nun vorschlug übertraf meine kühnsten Erwartungen.
»Das ist wirklich nett von dir«, begann ich und bemühte mich um einen unbefangenen Ton. »Aber das kann ich nicht annehmen. Du hast schon so viel für mich getan und ich weiß, was für dich auf dem Spiel steht.«

Logan würde sie in der Luft zerreißen, sollte er jemals dahinterkommen. Soviel war sicher.

»Entweder so oder gar nicht«, entgegnete Eleonore kühl. »Entweder gibst du an dieser Stelle auf und wir vergessen das Ganze sofort wieder oder du akzeptierst mein Angebot. Du brauchst mich und sei es auch nur, um deinen Secutor auf Abstand zu halten. Dann muss jemand die Umwandlung vorbereiten. Jemand mit Erfahrung. Und danach wirst du jemanden brauchen, der dich einweist und dir erklärt, wie dein neuer Körper funktioniert. Das kannst du unmöglich alles allein schaffen.«

Ich schüttelte den Kopf, immer und immer wieder. Ich wollte das nicht hören. Sie hatte natürlich Recht. Sollte Ethan sich darauf einlassen, war ich zweifelsfrei auf ihre Hilfe angewiesen. Ich straffte die Schultern und nickte. »O.k.«

»Dann überlege dir schon mal, wie du ihn loswirst«, gab Eleonore zu Bedenken. »Außerdem brauchen wir einen guten Zeitpunkt und ein noch besseres Versteck.«

»Erste Ferienwoche«, platzte ich heraus. »Logan ist ab der ersten Ferienwoche unterwegs. Ich weiß zwar nicht genau für wie lange, aber er hat etwas von zwei Wochen gesagt.«

Eleonore riss die Augen auf. »Ein neuer Secutor?«

Ich nickte zustimmend.

»Bis dahin sind es kaum noch drei Wochen«, warf sie ein.

»Wegen Jeans bevorstehende Niederkunft konnte ich ihn davon überzeugen, dass ich diesmal nicht mitkomme. Ich weiß nicht ob Logan jemals wieder ohne mich verreisen würde. Bleibt mir wahrscheinlich nur diese eine Möglichkeit«, entgegnete ich.

»Gut. Sehr gut! Du musst noch weitere Vorkehrungen treffen«, erwiderte sie. »Zudem brauchst du unbedingt ein wasserdichtes Alibi, damit Jean keinen Verdacht schöpft. Am besten wäre ein ganzes Wochenende. Das sollte genügen. Du kannst mich jederzeit anrufen. Jetzt muss ich aber los«, ihr Blick huschte flüchtig an mir vorbei. Ich entdecke Jean, als ich über meine Schulter nach hinten sah.

»Wir sehen uns in der ersten Ferienwoche.«
»Willst du denn gar nicht wissen, wer es ist?«
Eleonore hob zum Abschied die Hand. »Das erfahre ich noch früh genug«, meinte sie und war im nächsten Augenblick schon verschwunden.

TODESURTEIL

Die Tage bis zu den Sommerferien zogen sich in die Länge. Sam kam bereits am ersten Samstag in den Ferien aus White Rock angereist. Violett musste noch eine Weile bei ihrem Auftrag bleiben, sie würde später nachkommen. Mir war das ganz recht, denn ich hätte ehrlich gesagt gar nicht gewusst, wie ich ihr erklären sollte, dass ich für ein paar Tage verschwinden musste. Bei Sam war das einfacher.
Er hörte sich meinen Plan erst in Ruhe an und ging dann gewaltig an die Decke. Von wüsten Beschimpfungen über flehendes Bitten bis hin zur völligen Resignation kam in seiner Reaktion wirklich alles vor. Spätestens jetzt war ich froh darüber, dass Sam unsere Unterhaltung mittels einer Illusion vor unerlaubten Zuhörern geschützt hatte. Unter anderen Umständen hätte sein Wutausbruch Logan sofort alarmiert, dessen war ich mir sicher. Schlussendlich hatte er darauf bestanden, dabei zu sein. Das war zwar nicht unbedingt die Wendung, die ich mir erhofft hatte, doch Sam ließ mir keine andere Wahl.

Nachdem ich mich schweren Herzens von Logan verabschiedet hatte, lag ich stundenlang wach und heulte in mein Kissen. Ich wusste nicht, ob ich ihn noch einmal wiedersehen würde und der Gedanke daran zerriss mir fast das Herz. Für Jean war mir immer noch keine gute Ausrede eingefallen. Dass ich sie schon wieder belügen musste, gefiel mir ganz und gar nicht.

»Ein Ältester und ein Defensor also.« Sam schnaubte abfällig. »Dann ist es nur fair, dass auch einer von uns dabei ist.«
Ich hasste diese Diskussion. Kaum waren wir alleine, fing Sam jedes Mal damit an.
»Noch habe ich sein Einverständnis nicht«, gab ich offen zu. »Doch selbst wenn er zustimmen sollte, wäre mir lieber, du würdest dich da raushalten.«
»Und mir wäre es lieber, du würdest das alles ganz schnell vergessen. Aber scheinbar zählt meine Meinung genau so wenig, wie meine Sorge um dich.«
Ich seufzte.
»Und was, wenn es schiefgeht?«, versuchte Sam es wieder. »Dann hast du keine Gelegenheit mehr, um dich von Logan zu verabschieden. Du wirst in unseren Armen sterben und er wird unsere Welt in Schutt und Asche legen. Ist es das wirklich wert, Lara?«
Ein dicker Kloß schnürte meine Kehle zu und zum ersten Mal dachte ich wirklich und wahrhaftig darüber nach, die ganze Sache zu verschieben. Dann schüttelte ich energisch den Kopf und funkelte ihn böse an.
»Hör endlich auf, mir ein schlechtes Gewissen zu machen. Ich weiß selbst, was auf dem Spiel steht!«
Sam kniff die Augen zusammen. Sein Gesichtsausdruck änderte sich schlagartig. Plötzlich wirkte er sehr überrascht.
»Was ist los?«
»Ethan will dich sehen«, murmelte er unverständlich und leicht weggetreten. Scheinbar hatte Sam noch nie eine Illusion von einem Ältesten bekommen.
»Ein paar Meilen vor der Stadt gibt es ein größeres Anwesen. Dort sollen wir uns in einer halben Stunde mit ihm treffen.«
Ich rannte nach oben und kramte mein Handy aus meiner Jeans. Eleonore sollte dabei sein, entschied ich kurzerhand und wählte ihre Nummer.
»Du weißt wahrscheinlich schon, wohin wir müssen?«, fragte

ich Sam, als wir vor meinem Jeep standen.
Er nickte und stieg auf der Fahrerseite ins Auto.
Eleonore wartete bereits auf uns. Trotz meiner spärlichen Wegbeschreibung hatte sie scheinbar problemlos hergefunden.
»Dann werde ich jetzt also besagten Defensor kennenlernen?«, begrüßte sie mich lächelnd.
Am Telefon hatte ich es nicht geschafft ihr zu sagen, wer uns erwartete. Und auch jetzt traute ich mich nicht, weshalb ich ihre Frage nur mit einem stummen Nicken beantwortete.
Kurz darauf öffnete uns ein kleiner rundlicher Mann die Tür. Er trat einen Schritt zur Seite und ließ uns eintreten. Dann deutete er mit einem Kopfnicken in die Richtung, in der sich das Wohnzimmer befand.
Ein großer Sessel stand mit dem Rücken zu uns vor dem Kamin. Eleonore betrat als erste das Wohnzimmer und steuerte direkt auf den Sessel zu.
»Komm raus, komm raus! Wer auch immer du bist.«
Sie schnippte zweimal mit dem Finger. »Jetzt mach schon, wir haben schließlich nicht den ganzen Tag Zeit.«
Ich konnte hören, wie sie die Luft anhielt, als Ethan sich erhob. Mit fließenden Bewegungen ging sie in die Hocke und machte einen Knicks, dabei neigte sie ehrfürchtig den Blick.
»Ich bitte vielmals um Verzeihung.«
»Erhebe dich«, sagte er lächelnd und Eleonore richtete sich auf. Dann wanderte sein Blick mir zu. »Wir haben eine gute Quote erreicht, nicht wahr?«
»Ein sehr gute«, stimmte ich zu. »Wir haben 92 Prozent.«
Seine dunklen Augen glänzten vor Vergnügen. »Also, Lara. Wie genau möchtest du mich denn dazu bewegen, dir zu helfen?«
Ich zuckte heftig zusammen und wandte den Blick ab.
»Ich. Ähm. Keine Ahnung.«
»Dabei hatte ich mich schon so auf eine heftige Diskussion mit dir gefreut«, sagte er und seufzte. »Nun ja. Da kann man wohl nichts machen.«

Ich riss den Kopf hoch und starrte ihn völlig perplex an. Langsam, aber sicher beschlich mich das Gefühl, dass Ethan seinen Spaß an der Sache hatte.

»Wie auch immer du dich entscheidest«, sagte er und sah mir eindringlich in die Augen. »Du wirst das Richtige tun. Da bin ich mir sicher.«

Sam trat einen Schritt vor und verschränkte die Arme.

»Bei allem Respekt, aber das kann nicht euer Ernst sein.«

»Und warum nicht?«

»Weil wir sie geradewegs in den Tod schicken!«

Sam musste schwer an sich halten, das war nicht zu übersehen. Ethan ließ sich davon in keinster Weise beeindrucken.

»Es ist nicht so, dass ich davon restlos begeistert bin«, gab er zu. »Auch ich habe meine Zweifel. Doch wenn du nur ein wenig Vernunft an den Tag legst, dann würdest auch du den Ernst der Lage erkennen. Wenn wir nichts unternehmen, bleiben uns vielleicht noch 60 oder 70 Jahre. Eine sehr kurze Zeitspanne, wenn man bedenkt, wie lange wir schon existieren. Es ist ein großes Risiko, das gebe ich zu. Aber es ist auch eine Chance und ich bin ausgesprochen zuversichtlich.«

»Und warum gerade jetzt?«, wollte Sam wissen. »Wieso nicht erst in fünf oder zehn Jahren?«

»Ganz einfach«, meldete ich mich zu Wort. »Weil ich nicht so lange warten will.«

Sam bekämpfte die Wut, die in ihm aufstieg. Er lief im Zimmer auf und ab und versuchte, sich zu beruhigen.

»Das gefällt mir nicht«, murmelte er. Dann blieb er vor Ethan stehen. »Du willst doch nur deinen Arsch retten, weil du Angst vor dem Tod hast. Lara ist dir scheißegal.«

Eleonore schnappte hörbar nach Luft. Dann machte sie den Mund auf, als wollte sie etwas sagen. Ethan brachte sie mit einer einzigen Handbewegung zum Schweigen.

»Lassen wir die Förmlichkeiten«, schlug er vor. »Schließlich ist es nicht nur mein Arsch, der auf dem Spiel steht. Und nein,

Lara ist mir nicht egal. Jeder Einzelne in diesem Raum trägt seinen Nutzen aus der Sache und dafür tragen wir alle das gleiche Risiko. Entweder nehmen wir es in Kauf und damit ist vielleicht allen geholfen. Oder wir lassen es bleiben und dann ist es nur eine Frage der Zeit, bis wir ihr alle in den Tod folgen.«
Sam geriet ins Grübeln. Sein Blick huschte erst zu mir und dann wieder zu Ethan. »Besteht denn tatsächlich eine Chance, dass sie die Umwandlung überlebt?«
»Es wäre möglich.«
»Sie ist kein Empath.«
»Aber sie trägt mein Blut bereits in sich. Ihr Körper muss sich nur daran erinnern. Wir helfen ihr dabei.«
»O.k.« Sam holte tief Luft. »Nehmen wir mal an, ich spiele mit und ich sage nicht, dass ich das tue. Wie soll sie es schaffen, Logan zu täuschen? Er weiß nichts von alledem und ich will nicht dabei sein, wenn er es herausfindet.«
Ich spürte die Röte, die in meine Wangen stieg und meine Gewissensbisse drohten mich in die Knie zu zwingen.
»Es muss ja nicht für eine lange Zeit sein«, erklärte Ethan. »Wenn die Umwandlung geglückt ist, sollte sie keine Zeit verlieren und so schnell wie möglich nach einem günstigen Zeitpunkt suchen, um es ihm zu sagen.«
»Wenn«, gab Sam zu bedenken. »Und wenn nicht?«
»Dann spielt es ohnehin keine Rolle mehr.«
Eine bedrückende Stille breitete sich im Raum aus. Sam warf mir einen vorwurfsvollen Blick zu und schüttelte kaum merklich den Kopf. Ich versuchte, seine düstere Miene zu ignorieren und wandte mich an Ethan. »Wie merke ich überhaupt, dass die Umwandlung wirklich funktioniert hat?«
Ethan schmunzelte.
»Du wirst merken, wenn sie NICHT funktioniert.«
Ich unterdrückte meine aufsteigende Panik.
»Sobald sich mein Blut vollständig in deinem menschlichen Kreislauf verteilt hat«, fuhr Ethan fort, »wird sich dein Körper

wandeln. Doch bis dahin ist es ein langer Weg. Unser Blut ist unerträglich kalt und für den menschlichen Organismus äußerst gefährlich. Du wirst dich fühlen, als würde dich jemand in Eiswasser werfen und immer wieder untertauchen. Wir versetzen dich zur Sicherheit in einen künstlichen Schlaf, dadurch wird es vielleicht ein wenig erträglicher. Dein Herz wird zu Höchstleistungen angetrieben, es schlägt heftig und unkontrolliert und dein Körper wird versuchen, sich dagegen zu wehren. Sollte die Umwandlung nicht glücken, werden deine Organe erfrieren und dein Herz bleibt stehen.«

Ich schüttelte ein paar Mal den Kopf, um halbwegs klar denken zu können.

»Wir müssen sie so lange wie möglich unterstützen«, schlug Sam vor. »Wenn wir ihr nicht von der Seite weichen, bis sie die Umwandlung überstanden hat, können wir vielleicht irgendwie verhindern, dass sie dabei draufgeht.«

Seine Augen ruhten auf Eleonore.

»Wie lange kannst du bleiben?«

Sie erwiderte seinen Blick mit unbewegter Miene. »Ich bleibe, so lange es nötig ist.«

»Gut.« Er nickte.

Dann sah er zu mir. »Du hast gewonnen, kleine Schwester. Ich bin dabei. Und ich trete dir ganz gewaltig in den Arsch, wenn du die Sache nicht heil überstehst!«

Sam sah nicht glücklich aus, doch er lächelte.

»Du darfst dir keine Fehler erlauben«, sagte er an Ethan gewandt. »Du musst dafür sorgen, dass alles glattgeht.«

Eleonore nickte zustimmend und sagte: »Wenn du nichts dagegen einzuwenden hast, sollten wir die Umwandlung hier vornehmen. Das scheint mir ein passender Ort zu sein.«

»Wäre mir recht«, brummte Ethan und seine Augen huschten erneut zu mir. »Jetzt liegt es an dir, Lara. Sollen wir es riskieren? Was meinst du?«

Ich sah den Blick, der in Sams Augen aufflammte, und bevor

er protestieren konnte, sagte ich: »Wir riskieren es.«
»Dann treffen wir uns morgen Abend wieder hier«, schlug Ethan vor. »Länger brauche ich nicht, um alles Nötige vorzubereiten. Und du solltest bis dahin deinen Secutor beruhigt haben und für ein anständiges Alibi sorgen.«
Ich holte tief Luft, rang um Fassung und sagte: »O.k.«

Wir verabschiedeten uns von Ethan und fuhren zurück. Eleonore versprach mir, Jean mit falschen Illusionen zu versorgen, sobald ich morgen Abend das Haus verließ.
Auf dem Rückweg sprachen wir kein einziges Wort miteinander. Sam sah stur geradeaus und ich starrte aus dem Seitenfenster. Er war sauer auf mich, ich wusste das. Doch für mich gab es nun kein Zurück mehr. Ich hatte mich entschieden.

Es war bereits weit nach Mitternacht und ich lag immer noch wach im Bett. Mit klopfendem Herzen dachte ich an den folgenden Tag. Das Wort Umwandlung flößte mir Unbehagen ein. Freudige Erwartung mischte sich mit gesundem Misstrauen und sorgte dafür, dass mein Puls immer schneller wurde. Ich war nicht in der Lage, auch nur ein Auge zuzumachen. Jedes Mal, wenn ich es versuchte, tauchten hinter meinen geschlossenen Lidern seltsame Bilder auf. Szenen von toten Menschen, die nach einer missglückten Umwandlung achtlos entsorgt worden waren. Das war natürlich nicht so. Doch ich konnte mich einfach nicht von diesem Bild losreißen.
»Du bist ja immer noch wach?«
Erschrocken setzte ich mich auf und schaltete die Lampe ein. Jean stand mit gekreuzten Armen in der Tür.
»Hab schlecht geträumt«, schwindelte ich und lächelte harmlos. Sie krabbelte zu mir aufs Bett. »Soll ich heute Nacht hierbleiben?«
»Ja, bitte.« Ich rutschte zur Seite und machte ihr Platz.
Jean schlüpfte unter die Bettdecke.

»Du vermisst ihn sehr, nicht wahr?«
Ich nickte als Antwort und sie blickte mich stirnrunzelnd an. »Was liegt dir auf der Seele, Lara? Ich meine, abgesehen davon, dass er dir schrecklich fehlt. Da ist doch noch etwas anderes.«
Ich grinste nervös und versuchte, mir meine Anspannung nicht anmerken zu lassen.
»Manchmal fühle ich mich in diesem Haus ohne Logan ein wenig einsam. Und da habe ich mir gedacht, ich könnte doch mal für ein paar Tage bei meiner Familie vorbeischauen. Mom würde sich bestimmt darüber freuen.«
»Das ist gar keine schlechte Idee«, überlegte sie laut. »Violett kommt ohnehin erst nächste Woche und Sam kann meinetwegen mit Dean und Kevin um die Häuser ziehen. Deine Familie freut sich ganz sicher über deinen Besuch.«
Jean war absolut ahnungslos und das machte mir zu schaffen. Ich hatte mich entschieden und nun gab es kein Zurück mehr.
»Ach ja, und falls du Angst oder Panik bei mir verspüren solltest, dann kannst du dich bei meiner Mom beschweren«, erklärte ich mit Nachdruck. »Sie zwingt mich immer, mit ihr die schlimmsten Horrorfilme anzusehen. Sollte ich also panische Angst kriegen, liegt das einzig und allein an diesen scheußlichen Filmen.«
Die Ausrede war zwar ein wenig weit hergeholt, aber Jean wusste von meiner Abneigung, was Horrorfilme betraf und auch von Moms Schwäche für eben diese. Das sollte mir, so hoffte ich zumindest, einen kleinen Vorsprung verschaffen.
»Solche Filme sind grauenvoll«, beklagte sie sich bei mir »Da bist du nicht die Einzige, Lara. Ich mag auch keine Horrorfilme und ich kann auch nicht nachvollziehen, was deine Mom daran so toll findet.«
Mit einem zufriedenen Seufzer kuschelte ich mich ins Kissen und gähnte ausgiebig.
Seit Jean neben mir lag, hatte ich mich zunehmend beruhigt. »Schlaf jetzt«, sagte sie mit einem liebevollen Lächeln.

Ich schloss gehorsam die Augen und glitt kurz darauf problemlos in den langersehnten Schlaf.

Ich war noch nie besonders gut im Abschied nehmen. Während ich am nächsten Tag unter der Dusche stand und versuchte, meine Nervosität in den Griff zu kriegen, gingen mir tausend Gedanken durch den Kopf.
Ich wollte Mom und Dad so gerne noch einmal sehen und Danny natürlich. Und Jean? Ich musste heftig schlucken bei dem Gedanken. Das Baby würde ich vielleicht niemals sehen!
Ich drehte das Wasser ab, wickelte mich in ein Handtuch und trat vor den Spiegel. Meine Augen flackerten unruhig und wenn ich genauer hinsah, konnte ich in meinem Gesicht die blanke Panik erkennen. Das ist nicht gut, dachte ich zerknirscht. Jean würde mich unter diesen Umständen sicher nicht gehenlassen.
Als ich nach der Bürste griff, bemerkte ich, wie stark meine Hände zitterten, und dass ich nur mit großer Mühe einen Pferdeschwanz hinbekam.
»Wann möchtest du zu deiner Familie aufbrechen?«
Ich wirbelte herum, als ich ihre Stimme hinter mir vernahm. Jean hatte diesen typisch besorgten Ausdruck im Gesicht, was meine Annahme bestätigte, dass sie meine innere Unruhe bereits auf ihrem Radar hatte.
»Weiß nicht genau«, entgegnete ich so ruhig wie möglich. »Gegen Abend wahrscheinlich.«
Sie nickte kurz, dann seufzte sie laut. »Warte nicht zu lange. Du brauchst dringend etwas Ablenkung, du bist ja völlig durch den Wind, seit Logan weg ist.«
Ihr missfiel das. Natürlich. Jean war nun einmal meine beste Freundin und sie wollte nicht, dass ich mich von ihm so abhängig machte. Das war ja auch nicht der Fall. Im Augenblick musste ich sie einfach in dem Glauben lassen, dass meine Unruhe allein von der Trennung herrührte.
»Wusstest du eigentlich, dass Sam für ein paar Tage unterwegs

ist?«, fragte sie, während wir uns in der Küche an die Bar setzten. Ich stocherte in meinen Cornflakes herum und tat ahnungslos.
»Echt? Wohin will er denn?«
Sie zuckte mit den Schultern. »Soweit ich weiß, will er eine befreundete Familie hier in der Nähe besuchen. Er meinte, er kommt spätestens dann zurück, wenn Violett eintrifft und du auch wieder da bist.«
Cleveres Kerlchen.
Sam hatte das Netz für sein Alibi noch schneller ausgeworfen als ich. »Es sind doch nur ein paar Tage«, sagte ich kauend. »Dann bin ich schon wieder da.«
Ich musste mir alle Mühe geben, um freundlich zu klingen. Und was, wenn nicht?, dachte ich und starrte hastig auf meine Schüssel. Langsam und vorsichtig schob Jean ihren mittlerweile schwerfälligen Körper vom Barhocker. Ihr kugelrunder Bauch war ohne Illusion nicht mehr zu übersehen.
Aus einem Impuls heraus sprang ich auf und nahm meine beste Freundin in die Arme. Ich drückte sie so fest an mich, als würde es kein Morgen geben.
»Ich danke dir für alles, was du für mich getan hast«, murmelte ich mit erstickter Stimme. »Du bist die beste Freundin, die man haben kann. Ich liebe dich wie eine Schwester und ich könnte mir ein Leben ohne dich nicht vorstellen.«
Jean schluchzte auf und vergrub ihren Kopf an meiner Schulter. »Oh Lara. Tut mir leid, das sind sicher die Hormone.« Sie schniefte. »Wir werden für immer zusammenbleiben, das verspreche ich dir. Wir werden uns niemals trennen.«
Dicke Tränen sammelten sich in meinen Augenwinkeln und ich musste ein paar Mal schlucken.
Jean trat einen Schritt zurück und lächelte. »Wir sehen uns nächste Woche. Pass auf dich auf.« Sie hob zum Abschied ihre Hand und kurz darauf hörte ich, wie die Hintertür ins Schloss fiel.

Das Zittern meiner Hände wurde immer schlimmer. Ich hatte einige Schwierigkeiten, meinen Jeep auf der Straße zu halten. An der nächsten roten Ampel wurde meine Tür aufgerissen und Sam schob mich ohne Anstrengung einfach auf den Beifahrersitz hinüber.

»Mach mal Platz, das kann ja keiner mit ansehen. Du fährst heute wie ein besoffenes Eichhörnchen.«

»Es ist noch viel zu früh«, stellte ich fest und griff nach dem Gurt. »Wir sollen erst am Abend kommen.«

»Macht nichts.«

Sam trat das Gaspedal durch. »Kriegen wir hier irgendwo was Anständiges zu essen? Ich hab Hunger.«

»Fahr einfach geradeaus«, sagte ich. »Da vorne an der nächsten Kreuzung kommt Harry's Diner.«

Ich war schon eine ganze Weile nicht mehr dort gewesen und freute mich ehrlich darauf, alle wiederzusehen. Das Diner war um diese Zeit fast leer, die nächsten Gäste würden erst gegen fünf auftauchen. Zwei Trucker saßen an der Bar und tranken ihren Kaffee, als ich mit Sam im Schlepptau den Laden betrat.

»Hallo Harry.«

Lächelnd schob ich Sam zu einem Fensterplatz und ging hinter den Tresen. Harry staunte nicht schlecht.

»Willst du deinen Job zurück?«, fragte er grinsend.

»Wir wollen nur etwas essen«, klärte ich ihn auf und beugte mich durch die offene Luke, die zur Küche führte.

»Hallo Patrick. Mach mal ein großes Steak und eine Portion Ofenkartoffeln.«

Der Koch wirbelte herum, als er meine Stimme erkannte. »Lara? Wann hast du wieder angefangen?«

»Hab ich nicht«, wiegelte ich ab. »Wir sind nur auf der Durchreise. Das Steak bitte nicht zu lange braten.«

Patrick salutierte vor mir. »Kommt sofort«, grinste er und warf ein frisches Stück Fleisch in die Pfanne.

Ich schenkte zwei Cola ein und brachte sie zu unserem Tisch.

»Dein Essen kommt gleich.«
Sam trank einen großen Schluck. »Ich bin am Verhungern«, entgegnete er und schielte sehnsüchtig zum Tresen hinüber.
Ich schenkte Harry ein strahlendes Lächeln, als er ein paar Minuten später mit dem Essen an unseren Tisch kam.
»Sie war mein bestes Pferd im Stall«, sagte er mit einem Blick zu mir. »Ich habe ihr sogar eine Gehaltserhöhung angeboten, aber sie wollte nicht bleiben.«
Ich lächelte verlegen, als er mich vorwurfsvoll anschaute. »Du kannst jederzeit wieder anfangen, hörst du? Jederzeit.«
»Ich werd's mir merken.«
Er nickte wortlos und zog ab.
»Warum hast du aufgehört?«, fragte Sam mit vollem Mund.
Ich seufzte. »Weil ich meine Klappe nicht halten kann. Ich musste mir ständig auf die Zunge beißen, damit ich nichts sage, was mich oder Harry in Schwierigkeiten gebracht hätte. Das Essen ist verdammt gut, aber irgendein Gast hatte immer was zu meckern. Ein paar Mal war ich kurz davor mit Messern zu werfen. Also bin ich lieber gegangen.«
Sam nickte und zerteilte sein Steak in mundgerechte Stücke. »Das Essen ist wirklich gut.«
»Sag ich doch.«
Wir ließen uns viel Zeit und bummelten anschließend noch eine Weile durch die Geschäfte. Beinahe hätte ich vergessen, was mir bevorstand.
Doch als wir später in die kleine verlassene Seitenstraße einbogen und bald darauf das Anwesen majestätisch vor uns aufragte, kehrte meine innere Anspannung zurück.
Langsam stieg ich aus dem Jeep und blieb zögernd vor der Tür stehen. »Noch kannst du zurück«, flüsterte Sam neben mir. Energisch schüttelte ich den Kopf und klopfte an die massive Holztür. Ich konnte nicht mehr zurück!
Ethan höchstpersönlich öffnete uns. »Ich habe alle weggeschickt«, antwortete er auf meinen fragenden Blick. »Für das,

was wir vorhaben, brauchen wir keine Zuschauer.«

Eleonore war bereits eingetroffen, sie verharrte bewegungslos vor dem Kamin, als wir das Wohnzimmer betraten. Ich traute meinen Augen kaum, als ich sie erblickte. Eleonore trug eine Jeans. Noch nie zuvor hatte ich sie in Jeans gesehen. Als sie meinem erstaunten Blick mit einem amüsierten Lächeln begegnete, unterbrach ich unseren Blickkontakt und schaute mich um. In diesem Haus war nichts mehr so, wie bei meinem ersten Besuch. Die Möbel waren mit weißen Leintüchern abgedeckt worden, mitten im Raum standen ein Stuhl und eine große Liege mit schwarzem Lederbezug. Daneben, auf dem Beistelltisch, entdeckte ich ein paar Instrumente, wie sie nur in Krankenhäusern verwendet wurden.

»Alles o.k.?« Eleonore musterte mich von der Seite.

»Ich …« Seufzend ließ ich die Schultern hängen. »Ich tue das Richtige. Oder?«

Eleonore kam einen Schritt näher und legte ihre Hand auf meine Schulter. »Was sagt dein Bauchgefühl?«

Ich blickte zur Tür, um mich zu vergewissern, dass Sam immer noch da war. »Dass es richtig ist«, sagte ich mit fester Stimme. Doch was, wenn ich mit meinem Bauchgefühl danebenlag und diesen Raum nie wieder lebend verlassen würde?

»Da jetzt alle anwesend sind, kann ich nun mit der Schutzillusion beginnen.«

Ethan hob beide Arme, schloss die Augen und murmelte etwas Unverständliches. Die Luft um uns herum begann zu flimmern und die Wände schwankten für einen Moment.

»Wow.« Sam stieß die Luft aus. »Das ist krass«, sagte er und ich hörte die Bewunderung in seiner Stimme.

»Danke.« Ethan nickte mir zu. »Sollen wir nun mit der Vorarbeit beginnen?«

Ich setzte mich auf den Stuhl, den er mir zuwies. »Was ist mit Jean?«, wollte ich von Eleonore wissen.

»Keine Angst, Lara. Ich habe eure Verbindung schon längst auf

Eis gelegt. Sie spürt nichts, aber sie hat auch keinen Grund, sich zu sorgen.«

Ich wischte meine feuchten Handflächen an meiner Jeans ab und nickte. Sam lehnte mit verschränkten Armen an der Wand, während Eleonore vor mir auf und ab ging.

»Wir werden dich in einen künstlichen Schlaf versetzen, um es dir so angenehm wie möglich zu machen«, sinnierte sie laut. »Sollte etwas schiefgehen, wirst du nicht allzu viel spüren.«

Ich ließ mir ihre Worte kurz durch den Kopf gehen und sagte dann entschlossen: »Ich bleibe wach.«

Eleonore riss die Augen auf.

»Was? Nein. Das geht nicht. Das machen wir immer so, du kannst nicht …«

»Hör doch erstmal zu«, fiel ich ihr ins Wort. »Solange ich wach bin, kann ich euch genau sagen, was in mir vorgeht. Sollte irgendetwas schiefgehen, könnt ihr mich immer noch einschläfern.«

Eleonore wechselte einen stummen Blick mit Ethan. Kurz darauf nickte sie und meinte:

»In Ordnung. Dann machen wir es so.« Sie begann wieder, vor mir auf und ab zu laufen.

»Unser Blut ist sehr kalt«, erinnerte sie mich. »Du wirst einige Zeit heftig frieren, bis dein Körper die Umwandlung zulässt. Dein Biorhythmus kommt etwas durcheinander und eine Zeitlang wird es dir nicht so gut gehen, aber das hält nicht lange an. Sobald das Blut die Oberhand gewinnt, wirst du dich bester Gesundheit erfreuen. Du kannst nicht mehr krank werden und du brauchst auch keine menschliche Nahrung. Du musst nichts essen, wenn du nicht willst. Essen schadet nicht, aber es ist unnötig. Das Blut versorgt dich mit allen wichtigen Nährstoffen, die du brauchst.« Eleonore machte eine Pause, um sich davon zu überzeugen, dass ich noch bei der Sache war.

»Ich muss auch nicht atmen, oder?«, warf ich ein, weil ich gerade an Logan denken musste.

Eleonore nickte mir zu. »Der Sauerstoffgehalt in deinem Blut bleibt nach der Umwandlung konstant, dadurch ist eine Sauerstoffzufuhr von außen nicht mehr notwendig.«

Wie ein Profi fuhr Eleonore mit ihrer Erklärung fort. »Leichte Kopfschmerzen, Abgeschlagenheit und eventuell auch ein vorübergehendes Kribbeln in Armen und Beinen wurden uns nach der Umwandlung ebenfalls berichtet. Du musst dich ein paar Mal übergeben, bis dein Magen mit der neuen Situation klarkommt. Einige klagten auch über starke Muskelschmerzen. Aber das ist alles wirklich nur vorübergehend. Sobald die Nebenwirkungen abgeklungen sind, geht es dir hervorragend. Deine Sinne werden sich sensibilisieren. Du kannst besser riechen, schmecken, hören und so weiter. Du wirst schneller und geschickter. Dein Erinnerungsvermögen wird sich verzehnfachen, du wirst nie wieder etwas vergessen.« Sie zwinkerte mir zu, als sie mich schuldbewusst angrinste. »Welche Möglichkeiten du sonst noch haben wirst, kann ich nicht genau sagen. Das werden wir erst erfahren, wenn du alles überstanden hast.«

»Und was ist mit meinen eigenen Erinnerungen?«, warf ich ein. Ich wusste, dass jeder Secutor bei seiner Umwandlung all seine Erinnerungen an sein bisheriges Leben verloren hatte. Danach konnten sie sich lediglich an ihren Vornamen erinnern. Alles andere wurde unwiderruflich ausgelöscht.

»Das wissen wir nicht«, meldete Ethan sich zu Wort. »Da du kein normaler Fall bist und noch dazu eine seltene Gabe besitzt, kann ich dir nicht mit Sicherheit sagen, was mit dir und deinen Erinnerungen geschieht.«

Seine Stimme klang blechern und ich schüttelte den Kopf, um wieder klar zu werden.

»Aber was ist, wenn ich alles vergesse? Meine Familie und meine Freunde? Logan?«

Angst krampfte mir den Magen zusammen, aber dann sah ich, wie Eleonore mich anlächelte. »Was deine Familie betrifft, kann ich dir nicht sagen, was passieren wird. Logan wirst du ganz sicher nicht vergessen und auch nichts, was mit ihm oder uns zusammenhängt. Jede noch so kleine Erinnerung, die Unseresgleichen betrifft, wird sich durchsetzen. Und was die oberste Priorität angeht, wird deine Verbindung zu ihm danach stärker sein, als jemals zuvor. Du wirst ihn spüren, noch bevor du ihn siehst. Du wirst immer wissen, wann einer von uns in der Nähe ist und niemand wird dich noch mit einer Illusion täuschen können.«

Ihre Lippen verzogen sich zu einem amüsierten Lächeln. »Deine Gefühle für ihn werden eine ganz andere Dimension erreichen, darauf kannst du dich schon einmal vorbereiten. Du wirst alles viel intensiver wahrnehmen und du wirst ihn mit anderen Augen sehen.«

Ich lächelte tapfer. »Falls ich meine Familie tatsächlich vergesse, könnte ich Jean darum bitten, mir einige von ihren Erinnerungen zu geben? Ich will meine Familie nicht vergessen.«

»Das sollte machbar sein«, sagte Ethan mit ernster Miene. »Sie kann deine Erinnerungen natürlich nicht zurückholen, aber sie hat sozusagen eine Kopie davon und die könnte sie dir geben. Das müsste funktionieren.«

Ich nickte erleichtert.

»Wegen Logan. Warte noch, bis alle Nebenwirkungen abgeklungen sind«, bat Eleonore. »Und dann zögere keine Sekunde! Sage ihm so schnell wie nur möglich die Wahrheit, denn ich habe keinen Schimmer, ob und wie lange du ihn täuschen kannst. Er wird spüren, dass etwas anders ist und du musst deinen ganzen Charme spielen lassen, um ihn dennoch zu täuschen.«

Eleonore blickte mich an.

»Das war's fürs Erste. Der Rest kommt später.«

Sie zog ihre Jacke aus und krempelte die Ärmel ihrer Bluse hoch. Mit großen Augen beobachtete ich,wie sie Ethan eine Blutprobe entnahm. An dem Glasröhrchen bildeten sich sofort kleine Eiskristalle. Dann schnipste sie mit dem Finger dagegen und nickte zufrieden.

»Es kann losgehen, Lara. Lege dich dort auf die Liege, damit

ich dich an die Geräte anschließen kann.«
Ethan ging ihr zur Hand, während sie alles vorbereitete.
»Damit überwachen wir deine Herzfrequenz«, erklärte sie ihren nächsten Handgriff. Dann nahm sie eine Spritze und zog die schwarze Flüssigkeit aus dem Röhrchen.
»Und du bist dir ganz sicher, dass du das willst?«
Sam verzog das Gesicht, als ich mit meiner Antwort zögerte. »Verdammt, was machen wir hier eigentlich? Der wird uns eigenhändig zerfleischen, wenn er das rauskriegt!«
Während er mich mit fassungsloser Miene anstarrte, drückte Eleonore mich sanft auf die Liege. »Das ist ihre Entscheidung«, sagte sie gelassen. »Nicht unsere.«
Ich blieb ganz ruhig liegen. Mein Herz raste und meine Hände wurden feucht. Ich zwang mich zur Ruhe.
»Dein Körper wird versuchen, das fremde Blut abzustoßen. Er wird aber sehr bald merken, dass er keine Chance hat. Entweder gibt er auf und lässt es geschehen oder er kämpft bis zum bitteren Ende dagegen an.«
»Es kann losgehen«, sagte ich entschlossen, blendete alles andere um mich herum aus und kniff die Augen fest zusammen. Ich spürte, wie Eleonore die Nadel an meinem Arm ansetzte.
»Warte!«
Noch einmal setzte ich mich auf. »Wenn ich nicht … falls etwas schiefgeht, könntet ihr dann bitte dafür sorgen, dass meine Eltern nicht leiden müssen? Gebt ihnen eine friedliche Illusion.«
Eleonore ließ die Spritze sinken. »Wir kümmern uns darum«, versprach sie mit einem Lächeln.
Ich seufzte erleichtert und streckte meinen Arm aus.
»Dann los.«
Noch einmal sah sie mich mit diesem seltsamen Blick an.
Ich jedoch nickte ihr fest entschlossen zu. Sam stand in der Ecke und starrte wütend zu mir herüber. Ich richtete meine Augen auf Eleonore und konzentrierte mich ausschließlich auf ihr

Gesicht. Dann spürte ich den winzigen Einstich und die Nadel bohrte sich durch meine Haut. Ich hielt die Luft an und wartete. Schon nach wenigen Sekunden richtete Eleonore sich auf und legte die Spritze auf das Tablett zurück.

»Jetzt heißt es abwarten.«

Sam stand sofort an meiner Seite. Beide starrten wir gebannt auf meinen rechten Unterarm. Es fühlte sich tatsächlich eiskalt an und um die Einstichstelle bildete sich bereits ein Netz aus tiefdunklen Linien, die den Verlauf des Blutes anzeigten. Langsam aber stetig wanderten die Linien meinen Arm hinauf. Ethan blickte Eleonore über die Schulter.

»Wie fühlst du dich?«, fragte er.

Mit den Augen folgte ich den schwarzen Linien so lange, bis sie oberhalb meiner Schulter unter meinem Pulli verschwanden. »Ganz gut, glaube ich. Mir ist ein bisschen kalt.«

Eine leichte Gänsehaut kroch über meinen Rücken. Instinktiv schlang ich die Arme um meine Mitte, um mich zu wärmen.

»Das ist völlig normal«, beruhigte mich Eleonore.

Ich spürte alles ganz deutlich. Jeder Zentimeter, den das Blut in meinem Körper eroberte, verwandelte sich in eine frostige Empfindung. Als die dunklen Linien meinen Hals erreichten, begannen meine Zähne zu klappern. Eleonore warf einen Blick auf den Monitor. »Das sieht immer noch ganz gut aus«, nickte sie.

Mein Körper wurde von unkontrollierbaren Schüttelfrost-Attacken erfasst, meine Zähne schlugen schmerzhaft aufeinander.

»Willst du eine Decke?«, fragte Sam mit besorgter Miene.

Ich schüttelte nur den Kopf. Ich hatte Angst, mir die Zunge abzubeißen, wenn ich den Mund aufmachte.

Das Gefühl, als würde tiefgefrorenes Eis seelenruhig durch meine Adern schleichen, hielt mich fest im Griff. Ich versuchte, an etwas anderes zu denken, was mir überhaupt nicht gelang. Meine Gedanken wanderten immer wieder in diesen Raum zurück. Inzwischen schlotterte mein gesamter Körper vor Kälte. Ein neues Empfinden mischte sich dazwischen, ich hatte das Gefühl, als würde ich innerlich zeitgleich zu glühen beginnen. Und dann spürte ich es genau, der Moment als das Blut mein Herz erreiche. Mein Magen krampfte sich zusammen, als sich ein furchtbarer Schmerz in meiner Brust ausbreitete. Das Signal auf dem Monitor begann verrückt zu spielen, mein Puls schoss nach oben.

»Lara?« Sam beugte sich über mich.

»Alles o.k.«, japste ich. »Alles ist gut. Mir geht's …«

Ich konnte deutlich spüren, dass mein Körper gegen das Blut ankämpfte. Die Erkenntnis traf mich mit voller Wucht. Mein Körper würde sich nicht so einfach ergeben, er würde weiterkämpfen. Bis zum bitteren Ende.

Ich konnte Sam von weitem hören, der irgendetwas brüllte und ich sah Eleonore, wie sie heftig mit Ethan diskutierte. Zuerst wurden meine Arme und Beine taub und ich wusste, dass mein Körper damit begonnen hatte, die restliche Wärme auf die lebenswichtigen Funktionen zu beschränken. Die eisige Kälte kroch meine Wirbelsäule hinauf und erfasste die ersten Organe. Mein Körper kämpfte unerbittlich weiter, doch das Piepsen des Monitors beruhigte sich immer mehr und wurde stetig langsamer. Wie lange es wohl noch dauern würde, dachte ich, bis mein Herz stehenblieb? Meine Zähne schlugen mehrmals so heftig aufeinander, dass ich mir auf die Zunge biss und Blut schmecken konnte. Es war kalt und hatte einen süßlichen Beigeschmack. Mir wurde übel davon.

»Sie schafft es nicht«, hörte ich Eleonore sagen. Ihre Stimme war tonlos und obwohl ich mir sicher war, dass sie keine Trauer empfinden konnte, klang ihre Stimme unendlich traurig.

Da wusste ich es.

Ich wusste, dass ich verloren hatte und die Umwandlung mein Leben fordern würde. Ich hatte keine Kraft mehr, um Angst zu empfinden. Ich fühlte nur noch die Kälte, die sich erbarmungslos durch meine Organe fraß. Mühsam drehte ich den Kopf in die Richtung, in der Sam stand und streckte meine

Hand nach ihm aus. Er kniete sich neben mich und ergriff meine Finger.
»Du musst dagegen ankämpfen!«, flehte er.
»Kämpfe, Lara!«
Kämpfen!? Ich wusste nicht, wie. Wie sollte ich gegen meinen eigenen Körper ankämpfen? Der letzte Gedanke, den ich fassen konnte, galt Logan. Dann fielen meine Augen zu.

HYBRID

Jemand schüttelte mich heftig. Obwohl ich nur noch schlafen wollte, öffnete ich die Augen und blinzelte nach oben. Sam lehnte sich direkt über mich.
»Wehe, wenn du aufgibst«, brüllte er mich an. »Wehe, Lara. Du sollst kämpfen, habe ich gesagt!«
Ethan legte eine Hand auf seine Schulter, doch er schüttelte sie ab. »Sie wird nicht sterben«, stammelte Sam.
Sein Blick irrte ziellos über mein Gesicht. Er schien fieberhaft über etwas nachzudenken. Dann riss er die Augen auf und schüttelte mich erneut.
»Du musst an Logan denken und an euren kleinen Ofen«, schrie Sam mich an. »Die Hitze ist immer noch da. Benutze sie!«
Logan?
Mein Magen flatterte, als sein Gesicht vor meinem inneren Auge auftauchte. Seine Lippen verzogen sich zu meinem absoluten Lieblingslächeln und der Blick seiner wunderschönen eisblauen Augen erwärmte mein Herz.
»Lara? Kannst du mich hören?«
Eleonore strich ein paar lose Haarsträhnen aus meinem Gesicht. »Sam hat Recht, du musst an Logan denken. Er liebt dich über alles. Er will dich nicht verlieren.«
Ihre Worte drangen bis in mein Bewusstsein vor und weckten meine Lebensgeister. Plötzlich sah ich ihn ganz deutlich vor mir.

Er stand am See, in seinen Armen wiegte er sanft einen Säugling und er strahlte dabei über das ganze Gesicht. Er lächelte mein Lieblingslächeln, während seine Finger zärtlich über das kleine Bündel in seinem Arm strichen. Er wartet auf mich, dachte ich. Er würde ewig auf mich warten, wenn es sein musste. Mein Herzschlag wurde schneller, während ich mich auf sein Gesicht konzentrierte. Mein Körper gewann an Kraft. Fast konnte ich den wohligen Schauer, den seine sanfte Berührung auslöste, auf meiner Haut spüren und ein tiefes Verlangen erfasste mich. Unser kleiner Ofen schlängelte sich durch meine Adern und wärmte meine Glieder auf. Die Hitze war sehr angenehm und breitete sich immer schneller aus. Ich konnte fühlen, wie ich stärker wurde.

»Lara. Gott sei Dank.«

Sam ergriff meine Hand und drückte sie leicht. Als ich die Augen öffnete und meinen Blick auf ihn richtete, seufzte er vor Erleichterung.

»Wie fühlst du dich?«

»Mir tut alles weh«, gab ich zu.

Ethan und Eleonore betrachteten mich eingehend.

»Willkommen in deinem neuen Leben.«

Sam half mir, als ich mich aufsetzen wollte.

»Langsam«, mahnte er. »Dein Körper braucht Zeit, um sich an die neue Situation zu gewöhnen.«

»Es hat geklappt?« Ungläubig blickte ich in die Runde.

»Es war verdammt knapp«, lächelte Eleonore. »Aber ja. Du hast es geschafft.«

Ich fand keine Worte für das, was ich in diesem Moment fühlte. Mein Herz hätte vor Freude rasen müssen, doch es schlug ruhig weiter, immer im selben Takt.

»Ich habe ihn gesehen«, murmelte ich und warf einen Blick auf Eleonore und Ethan, die beide die Stirn runzelten.

»Logan. Ich habe ihn unten am See gesehen. Er hatte Namila auf dem Arm und er hat mich angelächelt.«

»Namila?« Eleonore sah mich verständnislos an. »Wer zum Teufel ist Namila?«
Ich umklammerte noch immer die Liege, als ich mich auf wackligen Beinen im Raum umschaute. »Jean bekommt ein Mädchen«, antwortete ich, den Blick streng nach vorne gerichtet. »Namila.«
Eigentlich hatte sich nichts verändert, alles war noch genauso wie vorher. Und dennoch wirkte alles plötzlich viel klarer und deutlicher. Meine Augen huschten unwillkürlich zu Eleonore hinüber und blieben an ihrem hübschen Gesicht hängen. Ihre dunklen Augen waren nun nicht mehr furchteinflößend für mich. Es fühlte sich an, als würde ich einer sehr guten Freundin gegenüberstehen. Ich bemerkte, wie sie eine Augenbraue hob, als sie mitbekam, wie ich sie anstarrte.
»Was hat du denn erwartet? Ich war schon immer eine Schönheit, selbst für euch Menschen.«
Dann gab sie Ethan ein Zeichen. Er ging aus dem Zimmer und kam kurz darauf mit einem Spiegel zurück. Ethan nickte mir aufmunternd zu, als ich zögerte. Vorsichtig trat ich an den Spiegel heran.
»Ihre Augen sind immer noch blau«, sagte er, an Eleonore gewandt. »Kein Anzeichen für eine Verfärbung.«
Ich starrte sprachlos mein Gesicht an und war nicht in der Lage zu begreifen, was ich erblickte.
»Was denn für eine Verfärbung?«, wollte Sam wissen.
Ethan machte eine abwertende Handbewegung. »Nun ja. Es bestand immerhin die Möglichkeit, dass sie mehr einem Defensor ähnelt, als einem Secutor.«
Sam grübelte, dabei rieb er sich mit der rechten Hand über sein Kinn. »Meinst du, das könnte noch passieren?«
Ethan zuckte die Schultern. »Schon möglich. Wir werden sehen.«
Die dunklen Linien unter meiner Haut waren inzwischen beinahe völlig verschwunden. Bald würde davon nichts mehr zu sehen sein. Mein Gesicht war auf den ersten Blick eigentlich

immer noch das Gleiche. Doch als ich etwas genauer hinsah, fiel mir die zarte seidige Textur auf, die meine Haut wie die einer Porzellanpuppe schimmern ließ. Eleonore trat hinter mich und grinste, als sich unsere Blicke im Spiegel begegneten.

»Hübsch, oder?«

»Ich weiß nicht«, flüsterte ich und strich mit einem Finger vorsichtig über meine Wange. Meine Haut fühlte sich glatt und weich an.

»Was ist mit meinen Haaren passiert?«, fragte ich, mit einem Blick nach oben. Sie glänzten schön, aber sie waren nicht mehr glatt, sondern dick und füllig und sie hatten einen leichten Schwung bekommen.

»Hattest du früher einmal Locken?«, fragte Eleonore.

Ich nickte vorsichtig. »Ja, als Kind. Aber das ist schon ewig her.« Behutsam griff ich mit einer Hand in meine Haare und zog eine Strähne über meine Schulter nach vorne.

»Weich wie Seide«, murmelte ich staunend. Was hätte ich früher alles dafür gegeben, eine solche Haarpracht zu haben!

Dann wanderte mein Blick nach unten und ich wich erschrocken zurück. »Scheiße, ich hab zugenommen.«

Meine Jeans saß über meinem Hintern etwas straffer als vorher. Ganz deutlich konnte ich die Veränderung erkennen.

»Was hast du daran auszusetzen?«, lachte Eleonore. »Das Blut sorgt für einen gesunden Körper. Scheinbar warst du leicht untergewichtig.«

Sie gab mir einen Klaps auf den Hintern.

»Sieh dich an. Du bist heiß und du bist atemberaubend schön.«

Mir blieb keine Zeit, um mich an mein neues Aussehen zu gewöhnen. Eleonore reagierte blitzschnell und hielt mir eine Schüssel entgegen, als ich ruckartig zu würgen begann.

Dann gab sie Sam und Ethan zu verstehen, dass sie für eine Weile verschwinden sollten, damit ich mich in Ruhe übergeben konnte. »Keine Bange«, sagte sie und reichte mir ein Taschentuch. »Das sind nur die Nebenwirkungen. Wenn das

vorbei ist, musst du nie wieder kotzen.«
»Gut zu wissen«, stöhnte ich und griff erneut nach der Schüssel.
»Was da rauskommt, sind die Überreste deiner letzten menschlichen Mahlzeit. Und Magensäure. Von jetzt an übernimmt dein Blut die Verdauung. Egal, was du in Zukunft alles in dich hineinstopfst, es wird von deinem Körper vollständig abgebaut. Du musst nie wieder zur Toilette gehen.«
Mein Kopf dröhnte. Die Schmerzen waren nicht sehr stark, aber unangenehm.
»Kommen wir zum letzten Teil«, sagte sie mit feierlicher Miene und stellte die Schüssel weg.
»Setz dich, Lara.«
Ich tat, wie geheißen.
»Ab jetzt versorgt das Blut deinen Körper mit allem Lebensnotwendigen, wie Mineralien, Vitamine und alles, was du sonst noch so brauchst. Dein Flüssigkeitshaushalt wird ganz automatisch geregelt und dein Körper immer mit der ausreichenden Menge an Sauerstoff versorgt. Viele Secutoren atmen trotzdem weiter, aus Gewohnheit, nehme ich an. Aber das ist überhaupt nicht nötig.«
Sie legte den Kopf schräg und musterte mich.
»Ach ja, und dein Immunsystem ist jetzt besser als jeder Impfschutz. Das Blut bekämpft rigoros alles, was in deinem Körper nichts verloren hat. Du verspürst keinen Hunger mehr, genauso wenig wie das Verlangen nach Flüssigkeit. Aber wenn du essen und trinken willst, dann lass dich nicht abhalten.«
Ich dachte an unsere Hochzeit. »Wenn essen und trinken nicht mehr nötig ist, warum essen dann trotzdem so viele von euch?«
Ich hatte einige Defensoren dabei beobachtet, wie sie ein halbes Schwein mit literweise gutem Wein hinuntergespült hatten.
Eleonore verzog angewidert das Gesicht.
»Ich weiß, was du meinst. Nennen wir es mal ein interessantes Hobby. Einige von uns haben sich im Laufe der Zeit zu wahren Feinschmeckern entwickelt, obwohl ich wirklich nicht

verstehen kann, was daran so toll sein soll.«

»Und was ist mit meinem Biorhythmus?«, wollte ich wissen.

»Gute Frage.«

Eleonore schritt durch den Raum, wobei ihre hohen Absätze kaum den Boden berührten.

»Wenn du einem Secutor ähnelst, dann müsste deine Periode theoretisch ausbleiben. Solltest du mehr nach einem Defensor schlagen, dann musst du dir darüber keinen Kopf zerbrechen. Wir haben weder einen Biorhythmus, noch bekommen wir Nachwuchs.« Kopfschüttelnd verdrehte sie die Augen. »Sind wir doch mal ehrlich, Lara. Niemand sollte Kinder in die Welt setzen, wenn er nicht dazu in der Lage ist, für seinen Nachwuchs auch die nötigen Gefühle zu entwickeln.«

Ethan hatte ein Kind gezeugt. Dorothea. Der Gedanke flackerte kurz auf. Dann verdrängte ich ihn und konzentrierte mich wieder auf Eleonore.

»Das war die gute Nachricht.« Ich sah Eleonore erwartungsvoll an. »Und jetzt kommt die schlechte?«

»Wir sind nicht unsterblich, wie du weißt. Unsere Lebensspanne ist nur um einiges länger als die der Menschen. Doch wenn wir verletzt werden und die Verletzungen schwerwiegend sind, können wir genauso sterben, wie jeder Mensch auch.«

Ich nickte, denn das war nichts Neues für mich.

»Und noch etwas«, fuhr sie mit ernster Miene fort. »Wir können heilen. Damit sind wir in der Lage, uns gegenseitig zu helfen. Allerdings ist die Schmerzgrenze eines Secutors in etwa so niedrig wie die eines Menschen. Sie sind nicht immun gegen Schmerzen. Wir schon.«

Da sauste sie durch den Raum, griff nach einem Skalpell und schnitt mir in den Finger, ehe ich reagieren konnte.

»Aua!«

Ein dicker Tropfen schwarzes Blut sammelte sich an der Schnittstelle. »Spinnst du? Das tut weh!«

Eleonore hob ihre Hand und voller Staunen sah ich dabei zu,

wie sie die Wunde verschloss.
»Mist.« Sie seufzte. »Also nicht immun gegen Schmerzen.« Dann zuckte sie mit den Schultern. »Dumm gelaufen, würde ich sagen.«
Ich starrte sie mit offenem Mund an. Mit erhobener Hand würgte sie jeglichen Protest ab.
»Für dich bedeutet das, wenn du dich irgendwie verletzt, musst du dir von deinen Freunden helfen lassen, da du ganz offensichtlich keine Fähigkeiten zum Heilen besitzt. Jegliche Art von Medikamenten und Schmerzmitteln wirken nicht mehr, ganz egal, was und wie viel du davon einwirfst.«
»Du siehst besser aus«, bemerkte Sam, der hinter Ethan soeben ins Wohnzimmer kam.
Ich schnitt ihm eine Grimasse, er lachte nur.
»Ich bin froh, dass du überlebt hast«, sagte Ethan.
»Ja. Ich auch.«
In einer freundschaftlichen Geste nahm er mich in den Arm. Dann rückte er ein Stück von mir ab und verneigte sich, die schmalen Lippen zu einem ehrlichen Lächeln verzogen.
»Lang lebe die oberste Priora.«
Sam tat es ihm gleich und grinste dabei wie ein Honigkuchenpferd. Eleonore machte einen Knicks, als ich mich hilflos zu ihr umdrehte.
»Mensch«, stöhnte ich. »Du nicht auch noch.« Ich biss mir auf die Lippe und schüttelte den Kopf. »Lasst den Quatsch. Ihr alle. Ich mag das nicht.«
Eleonore trat zu mir und gab sich Mühe, nicht zu lachen.
»Daran musst du dich gewöhnen, Lara. Das gehört nun einmal dazu.«
»Wie geht es dir?«, fragte Sam und verhinderte damit eine Diskussion, die ich eigentlich liebend gern mit Eleonore geführt hätte.
»Geht so«, gab ich zurück. »Ich glaube, mein Magen beruhigt sich langsam.«
Meine Augen huschten unwillkürlich zum Spiegel. Mit dem

Zeigefinger deutete ich auf mein Gesicht.
»Aber was mache ich damit? Wie soll ich das verstecken?«
So konnte ich Logan unmöglich unter die Augen treten, nicht, wenn ich auf den passenden Zeitpunkt warten wollte, um es ihm zu beichten. Die Unterschiede waren nicht so gravierend, wie ich zuerst befürchtet hatte. Für einen Menschen kaum sichtbar. Doch Logan war kein Mensch, ihm würde es sofort auffallen, daran gab es nicht den geringsten Zweifel.
»Versuche es damit«, bot Eleonore an und reichte mir einen kleinen Schminkkoffer, den sie zuvor aus einem angrenzenden Zimmer hergeschafft hatte.
»Für den Anfang sollte das genügen«, meinte sie. »Benutze den Puder und lege etwas Lidschatten auf. Und du solltest einen Pferdeschwanz tragen.«
Missmutig befolgte ich ihren Rat und trug sorgfältig Make-up auf. Dann band ich meine Haare zusammen. Rasch blickte ich mich um.
»Und?«
Eleonore schlich um mich herum und betrachtete mich eingehend von allen Seiten.
»Mm.« Sie wandte sich an Ethan. »Äußerlich müsste es klappen. Aber ich kann sie ganz deutlich spüren, sie ist kein Mensch mehr. Wie will sie das verheimlichen?«
Ihre Worte waren Lob und Kritik zugleich. Ich fühlte mich geschmeichelt, aber ich verstand auch, was das bedeutete.
»Sie müsste vorerst immer in der Nähe eines Secutors bleiben«, mutmaßte Ethan. »Solange Lara ihm nicht allein gegenübertritt, kann er sie unmöglich lokalisieren.«
Die Idee klang nach einem verdammt guten Plan, denn ich wusste, dass ich auf diese Weise nicht so leicht auffliegen konnte. Allerdings war die Umsetzung leichter gesagt als getan.
»Ich kann doch keinen Secutor in unser Schlafzimmer schmuggeln«, protestierte ich. »Früher oder später sind wir allein, das lässt sich nun einmal nicht verhindern.«

Widerstrebend nickte Ethan.
»Da hat sie leider Recht«, stimmte Eleonore zu. »Und nun?«
Ich ließ die Schultern hängen.
»Du musst ihn ablenken«, schlug Sam vor.
»Die oberste Priorität lässt sich nicht ablenken«, giftete Eleonore. »Das schafft niemand.«
Sam grinste augenzwinkernd. »Doch. Lara schon.«
Ich begriff ziemlich schnell, worauf Sam hinauswollte, und starrte verlegen auf meine Schuhe.
»Das könnte klappen«, sagte Ethan. Meine Augen huschten zu ihm. »Die einzige, die ihn ausreichend ablenken könnte, bist du, Lara. Gib ihm keine Chance, um länger über deinen Zustand nachzudenken. Verführe ihn, sobald er zu grübeln beginnt.«
»Aber ich kann ihn doch nicht die ganze Nacht mit meinen Verführungskünsten ablenken«, grummelte ich stirnrunzelnd. »Sowas hält doch kein Mensch durch.«
Ethan und Eleonore wechselten einen vielsagenden Blick und Sam grinste verschmitzt. »Du bist aber kein Mensch, Lara. Jetzt nicht mehr. Deine Ausdauer ist unermesslich, du bist ihm in jeder Hinsicht ebenbürtig.«
»Tu es«, drängte Eleonore. »Sag ihm die Wahrheit oder verführe ihn. Deine Entscheidung.«
Ich musste ein paar Mal schlucken, während ich darüber nachdachte. Dabei stieg ein unbändiges Verlangen in mir auf. Ich konnte es kaum mehr erwarten, ihn endlich wiederzusehen.
»Das kriege ich hin.« Ich sprach mit viel mehr Zuversicht, als ich tatsächlich empfand. »Wie viel Zeit bleibt mir noch, bis er zurückkommt?«
Ethan schloss für einen Moment die Augen. »Morgen Abend. Sie sind früher fertig geworden.«
So bald schon? Ich straffte die Schultern und nickte.
»Dann muss ich jetzt los und alles vorbereiten. Ich habe nicht die leiseste Ahnung, wie ich das anstellen soll.«
»Du schaffst das schon«, sagte Sam und boxte mir in die Seite.

»Du bist doch ein großes Mädchen.«
»Sehr witzig.«
Ethan streckte seine Hand aus. »Viel Glück, Lara. Und warte nicht zu lange. Du musst es ihm sagen, besser heute als morgen. Ich bleibe immer in deiner Nähe. Du bist nicht allein.«
Tief ergriffen schüttelte ich seine Hand.
»Danke. Für alles.«
»Wir haben dir zu danken.« Er lächelte voller Fürsorge. »Für deinen Mut und für die Bereitschaft, so ein hohes Risiko einzugehen.«
Eleonore winkte ab, als ich sie umarmen wollte.
»Das lassen wir mal lieber«, sagte sie und lächelte ebenfalls. »Außerdem wird das kein Abschied, Lara. Wir sehen uns wieder.«
»Ganz bestimmt«, versprach ich voller Überzeugung. Eleonore war mir wichtig geworden, fast so wie eine Familienangehörige und sie würde für immer einen Platz in meinem Herzen haben.
Den Kopf voll mit gutgemeinten Ratschlägen und ernsthaft ausgesprochenen Warnungen, machte ich mich auf den Heimweg. Sam huschte in die andere Richtung, damit wir nicht zusammen eintrafen.
Kaum saß ich in meinem Jeep und hatte die Illusion verlassen, die Ethan über das Anwesen gelegt hatte, klingelte mein Handy Sturm.
»Verdammte Scheiße, wo bist du?«
Ich warf einen flüchtigen Blick in den Rückspiegel.
»Kevin? Was ist denn los?« Ich konnte seine Aufregung ganz deutlich spüren, was mir eine ziemliche Angst einjagte.
»Ich bin im Buchladen«, brüllte er ins Handy. »Dort, wo du auch sein solltest, also beweg endlich deinen Arsch hierher. Die Fruchtblase ist geplatzt. Das Baby kommt!«
Wild entschlossen warf ich mein Handy auf den Beifahrersitz und trat das Gaspedal voll durch. Der Jeep raste über die Straße. Ich hatte keinerlei Schwierigkeiten ihn in der Spur zu halten. Vorausschauendes Fahren. Die Worte bekamen durch

die Umwandlung eine ganz neue Bedeutung.
Während ich in die Straße einbog, die zu den Hills führte, baute sich in meinem Brustkorb mit einem Mal ein seltsamer Druck auf. Ein Brennen und Ziehen, wie ich es noch nie erlebt hatte, schlängelte sich durch meinen Magen und erreichte seinen Höhepunkt oberhalb meines Herzens. Ruckartig trat ich auf die Bremse und presste beide Hände gegen meinen Oberkörper. Es tat höllisch weh und ließ mich ein paar Mal laut aufstöhnen. Dann wurde der Schmerz allmählich erträglicher. Nachdem ich mich mehrmals vergewissert hatte, dass keine anderen Personen in Sichtweite waren, zog ich vorsichtig meinen Pulli nach oben. Eine Mischung aus verbranntem Fleisch und einer Duftnote, die ich nicht einordnen konnte, stieg mir sofort in die Nase.
Und dann sah ich es.
Das Zeichen auf meiner Brust. Es waren die gleichen Symbole, die ich damals bei Logan entdeckt hatte. Meine Haut war noch heiß, als ich ehrfürchtig mit dem Finger darüberstrich. Die Konturen waren noch schwach, aber unverkennbar. Ich rückte meinen Pulli zurecht und fuhr auf die Straße zurück. Damit hatte ich den letzten Beweis. Ich gehörte jetzt dazu, ich würde für immer zu ihm gehören.
Mit quietschenden Reifen stoppte ich meinen Wagen im Vorgarten und spurtete ins Haus. Und ehe ich mich versah, stand ich schon vorne im Buchladen.
Wow. Das ging ja schnell. Gerade eben war ich losgerannt und Sekunden später hatte ich bereits mein Ziel erreicht. Ich war schnell. Viel schneller, als ich mir jemals erträumt hatte.
»Wo warst du denn so lange?« Megan kam auf mich zu. »Wir versuchen schon seit Stunden, dich zu erreichen.«
Zuerst war sie ziemlich aufgebracht, dann verstummte sie und kniff die Augen zusammen.
Ich stemmte die Hände auf meine Knie und tat so, als müsste ich erstmal verschnaufen. In Wirklichkeit war ich gar nicht außer Puste. Mir ging es großartig!

Sam tauchte hinter mir auf und schob sich geschickt zwischen uns.
»Wo ist Jean?«, lenkte er Megans Aufmerksamkeit von mir ab.
»Sie ist in ihrem Zimmer«, erklärte diese mit besorgter Miene. »Hester Sue ist gerade bei ihr.«
Erschrocken schaute ich auf. »Was ist mit ihr? Ist alles in Ordnung mit ihr und dem Baby?«
Megan griff nach einer Flasche Wasser.
»Du warst gerade ein paar Stunden weg, da ging es los.« Wie in Zeitlupe drehte sie den Deckel ab und nahm einen kräftigen Schluck. »Jean wurde gestern Abend plötzlich unruhig. Sie meinte, sie könne etwas spüren, wusste jedoch nicht genau, was es war. Sie war felsenfest davon überzeugt, dass es mit dir zu tun haben müsste. Ein paar Mal hat sie versucht, dich anzurufen und als sie dich nicht erreichen konnte, wollte sie heute Morgen zu deiner Familie aufbrechen.«
Megan stellte die Wasserflasche auf den Tisch. »Aber so weit kam sie nicht mehr. Die Fruchtblase ist im Flur geplatzt und kurz darauf haben schon die Wehen eingesetzt.«
Familie? Welche Familie?
Verblüfft warf ich Sam einen verstohlenen Blick zu. Er runzelte kurz die Stirn, als ich ahnungslos mit den Schultern zuckte. Ich hatte keinen Schimmer, was Megan da faselte und von welcher Familie sie sprach.
Sam schloss die Augen und sogleich durchzuckte mich eine Erinnerung. Bildfetzen von mir und Sam und von einem Mann, einer Frau und einem Kind. Danny! Ich hatte eine Familie!
Dankbar für seine Hilfe nickte ich Sam zu. Später musste Jean sich dringend darum kümmern und die übrigen Erinnerungen hinzufügen, denn ganz offensichtlich hatte ich nach der Umwandlung tatsächlich so einiges vergessen.
»Kann ich zu Jean?«, fragte ich in die Runde. Ich musste Jean unbedingt sehen. Ich musste wissen, ob es ihr gut geht.
Kevin schüttelte den Kopf, sobald sich unsere Blicke trafen.

»Wir wissen nicht, ob es Komplikationen gibt, deshalb sollen wir hier unten warten. Hester Sue wird uns auf dem Laufenden halten.«
Komplikationen? Oh Gott!
»Wir wollen doch nicht gleich den Teufel an die Wand malen«, sagte Adelheid und lächelte verbissen. »Es wird schon alles gutgehen.«
Mühsam erwiderte ich ihr Lächeln. Natürlich wusste ich, dass ich nichts anderes tun konnte, als hier zu warten. Aber ein anderer Teil von mir wollte unbedingt zu Jean.
»Sag mal, warst du im Schönheitssalon?«
Betty unterbrach meine Gedankengänge und sofort lief mein Hirn auf Hochtouren. Ich musste ganz schnell eine plausible Antwort finden.
»Mein Weihnachtsgeschenk«, flunkerte ich munter drauflos. »Megan hat mir doch zu Weihnachten einen Gutschein geschenkt. Ich hab meine ... Mom mitgenommen und wir haben uns einen netten Tag im Schönheitssalon gemacht, mit allem, was dazugehört: Gesichtsmaske, Peeling, Shampoo und Spülung. Das volle Programm eben.«
Puh. Das war knapp. Aber es schien zu funktionieren.
»Du siehst toll aus«, sagte Betty und Megan nickte zustimmend. Ich bedankte mich artig für das Kompliment und schaute flüchtig in Sams Richtung. Er grinste schulterzuckend. Das war gerade nochmal gutgegangen, dachte ich und konzentrierte mich wieder auf die Tür.

Eine Zeitlang blieb alles verhältnismäßig still, nur das unerschütterliche Ticken der Standuhr war zu hören. Alle umstehenden Secutoren lauschten auf irgendein Zeichen, ein Geräusch oder eine Illusion von Hester Sue.
Es dämmerte bereits, als Adelheid den Kopf herumriss und lächelnd aufatmete. »Kevin?«
Sie tätschelte ihm die Schulter.

»Du kannst jetzt zu ihr.«
Kevin sauste aus dem Buchladen und ein paar Sekunden später konnte ich ihn seufzen hören. Er klang über alle Maße erleichtert, was mich wiederum ebenfalls erleichterte.
Dann brach ein wahrer Sturm über mich herein und viele durcheinander sprechende Stimmen tauchten plötzlich in meinem Kopf auf. Erstaunlicherweise bereitete es mir keinerlei Mühe, die Stimmen auseinanderzuhalten.
Ich konnte Hester Sue hören, die beruhigend auf Jean einredete und Jean, die Kevin zu beruhigen versuchte und Kevin, der immer wieder aufgeregt dazwischen plapperte.
Und dann ein leises Wimmern. Ein zartes Stimmchen, kaum mehr als ein Hauch. Wäre es noch möglich gewesen, hätte mein Herz vor Freude einen Sprung gemacht. Ich konnte sie alle hören. Ich konnte sogar das Baby hören!
»Ich will Lara sehen«, hörte ich Jean sagen. »Ist sie hier?«
Ich versuchte unbeteiligt dreinzuschauen, als Adelheid auf mich zu kam. »Jean fragt nach dir.«
Ich nickte hastig und wollte schon losrennen. Dann fiel mir ein, dass ich mich ordentlich zurücknehmen musste, wenn ich nicht auffliegen wollte.
Ganz langsam, einen Schritt nach dem anderen, verließ ich den Buchladen. Als ich außer Sichtweite war, spurtete ich die Treppe hoch und nahm dabei immer zwei Stufen auf einmal. Behutsam schob ich die Tür auf und trat ein.
Hester Sue kramte in ihrem Koffer herum und sortierte ihre Instrumente. Sie hielt inne, als ich hereinkam und kniff, ebenso wie Megan, sofort die Augen zusammen. Sie konnte mich spüren! Mein Blick fiel auf Kevin, der am Fenster stand und mit stolzer Miene auf das winzige Bündel in seinen Armen herunter schaute. Da kam mir eine Idee.
»Hat das Baby auch Kräfte?«, fragte ich unschuldig.
Ihr Kopf flog herum und sie betrachtete Namila eine Weile mit gerunzelter Stirn.

»Mm. Das lässt sich jetzt noch nicht mit Bestimmtheit sagen«, erwiderte sie gedankenverloren.

Hester Sue schien den Köder zu schlucken. Allem Anschein nach dachte sie tatsächlich, dass das, was sie spürte, nicht von mir, sondern von dem Baby ausging. Jean lag in ihrem Bett. Sie lächelte erleichtert, als sie mich sah. Vorsichtig setzte ich mich auf die Bettkannte.

»Wie geht es dir?«

Sie strahlte eine Freude aus, die ich so noch nie bei ihr gesehen hatte. »Mir geht es hervorragend«, sagte sie und richtete sich auf. »Und wie ich sehe, geht es dir auch gut. Du siehst wirklich toll aus, Lara. Ich dachte zuerst … unsere Verbindung ist abgerissen, da dachte ich …« Sie runzelte die Stirn. »Scheinbar ist alles in Ordnung. Tut mir leid, dass du meinetwegen früher zurückkommen musstest.«

Sie schaute betreten drein, doch ich winkte ab.

»Das ist nicht so schlimm. Hauptsache, bei dir ist alles gutgegangen.«

Mit einem seligen Lächeln schaute sie zu Kevin hinüber und streckte die Arme aus. »Gib sie mir bitte.«

Ohne Widerspruch reichte er ihr das Bündel. Ich streckte mich, damit ich einen Blick auf das Baby werfen konnte. Ein feiner dunkler Flaum bedeckte das kleine Köpfchen. Sie hatte graublaue Augen und eine süße kleine Stupsnase.

»Oh, Jean.« Ich war hin und weg. »Sie sieht aus wie du«, hauchte ich ehrfürchtig. »Sie hat sogar deine Augen.«

Kevin beugte sich übers Bett und gab Jean einen Kuss. »Sie ist genauso atemberaubend schön, wie ihre Mutter. Ihr beide seid meine zwei Lieblingsfrauen.«

Jean schlug die Augen nieder und lächelte.

»Namila?« Vorsichtig legte sie die Kleine in meine Arme. »Das ist deine Tante Lara.«

Als hätte sie verstanden, was ihre Mutter sagte, wanderten ihre Augen sofort in meine Richtung. Vor lauter Rührung hätte ich

beinahe geweint.
»Ich werde dir alles beibringen, was ich kann«, versprach ich feierlich. Deine Mom findet das wahrscheinlich nicht so gut, aber ich kenne eine ganze Menge Schimpfwörter, die kann ich dir später alle verraten, wenn du willst.«
Jean tadelte mich mit einem vorwurfsvollen Blick, dabei schmunzelte sie.
»Schluss für heute«, mahnte Hester Sue und setzte eine strenge Miene auf. »Mutter und Kind brauchen jetzt etwas Ruhe.«
Ich drückte Jean zum Abschied ganz fest an mich. »Wir sehen uns morgen.«

Ich kam mir vor wie auf einem anderen Planeten. Unser Haus war immer noch unser Haus und dennoch fühlte sich alles um mich herum irgendwie anders an. Als wäre ich vor der Umwandlung die ganze Zeit über mit einer verschmierten Brille herumgelaufen. Verblüfft schlenderte ich durch die einzelnen Räume und schaute mir alles ganz genau an. Selbst die Farben an den Wänden waren mit einem Mal viel intensiver. Alles war klarer und detaillierter. Ich konnte jede einzelne Kerbe im Holz erkennen und sogar die feinen Risse am Treppengeländer. Vor allem aber konnte ich die anderen im Buchladen hören!
Überwältigt von diesen Eindrücken schlenderte ich die Treppe hinauf. Ich fühlte mich wie jemand, der zum ersten Mal wirklich etwas sehen konnte.
Nach einer ausgiebigen Dusche stellte ich mich vor den Spiegel und rubbelte meine Haare trocken. Voller Staunen betrachtete ich gerade meine feinen Gesichtszüge, als mich unvorbereitet ein merkwürdiges Gefühl erfasste. Als würde in mir eine unsichtbare Alarmglocke schellen, geriet mein gesamter Körper plötzlich in helle Aufregung. Eilig schlang ich ein Handtuch um meinen Oberkörper und rannte zum Fenster. Im Vorgarten war es ruhig, ich konnte nichts Ungewöhnliches entdecken. Gerade als ich mich abwenden wollte, öffnete sich das schmiedeeiserne

Tor und kurz darauf fuhr eine schwarze Limousine in den Vorgarten. Ich beobachtete Wesley, wie er aus dem Wagen stieg und die hintere Tür öffnete. Und da entdeckte ich Logan.
Sein Anblick ließ mich unweigerlich nach Luft schnappen. Meine menschlichen Augen hatten nicht einmal den Bruchteil seiner Schönheit eingefangen. Und er strahlte eine Autorität aus, die ich selbst aus dieser Entfernung klar und deutlich spüren konnte. Für einen Augenblick erfasste mich Panik.
Er war die oberste Priorität! Wie hatte ich nur denken können, dass es mir gelingen würde, ihn auch nur eine Sekunde lang zu täuschen? Wie konnte ich nur so einfältig und dumm sein?
In Windeseile sauste ich ins Ankleidezimmer und schlüpfte in das schwarze Negligé, welches Jean mir zur Hochzeit geschenkt hatte. Dann warf ich einen flüchtigen Blick in den Spiegel und ordnete schnell meine Haare. Der Stoff war zwar hauchdünn und beinahe durchsichtig, doch die zarte Spitze, die den Ausschnitt zierte, reichte um das Zeichen auf meiner Haut einigermaßen zu verdecken. Jetzt gab es kein Zurück mehr, denn augenblicklich öffnete sich die Haustür. Dann waren Schritte in der Eingangshalle zu hören. Mein Magen flatterte. Wie ein Magnet wurde ich von ihm angezogen. Ich musste schwer an mich halten, damit ich nichts Unüberlegtes tat. Bewegungslos verharrte ich im Schlafzimmer und wartete, bis Logan die Treppe heraufkam.
Als er nur noch wenige Schritte vom Schlafzimmer entfernt war, zwang ich mich zur Ruhe und holte Luft, obwohl ich deutlich spüren konnte, dass ich keinen zusätzlichen Sauerstoff brauchte. Aber es beruhigte mich. Darum atmete ich ein paar Mal tief durch und wünschte mir, Jean wäre hier. Hätte sie Bescheid gewusst, hätte sie mir bestimmt geholfen. Doch sie war nicht hier. Ich war auf mich allein gestellt.
Logan öffnete die Tür, blieb aber im Rahmen stehen und warf mir mit fragender Miene einen Blick zu. Ich starrte in seine eisblauen Augen, glänzend und voller Sehnsucht. Ich musste

schlucken. Ohne nachzudenken stürzte ich in seine Arme und er hob mich hoch. Ein tiefes Grollen drang aus seiner Kehle, das sich mehr wie ein Lachen anhörte.
»Hast du mich vermisst?«
Ein langsames, aber stetiges Pulsieren stieg in mir auf. Seine raue Stimme vibrierte in meinem Körper und brachte mein Blut in Wallung. Er stellte mich auf den Boden und beugte sich vor, um mich sanft auf die Schläfe zu küssen. Meine Haut begann unter seiner Berührung zu kribbeln.
»Geh nie wieder weg«, flehte ich mit erstickter Stimme und nahm sein Gesicht in beide Hände. »Wir bleiben für immer zusammen.«
Er nickte zögernd, dabei huschte ein finsterer Ausdruck über sein Gesicht. »Ist alles in Ordnung mit dir?«
Fast automatisch drängte ich mich noch enger an seinen starken Körper. »Ich will dich. Jetzt sofort.«
Flüssige Hitze strömte durch meinen Bauch, meine Brust und meine Oberschenkel. Logan stieß ein leises Knurren aus. In seinen Augen stand ein solches Funkeln, dass mir direkt noch heißer wurde.
»Du gehörst mir«, sagte er mit heiserer Stimme und presste seine Lippen an meinen Hals. Bei seinen Worten erbete ich vor Verlangen. Ungeduldig zerrte ich an seinem Hemd.
»Ich gehöre dir«, stöhnte ich. »Für immer.«
Ein glühender Hunger glitzerte in seinen Augen. Seine Hände wanderten besitzergreifend über meinen Körper und hinterließen feurige Spuren auf meiner Haut. Mit einem Ruck riss er sein Hemd auf und packte mich an der Hüfte. Ungeduldig drängte er mich auf den Boden. Seine Hände wanderten über meine Schenkel und alles in mir schrie nach Erlösung.
Ich kämpfte mit seiner Hose, doch Logan schlug meine Hand zur Seite und zerrte an seinem Gürtel. Sein heißer Atem streifte meine Haut und das schmerzhafte Pulsieren in meinem Inneren machte mich rasend vor Verlangen. Ich drängte mich ihm

entgegen und keuchte auf, als er mit einer kraftvollen Bewegung in mich eindrang. Er bedeckte meine Brüste mit gierigen Küssen und begann, sich mit kräftigen, langen Stößen in mir zu bewegen. Ein lustvoller Schauer durchlief mich und mein Körper passte sich ganz automatisch seinem Rhythmus an. Er warf den Kopf zurück und ein Laut, der irgendwo zwischen Knurren und Stöhnen lag, drang aus seiner Kehle. Seine wilden Stöße jagten mein Blut wie flüssige Lava durch meine Adern und ein Gefühl von Macht tränkte meine Sinne. Ich war nicht mehr das Mädchen, das nach jedem Liebesakt atemlos in seinen Armen lag. Jetzt brauchte ich keine Verschnaufpause mehr. Wenn ich wollte, konnte ich ewig so weitermachen. Meine Erregung wuchs bei diesem Gedanken immer mehr und steigerte meine Lust so lange, bis ich alles um mich herum vergaß und völlig außer Kontrolle geriet.

Sein Rhythmus wurde schneller und hinter meinen Augen explodierten unzählige Farben. Blitze durchzuckten meinen Körper und zusammen stürzten wir von einem Gipfel wilder Empfindungen zur nächsten Ekstase. Immer und immer wieder.

Als ich das nächste Mal zum Fenster schaute, graute bereits der Morgen. Logan rappelte sich auf und trug mich zum Bett.

»Was war das?«

Er hatte sichtlich Mühe, seine Hände von mir zu lassen.

Ich tat so, als wüsste ich nicht, was er meinte.

»Ich habe dich schrecklich vermisst«, gestand ich leise und kuschelte mich schnell unter die Decke, damit er das Zeichen auf meiner Brust nicht sehen konnte. »Mm. Irgendwie war ich wohl ein wenig … ausgehungert.«

»Ausgehungert?«

Ich kicherte, als er grinsend eine Augenbraue hochzog. »Du hättest mich beinahe gefressen. Ich dachte schon, du verschlingst mich mit Haut und Haaren.« Er schüttelte gespielt empört den Kopf, als ich unbeeindruckt mit den Schultern

zuckte. »Du solltest dich jetzt ein bisschen ausruhen. Ich werde mich kurz mit Ethan unterhalten.«
Ich nickte und fragte dennoch: »Wie lief eigentlich die Umwandlung?«
Er verzog das Gesicht. »Leider nicht sehr gut. Aber darum geht es nicht.«
Sein Blick wanderte ziellos durch das Zimmer und ich versteifte mich. »Sondern?«
Er machte eine Geste, die mich entfernt an ein Schulterzucken erinnerte. »Ich spüre eine neue Verbindung, aber in letzter Zeit gab es keine gelungene Umwandlung. Dennoch spüre ich ganz deutlich eine Veränderung.«
Natürlich! Es wäre ja auch zu schön gewesen.
Zum Glück hatte ich ganz schnell die rettende Idee. »Das kann nur das Baby sein«, sagte ich laut, schrie es beinahe. »Jean hat in deiner Abwesenheit ihr Baby bekommen. Sie heißt Namila und ihre Eltern sind zwei Secutoren, da ist es doch ganz logisch, wenn sie zu dir eine Verbindung hat.«
Logans Augen leuchteten auf. Daran hatte er scheinbar noch gar nicht gedacht. »Das muss es sein«, sagte er und sprang hastig vom Bett. »Schlaf ein bisschen, mein Engel. Ruhe dich aus. Ich bin gleich wieder da.«

FRISCHES BLUT

Aus einem Tag wurde eine Woche. Dann eine weitere. Die erste Zeit verbrachte ich noch jede Sekunde damit, nach einer passenden Gelegenheit zu suchen, um Logan von meiner geglückten Umwandlung zu erzählen, denn etwas Unangenehmes aufzuschieben lag mir normalerweise nicht. Doch umso länger ich mit der Lüge durchkam, desto weniger hatte ich das Bedürfnis, Logan und den anderen reinen Wein einzuschenken. Sobald wir abends im Bett lagen, lenkte ich ihn auf altbewährte Art ab, was erstaunlicherweise richtig gut klappte. Tagsüber hielt ich mich immer in Namilas Nähe auf – was allerdings auch nicht besonders schwer war, denn sie war ein zuckersüßes Baby. Vom ersten Augenblick an hatte ich mich in dieses engelsgleiche Gesicht verliebt. Sie war hinreißend!

So erfolgreich ich mich mit meinem bisherigen Plan auch davor gedrückt hatte, allen die Wahrheit zu sagen, so gab es doch einen Haken an der ganzen Sache: Violett. Seit meiner Umwandlung musste ich mich von der gesamten Familie Baker auf Sams Anweisung hin fernhalten. Denn Violett war ein sehr alter und sehr erfahrener Secutor, auch wenn man ihr das nicht ansah. Laut Sam hätte sie meine Scharade womöglich als erste durchschaut. Innerlich zerriss es mich, weil ich nicht mit ihr sprechen durfte. Doch wahrscheinlich war es besser so. Nach ihrer Abreise plagte mich noch sehr lange mein schlechtes Gewissen, da wir keine Gelegenheit gehabt hatten, uns zu sehen. Das würde ich auf jeden Fall nachholen, sobald ich mich geoutet hatte.

Nicht einmal Jean hegte einen Verdacht gegen mich, was mich am meisten wunderte. Sie kam nicht einmal im Traum auf den Gedanken, dass die merkwürdigen Schwingungen von mir ausgehen könnten. Jeder machte Namila dafür verantwortlich. Anfangs hatte ich allen und jedem gegenüber ein furchtbar schlechtes Gewissen. Irgendwann war ich einfach nur noch froh darüber, dass sich niemand zu wundern schien. Und mein Vorhaben, allen die Wahrheit zu sagen, rückte damit immer weiter in die Ferne.

Dieses Jahr bekam Jean eine etwas andere Geburtstagsparty.

Weil ich vorher keine Gelegenheit mehr hatte, bekam sie von mir eine verspätete Babyparty. Ich schmückte das Wohnzimmer mit weißen Girlanden und rosa Luftballons und kaufte zusammen mit Betty und Megan einen schicken Kinderwagen. Jean war ganz aus dem Häuschen.

Nach wie vor warnte mich Sam davor, Logan noch weiter im Dunkeln zu lassen, wenn wir telefonierten. Jedes Mal musste ich ihm hoch und heilig versprechen, die Sache so schnell wie möglich aus der Welt zu schaffen. Doch ich konnte mich einfach nicht dazu durchringen.
Morgens legte ich sorgfältig das leichte Make-up auf und konnte so mühelos den Schein wahren und mein Aussehen geschickt verbergen. Das war so viel einfacher und vor allem sehr viel ungefährlicher, als ihm die Wahrheit zu sagen.

»Und du bist dir wirklich sicher?«
Ich wartete, bis Jean mit dem Wickeln fertig war, nahm Namila entgegen und küsste sie zärtlich auf die Stirn.
»Ist es dafür nicht noch ein bisschen zu früh?«
Jean schüttelte den Kopf.
»Die Kleine entwickelt sich prächtig und Adelheid und Brenda haben sich bereit erklärt, sie zu versorgen, solange ich mit dir im College bin. Du siehst also, es gibt keine Probleme.«
College? Von einem College wusste ich nichts, doch ich tat so, als wäre alles völlig normal.
»Aber sie ist doch noch so klein«, murrte ich. »Sie braucht ihre Mutter.«
Jean drückte mir lächelnd das Fläschchen in die Hand.
»Genug der Diskussion. Ich komme mit und basta. Ich bin jetzt zwar Mutter, aber ich bin auch immer noch dein Secutor. Glaube ich jedenfalls. Namila ist in den besten Händen, mach dir also darüber keine Sorgen.«
Natürlich wusste ich sofort, worauf Jean anspielte. Seit meiner Umwandlung war unsere Verbindung abgerissen. Sie grübelte sehr viel darüber nach, doch das würde sie mir natürlich nie erzählen. Ich wusste es einfach.
»Schon gut«, gab ich nach, »dann gehen wir eben ins College.«
Zu Namila gewandt sagte ich: »Schau mal, mein kleines Püppchen,« ich hielt das Fläschchen vorsichtig an ihre Lippen,

»es gibt Frühstück.«
Namila schnappte nach dem Sauger und zog kräftig daran. Da Jeans Körper keine Muttermilch produzierte, konnte sie nicht stillen. Zum Glück war das heutzutage kein Problem mehr.
Namila schloss genüsslich die Augen und ich schmunzelte verträumt. Unser kleines Püppchen machte große Fortschritte. Schon nach einer Woche konnte sie ihr Köpfchen allein halten und nach einer weiteren Woche hatte sie schon zu brabbeln begonnen. Die Laute, die sie von sich gab, waren zwar noch sehr unverständlich, aber ich hatte keinen Zweifel daran, dass sich das in absehbarer Zeit ändern würde.
»Kevin rennt seit Tagen mit der Kamera hinter mir her.« Jean seufzte ungehalten. »Er fotografiert Namila bei jeder Gelegenheit und macht mich damit noch ganz verrückt.«
Ich kicherte. »Kevin ist eben ein stolzer Vater, wer hätte das gedacht.«
»Ja.« Jean lächelte. »Er ist wirklich ein toller Dad. Apropos Dad. Du solltest so bald wie möglich deine Familie besuchen. Durch meine Schuld musstest du dein Wochenende vorzeitig beenden.«
Ich wich ihrem schuldbewussten Blick aus. Seit der Umwandlung hatte ich es vermieden, meine Familie aufzusuchen. Diesbezüglich fehlten mir einfach noch zu viele Erinnerungen und ich hatte Angst, etwas Falsches zu sagen. Eine ziemlich verzwickte Situation.
Vielleicht wurde es endlich Zeit, wenigstens meine Freundin einzuweihen. Mit halbgesenktem Kopf sagte ich:
»Jean? Können wir uns kurz unterhalten? Ich muss dir endlich etwas sagen.«
Jean sah mich interessiert an. »Natürlich. Raus damit. Was willst du mir sagen?«
Ich räusperte mich und wollte gerade loslegen, als Namila plötzlich unruhig wurde und anfing zu schreien.
»Ich glaube, sie hat immer noch Hunger«, mutmaßte ich.

»Kann das sein?«
Jean warf einen prüfenden Blick auf ihre wimmernde Tochter. »Eigentlich hat sie genug getrunken. Vielleicht muss sie nur ein Bäuerchen machen.«
Ich legte sie auf meine Schulter und klopfte behutsam auf ihren Rücken. Doch selbst dann jammerte sie weiter.
»Sie hat eindeutig Hunger.«
»Also gut.« Jean stand auf und griff nach dem Fläschchen. »Ich gehe kurz in die Küche und hole Nachschub. Versuche sie zu beruhigen, bis ich wieder da bin.«
Namila zappelte inzwischen so heftig auf meinem Schoß, dass ich mit ihr eine Weile im Wohnzimmer auf und ab lief, um sie ein bisschen zu beruhigen.
»Beeil dich mal«, rief ich in die Küche hinüber. »Unser Püppchen bekommt gerade ihren ersten Wutanfall.«
Namila machte sich auf meinem Arm steif und brüllte dabei fast ununterbrochen. Fasziniert beobachtete ich ihr süßes kleines Gesicht und fragte mich, wie so etwas Hübsches so laut schreien konnte. Und dann traf mich fast der Schlag!
»Jean, komm schnell!«
Ich war starr vor Schreck.
»Bin gleich soweit«, rief sie zurück. »Nur noch eine Minute.«
»Vergiss das Fläschchen! Komm sofort ins Wohnzimmer!«
Jean gehorchte widerwillig. »Was ist denn los?«
Neugierig schaute sie mir über die Schulter.
»Sieh dir das an«, hauchte ich und drehte Namila so, dass Jean sie besser sehen konnte.
»Oh Gott!« Jean schlug die Hände vor den Mund und wich zurück. »Aber das kann nicht … wie kann das sein?«
Ich wusste nicht, was ich darauf antworten sollte. Selbst mir steckte der Schreck noch in den Gliedern. Keine Ahnung, wie lange wir dastanden und auf das brüllende Kind in meinem Arm starrten. Namila tobte und schrie und funkelte mich mit ihren rabenschwarzen Augen wütend an. Jean richtete sich auf

und ging in die Küche. Wenige Minuten später kam sie mit einem zweiten Fläschchen zurück. Kaum war die Flache in ihrem Mündchen, war es wieder still. Während Namila genüsslich ihre Milch verputzte, wurden ihre Augen langsam wieder klar. Ganz so, als wäre nichts geschehen.

»Ethan«, sagte ich ernst. »Wenn einer weiß, was das zu bedeuten hat, dann er.«

Jean löste ihren Blick widerwillig von ihrer Tochter. »Er müsste vorne im Buchladen sein, er wollte noch ein paar Berichte durchgehen.«

Ich war schon auf dem Weg in den Buchladen, als Jean sich räusperte: »Lara? Du glaubst doch nicht, dass sie ein …« Jean schluckte nervös und ich versuchte zu lächeln.

»Ich weiß es nicht, aber es sieht ganz danach aus. Oder hast du eine bessere Erklärung?«

»Nein.« Sie ließ die Schultern hängen.

»Ich auch nicht«, gab ich zu, drückte die Türklinke herunter und ließ Jean allein mit ihrem Baby zurück.

Ethan saß allein im Buchladen am Tisch und blätterte geschäftig in irgendwelchen Unterlagen herum.

»Wir müssen reden«, sagte ich mit betroffener Miene.

Er rollte sorgfältig zwei Schriftrollen zusammen.

»Wann willst du es ihm endlich sagen?«

Ich biss mir auf die Lippe. »Ich werde es ihm schon noch sagen. Aber jetzt haben wir ganz andere Probleme.«

Er blickte bekümmert zu mir auf. »Geht es um Namila?«

Ich war wie erstarrt. »Du weißt es?«

»Ich habe es vermutet.« Seine Stimme klang bitter. »Die Kleine ist ein Defensor.«

Er deutete auf den Stuhl, der ihm gegenüber am Tisch stand. »Möchtest du dich nicht lieber setzen?«

Ich schüttelte heftig den Kopf. »Nein, danke. Ich stehe lieber.«

Ethan rollte nun auch die letzten Schriftrollen zusammen und hob danach seinen Arm, um den Buchladen zu sichern.

»Nach meinem Eingreifen damals schien zunächst alles nach Plan zu laufen«, begann er stockend. »Die Defensoren erledigten ihre Arbeit zur vollsten Zufriedenheit und auch bei den Secutoren gab es keinen Anlass zur Klage. Sie konzentrierten sich ausschließlich auf ihre Aufträge und alles war in bester Ordnung. Daher sah ich auch keinen Grund, an meiner Handlung zu zweifeln. Zumindest nicht in den ersten Jahrzehnten.«

Ethan machte eine Pause und ich entschied mich nun doch dafür, mich hinzusetzen. Das klang nach einer längeren Geschichte.

»Tja, und dann blieb der Nachwuchs aus.«

»Die Defensoren stammen also von den Secutoren ab«, nickte ich. »Und als du dafür gesorgt hast, dass sie sich nur noch auf ihre Aufträge konzentrieren, gab es keinen Nachwuchs mehr.«

Ethan nickte. »Das war nicht beabsichtigt, das musst du mir glauben. Ich hatte gar nicht darüber nachgedacht und dann war es zu spät. Ich konnte es nicht mehr rückgängig machen.«

Fassungslos schüttelte ich den Kopf.

»Und anstatt die Karten auf den Tisch zu legen und allen davon zu erzählen, hast du auch noch die Erinnerung an ihre Herkunft gelöscht und damit alles nur noch schlimmer gemacht.«

Nur langsam konnte ich die Tragweite seiner Tat begreifen. »Du hast nicht zufällig auch noch ein paar Schriftrollen verändert, damit niemand dahinterkommt?«

»Das ließ sich leider nicht vermeiden.«

»Aber wenn nun die Defensoren von den Secutoren abstammen, wer hat dann den ersten Secutor verwandelt?«

Ethan schien meine Frage zu amüsieren. Er schmunzelte.

Ich kam ihm zuvor: »Wie sagte Ruth einst so schön? Was war zuerst da, das Huhn oder das Ei?«

Er nickte. »Nun ja, diese Geschichte will sicherlich eines Tages erzählt werden. Doch nicht heute, denn dafür fehlt uns leider die Zeit. Die oberste Priorität wird demnächst eintreffen.«

So ein Mist aber auch! Ich blinzelte enttäuscht.

»Diese Neuigkeit wird einige Defensoren ziemlich unsanft von

ihrem hohen Ross herunterholen«, sagte ich nachdenklich. Ethan riss die Augen auf. »Du willst das öffentlich machen?«
Trotzig verschränkte ich die Arme. »Nicht ich, sondern du. Du wirst schnellstmöglich eine Versammlung einberufen und die Sache richtigstellen. Keine Lügen mehr. Es wird nun Zeit für die Wahrheit.«
Ethan presste die Lippen zusammen und runzelte die Stirn. »Einverstanden«, gab er schließlich nach. »Ich werde sobald wie möglich allen die Wahrheit offenbaren und meiner gerechten Strafe ins Auge sehen. Aber nur unter einer Bedingung: Auch du rückst nun endlich mit der Wahrheit raus! Sobald du der obersten Priorität endlich reinen Wein eingeschenkt hast, werde ich das Gleiche tun.«
Mit offenem Mund starrte ich ihn an. Damit saß ich in der Falle. »Und was soll ich Jean wegen Namila erzählen?«, murrte ich. »Sie weiß nicht, was mit ihrer Tochter los ist, aber sie ist nicht blöd. Irgendwann wird sie von selbst dahinterkommen.«
Sie würde eins und eins zusammenzählen, genau wie ich, und das Geheimnis ihrer Abstammung durchschauen.
Ethan nickte. »Dann solltest du umso schneller handeln.«
»Na, vielen Dank auch.«
Ich war mit meinem Latein am Ende und Ethan wusste das. Er lächelte selbstgefällig, als ich ihn böse anfunkelte.
»Um die kleine Namila musst du dir keine Sorgen machen«, versuchte er mich zu beruhigen. »Sie wird genauso heranwachsen, wie jedes andere Kind auch. Bis der Zeitpunkt kommt, an dem ihre Macht ausgereift ist, vergehen noch einige Jahre.«
Sollte mich das trösten?
»Und Jean? Wie soll sie damit umgehen?« Meine Sorge um meine Freundin war alles, was mich in diesem Moment antrieb. »Was deinen Secutor betrifft, so besteht ihre Aufgabe darin, die Kleine in den nächsten Jahren auf das Leben eines Defensors vorzubereiten.«
Ethan sprang auf. »Ich werde sofort die nötigen Schriftrollen

heraussuchen, die Jean für ihre Erziehung braucht. Defensoren können ab einem bestimmten Alter sehr aufmüpfig werden. Früher gab es dafür Schulen. Die Lehrer haben die Erziehung der Kinder übernommen, sobald sie dieses gewisse Alter erreicht hatten.«

Schulen für Defensoren?

Er lächelte entschuldigend, als er meinen vorwurfsvollen Blick bemerkte.

»Mit den dunklen Augen sollte sich dein Secutor allerdings lieber jetzt schon anfreunden«, fügte er kurz hinzu. »Vorerst treten sie nur bei den üblichen Trotzanfällen in Erscheinung. Das ist unter diesen Umständen völlig normal und in den einzelnen Entwicklungsphasen leider nicht vermeidbar. Später jedoch, wenn sich ihre ganze Macht offenbart, bleiben ihre Augen für immer schwarz.«

Wie sollte ich das nur meiner Freundin erklären?

»Sie muss es wissen«, entschied ich kurzerhand. »Und zwar nicht erst, wenn du vor den Rat trittst.«

Ethan widersprach nicht. Er wusste, dass wir keine andere Wahl hatten. »Ich rufe sie«, bot er an und schloss die Augen.

Kaum zwei Minuten später kam Jean mit Namila auf dem Arm in den Buchladen. Sie war immer noch sehr durcheinander. Ihr Blick wanderte kurz zwischen Ethan und mir hin und her. Dann seufzte sie hörbar. »Es ist also wahr.« Sie drückte Namila fest an sich.

»Aber das ist doch kein Weltuntergang«, versuchte ich sie zu beruhigen. »Sie bleibt trotzdem deine Tochter. Und alles andere schaffen wir schon. Ich helfe dir, so gut ich kann.«

Jean überlegte. »Kevin wird ausrasten, wenn er davon erfährt.«

Ich legte meinen Arm freundschaftlich um ihre Schulter.

»Er liebt seine Tochter abgöttisch und daran wird sich auch nichts ändern. Sie wächst bei uns auf. Bei dir, bei Kevin, bei mir und bei all den anderen Secutoren. Mila wird nicht so werden, wie die Defensoren, die wir kennen. Dafür werden

wir schon sorgen.«
Ich beugte mich vor und hauchte Namila einen Kuss auf die schwarzen Löckchen. »Wir werden eine ganz neue Generation von Defensoren großziehen.«
Zu meiner Überraschung glaubte ich fest daran.
»Mila?«, wiederholte Jean grinsend.
»Na ja.« Ich zuckte mit den Schultern. »Ist doch ein passender Spitzname, oder?«
»Du hast Recht.« Jean straffte die Schultern. »Unsere Mila wird ein toller Defensor. Und sie wird sich niemals abfällig über die Secutoren äußern.«
Jean blinzelte einmal, dann breitete sich ein hoffnungsvolles Lächeln auf ihren Lippen aus. »Glaubst du wirklich, dass wir das schaffen?«
Ich nickte eifrig. »Wir schaffen alles, Jean. Mach dir keine Sorgen. Mila wird ein richtig süßer und ganz lieber Defensor.«
Nachdem Ethan ihr versichert hatte, alles Notwendige an Informationen zu Namilas Erziehung zu besorgen, was sie brauchte, wurde Jean ein wenig ruhiger.
»Das bleibt aber vorerst noch unter uns«, stellte sie klar. »Ich muss mich erst damit anfreunden und ich brauche etwas Zeit, um es Kevin zu sagen. Ich will auf den passenden Moment warten.«
Ethan warf mir einen vielsagenden Blick zu, ehe er sich verabschiedete. Ich wusste, was dieser Blick zu bedeuten hatte. Ich musste so schnell wie möglich mit der Wahrheit herausrücken. Am besten sofort.
Mila war inzwischen auf meinem Arm eingeschlafen.
»Du, ist Logan schon zurück?«, fragte ich Jean. »Ich muss mit dir reden.«
Jean kniff die Augen zusammen, dann schüttelte sie den Kopf. »Dean hat sie gerade dazu überredet, noch einen kleinen Abstecher in seine Lieblingskneipe zu machen.«
Scheinbar war das Glück auf meiner Seite.

»Kannst du bitte den Buchladen sichern? Du bist die Erste, die davon erfährt.«
Irritiert tat Jean wie geheißen. Die Vorstellung, ihr die Wahrheit zu sagen, quälte mich ebenso, wie der Gedanke, es nicht zu tun. So sehr ich mich auch bemühte, ich fand keinen Anfang. Nie hätte ich gedacht, dass es so schwer werden würde.
Zögernd gab ich Namila ihrer Mutter zurück und atmete ein paar Mal tief durch.
»Zuerst möchte ich mich bei dir entschuldigen«, begann ich leise. »Es tut mir leid, weil ich dich schon wieder angelogen habe. Ich war an jenem Wochenende gar nicht bei meiner Familie.«
Jean straffte die Schultern. Ihre Augen wurden schmal.
»Wo warst du dann?«
Ich holte tief Luft. »Ich war bei Ethan. Eleonore war auch da. Und Sam. Sie haben mir geholfen.«
Sie rutschte unruhig auf ihrem Stuhl herum.
»Bei was geholfen, Lara? Ich kann dir leider nicht folgen.«
»Bei meiner Umwandlung«, rückte ich endlich mit der Sprache heraus. »Sie wollten mir bei der Umwandlung helfen.«
Gott sei Dank hatte Jean Namila auf dem Arm, denn dadurch war sie gezwungen, ruhig zu bleiben.
»Wie kannst du nur so etwas Unvernünftiges tun«, zischte sie dennoch. »Du hättest dabei sterben können, Lara.«
Meine Muskeln spannten sich an. »Aber das bin ich nicht. Es hat funktioniert«, gab ich kaum hörbar von mir.
Zuerst sagte Jean gar nichts mehr, sie schaute mich einfach nur an. Regungslos, als wäre sie innerlich zu Stein erstarrt. Dann öffnete sie ihre Lippen und fragte: »Weiß er davon?«
Ihre Stimme klang seltsam tonlos.
»Noch niemand«, gab ich kopfschüttelnd zu. »Ich sagte doch, du bist die Erste, die es erfährt.«
Mit einem Mal wirkte meine Freundin, als sei sie meilenweit entfernt. Selbst ihr Gesicht war zu einer Maske erstarrt.
»Du hättest sterben können«, murmelte sie geistesabwesend.

Dann erwachte sie zu neuem Leben und schaute mich mit zusammengekniffenen Augen an.
»Du müsstest eignetlich tot sein, verdammt nochmal! Hast du noch irgendwelche Erinnerungen an deine Familie?«
Ich schüttelte langsam den Kopf. »Alles, was mit meiner Familie und meinem menschlichen Leben zu tun hatte, ist weg. Aber Ethan hat gesagt, du könntest deine Erinnerungen mit mir teilen und das einfügen, was mir fehlt. Ich glaube, ich bin zum College gegangen. Aber darüber weiß ich leider auch nichts mehr.«
Jetzt kochte Jean vor Wut. »Wie konntest du nur so etwas Törichtes tun? Jetzt weiß ich auch, warum ich zu dir keine Verbindung mehr habe. Du hast nämlich dein Leben einfach so weggeworfen!«
Ihre heftige Reaktion verunsicherte mich dermaßen, dass ich betroffen auf den Boden schaute.
»Ich habe mein Leben nicht weggeworfen«, murmelte ich. »Mein Leben fängt jetzt erst an. Ich kann für immer bei Logan bleiben und das ist alles, was ich jemals wollte.«
»Ach ja?« Jean schloss die Augen. »Dein Leben, so wie du es kennst, ist nun für immer vorbei. Im nächsten Jahr solltest du deinen Abschluss machen, du wolltest Grundschullehrerin werden. Das alles kannst du nun vergessen, Lara. Du wirst niemals älter werden und niemals eigene Kinder haben. Und du wirst deiner Familie beim Sterben zusehen. Du wirst alle verlieren, die du jemals gekannt hast. Einer nach dem anderen wird sterben und du wirst daneben stehen und zusehen!«
Ich schluckte bei ihren harten Worten.
»Das wird schlimm«, sagte ich. »Aber damit werde ich fertig. Ich muss einfach damit fertig werden.«
Nach kurzem Zögern sagte sie: »Dann hast du also die ganze Zeit nach einem passenden Defensor gesucht, obwohl die Chancen gleich Null waren?«
Ihre Stimme klang ein wenig erstickt. »Und du hast ihn gefunden. Wer ist es, Lara?«

Schließlich erzählte ich ihr die ganze Geschichte und zwar von Anfang an. Ich erzählte ihr von Ruths Illusion, die sie mir in Form eines Traumes geschickt hatte und von der Suche nach dem Hinweis. Ich erzählte ihr von Ethan und von dem, was er in der Vergangenheit getan hatte. Dieses Mal wollte ich von Grund auf ehrlich sein. »Dann haben wir sein Blut getestet und als es eine Übereinstimmung gab, habe ich ihn gebeten, mir bei der Umwandlung zu helfen.«

»Du müsstest eigentlich tot sein«, wiederholte Jean. »Ich kann das immer noch nicht glauben.«

Ich lächelte zerknirscht. »Manchmal wache ich auf und denke, dass das alles nur ein Traum war. Aber es ist real, Jean. Ich bin nicht tot, ich bin immer noch hier.«

Sie warf mir zuerst einen weiteren finsteren Blick zu, der kurz darauf weich wurde.

»Das ist wirklich zu viel für einen Tag. Erst Namila und jetzt auch noch so etwas. Ich bin nun nicht mehr dein Secutor. Ich wusste doch, dass hier etwas nicht stimmt. Verdammt nochmal, ich glaube, mir wird schlecht.«

»Sei bitte nicht sauer auf mich«, redete ich weiter auf sie ein. »Sieh es doch mal von der positiven Seite. Du und ich, wir bleiben ein Leben lang zusammen. Ich habe jetzt zwar keinen Secutor mehr, aber ich habe immer noch meine beste Freundin.«

»Ja, schon.« Sie streichelte der schlummernden Namila zärtlich über die Haare. »Aber so einfach ist das nicht. Du bist kein Defensor und auch kein Secutor. Hast du irgendwelche Fähigkeiten, kannst du Illusionen hervorrufen?«

Damit war ich ein wenig überfordert.

»Illusionen funktionieren bei mir nicht«, sagte ich. Das hatte ich unlängst probiert. »Aber dafür kann ich sehr gut hören und viel besser sehen. Und ich bin wahnsinnig schnell.«

Jean grübelte kurz. »Aber du kannst keine Illusionen hervorrufen.«

»Macht doch nichts«, winkte ich ab. »Ich wollte nur an seiner

Seite bleiben und das habe ich mit der Umwandlung erreicht. Alles andere ist nicht wichtig.«
Wir wechselten einen Blick.
»Kommen wir erst einmal zu deinen fehlenden Erinnerungen«, sagte Jean schließlich mit einem Seufzen und schloss die Augen. Einige Sekunden später durchzuckte mich eine Sturmflut an Erinnerungen und danach war alles wieder da. Meine Kindheit. Meine Familie. Die Schulzeit.
»Danke.«
»Schon gut. Ich bringe Mila jetzt erstmal ins Bett und komme gleich wieder. Aber noch was, Lara ...« Ihr Blick mahnte mich. »Ganz egal, wie du es geschafft hast, ihn bisher zu täuschen, sag ihm bald die Wahrheit. Und zwar wirklich bald.«
»Mache ich. Bis gleich.«
Grübelnd blieb ich im Buchladen zurück. Wenn Jean schon so dermaßen ausgeflippt war, was würde mich dann erst bei Logan erwarten?

NEUE ZEITEN

»Du meine Güte. Sieh dir das an.« Jean hatte Mila in ihr Bettchen gebracht und anschließend im Buchladen die alten Schriftrollen von Ethan erhalten. Sie schob nun eine der Schriftrollen zu mir herüber. Ich spähte auf die seltsamen Buchstaben und verzog das Gesicht.
»Sorry. Das kann ich nicht lesen.«
Jean schaute mitleidig drein. »Weil du keine Ausbildung hattest. Jeder neue Secutor wird einem Defensor unterstellt und muss für die nächsten Jahre die Schulbank drücken. Dir fehlen sämtliche Grundkenntnisse, Lara. Das ist wirklich bedauerlich.«
Eine Weile starrte ich wortlos auf die fremde Schrift.
»Also gut. Ich muss das lernen, so viel steht fest. Wenn ich in eurer Welt leben will, dann muss ich mich auch an eure

Regeln halten. Ich brauche jemanden, der mich unterrichtet. Jemanden, der mir alles beibringt, was ich wissen muss.«
Da kam mir eine Idee.
»Kannst du das nicht übernehmen?«
Ich setzte meinen Dackelblick auf und Jean schmunzelte.
»Für mich wäre das natürlich kein Problem. Ich helfe dir gerne, vorausgesetzt, Ethan ist damit einverstanden.«
Ihre Augen huschten über die Schriftrollen. »Allerdings müssten wir dich exmatrikulieren«, fügte sie bedauernd hinzu. »Solange du keine Regeln kennst und noch nicht mit deinen neuen Kräften umzugehen weißt, kannst du nicht mehr ins College zurück. Das ist viel zu gefährlich. Du könntest dich verraten und dann fliegen wir alle auf.«
»O.k.«, sagte ich und rieb mir die Stirn.
»Das dürfte kein Problem sein«, nickte Jean. »Gordon wird sich im College um die Formalitäten kümmern und deinen Eltern sagen wir einfach, dass du ab jetzt von einem Privatlehrer unterrichtet wirst.«
Wow. Ich blinzelte. »Du bist einfach genial, Jean.«
»Freu dich nicht zu früh«, sagte sie, den Blick streng auf die Schriftrollen gerichtet. »Wir beginnen so schnell wie möglich mit dem Unterricht. Das wird harte Arbeit für dich.«
Meine Euphorie wurde abgebremst. »Du bist ein Sklaventreiber«, murrte ich.
Jean ließ sich davon nicht beirren. »Ich suche meine alten Schulbücher heraus, dann hast du schon einmal den Grundlehrstoff parat. Den Rest besorge ich mir von Ethan, vorausgesetzt, er ist damit einverstanden, dass ich dich unterrichte.«
Sie widmete sich wieder den Schriftrollen und tippte kurz darauf mit dem Finger auf eine bestimmte Zeile. »Da steht es.«
Neugierig beugte ich mich vor und schaute ihr über die Schulter.
»Es gab also tatsächlich Schulen«, sagte Jean. »Die Kinder wurden ab dem achten Lebensjahr dort unterrichtet und auf ihre Aufgaben als zukünftige Defensoren vorbereitet.«

Jean runzelte die Stirn.
»Eine Schule war hier ganz in der Nähe. Sie befand sich dort, wo jetzt der County Club steht. In jedem Land gab es eine eigene Schule für Defensoren, ist das nicht erstaunlich?«
Ich nickte und meine Stimmung fiel noch weiter. Ethan hatte scheinbar ganze Arbeit geleistet.
»Ich werd' verrückt«, sagte Jean plötzlich. »Hier stehen unzählige Namen von Defensoren, die früher einmal die Schulen besucht haben. Vargos. Und da ist eine Sabrisa. Meinst du, das sind die gleichen?«
Mein Blick flog erneut über die fremden Buchstaben.
»Es wäre zumindest möglich. Ja. Ich glaube schon.«
»Siehst du das hier?« Jean deutete auf eine weitere Auflistung. »Hier wurde genauestens festgehalten, in welchem Alter der jeweilige Defensor seine Kraft erhielt. Die Klassen wurden nicht nach Jahrgang, sondern nach den Entwicklungsstufen der Kinder gebildet. Einige Defensoren hatten schon mit zwölf Jahren außergewöhnliche Kräfte. Bei anderen zeigten sich ihre Begabungen erst viel später. Das ist ja höchst interessant.«
Jean war in ihrem Element. Mit äußerster Sorgfalt studierte sie jeden einzelnen Abschnitt.
»Da ist noch was«, sagte sie einige Minuten später. »Hör zu ...«
Sie schob das Schriftstück zu mir herüber, obgleich sie wusste, dass ich davon sowieso nichts lesen konnte.
»Secutor plus Secutor gleich Defensor. Das steht hier ganz deutlich. Und weiter steht hier: ein Defensor war niemals menschlich, da die jeweiligen Secutoren bei seiner Zeugung keine Menschen mehr waren. Die Augen färben sich schwarz, sobald sie im Vollbesitz ihrer Kräfte sind, was von der Entwicklungsstufe des jeweiligen Defensors abhängt.«
Jean runzelte die Stirn und las weiter: »Während Secutoren voller Emotionen sind, werden Defensoren nahezu ohne Empfindungen geboren. Scheinbar wandelt sich die Empathie zweier Secutoren bei dem Embryo genau in das Gegenteil um.«

Jean seufzte laut, was mich dazu veranlasste, sie in den Arm zu nehmen. Nicht alles, was in den Schriftrollen stand, entsprach auch der Wahrheit, das hatte ich von Ethan erfahren. Einige Punkte waren von ihm manipuliert worden. Jean wusste das inzwischen. Dennoch traf sie dieser eine Satz besonders hart.

»Logan erwartet dich«, sagte Jean plötzlich und wandte sich aus meiner Umarmung. »Er ist im Wohnzimmer. Du solltest die Gelegenheit gleich nutzen und ihn über deine Umwandlung in Kenntnis setzen.

Ich nickte und wandte ihr den Rücken zu. Vielleicht wurde es langsam wirklich Zeit, ihm die Wahrheit zu sagen, denn ich wusste, dass ich es nicht mehr länger aufschieben durfte.

»Was habt ihr zwei denn so lange getrieben?«

Logan erhob sich, als ich ins Wohnzimmer kam.

»Ach. Nichts Besonderes«, flunkerte ich und legte meine Arme um seinen Hals. Er gab mir einen langen Kuss und lächelte.

»Und? Hast du Hunger? Ich könnte dir deinen Lieblingsburger machen.«

»Klingt gut«, antwortete ich und lächelte zurück. Doch dann, schlimmer als ein Tornado, wirbelte plötzlich ein höllischer Schmerz durch meine Brust. Hastig befreite ich mich aus seinen Armen und taumelte rückwärts.

Das Blut rauschte in meinen Ohren und mein Kopf dröhnte. Benommen presste ich beide Fäuste an meine Schläfen und kniff die Augen zusammen.

»Lara? Lara, was ist mit dir?«

Ich war nicht in der Verfassung zu antworten, ich hatte alle Mühe, mich auf den Beinen zu halten. In meinem Blut summte es und ein Teil von mir wusste, dass sich etwas in mir veränderte. Ich unterdrückte einen Schrei und taumelte noch weiter zurück. Logan griff instinktiv nach meinem Arm. Seine Berührung durchzuckte mich wie ein Stromstoß. Ich wollte seine Hand wegschieben, aber er hielt mich unerbittlich fest.

Langsam wich mein Entsetzen aufkommender Wut.
»Lass mich los«, keuchte ich, getrieben von den Schmerzen. Doch sein Griff wurde noch fester.
»Erst sagst du mir, was hier gerade passiert.«
Trotz des Schmerzes straffte ich entschlossen meine Schultern, öffnete die Augen und schlug seine Hand weg.
»Ich sagte, du sollst mich loslassen!«
War das etwa ein Knurren? Geräuschvoll stieß ich die Luft aus. Da war ganz eindeutig ein Knurren zu hören gewesen und das kam definitiv nicht von ihm!
»Sag mal, willst du mich verarschen?«, schrie er. Fassungslos starrte er mich an. »Was geht hier vor, Lara?«
Ich spielte die Ahnungslose. »Ich weiß nicht, was du meinst«, stotterte ich.
»Ach nein?«
Im nächsten Moment warf er mich über seine Schulter und rannte die Treppe hoch. Im Schlafzimmer setzte er mich ab und schob mich grob vor den langen Spiegel.
»Und. Was. Ist. Das?«
Seine Stimme klang so wütend, dass es mir eiskalt den Rücken hinunterlief. Unsicher hob ich den Blick und betrachtete mein Spiegelbild. Meine Augen waren schwarz! Kohlrabenschwarz! Ach du Scheiße!
Logan warf mir einen niederschmetternden Blick zu.
»Ich frage nur einmal«, sagte er. Dieses Mal kam das Knurren eindeutig von ihm. »Also überlege dir gut, was du antwortest.« Sein Gesicht war wutverzerrt. »Was hast du getan?«
Seine Augen sprühten Funken, während er mich mit undurchdringlicher Miene anstarrte. Erneut blickte ich in den Spiegel und eine Woge der Hilflosigkeit überrollte mich.
Als ich Logan erneut anschaute, konnte ich nur noch Kummer in seinen Augen sehen. Seine Wut war verflogen. Betrübt presste ich die Lippen zusammen. Logan ließ sich auf dem Bett nieder, ohne mich dabei aus den Augen zu lassen, und fuhr

sich mit beiden Händen durch seine Haare.
»Du hast deinen Willen mal wieder durchgesetzt und dich hinter meinem Rücken einer Umwandlung unterzogen, weil du genau wusstest, dass ich diesem Wahnsinn niemals zustimmen würde.« Er schüttelte den Kopf. »Hast du dabei auch nur eine Sekunde lang an die Folgen gedacht? An deine Familie zum Beispiel?«
»Ich werde sie verlieren.« Darauf hatte Jean mich schon zur Genüge hingewiesen. »Aber damit komme ich klar«, beteuerte ich. »Ich weiß genau, was ich getan habe und ich weiß auch, wie gefährlich das war. Ich hätte dabei sterben können, auch das ist mir bewusst. Aber ich bin nicht gestorben, ich stehe vor dir. Wir können für immer zusammenbleiben, Logan. Nichts und niemand wird uns je wieder trennen.«
Ich hatte alles gesagt, was es zu sagen gab.
Logan war bedrückt und eine ganze Weile sagte er nichts mehr. Schließlich erhob er sich und kam auf mich zu.
»Du hast dich entschieden«, sagte er. »Du hast das ewige Leben gewählt.«
Ich nickte und blickte zu ihm auf. Seine Augen hatten ihren dunklen Schimmer verloren und seine Miene war nicht mehr ganz so hart.
»Dann wirst du die Ewigkeit an meiner Seite verbringen?«
Ich hob meinen Arm und legte meine Hand zärtlich an seine Wange.
»Was glaubst du denn, für wen ich das getan habe? Für dich und mich. Für uns. Nur an deiner Seite kann ich wirklich glücklich sein. Erst jetzt fühle ich mich richtig lebendig und ich weiß, dass ich in deine Welt gehöre.«
Im Bruchteil einer Sekunde hatte Logan mich an sich gedrückt und hochgehoben. Mit strahlenden Augen wirbelte er mich im Kreis herum.
»Ich liebe dich, Lara Anderson. Und sag' jetzt nicht, ich soll dich absetzen, weil dir schwindlig wird.« Er zwinkerte mir zu.

Ich kicherte. »Nein, mir wird nicht mehr schwindlig. Und falls du es vergessen hast, ich heiße jetzt Lara Ford. Ich bin eine verheiratete Frau.«

Logan setzte mich ab und zog mich in seine Arme.

»Du bist meine Frau«, flüsterte er mir ins Ohr. Der Stolz in seiner Stimme war unverkennbar.

»Ich hatte mich schon gefragt, warum du plötzlich so viel Ausdauer besitzt.« Ein verschmitztes Grinsen breitete sich auf seinen Lippen aus, als er den Kopf hob und mich anschaute. »Heißt das, ich muss mich fortan nicht mehr zurückhalten?«

Bei seinen Worten sammelte sich eine untrügliche Hitze in meinem Unterleib.

»Warte kurz«, bat ich, als er seine Hände um meine Taille legte. »Ich muss dir was zeigen.«

Ganz langsam schob ich meinen Pulli nach oben.

»Es tat höllisch weh, als es entstanden ist.«

Gewissenhaft musterte Logan meinen Oberkörper.

»Ich sehe nichts, Lara.«

Ich folgte seinem Blick.

»Ich meine das Zeichen«, sagte ich und schaute nach unten. Ganz deutlich konnte ich die Symbole auf meiner Brust erkennen und ein paar ganz frische Konturen. Daher rührte der Schmerz, der mir noch vor ein paar Minuten beinahe die Besinnung geraubt hatte. Jetzt tat nichts mehr weh. Ich hielt die Luft an, als er mit seinem Finger sanft über die Konturen strich.

»Es tut mir leid, aber ich kann es immer noch nicht sehen«, murmelte er. »Doch diese Stelle hier, die ist unverkennbar heiß.« Dieses Mal schwang kein Tadel in seiner Stimme mit. Nur Bewunderung. »Es ist noch nicht fertig. Zuerst muss es noch durch die letzte Hautschicht dringen.« Nachdenklich ließ er seine Hand sinken. »Das könnte sehr unangenehm werden, Lara.«

Ich seufzte. »Na toll.«

Dann dachte ich an die Umwandlung und das Verlangen in

meinem Inneren erlosch augenblicklich.
»Es war verdammt knapp«, gab ich zu. »Um ein Haar hätte ich es nicht geschafft. Willst du meine Erinnerung sehen?«
Logan zog die Augenbrauen zusammen.
»Das habe ich schon versucht, aber du blockierst mich.«
Ich blinzelte. »Nein. Das stimmt nicht. Ich mache nichts dergleichen.«
Er lachte leise, während er den Kopf schüttelte. »Irgendwas stimmt hier nicht. Du bist kein Secutor. Aber ein Defensor bist du auch nicht.«
Ganz plötzlich konnte ich seine Anwesenheit in meinem Bewusstsein spüren. Die oberste Priorität suchte nach Antworten. Es fühlte sich an, als würde jemand vorsichtig an eine Tür klopfen und mich um Einlass bitten.
»Du darfst dich nicht dagegen wehren«, bat er. »Lass es zu.«
Instinktiv öffnete ich meinen Geist und ließ ihn gewähren. Logan hielt meine Hände, während sein intensiver Blick auf mir ruhte. Ich konzentrierte mich ausschließlich auf meine Umwandlung. Alles, was Ethan mir von sich erzählt hatte, blendete ich aus. Ihm das zu erzählen war nicht meine, sondern Ethans Aufgabe.
Logans Eindringen in meinen Geist war nicht unangenehm. Doch für wenige Sekunden hatte ich das Gefühl, als würde mir jemand sämtliche Kleider vom Leib reißen. Dann war es auch schon wieder vorbei und Logan ließ meine Hände los. »Mm«, machte er nur und runzelte die Stirn.
»Was heißt das?«
Er lächelte achselzuckend. »Wie ich bereits gesagt habe. Kein Secutor. Aber auch kein Defensor. Von beidem etwas, würde ich vermuten. Sicher bin ich mir allerdings nicht.«
»Ich kann keine Illusionen hervorrufen«, sagte ich ein wenig enttäuscht. »Und schmerzunempfindlich bin ich leider auch nicht. Das hat Eleonore schon getestet.«
»Deine Augen sind wieder blau«, sagte er und deutete mit

einem Kopfnicken auf den Spiegel.
Ich seufzte erleichtert.
»Und ich dachte schon, ich müsste jedes Mal Kontaktlinsen tragen, wenn ich meine Familie besuchen will.«
»Das mit den Illusionen stimmt nicht ganz«, stellte er klar. »Du kannst eine Illusion hervorrufen, aber nur eine einzige. Darum konnte ich auch das Zeichen auf deiner Brust nicht erkennen.«
Ich warf einen letzten Blick auf mein Spiegelbild.
»Was meinst du damit?«
Er lächelte. »Dein Make-up war unnötig, denn du benutzt eine Illusion, um dein wahres Aussehen vor uns zu verbergen. Und zwar eine verdammt gute Illusion. Wenn du mich eben nicht in dein Bewusstsein eingelassen hättest, dann wäre mir das überhaupt nicht aufgefallen. Du bedienst dich einer äußerst wirksamen Schutzillusion, die nicht einmal ich durchschauen kann, wenn du es nicht willst. Das ist deine Gabe, Lara. Sie schützt dich vor unerlaubten Blicken.« Anerkennung und Überraschung ließen seine Stimme anschwellen. »Deine Gabe hat dich geschützt, indem sie mit Übelkeit auf die Anwesenheit von Leo reagierte. Und sie hat dich geschützt, als wir den Feuerring durchqueren mussten. Damals hast du deine Gabe auf mich übertragen und mir damit das Leben gerettet.«
Er nickte lächelnd, als ich ihn erstaunt ansah. »Die Umwandlung hättest du ohne sie wohl kaum überstanden. Und jetzt, nach der Umwandlung, hat sie dich wieder geschützt. In Form einer Illusion, weil du Angst vor meiner Reaktion hattest.«
Die Erkenntnis traf mich wie ein Schlag.
»Aber das bedeutet … dann kann ich …« Ich grübelte kurz. »Das bedeutet, ich muss meiner Familie nicht aus dem Weg gehen, bevor sie merken, dass ich nicht älter werde?«
»Deine Illusion wird für dich altern«, bestätigte Logan. »Du kannst dich frei unter Menschen bewegen.«
Er runzelte die Stirn, als er mich erneut ansah.
»Weißt du, wie du es abschalten kannst?«

Ich verneinte seine Frage, denn ich wusste ja bis jetzt nicht einmal, dass ich überhaupt eine Illusion hervorgerufen hatte.
»Das ist reine Kopfsache«, meinte er augenzwinkernd. »Solange du glaubst, du müsstest dich vor mir verstecken, wird deine Illusion bestehen bleiben. Gerade eben wolltest du unbedingt, dass ich dich so sehe, wie du wirklich bist. Du hast mich in dein Bewusstsein hineingelassen und dabei ganz automatisch die Schutzillusion gesenkt. Doch kaum habe ich mich zurückgezogen, hast du die Illusion sofort wieder errichtet.«
Ganz sanft legte er beide Hände an mein Gesicht. »Du musst dir nur die Wahrheit vor Augen führen. Es gibt keinen Grund mehr, dich vor mir zu verstecken. Lass die Illusion fallen, Lara.«
Unsicher trat ich von einem Fuß auf den anderen.
»Aber es wissen noch nicht alle Bescheid. Megan und Betty? Und Adelheid? Was werden sie wohl sagen, wenn sie davon erfahren?«
Ich war mir wirklich nicht sicher, ob ich das herausfinden wollte. Doch Logan beruhigte mich.
»Sie werden sich freuen, mein Engel. Glaube mir. Du gehörst zu uns, das hast du schon immer.«
Ich schluckte meine Bedenken hinunter und nickte.
»O.k. Kannst du sie bitte aufklären? Ich hab noch immer ein bisschen Bammel davor.«
»In Ordnung.«
Logan ließ seine Hände sinken und lächelte zärtlich, während er die Augen schloss. Und im nächsten Augenblick stürmten unzählige Emotionen auf mich ein. Ein wahrer Ansturm von Glücksgefühlen überwältigte mich.
»Siehst du?« Er schmunzelte, als ich ihn fragend ansah. »Sie sind ganz aus dem Häuschen.«
Das waren sie scheinbar wirklich, denn die Emotionen, die mich erreichten, waren durchweg positiv. »Also gut.«
Ein wenig nervös geworden, versuchte ich, mich ausschließlich auf seine Worte zu konzentrieren. ›Es gibt keinen Grund mehr,

dich vor mir zu verstecken.‹ Ein unbeschreibliches Glücksgefühl durchflutete mich, als ich mir dessen bewusst wurde.
Ganz langsam zog ich den Haargummi aus meinem Pferdeschwanz. Wie ein Wasserfall fielen meine Haare auf meine Schultern. Und dann vernahm ich das Rauschen. Kaum wahrnehmbar, aber eindeutig. Meine Illusion löste sich auf!
Unsicher hob ich den Kopf und begegnete seinem Blick. Logan schaute mich mit staunenden Augen an, als wäre das alles nur ein Traum. Dann kam er auf mich zu, ergriff meine Hand und drückte sie leicht.
»Sie warten unten im Wohnzimmer auf dich. Wollen wir zu ihnen gehen?«
Ich betrachtete sein stolzes Gesicht und mein Herz quoll über vor Glück.
»Ich glaube, ich bin jetzt so weit«, stimmte ich zu. Gemeinsam verließen wir das Schlafzimmer und machten uns auf den Weg, um meiner neuen Familie gegenüberzutreten.
Bis auf Megan hatten sich bereits alle versammelt, als wir das Wohnzimmer betraten.
»Das kann doch nicht wahr sein«, rief Kevin aus und kam geradewegs auf mich zu. »Wie hast du das nur angestellt?«
Schulterzuckend sagte ich: »Das war gar nicht so einfach. Sam und Eleonore haben mir geholfen. Und Ethan natürlich.« Mit einem vorsichtigen Seitenblick zu Logan fuhr ich fort. »Ruth hat mich auf die Spur gebracht. Sie wusste scheinbar, dass so etwas möglich ist – zumindest hatte sie es vermutet.«
Voller Wehmut dachte ich an ihr gütiges Lächeln. »Ich hätte mich so gerne persönlich bei ihr bedankt.«
Logan nahm mich in den Arm und hauchte mir einen sanften Kuss auf meine Schläfe. »Sie wusste bestimmt, wie dankbar du sein wirst. Da bin ich mir sicher.«
Plötzlich flog die Tür auf und Megan stürmte ins Wohnzimmer. »Wo ist das kleine Biest?« Mit verschränkten Armen blieb sie vor mir stehen. »Was hast du zu deiner Verteidigung vorzu-

bringen, junges Fräulein?«
Ich schluckte und schaute unsicher zu Logan.
»Du hast niemandem etwas gesagt«, schimpfte Megan. »Und du hast dein Leben dafür riskiert.« Sie funkelte mich an. »Betty? Jean?«
Beide traten wie auf Kommando vor. »Was haltet ihr davon?«
Als Megan sprach, war ihre Stimme eiskalt und Betty machte ein betroffenes Gesicht. Jean räusperte sich leise, woraufhin sich mein Magen unwillkürlich zusammenzog.
»Es tut mir leid«, stammelte ich bedrückt.
Dann breitete sich ein strahlendes Lächeln auf Megans Gesicht aus. »Das muss dir doch nicht leidtun«, grinste sie auf einmal. Und auch Betty kicherte hinter vorgehaltener Hand, als ich verwirrt dreinschaute. »Lass dich knuddeln, du unmögliches, unvernünftiges Ding.«
Megan riss mich von Logan los und warf sich in meine Arme.
»Jetzt wirst du uns wirklich nicht mehr los.«
Ich erwiderte ihre feste Umarmung und warf Betty einen dankbaren Blick zu.
»Ich dachte schon, ihr seid böse auf mich.«
Betty winkte gelassen ab. »Quatsch. Wir doch nicht. Ein wenig erschrocken vielleicht. Aber sicher nicht böse.«
Erst jetzt bemerkte ich, dass Kevin aufgeregt um uns herum tänzelte. »Komm schon«, drängelte er. »Was weißt du noch über die Umwandlung? Tat es weh? Hast du irgendwas gemerkt?«
Jean verdrehte die Augen. »Lass sie in Ruhe, Kevin. Du nervst.«
»Schmerzen hatte ich schon«, gab ich bereitwillig Auskunft. »Und ja, ich kann mich auch daran erinnern. Doch eigentlich ist das nichts, was man unbedingt wissen müsste.«
Ich schmiegte meinen Kopf an Logans Schulter. »Ich bin einfach nur froh, dass es vorbei ist«, sagte ich und lächelte voller Freude über diesen unwirklichen Moment.
»Es gibt da noch etwas«, sagte Jean leise in die Menge.
Alle Blicke waren sofort auf sie gerichtet.

»Ich dachte, ich zeige euch lieber gleich, was ich meine. Bevor ihr von selbst dahinterkommt.«

Adelheid, die Mila auf ihrem Arm trug, übergab die Kleine an ihre Mutter. »Sie hat Hunger«, erklärte Jean. »Ich habe ihr aber noch nichts gegeben, damit ihr euch selbst davon überzeugen könnt.«

»Wovon überzeugen?«, warf Megan ein.

Doch Jean hob die Hand und sagte nur: »Wart's ab.«

Wenige Sekunden später begann Namila leise zu wimmern und als sie merkte, dass sie damit immer noch keinen Erfolg hatte, verzog sie das Gesicht und brüllte lauthals los.

Wütend huschten ihre kleinen schwarzen Augen dabei durch den Raum. Jean griff in aller Ruhe nach dem Fläschchen und beruhigte ihren süßen Schreihals mit einer leckeren Mahlzeit. Sofort wurden ihre Augen wieder klar und Jean lächelte.

»Sie ist ein kleiner Defensor«, unterbrach Kevin die bedrückende Stille, die sich im Wohnzimmer ausgebreitet hatte.

»Was?!«

Megan trat einen Schritt zurück. Sie wechselte einen erstaunten Blick mit Betty und schüttelte den Kopf.

»Willst du damit sagen …« Kevin beachtete sie kaum. »Secutor plus Secutor«, schlussfolgerte er, »gleich Defensor.«

Jean wandte sich an Adelheid. »Ich würde in den nächsten Tagen gerne mit dir die alten Schriftrollen durchgehen, die Ethan mir zur Verfügung gestellt hat. Es gibt einige Dinge, die wir unbedingt einfügen sollten.«

»Natürlich«, nickte Adelheid. Auch sie schien bereits von Namila zu wissen, denn sie wirkte nicht im Mindesten überrascht.

Den Rest des Abends verbrachten Jean und ich damit, den anderen haargenau zu erzählen, was wir bis jetzt über die Kinder in Erfahrung bringen konnten. Als Logan und ich später wieder allein waren, bemerkte ich zum ersten Mal, dass Logan ungewohnt still geworden war. Die letzten Stunden hatte er kaum ein Wort gesprochen. Als es Zeit war schlafen zu gehen, krabbelte ich zu ihm ins Bett und legte meinen Kopf an seine Schulter.

»Ist es wegen Namila? Aber das ist doch kein Weltuntergang.«

Er seufzte und strich mit seiner Hand über meine Haare.

»Ich habe lange darüber nachgedacht«, begann er. »Doch ich kann nichts daran ändern, selbst wenn ich wollte. Wenn ich könnte, würde ich mich schuldig fühlen. Aber ehrlich gesagt fühle ich mich alles andere als schuldig.«

Irritiert hob ich den Kopf. »Worum geht es überhaupt?«

»Deine Umwandlung«, stöhnte er. »Eigentlich müsste ich dich mit Vorwürfen überhäufen und dir unentwegt sagen, wie dumm und gefährlich das alles war. Aber das kann ich nicht, weil ich nicht so empfinde.«

Ich öffnete den Mund, schloss ihn jedoch wieder. Seine Antwort hatte mich sprachlos gemacht.

Er schob seine Hand unter mein Kinn und drückte es sanft nach oben. Dann lächelte er zerknirscht.

»Ich gehöre nicht zu den masochistisch veranlagten Männern, die sich unentwegt mit Selbstvorwürfen quälen. Und ich versuche mir auch nicht ständig einzureden, dass ein Leben ohne mich für dich das Beste wäre. Ich bin durch und durch egoistisch und alles, was ich jemals wollte, bist du. Ich werde dir also diesbezüglich keine weiteren Vorwürfe machen.«

Er beugte sich vor, um mich zu küssen.

»Ehrlich gesagt bin ich sogar sehr stolz auf dich«, flüsterte er an meinen Lippen. »Und ich werde dir keinen Grund liefern, um deine Entscheidung jemals zu bereuen, Lara.«

Ich spürte ein leichtes Kribbeln irgendwo unterhalb meines Bauchnabels.

»Halt die Klappe«, forderte ich mit einem lasziven Grinsen. »Wir können ja später weiterreden.«

Er blickte mir forschend in die Augen.

»Du kriegst nie genug, was?«

»Von dir? Niemals.«
Lachend bedeckte ich seine nackte Brust mit Küssen. Sein starker durchtrainierter Körper zog mich unwiderstehlich an und am liebsten hätte ich unser Bett niemals wieder verlassen.
Ein paar Stunden später wurde ich jedoch dazu gezwungen, mein unstillbares Verlangen nach ihm zu zügeln, als ich einen brennenden Schmerz auf meiner Brust spürte.
»Es bricht durch die letzte Hautschicht«, sagte Logan und zeichnete mit seinem Finger die pochenden Konturen auf meiner Brust nach. »Versuch dich zu entspannen, dann ist es weniger schmerzhaft.«
Ich verzog das Gesicht. Wie sollte ich mich entspannen, wenn mir gerade ein glühendes Brandeisen von innen gegen die Brust gedrückt wurde?
»Scheiße, tut das weh!«
Logan musterte aufmerksam die Stelle, die sich anfühlte, als würde sie in Flammen stehen. »Ich könnte deine Haut etwas kühlen, wenn du willst«, bot er an.
»Ja, bitte«, flehte ich.
Er richtete sich auf und legte seine Hand behutsam auf die erhitzte Stelle. Sofort durchflutete mich eine angenehme Kühle.
»Besser?«
»Viel besser. Danke.«
»Wann war eigentlich deine letzte Umwandlung?«, fragte ich aus einer Laune heraus. »Wie viele Menschen hast du schon in einen Secutor verwandelt?«
Logan setzte sich neben mich und zog die Augenbrauen zusammen. »Ich nehme keine Umwandlungen vor. Kein Empath würde das überleben.«
Er strich eine Locke hinter mein Ohr, während ich über seine Antwort nachdachte.
»Hast du es jemals versucht?«
Er nickte. »Was glaubst du wohl, woher ich weiß, dass es unmöglich ist. Ja, ich habe es versucht, sogar mehr als nur ein-

mal. Immer mit demselben Resultat. Sie starben binnen kürzester Zeit unter erbärmlichen Qualen. Ich bin einzigartig und nicht in der Lage, andere meiner Art zu erschaffen.«

»Wie ist es für dich, wenn ihr einen Empath bei der Umwandlung verliert? Macht dich das traurig?«

»Irgendwie schon«, gab er zu. »Wann immer ein Arzt seinen Patienten auf dem OP-Tisch verliert, fühlt er sich verantwortlich dafür. Bei uns ist das nicht anders. Der Verlust ist für uns allerdings vor allem ärgerlich, aber er führt uns auch vor Augen, dass wir zukünftig noch genauer arbeiten müssen.«

Ich sah zu ihm hinüber, als er eine Pause machte.

»Jetzt verstehst du sicher auch, warum ein Defensor besser agiert, wenn er nichts dabei fühlt. Wenn er jedes Mal von Schuldgefühlen heimgesucht würde, sobald er einen Empath verliert, würde er irgendwann nicht mehr dazu in der Lage sein, diese Arbeit auszuüben. Verstehst du das?«

»Natürlich.« Ich nickte. Und zum ersten Mal, seitdem ich wusste, was Ethan getan hatte, legte sich der Groll, den ich gegen ihn hegte, ein wenig. Ohne Emotionen konnten sie tatsächlich besser agieren, so unglaublich das auch klang.

»Allerdings gibt es inzwischen ein paar Ausnahmen«, erinnerte ich ihn und schaute gedankenverloren nach unten. Die Schmerzen in meiner Brust waren endlich vorüber und mein Zeichen vollständig.

»Du meinst Romy und Anna?«

Ich bejahte schmunzelnd, als er mich fragend ansah.

»Und Marius und Eleonore. Bei einigen wirkt meine Gabe, wenn auch nicht bei allen. Ich versprühe einfach meinen ›Charme‹ und sorge dafür, dass sie Emotionen entwickeln.«

Ich dachte kurz an den Ältestenrat, bei dem meine Gabe kläglich versagt hatte. Wahrscheinlich, weil Ethan den Rat zuerst manipuliert hatte und seine Kräfte zu diesem Zeitpunkt noch stärker gewesen waren. Als der Rest der Defensoren an die Reihe kam, hatte er seine Kräfte schon ziemlich strapaziert,

was dazu führte, dass es für sie vielleicht noch Hoffnung gab. Schnell schob ich den Gedanken zur Seite, ich wollte jetzt nicht an Ethan denken und sagte:
»Nicht zu vergessen, die Liebespaare unter den Secutoren. Erst Dean und Megan und dann Jean und Kevin. Und wenn ich mich nicht irre, bahnt sich zwischen Sam und Nadya auch etwas an.« Ich seufzte. »Es ist fast so, als müsste ich nur ein paar Tage in ihrer Nähe verbringen und schon fangen sie an, sich zu verlieben.«
Erst im Nachhinein wurde mir bewusst, was ich gesagt hatte. »Das ist es!« Wie eine Irre sprang ich aus dem Bett. »Genau so muss es sein«, sagte ich aufgeregt.
Logan neigte den Kopf zur Seite.
»Klär mich auf, mein Engel.«
»Es ist folgendermaßen«, begann ich. »Ethan empfand viel für Dorothea und hat dann seine Liebe und Zuneigung für Dorothea an seine Tochter Sophia vererbt.«
Ich konnte Logan noch nicht erzählen, was danach geschah. Das musste Ethan selbst tun.
»Jedenfalls ist meine Gabe das Resultat seiner Liebe zu Dorothea. Darum bin ich auch in der Lage, eure Gefühle zu beeinflussen oder welche zu wecken, wo vorher noch keine waren.«
Ich dachte dabei vor allem an Betty und Marius und musste unweigerlich schmunzeln.
»Ich glaube, das ist meine Aufgabe, Logan. Ich soll dafür sorgen, dass sich noch mehr Secutoren ineinander verlieben. Namila wird keine Ausnahme bleiben, bald wird es überall auf der Welt Nachwuchs geben. Eine ganz neue Generation von Defensoren.«
Ich konnte mich kaum noch bremsen. »Du musst auf der Stelle mit Ethan reden«, bat ich ihn. »Er wird dir alles erklären. Höre ihm zu, aber verurteile ihn bitte nicht. Wir kriegen das wieder hin, da bin ich mir sicher.«
»Wovon redest du, Lara?«
Ich warf ihm seine Hose zu. »Na los, zieh dich an. Und sag

Ethan, dass du dich mit ihm treffen musst. Aber du musst mir hoch und heilig versprechen, ihn nicht zu bestrafen, ganz egal, was er dir auch erzählt. Das ist für mich sehr wichtig.«

»Na gut.« Widerwillig und leicht genervt schlüpfte Logan in seine Jeans. »Ich treffe mich mit ihm und ich schwöre dir, ich werde ihn nicht bestrafen, ganz egal, was ich auch erfahre. Du hast mein Wort.«

Ich glaubte ihm.

»Aber danach treffen wir uns sofort wieder im Bett«, knurrte er mir beim Hinausgehen zu. Durch seine Worte flammte mein Verlangen erneut auf. Tapfer biss ich die Zähne zusammen und drängte meine Gefühle zurück. Das muss warten, sagte ich mir. Entgegen seiner Forderung verbrachte ich den Rest der Nacht allein.

Es dauerte noch eine ganze Weile, bis ich ihn endlich spüren konnte. Logan wirkte müde, als er am späten Nachmittag endlich ins Wohnzimmer kam.

»Und?«, fragte ich vorsichtig.

Er ließ sich aufs Sofa fallen und zog mich auf seinen Schoß. »Wer weiß alles davon?«

Schulterzuckend sagte ich: »Bis jetzt nur Jean und ich.«

Er nickte. »Ich muss mit dem Rat sprechen. Sie müssen es erfahren und zwar so schnell wie möglich.«

Das konnte ich nachvollziehen.

»Wie geht es Ethan?«, wollte ich wissen. »Er wirkte erleichtert«, sagte Logan. »Als wäre er froh darüber, sich endlich alles von der Seele reden zu können.«

»Und du?«

»Was glaubst du wohl«, knurrte Logan. »Am liebsten hätte ich ihn auf der Stelle in der Luft zerrissen. Aber ich musste dir ja versprechen, ihn nicht anzurühren. Doch was er getan hat, kann er niemals wiedergutmachen, Lara. Und ehrlich gesagt weiß ich nicht, wie der Rat darauf reagieren wird.«

Ich seufzte tief.

»Ja, er hat einen schlimmen Fehler gemacht«, setzte ich an. »Aber er hat es nicht böse gemeint. Damals dachte er wirklich, es wäre am besten so. Du musst ihm beistehen, wenn er vor den Rat tritt. Und wenn du dem Rat erklärst, dass ich die Gabe habe, alles wieder zum Guten zu wenden, dann lassen sie sich vielleicht besänftigen.« Ich nahm sein Gesicht in beide Hände und küsste ihn. »Tu es für mich, Logan. Bitte.«

Seine Augen wanderten über mein flehendes Gesicht. »Du verlangst eine Menge, Lara.«

Ich lächelte. »Das weiß ich und dafür werde ich mich auch erkenntlich zeigen. Ich werde den Rat nicht enttäuschen. Jean hilft mir, meine Wissenslücken zu füllen. Sie hat für mich schon einen Lehrplan entwickelt und wird mir alles beibringen, was ich über eure Welt wissen muss. Der Rat wird keinen Grund haben, sich über mich zu beschweren.«

Er gab mir einen Kuss auf die Schläfe.

»Wie könnte ich bei so viel Engagement ablehnen. Ich werde mein Bestes geben, um Ethan beizustehen. Aber versprechen kann ich natürlich nichts.«

»Das genügt mir.«

Zärtlich legte ich meine Lippen auf seine und schob meine Zunge langsam in seinen Mund. Sein Griff verstärkte sich daraufhin merklich. Mit einem Ruck stand Logan vom Sofa auf und trug mich die Treppe hinauf. »Ab ins Bett mit dir.«

Sein Blick, eben noch verärgert, schien nun vor Verlangen zu brennen. Ich spürte, wie ich in den Wirbel aus Hunger und Begierde hineingezogen wurde und jedes Interesse daran verlor, an etwas anderes zu denken.

Es war meine Idee gewesen, Ethan über die Feiertage einzuladen. Weihnachten war ein Fest der Familie und Ethan gehörte nun einmal dazu. Anfangs war er nicht gerade begeistert davon, als er schließlich doch kam, brachte er massenweise Geschenke mit. Dieses Jahr wurde es ein richtig großes Fest.

Logan trat schmunzelnd zur Seite, als es an der Hintertür klopfte. Ich legte mein Geschenk beiseite und drehte mich um.
»Es sind doch bereits alle da. Erwarten wir noch jemanden?«
Die Tür wurde geöffnet und eine strahlende Violett rannte auf mich zu.
»Da staunst du, was? Die oberste Priorität höchstpersönlich hat uns eingeladen.«
Während sie mir um den Hals fiel, konnte ich aus den Augenwinkeln sehen, dass Sam nicht allein gekommen war. Nadya stand etwas abseits und beobachtete das muntere Treiben mit neugierigen Blicken.
»Hallo, kleine Schwester.« Er wirbelte mich nach alter Manier einmal im Kreis herum. »Du siehst gut aus«, stellte er mit einem anerkennenden Lächeln fest. »Verdammt, Lara. Du siehst echt heiß aus.«
»Mir geht's auch gut«, sagte ich lächelnd, als Logan im Hintergrund leise knurrte.
»Und du?« Mein Blick wanderte zu Nadya. »Gibt es da etwas, das ich wissen sollte?«
Nadya schlich langsam in meine Richtung, dabei musterte sie mich skeptisch von oben bis unten. Dann streckte sie ihre Hand aus und sagte: »Ich dachte zuerst, Sam will mich verarschen. Du hast also tatsächlich die Umwandlung überstanden. Ich hätte wetten können, dass du dabei draufgehst.«
Sam boxte Nadya in die Seite und sie zuckte leicht zusammen.
»Was denn? Hab ich Recht oder nicht?«
Sam verdrehte die Augen. »Das war wirklich sehr taktvoll«, sagte er mit einem ironischen Zug um die Mundwinkel.
Das schien Nadya nicht zu stören. Sie machte eine halbe Drehung und blieb direkt vor Jean stehen.
»Hallo. Ich bin Nadya.«
Jean erwiderte ihren freundlichen Händedruck. »Freut mich, dich kennenzulernen«, sagte sie und lächelte Nadya an.
»Das ist sie also.« Nadya hockte sich zu Namila auf den Fuß-

boden, die in mitten lauter Spielsachen saß. Namila schaute neugierig nach oben, als Nadya vorsichtig ihre Hand nach ihr ausstreckte.

»Wow. Ich kann sie deutlich spüren. Die Kleine ist ganz eindeutig ein Defensor.«

Ich grinste, als Nadya ungläubig den Kopf schüttelte.

»Das ist echt krass. Und dabei ist sie noch so winzig.«

»Das täuscht«, erklärte Kevin mit stolzgeschwellter Brust. »Pass mal auf.«

Er ging in die Hocke und schob seiner Tochter ein paar bunte Bausteine zu, auf denen einzelne Buchstaben abgebildet waren.

»Namila, mein Püppchen. Würdest du für Daddy die Bausteine sortieren?«

Namila griff nach dem ersten Baustein und drehte ihn eine Weile zwischen ihren kleinen Händen. Dann begann sie damit, für jede einzelne Farbe einen separaten Haufen anzulegen.

»Äußerlich unterscheidet sie sich kaum von einem normalen Kind ihres Alters«, erklärte Kevin und reichte ihr den nächsten Bauklotz. »Doch intellektuell gesehen ist sie um Längen voraus.«

Nadya beobachtete Namila mit großen Augen.

»Wie alt ist sie denn?«

»Etwas über vier Monate«, warf Jean ein. »Sie kann schon alleine sitzen und ihre Feinmotorik ist wirklich ganz erstaunlich.«

Als Namila den letzten Bauklotz auf den dafür vorgesehenen Haufen platziert hatte, klatschte sie begeistert in die Hände.

»Das hast du toll gemacht, mein Püppchen«, lobte Kevin und richtete sich auf. »Sie kann zwar noch nicht sprechen, aber dafür versteht sie jedes Wort. Und sie hasst es, wenn man mit ihr in Babysprache spricht. Du weißt schon, Wau Wau und Muh und sowas. Da kann sie richtig stinkig werden.«

Zur Bestätigung verzog Namila das Gesicht spitzte ihre Lippen und machte einen Schmollmund.

»Du bist aber ein schlaues Mädchen«, sagte Nadya und streckte vorsichtig die Hand nach ihr aus. »Weißt du, wer ich bin?«

Die Kleine nickte mit einem strahlenden Lächeln. Dann griff sie nach drei Bauklötzen und schob sie zu Nadya hinüber. Nadya blickte ratlos zu Kevin, doch der zuckte nur amüsiert mit den Schultern.
»Das ist ja unglaublich. Sie hat meinen Namen buchstabiert«, staunte Nadya.
Jean beugte sich vor und nahm ihre Tochter auf den Arm.
»Wir üben bereits das Alphabet und ein paar Zahlen«, erzählte sie, als wäre daran nichts Besonderes.
»Namila liebt es, Namen mit ihren Bausteinen zu legen. Und sie kann schon bis zehn zählen. Dafür haben wir kleine Plastikzahlen, mit denen sie täglich üben will. Sie ist sehr wissbegierig.«
Nadya schüttelte verwundert den Kopf. »Das ist wirklich sehr beeindruckend«, meinte sie und schüttelte erneut den Kopf, als könne sie immer noch nicht glauben, was sie gerade mit eigenen Augen gesehen hatte.

DER LETZTE BEWEIS

Sowohl als meine menschliche Familie zu Weihnachten zu Besuch kam, als auch in den darauffolgenden Tagen, wenn ich in der Stadt unterwegs war, ließ mich meine Illusion nicht im Stich. Ich hatte zwar immer noch keine Ahnung, wie ich die Illusion steuern konnte, aber scheinbar war das auch gar nicht nötig. Wann immer ich das Haus verließ, legte sich die Illusion ganz automatisch über mein wahres Aussehen und schützte mich auf diese Weise vor neugierigen Blicken.
Die Zeit verging wie im Flug, auch wenn ich manchmal immer noch das Gefühl hatte, ich würde alles nur träumen.
Kaum war das neue Jahr angebrochen, da stand auch schon Logans Geburtstag vor der Tür. Zu meiner großen Freude konnte ich Logan dazu überreden, seinen Geburtstag etwas größer zu feiern, um bei dieser Gelegenheit auch gleich auf meine geglückte

Umwandlung anzustoßen. Es wurde ein rauschendes Fest mit allen Freunden und Bekannten. Meinen eigenen Geburtstag wollte ich stattdessen nur im kleinen Rahmen feiern und Logan zeigte dafür vollstes Verständnis. Er schenkte mir eine Weltreise, damit ich den Rest seiner Familie kennenlernen konnte. Ich freute mich sehr darauf und nahm mir fest vor, unseren Urlaub so bald wie möglich anzutreten.
Logan hatte sein Wort gehalten und Ethan mit aller Kraft beigestanden, als er vor den gesamten Rat treten musste. Einige waren über sein Handeln jedoch so erbost, dass sie ihn auf der Stelle ins Exil schicken wollten. Nur mit großer Überzeugungskraft war es Logan schließlich doch noch gelungen, die Defensoren umzustimmen.
Ethan durfte zwar seinen Platz im Rat behalten, doch dafür hatte er seine gesamte Handlungsfreiheit eingebüßt. Nichts, was er sagte oder tat, hatte noch Gewicht. Er durfte nichts mehr eigenmächtig entscheiden. Das war ein minimaler Verlust in Anbetracht dessen, was ihn hätte erwarten können.
»Alles ist besser als Amnesie«, hatte er geantwortet, als ich ihn im Buchladen getroffen hatte. Ethan war ein starker Defensor und würde mit dem Urteil zurechtkommen. Daran hatte ich nicht den geringsten Zweifel.
Als der Frühling Anfang April endlich Einzug hielt, hatte ich mich perfekt in mein neues Leben eingefunden. Alles war so, wie es sein sollte und ich schwebte pausenlos im siebten Himmel.

Dann kam jener Freitagabend, an dem sich alles für immer verändern sollte. Zusammen mit Jean, Megan und Betty hockte ich in unserem Wohnzimmer auf dem Sofa. Wir tranken Sekt und plauderten über dies und das, als Megan gerade zum dritten Mal die Sektflasche herumgehen ließ.
»Für mich nicht mehr«, lehnte ich ab. »Der schmeckt heute irgendwie komisch.«

Megan roch an der Flasche. »Das ist der gleiche Sekt, den wir sonst auch immer trinken. Ich weiß gar nicht, was du hast.«

Ich zuckte mit den Schultern und sagte: »Egal. Ich bleibe für den Rest des Abends lieber bei Cola.«

Jean betrachtete mich aus zusammengekniffenen Augen, während Megan ihr Glas auffüllte. Sie war zwar nun nicht mehr mein Secutor, doch das Band unserer Freundschaft war stärker denn je. Aus irgendeinem Grund machte sich meine Freundin Sorgen um mich, auch wenn ich nicht ganz nachvollziehen konnte, was sie dazu veranlasste.

»Es geht mir gut«, sagte ich mit Nachdruck.

Jean musterte mich dennoch weiterhin mit zusammengepressten Lippen.

»Das meine ich nicht«, sagte sie kurz darauf. Sie runzelte die Stirn und wechselte einen Blick mit Megan und Betty. »Hört doch mal, wie ihr Herz flattert.«

Ich räusperte mich und wollte gerade widersprechen, denn mein Herzschlag hatte sich seit der Umwandlung kein einziges Mal beschleunigt. Da ließ Jean plötzlich ihr Glas fallen und starrte mich mit offenem Mund erschrocken an.

»Das ist nicht dein Herzschlag.«

Ihre Reaktion war für mich nicht nachvollziehbar.

Jean zögerte und schaute mich mit seltsam regloser Miene an. »Das ist nicht dein Herzschlag«, wiederholte sie kaum hörbar, »aber er kommt eindeutig von dir.«

Jetzt verstand ich überhaupt nichts mehr.

»Was soll das denn nun wieder heißen?«, murrte ich.

Megan stellte die Sektflasche ganz langsam auf dem Tisch ab und schloss die Augen.

»Ich kann es auch hören«, flüsterte sie.

»Ich auch«, murmelte Betty.

Jean drängte sich dicht an mich heran. Ehe ich es verhindern konnte, legte sie ihre Hand auf meinen Bauch.

»Spinnst du?«, fragte ich perplex.

»Jean richtete sich kerzengerade auf und schaute mich eindringlich an. »Wann hattest du deine letzte Blutung?«, wollte sie wissen.
»Moment.« Ich überlegte. »Vor der Umwandlung, im Juli letzten Jahres.«
Nach der Umwandlung war meine Periode ausgeblieben, was mich jedoch nicht weiter beunruhigt hatte, denn laut Eleonore konnte so etwas durchaus passieren.
Eine merkwürdige Stille senkte sich über das Wohnzimmer. Etwas hing in der Luft. Es wagte niemand, den Gedanken laut auszusprechen. Ich konzentrierte mich voll und ganz auf meinen Körper und horchte tief in mich hinein.
Da!
Ganz deutlich konnte ich ein schwaches Pulsieren spüren. Ein zartes Flattern, wie der Flügelschlag eines Schmetterlings, summte durch meinen Unterleib.
»OH. MEIN. GOTT.« Jean schlug beide Hände vor den Mund. »Lara. Du bist schwanger!«
»Das kann nicht sein«, stotterte ich benommen. »Logan hat gesagt, er ist einzigartig. Er meinte, wir sind nicht kompatibel.«
»Aber du bist kein Mensch mehr«, warf Megan ein und verschränkte grinsend die Arme.
Ich schnappte nach Luft.
»Ungefähr ab der fünften Woche nimmt das Herz seine Arbeit auf«, gab Megan ihr Wissen zum Besten.
»Demzufolge bist du im zweiten Monat«, ergänzte Betty.
Ich war überzeugt gewesen, dass so etwas unmöglich war. Scheinbar hatte ich mich geirrt.
Mein Blick wanderte gedankenverloren hinunter zu meinem Bauch. »Ich habe es gesehen«, sagte ich. »Bei der Umwandlung habe ich Logan gesehen. Er stand unten am See und hatte ein Baby auf dem Arm. Aber ich dachte, das sei Mila.«
Seufzend hob ich den Blick und schaute in die Runde.
»Das war nicht Namila. Logan hatte unser Baby auf dem Arm.«

Ein merkwürdiges Gefühl erfasste mich, als mir klar wurde, was das bedeutete. »Aber was ist … « Nun wurde mir ganz elend zumute. »Was ist, wenn Logan das Kind nicht will? Er hat gesagt, er mag keine Kinder.«

Betty schenkte mir ein beruhigendes Lächeln. »Das glaube ich nicht«, meinte sie.

Und auch Megan schüttelte den Kopf: »Ich kann mir das auch nicht vorstellen. Aber wenn du erst einmal Gewissheit haben willst, bevor du mit ihm sprichst, dann sollten wir unverzüglich Hester Sue holen.«

Ich erklärte mich einverstanden und kaum eine Stunde später klopfte es schon an der Hintertür.

»Komm rein«, rief Megan und zog Betty vom Sofa. »Lass uns lieber gehen«, sagte sie. »Hester Sue will Lara sicher alleine untersuchen.«

Hester Sue bedachte mich mit einem amüsierten Blick.

»Dieses Mal hast du dich in Schwierigkeiten gebracht«, sagte sie mit einem breiten Grinsen. Ich nickte schmunzelnd.

Mit geschickten Bewegungen breitete sie ein weißes Leinentuch über dem Sofa aus und desinfizierte anschließend ihre Hände.

»Mach dich untenherum frei und leg dich hin. Ich bin gleich so weit.«

Ein wenig nervös zog ich meine Jeans aus und machte es mir auf dem Sofa bequem.

»Dann wollen wir doch mal sehen«, sagte sie und lächelte mir aufmunternd zu. Ich hielt die Luft an, als ich ihre kalten Hände auf meinem Bauch spürte.

Nach wenigen Handgriffen erklärte Hester Sue: »Du kannst dich jetzt wieder anziehen.«

»Und?«

Plötzlich wünschte ich mir nichts sehnlicher als ihre Bestätigung.

»Mitte November, würde ich sagen.« Hester Sue blickte mich freundlich an. »Der Geburtstermin ist etwa Mitte November. Du bist nun ungefähr in der sechsten Woche.«

Ihre Worte lösten ein unbeschreibliches Glücksgefühl in mir aus. Ich konnte es kaum glauben.
»Wir sehen uns in vier Wochen«, sagte sie zum Abschied.
Ich folgte ihr mit meinem Blick bis zur Hintertür, noch immer unfähig, etwas zu sagen.
Kurz darauf steckte Jean den Kopf zur Tür herein. Sie merkte sofort, dass ich jetzt lieber allein sein wollte und zog sich still und leise zurück.
Nach einer Weile entschloss ich mich, bei einer ausgiebigen Dusche weiter darüber nachzudenken. Meine Gedanken wirbelten durcheinander. Mit tropfnassen Haaren stand ich vor dem Spiegel und betrachtete meinen flachen Bauch. Sechste Woche! Wie lange es wohl dauern würde, bis man etwas sehen konnte? Als ich Logan spürte, schlüpfte ich hastig in meine Jeans und rannte ins Wohnzimmer.
»Hallo, mein Engel.« Logan beugte sich vor und gab mir zur Begrüßung einen Kuss auf meine Schläfe. »Deine Haare sind nass«, stellte er fest. »Spätestens jetzt bin ich sehr froh darüber, dass du dir keine Erkältung mehr holen kannst.«
Ich lächelte abwesend.
»Ist alles in Ordnung, Lara?«
Ich zwang mich zu einem neutralen Ton. »Klar. Alles bestens.«
Er zog mich an sich und gab mir einen langen Kuss.
»Ich habe mir etwas überlegt«, sagte er nach einer Weile. »Wie wäre es, wenn ich mir freinehme und wir treten unsere Weltreise an?«
Sein Gesicht hellte sich auf, als ich begeistert nickte.
»Aber musst du denn nicht arbeiten?«, fragte ich vorsichtshalber nach.
Er zuckte amüsiert mit den Schultern. »Ich möchte meine Zeit aber viel lieber mit meiner hinreißenden Frau verbringen. Wir könnten auch ans Meer fahren, wenn du willst und du kannst dir einen neuen Bikini kaufen.« Seine Augen begannen zu funkeln. »Und ich werde dafür sorgen, dass du ihn möglichst

oft wieder ausziehst.«
Meine Haut kribbelte an der Stelle, wo mich seine Lippen berührten, als er sich für einen weiteren Kuss zu mir herunterbeugte. Genüsslich schloss ich die Augen.
»Mm. Dann sollten wir wirklich so schnell wie möglich aufbrechen«, murmelte ich zwischen seinen Küssen. »Spätestens in drei Monaten werde ich nämlich in keinen Bikini mehr hineinpassen.«
Logan hob den Kopf und schaute mich fragend an.
»Es sei denn«, begann ich zögernd, »du hast nichts dagegen, wenn deine schwangere Frau einen Bikini trägt.«
Er runzelte die Stirn. »Was willst du mir damit sagen, Lara?«
Ich holte tief Luft, um mich zu beruhigen. »Muss ich wirklich noch deutlicher werden?«
Logan versteifte sich. Unwillkürlich huschten seine Augen an mir herunter und blieben an meinem Bauch hängen.
»Soll das heißen … Willst du mir damit sagen …«
Ich nickte. »Ganz genau.«
Lächelnd stellte ich mich auf meine Zehenspitzen und gab ihm einen leichten Kuss auf den Mund. Ich konnte es selbst noch kaum glauben. »Du wirst Vater.«
Logan schaute zu mir herunter, und die Zärtlichkeit, die ich in seinen eisblauen Augen fand, ließ mich vor Erleichterung seufzen.
»Wir bekommen ein Baby?«
»Ja.«
Ich schloss die Augen, als er mich liebevoll an seine Brust drückte.
»Ich werde Vater«, wiederholte er leise, hob mich hoch und wirbelte mit mir durchs Wohnzimmer.
»Ein Baby«, murmelte er unentwegt, als könne er die Neuigkeit noch nicht begreifen.
»Lass mich runter«, forderte ich lachend.
»Vielleicht wird mir trotz Umwandlung nun doch wieder übel. Wer weiß das schon.«
Gehorsam setzte er mich ab. »Lara, das ist …« In seinem Blick

lag so viel Liebe. »Nie im Leben hätte ich auf so eine Nachricht zu hoffen gewagt«, sagte er voller Staunen.
»Dann freust du dich darüber?«, fragte ich, obwohl es völlig überflüssig war, ihn so etwas zu fragen. Seine Reaktion war schließlich eindeutig gewesen.
Anstelle einer Antwort nahm Logan mich fest in den Arm und küsste mich voller Leidenschaft.
»Wir müssen es den anderen sagen«, flüsterte ich zwischen seinen feurigen Küssen.
»Später«, murmelte er und fiel vor mir auf die Knie.
Ganz langsam schob er seine Hände unter meinen Pulli. Ich hielt die Luft an, als er behutsam meinen Bauch streichelte und seinen Kopf dagegen lehnte.
»Du wirst schon jetzt geliebt«, sagte er mit aufrichtiger Stimme gegen meinen Bauch.
Dann schlang er seine Arme um meine Taille und hielt mich fest an sich gedrückt. Verträumt fuhr ich mit meinen Fingern durch seine weichen Haare.
»Wie lange willst du das durchziehen?«, fragte ich im Scherz, als er keinerlei Anstalten machte, aufzustehen.
Logan hob den Kopf und grinste mich an. »Ich warte hier, bis mein Baby geboren wird.«
Ich musste lachen. »Bis dahin dauert es aber noch ein paar Monate. Unser Baby kommt im November.«
Mit einem Satz war Logan auf den Beinen.
»Im November? Dann bleibt mir aber nicht mehr viel Zeit.« Er wirbelte herum und marschierte mit ausholenden Schritten durch das Wohnzimmer.
»Wird es ein Junge oder ein Mädchen? Welche Farben willst du für das Kinderzimmer?« Abrupt blieb er stehen. »Verdammt nochmal, wir haben gar kein Kinderzimmer!«
Dabei wanderte sein unruhiger Blick durchs Wohnzimmer.
»Ich muss anbauen«, murmelte er. »Und zwar so schnell wie möglich. Was ist, wenn das Baby früher kommt? Ich muss da-

rauf vorbereitet sein, ich muss ganz dringend …«

»Jetzt beruhige dich mal. Wir haben noch genügend Zeit, um alles vorzubereiten.«

Logan schaute mich nachdenklich an. »Meinst du wirklich?«

Ich nickte. »Ganz bestimmt. So schnell geht das nicht.«

Er seufzte laut. »Was muss ich tun, wie kann ich dich unterstützen?« Sein Eifer kannte scheinbar keine Grenzen.

»Zuerst sollten wir es den anderen sagen«, schlug ich vor. »Und dann kannst du dich meinetwegen mit Kevin unterhalten. Er wird schon wissen, was es für dich zu tun gibt.«

Binnen weniger Minuten hatten sich alle Secutoren in unserem Wohnzimmer versammelt.

»Was gibt es denn so Wichtiges?«, wollte Kevin wissen. Er reichte Namila an Jean weiter und schaute uns fragend an.

»Nun ja.« Hilfesuchend schaute ich zu Logan hoch.

»Haben wir Probleme?«, erkundigte sich Adelheid, bevor ich weitersprechen konnte.

»Es ist nichts Schlimmes«, beruhigte er alle. »Ich wollte euch nur mitteilen, dass ich bald Vater werde.«

Richard blickte mich erschrocken an und ich musste unweigerlich lachen. »Es stimmt. Ich bin schwanger.«

Adelheid stieß einen leisen Schrei aus. »Bist du sicher?«, fragte sie, sichtlich ergriffen.

»Ganz sicher«, nickte ich. »Hester Sue hat mich bereits untersucht. Ich bin im zweiten Monat.«

Logan legte den Arm um mich und verzog seine Lippen zu einem breiten Grinsen. »Herzlichen Glückwunsch, Großmutter.«

Adelheid wankte. »Großmutter? Ich?«

»Natürlich. Du gibst dich schließlich als meine Mutter aus. Nun musst du auch die Konsequenzen tragen.«

Richard schaltete sich ein.

»Das bedeutet, ich werde Großvater?«

Als ich nickte, lächelte er mich an. Ihm schien der Gedanke auf Anhieb zu gefallen.

Nun trat Kevin vor und baute sich mit verschränkten Armen vor Logan auf. »Hattest du nicht gesagt, solche Zwischenfälle sollten in Zukunft vermieden werden?«
Er grinste schadenfroh, als Logan ihn verständnislos anschaute. »Was hast du dir nur dabei gedacht? So etwas ist unverantwortlich. Du solltest dich wirklich schämen.«
Logan senkte schmunzelnd den Kopf und Kevin brach in schallendes Gelächter aus.
»Tja. So schnell kann das gehen. Willst du ein paar Tipps von mir? Ich kenne mich damit bestens aus.«
Er beugte sich vor und flüsterte: »Das wird kein Spaziergang, mein Freund. Frauen werden unausstehlich, wenn die Hormone erst einmal verrücktspielen. Ich weiß, wovon ich spreche.«
Jean boxte Kevin in die Seite und Betty verdrehte lachend die Augen.
»Das wird ja immer besser«, nickte Brenda, »damit haben wir nun auch den letzten Beweis.«
Cole musterte sie aufmerksam. »Welchen Beweis?«, fragte er neugierig.
Alle Blicke richteten sich auf Brenda.
»Überlegt doch mal«, sagte sie. »Logan ist die oberste Priorität, er ist einzigartig, genau wie Lara nach der Umwandlung. Und nun trägt sie sein Kind in sich.« Sie schaute mich liebevoll an. »Du bist die Einzige, die zu ihm passt. Ihr gehört zusammen.«
Brendas Worte ließen mein Herz vor Freude anschwellen. Darüber hatte ich noch gar nicht richtig nachgedacht.
»Sie hat Recht«, mischte Cole sich ein und Dean nickte zustimmend. »Das ist dein Schicksal, Lara. Deine Bestimmung.« Seine Augen wanderten zu Jean. »Es tut mir leid, aber scheinbar war dein Auftrag von Anfang an dafür vorgesehen. Lara gehört an seine Seite. Es war ihr vorherbestimmt.«
Jean zuckte resignierend mit den Schultern.
»Nun ja. Wenn es so sein soll, dann ist das schon in Ordnung für mich. Hauptsache, du bist glücklich, Lara.«

»Das bin ich. Ich bin sehr glücklich.« Ich lächelte meine Freundin an und sie erwiderte meine Geste ohne eine Spur von Zweifel in ihrem schönen Gesicht.
»Es gibt da noch eine andere Sache, für die ich bestimmt bin«, rückte ich vorsichtig heraus. »Ich glaube, ich soll dafür sorgen, dass die Secutoren in Zukunft nicht mehr nur an ihre Arbeit denken. Inzwischen wisst ihr ja alle, was Ethan getan hat, doch ich bin fest davon überzeugt, dass es durch meine Hilfe bald wieder ausreichend Nachwuchs geben wird. Ich glaube, das ist meine Aufgabe.«
»Da könnte was dran sein«, meinte Cole nachdenklich. »Allerdings kann ich mir beim besten Willen nicht vorstellen, wie du das schaffen willst. Weißt du eigentlich, wie viele wir sind? Wenn du jeden Secutor aufsuchst, in der Hoffnung, ihre Gefühle füreinander zu wecken, dann bist du damit einige Jahrzehntelang beschäftigt. Wir sind auf der ganzen Welt verteilt. Du müsstest sehr viel reisen.«
Ich ließ ich mir seine Worte durch den Kopf gehen.
»Mm«, überlegte ich laut. »Wenn das Baby alt genug ist, wäre das doch ein guter Anfang für einen sehr langen Urlaub.«
Ich wandte mich an Logan. »Könntest du auch von unterwegs arbeiten?«
Seine Antwort kam ohne zu zögern. »Natürlich. Jederzeit und überall. Hauptsache, ich bin bei dir und unserem Baby.«
Meine Begeisterung kannte plötzlich keine Grenzen mehr.
»Das bedeutet, ich habe in der Zukunft etwas zu tun. Ich muss nicht untätig herumsitzen und zuschauen, wie ihr euch um eure Aufträge kümmert. Nun habe ich selbst einen Auftrag.«
Logan schmunzelte. »Und dein Auftrag ist der Wichtigste von allen, mein Engel. Schließlich musst du in unseren Reihen für ausreichend Nachwuchs sorgen.«

Mitten in der Nacht erreichte mich eine Illusion von Ethan. Er bat mich um ein Treffen. Und zwar sofort.
Zuerst wollte ich Logan wecken. Entschied mich aber dagegen. Also schlüpfte ich in meine Jogginghose und machte mich allein auf den Weg in den Buchladen. Ethan erwartete mich bereits.
»Was ist los?«, fragte ich aufgeregt.
Ethan trat zu mir und ergriff lächelnd meine Hände.
»Zuerst einmal möchte ich dir meine herzlichsten Glückwünsche aussprechen. Wie geht es dir?«
»Danke. Gut. Sagst du mir jetzt bitte, was hier los ist?«
Mitten in der Nacht hatte ich keine große Lust auf einen fröhlichen Höflichkeitsaustausch.
Mit einem Seufzen ließ er meine Hände los. »Die Ältesten wünschen eine sofortige Zusammenkunft. Als sie von deinem Umstand erfahren haben, wurde beschlossen, auf der Stelle eine Versammlung einzuberufen.«
Ich verstand nicht, worauf Ethan hinauswollte.
»Dann wissen sie es also schon. Und wozu die Versammlung?«
Ethan wich meinem Blick aus. »Es gibt Probleme, Lara. Der Ältestenrat hat einstimmig beschlossen, die oberste Priorität abzusetzen. Sie sind der Meinung, dass ein Kind ihn zu sehr von seinen Pflichten ablenkt. Sie wählen noch in dieser Stunde einen Nachfolger.«
»Was?!«
Wieder und wieder schüttelte ich den Kopf. »Das kann nicht sein. Das dürfen sie nicht!«
Ich war am Boden zerstört. »Für die oberste Priorität gibt es keinen Nachfolger«, protestierte ich. »Logan schafft spielend beides und das weißt du auch.«
Ich verstand die Welt nicht mehr.
»Noch in dieser Stunde, sagst du?«
Ethan nickte zögernd.
»Also gut.«
Ich straffte die Schultern. »Bring mich zu ihnen. Ich will bei

der Versammlung dabei sein. Ich werde für Logan sprechen.«
»Aber das geht nicht.«
Ethan war entsetzt, was mich wenig kümmerte.
»Wir haben keine Zeit zu verlieren«, drängte ich. »Bringst du mich nun hin oder soll ich mich selbst auf die Suche machen? Ich bin schwanger und schwangere Frauen können verdammt schnell hysterisch werden.« Missmutig verschränkte ich die Arme. »Willst du das wirklich miterleben?«
Ethan blinzelte. »Deine Augen«, murmelte er mit überraschter Stimme. »Deine Augen sind ... schwarz!«
Ich stöhnte auf. »Ach verdammt. Nicht schon wieder. Tut mir leid, aber das kann ich nicht kontrollieren.«
Er zögerte und seine Augen wurden schmal. »Du willst also vor dem Rat sprechen.«
»Ja. Und zwar so schnell wie möglich.«
»Na gut. Ich bringe dich hin. Doch vorher ...« Sein Blick wanderte an mir herunter. »Vorher solltest du dir vielleicht etwas Passendes anziehen.«
So ein Mist. In Jogginghose und Schlabberpulli konnte ich dem Rat natürlich nicht gegenübertreten, wenn ich von ihm ernst genommen werden wollte.
»Warte hier. Ich bin gleich zurück.«
So leise wie möglich sauste ich durch den Flur und schlich mich in Bettys Schlafzimmer. Vorsichtig rüttelte ich sie wach.
»Betty?« Sie blinzelte verschlafen. »Ich brauche etwas zum Anziehen. Elegant und schwarz am besten.«
Ihre strubbligen Haare verdeckten zur Hälfte ihr hübsches Gesicht. »Da hinten«, murmelte sie und deutete mit halbgeschlossenen Lidern auf das Ankleidezimmer. »Such dir was aus.«
»Danke.«
Ich nickte und ließ sie weiterschlafen. Dann wühlte ich mich durch ihr reichhaltiges Sortiment und wurde auch sehr schnell fündig. Ich entschied mich für ein schwarzes Kleid, bodenlang und nicht zu eng geschnitten. Der Halsausschnitt war züchtig

und entblößte nur wenig Haut. Die passenden Schuhe standen direkt daneben. Genau das Richtige für das, was ich vorhatte. Hastig warf ich meine Klamotten in die Ecke und zog mir das Kleid über. Mit ein paar Handgriffen drehte ich anschließend meine Haare nach oben und steckte sie fest. Ein Blick in den Spiegel genügte. Damit würde ich zwar keinen Preis bei einem Schönheitswettbewerb gewinnen, aber das musste jetzt einfach reichen. Ethan stand noch immer perplex an der gleichen Stelle, als ich zurückkam.

»Wir müssen los«, sagte ich. »Und ich bestehe darauf, dass die Frauen dabei sind.«

Er versteifte sich unter meinem energischen Blick. »Das kann nicht dein Ernst sein. So etwas gab es noch nie.«

Ich lächelte ihn an und verkündete: »Dann wird es aber höchste Zeit. Und nun komm. Je schneller ich die Angelegenheit hinter mich bringe, desto besser.«

Ich kniff die Lippen zusammen, als ich erkannte, wohin wir fuhren.

»Du lässt sie die Versammlung in deinem Haus abhalten?«

Ethan warf mir einen schnellen Blick zu.

»Ich hatte keine Wahl, Lara. Oder glaubst du vielleicht, sie haben mich um Erlaubnis gefragt?«

Er öffnete die Haustür und ließ mich eintreten.

»Dort drüben«, bemerkte er mit einem Kopfnicken und deutete auf sein Wohnzimmer.

Ich holte tief Luft und stieß sie langsam wieder aus. Dann presste ich beide Hände gegen das Eichenholz und schob die schwere Flügeltür auf. Sofort verstummten sämtliche Gespräche und alle Köpfe schnellten zu mir herum.

»Danke für die Einladung«, verkündete ich und fügte bedauernd hinzu: »Es tut mir leid, wenn ich zu spät bin. Das wird nicht wieder vorkommen.«

Es gab keine Einladung. Das wusste ich natürlich. Ich wollte nur für ein bisschen Verwirrung sorgen. Vielleicht konnte ich

mir dadurch einen kleinen Vorteil verschaffen.
Die anwesenden Defensoren wechselten einige ratlose Blicke miteinander und schauten mich grimmig an. Ich ließ mich davon nicht abschrecken. Du tust das für Logan, sagte ich mir und holte tief Luft, um mich zu beruhigen.
»Mir ist zu Ohren gekommen, dass ein Nachfolger für die oberste Priorität bestimmt werden soll.«
Mit bedächtigen Schritten ging ich um die lange Tafel herum. Der Thron am Kopfende war leer und mein Magen zog sich schmerzhaft zusammen.
»Ich würde mich gerne setzen«, sagte ich mit fester Stimme. »Gibt es noch einen freien Platz?«
Für mich kam es nicht in Frage, dafür seinen Thron in Betracht zu ziehen. Das schien mir in dieser Situation völlig unpassend. Zu meinem Bedauern gab es keinen anderen freien Stuhl in diesem Raum, was die angespannte Situation nur noch verschärfte.
»Einen Moment«, sagte Ethan und schloss seine Augen. Kurz darauf erschienen weitere Sitzmöglichkeiten an der Tafel. Ich lächelte ihm dankbar zu.
»Warum so viele?«, warf Konstantin unzufrieden ein, nachdem er die leeren Stühle ausreichend inspiziert hatte. »Erwarten wir etwa noch mehr Gäste?«
Das wird ihn umhauen, dachte ich und antwortete schmunzelnd: »Nur ein paar.« Dann nahm ich auf einem der Stühle Platz. Ethan durchschritt derweil das Wohnzimmer und öffnete die schmale Tür an der gegenüberliegenden Seite des Raumes.
Nur sehr zögerlich betraten die Frauen den Raum und zeitgleich ging ein Raunen durch die Menge.
»Schön, dass ihr gekommen seid«, sagte ich und deutete auf die leeren Stühle. »Bitte setzt euch doch.«
»Was soll das?«, brauste Volkan auf. »Das ist eine offizielle Versammlung, da haben Frauen nichts verloren!«
»Ach ja?«, sagte ich und lehnte mich über den Tisch. »Und

warum ist dann die oberste Priorität nicht anwesend?«
Volkan kniff interessiert seine schwarzen Augen zusammen. »Dürfen wir vielleicht den Grund für diese … Zusammenkunft erfahren?«
Ich lehnte mich lächelnd zurück.
»Natürlich. Da ich nicht vorhabe, länger als nötig hierzubleiben, kommen wir am besten gleich zur Sache.«
Wäre mein Herz noch dazu in der Lage gewesen, dann hätte es sich in diesem Moment vor Aufregung pausenlos überschlagen. Innerlich war ich ein Wrack. Doch äußerlich war ich die Ruhe in Person, ich ließ mir nichts anmerken.
Konstantin blickte mich todernst an. »Ich sage es wirklich nur ungern, aber unsere Entscheidung ist bereits gefallen. Ich wüsste wirklich nicht, was Ihre Anwesenheit bewirken sollte.«
Mit Höflichkeit allein würde ich nicht sehr weit kommen. Das war mir sofort klar.
»Warum glaubt ihr, ihr könntet die oberste Priorität einfach so ersetzen? Wer gibt euch das Recht dazu?«
»Ich kann Eure Reaktion durchaus nachvollziehen«, mischte sich Cornelias ein. »Das ändert jedoch nichts an der Tatsache, dass wir bereits darüber abgestimmt haben.«
Ich blickte mich um.
»Wenn ich mich recht erinnere, dann braucht ihr die Stimmen aller Ratsmitglieder, um eine Entscheidung zu treffen.« Ich wusste genau, was ich tat. »Ethan? Hast du deine Stimme abgegeben?«
Ein kleines Lächeln huschte über seine Lippen, bevor er demütig den Kopf senkte. »Leider zählt meine Stimme nicht mehr.«
Aber er war noch immer ein Mitglied des Rates!
»Nein, oberste Priora«, setzte Ethan plötzlich erneut an. »Bisher hatte ich noch keine Gelegenheit, meine Stimme abzugeben.«
Die Frauen verfolgten das Gespräch mit wachsendem Interesse.
»Nun gut«, sagte ich unbeeindruckt. »Dann erkläre ich die Entscheidung hiermit für nichtig.«

Daraufhin brach ein wahrer Tumult aus.

»Was fällt Euch ein«, knurrte Dagur aufgebracht. »Dazu habt Ihr kein Recht!«

Ethan versuchte zu schlichten.

»Silentium, meine Herren. Silentium.«

Doch Dagur verzog missbilligend die Lippen und bedachte mich mit einem eisigen Blick. Ich blieb hartnäckig und starrte ebenso eisig zurück. Ich war stinksauer auf ihn.

»Die oberste Priorität wird seine Arbeit auch weiterhin zur vollsten Zufriedenheit aller Anwesenden ausüben«, sagte ich laut und deutlich. »Ich werde ihn nach allen Kräften unterstützen und ihm in der Ausübung seiner Amtshandlungen nicht im Weg stehen. Darauf habt Ihr mein Wort.«

Volkan und Konstantin schauten mich eine Weile lang perplex an, dann steckten sie die Köpfe zusammen.

In diesem Augenblick konnte ich mich nur mit Mühe beherrschen. Am liebsten hätte ich mit der Faust auf den Tisch gehauen, um sie zur Vernunft zu bringen.

»Wenn ich eine kleine Anmerkung machen dürfte?« Ethan erhob sich. »Die oberste Priora hat jedes Recht, hier zu sein und ebenso hat sie auch das Recht, Entscheidungen zu treffen. Sie ist seine Gefährtin und genießt sein vollstes Vertrauen. Und wenn sie uns ihr Wort gibt, dann sollten wir zumindest darüber nachdenken.«

Erneut ging ein Raunen durch die Menge.

»Wozu?«, brummte Cornelias und sprang so schnell hoch, dass sein Stuhl beinahe umkippte.

Dann legte Ava ihre Hand bestimmt auf seinen Unterarm.

»Setz dich, Cornelias.« Seine Miene verdüsterte sich noch mehr, während er seine Frau ungläubig anstarrte. »Du sollst dich setzen«, fauchte sie mit schmalen Augen.

Ihr Blick duldete keinen Widerspruch. Nachdem Cornelias zähneknirschend wieder Platz genommen hatte, schenkte sie mir ein aufmunterndes Lächeln. Ich konnte es nicht glauben.

Ausgerechnet die Anstandsdame hatte mir Rückendeckung gegeben. Da kam mir eine Idee.

»Ava? Darf ich Ihnen eine Frage stellen?«

Sie nickte wortlos.

»Glauben Sie, dass Cornelias seine Arbeit gut macht?«

Fragend hob sie eine Augenbraue, dann sagte sie voller Überzeugung: »Selbstverständlich.«

Genau das wollte ich hören. »Und Sie unterstützen ihn nach Leibeskräften?«

»Wo immer ich kann«, gab Ava ohne Umschweife zu.

Ich nickte und wandte mich an die nächste Ehefrau.

»Marthea. Wie sieht es bei Ihnen aus? Stehen Sie hinter Ihrem Mann?« Vargos beäugte mich skeptisch, während ich auf die Antwort seiner Partnerin wartete.

»Voll und ganz«, schwor Marthea mit feierlicher Miene.

»Und die übrigen Frauen denken auch so?«, fragte ich in die Runde.

Jede einzelne Frau bejahte meine Frage mit vollster Überzeugung. »Und mir geht es ebenso«, schloss ich meine Rede. »Auch ich stehe hinter meinem Mann und unterstütze ihn auf jede erdenkliche Weise.«

Ein mir unbekannter Defensor machte durch ein Handzeichen auf sich aufmerksam.

»Wenn ich mich kurz vorstellen darf.« Er stand auf und verbeugte sich leicht. »Mein Name ist Reinar. Ich wurde für Arek in den Rat berufen.«

Mit einem sympathischen Lächeln deutete er auf die zierliche Frau an seiner Seite. »Das ist meine Partnerin Amara.«

Daraufhin erhob sich ein weiterer Defensor.

»Ich heiße Nicolas und das ist meine Frau Sandrine. Ich habe Makaros Platz eingenommen.«

»Sehr angenehm«, sagte ich knapp und nickte höflich.

Die Lage war immer noch angespannt, ich musste Haltung bewahren. »Wir haben Euer Wort?«, fragte Reinar vorsichtig.

»Die oberste Priorität wird auch in Zukunft ihrer Arbeit nachkommen?«
Das war meine Chance.
»Natürlich«, bekräftigte ich und seufzte leise, als ich dabei an unseren Urlaub dachte, der sich gerade in Luft auflöste. »Dafür bürge ich mit meinem Leben.«
»Dann ist es einen Versuch wert«, erklärte Reinar plötzlich. »Ich stimme für den Antrag der obersten Priora.«
Nicolas schloss sich sofort an. »Ich ebenfalls«, gab er zu und lächelte in meine Richtung.
Ich warf einen aufrichtigen Blick in die Runde.
»Ich werde euch nicht enttäuschen. Ich halte mein Wort.«
Nach kurzer Zeit hob einer nach dem anderen schließlich seine Hand und gab damit zähneknirschend sein Einverständnis.
»Danke«, seufzte ich und lehnte mich in meinem Stuhl zurück. Ich hatte es tatsächlich geschafft.

NEUE PLÄNE

»Nur eines noch«, meldete sich Marthea vorsichtig zu Wort, als ich gerade aufstehen und mich mit Ethan auf den Heimweg machen wollte. Also blieb ich sitzen und nickte in ihre Richtung.
»Wenn wir nun schon einmal da sind«, begann sie zögernd, »dann könnten wir uns doch auch darüber beratschlagen, wie es mit dem zukünftigen Nachwuchs weitergehen soll. Das ist sicher ein Thema, was uns alle interessiert.«
Damit hatte sie nicht ganz unrecht. Es wurde Zeit, dem Rat von meinen Plänen zu berichten.
Mit geschäftiger Miene erzählte ich dem Rat, was wir in den Schriftrollen gefunden hatten, die nicht von Ethan manipuliert worden waren. Ich erwähnte die Schulen, die es früher in jedem Land gegeben hatte und zum Schluss sogar meine

Aufgabe, der ich mich widmen wollte, sobald das Baby da war. »Meine Gabe wird dafür sorgen, dass es schon bald wieder Nachwuchs gibt. Sobald unser Baby alt genug ist, werde ich mich sofort auf den Weg machen.«

Andächtiges Schweigen breitete sich im Raum aus. Die Stimmung war keinesfalls düster. Scheinbar hatte niemand der anwesenden Defensoren mit so viel Engagement gerechnet.

»Ihr wollt Euch für uns einsetzen?«, hakte Vargos vorsichtig nach.

»Das ist der Plan«, nickte ich. »Ich werde so viele Secutoren wie nur möglich aufsuchen.«

Ein anerkennendes Lächeln breitete sich mit einem Mal auf seinen Lippen aus. Wenn es auch ein wenig eingerostet wirkte, war es zumindest ein Anfang. Das Eis zwischen uns war nun scheinbar endgültig gebrochen.

»Und die Kinder?«, setzte Sabrisa an. »Sie brauchen eine qualifizierte Ausbildung. Wird es auch wieder Schulen geben?«

»Das dauert zwar noch einige Jahre«, bestätigte ich. »Aber ich hatte an mindestens eine Schule in jedem Land gedacht. Vielleicht auch mehr. Die Kinder sollten wir wieder nach ihrem Entwicklungsstand einstufen. Und wir brauchen Lehrkräfte, Secutoren und Defensoren, die die Schulen leiten und die Kinder unterrichten werden.«

Ein leises Murmeln ging daraufhin durch die Reihen.

»Ich würde die Kinder gerne unterrichten«, warf Darana ein.

Aaron umfasste die Hand seiner Frau und drückte sie leicht.

»Meine Partnerin ist für diese Arbeit bestens geeignet«, versicherte er mir.

»Meine Frau könnte ebenfalls eine Schule leiten«, erklärte Reinar, »Amara ist vielseitig talentiert und besitzt diesbezüglich wirklich ganz hervorragende Qualitäten.«

Er blickte seine Partnerin an. »Das heißt, wenn du das willst.«

»Sehr gern«, hauchte sie ein wenig zurückhaltend.

»Noch weitere Damen?«, fragte ich, etwas mutiger geworden. »Wir brauchen jede Hilfe, die wir bekommen können.«

»Ich kann auch helfen«, bot Marischka an.
»Ich auch«, stimmte Liliana zu.
Ich konnte es kaum glauben.
»Das ist ja wunderbar«, rief ich aus, nachdem sich tatsächlich alle Frauen bereiterklärt hatten, eine der zukünftigen Schulen zu übernehmen. Wer hätte mit so einer Wendung gerechnet?
Die Einzelheiten wurden besprochen, dann wurde es langsam Zeit, die Versammlung aufzulösen. Draußen wurde es schon wieder hell.
»Du musst die Sitzung für beendet erklären«, flüsterte Ethan mir zu, als ich mich gerade fragte, warum niemand den Raum verlassen wollte.
»Ich?« Mein Magen grummelte bei der Vorstellung.
Ethan nickte mit einem Schmunzeln. »Du bist die oberste Priora. Du hast die Sitzunge eröffnet. Nun ist es deine Aufgabe sie zu beenden.«
Nervös fuhr ich mit den Fingern über eine Falte in meinem Kleid und strich sie glatt.
»Ich war nicht einmal eingeladen«, murmelte ich und hob den Kopf, um Ethan anzuschauen. »Wenn ich mich jetzt wie der Boss aufspiele, könnte das alles kaputtmachen, was ich gerade erreicht habe.«
Er blickte mich erstaunt an. »Aber du bist der Boss, Lara. Wenn Loganos nicht anwesend ist, hast du ganz automatisch die Befugnis dazu.«
Innerlich stöhnend griff ich nach der Stuhllehne und zog mich daran hoch.
»Auch wenn wir einen etwas holprigen Start hatten, bin ich mit dem Ausgang dieser Versammlung sehr zufrieden. Ich bedanke mich für die Kooperation und möchte noch einmal betonen, dass ich alles tun werde, um die oberste Priorität zu unterstützen.«
Ich genoss einen Moment lang das wachsende Erfolgsgefühl, das sich in meiner Brust bemerkbar machte. Zugegeben, es war angenehm. »Hiermit erkläre ich die Versammlung für

beendet«, fügte ich voller Stolz hinzu.
Ein Defensor nach dem anderen verabschiedete sich daraufhin mit einer tiefen Verbeugung. Die Frauen vollführten einen eleganten Knicks, ehe sie mir zum Abschied ein Lächeln zuwarfen.
»Wirklich ganz erstaunlich«, bemerkte Ethan, nachdem wir allein waren.
»Das war meine erste und hoffentlich auch meine letzte Versammlung. Ich bin nicht geschaffen für sowas und froh, wenn ich nie wieder an einer Versammlung teilnehmen muss.«
»Darauf würde ich nicht hoffen«, sagte eine amüsierte Stimme hinter mir.
Erschrocken wirbelte ich herum. Logan lehnte mit dem Rücken an der Wand und zwinkerte mir zu, als ich ihn verwirrt anstarrte.
»Was machst du denn hier?«
Er verringerte den Abstand zwischen uns im Bruchteil einer Sekunde. »Ich war die ganze Zeit über hier, mein Engel. Nebenan. Ich habe die Versammlung aus sicherer Entfernung verfolgt, um notfalls eingreifen zu können.«
Meine Überraschung war nicht gespielt.
»Dann hast du gewusst, was sie vorhaben?«
Er nickte und schob dabei seine Hände in seine Hosentaschen.
»Das war meine Idee. Und es hat mich eine Menge Überredungskraft gekostet, damit der Rat bei meinem kleinen Test mitgespielt hat.«
Mir klappte die Kinnlade herunter. »Das war ein Test? Sie wollten dich überhaupt nicht absetzen?«
Das war ja ungeheuerlich!
»Warum?«, fragte ich verständnislos. »Warum hast du das gemacht?«
Logan zog mich in seine Arme.
»Ganz einfach, Lara. Weil es dir noch immer an Selbstvertrauen fehlt. Aber du gehörst zu uns. Du bist ein vollwertiges Mitglied dieser Gemeinschaft. Und heute Abend hast du nicht nur deine Unsicherheit überwunden, sondern auch ganz außerordentliche

Führungsqualitäten bewiesen.«
Logan küsste mich sanft auf die Schläfe. »Ehrlich gesagt war ich mir am Anfang gar nicht so sicher, ob du mit ihnen fertig wirst. Ich hatte sie gebeten, dich nicht zu schonen.« Ein sanftes Lächeln begleitete seine Worte. »Als deine Augen schwarz wurden, konnte ich ihre Überraschung spüren. Damit hatten sie nicht gerechnet.«
Beschämt senkte ich den Blick. »Das habe ich gar nicht bemerkt. Haben sie deswegen so schnell eingelenkt?«
Logan hob mein Kinn und schaute mich liebevoll an. »Sie haben schlussendlich eingelenkt, weil du sie von deinen Qualitäten überzeugt hast. Du hast es im Blut, Lara. Du musst nur fest daran glauben.«
Ich nickte zögernd. »Aber ich habe doch gar nichts gemacht. Ich wollte nur verhindern, dass sie dich absetzen.«
»Du hast für mich gekämpft. Du hast dich für mich eingesetzt und ich bin mir sicher, du hättest nicht eher Ruhe gegeben, bis der Rat seine Meinung geändert hätte.«
»Weil es falsch gewesen wäre.«
»Weil du sehr überzeugend sein kannst.«
Ich ließ mir seine Argumente durch den Kopf gehen. »Vielleicht hast du Recht. Ich glaube, ich habe heute Abend eine ganze Menge erreicht.«
»Oh ja.« Er zog eine Augenbraue hoch. »Dein Vorhaben, die Damen mit einzubeziehen, das hat selbst mich überrascht.«
Ich lachte. »Das war wohl für alle ein Schock, glaube ich.«
»Aber du wusstest genau, was du tust«, stellte er klar. »Und im Nachhinein gesehen war deine Entscheidung richtig. Das war ein cleverer Schachzug, Lara.«
Ich zog die Nase kraus. »Die sind also nicht sauer auf mich? Ich habe nichts falsch gemacht?«
Als Logan mir ein anerkennendes Lächeln schenkte, seufzte ich erleichtert. »Niemand ist sauer auf dich. Und ich bin mir sicher, dass du von nun an bei jeder Versammlung einen

Ehrenplatz an der Tafel erhalten wirst.«
»Bei jeder?« Davor graute mir. »Ich will gar nicht bei jeder Versammlung dabei sein. Das ist langweilig.«
Er lachte laut auf. »Kann ich mir vorstellen. Mir macht das auch nicht immer Spaß. Aber manchmal geht es einfach nicht anders.« Seine Hände streichelten mein Gesicht.
»Ich mache dir einen Vorschlag«, sagte er zärtlich. »Ab jetzt bekommst du deinen eigenen Rat. Du hast viel Arbeit vor dir, wenn du die Schulen wieder aufbauen willst. Und du brauchst Hilfe. Wähle ein paar Damen aus, die dich unterstützen sollen und berufe sie in deinen Rat.«
Ich überlegte zuerst, ob ich protestieren sollte, doch sein Vorschlag klang gar nicht mal so übel.
»Ich könnte wirklich etwas Hilfe gebrauchen«, überlegte ich laut. Das, was ich vorhatte, konnte ich unmöglich allein bewerkstelligen, soviel war klar.
»Ich würde meinen Rat gern mischen«, überlegte ich laut. »Defensoren und Secutoren gleichermaßen. Meinst du, die vertragen sich?«
»Es wird ihnen gar nichts anderes übrigbleiben«, grinste Logan sichtlich erheitert. »Sie müssen zusammenarbeiten, wenn das funktionieren soll. Und zwar noch enger als zuvor. Du schaffst das, mein Engel. Du bist die geborene Anführerin.«
Ich legte meine Arme um seinen Hals und drückte seinen Kopf nach unten. »Du bist ganz schön hinterhältig. Ich dachte wirklich, die wollen dich absetzen.«
Seine Lippen berührten mein Kinn.
»Hat doch funktioniert, oder?«
Ich musste lachen. »Ja, hat es. Und jetzt will ich einen Kuss als Wiedergutmachung.«
Ethan hatte sich längst verdrückt und so gab es für mich keinen Grund mehr, meine Gefühle noch länger zurückzuhalten. Ich drängte Logan auf seinen Thron und kletterte auf seinen Schoß.
»Mach so etwas nie wieder«, warnte ich ihn mit ernster Stimme.

»Wenn du mich noch einmal austrickst, dann werde ich echt sauer.«

Doch Logan ließ sich davon natürlich nicht beeindrucken. Besitzergreifend legte er seine Hände um meine Taille und zog mich an seine harte Brust.

»Du drohst mir?«

»Das würde ich mich nie wagen«, kicherte ich und warf ihm einen ausgedehnten Blick zu. »Schließlich bist du die oberste Priorität«, neckte ich ihn weiter.

Ein bedrohliches Knurren entkam seiner Kehle und seine Hände verschwanden unter meinem Kleid. Mit Augen, die vor Verlangen glühten, musterte er mich eingehend.

»Du bist frech. Und du hast überhaupt keinen Respekt vor mir.« Seine Hände wanderten zielstrebig meine Schenkel hinauf. Ich warf den Kopf zurück und stöhnte leise. Mit einem letzten Funken Beherrschung murmelte ich: »Das ist dein Thron. Sollen wir wirklich hier …«

Doch weiter kam ich nicht mehr. Im Handumdrehen hatte Logan die Schnüre an meinem Kleid geöffnet und meine Schultern entblößt. Ich hielt den Atem an, als Logan sich über mich beugte und mich in den Nacken küsste. Seine Zunge teilte meine Lippen und drängte sich forschend in meine Mundhöhle. Gierig presste ich mich an ihn und erwiderte seinen Kuss voller Inbrunst.

Während der nächsten Monate war ich tatsächlich schwer beschäftigt. Tagsüber büffelte ich mit Jean oder kümmerte mich um die Vorbereitungen für die neuen Schulen. Es mussten passende Grundstücke gesucht und Baupläne angefertigt werden. In Bloomfield Hills würde die Schule an ihrem alten Platz, dem Country Club, zu neuem Leben erwachen.

Es gab noch viel zu tun und die Arbeit wurde nicht weniger. Jean tüftelte an den Lehrplänen der einzelnen Jahrgänge und Adelheid und Brenda kümmerten sich um die Einrichtung der zukünftigen Aufenthalts- und Schlafräume. Megan und Betty telefonierten sehr viel mit anderen Secutoren und informierten sie über mein Vorhaben. Außerdem legten sie fleißig Inventarlisten an, damit jede Schule die gleiche Ausstattung bekam. Bis die erste Schule ihre Pforten öffnen konnte, würden noch einige Jahre vergehen. Unser Eifer war kaum zu bremsen und auch in den anderen Ländern liefen die Vorbereitungen bereits auf Hochtouren.

Nachts lag ich manchmal stundenlang wach und streichelte und betrachtete voller Staunen meinen immer größer werdenden Bauchumfang. Es war ein Wunder. Und ich konnte mich daran einfach nicht sattsehen.

Hester Sue kam regelmäßig alle vier Wochen vorbei, um nach mir zu sehen. Meine Schwangerschaft verlief ohne Probleme und das Baby entwickelte sich prächtig.

Als ich im sechsten Monat zum ersten Mal ein leises Blubbern in meinem Unterleib spürte, achtete ich von da an auf jede noch so kleine Bewegung und freute mich über die zaghaften Tritte, die von Tag zu Tag kräftiger wurden.

Meine Familie besuchte ich, so oft ich konnte. Obwohl meine Illusion meine Schwangerschaft verhüllte, nagte das schlechte Gewissen jedes Mal an mir, sobald ich bei Mom und Dad vorbeiging. Ich hatte ihnen nichts von meiner Schwangerschaft erzählt, weil ich genau wusste, dass Mom mich mit Vorwürfen überhäufen würde. Zu jung. Keinen Abschluss in der Tasche. Sie würde tausend Gründe finden, warum es für ein Baby jetzt noch zu früh war. Davon wollte ich jedoch nichts wissen.

Eines Tages musste ich es meiner Familie sagen, das wusste ich. Doch bis dahin tröstete ich mich mit dem Gedanken, dass mir dafür noch jede Menge Zeit blieb.

Ethan kam sehr oft vorbei und unterstützte uns bei den Vorbereitungen für die Schulen wo er nur konnte. Ich glaube, er wollte damit eine Art Wiedergutmachung für den Schaden, den er vor langer Zeit angerichtet hatte, leisten. Von ihm bekamen wir alle nötigen Informationen, die wir brauchten, um die Schulgebäude bis ins kleinste Detail durchzuplanen. Ethan hatte zwar alle Erinnerungen an die Vergangenheit gelöscht und auch die Schriftrollen mit den Aufzeichnungen verändert, doch das Gedächtnis des Defensors war tausendmal besser als das eines Menschen. Bereitwillig erzählte er uns alles, was wir wissen wollten und gab hier und da sogar noch ein paar zusätzliche Tipps, wenn wir einmal nicht weiterwussten. Seine Hilfsbereitschaft kannte keine Grenzen.

Als ich Anfang Oktober gerade im Buchladen hockte und zusammen mit Ethan und Adelheid in den Schriftrollen nach weiteren Hintergrundinformationen suchte, klingelte mein Handy.
»Hallo?«
»Hallo Lara. Wie geht es dir?«
Ich lehnte mich zurück und sagte erfreut: »Hallo Eleonore. Ich habe schon lange nichts mehr von dir gehört. Mir geht es hervorragend, das Baby wächst und gedeiht und Logan ist ganz aus dem Häuschen. Und wie geht es dir? Was machst du so?«
»Ich bin gerade in Bloomfield angekommen. Können wir uns treffen? So etwa in einer Stunde?«
Begeistert sagte ich zu und fragte, was denn der Grund für ihren Besuch sei. In der Leitung blieb es kurz still, als müsse Eleonore reiflich überlegen, was sie darauf antworten sollte.
»Ich brauche deine Hilfe«, meinte sie schließlich. »Kannst du etwas für mich in Erfahrung bringen?«
»Klar«, stimmte ich sofort zu. »Was willst du wissen?«
Sie zögerte erneut. »Kannst du Ethan fragen, wer meine Mutter ist? Ich würde gerne wissen, welcher Secutor mich geboren hat.« Nachdem Ethan seine Vergehen vor dem Rat gestanden hatte, machte die Nachricht sehr schnell die Runde. Ein Hoch auf die Kommunikation mit Hilfe von Illusionen, denn im Handumdrehen wusste jeder Bescheid. Natürlich waren sie anfangs nicht gerade begeistert von der Tatsache, dass sie ihr

Leben einem Secutor zu verdanken hatten.
Daraufhin meldeten sich ein paar von ihnen bei Ethan, da er bekanntlich der Einzige unter ihnen war, der über Informationen verfügte. Doch nur sehr wenige Defensoren wollten Einzelheiten über ihre Abstammung wissen. Die meisten von ihnen interessierten sich nicht dafür und taten so, als wäre diese Neuigkeit nicht weiter von Bedeutung. Scheinbar gehörte Eleonore nicht dazu.
»Ich werde ihn gleich fragen«, stimmte ich zu und beendete das Gespräch, nachdem wir uns auf einen Treffpunkt geeinigt hatten.
»Ich brauche einen Namen und eine Adresse«, sagte ich an Ethan gewandt. »Das war Eleonore, sie möchte etwas über ihre Abstammung wissen.«
Ethan nickte kurz, dann kritzelte er etwas auf einen Zettel und reichte ihn mir.
»Sie arbeitet hier ganz in der Nähe, ungefähr zwei Autostunden von Bloomfield entfernt.«
Ich steckte den Zettel in meine Hosentasche und verabschiedete mich von Adelheid und Ethan. Anschließend unterrichtete ich Jean von meinem Treffen mit Eleonore, damit sie sich keine Sorgen machen musste. Eine Angewohnheit, die Jean wohl niemals ablegen würde, und das, obwohl sie nicht einmal mehr mein Secutor war. Aber als meine Freundin hatte sie natürlich jedes Recht dazu. Nach meiner Umwandlung war unsere Verbindung zwar unterbrochen worden. Allerdings war ich für Jean der letzte Auftrag gewesen, denn nach mir hatte sie keinen weiteren bekommen. Von Ethan hatten wir später erfahren, dass ich, ohne es zu wissen, den Wunsch nach meiner besten Freundin an meiner Seite in mein neues Leben mitgenommen und sie auf diese Weise für die Ewigkeit an mich gebunden hatte. Zuerst dachte ich, sie wäre sauer auf mich, als wir von Ethan davon erfuhren. Doch das war sie nicht. Jean fand die Aussicht, an meinem Leben auch

weiterhin teilhaben zu dürfen, sogar richtig spannend.

Eine Stunde später wartete ich, mit dem Rücken an meinen Jeep lehnend, auf dem Parkplatz am See.
Mit den Augen suchte ich konzentriert die Umgebung nach Eleonore ab.
»Gib dir keine Mühe«, kicherte sie kurz darauf neben mir. »So gut bist du nun auch wieder nicht.«
Sie grinste, als ich das Gesicht verzog. »Du bist nur zur Hälfte ein Defensor. Du musst dich schon ein bisschen mehr anstrengen, wenn du mich aufspüren willst.«
»Mm.«
Eleonore war schnell, verdammt schnell. Und so geräuschlos wie eine vorbeiziehende Nebelwand.
»Du willst das wirklich durchziehen?«, fragte sie geradeheraus und bedachte mich mit einem mitleidigen Blick. »Du willst also tatsächlich eine Weltreise machen, um sämtliche Secutoren persönlich kennenzulernen, in der Hoffnung, dadurch ihren Fortpflanzungstrieb zu wecken? Weißt du eigentlich, wie viele das sind?«
»Ich will doch nicht ihren Fortpflanzungstrieb wecken«, entrüstete ich mich. Das klang furchtbar in meinen Ohren.
»Eigentlich möchte ich sie wirklich ganz gerne kennenlernen. Und wenn sich dabei das eine oder andere Pärchen ineinander verliebt, umso besser. Am Anfang dachte ich, meine Gabe wäre ein Erbe, womit ich nie im Leben etwas anfangen könnte. Doch jetzt denke ich anders darüber. Ich habe eine Aufgabe und die nehme ich verdammt nochmal sehr ernst.«
Ohne es zu wollen, war ich immer lauter geworden, bis ich regelrecht schrie.
»Ist ja gut«, wiegelte Eleonore grinsend ab. »Tu, was du nicht lassen kannst.« Sie zwinkerte mir zu, als ich sie schuldbewusst anschaute. »Übrigens, deine Augen sind schwarz.«
»Tschuldigung«, murmelte ich und versuchte mich zu beruhigen,

indem ich ein paar Mal tief ein- und ausatmete.
»Also«, ergriff Eleonore erneut das Wort. »Was hast du herausgefunden?«
Ich fischte den Zettel aus meiner Hosentasche. »Ich habe die Adresse. Sie arbeitet hier ganz in der Nähe. Sollen wir gleich vorbeifahren?«
Eleonore riss die Augen auf und wich ein paar Schritte zurück. »Was?! Nein.« Abwehrend hob sie die Hände. »Ich will sie nicht kennenlernen. Ich wollte nur …«
Eleonore ließ die Arme sinken und schaute mich hilflos an.
»Du möchtest wissen, wer deine Mutter ist«, fasste ich zusammen. »Aber du willst nicht, dass sie weiß, wer du bist?«
Ihr Blick begegnete meinem und sie nickte zögernd.
»Findest du meine Bitte seltsam?«
»Quatsch. Daran ist überhaupt nichts seltsam. Du suchst nach deinen Wurzeln, das ist doch völlig normal.«
Normal war in dieser Situation vielleicht nicht ganz das passende Wort. Aber was anderes wusste ich nicht zu sagen.
»Also gut.« Sie straffte die Schultern und machte ein entschlossenes Gesicht. »Wir fahren hin. Aber wir verschweigen ihr den wahren Grund für unseren Besuch. Wir sagen einfach, du möchtest die Secutoren in deiner näheren Umgebung kennenlernen, was ja auch stimmt. Ich begleite dich nur.«
»Einverstanden.« Ich nickte.
»Dann los.«
Eleonore studierte während der Fahrt aufmerksam den kleinen Zettel, den ich ihr überlassen hatte. Mit leerem Blick starrte sie ununterbrochen auf die Buchstaben und ich fragte mich, was ihr wohl gerade durch den Kopf ging. Doch sie schwieg beharrlich und ich wollte auch nicht nachfragen.
»Wir sind da«, erklärte ich nach gut zwei Stunden und parkte den Jeep unmittelbar vor einem kleinen Reihenhaus.
Eleonore spähte aus dem Seitenfenster.
»Sollen wir aussteigen?«, fragte ich behutsam.

Ihre Augen wanderten abrupt in meine Richtung.
»Was mache ich hier eigentlich?« Sie schnaubte. »Lass uns umkehren, Lara. Ich habe es mir anders überlegt.«
»Wir können nicht einfach umkehren«, protestierte ich. »Selbst wenn sie mich nicht spüren könnte, dich hat sie längst auf dem Radar. Sie weiß, dass wir vor ihrem Haus stehen.«
Kurzerhand löste ich den Sicherheitsgurt und öffnete die Autotür.
»Was machst du?«
Mit einem selbstgefälligen Lächeln antwortete ich: »Na, was wohl. Ich gehe mich vorstellen. Du kannst ja im Auto sitzenbleiben, wenn du willst.«
Eleonore folgte mir leise fluchend. Als ich kurz vor der Tür meine Illusion fallenließ, weil sie hier nicht von Nöten war, machte Eleonore plötzlich große Augen.
»Was ist das denn?«
Ungläubig starrte sie auf meinen kugelrunden Bauch und ich musste schmunzeln.
»Hast du noch nie eine schwangere Frau gesehen?«
»Doch, schon«, murmelte sie, ohne den Blick von meinem Bauch abzuwenden. »Aber du siehst aus, als hättest du eine ganze Melone verschluckt.«
»Das ist völlig normal«, hörte ich mich sagen. Kaum zu glauben, wie schnell die Zeit vergangen war. Nur noch wenige Wochen, dann würde mein Baby auf die Welt kommen!
Bevor Eleonore etwas erwidern konnte, wurde auch schon die Haustür geöffnet und eine Frau in ausgeblichenen Jeans und karierter Bluse schaute uns mit ihren smaragdgrünen Augen neugierig an.
»Hab ich mich also doch nicht geirrt«, sagte sie freundlich, aber reserviert, als ihr Blick auf Eleonore fiel.
Mit beiden Händen strich sie sich ein paar einzelne Haarsträhnen hinter die Ohren. Ihre dunkelbraunen Haare waren lässig zu einem Pferdeschwanz zusammengebunden, aus dem

sich scheinbar immer wieder ein paar Strähnen lösten. Dann huschte ihr Blick zu mir und mit einem Mal wirkte sie extrem überrascht.
»Die oberste Priora?« Sie gab die Tür frei und knickste leicht. »Bitte kommen Sie doch herein. Was verschafft mir die Ehre?«
»Lara«, stellte ich mich vor und folgte ihr in die Küche. »Und das ist meine Freundin Eleonore.«
Das Haus war einfach, aber gemütlich eingerichtet, mit alten Schränken, die aus dem letzten Jahrhundert stammen mussten und in liebevoller Kleinarbeit restauriert worden waren. Die Küche war in einen erfrischenden Blauton gestrichen und wirkte mit den weißen Holzmöbeln sehr einladend. Auf dem Tisch stand ein Messingkrug voller Blumen und die weit geöffneten Blüten verströmten einen herrlichen Duft.
Thessa, so hieß die Frau, deutete auf die Tasse, die sie gerade in die Hand genommen hatte.
»Auch einen Kaffee?«
Ich schüttelte den Kopf. »Nein, danke.«
»Und Sie?«, fragte sie an Eleonore gewandt.
Eleonore blieb an der Tür stehen und bedachte sie mit einem finsteren Blick.
»Dieses Haus braucht dringend eine Renovierung«, bemängelte sie, ohne auf Thessas Frage einzugehen. »Oder ist das Absicht?«
Nein, dachte ich, was macht sie denn? Eleonore bemerkte nicht einmal, dass ich sie vorwurfsvoll anschaute. Doch Thessa schien ein dickes Fell zu haben. Lächelnd winkte sie ab.
»Das ist keine Nachlässigkeit, das gehört alles zur Tarnung.«
Wir setzten uns an den Tisch, während Thessa weitersprach. »Stanleys Auftrag kommt aus ärmsten Verhältnissen und reagiert äußerst abweisend auf sein Umfeld. Der arme Junge wusste nicht einmal, was es bedeutet, einen Freund zu haben. Stanley musste alle Register ziehen, um sein Vertrauen zu gewinnen. Aus diesem Grund leben wir ebenfalls in sehr bescheidenen Verhältnissen. Für Stanley war es so viel leichter,

sich mit Malcom anzufreunden. Zu viel Luxus hätte ihn nur misstrauisch gemacht. Malcom hält Stanley für einen Jungen, der schon früh von seinem Vater verlassen wurde, genau wie er selbst. Dadurch fühlt er sich mit Stanley verbunden.«
Sie trank einen Schluck Kaffee.
Eleonore betrat zögernd die Küche.
»Das ist mir durchaus bekannt«, sagte sie in diesem typisch arroganten Tonfall eines Defensors.
Thessa ließ ihre Tasse sinken. »Und warum fragen Sie dann?«
Die Lage entwickelte sich alles andere als beruhigend. Ich musste mir ganz schnell etwas einfallen lassen, um die Situation ein wenig zu entschärfen.
»Megan und Betty haben mein Kommen sicher schon angekündigt«, ließ ich verlauten.
Thessa blickte mir tief in die Augen und hielt ihren Kaffeebecher mit beiden Händen umschlungen, als müsste sie sich daran festhalten.
»Eigentlich schon«, sagte sie, »allerdings hatte ich, um ehrlich zu sein, frühestens in zwei oder drei Jahren damit gerechnet.«
Mit unverhohlenem Interesse musterte sie meinen Bauch.
»Das ist ein Wunder«, murmelte sie. »Wenn ich es nicht mit eigenen Augen sehen würde, könnte ich es nicht glauben.«
Dabei huschte ein kleines Lächeln über ihre Lippen.
»Kinder sind ein Segen. Sie geben so viel und verlangen so wenig. Nur etwas Liebe und Geborgenheit. Das ist alles, wonach sie sich sehnen.«
Ihre Miene verdunkelte sich schlagartig. »Aber manche Frauen schaffen nicht einmal das. Sie setzen Kinder in die Welt und dann sehen sie tatenlos dabei zu, wie ihre kleine Seele stirbt.«
Thessa seufzte leise und stellte ihren Kaffeebecher auf dem Tisch ab. »Malcom wollte schon ein paar Mal verschwinden, doch er kann seine Geschwister nicht im Stich lassen. Er hat drei kleine Brüder, die auf ihn angewiesen sind. Seine Mutter hat ein Drogenproblem …« Sie schüttelte mit einem weiteren Seuf-

zer den Kopf. »Die meiste Zeit liegt seine Mutter zugedröhnt auf dem Sofa und wenn sie doch mal bei klarem Verstand ist, macht sie sich sofort auf die Suche nach ihrem Dealer. Malcom versucht den Zustand seiner Mutter vor den Behörden zu verheimlichen, damit das Jugendamt keinen Wind davon bekommt. Doch ich weiß wirklich nicht, wie lange er das noch durchhält.«

Benommen lehnte ich mich zurück und schloss für einen Moment meine Augen. Ihre Worte hatten mich tief berührt.

»Kann man da nichts machen?«, fragte Eleonore in die Stille hinein, die sich in der Küche ausgebreitet hatte.

Thessa schenkte ihr ein zaghaftes Lächeln.

»Wir helfen, wo wir können. Ich habe schon ein paar Mal versucht, mit der Frau zu reden und sie zu einem Entzug zu bewegen. Aber das hat keinen Sinn, sie will nichts davon hören. Auch Malcom ist furchtbar stur und nimmt kaum Hilfe an. Über seine Mutter will er nicht reden, da macht er sofort dicht.«

Eleonore hatte aufmerksam zugehört. Dabei war sie soweit in die Küche gekommen, dass sie nun unmittelbar bei Thessa stand.

Ich schaute mir beide Frauen etwas genauer an. Wenn Eleonore von diesem Secutor abstammte, dann musste es doch irgendwo einen Funken Ähnlichkeit geben. Aber da war nichts. Zwischen Thessa und Eleonore gab es keine Gemeinsamkeiten. Absolut nichts.

»Du gibst sicher dein Bestes«, hörte ich Eleonore sagen. Ich blinzelte kurz und konzentrierte mich wieder auf das Gespräch.

»Ich bin nicht sicher, ob das ausreicht«, erwiderte Thessa mit einem traurigen Lächeln. »Manchmal habe ich das Gefühl, wir tun nicht genug. Egal was wir machen, es wird niemals genug sein.«

Thessa räusperte sich.

»Ich sollte langsam mit dem Abendessen beginnen. Die Kinder kommen jeden Moment nach Hause.«

Sie öffnete einen Schrank und stapelte einige Töpfe auf die Anrichte, bis sie den richtigen gefunden hatte. »Malcom kommt nach der Schule mit seinen Brüdern zum Essen vorbei. Das ist die einzige warme Mahlzeit am Tag, die sie bekommen. Wenigstens dazu konnte ich Malcom überreden.«

Mit wenigen Handgriffen hatte sie die Zutaten für einen leckeren Eintopf parat.

»Wir sollten uns langsam auf den Weg machen«, schlug ich Eleonore vor, weil ich nicht länger stören wollte. Eleonore schaute mich an. Dann nickte sie.

»Es hat mich sehr gefreut, dich kennenzulernen«, sagte ich zum Abschied und Thessa lächelte.

»Die Freude ist ganz meinerseits. Vielleicht sehen wir uns eines Tages wieder.«

Daran hatte ich keinen Zweifel.

»Spätestens, wenn du über eigene Kinder nachdenkst«, lachte ich augenzwinkernd.

Thessa schaute mich überrascht an. »Eigene Kinder? Ich?«

Schulterzuckend sagte ich:

»Ja, vielleicht.«

Wir eilten zurück zum Wagen, doch noch ehe wir meinen Jeep erreichen konnten, bog eine Schar Kinder um die Ecke. Drei kleinere Jungen rannten vorweg, zwei ältere folgten ihnen. Als sie mit uns auf gleicher Höhe waren, blieb einer der Größeren stehen. Ohne uns aus den Augen zu lassen, sagte er an den anderen gewandt:

»Malcom? Geht schon mal rein, ich komme gleich nach.«

Der Junge nickte und verschwand kurz darauf mit seinen Brüdern im Haus.

»Sie sind … sie sind …« Er machte eine hastige Bewegung, als wollte er sich verbeugen.

»Ich bin Lara«, sagte ich schnell. »Wir haben Thessa besucht, wir wollten uns nur einen kleinen Überblick über deine Arbeit verschaffen.«

Stanley wirkte leicht verunsichert, als er zu Eleonore hinüber-

schaute. »Einen Überblick? Über meine Arbeit?«
Ich sah mich kurz um und fragte mich, ob wir auf der Straße ungestört reden konnten.
»Keine Sorge«, antwortete Eleonore an meiner Stelle und rang sich ein kleines Lächeln ab. »Thessa ist sehr zufrieden mit dir. Und wir auch. Du machst deine Sache gut. Du kannst stolz auf dich sein.«
Ich sah seinen ungläubigen Blick und musste schmunzeln.
»Es ist wirklich alles in Ordnung, Stanley. Das war kein Kontrollbesuch, nur eine harmlose Unterhaltung.«
Sein Körper entspannte sich merklich. »O.k.«, sagte er erleichtert. »Dann werde ich jetzt mal hineingehen.«

Als es zu regnen begann, schlüpften wir eilig ins Auto. Seitdem regnete es fast ununterbrochen. Nicht mehr lange, dachte ich, und der Regen würde bei diesen Temperaturen schon bald in Schnee übergehen.
»Ich bin beeindruckt. Du warst ja richtig freundlich zu Stanley.« Eleonore warf mir einen langen Blick zu. »Das war nur, um Thessa einen Gefallen zu tun«, grummelte sie. »Gewöhne dich erst gar nicht daran.«
»Ich glaube, du bist gerade dabei, aufzutauen«, sagte ich vergnügt. »Noch ein paar Tage in meiner Nähe und du bist ein völlig neuer Defensor.«
»Das hat mir gerade noch gefehlt«, knurrte sie und schaute mich stirnrunzelnd an. Doch das Lächeln, das ihre vollen Lippen umspielte, sagte etwas anderes.

DIE NACHT DER NÄCHTE

Was den Regen betraf, sollte ich Recht behalten. Keine zwei Wochen später fiel der erste Schnee und die anhaltende Kälte sorgte für reichlich Nachschub. So früh wie in diesem Jahr hatte der Winter schon lange nicht mehr zugeschlagen. Ende Oktober lag so viel Schnee, dass Logan Schneeketten auf meinen Jeep ziehen musste.

»Brr, ist das kalt.« Jean klopfte den Schnee von ihrer Jacke, bevor sie Namila aus ihrem Mantel half.

»Seit wann bist du denn kälteempfindlich?«, fragte ich im Scherz und streifte meine Stiefel ab.

Wir hatten mit Namila eine Weile im Garten gespielt und einen Schneemann gebaut. Doch jetzt wurde es Zeit für ihren täglichen Mittagsschlaf.

»Bin ich nicht«, gab Jean zurück. Sie nahm ihre Tochter auf den Arm und folgte mir in die Küche. »Aber ich finde es schön, so etwas zu sagen. Das passt hervorragend zu diesem Wetter.«

Sie setzte Namila auf einen Stuhl und reichte ihr den Becher mit warmer Milch. »Möchtest du etwas essen, mein Püppchen?«

Namila trank einen Schluck, dann schüttelte sie den Kopf. Ihre schwarzen Löckchen flogen dabei nach allen Seiten.

»Nein«, sagte sie mit glockenheller Stimme. »Ich bin müde.«

Namila streckte ihre Arme aus und Jean hob sie vom Stuhl.

»Dann gehe ich jetzt ins Bett«, erklärte die Kleine mit vorgestrecktem Kinn und marschierte schnurstracks in die Richtung ihres Schlafzimmers.

»Sie ist schon so selbstständig«, klagte Jean, nachdem Namila außer Sichtweite war. Ich warf ihr einen amüsierten Blick zu.

»Sie ist ein Defensor, was erwartest du?«

Unser Püppchen hatte sich in den letzten Monaten wirklich prächtig entwickelt. Bereits mit sechs Monaten konnte Namila laufen und kurz darauf sprach sie schon in ganzen Sätzen.

An ihrem ersten Geburtstag hatte sie von mir einen Puppenwagen mitsamt Puppe bekommen, den sie seither nie aus den Augen ließ. Äußerlich war sie tatsächlich kaum von einem normalen Kleinkind zu unterscheiden. Doch spätestens, wenn man ihr in die Augen sah, offenbarte sich das ganze Ausmaß ihrer Intelligenz. Jean führte genauestens Buch über die Fortschritte ihrer Tochter und dabei stellte sich schon bald heraus, dass sie ihren menschlichen Artgenossen in der geistigen Entwicklung ungefähr um fünf Jahre voraus war. Diese Tatsache, so erfreulich sie auch sein mochte, führte jedoch hin und wieder zu einigen unschönen Zwischenfällen. Vor allem dann, wenn Namila etwas selbst tun wollte, wozu sie geistig zwar durchaus in der Lage gewesen wäre, ihr kindlicher Körper diesbezüglich jedoch ein Hindernis darstellte.
Jean hätte fast einen Herzinfarkt bekommen, als sie Mila dabei erwischte, wie sie im Buchladen an einem Regal hochkletterte, um an die Exemplare zu gelangen, die weiter oben standen.
Ein anderes Mal hatte Mila sämtliche Herdplatten angeschaltet, weil sie unbedingt auf der Stelle eine heiße Schokolade wollte und keine Lust mehr hatte, auf ihre Mutter zu warten. Auf diese Weise hatten wir herausgefunden, dass Namila ebenso schmerzunempfindlich war, wie die anderen Defensoren und dass ihre Verletzungen zum Glück sogar noch viel schneller heilten, als bei einem Secutor. Kaum zwei Stunden, nachdem sie sich ihre kleinen Finger auf der Herdplatte verbrannt hatte, war davon fast nichts mehr zu sehen gewesen.

Es dämmerte schon, als Jean mit Namila auf dem Arm wieder ins Wohnzimmer zurückkam. Ich stand gerade am Fenster und beobachtete regungslos die tanzenden Schneeflocken im Vorgarten. Der Wind hatte aufgefrischt und blies dunkle Wolken über das Anwesen. Diese Nacht würde sehr stürmisch werden.
»Ich habe ausgeschlafen«, verkündete Mila in ihrer kindlichen Stimme mit einem strahlenden Lächeln.

Mit mäßigen Schritten durchquerte ich das Wohnzimmer und ließ mich aufs Sofa fallen.
»Wann kommt Hester Sue?«, wollte Jean wissen, während sie neben mir Platz nahm. Namila hockte sich auf den Boden und breitete in aller Seelenruhe ein paar neue Bücher vor sich aus.
»Sie wollte gegen sieben vorbeikommen«, sagte ich mit einem flüchtigen Blick zur Uhr. »Warum fragst du?«
Ihre Augen wanderten schnurstracks zu meinem Bauch hinunter. »Ach, nur so. Sag mal, hattest du schon Senkwehen? Dein Bauch sieht heute irgendwie anders aus.«
Behutsam legte ich beide Hände auf meinen Bauch. »Woran merkt man denn, ob man Senkwehen hat?«
Sie blickte mich aus zusammengekniffenen Augen an. »Dein Bauch wird hart. Und manchmal verspürst du auch ein leichtes Ziehen im Rücken.«
»Nein«, gab ich unverblümt zu. »Sowas habe ich bis jetzt noch nicht gespürt.« Ihre Frage beunruhigte mich ein wenig. »Glaubst du, da stimmt etwas nicht?«
Abwehrend hob Jean ihre Hände. »Das wollte ich damit nicht sagen. Warten wir erstmal ab, was Hester Sue dazu meint.«

Als Hester Sue endlich kam, war aus dem anfänglichen Lüftchen ein ausgewachsener Schneesturm geworden. Der Wind heulte bedrohlich um die Häuser und rüttelte kräftig an den Fensterläden. Die Temperaturen sanken drastisch ab.
»Wie geht es uns denn heute?«, fragte Hester Sue mit einem freundlichen Augenzwinkern.
Sie stellte ihren Koffer auf den Tisch und bat Jean darum, Namila für einen Moment aus dem Wohnzimmer zu bringen.
»Ganz gut«, sagte ich leichthin. Doch meine Unruhe wurde merklich größer. Jean hatte mich nachdenklich gemacht.
»Dann wollen wir doch mal nach dem Rechten schauen«, sagte Hester Sue und ich lehnte mich zurück, damit ich es auf dem Sofa bequemer hatte.

Im Wohnzimmer wurde es mucksmäuschenstill, während sie sorgfältig meinen Bauch abtastete.
»Ich muss nur noch kurz etwas überprüfen«, sagte sie nach einer Weile. »Kannst du bitte die Hose ausziehen?«
Ihrer ernsten Miene nach zu urteilen, war sie mit dem Ausgang ihrer Untersuchung alles andere als zufrieden.
»Gibt es Probleme?«
Hester Sue richtete sich erst wieder auf, nachdem sie mit der Untersuchung fertig war.
»Du hast wirklich keine Wehen?«
Ich schüttelte den Kopf. »Nein. Das würde ich doch spüren, oder?« Ihre Frage schürte meine Unruhe. »Was ist denn los?«, fragte ich hastig. »Stimmt etwas mit dem Baby nicht?«
Sie machte schmale Augen. »Mit dem Baby ist alles in Ordnung, Lara, keine Sorge. Allerdings kann ich nicht genau sagen, wie lange das noch so bleibt. Dein Kind steckt fest.«
Im nächsten Moment wurde mir das ganze Ausmaß ihrer Antwort bewusst und das Wohnzimmer begann sich zu drehen.
»Was soll ich jetzt tun?«, fragte ich voller Panik. »Ich weiß nicht, was ich machen soll.«
Hester Sue schloss ihre Augen und bald darauf wurde mein Kopf von lauten Stimmen erfüllt.
»Das schaffen wir schon«, versuchte sie mich zu beruhigen. »Ich habe Jean soeben verständigt.«
Kurz darauf wurde die Hintertür geöffnet und Jean stürmte ins Wohnzimmer. »Was ist mit Lara? Geht es ihr gut?«
Hester Sue raunte ihr etwas ins Ohr und Jean riss die Augen auf. Auf meinen fragenden Blick hin erklärte Jean: »Mila ist bei Kevin. Megan und Betty versuchen Logan zu erreichen.«
Die Situation war für mich kaum auszuhalten. »Kann mir bitte mal einer sagen, was hier los ist?«
Ich setzte mich auf. »Kommt das Baby etwa?« Obwohl ich immer noch keine Wehen hatte, konnte es gar nicht anders sein. Warum sonst sollte Hester Sue so ein bedrücktes Gesicht ma-

chen? Warum verspürte ich dann keine Schmerzen?
»Was ist hier los?«
Ehe ich blinzeln konnte, war Logan an meiner Seite. Mit ernster Miene griff er nach meiner Hand und drückte sie leicht. Dann wandte er sich Hester Sue zu und eine beunruhigende Stille legte sich über das Wohnzimmer.
Der Wind heulte mit anschwellender Intensität um das Haus, so als wollte er sich gewaltsam Einlass verschaffen. Ich hätte wirklich zu gerne gewusst, über was die beiden gerade sprachen. Leider war ich nicht in der Lage, ihre Illusionen zu empfangen.
»Verstehe«, sagte Logan nach einer gefühlten Ewigkeit. Zärtlich küsste er mich auf die Schläfe. »Mach dir keine Sorgen, mein Engel. Alles wird gut.«
Ich betrachtete sein schönes Gesicht und fragte mich, warum er so besorgt aussah, wenn doch alles gut werden sollte.
»Ein Kaiserschnitt«, sagte Hester Sue und nickte andächtig. »Das ist die einzige Möglichkeit, das Kind so schnell wie möglich auf die Welt zu holen.«
Mir fuhr der Schreck durch alle Glieder. »Ein Kaiserschnitt? Jetzt sofort?«
Ich holte tief Luft und sammelte meine Kräfte, als Hester Sue nickte. »Dein Baby steckt schon eine Weile im Geburtskanal fest und die Herztöne werden immer schwächer. Wir müssen schnell handeln, Lara.«
»Okay.« Ich nickte ebenfalls. »Wenn es sein muss, dann los.«
»So einfach ist das nicht.« Hester Sue schaute mich nachdenklich an. »Wir haben ein kleines Problem, Lara. Du bist resistent gegen jegliche Form von Betäubungsmitteln, das weißt du besser als ich. Daher kann ich dir auch kein Schmerzmittel geben, was wiederum bedeutet, dass du den Kaiserschnitt bei vollem Bewusstsein über dich ergehen lassen musst. Ohne Narkose.«
»Kommt nicht infrage«, knurrte Logan, dem offenbar auch erst jetzt das gesamte Ausmaß der Situation bewusst wurde. »Niemand wird sie anrühren. Das lasse ich nicht zu!«

»Wir könnten Lara in Tiefschlaf versetzen«, schlug Jean vor. Ich dachte kurz darüber nach, dann lehnte ich ab. Ich wollte mein Baby nicht im Schlaf bekommen.

»Logan.«

Seine Augen funkelten vor unterdrückter Wut, als er mich ansah. »Ich bin auch nicht scharf darauf. Aber wir haben keine Zeit mehr.«

Natürlich hatte ich panische Angst vor den Schmerzen, noch mehr Angst hatte ich in diesem Augenblick um mein Baby.

Logan seufzte, während seine dunklen Augen unruhig im Wohnzimmer umherwanderten.

»Das kann ich nicht zulassen«, wiederholte er. Dieses Mal klang seine Stimme schon wesentlich ruhiger.

»Du musst«, sagte ich leise und ergriff seine Hand. »Logan, bitte.«

Er neigte den Kopf zur Seite und betrachtete meinen Bauch.

»Es gibt keine andere Möglichkeit?«

»Nur diese«, entgegnete Hester Sue. »Glaube mir, ich würde alles dafür geben, wenn ich ihr das ersparen könnte. Aber es geht nun einmal nicht anders.«

Logan zögerte und sagte dann: »Ich kann nicht glauben, dass ich diesem Wahnsinn zustimme.«

Er sah mich nicht an.

»Worauf wartest du noch?«, herrschte er Hester Sue an.

Hester Sue beeilte sich mit den Vorbereitungen, während Jean ihr dabei zur Hand ging. Logan jagte Megan und Betty mit einem eisigen Blick aus dem Wohnzimmer, kaum dass sie einen Fuß über die Schwelle gesetzt hatten.

Jean war die Einzige, die bleiben durfte.

Während ich für den Kaiserschnitt vorbereitet wurde, huschten unzählige Dinge durch meinen Kopf. Doch allen Gedanken voran stand immer die Sorge um mein ungeborenes Kind. Ich wollte nicht an die Schmerzen denken, die mir bevorstanden. Ich würde mich einzig und allein auf mein Baby konzentrieren.

Nachdem Hester Sue meinen Bauch großzügig mit einer oran-

gefarbenen Flüssigkeit eingerieben hatte, nahm sie ein Skalpell in die Hand.
»Halte sie fest«, sagte sie an Logan gewandt. »Du musst sie so fest halten, wie du nur kannst.«
Er setzte sich hinter mich und schlang beide Arme um meinen Oberkörper. Dann flüsterte er mir leise ins Ohr: »Schließe deine Augen, mein Engel. Ich bin hier. Ich liebe dich.«
Mit einem letzten Blick auf Hester Sue und Jean kniff ich die Augen fest zusammen und versuchte an etwas Schönes zu denken. Und dann flimmerten hinter meinen geschlossenen Lidern die ersten Bilder auf. Intime Augenblicke unserer Zweisamkeit. Unsere Hochzeit. Und natürlich sein glückliches Lächeln, sobald er mir gegenüberstand. Logan fütterte meinen wachen Geist mit seinen eigenen Erinnerungen, um mir das Bevorstehende so angenehm wie möglich zu machen.
Ich entspannte mich etwas und die Angst vor den Schmerzen wich allmählich einem warmen wohligen Gefühl. Dem Gefühl, von ganzem Herzen geliebt zu werden.
Ein unsanfter Druck riss mich kurz darauf schon wieder aus meinen Tagträumen. Jemand zerrte an meinem Körper und ich konnte spüren, wie ein paar Hände hektisch über meine Haut wanderten. Ich erkannte Hester Sue, die sich weit über mich gebeugt hatte.
»Wie lange noch?«, fragte ich, mit halb geöffneten Lidern. Sie richtete sich ein Stück auf und ich bemerkte ihre blutverschmierten Hände. »Du hast es gleich geschafft. Dauert nicht mehr lange.« Ich blinzelte verwirrt.
»Du hast schon angefangen?«
Ihre Augen huschten zu Logan. »Natürlich. Hast du denn keine Schmerzen?«
»Nein.« Ich versuchte, einen flüchtigen Blick auf meinen Bauch zu werfen, doch das stellte sich als Fehler heraus.
Überall war Blut.
»Sieh mich an«, forderte Logan mit ernster Stimme.

Widerwillig riss ich meinen Blick von der Wunde los und schaute gehorsam zu ihm.
»So ist es gut. Nicht hinsehen, Lara.«
Ich nickte hastig und versuchte, das grauenvolle Bild so schnell wie möglich zu vergessen.
»Sie spürt rein gar nichts«, sagte Logan nach einer Weile. Er klang mehr als nur erleichtert.
»Ich dachte, das bist du«, warf Jean ein.
Doch Logan schüttelte den Kopf. »Ich habe nichts damit zu tun. Ich wollte versuchen, ihr die Schmerzen zu nehmen, doch scheinbar ist das gar nicht nötig.«
Sie hatten Recht. Ich spürte keinerlei Schmerzen, obgleich ich mit eigenen Augen gesehen hatte, dass meine Bauchdecke bereits geöffnet war. Eine Welle der Erleichterung erfasste mich. Ich hoffte von ganzem Herzen, dass dieser Zustand noch eine Weile so anhalten möge.
»Du hast es gleich geschafft«, beruhigte mich Hester Sue.
Ich nickte und konzentrierte mich wieder auf die Bilder, die Logan mir sandte. Dann, nur wenige Minuten später, richtete Hester Sue sich auf.
»Es ist ein strammer Junge. Ihr habt einen Sohn.«
Voller Neugier beobachtete ich, wie Jean ihr ein feuchtes Tuch reichte, und Hester Sue damit ganz behutsam mehrmals über das winzige Köpfchen wischte.
»Möchtest du die Nabelschnur durchschneiden?«, fragte sie Logan.
Ich nickte ihm aufmunternd zu, als er mich unsicher anschaute.
»Nun mach schon. Ich will unser Baby endlich in den Arm nehmen«, sagte ich mit einem Lächeln.
Logan rutschte vom Sofa, ohne einen Blick auf meinen Unterleib zu werfen und griff nach der Schere, die Jean ihm entgegenhielt. »Genau hier«, erklärte Hester Sue und deutete mit einem Kopfnicken auf die Nabelschnur.
Nun war die Verbindung zwischen mir und meinem Baby

durchtrennt. Mit ausgestreckten Armen sagte ich: »Darf ich jetzt mein Baby halten?«

Doch plötzlich wurde mein Körper von einer entsetzlichen Hitze ergriffen. Ein unvorstellbarer Schmerz erfasste mich und füllte mein gesamtes Denken aus.

»Oh Gott!«

Hester Sue drückte Logan das kleine Bündel in die Hand und wirbelte zu mir herum. Ich spürte, wie sich mein Mund gegen meinen Willen öffnete und ein gellender Schrei aus meiner Kehle drang. Der Schmerz drohte mich zu zerreißen, er war kaum noch zu ertragen.

»Tu doch was!«, hörte ich Jean noch schreien. Dann verlor ich das Bewusstsein.

Ein zartes Wimmern drang an mein Ohr und weckte meine Lebensgeister. Tageslicht flutete das Wohnzimmer, als ich ganz langsam die Augen öffnete. Jemand hatte mir ein frisches Nachthemd angezogen und darunter spürte ich einen Verband um meinen Bauch. Mein Körper war sorgfältig zugedeckt worden und mein Kopf ruhte auf einem weichen Kissen.

Im Kamin prasselte gemächlich ein Feuer.

Logan stand vor dem Sofa und schaute lächelnd auf mich herab. In seinen Armen wiegte er unseren Sohn.

»Guten Morgen, schöne Frau.« Dabei ging er vorsichtig in die Hocke. »Sieh mal, Mommy ist wach.«

Das kleine Wesen in seinem Arm reckte den Hals und schaute mich aus seinen eisblauen Augen neugierig an. Ein dichter schwarzer Flaum bedeckte sein Köpfchen. Seine süße kleine Stubsnase erinnerte mich sofort an Danny. »Er hat dein Lächeln«, flüsterte Logan.

»Und deine Augen.«

In der Hoffnung, dass die Schmerzen nicht zurückkehren würden, richtete ich mich ganz vorsichtig ein Stück auf. Zu meiner Erleichterung verspürte ich nur noch ein leichtes Ziehen im Unterleib.

»Er ist wunderschön«, hauchte ich.
Mit dem Zeigefinger streichelte ich zärtlich über sein Gesicht.
»Ja, das ist er«, bestätigte Logan mit einem stolzen Lächeln. »Er ist das Abbild seiner Mutter. Er ist perfekt.«
Ich hatte das Gefühl, ich müsste träumen. Alles war so unwirklich. So fantastisch. Meine Gefühle drohten mich zu überwältigen.
»Was ist passiert?«, fragte ich, während Logan unser Baby zu mir auf das Sofa legte.
Ein Schatten huschte über sein Gesicht.
»Solange ihr zwei durch die Nabelschnur miteinander verbunden wart, hattest du keine Schmerzen. Deswegen hast du auch nicht bemerkt, dass du bereits starke Wehen hattest.«
Mit einem Blick auf unseren Sohn fügte er hinzu: »Ich glaube, seine Gabe besteht darin, Schmerzen zu neutralisieren. In jenem Moment, wo ich die Nabelschnur durchtrennt hatte, gab es für ihn keine Möglichkeit mehr, dir weiterhin die Schmerzen zu nehmen.«
»Das war nicht deine Schuld«, sagte ich, als ich sah, wie er das Gesicht verzog. »Woher sollten wir das denn wissen?«
Logan seufzte kaum hörbar. »Ich konnte es nicht wissen, das ist mir durchaus bewusst. Trotzdem. Du hast geschrien und ich wusste nicht, was ich tun sollte. Da habe ich das einzige getan, was mir in diesem Augenblick richtig erschien.«
»Du hast mir das Bewusstsein genommen.«
Er nickte. »Hester Sue hat sich um den Rest gekümmert und Jean hat dir den Verband angelegt. Einige Tage musst du dich noch gedulden, deine Wunde heilt nicht ganz so schnell. Doch wir tun, was wir können, um den Heilungsprozess zu beschleunigen. Schon bald wird von dem Eingriff nichts mehr zu sehen sein.«
Logan setzte sich neben mich und ich lehnte meinen Kopf an seine Schulter.
»Das ist ein Wunder«, murmelte ich und betrachtete unseren winzigen Sohn. Ich konnte immer noch nicht glauben, dass er

nun wirklich und wahrhaftig zu uns gehörte.
»Hast du schon einen Namen?«
Ehrfürchtig berührte ich seinen weichen Haarflaum, während ich antwortete. »Mm. Eigentlich hatte ich mir bis jetzt nur einen Mädchennamen überlegt. Das ging alles so schnell, ich bin noch gar nicht dazu gekommen, mir auch einen Namen für einen Jungen zu überlegen.«
Logan lächelte, als er liebevoll den Arm um mich legte.
»Was hältst du von Leano? Ich würde damit gerne eine neue Tradition einführen. Die Vornamen unserer Kinder sollten den gleichen Anfangsbuchstaben wie unsere Namen haben.«
Seine Idee gefiel mir auf Anhieb. »Sagtest du gerade: unsere Kinder? Du willst noch mehr?«
Er blickte mir tief in die Augen. »Die Ewigkeit ist auf unserer Seite, mein geliebter Engel. Warum das ewige Leben nicht mit ein paar Kindern teilen?«
»Stimmt.« Ich lächelte bei dem Gedanken. »Aber für den Anfang kümmern wir uns erstmal um diesen kleinen Mann hier«, schlug ich vor. »Hat Leano schon etwas getrunken?«
Von Jean wusste ich, dass es mir leider nicht möglich war, mein Baby zu stillen. Mein Körper konnte nach der Umwandlung keine Milch produzieren. Warum das so war, hatten wir bis jetzt noch nicht herausgefunden. Doch Jean war felsenfest davon überzeugt, dass es mit dem veränderten Blut zusammenhängen musste. Aber das tat meiner Freude keinen Abbruch. Mom konnte Danny auch nicht stillen, weil sie nicht genug Milch für ihn gehabt hatte. In der heutigen Zeit war das alles kein Problem mehr.
Während ich Leano mit der Milch fütterte, die Jean besorgt hatte, musste ich ihn die ganze Zeit über ansehen. Ich konnte einfach nicht anders. Er war noch keine zwei Tage alt, dennoch spiegelte sich in seinen Augen jetzt schon die gleiche Intelligenz wieder, die ich damals auch bei Mila erkannt hatte.
Nicht mehr lange und Leano würde jedes Wort verstehen,

auch wenn er noch nicht darauf antworten konnte.
»Ich habe mir etwas überlegt«, sagte Logan und nahm das leere Fläschchen entgegen, das ich ihm reichte.
»Was hältst du davon, wenn wir für unseren Sohn an Weihnachten eine kleine Willkommensfeier geben? Ich würde gerne den Rat einladen, wenn du nichts dagegen hast und natürlich unsere engsten Freunde.«
Nur widerwillig konnte ich meinen Blick von Leano lösen.
»Ich habe die Bakers schon eine Ewigkeit nicht mehr gesehen. Das wäre ein sehr schöner Anlass für ein Wiedersehen.«
»Dann ist es abgemacht«, sagte Logan zufrieden. »Ich spreche die Einladungen für den Rat aus und du kannst gerne die Bakers anrufen.«
Ich nickte und klopfte Leano dabei sanft auf den Rücken, damit er sein Bäuerchen machen konnte.
»Und Molly nicht vergessen«, rief ich hinterher, als Logan schon fast zur Hintertür hinaus war. »Sie gehören ja schließlich auch zur Familie.«

Es wurde ein rauschendes Fest mit all unseren Freunden. Logan war vor den Rat getreten und hatte ihm mit stolzgeschwellter Brust unseren Sohn präsentiert. Wir wurden mit Geschenken und Glückwünschen überhäuft, sowie zahlreichen Wertpapieren, die unserem Sohn eine gesicherte Zukunft ermöglichen sollten.
»Es ist so schön, dich endlich wiederzusehen.« Violett wiegte Leano in ihren Armen, während wir gemeinsam im Wohnzimmer saßen. »Du bist sehr reif und erwachsen geworden und das sage ich nicht nur, weil du jetzt Mutter bist. Du hast dich verändert, Lara.«
Ich prägte mir ihr Gesicht ein, weil ich nicht genau wusste, wann wir uns das nächste Mal sehen würden.
»Kannst du dich noch an unsere erste Begegnung erinnern?«, fuhr sie fort. »Damals, in unserem Wohnzimmer in White Rock? Du hast auf mich wie ein verängstigtes Häschen gewirkt.

Das ist nun lange her. Inzwischen bist du zu einer starken und sehr selbstbewussten Frau herangewachsen.«
Geschmeichelt senkte ich den Blick und lächelte in mich hinein. So ganz unrecht hatte Violett mit ihrer Behauptung nicht. Dank Leo war für mich damals ein normales Leben quasi unmöglich gewesen. Obwohl ich mich in White Rock anfangs ziemlich sicher gefühlt hatte, war er mir sogar dorthin gefolgt. Das gehörte mittlerweile der Vergangenheit an.
»Weißt du schon das Neueste?«
Ich hob den Kopf und begegnete ihrem funkelnden Blick.
Sie rückte näher zu mir heran. »Verrat's aber noch keinem, o.k.?«
»Ich schweige wie ein Grab«, flüsterte ich beschwörend.
Erneut trafen sich unsere Blicke und Violett grinste.
»Cate ist schwanger.«
Sie gab sich keine Mühe, die Freude in ihrer Stimme zu verbergen und sie strahlte dabei übers ganze Gesicht.
»Das ist ja großartig«, rief ich aus. »Oh mein Gott. Das nächste Baby ist unterwegs, ich kann es kaum glauben!«
»Pssst.« Sie legte ihren Zeigerfinger an die Lippen. »Nicht so laut, Lara. Cate und Robbie wollen die freudige Nachricht persönlich überbringen. In diesem Moment sitzen sie gerade mit Adelheid und Brenda zusammen. Ich sage dir Bescheid, sobald die Bombe geplatzt ist.«
Reumütig senkte ich meine Stimme. »Tut mir leid. Ich freue mich nur so wahnsinnig für Cate und Robbie.«
»Wir freuen uns alle«, entgegnete Violett im Flüsterton. »Aber tu wenigstens so, als wärst du überrascht. Cate bringt mich um, wenn sie erfährt, dass du es von mir weißt.«
Sie legte Leano behutsam in meine Arme und rückte ein Stück von mir ab.
»Du solltest wirklich bald aufbrechen, wenn du mich fragst.«
Dann zählte sie an den Fingern ab: »Erstens, weil wir dringend noch mehr Nachwuchs brauchen. Und zweitens, damit der Abstand zwischen den Kindern nicht allzu groß wird.«

Ich überlegte kurz, ob ich dafür schon bereit war.
»Leano ist noch viel zu klein«, gab ich zu bedenken. »Vielleicht im nächsten Frühjahr.«
Violett sah mich prüfend an. »Und was hält Jean von der Idee?«
»Sie ist nicht gerade begeistert«, gestand ich. »Doch sie weiß, wie wichtig mir das ist. Außerdem kommen wir so oft es geht nach Hause. Zu Weihnachten auf jeden Fall und meinen Geburtstag werde ich auch hier feiern. Wenn Mila Geburtstag hat, sind wir natürlich auch mit von der Partie. Logan meint, wir werden das schon irgendwie hinkriegen.«
Mir war nicht ganz wohl bei der Sache. Zwar hatte ich keine Zweifel an meinem Vorhaben, doch wer konnte schon sagen, ob ich damit auch Erfolg haben würde?
»Du schaffst das. Du musst nur fest dran glauben«, erwiderte Violett voller Überzeugung.
Ich lächelte dankbar. »Ich werde es zumindest versuchen.«
Als Cate und Robbie ein paar Minuten später das Wohnzimmer betraten und Cate mir von ihrer Schwangerschaft berichtete, fiel es mir nicht schwer, die Überraschte zu spielen. Cate war ganz aus dem Häuschen, ihr Gesicht strahlte vor Freude. Und Kevin begann sogleich damit, seine Vatererfahrungen mit Robbie zu teilen. »Vielleicht sollte ich ein Buch darüber schreiben«, warf er zwischendurch in den Raum. »Schließlich bin ich der erste Secutor, der nach so langer Zeit Vater wurde.«
Dafür erntete er sogleich ein paar spöttische Bemerkungen von Dean und Megan, was ihn jedoch nicht von seiner Idee abzubringen schien. Betty hingegen ergriff sofort Partei für Kevin und erklärte sich umgehend dazu bereit, ihn bei seinem Vorhaben zu unterstützen.
»Ein Kapitel über die Freundschaft zwischen Defensor und Secutor muss natürlich auch vorkommen«, merkte sie an. »Dafür kannst du Marius und mich interviewen. Wir erzählen dir alles, was du darüber wissen musst.«
»Lieber nicht«, grummelte Kevin und verdrehte die Augen. »Was

ihr so treibt, wenn das Licht ausgeht, will ich lieber gar nicht erst wissen.« Er tat so, als würde er sich schütteln und Betty versetzte ihm einen Rippenstoß, was ihn zum Lachen brachte.
Cole stand etwas abseits und unterhielt sich mit Jack und Sam. Hin und wieder warf er mir einen Seitenblick zu. Dann lächelte er und ich lächelte zurück.
Scheinbar wusste Cole, dass ich es wusste. Oder er ahnte es zumindest. Wer hätte gedacht, dass Cole es tatsächlich schaffen würde, einen Defensor namens Romy für sich zu gewinnen? Aber genau so musste es sein, da war ich mir inzwischen sicher. Bis jetzt wusste noch niemand etwas davon. Nicht offiziell. Ich eigentlich auch nicht. Im Laufe der Zeit hatte ich ein Gespür dafür entwickelt, wenn sich etwas dieser Art anbahnte. Vielleicht war das aber auch Teil meiner Gabe. Wie auch immer. Zwischen Cole und Romy war mehr als nur eine geschäftliche Beziehung, dessen war ich mir ziemlich sicher.
Logan und ich saßen gemeinsam auf dem Sofa und beobachteten unsere Freunde mit einem breiten Schmunzeln.
»Sieh sie dir an«, murmelte Logan. »Sie sind glücklich.«
Ich nahm seine Hand, umschloss sie mit meinen Fingern und lehnte meinen Kopf an seine Schulter.
»Genauso so glücklich wie ich. Bist du auch glücklich?«
Logan beugte sich vor und hauchte einen sanften Kuss auf meine Lippen. »Was für eine überflüssige Frage, mein Engel.«
Mit einem langen und zärtlichen Blick auf unseren Sohn fügte er zu: »Ihr zwei seid mein größtes Glück.«
Und während sich unsere Freunde weiterhin angeregt miteinander unterhielten, öffnete ich ganz leicht meinen Mund und legte meine ganze Liebe in diesen Kuss.

EPILOG

Es war ein schöner Spätsommermorgen, als wir durch das große schmiedeeiserne Tor fuhren. Der Vorgarten stand in voller Blüte und ein lauer Wind sandte uns zur Begrüßung ein Duftgemisch aus Rosen und Lavendel. Schmetterlinge tanzten in der Luft und vollführten akrobatische Höchstleistungen.

Ich öffnete die Beifahrertür und atmete tief ein. Wie ich diesen Geruch vermisst hatte. Der Duft der Heimat.

»Freust du dich?«

Logan reichte mir seine Hand und half mir aus dem Auto.

»Und wie«, gab ich strahlend zu. »Es ist so lange her.«

Er nickte mir zu, ehe er die hintere Autotür öffnete.

»Wir sind da.«

»Wo sind denn alle?«, wollte Leano wissen, als wir mit unserem Gepäck in der Eingangshalle standen. Logan ging vor unserem Sohn in die Hocke.

»Konzentriere dich«, sagte er mit einem Lächeln. »Was hörst du?«

Der Kleine schloss die Augen und runzelte kurz darauf die Stirn.

»Im Buchladen?«

»Sehr gut«, lobte Logan. Er richtete sich auf. »Möchtest du sie begrüßen?«

Leano nickte eifrig und Logan sagte: »Dann lauf.«

Wie ein Wirbelwind sauste er durch das Wohnzimmer und war im nächsten Moment schon durch die Hintertür verschwunden.

»Ich will auch, Mommy. Ich auch!«

Unruhig zappelte unsere Tochter auf meinem Arm herum und schaute mich mit flehenden Augen an. »Darf ich, Mommy?«

Seufzend stellte ich den kleinen Quälgeist auf die Füße.

»Meinetwegen. Dann lauf.«

Ein strahlendes Lächeln breitete sich auf ihrem engelsgleichen Gesicht aus und sie klatschte begeistert in die Hände.

»Danke, Mommy.«
Doch ehe sie losrennen konnte, hatte Logan unsere Tochter schon am Arm gepackt. »Leyla?«
Mit einer Miene, die kein Wässerchen trüben konnte, blickte sie zu ihm hinauf. Unsere Tochter war nicht nur zuckersüß, sondern auch sehr trickreich, wenn es darum ging, ihren Willen durchzusetzen.
»Du wirst deinen Bruder in Ruhe lassen«, mahnte Logan, der sich nur selten von ihrem harmlosen Lächeln einwickeln ließ. »Du wirst dich heute benehmen und deinen Bruder nicht ärgern. Haben wir uns verstanden, junge Dame?«
Leyla zog einen Schmollmund, doch sie nickte gehorsam. »Ja, Sir.«
»Kein Ketchup auf dem Stuhl und keine Wasserbomben in seinem Bett. Und wehe dir, wenn ich wieder Schlagsahne in seinen Schuhen finde.«
Leyla kicherte. »Das war lustig, Daddy.«
»Ja, aber nicht für Leano«, tadelte Logan unsere Tochter. »Wie würde es dir gefallen, wenn er das Gleiche mit dir macht?«
Ich musste mir das Lachen verkneifen, als Leyla trotzig ihr Kinn vorstreckte.
»Das traut er sich nicht. Ich bin zwar jünger, aber viel besser im Streiche spielen. Meine Rache würde furchtbar sein.«
Logan schaute über seine Schulter zu mir.
»Das hat sie von dir«, beschwerte er sich mit einem halbherzigen Schmunzeln.
Ich schüttelte den Kopf und verschränkte die Arme. »Wann habe ich dir jemals Schlagsahne in die Schuhe gesprüht?«
Statt einer Antwort schenkte er mir ein betörendes Lächeln.
»Wenn du mir versprichst, brav zu sein, darfst du gehen«, erklärte er unserer Tochter.
Leyla presste die Lippen zusammen und schaute Logan missmutig an. Dann gab sie schließlich nach.
»Also gut. Ich verspreche, dass ich Leano heute keine Streiche spielen werde.«

Logan nickte zufrieden und gab sie frei.
Nachdem unsere Tochter verschwunden war, nahm er mich in den Arm. »Wir sollten mit ihr nicht so nachsichtig sein. Hin und wieder treibt sie es wirklich zu weit.«
Ein Blick auf sein amüsiertes Gesicht genügte, um zu erkennen, dass er es nicht so ernst meinte.
»Leano kann ruhig ein bisschen Spaß vertragen«, konterte ich. »Für einen Jungen in seinem Alter ist er manchmal viel zu ernst.«
»Irgendwann werde ich mich zur Ruhe setzen und Leano wird meine Nachfolge antreten«, erklärte Logan mit ernster Miene. »Ist es da nicht besser, wenn er jetzt schon weiß, dass seine Arbeit nicht nur Spaß bedeutet?«
Ich küsste ihn flüchtig. »Er ist erst zehn Jahre alt. Was erwartest du denn?«
Ein verschmitztes Grinsen schlich sich auf seine Lippen. »Deine Tochter ist erst vier Jahre alt und sie benimmt sich jetzt schon wie ein verzogener Teenager.«
»Meine Tochter?«
»Sie kommt eindeutig ganz nach dir.«
Ich fühlte seine Hand sanft auf meinem Nacken. »Nur, weil sie meine Augen hat?«, fragte ich, um mich von meinen aufkeimenden Gefühlen abzulenken.
»Nicht nur«, flüsterte er mir ins Ohr. Seine Lippen wanderten meinen Hals entlang. »Sie ist genauso stur wie ihre Mutter.«
Er hob seinen Kopf und schaute mir tief in die Augen.
Dann seufzte er leise. »Lass uns lieber nach vorne gehen, ehe ich meine Manieren vergesse und dich über meine Schulter werfe.«
Sein glühender Blick senkte sich auf meine Lippen. »Verdammt nochmal. Hast du schon immer so verführerisch ausgesehen?«
Das war der denkbar schlechteste Zeitpunkt, um unseren Gefühlen freien Lauf zu lassen.
»Sie warten auf uns«, sagte ich mit belegter Stimme.
Als ich mich zum Gehen wandte, zog er mich mit einem Ruck in seine Arme. »Die sind morgen auch noch da. Ich will jetzt

niemanden sehen. Ich will dich.«
Gegen meinen Willen musste ich lachen. »Dafür haben wir später noch genug Zeit. Bitte, mein Schatz. Ich möchte Jean und Mila und all die anderen sehen. Wir haben uns schon so lange nicht mehr gesehen.«
Unser letzter Besuch lag inzwischen fast drei Jahre zurück. Obwohl ich damals versprochen hatte, regelmäßig nach Hause zu kommen, war es mir nicht immer gelungen, mein Versprechen zu halten. Besonders in den letzten Jahren hatte ich so viel Arbeit, dass wir unseren Besuch immer wieder verschieben mussten. Jean hatte natürlich vollstes Verständnis dafür. Ich wusste genau, dass sie mich ebenso schmerzlich vermisste, wie ich sie. Widerstrebend gab Logan mich frei.
»Von mir aus«, knurrte er und griff nach meiner Hand. »Gehen wir also zu deinem Wachhund. Du lässt ja doch nicht locker.«
Adelheid hatte zu unserer Ankunft ein wahres Festmahl zubereitet. Der Duft von frischgebackenem Brot und knusprigem Fleisch stieg mir in die Nase, während wir durch den langen Flur gingen. Kaum hatte ich den Buchladen betreten, stürmte Jean schon in meine Arme.
»Wo warst du denn nur so lange?« Sie drückte mich fest an sich.
»Nicht so stürmisch«, mahnte Kevin im Hintergrund.
»Ihr beide zerquetscht ja mein Baby.«
Ich trat einen Schritt zurück und betrachtete meine Freundin mit einem Lächeln. »Wie fühlst du dich? Alles gut?«
Jean machte eine wegwerfende Handbewegung. »Alles wie immer. Ich bin ja schließlich nicht zum ersten Mal schwanger.«
Kevin nahm Jean in den Arm und verkündete: »Und ich hoffe, auch nicht zum letzten Mal.«
Er grinste verschmitzt, als Jean ihn vorwurfsvoll anschaute.
»Kriegst du denn nie genug?« Dean schüttelte grinsend den Kopf. »Das ist Baby Nummer vier«, sagte er an Kevin gewandt.
»Ihr beiden seid ja schlimmer wie die Karnickel.«
Kevin warf ihm einen bösen Blick zu, während er liebevoll

Jeans Bauch streichelte.
»Das letzte Mal gilt nicht. Woher sollten wir denn wissen, dass es Zwillinge werden?«
Herausfordernd funkelte Kevin Dean an, was dieser mit einem weiteren breiten Grinsen quittierte.
»Wo sind die beiden überhaupt?«, wollte ich wissen und Jean antwortete: »Sie sind mit Mila oben in ihrem Zimmer. Morgen fängt die Schule an, sie müssen noch ein paar Sachen packen.« Sie seufzte ungehalten. »Na ja. Im Moment haben wir eine heiße Diskussion am Laufen. Tom will dieses Jahr wieder mit seinem Bruder in einem Zimmer schlafen. Aber Matt ist dagegen. Er will zusammen mit seinen Freunden ein Zimmer beziehen und Tom gehört wohl nicht mehr dazu. Du kannst dir nicht vorstellen, wie verschieden die beiden inzwischen sind. Früher waren sie unzertrennlich. Jetzt spielt Tom am liebsten Fußball und Matt treibt sich die meiste Zeit mit seinen Freunden im Labor herum. Letztes Jahr hat er die Wissenschaft für sich entdeckt, ist das zu fassen? Seitdem trägt er sogar im Unterricht seinen weißen Laborkittel. Aber ich hoffe, das ist nur wieder eine seiner Phasen. Weißt du noch, vor drei Jahren? Da wollte er unbedingt Klavier spielen. Ob der Junge irgendwann mal weiß, was er wirklich will?«
»Lass ihn doch«, ging Kevin sanft dazwischen. »Sie sind gerade einmal acht Jahre alt. Damit bleibt ihnen noch genug Zeit, um sich auf irgendetwas festzulegen.«
Jean lächelte versöhnt. »Du hast ja Recht. Sollen sie sich ruhig noch eine Weile austoben. Unsere Kinder werden noch früh genug erwachsen.«
Ich wirbelte herum, als hinter mir die Tür geöffnet wurde und ein Mädchen mit rabenschwarzen hüftlangen Haaren den Buchladen betrat.
»Mir reicht es«, murrte sie und stemmte ihre Hände in die Hüften. »Die zwei gehen mir ganz gewaltig auf die Nerven. Ich hab die Nase endgültig voll.«

Ich beobachtete, wie Kevin die Lippen zu einem Grinsen hochzog. »Ich kümmere mich gleich darum«, sagte er und schlängelte sich an uns vorbei.

Erst jetzt, da ihre Wut langsam verrauchte, schien das Mädchen zu bemerken, dass wir unmittelbar nebeneinander standen. Ihre dunklen Augen wurden riesengroß.

»Tante Lara?« Ein Ausdruck freudiger Überraschung huschte über ihr Gesicht. »Ihr seid schon da? Ich dachte, ihr kommt erst morgen.«

Mit einem vorwurfsvollen Blick in Richtung meiner schwangeren Freundin sagte sie: »Deshalb hast du den Buchladen gesichert?«

Jean nickte. »Wir wollten dich überraschen. «

In dem Jahr, indem ich mit meiner Arbeit begonnen hatte, war Namila gerade einmal zwei Jahre alt gewesen. Jetzt, zehn Jahre später, hätte ich sie beinahe nicht wiedererkannt und das, obwohl seit unserer letzten Begegnung kaum drei Jahre vergangen waren.

»Aus dir ist ja eine richtige Frau geworden«, sagte ich erstaunt.

»Ich bin ja auch die Älteste«, entgegnete sie stolz. »Manchmal nervt das zwar ganz schön, aber es hat natürlich auch seine Vorteile. In der Schule bin ich eine richtige Berühmtheit und alle Mädchen wollen mit mir befreundet sein. Nur mit den Jungs ist das leider nicht so einfach.«

Sie hob das Kinn und suchte meinen Blick. »Es gibt niemanden in meinem Alter. Das ist irgendwie schade.«

»Es gibt mich«, warf Leano mit selbstbewusster Stimme ein. Er kam hinter dem Bücherregal hervor, hinter dem er sich die ganze Zeit verschanzt hatte.

»Hast du die Neuigkeit noch nicht gehört? Ich gehe ab morgen auf deine Schule.«

Mila starrte mich mit offenem Mund an. »Heißt das, ihr bleibt dieses Mal länger in Bloomfield?«

»Genau das heißt es«, ergriff Logan das Wort. Mila stieß einen

leisen Schrei aus und fiel mir um den Hals.
»Das ist ja eine Überraschung«, hauchte Jean. »Warum hast du denn nichts gesagt?«
Ich befreite mich behutsam aus Milas Umarmung. »Weil wir euch damit überraschen wollten, ganz einfach.«
Mit ein paar Schritten war Jean bei mir. »Na, das ist euch wirklich gelungen. Warte nur, bis Megan und Betty davon erfahren. Sie werden außer sich sein vor Freude.«
Megan und Betty kamen seit ein paar Jahren nur noch am Wochenende nach Hause. Ihre Aufträge waren nach dem College in eine andere Stadt gezogen.
Debra war auf dem besten Weg, eine renommierte Kinderärztin zu werden und Leona hatte sich schon vor einigen Jahren dazu entschieden, in die Politik zu gehen.
Beide waren sehr erfolgreich in dem, was sie taten und Megan und Betty waren selbst nach all den Jahren immer noch eng mit ihnen befreundet.
»Und Dean?«, fragte ich, »Wie geht es ihm denn so?«
Ich wusste nur, dass er seit ungefähr vier Jahren einen neuen Auftrag hatte und deswegen die meiste Zeit über mit Stephan in Harvard war. Dean war der einzige Secutor, dessen letzter Auftrag bereits der Vergangenheit angehörte. Von Logan wusste ich, was vor vier Jahren geschehen war: Justin hatte einen Vertrag bei einem großen Verlag an Land gezogen und schon bald ein Haufen Geld mit seinen Comiczeichnungen verdient. Doch die Verletzungen und Demütigungen, die er während seiner Zeit am College durch seine Mitschüler hatte erfahren müssen und die Dean nicht gänzlich unterbinden konnte, hatten bei ihm tiefe Narben hinterlassen und Justin zu einem verbitterten und einsamen Mann gemacht, der immer öfter Trost im Alkohol suchte. Dean wollte ihn nicht aufgeben und hatte sich immer und immer weiter um Justin bemüht. Doch schon bald stellte sich heraus, dass alles vergebens war. Die Verbindung zwischen Dean und Justin wurde zunehmend

schwächer, bis sie schlussendlich ganz abriss. ›Wir können leider nicht alle retten‹, hatte Logan damals gesagt. ›Wir können es versuchen. Letztendlich liegt es nicht bei uns.‹

»Megan und Dean führen im Moment so etwas wie eine Fernbeziehung«, erklärte Jean und durchbrach damit den Schleier, der meine Gedanken umfing. »Aber die beiden finden das gar nicht so schlimm. Sie sind ganz zufrieden damit.«

Logan grinste vielsagend, als ich mich nach ihm umdrehte. Klar, warum auch nicht, dachte ich mir. Eine Menge Beziehungen funktionierten auf diese Weise ganz hervorragend.

»Und was Sam und Nadya treiben, weißt du sicherlich schon«, fügte Jean hinzu. »Seit dem letzten Jahr bilden sie selbst aus und haben ihre eigenen Secutoren unter sich. Sie wohnen noch immer in White Rock.«

Das wusste ich natürlich, denn meine regelmäßigen Telefonate mit Sam waren in all den Jahren nicht abgerissen. Nadya und er waren inzwischen sogar verheiratet. Violett war ihrem Auftrag nach Afrika gefolgt, wo sie mit ihr zusammen ein Zentrum für Entwicklungshilfe leitete und Jack arbeitete mit seinem Freund in einer Schule für hochbegabte Kinder. Wie ich gehört hatte, waren sie gerade damit beschäftigt, ein paar grundlegende Veränderungen einzuführen, wodurch die Kinder in Zukunft wieder mehr Spaß am Lernen finden sollten. Leland und Gina, die früher mit Nadya zusammengelebt hatten, waren inzwischen ein Paar und in wenigen Wochen würde ihr zweites Kind zur Welt kommen.

Nach meinem letzten Besuch in White Rock dauerte es nicht einmal vier Monate, bis sie sich ineinander verliebt hatten. Schon im Jahr darauf wurde ihre Tochter Bethany geboren.

»Willst du morgen mit mir in die Schule kommen?«

Mila schaute mich flehend an. »Ich würde dir gerne alles zeigen.«

»Sehr gern«, nickte ich. »Vielleicht könnt ihr ja noch etwas Hilfe gebrauchen, jetzt, wo ich wieder mehr Zeit habe.«

»Hilfe können wir immer brauchen«, erklärte Jean und deutete auf ihren kugelrunden Bauch. »Ich habe nur noch ungefähr drei Wochen bis zur Geburt und so langsam kriege ich ein paar Probleme, zum Beispiel wenn Sport auf dem Stundenplan steht.«
Es gelang mir nur mit Mühe, ein Kichern zu unterdrücken. »Kann der Direktor dir denn keine Aushilfslehrerin zur Seite stellen, damit du etwas Unterstützung bekommst?«
»Können schon«, bemerkte Mila mit einem Augenzwinkern. »Onkel Ethan hat ihr das schon mehrmals angeboten. Aber Mom will keine Hilfe, sie will das allein schaffen.«
Das war typisch Jean.
»Jetzt bin ich ja da«, drohte ich mit erhobenem Zeigefinger. »Von mir wirst du Hilfe annehmen. Und wehe, wenn nicht.«
Leyla, die bis jetzt artig auf Adelheids Schoß gesessen hatte, meldete sich nun zu Wort.
»Darf ich auch mitkommen, Mommy?«
Sie schaute mich flehend an. »Ich will die Schule auch sehen. Darf ich?«
Doch Logan meinte: »Später, mein Liebling. Wir kommen nach.«

»Möchtest du eine Führung?«, fragte Mila, als wir am nächsten Morgen auf dem Parkplatz des ehemaligen Country Clubs anhielten. Pure Begeisterung spiegelte sich auf ihrem Gesicht und ich nickte zustimmend. Scheinbar wartete Mila begierig darauf, ihr Wissen mit mir zu teilen.
»Das ist die erste Schule ihrer Art«, begann sie, während wir ausstiegen. »Leider gibt es noch nicht genügend Kinder für eine weitere Schule. Aber das wird sich bald ändern.«
Sie schwenkte ihre Arme über das weitläufige Anwesen. »Die Schule wird durch eine Illusion vor neugierigen Blicken geschützt. Für das menschliche Auge gibt es hier nur die verkohlten Überreste des Country Clubs, der bei einem Feuer vor acht Jahren fast völlig zerstört wurde. Das Anwesen umfasst

zwanzig Hektar und bietet Platz für ein Schulgebäude samt Unterkünften, einer Bibliothek und einem Hallenbad im Untergeschoss. Im Außenbereich befinden sich der Footballplatz, das Schwimmbad, ein Reitstall und ein Park.«

Mila machte eine Pause und deutete mit dem Kopf auf ein weiteres Gebäude links neben dem Country Club. »Dort drüben sind die Pferde untergebracht«, merkte sie an. Dann machte sie eine halbe Drehung und ging beschwingt die Stufen zum Hauptgebäude hoch.

»Im Moment sind 51 Zimmer belegt. Platz haben wir für ungefähr eintausend Schüler. Falls nötig, kann aber jederzeit angebaut werden.« Die Flügeltüren schwenkten zur Seite und gaben den Blick auf eine riesige Eingangshalle frei. »Das ist der Empfangsbereich«, sagte Mila und ging voran. »Hier werden die Formalitäten für die Aufnahme erledigt und hier verabschieden sich auch die Kinder von ihren Eltern. Einmal im Jahr haben wir einen Tag der offenen Tür, dann können die Schulanfänger mit ihren Familien das gesamte Schulgebäude besichtigen. Ansonsten ist der Zutritt für Unbefugte verboten.«

Der Empfangsbereich ähnelte stark einer Hotelrezeption aus dem letzten Jahrhundert. Hinter einem halbrunden Mahagonitresen hockten zwei Damen in weißen Blusen und bearbeiteten unentwegt etwas in ihren Computern. Als hinter mir zwei Mädchen die Eingangshalle betraten, ging ich ein Stück zur Seite und ließ sie vorbei. Ein paar Meter von mir entfernt stellten sie ihr Gepäck auf den Boden und traten an den Tresen heran.

»Stacy McDuncan, zweite Jahrgangsstufe, Zimmer 16.«

Die Dame nickte ihr zu, tippte kurz etwas in den Computer ein und reichte ihr dann einen Schlüssel.

»Willkommen zurück, Stacy. Dein Gepäck wird gleich auf dein Zimmer gebracht.«

Dann wandte sie sich dem zweiten Mädchen zu. »Emily Baker, vierte Jahrgangsstufe, Zimmer 43.«

Ich horchte auf. »Baker? Ist das …«

Mila nickte mit einem Schmunzeln. »Das ist Robbie und Cates Tochter.«
Schnurstracks war ich auf sie zugegangen. Emily nahm ihren Zimmerschlüssel in Empfang und drehte sie sich um.
»Huch.« Beinahe hätte sie mich umgerannt. »Verzeihung«, murmelte sie und knickste leicht.
»Du bist Emily?«, fragte ich neugierig.
Sie nickte zögernd. »Kennen wir uns?«
Das letzte Mal, als ich bei Cate und Robbie zu Besuch gewesen war, hatte Emily noch in den Windeln gelegen.
»Ich kenne deine Eltern«, erklärte ich wahrheitsgemäß. »Du warst noch zu klein, um dich an mich zu erinnern.«
Sie spielte unentwegt mit ihrem langen rotblonden Zopf, während sie mich aufmerksam musterte. Dann flammte Erkenntnis in ihren Augen auf.
»Du bist … Sie sind … Lara?«
Für einen Augenblick wirkte sie ziemlich erschrocken und war drauf und dran, noch einmal vor mir zu knicksen. Ich konnte sie noch rechtzeitig davon abhalten, indem ich sie am Ellenbogen packte. »Lassen wir doch die Förmlichkeiten«, bat ich leise. »Ich bin kein Fan davon.«
Emily entspannte sich und brachte sogar ein kleines Lächeln zustande. »Mom redet sehr viel von dir. Sie sagt, ich hätte dir mein Leben zu verdanken. Stimmt das?«
»Na ja. Vielleicht ein bisschen«, gab ich widerwillig zu. Und mit einem Blick durch die Halle fragte ich: »Und? Wie gefällt es dir hier auf dieser Schule?«
Sie nickte begeistert. »Es ist toll. Ein bisschen wie in Hogwarts. Ich bin wirklich sehr gern hier. Nur schade, dass Mom und Dad so weit weg wohnen. Aber das ist nicht so schlimm, ich komme ja zu Weihnachten schon wieder nach Hause.«
Emily war ein tapferer Defensor. »Wie geht es deiner Schwester?«, wollte ich wissen und sie verzog augenblicklich das Gesicht. »Jodie? Sie ist eine richtige kleine Zicke. Ständig

versteckt sie meine Sachen oder bindet meine Haare am Bettpfosten fest, wenn ich schlafe. Sie ist eine furchtbare Nervensäge. Ich kann immer noch nicht verstehen, warum Mom und Dad unbedingt noch ein zweites Kind wollten.«

Mila kicherte ungeniert. »Das kommt mir irgendwie bekannt vor.«

Als Emily sie fragend anschaute, erklärte sie: »Ich habe zwei jüngere Brüder. Eineiige Zwillinge. Und Mom ist schon wieder schwanger.«

»Mein herzliches Beileid.«

»Danke.«

Mila zupfte an meinem Ärmel. »Wollen wir unseren Rundgang fortsetzen?«

Ich verabschiedete mich von Emily und folgte Mila in den zweiten Stock.

»Es gibt auch Fahrstühle«, meinte sie, nachdem wir die sechzig Stufen einer riesigen Holztreppe hinter uns gelassen hatten. »Aber die sind nur für das Gepäck und für die Kisten mit den neuen Schulbüchern.«

Andächtig durchschritten wir einen weiteren langen Flur, der von großen Panoramafenstern mit Licht durchflutet wurde und dadurch sehr hell und freundlich wirkte.

»Das hier sind die Klassenzimmer.« Mila deutete mit einem Kopfnicken auf mehrere Türen gegenüber der Fenster. »Der Unterricht beginnt um neun Uhr, nach der Mittagspause ist freier Unterricht, das bedeutet Reiten, Fechten, Kampfsport und so weiter. Jeder Schüler kann selbst entscheiden, an welcher Aktivität er teilnehmen möchte. Nach dem Abendessen haben wir etwas Freizeit. Meistens treffe ich mich mit ein paar Freunden drüben in der Bibliothek. Die Bettruhe wird um zweiundzwanzig Uhr mit einem lauten Gong angekündigt. Wer danach außerhalb seines Zimmers erwischt wird, muss am nächsten Morgen als erster aufstehen und den Frühstücksraum für alle Schüler richten.«

Mila warf mir einen schelmischen Blick zu. »Das spart Personal. Die Wache erwischt fast jede Nacht einen, der sich aus dem Zimmer schleichen will.«

»Und wohin wollen die mitten in der Nacht?«

Sie zuckte unbeeindruckt die Schultern, während wir weitergingen. »Die wollen nirgendwohin. Das ist nur ein Test. Es geht darum, wer ungesehen sein Zimmer verlassen kann und nach einer Runde durch die Eingangshalle auch wieder hineinkommt, ohne vorher erwischt zu werden. Besonders bei den älteren Jahrgängen gibt es einige Wiederholungstäter.«

»Du gehörst zu den älteren Jahrgängen«, merkte ich an.

Mila blieb kurz stehen und grinste mich vielsagend an. »Aber im Gegensatz zu manch anderen musste ich noch nie den Frühstücksraum eindecken. Ich halte den Rekord.«

Ehe ich darauf etwas erwidern konnte, runzelte Mila die Stirn. »Mm. Deine Anwesenheit wurde bereits bemerkt. Wir sollen sofort in den Aufenthaltsraum kommen, damit sie dich gebührend empfangen können.«

Mila versuchte, ihre Enttäuschung über diese unliebsame Unterbrechung hinunterzuschlucken.

»Macht nichts«, tröstete ich sie und legte meinen Arm um ihre Schulter. »Ich bin sicher, das dauert nicht lange. Heute Nachmittag fahre ich zu Mom und Dad. Mein Bruder Danny wird heute sechzehn, und vor vielen Jahren habe ich ihm ein Auto versprochen. Aber wenn du willst, dann kannst du mir gleich morgen früh den Rest der Schule zeigen. Und später schnappen wir uns die Pferde und reiten eine Runde durch den Park.«

Mila nickte begeistert. »Das wäre toll, Tante Lara.«

Als wir uns auf den Weg machten, um meinem persönlichen Empfangskomitee entgegenzutreten, musste ich daran denken, was wir in den letzten Jahren alles geschafft hatten.

So viele Kinder. Und stetig wurden es mehr. Erst heute Morgen hatte uns die Nachricht von drei weiteren Schwangerschaften erreicht. Eine der werdenden Mütter hieß Helena. Ich hatte sie damals als vermeintliche Tochter von Molly kennen und schätzen gelernt. Vor drei Jahren waren wir uns durch Zufall über den Weg gelaufen und ich hatte ihr Nick vorgestellt, den Secutor, bei dem wir zu dieser Zeit wohnten. Ein einziges Wochenende hatte ausgereicht, um die beiden zusammenzubringen. Die Hochzeit war im darauffolgenden Frühjahr. Nun würde Helena schon bald ihr erstes Kind bekommen.

Mit einem breiten Lächeln auf den Lippen betrat ich den Aufenthaltsraum und unter tosendem Applaus ging ich durch die Menge auf die Tribüne zu, wo Logan mit unseren Kindern und all unseren Freunden bereits auf mich wartete.

COLD FIRE

von Katrin Gindele
ISBN: 978-3-942637-57-2
448 Seiten
14,90€

Lara ist der einzige Mensch, der Logan so sieht, wie er wirklich ist. Das ist ungeheuerlich, denn Logan ist ein Secutor. Er ist auf der Welt, um zu helfen und verbirgt sein wahres Wesen hinter einer Illusion. Er manipuliert die Erinnerungen der Menschen und lebt unerkannt unter ihnen. Lara aber, ist gegen all diese Illusionen immun. Als sich beide Hals über Kopf ineinander verlieben, ist nichts mehr so, wie es scheint. Und schon bald muss Logan alles aufs Spiel setzen, um Lara zu schützen.

FROZEN FIRE

von Katrin Gindele
ISBN: 978-3-942637-97-8
464 Seiten
15,00€

In Laras Leben ist nichts mehr, wie es einmal war. Sie hat alles verloren, ihre Erinnerungen an die Secutor und ihr Wissen um Logan, ihre große Liebe. Sie ahnt nicht, dass Leo, Logans größter Feind, noch immer in der Nähe ist und sie beobachtet. Ihr Leben verläuft in geordneten Bahnen, bekommt jedoch bald immer mehr Risse.
Dann begeht Lara einen folgenschweren Fehler. Und unterschreibt damit ihr Todesurteil. Sie gerät zwischen die Fronten eines uralten Kampfes, denn Leo sieht seine Chance gekommen, um seine Rachepläne endlich in die Tat umzusetzen.

Danksagung

Nach wie vor zu Dank verpflichtet bin ich meiner Familie, die immer hinter mir steht und mir den Freiraum lässt, den ich brauche.
Ich danke allen Freunden und Fans und ganz besonders den Mädels, die extra für Logan eine Gruppe gegründet haben. Ihr seid verrückt. Ich liebe euch.
Vielen Dank auch an das Lektoren-Team des Lauinger Verlags, das mir geholfen hat, die Geschichte noch schöner zu machen.
Ein ganz großes Dankeschön geht an meine Freundin Shelley, die meinetwegen schon so oft auf einen freien Abend verzichten musste, um mir bei meinen Goodies zu helfen - ich stehe tief in deiner Schuld.
Und dann gibt es da noch jemanden, der meinen größten Respekt verdient. Liebste Anna, ohne dich würde es dieses wundervolle Cover nicht geben. Du bist eine wahre Künstlerin. Wenn wir uns das nächste Mal sehen, gebe ich eine Runde Kaffee aus. Am besten gleich eine ganze Kanne.

Katrin Gindele

LESEPROBE Die Eichenwaldsaga Buch 1

Prolog

Die meisten Bewohner entlang des Oberrheins kennen sie nur zu gut. Die ausgedehnten Flächen des Hardtwalds. Diesen schönen Mischwald, den sie seit ihrer frühesten Kindheit zu schätzen gelernt haben. Sommers wie winters wird er bevölkert von jeder Menge Radlern und Wanderern, von Joggern und Hundebesitzern. Vielstimmiges Vogelgezwitscher, lautes Hundegebell, fröhliches Lachen und Kindergeschrei gehören in der Sommerhitze genauso zu ihm, wie die beschauliche Ruhe im Winter bei klirrender Kälte und Bäumen mit dicker Schneekapuze.

Was jedoch kaum jemand ahnt: Der Hardtwald birgt ein uraltes Geheimnis! Nein, nein, so leicht kommt ihr ihm nicht auf die Spur. Ihr müsst schon mit offenen Augen und wachem Verstand unterwegs sein, um es zu ergründen. Vielleicht habt ihr ja Glück und entdeckt ihn dann, den verborgenen Zugang.

Ganz nahe beim ehemaligen Monumenthaus, der alten Jagdhütte des Großherzogs Karl von Baden, befindet er sich, versteckt unter dichtem Buschwerk. Ein gähnendes, dunkles Loch ist es, durch das ihr kriechen müsst. Endlos lange tastet ihr euch durch einen schmalen Gang, bis schließlich Licht das Ende des Weges ankündigt. Ihr rappelt euch auf und ...

Nichts von dem, was eure erstaunten Augen jetzt sehen, erinnert euch noch an den Hardtwald. Ihr steht in dichtem Unterholz, umgeben von riesigen, altehrwürdigen Bäumen, die einen nahezu undurchdringlichen Wald bilden – den Eichenwald.

Wo er sich befindet, fragt ihr? Vielleicht liegt er ganz in unserer Nähe. Vielleicht aber auch in einem anderen Land. Doch das spielt keine Rolle, denn eines kann ich euch versichern: Er ist real, genauso real wie ihr und ich. Und die Abenteuer, die sich im Eichenwald zutragen, sind es ebenso. Warum ich mir dessen so sicher bin? – Na, ratet mal!

Jede Menge Ärger

Der Eichenwald wirkte trügerisch friedlich so früh am Morgen. In der Nacht hatte es noch einmal kräftig geschneit und die Bäume trugen dicke Kapuzen aus hart gefrorenem Schnee. Ihre bis zum Äußersten belasteten Äste knarrten bedrohlich und auf den glitzernden Eiskristallen am Boden und dem dichten Gestrüpp zwischen den Baumstämmen waren auf den ersten Blick keine frischen Spuren auszumachen. Denn bei diesem eisigen Wind suchten selbst die Räuber des Waldes Schutz in ihren Höhlen und Unterschlüpfen. Nichts schien sich zu rühren.

Doch wer genau hinsah, konnte zwei Paare kleiner Fußabdrücke erkennen, die sich wie feine Linien mitten durch das Unterholz zogen. Diese Spuren gehörten zu Arun und Gnork, zwei halbwüchsigen Eichnoks. Merkwürdige Geschöpfe, die schon lange vor den ersten Menschen, die sich in der Nähe des Eichenwaldes angesiedelt hatten, im undurchdringlichen Dickicht des Waldes lebten. Bei ihrer geringen Größe war es freilich kein Wunder, dass man ihre Spuren beinahe übersah. Bisher waren sie jedenfalls unentdeckt geblieben. Denn selbst Gnork, der für einen Dreizehnjährigen außergewöhnlich groß und kräftig gebaut war, maß vom Scheitel bis zur Sohle gerade dreizehneinhalb Zentimeter. Mit seinem blassen, runden Gesicht, den wachsamen Augen, der langen, schmalen Nase und dem ziemlich großen Mund war er ein typischer Eichnok. Seine fledermausähnlichen Ohren wedelten unruhig hin und her. Das war immer so, wenn er Hunger hatte. Und Hunger hatte Gnork zu jeder Zeit. Auch das zeichnete ihn als würdigen Vertreter seiner Gattung aus. Eichnoks aßen viel und gern. Entsprechend üppig war meist ihre Erscheinung.

Der gleichaltrige Arun fiel schon rein äußerlich beträchtlich aus diesem Rahmen. Er reichte Gnork, seinem besten Freund, knapp bis über die Schultern und war von schlanker Gestalt. Seine Ohren waren auffällig klein, bei Weitem nicht so beweglich wie die seines Freundes und sein Teint war von einer kräftigen, dunklen Farbe.

Die beiden langweilten sich. Der Wind pfiff heute wirklich unglaublich kalt und drang wie unzählige kleine Nadelspitzen selbst durch ihre dicken Jacken. Sehr zu ihrem Ärger waren deshalb noch nicht einmal Eichhörnchen zu sehen, mit denen sie ihren Spaß haben konnten. Mit verdrießlichen Mienen hüpften sie von einem Bein auf das andere, um die Kälte aus ihren Füßen zu verscheuchen. Das konnte ein sterbenslangweiliger Tag werden, dabei hatte doch alles so vielversprechend angefangen. Der Weg vom Dorf zum Unterholz war durch den Neuschnee der Nacht sehr anstrengend gewesen. Arun grinste, als er an das aufgeregte Geschrei dachte, das ihre kleine Aktion gerade verursacht hatte. Der Umweg über Großbürger Rogats protziges Anwesen hatte ihnen zwar den Schweiß in Strömen aus den Poren getrieben, aber er hatte sich gelohnt.

Arun wurde jäh aus seinen Gedanken gerissen: Gnork brummte unwillig vor sich hin. Seinem Freund fielen vor Müdigkeit fast die Augen zu und, wie nicht anders zu erwarten, plagte ihn ein gewaltiger Hunger. Immerhin hatte es heute Morgen kein Frühstück gegeben! Dazu waren sie viel zu zeitig aus dem Haus geschlichen. Bei Gnork schlug das unweigerlich auf die Stimmung, vor allem, wenn es wie jetzt nichts zu tun gab. Arun seufzte ergeben. »Na gut! Lass uns zurückgehen und bei Bäcker Borke ein paar frische Eichelkekse holen. Ich glaube, heute passiert sowieso nichts Spannendes mehr!« Obwohl sie häufig auf das Frühstück verzichteten, wenn sie sich morgens im Unterholz herumtrieben, freute auch er sich bei dieser elenden Kälte auf das warme, süße Gebäck.

»Endlich kommst du zur Vernunft!« Überraschend behände sprang Gnork auf und seine Laune besserte sich zusehends. »Heute hätte ich es nicht bis zum Mittagessen durchgehalten. Mir hängt der Magen jetzt schon bis auf den Boden. Also los, ab nach Hause! Immerhin hatten wir heute Morgen schon unseren Spaß!«

Und sie stapften eilig durch den Schnee davon.

Nach Hause hieß zur Hütte von Gnorks Großmutter Serit. Er lebte seit dem Tod seiner Eltern bei ihr. Ein Wiesel hatte sie bei der Suche nach Kräutern überrascht und getötet und ihn als Baby allein zurückgelassen.

Arun hingegen war ein Findelkind. Eines Tages war er, in ein glitzerndes Tuch gewickelt, als schreiendes Bündel am Rande des Dorfes unter einer alten Eiche gefunden worden. Obwohl sich viele Geschichten um seine Herkunft rankten, blieb sie bis heute rätselhaft. Viele Dorfbewohner betrachteten ihn daher und wegen seines ungewöhnlichen Äußeren mit Misstrauen.

Besonders die Familie des Großbürgers Rogat machte keinen Hehl aus ihrer Abneigung. Aber auch die meisten Jungnoks hielten überwiegend Distanz zu Arun. Leider war tiefes Misstrauen allem Fremden gegenüber eine weit verbreitete Eigenschaft unter den Eichnoks. Zum Glück hatte er Gnork!

Für Gnorks Großmutter spielten Aruns Herkunft und Andersartigkeit ebenfalls keine Rolle. Sie hatte ihn sofort ins Herz geschlossen, als sie das hilflose Wesen zum ersten Mal gesehen und auf dem Arm gehalten hatte. Sie war viel zu gutmütig, um ihn auszustoßen. Vor allem aber hatte sie ein viel zu weiches Herz. Sie scherte sich nicht um Aruns Hautfarbe und die geringe Größe seiner Ohren. Ihr Motto lautete: »Wo zwei satt werden, werden es auch drei!« Also hatte sie ihn ohne zu zögern ebenfalls bei sich aufgenommen und die beiden Jungen wie Geschwister großgezogen.

Die Jungs waren ihr ans Herz gewachsen, doch mittlerweile machten sie ihr das Leben ziemlich schwer. Die ganze Zeit steckten sie die Köpfe zusammen und heckten irgendeinen haarsträubenden Unfug aus, der langsam aber sicher das ganze Dorf gegen sie aufbrachte.

Und dieses Mal hatten sie es wirklich übertrieben. Gut, dass die beiden, viel früher als erwartet, laut polternd zu Hause eintrafen. Normalerweise kamen sie immer erst zur Essenszeit zurück. Gnork zeichnete sich sonst nicht gerade durch Pünktlichkeit aus. Doch was die Mahlzeiten anging, konnte man gewöhnlich die Uhr nach ihm stellen.

Seit einer guten Stunde wusste die Großmutter, dass sie mit ihnen einen Mistkäfer zu striegeln hatte, wie er größer nicht sein konnte!

Eines nach dem anderen, überlegte sie kühl. Erst mussten noch einige Dinge im Haushalt erledigt werden, und die ließen sich besser ohne vorheriges Donnerwetter bewerkstelligen. Wer zu früh nach Hause kommt, muss eben auch damit leben, unangenehme Arbeiten zu übernehmen.

Betont fröhlich rief Großmutter den Ankömmlingen zu: »Schön, dass ihr mir beim Tischdecken und dem Abwasch von meinem Frühstück helfen wollt! Bis ich auf die Beine kam, wart ihr schon entwischt. Welch rührende Hilfsbereitschaft. Damit habe ich nicht gerechnet. Ihr seid eben wahre Goldstücke.«

Hausarbeit! Betreten schaute Arun Gnork an. Daran hatten die beiden vor Hunger und Kälte nicht gedacht. Dass Großmutter sie Goldstücke nannte, ließ nichts Gutes erahnen.

Großmutter nickte zufrieden, als sie sah, dass die Jungs ihren Ärger hinunterschluckten und sich ohne Gegenwehr in ihr Schicksal fügten.

Wenn sie jetzt glauben, gut Wetter machen zu können, liegen sie gründlich daneben, dachte sie und atmete tief durch.

Arun und Gnork würden ihr blaues Wunder erleben.

Der Tag blieb grau und eisig, und die Kälte biss jedem, der sich nach draußen wagte, gnadenlos ins Gesicht. Allein schon aus diesem Grund herrschte in Oma Grimas Hütte nicht die beste Stimmung. Der alte Wenk kaute griesgrämig auf seinem trockenen Stück Fladen herum. Er hatte schlechte Laune. Das kam so gut wie nie vor und war deshalb umso bemerkenswerter.

Nicht genug mit dem Ärger wegen Großbürger Rogats Blattlausherde, dem ursächlichen Anlass seines Besuches bei der Kräuterweisen. Nun trieb ihn die alte Besserwisserin auch noch mit ihrem Lieblingsthema wieder einmal an den Rand der Verzweiflung. Zu allem Elend konnte er seinem Unmut nicht wirklich Luft machen. Der Grund dafür lag in Wenks Größe. Er überragte die meisten Dorfbewohner um mindestens eine Handlänge und brachte es damit auf stolze fünfzehn Zentimeter.

Oma Grimas Hütte allerdings gehörte zu den bescheidensten Behausungen aller Eichnoks. Sie lag ein gutes Stück außerhalb des Dorfes und duckte sich zwischen zwei knorrigen Wurzeln einer alten Eiche. [...]

[weitere Leseproben finden Sie auf http://derkleinebuchverlag.de/buch/belletristik/der-geheimnisvolle-bannfluch/]

Cody McFadyen

L'ombra

Traduzione di
Alfredo Colitto

PIEMME **BESTSELLER**

Titolo originale dell'opera: *Shadowman*

I Edizione Piemme Bestseller, aprile 2010

20145 Milano - Via Tiziano, 32
info@edizpiemme.it - www.edizpiemme.it

Anno 2010-2011-2012 - Edizione 1 2 3 4 5 6 7 8 9 10

Stampa: Mondadori Printing S.p.A. - Stabilimento NSM - Cles (Trento)

Ai miei genitori, per avermi incoraggiato
a prendere la strada meno battuta.

A mia figlia, per avermi donato
il piacere di essere padre.

A mia moglie, per la sua fede incrollabile,
la continua ispirazione, l'amore eterno.

PRIMA PARTE

Sogni e ombre

Capitolo 1

Sto facendo uno dei sogni. Sono soltanto tre: due belli, uno violento, ma da tutti e tre mi risveglio con i brividi, e con la consapevolezza di essere sola.

Quello di stanotte riguarda mio marito.

Potrei dire che mi ha baciato sul collo e basta. Sarebbe più semplice. Ma sarebbe anche una menzogna, nel senso più puro della parola.

La verità è che io desideravo che lui mi baciasse sul collo con ogni molecola del mio essere, con tutta me stessa, e quando l'ha fatto le sue erano le labbra di un angelo, inviato dal cielo in risposta alle mie ferventi preghiere.

Avevamo entrambi diciassette anni, un'epoca dove non esistevano la noia e le tenebre. C'erano solo emozioni intense, e una luce così forte che bruciava l'anima.

Lui si è chinato verso di me nel buio del cinema e – *Dio!* – ha esitato appena un attimo e – *Dio!* – io mi sono sentita sull'orlo di un precipizio ma ho finto di essere calma, e – *Dio! Dio! Dio!* – lui mi ha baciato sul collo, ed è stato il paradiso e ho saputo, in quel preciso momento, che saremmo stati insieme per sempre.

Lui era l'anima gemella. Molte persone non la trovano mai. Ne sentono parlare, sognano di trovarla, o dicono che non esiste. Ma io l'avevo trovata a diciassette anni, e non l'ho mai più lasciata andare. Neppure il giorno in cui lui agonizzava tra le mie braccia, neppure quando la morte me l'ha strappato mentre gridavo forte, neppure adesso.

Il nome di Dio oggi significa sofferenza: *Dio! Dio! Dio!* Mio marito mi manca da morire.

Mi sveglio con il fantasma di quel bacio sul rossore dei miei diciassette anni, e capisco che non sono più un'adolescente, e che lui ha smesso di invecchiare. La morte lo ha congelato per sempre all'età di trentacinque anni. Ma per me lui ne ha sempre diciassette, e continua a chinarsi in avanti, sfiorandomi il collo in quel momento perfetto.

Allungo una mano verso il suo posto nel letto, e provo una fitta di dolore improvvisa e accecante. Prego di morire, prego che la mia sofferenza finisca. Ma naturalmente continuo a respirare, e presto il dolore si attenua.

Mi manca tutto della mia vita con lui, anche i difetti: la sua impazienza, la sua rabbia. Mi manca lo sguardo di sufficienza che mi rivolgeva a volte, quando lo accusavo di qualcosa. Mi manca l'irritazione che provavo perché dimenticava sempre di fare benzina, lasciando la macchina con il serbatoio quasi vuoto ogni volta che io dovevo andare da qualche parte.

Quando pensiamo a cosa potrebbe mancarci, se perdessimo la persona amata, spesso ignoriamo che non sentiremo solo la mancanza dei fiori e dei baci. A me mancano gli errori e i dispiaceri proprio come mi manca il calore dei suoi abbracci di notte. Vorrei che fosse qui, e che mi baciasse. Vorrei che fosse qui, e che mi tradisse. Qualunque cosa, purché lui fosse qui.

La gente mi chiede, a volte, cosa si prova a perdere l'uomo che ami. Rispondo che è dura, e non aggiungo altro.

Potrei dire che è come essere crocifissi. Potrei dire che per giorni e giorni ho urlato senza mai smettere, anche quando giravo per la città, anche con la bocca chiusa, anche senza emettere alcun suono. Potrei dire che faccio questo sogno ogni notte, e che ogni mattina perdo di nuovo mio marito.

Ma perché dovrei rovinare loro la giornata? Così dico solo che è dura, e in genere non mi chiedono altro.

Questo è solo uno dei sogni, e mi costringe ad alzarmi dal letto, tremante.

Fisso la stanza vuota, poi mi volto verso lo specchio. Ho imparato a odiare gli specchi. Qualcuno direbbe che è normale, che tutti noi guardando il nostro riflesso ci concentriamo sulle imperfezioni. Le belle donne creano le rughe di espressione proprio continuando a cercarle nello specchio. Adolescenti con occhi e corpi da sballo piangono perché hanno i capelli del colore sbagliato, o perché pensano di avere il naso troppo grosso. Giudicare se stessi attraverso gli occhi degli altri è una delle maledizioni della razza umana.

Ma la maggior parte delle persone, guardandosi allo specchio, non vede quello che vedo io.

Il volto che vedo io è questo: ho una cicatrice larga circa un centimetro, che scende dritta attraverso la fronte, poi scarta bruscamente a sinistra con un angolo di novanta gradi. Al posto del sopracciglio sinistro ho questa cicatrice, che prosegue fino alla tempia e poi curva verso la guancia, arriva al naso, segue la narice sinistra e scatta oltre la mascella e giù per il collo, terminando all'altezza della clavicola.

Chi mi guarda da destra vede un profilo normale. Ma vista di fronte faccio una certa impressione.

Tutti si guardano allo specchio almeno una volta al giorno, o si vedono riflessi nello sguardo degli altri. E sanno cosa aspettarsi. Sanno ciò che vedranno, ciò che viene visto. Io non vedo più ciò che mi aspetto di vedere. Vedo il riflesso di una faccia estranea, di una maschera che non posso togliermi.

Quando sono nuda davanti allo specchio, come adesso, vedo anche tutto il resto: una collana di cicatrici circolari, del diametro di un sigaro, che vanno da una clavicola all'altra. Altre cicatrici uguali mi attraversano i seni, scendono lungo lo sterno fino allo stomaco, e finiscono dove inizia il pelo pubico.

Sono del diametro di un sigaro perché sono state fatte con un sigaro acceso.

Lasciando da parte le cicatrici, se possibile, il resto non è male. Sono piccola, non arrivo al metro e sessanta. Non sono magra, ma in forma. Ho quello che mio marito definiva un corpo voluttuoso. Diceva che mi aveva sposato per la mia mente, cuore e anima, ma anche per le tette perfette da prendere in bocca e per il culo a mandolino. I miei capelli neri, ondulati e folti, scendono quasi fino al suddetto culo.

Anche questo gli piaceva molto.

È difficile per me andare oltre le cicatrici. Le ho viste centinaia, forse migliaia di volte. Se mi guardo allo specchio, sono ancora l'unica cosa che vedo.

Me le ha fatte l'uomo che ha ucciso mio marito e mia figlia. L'uomo che io in seguito ho ucciso.

Provo un gran senso di vuoto quando ci penso. Un vuoto enorme, buio e privo di sensazioni. Come affondare in una gelatina nera.

Non c'è problema, ci sono abituata.

È questa la mia vita, ora.

Dormo appena dieci minuti, e so che per stanotte non dormirò più.

Alcuni mesi fa mi sono svegliata in piena notte, come adesso. In quelle ore fra le tre e mezza e le sei del mattino, quando ti senti l'unica persona sulla terra. Avevo fatto uno dei sogni, come sempre, e sapevo che non sarei riuscita ad addormentarmi di nuovo.

Mi sono infilata una maglietta e i pantaloni di una tuta, un paio di vecchie scarpe da ginnastica e sono uscita. Ho corso nella notte, fino a quando il sudore ha inzuppato i vestiti e le scarpe, e poi ho corso ancora. Respiravo in fretta, con i polmoni irritati dall'aria fredda della notte. Ma non mi sono fermata. Ho corso ancora più veloce, più veloce che potevo, senza pensare a nulla.

Sono finita, ormai con i conati di vomito, davanti a uno di quei minimarket che riempiono la valle. Mi sono appoggiata a un muro e ho rivoltato lo stomaco. Un paio di altri fantasmi mi hanno guardata, poi hanno distolto lo sguardo. Mi sono pulita la bocca e sono entrata nel negozio.

«Un pacchetto di sigarette» ho detto al gestore, ancora con il respiro grosso.

Era un cinquantenne, sembrava indiano.

«Che marca?»

La domanda mi ha lasciato interdetta. Non fumavo più da anni. Ho guardato le file di pacchetti alle sue spalle e ho fissato quelle che una volta erano le mie preferite.

«Marlboro. Rosse.»

Lui ha preso il pacchetto e ha battuto il prezzo. In quel momento mi sono resa conto di essere in tuta, senza soldi. Invece di provare imbarazzo, mi sono arrabbiata, come al solito.

«Ho dimenticato il portafoglio» ho detto, con il mento in fuori, sfidandolo a non darmi le sigarette o a provare a farmi sentire ridicola.

Lui mi ha fissata per un momento, in quello che uno scrittore definirebbe "un silenzio denso di significato". Poi si è rilassato.

«È uscita a correre?»

«Sì. Scappo da mio marito, che è morto. Sempre meglio che suicidarsi, immagino.»

Le mie parole avevano un suono strano, un po' strozzato. Ma invece del disagio che avrei voluto vedere nei suoi occhi, ho visto uno sguardo dolce. Non di pietà, di comprensione. Ha annuito e mi ha messo in mano il pacchetto.

«Mia moglie è morta in India, la settimana prima che partissimo per l'America. Prenda le sigarette, pagherà la prossima volta.»

Sono rimasta un attimo immobile a fissarlo. Poi gli ho strappato di mano il pacchetto e sono uscita di corsa, prima che cominciassero a scendermi le lacrime. Ho corso di nuovo fino a casa, piangendo.

Quel negozio è un po' lontano da casa mia, ma ormai vado sempre lì, ogni volta che mi viene voglia di fumare.

Mi siedo sul letto, prendo il pacchetto sul comodino e penso all'indiano, mentre accendo una sigaretta. Una parte di me ama quell'uomo, nel modo in cui puoi amare un estraneo che ti tratta con gentilezza proprio nel momento in cui ne hai più bisogno. È un amore profondo, una fitta al cuore, e anche se non saprò mai il suo nome, so che non lo dimenticherò mai fino al giorno della mia morte.

Aspiro una lunga boccata e guardo la sigaretta. La punta rossa come una ciliegia nel buio della stanza da letto. "È questa l'insidia nascosta del fumo" penso. Non tanto la dipendenza dalla nicotina, che comunque è già abbastanza brutta. Ma il modo in cui una sigaretta sembra perfetta in certi momenti. All'alba con una tazza di caffè fumante. Di notte in una casa solitaria piena di fantasmi. So che dovrei smettere di nuovo, prima di diventare un'altra volta dipendente, ma so che non lo farò. Le sigarette sono tutto ciò che ho, ora. Il ricordo di una gentilezza, un conforto e una fonte di forza, tutto in un cilindro di carta pieno di tabacco.

Espiro il fumo e lo guardo salire, galleggiare nell'aria e poi sparire. "Come la vita" penso. La vita è fumo, semplicemente, e noi cerchiamo di illuderci che non sia così. Basta un soffio di vento a farci scomparire, lasciando solo l'aroma del nostro passaggio, nei ricordi di chi ci conosceva.

Tossisco, ridendo. È buffo. Sto fumando, la vita è fumo e persino il mio nome è fumoso: Smoky. Smoky Barrett. È il mio vero nome, impostomi da mia madre perché «suonava bene». Questo mi fa ridere ancora di più, al buio, nella mia casa vuota, e penso, mentre rido, a come suona folle una risata, quando si ride da soli.

Così ho qualcosa a cui pensare per le prossime tre o quattro ore. Penso alla follia. Domani è il gran giorno, dopotutto.

Il giorno in cui dovrò decidere se tornare al lavoro nell'FBI, oppure infilarmi la canna della pistola in bocca e premere il grilletto.

Capitolo 2

«Fai ancora gli stessi tre sogni?»

Questo è uno dei motivi per cui mi fido dello strizzacervelli che mi hanno assegnato. Non fa giochetti, non gira intorno alle cose, non cerca di fregarmi di nascosto. Va dritto al punto, attacca di fronte. Anche se mi lamento e lotto contro i suoi tentativi di guarirmi, lo rispetto.

Si chiama Peter Hillstead, ed è il più lontano possibile dalla maschera freudiana che ci si potrebbe aspettare. È alto poco meno di un metro e ottanta, capelli neri, viso da modello e un corpo che mi ha fatto pensare, la prima volta che l'ho visto. Il tratto più significativo tuttavia sono gli occhi, di un blu elettrico che non avevo mai visto associato ai capelli neri.

Malgrado la faccia da star del cinema, credo che per me non sia possibile il transfert nei suoi confronti. Quando sei con lui non pensi al sesso. Pensi a te. Hillstead è una di quelle rare persone a cui importa davvero chi ha davanti, e quando sei con lui non puoi dubitarne. Non hai mai l'impressione che stia pensando ad altro, mentre gli parli. Ti fa sentire come se tu fossi l'unica cosa importante dentro il suo studio. Questo è ciò che mi impedisce di innamorarmi di lui. Non lo vedo come un uomo, ma come qualcosa di molto più utile: uno specchio per l'anima.

«Gli stessi tre» rispondo.

«Qual è stato quello di stanotte?»

Mi sposto appena sulla sedia, a disagio. So che lui se ne accorge, e mi chiedo cosa pensi che significhi. Non faccio altro che calcolare, pesare ogni cosa. Non posso evitarlo.

«Quello dove Matt mi bacia.»

Annuisce. «Sei riuscita a riaddormentarti, dopo?»

«No.» Lo fisso senza dire altro. Oggi non sono dell'umore giusto per cooperare.

Il dottor Hillstead mi fissa, con il mento poggiato sulla mano. Sembra contemplare qualcosa, come se fosse a un bivio, e sapesse che qualunque direzione scelga non ci sarà modo di tornare indietro. Passa quasi un minuto. Poi sospira e si massaggia la radice del naso.

«Smoky, sai che tra molti dei miei colleghi non godo di una buona reputazione?»

Non riesco a evitare un moto di sorpresa, per la notizia in sé e per il fatto che abbia deciso di comunicarmela. «No, non lo sapevo.»

Sorride. «È la verità. Ho delle idee controverse su come svolgere la mia professione. Per esempio, sono convinto che non ci sia una vera soluzione scientifica per i problemi della mente.»

Come cazzo devo rispondere a una cosa del genere? Il mio analista mi dice che la sua professione non possiede soluzioni per i problemi mentali. Non ispira molta fiducia.

«Posso capire che sia una visione poco apprezzata.»

È la migliore risposta che mi viene in mente, così a caldo.

«Intendiamoci bene. Non sto dicendo che la mia professione non possieda *alcuna* soluzione per questi problemi.»

Ecco un altro motivo per cui lo apprezzo. È intuitivo quasi fino alla chiaroveggenza. È una cosa che non mi spaventa. La capisco. Molti professionisti dell'interrogatorio hanno tale capacità. Anticipare ciò che l'altro sta pensando riguardo a ciò che hai appena detto.

«Quello che intendo dire, è che la scienza è esatta. La gravità dice che ogni volta che lasci andare un oggetto, cadrà sempre verso il basso. Due più due fa sempre quattro. La mancanza di variazioni è l'essenza della verità scientifica.»

Ci penso su. Annuisco.

«Ora, cosa fa la mia professione?» il dottor Hillstead fa un gesto vago. «Il nostro approccio ai problemi della mente non è scienza. Non ancora, almeno. Non siamo arrivati al due più due. Se ci fossimo arrivati, io potrei risolvere i problemi di ogni paziente che entra da quella porta. Per la depressione, farei A, B, C, e funzionerebbe sempre. Ci sarebbero leggi invariabili. Questa sarebbe una scienza.» Ora sorride, asciutto. Forse un po' triste. «Ma non risolvo ogni caso. Non ne risolvo neppure la metà.» Resta in silenzio per un momento, poi scuote la testa. «Esistono una serie di cose da tentare, molte delle quali hanno funzionato in altre occasioni e quindi potrebbero funzionare ancora. Ma questo è tutto. Io l'ho affermato in pubblico, e così... ora non godo della stima di molti miei colleghi.»

Non rispondo subito. Lui aspetta. «Penso di capirne il motivo» dico. «In alcuni uffici dell'FBI, ci si cura più dell'immagine che dei risultati. Gli strizzacervelli che sono contro di lei devono avere lo stesso problema.»

Sorride di nuovo. È un sorriso stanco. «Pragmatica come sempre, eh, Smoky? Dritta al punto. Almeno nelle cose che non ti coinvolgono direttamente.»

Sento una contrazione interiore a queste parole. È una delle tecniche preferite del dottor Hillstead: usa una normale conversazione per coprire i missili che ti spara contro. Come quello appena arrivato. "Hai una mente acuta, Smoky" mi ha detto, "ma non vuoi usarla per risolvere il *tuo* problema."

«Tuttavia, nonostante ciò che pensano gli altri, sono uno dei terapisti di fiducia dell'FBI. Come mai, secondo te?»

Mi guarda e aspetta, di nuovo. So che vuole andare a parare da qualche parte. Non parla mai a caso. Perciò ci penso bene prima di rispondere.

«Se dovessi azzardare un'ipotesi, direi che lei è in gamba, e nel mio ramo di attività essere in gamba conta sempre di più che *sembrarlo*.»

Di nuovo quel lieve sorriso.

«Esatto. Io ottengo dei risultati. Non vado in giro a vantarmene, e non mi do una pacca sulla schiena prima di andare a letto. Ma è vero.»

Detto nel tono semplice e non arrogante di un bravo professionista. Non si tratta di modestia. In una situazione tattica, quando chiedi a qualcuno se è bravo con la pistola, vuoi che ti risponda sinceramente. Se è una schiappa, vuoi saperlo, perché durante un'azione è importante conoscere debolezze e punti di forza dei tuoi compagni. Annuisco, e lui continua.

«Questo è il punto, in ogni organizzazione militare: sei in grado di ottenere dei risultati? Ti sembra strano che io consideri l'FBI un'organizzazione militare?»

«No. Siamo in guerra.»

«Sai qual è il problema principale di ogni organizzazione militare?»

Sto cominciando ad annoiarmi. «No.»

Il dottor Hillstead mi lancia un'occhiata di disapprovazione. «Pensa prima di rispondere, Smoky. Non è una perdita di tempo.»

Beccata. Abbasso gli occhi e penso. Quando torno ad alzarli, parlo lentamente. «Direi... il personale.»

«Esatto! Ma perché?»

La risposta mi appare nella mente come succedeva a volte mentre lavoravo a un caso. «A causa di ciò che vediamo.»

«Sì, almeno in parte. Io lo chiamo "vedere, fare, perdere". Quello che vedi, quello che fai e quello che perdi. È un triumvirato.» Conta sulle dita. «Lavorando per le forze di polizia, si vedono le cose peggiori di cui sono capaci gli esseri umani. Si fanno cose che un essere umano non dovrebbe mai fare, come maneggiare cadaveri, per esempio, o uccidere altre persone. E si perde qualcosa, che può essere intangibile, come l'innocenza o l'ottimismo, o tangibile, come... un marito.»

Mi lancia un'occhiata che non riesco a interpretare. «È qui che entro in gioco io. A causa di questo problema. Ed è sempre questo problema che mi impedisce di fare il mio lavoro nel modo in cui dovrebbe essere fatto.»

Adesso sono intrigata. Lo guardo, segnalandogli con gli occhi di andare avanti, e lui sospira. È un sospiro che contiene tutto un mondo di "vedere, fare, perdere", e mi chiedo chi siano i suoi altri pazienti, quali altre miserie umane gli tocchi ascoltare, e portarsi con sé quando torna a casa.

Cerco di immaginarmelo, seduto in casa sua. Conosco i punti salienti, ho controllato. Mai sposato, abita a Pasadena, in una villetta a due piani di cinque stanze. Ha un'Audi sportiva, gli piace avere sotto una macchina veloce, e questo apre uno spiraglio sulla sua personalità. Ma si tratta solo di fatti nudi e crudi. Nulla che possa farmi capire cosa succede quando entra in casa e si chiude la porta alle spalle. È uno scapolo da microonde? Oppure cucina bistecche sorseggiando vino rosso e ascoltando Vivaldi? Magari quando rientra si mette un paio di scarpe dai tacchi alti e fa i mestieri nudo, gambe pelose e tutto.

Quel pensiero mi provoca un piccolo sorriso interiore. Ormai rido di quello che posso. Poi mi concentro di nuovo su ciò che sta dicendo.

«In un mondo normale, una persona che ha passato quello che hai passato tu, Smoky, non tornerebbe mai a fare lo stesso lavoro. Se tu fossi una persona media con un lavoro medio, staresti lontana per sempre dalle pistole, dagli assassini e dai cadaveri. Invece il mio compito consiste nel vedere se posso aiutarti a tornare al lavoro. Ecco ciò che ci si aspetta da me. Che prenda una psiche ferita e la rimandi indietro nel mondo. Un po' melodrammatico, forse, ma vero.»

Ora il dottor Hillstead si china in avanti, e sento che finalmente stiamo per arrivare al punto.

«Sai perché sono disposto a lavorare per rispedire qualcuno a capofitto dentro il lavoro che lo ha ferito?» Fa una piccola pausa a effetto. «Perché questo è ciò che vogliono il novantanove per cento dei miei pazienti.»

Si prende di nuovo tra due dita la radice del naso, scuotendo la testa.

«Gli uomini e le donne che vengono qui, tutti disastrati da un punto di vista psichico, vogliono essere messi a posto in modo da poter tornare in guerra. E la verità è che tornare al lavoro è proprio quello di cui persone come voi hanno bisogno. Sai cosa succede a quelli che non lo fanno? A volte va tutto bene. Ma quasi sempre diventano alcolizzati. E ogni tanto si suicidano.»

Mi fissa mentre pronuncia queste ultime parole, e mi viene la paranoia che possa davvero leggermi nel pensiero. Non ho ancora capito dove voglia andare a parare, e questo mi fa sentire a disagio, sbilanciata. La mia reazione, quando mi sento così, è tipicamente irlandese. L'ho presa da mia madre: mi incazzo e do la colpa all'altro.

Hillstead solleva dal lato sinistro della scrivania un grosso folder che non avevo notato prima, se lo mette davanti e lo apre. Sono sorpresa di vedere il mio nome sulla copertina.

«Questo è il tuo dossier personale, Smoky. L'ho già letto, tutto, più di una volta.» Sfoglia le pagine, riassumendo ad alta voce: «Smoky Barrett, nata nel 1968. Laureata in Criminologia. Accettata nel Bureau nel 1990. Diplomata con il massimo dei voti a Quantico, la migliore del suo gruppo. Assegnata al caso "Black Angel", in Virginia nel 1991, come assistente amministrativa.» Mi guarda. «Ma non sei rimasta a lungo in quel ruolo, giusto?»

Faccio cenno di no con la testa. Me lo ricordo bene. Avevo ventitré anni, ero appena arrivata, eccitata dal fatto di essere finalmente operativa in un grosso caso, anche se si trattava soprattutto di lavoro d'ufficio. Durante un briefing, notai che qualcosa non quadrava nella dichiarazione di un testimone. Quella notte mi svegliai alle quattro con un'epifania, una cosa che mi sarebbe diventata familiare negli anni a venire. Quell'intuizione portò alla soluzione del caso. Aveva a che fare con la direzione in cui si apriva una finestra. Un piccolo dettaglio che divenne un pisello sotto il materasso, e finì per portare alla cattura di un assassino.

All'epoca la chiamai fortuna. Ma la vera fortuna fu che l'agente speciale Jones, il capo della task force che si occupava di quel caso, era uno di quei rari capi che non sono affamati di gloria, ma attribuiscono il merito a chi è dovuto. Anche se si tratta di un'agente donna appena arrivata. Continuarono a darmi lavoro d'ufficio, ma da quel momento in poi la mia strada fu più rapida. Fui assegnata al CASMIRC, la squadra che si occupa di rapimenti di bambini e di serial killer, sotto gli occhi attenti del direttore Jones.

«Assegnata al CASMIRC tre anni dopo. Un bel salto, eh?»

«In media un agente deve accumulare dieci anni di esperienza, prima di arrivare al CASMIRC.» Non mi sto vantando, è la verità. Il dottor Hillstead continua a leggere.

«Altri casi risolti, una scheda di performance piena di lodi. Poi sei stata messa a capo del CASMIRC di Los Angeles, nel '96. E qui hai cominciato a brillare sul serio.»

La mia mente torna a quel periodo. "Brillare" è la parola giusta. Il 1996 fu un anno dove tutto sembrava andare a gonfie vele. Avevo avuto mia figlia alla fine del '95. Ero stata nominata capo della sezione di Los Angeles, un vero fiore all'occhiello dal punto di vista professionale. E Matt e io andavamo d'amore e d'accordo. Era un anno in cui ogni mattina mi svegliavo fresca e piena di eccitazione.

E se allungavo la mano nel letto trovavo lui accanto a me.

Il 1996 era tutto quello che oggi non c'è più, e comincio a prendermela con il dottor Hillstead per avermelo ricordato, rendendo il presente ancora più cupo.

«Qual è il punto di tutto questo?»

Lui solleva una mano. «Ancora un po' di pazienza. L'ufficio di Los Angeles aveva avuto dei problemi. Ti diedero carta bianca per riorganizzarlo, e tu scegliesti tre agenti da uffici sparsi in tutti gli States. Ci fu chi pensò che si trattasse di scelte strane, ma alla fine i risultati non si fecero attendere, dico bene?»

"Questo è un *understatement*" penso. Ma mi limito ad annuire.

«Di fatto, la tua squadra è una delle migliori nella storia del Bureau.»

«*La* migliore.» Non sono riuscita a trattenermi. Sono orgogliosa della mia squadra, e sono incapace di essere modesta, quando si tratta di loro. E comunque è la verità.

«Già.» Hillstead sfoglia altre pagine. «Una quantità di casi risolti. Altre lodi. Qualcuno pensava che saresti potuta essere la prima donna Direttore Operativo della storia del Bureau.»

È tutto vero. Eppure ascoltare quelle cose mi fa incazzare. Non so bene perché. So soltanto che sto arrivando al punto di ebollizione, e che se lui va avanti ancora un po' ci sarà un'esplosione.

«Un'altra cosa nel tuo dossier ha attratto la mia attenzione. Le note sulla tua mira.»

Alza gli occhi a fissarmi, e qualcosa si agita dentro di me. Paura. Stringo i braccioli della sedia, mentre lui continua.

«Qui sta scritto che probabilmente con la pistola sei tra i venti migliori tiratori al mondo. È la verità, Smoky?»

Lo fisso, e mi sento come anestetizzata. La rabbia sta scomparendo.

Io e le armi da fuoco. Posso prendere una pistola e sparare come altri prendono un bicchiere d'acqua e bevono. È una cosa istintiva, lo è sempre stata. Non sono sicura che sia genetica. Non ho avuto un padre che voleva un figlio maschio e che mi ha insegnato a sparare. Mio padre non amava le armi. Sparare è semplicemente una cosa che so fare.

Mio padre aveva un amico che era stato in Vietnam, nei Berretti Verdi. Si chiamava Dave. Lui sì che era un maniaco delle armi. Un giorno, avevo otto anni, Dave riuscì a convincere mio padre ad accompagnarlo a un poligono di tiro nella San Fernando Valley. Mio padre portò anche me, forse nella speranza di avere una scusa per tornare presto a casa. Dave gli fece sparare qualche caricatore, mentre io guardavo, con le cuffie protettive sulle orecchie. Ero affascinata.

«Posso provare?» chiesi.

«Non credo sia una buona idea, tesoro» disse subito mio padre.

«Avanti, Rick, le darò una ventidue. Lasciala provare.»

«Per favore, papà!» Lo guardai con un'espressione supplichevole, alla quale sapevo che non avrebbe resistito. Lui mi fissò, poi lasciò andare un sospiro.

«Va bene, ma solo un paio di colpi.»

Dave andò a prendere la ventidue, una piccola pistola adatta alla mia mano, e mi fece salire su uno sgabello. Quindi caricò l'arma e me la mise in mano, mentre mio padre guardava, apprensivo.

«Vedi il bersaglio, laggiù?» Annuii. «Decidi dove vuoi colpirlo. Non avere fretta. Quando premi il grilletto, fallo lentamente, senza strappi, altrimenti sbaglierai la mira. Sei pronta?»

Anuii di nuovo, ma in realtà lo sentivo appena. Nel momento in cui avevo stretto la pistola in mano, qualcosa era scattato dentro di me. La sagoma in fondo alla corsia di tiro non mi sembrava affatto lontana. Mi sembrava vicina, raggiungibile. Puntai la pistola, respirai e sparai.

Fui sorpresa ed eccitata dal sussulto della pistola.

«Merda!» esclamò Dave.

Fissai il bersaglio e vidi un foro al centro della testa, proprio dove avevo mirato.

«Potresti avere un talento naturale, signorina» disse Dave. «Provaci di nuovo.»

Il "paio di colpi" si trasformò in una sessione di un'ora e mezza. Colpivo dove miravo più del novanta per cento delle volte. E alla fine sapevo che avrei sparato per il resto della mia vita.

Malgrado il suo disamore per le armi, mio padre non ostacolò la mia passione per le pistole negli anni a venire. Probabilmente comprese che sparare era una parte di me, e che non avrebbe potuto fare niente per impedirmelo.

La verità è che sono in gamba da fare paura. Me lo tengo per me, e in pubblico non mi metto in mostra. Ma quando mi allenavo da sola spegnevo candele e colpivo quarti di dollaro lanciati in aria. Una volta, in un poligono all'aperto, ho posato una pallina da ping-pong sul dorso della mano, la stessa con cui estraggo la pistola. Poi ho abbassato la mano, ho afferrato l'arma e sono riuscita a colpire la pallina prima che cadesse a terra. Un trucco da baraccone, ma molto soddisfacente.

Penso a tutto questo mentre il dottor Hillstead mi osserva.

«È la verità» dico.

Chiude il folder. Intreccia le dita e mi guarda. «Sei una donna eccezionale. Di certo una delle migliori agenti nella storia del Bureau. Vai a caccia della peggiore feccia. Sei mesi fa, un uomo di cui seguivi le tracce, Joseph Sands, ha ucciso tuo marito davanti ai tuoi occhi, ti ha violentata e torturata e ha ucciso tua figlia. Con uno sforzo che può solo essere definito sovrumano, tu hai rovesciato la situazione, riuscendo a ucciderlo.»

La sensazione di anestesia ora mi riveste da capo a piedi. Non so dove vuole arrivare il dottor Hillstead, e non m'importa più.

«Ed ecco che entro in gioco io, in una professione dove due più due non sempre fa quattro, e le cose non sempre cadono verso il basso quando le lasci andare. E il mio compito è aiutarti a tornare dentro tutto questo.»

Mi rivolge uno sguardo così pieno di sincera compassione che devo distogliere gli occhi.

«È una cosa che faccio da anni, Smoky. Io e te ci vediamo da diverso tempo. La mia sensazione riguardo a te è che tu stai cercando di decidere se tornare al lavoro oppure ucciderti.»

Torno a fissarlo di scatto, un'ammissione involontaria. La sensazione di anestesia si scioglie in un grido, mentre mi rendo conto di essere stata giocata, con grande finezza. Lui ha parlato di tante cose, pungolandomi, mettendomi a disagio, distraendomi, e poi mi ha sferrato il colpo di grazia. Dritto alla giugulare, senza esitazione. E ha funzionato.

«Non posso aiutarti se non metti tutte le carte in tavola, Smoky.»

Di nuovo quello sguardo compassionevole, troppo sincero e buono per me, in questo momento. I suoi occhi sono come mani protese a scuotere le mie spalle spirituali. Sento le lacrime pungermi gli occhi. Ma il mio sguardo è pieno di rabbia. Quest'uomo vuole spezzarmi, come io ho spezzato tanti criminali durante gli interrogatori. Bene, vaffanculo, dottore.

Hillstead sembra capire quello che mi passa per la testa, e sorride.

«Okay, Smoky, va bene così. Solo un'ultima cosa.»

Apre un cassetto della scrivania e ne estrae una busta di plastica trasparente della Scientifica. All'inizio non capisco cosa contenga, ma poi la vedo e sudo e ho i brividi allo stesso tempo.

La mia pistola. Quella che ho portato per quattro anni. Quella con cui ho sparato a Joseph Sands.

Non riesco a staccare lo sguardo da lei. La conosco come il mio viso nello specchio. Una Glock, nera, mortale. So quanto pesa, com'è al tatto, ne ricordo persino l'odore. Vedendola in quella busta mi sento invadere da un terrore schiacciante.

Il dottor Hillstead apre la busta e prende la pistola. La posa sulla scrivania, tra noi due. Mi fissa di nuovo, ma stavolta il suo sguardo è duro, niente affatto compassionevole. Ha smesso di giocare. Mi rendo conto che quello di prima non era il suo colpo finale. Per motivi che io non capisco, ma lui evidentemente sì, è questa la cosa che spezzerà le mie resistenze. La mia stessa arma.

«Quante volte hai preso in mano questa pistola, Smoky? Mille volte? Diecimila?»

Mi lecco le labbra, secche come sabbia. Non rispondo. Non riesco a smettere di fissare la Glock.

«Prendila adesso, e ti dichiaro adatta a tornare in servizio attivo, se questo è ciò che vuoi.»

Non posso rispondere, e non posso distogliere gli occhi. Una parte di me sa che sono nello studio del dottor Hillstead, e che lui è seduto davanti a me. Ma il mondo sembra essersi ristretto intorno a me e alla pistola. Anche i suoni sono restati fuori, e c'è uno strano silenzio nella mia testa, a parte il martellare del cuore. Lo sento battere, forte e veloce.

Mi lecco di nuovo le labbra. "Allunga la mano e prendila" mi dico. "Lo hai fatto migliaia di volte, l'ha detto anche lui. Quella pistola è un'estensione della tua mano, prenderla è un riflesso, come respirare, o battere le palpebre."

La pistola è sulla scrivania, e le mie mani contratte stringono i braccioli della sedia.

«Avanti, prendila.» Il suo tono è duro. Non brutale, ma deciso.

Riesco a staccare una mano dal bracciolo, e la muovo in avanti con tutta la forza di volontà che riesco a raccogliere. Non vuole obbedire. Una parte di me, la piccolissima parte che resta calma e analitica nonostante tutto, non riesce a credere che questo stia succedendo davvero. Perché un'azione che per me è sempre stata un riflesso, ora è diventata la cosa più difficile del mondo?

Il sudore mi cola dalla fronte. Tutto il mio corpo è scosso da un tremito, la mia visione periferica è oscurata. Respiro a fatica e sento il panico montarmi dentro, una sensazione claustrofobica, soffocante. Il braccio trema come un albero nel vento. I muscoli guizzano su è giù come un sacco pieno di serpenti. La mia mano si avvicina sempre più alla pistola, fino a trovarcisi esattamente sopra. Ora il sudore mi inzuppa tutto il corpo, e il tremito è diventato una convulsione.

Scatto in piedi, facendo cadere la sedia all'indietro, e urlo.

Urlo, mi batto la testa con le mani, sento che inizio a singhiozzare, e so che ci è riuscito. Mi ha spezzata, e ora sono esposta davanti a lui, aperta, con le budella fuori. L'ha fatto per aiutarmi, ma questo non mi conforta. Ora tutto è solo dolore, dolore, dolore.

Indietreggio verso il muro. Mi lascio scivolare a terra, dalle mie labbra esce una specie di lamento prolungato. È un suono terribile, che mi fa male, come tutte le altre volte che l'ho udito. È il lamento di un superstite che si rende conto di essere ancora vivo, mentre tutto ciò che ama non esiste più. L'ho sentito da madri, mariti, amici, quando identificavano un corpo all'obitorio, o apprendevano la notizia della morte del loro caro dalle mie labbra.

Normalmente in una situazione del genere proverei vergogna, ma in questo momento non c'è spazio per la vergogna. Il dolore mi riempie fino all'orlo.

Il dottor Hillstead mi si è avvicinato. Non cercherà di toccarmi, o di abbracciarmi. Non è un comportamento appropriato per un terapista. Ma posso sentire la sua presenza. È una forma indistinta seduta sui talloni davanti a me. Il mio odio per lui adesso è puro.

«Parlami, Smoky. Dimmi cosa sta succedendo.»

La sua voce è così gentile e sincera che scatena una nuova ondata di angoscia. Riesco a parlare tra i singhiozzi.

«Non posso vivere così, non posso vivere così. Matt, Alexa, l'amore, la vita, tutto sparito, sparito e...»

La mia bocca forma una "O". Alzo gli occhi al soffitto, mi afferro i capelli e riesco a strapparmi due grosse ciocche, prima di svenire.

Capitolo 3

Sembra strano che un demone parli con una voce del genere. È alto quasi tre metri, con occhi d'agata e la testa coperta di bocche digrignanti. Le scaglie che lo rivestono sono di un nero bruciato. Ma la voce è nasale, quasi con un accento del sud.

"Amo mangiare anime" dice in tono conversevole. "Non c'è nulla come divorare qualcosa che era destinato al paradiso."

Io sono nuda e legata al letto con catene d'argento, sottili ma resistenti. Mi sento come la Bella Addormentata, finita per sbaglio in una storia di H.P. Lovecraft e svegliata da una lingua biforcuta, invece che dal bacio del mio eroe. Sono imbavagliata da una sciarpa di seta e non posso parlare.

Il demone è ai piedi del letto. Sembra tranquillo, e mi fissa con lo sguardo orgoglioso di un cacciatore verso il daino legato al cofano della macchina.

Agita il coltello seghettato che ha in mano. Sembra piccolissimo in quegli artigli enormi.

"Ma le anime mi piacciono ben cotte e speziate! Alla tua manca qualcosa... forse una spruzzata di agonia con contorno di dolore?"

I suoi occhi diventano vuoti, e una saliva nera che sembra pus gli gocciola tra le zanne, scendendogli lungo il mento fino al petto enorme e squamoso. Il fatto che ne sia inconsapevole è terrificante. Poi sorride, mostrando i denti aguzzi, e agita una mano artigliata.

“Ho anche qualcun altro, qui, tesoro. Mia dolce, dolce Smoky.”

Fa un passo di lato e rivela il mio Principe, quello che avrebbe dovuto svegliarmi con il suo bacio. Matt. L’uomo che ho conosciuto quando avevo diciassette anni. L’uomo che conosco nel modo più profondo possibile. È nudo e legato a una sedia. È stato picchiato a sangue, in modo scientifico. Quel modo che spezza la volontà e uccide la speranza, mantenendo vivo il corpo. Ha un occhio gonfio e chiuso, il naso rotto e dietro la polpa informe delle labbra mancano diversi denti. La mandibola è slogata. Sands ha usato anche il coltello su di lui. Vedo tagli profondi su quel viso che ho amato, baciato e accarezzato. Altri tagli che sembrano sciabolate sul petto e intorno all’ombelico. E sangue. Sangue dappertutto. Sangue che gocciola e forma bolle intorno alla bocca. Il demone ha usato il sangue di Matt per disegnargli sullo stomaco un gioco di tris, con zeri e croci. Vedo che gli zeri hanno vinto.

L’unico occhio aperto di Matt mi guarda, e la perfetta disperazione che leggo nel suo sguardo mi riempie la mente con un urlo terribile. Un urlo viscerale, orrore fatto voce, un urlo capace di far crollare il mondo. La mia rabbia è così intensa e completa che distrugge il pensiero cosciente con la violenza di una bomba. È la rabbia della follia, la tenebra completa di una caverna. Un’eclisse dell’anima.

Grido come un animale attraverso il bavaglio, un grido capace di far esplodere i timpani. Scuoto le mie catene così forte che mi entrano nella pelle. Se fossi un cane, avrei la bava alla bocca. Voglio solo una cosa: strappare queste catene e uccidere quel demone a mani nude. Non voglio solo che muoia, voglio sbudellarlo, farlo a pezzi fino a renderlo irriconoscibile. Voglio disintegrarlo e trasformarlo in nebbia.

Ma le catene non si spezzano. Non si allentano neppure. Mentre succede tutto questo, il demone mi osserva, affascinato, con una mano sulla testa di Matt, in una mostruosa parodia di un gesto paterno.

Ride e scuote il testone pieno di bocche. Poi parla di nuovo, con quella voce che non corrisponde al suo aspetto.

"Molto bene! Ti stai cucinando a dovere." Mi strizza l'occhio. "Un po' di disperazione esalta il sapore di un'anima eroica..." Una pausa, poi diventa serio, solo per un attimo: "Non biasimarti per questo, Smoky. Anche un eroe non può vincere sempre".

Guardo di nuovo Matt, e lo sguardo del suo unico occhio è abbastanza per farmi desiderare la morte. Non è uno sguardo di paura, di dolore o di orrore. È uno sguardo d'amore. È riuscito per un attimo ad allontanare il demone da questa stanza, e siamo solo io e lui.

In un lungo matrimonio si impara a comunicare tutto, dal dispiacere al senso della vita, con una sola occhiata. È una capacità che si sviluppa durante il processo di mescolare la propria anima a quella del coniuge. Con quello sguardo del suo unico, bellissimo occhio, Matt mi sta dicendo tre cose: "Mi dispiace, ti amo e... addio".

È come osservare la fine del mondo. Non un'apocalisse di fuoco e fiamme, ma un oscurarsi nell'ombra e nel gelo. E le tenebre resteranno in eterno.

Il demone sembra capire quello che mi passa per la mente. Ride di nuovo e accenna qualche passo di danza, muovendo la coda e spruzzando pus dai pori.

"Aah, l'amore... quanto è dolce. Sarà la ciliegina sulla mia torta. La morte dell'amore."

La porta della stanza si apre e si chiude. Non vedo entrare nessuno, ma alla periferia del mio campo visivo ora c'è una figura nell'ombra. Mi sento invadere dalla disperazione.

Matt chiude l'occhio, e io sento di nuovo la rabbia, e cerco di strappare le catene.

Il coltello scende, sento il rumore bagnato dei tagli. Matt urla attraverso le labbra gonfie, io urlo attraverso il bavaglio, e il Principe Azzurro muore, il Principe Azzurro muore...

Mi sveglio urlando.

Sono stesa sul divano del dottor Hillstead. Lui è accanto a me. Mi tocca con le parole, non con le mani.

«Shh, Smoky. È tutto a posto, era solo un sogno. Sei qui, sei al sicuro.»

Sto tremando e sono coperta di sudore. Sento le lacrime seccarsi sul viso.

«Stai bene?» mi chiede. «Sei tornata?»

Non riesco a guardarlo. Mi alzo a sedere.

«Perché l'ha fatto?» sussurro. Ho abbandonato il tentativo di mostrarmi forte davanti a lui. Mi ha spezzata, e il mio cuore pulsante è nelle sue mani.

Hillstead non risponde subito. Si alza, prende una sedia e l'avvicina al divano. Si siede, e sento il suo sguardo su di me, insistente, come un uccello che batte le ali davanti alla finestra. Io non riesco ancora a guardarlo.

«L'ho fatto... perché dovevo farlo.» Resta in silenzio per qualche momento. «Smoky, io lavoro ormai da dieci anni con agenti dell'FBI e di altre forze di polizia. Siete gente forte. Ho visto le parti migliori dell'umanità, in questo ufficio. Devozione alla causa. Coraggio. Onore. Senso del dovere. Ho visto anche della malvagità, certo, e un po' di corruzione. Ma era l'eccezione, non la regola. Più di tutto, ho visto una forza incredibile. Forza d'animo, forza di carattere.» Si stringe nelle spalle. «Nella mia professione, non si parla mai dell'anima. Non crediamo davvero nella sua esistenza. Il bene e il male? Solo concetti, non realtà specifiche.» Mi fissa, serio. «Ma non sono soltanto concetti, vero?»

Io continuo a fissarmi le mani.

«Tu e i tuoi colleghi usate la forza come un talismano. Agite come se avesse una fonte specifica, come Sansone e i suoi capelli. Sembrate pensare che se vi aprite, qui, davanti a me, perderete la vostra forza e non la riavrete mai più.» Resta di nuovo in silenzio, stavolta per parecchio tempo. «Faccio questo lavoro da tempo, Smoky, e tu sei una delle persone più forti che abbia mai incontrato. Posso dire con certezza che nessuno di coloro che ho trattato in passato avrebbe potuto sopportare quello che hai sopportato tu, e che continui a sopportare. Nessuno.»

Con uno sforzo, mi costringo a guardarlo. Mi chiedo se si stia burlando di me. Non mi sento affatto forte. Sono così debole da non essere neppure riuscita a prendere la mia pistola. Lo guardo, e lui mi guarda. Riconosco quell'espressione dura. È la stessa con la quale io osservo la scena di un delitto. Sangue, corpi smembrati. Sono capace di guardare quegli orrori senza distogliere gli occhi. E capisco ora che questo è il talento del dottor Hillstead: è in grado di guardare gli orrori dell'anima senza distogliere gli occhi. Io sono la sua scena del delitto.

«Ma so che sei arrivata al limite, Smoky. Quindi posso fare due cose: restare a guardarti morire, oppure costringerti ad aprirti in modo da poterti aiutare. Ho scelto la seconda opzione.»

Sento la verità delle sue parole, la loro sincerità. Ho visto mentire centinaia di criminali, e mi piace pensare che riesco a individuare una menzogna a occhi chiusi. Quest'uomo dice la verità. Vuole davvero aiutarmi.

«Quindi ora hai tu la palla. Puoi alzarti e andartene, oppure possiamo partire da quello che è successo oggi per andare avanti.» Mi sorride, un sorriso stanco. «Io posso aiutarti, Smoky. Sul serio. Non posso cancellare quello che hai vissuto, e non posso prometterti che non continuerai a soffrire per il resto della tua vita. Ma posso aiutarti. Se tu me lo permetti.»

Fisso il mio analista, e sento la lotta che si svolge dentro di me. Sono un Sansone femmina, e lui è una Dalila maschio. Mi sta spiegando che stavolta tagliarmi i capelli non mi farà male. Mi chiede di fidarmi di lui in un modo in cui mi fido solo di me stessa.

"E...?" chiede una voce interiore. Chiudo gli occhi e rispondo. "Sì, e di Matt."

«Va bene, dottor Hillstead. Ha vinto. Proviamoci.»

So che è la cosa giusta nel momento in cui lo dico, perché smetto subito di tremare. Chissà se quello che ha detto della mia forza è vero? Ho davvero la forza di vivere?

Capitolo 4

Sono davanti agli uffici dell'FBI di Los Angeles, in Wilshire Boulevard. Guardo l'edificio, cerco di provare qualcosa nei suoi confronti.

Nulla.

Non è più un posto al quale appartengo, almeno per il momento. Sento che mi giudica, squadrandomi con la sua faccia di cemento, vetro e acciaio. È così che lo vedono i civili? Qualcosa di imponente e un po' affamato?

Catturo il mio riflesso nella porta a vetri, e rabbrividisco. Avevo deciso di indossare un tailleur, ma sarebbe stata una dichiarazione d'intenti troppo forte. Equivaleva a dire: "Ce la farò". Una tuta da ginnastica sarebbe stato l'estremo opposto, così ho optato per un tributo all'indecisione: jeans e una blusa abbottonata, mocassini e trucco leggero. Ora tutto questo mi sembra inadeguato, e voglio solo fuggire, fuggire, fuggire.

Le emozioni sono onde alte che si rompono con fragore. Paura, ansia, rabbia, speranza.

Il dottor Hillstead ha concluso la seduta con un diktat: «Va' a trovare la tua squadra».

«L'FBI non è stato solo un lavoro, per te, Smoky» aveva detto. «È qualcosa che ha definito la tua vita, che è parte di quello che sei e di come sei. Non trovi?»

«Sì, è vero.»

«E le persone con cui lavori... alcuni di loro sono tuoi amici?»

Ho scrollato le spalle. «Due di loro sono i migliori amici che abbia. Hanno cercato di contattarmi, ma...»

Lui ha inarcato le sopracciglia. Ovviamente conosceva già la risposta. «Ma non li vedi da quando eri in ospedale.»

Erano venuti a trovarmi quando ero tutta bendata come una mummia, mi chiedevo perché ero ancora viva e desideravo essere morta. Avevo chiesto loro di andarsene. Erano seguite una quantità di telefonate, alle quali avevo lasciato rispondere la segreteria, senza mai richiamare.

«Allora non volevo vedere nessuno. E dopo...»

«E dopo, cosa?»

Ho sospirato e indicato la mia faccia. «Non volevo che mi vedessero ridotta così. Non avrei potuto sopportare la pietà nei loro sguardi. Mi avrebbe fatto troppo male.»

Ne abbiamo parlato ancora un po', e il dottor Hillstead ha detto che il primo passo per poter prendere di nuovo in mano la pistola era affrontare l'incontro con i miei amici. Ed eccomi qui.

Stringo i denti, faccio appello alla mia testardaggine irlandese e spingo la porta a vetri, che si chiude in silenzio dietro di me. Per un minuto buono resto intrappolata tra il pavimento di marmo e i soffitti alti. Mi sento esposta, indifesa, come un coniglio in campo aperto.

Passo attraverso i metal detector e presento il distintivo. Gli occhi duri della guardia si ammorbidiscono appena, quando vede le cicatrici.

«Voglio fare un saluto ai ragazzi del CASMIRC e al direttore» dico, pensando, chissà perché, che gli devo una spiegazione.

Il suo sorriso cortese mi fa capire che i miei motivi non gli importano affatto. Mi sento ancora più stupida e indifesa, e mi avvio a testa bassa verso l'ascensore, imprecando sottovoce.

Salgo in compagnia di un uomo che non conosco, e che finge, senza riuscirci, di non guardare le mie cicatrici. Cerco di ignorarlo, e quando arrivo al mio piano esco dall'ascensore rapidamente, con il cuore in gola.

"Piantala, Barrett" ringhio a bassa voce. "Cosa ti aspetti, con una faccia come quella del gobbo di Notre Dame?"

In genere parlare con me stessa funziona. Infatti mi sento subito meglio. Percorro il corridoio e mi trovo davanti alla porta di quelli che erano i miei uffici. La paura sale di nuovo. "C'è un parallelismo qui" penso. Ho attraversato questa porta una quantità di volte, proprio come ho preso in mano la mia pistola una quantità di volte. Ma la paura che provo è la stessa, solo un po' meno intensa.

La vita che ho lasciato è dietro questa porta. Le persone che popolano quella vita mi accetteranno? Oppure vedranno solo una persona spezzata, con una maschera al posto della faccia, mi stringeranno la mano e mi manderanno a casa? Dovrò sentire nella schiena il calore bruciante dei loro sguardi pietosi?

Riesco a immaginare la scena con una chiarezza spaventosa. Il panico mi afferra. Getto un'occhiata nervosa lungo il corridoio. La porta dell'ascensore è ancora aperta. Tutto ciò che devo fare è correre, e continuare a correre. Correre e correre e correre e correre. Riempire le scarpe di sudore e comprare un pacchetto di Marlboro e andare a casa a fumare e ridere al buio. Piangere senza motivo, fissare le mie cicatrici e chiedermi il perché della gentilezza degli estranei. Tutto questo mi attrae con una forza immensa. Voglio una sigaretta. Voglio la sicurezza del mio dolore e della mia solitudine. Voglio essere lasciata in pace, così da poter impazzire come mi pare e...

E poi sento Matt.

Sta ridendo.

Quella risata morbida che ho sempre amato, gentile e chiara. "Ceeerto, piccola... fuggire via dal pericolo. Così *tipico* di te." Questo era uno dei suoi doni, prenderti in giro senza ridicolizzarti.

"Forse è tipico di come sono adesso" mormoro.

Cerco di assumere un tono di sfida, ma il mento tremante e le mani sudate mi tradiscono.

Posso sentirlo sorridere, gentile e attento e invisibile.

Merda.

"Sì, sì, sì" mormoro al fantasma, e giro la maniglia.

Allontano Matt dalla mia mente e apro la porta.

Capitolo 5

Guardo dentro per un attimo senza entrare. Il mio terrore è puro, mi dà la nausea. Questo è ciò che odio di più della mia vita, da quando è successo il "grande male". La costante incertezza. La determinazione è sempre stata una delle mie qualità. Era semplice: decidi, poi fai. Adesso è tutto un «e se, e se, sì, no, forse, provaci, non provarci, e se, e se, e se...» e soprattutto «ho paura, ho paura...»

Dio, ho *davvero* paura. Continuamente. Mi sveglio e ho paura, cammino e ho paura, vado a letto e ho paura. Sono una vittima. È una cosa che odio, perché non posso sfuggirle. Mi manca la certezza di essere invulnerabile che avevo prima. So che anche se guarirò, quella certezza non tornerà. Mai.

"Controllati, Barrett" dico.

Questa è un'altra cosa che faccio adesso: mi perdo, senza mai arrivare da nessuna parte.

"Allora cambia sistema" mormoro.

Ah, e parlo da sola tutto il tempo.

"Sei proprio un coniglio pazzo, Barrett" dico, a bassa voce.

Un respiro profondo e attraverso la soglia.

Non è un ufficio grande, siamo solo noi quattro. Scrivanie, computer, una piccola sala riunioni, telefoni. Pannelli di sughero coperti di foto di cadaveri. È uguale a come l'ho lasciato sei mesi fa. Ma il modo in cui mi sento io non è affatto uguale. Mi sembra di camminare sulla luna.

Poi li vedo. Callie e Alan. Mi danno le spalle e parlano tra loro, indicando uno dei pannelli di sughero. James invece è concentrato con la solita fredda intensità su un dossier aperto sopra la sua scrivania. È Alan che si volta e mi vede per primo. Spalanca gli occhi e la bocca, e mi preparo a un'espressione di disgusto.

Lui ride forte.

«Smoky!»

La sua voce è piena di gioia. E in quel momento sono salva.

Capitolo 6

«Accidenti, amore mio, non dovrai più travestirti per Halloween.» Questa è Callie. Sono parole scioccanti, volgari e insensibili. Eppure mi riempiono di gioia. Se avesse detto qualunque altra cosa, sarei scoppiata a piangere.

Callie ha un fisico da top model: alta, magra, gambe lunghe e capelli rossi. È bella. Fissarla troppo a lungo è come guardare il sole. Si avvicina ai quaranta, ha un master in Criminologia, è brillante e manca del tutto di diplomazia. Quasi tutti ne hanno soggezione. Molti decidono al primo incontro che è una donna indifferente, forse anche crudele. Nulla di più lontano dalla verità. Callie è leale fino al sacrificio, e non perderebbe la sua integrità neppure sotto tortura. È diretta, sincera a tutti i costi, brutale nelle sue osservazioni e si rifiuta di cambiare per amore della politica o delle pubbliche relazioni. Per gli amici sarebbe disposta anche a farsi sparare.

Uno dei suoi tratti più ammirevoli è quello che si nota meno: la semplicità. La faccia che mostra al mondo è l'unica che ha. Non crede nel darsi importanza, e non ha pazienza con chi lo fa. Questo è probabilmente il motivo dei duri giudizi che suscita: se non ti piace il modo in cui ti prende in giro, Callie non ci perderà il sonno. Sorridi o sparisci, perché, come lei ama dire, «se non sei capace di ridere di te, non mi servi».

È stata lei a trovarmi, dopo l'epilogo con Joseph Sands. Ero nuda e sanguinante, coperta di vomito e gridavo. Lei era elegantissima come sempre, ma non ha esitato a prendermi tra le braccia, mentre attendeva l'ambulanza. Quando sono svenuta, il suo bel tailleur era tutto sporco di sangue, vomito e lacrime.

«Callie...»

Questo rimprovero viene da Alan. Serio, di poche parole, deciso. Alan è un nero enorme, una specie di montagna con le gambe. Molti sospetti in sala interrogatori si sono pisciati addosso solo vedendolo. L'ironia, ovviamente, è che Alan è una delle persone più dolci e gentili che abbia mai conosciuto. Ha una pazienza tremenda, che ho sempre ammirato. Non si stanca mai di setacciare prove e indizi, alla ricerca di un dettaglio rivelatore. Niente lo annoia, quando è sulle tracce di un killer. E il suo occhio per i particolari è stato fondamentale in più di un caso. Alan è il più vecchio del gruppo, sui quarantacinque, e ha portato nell'FBI dieci anni di esperienza come detective della Squadra Omicidi di Los Angeles.

Un'altra voce: «Cosa ci fai qui?».

Se l'irritazione fosse uno strumento musicale, questa sarebbe una sinfonia.

È James. Duro e diretto come Callie, ma senza il suo umorismo. Di nascosto lo chiamiamo Damien, come il personaggio di *Il presagio*, il figlio di Satana. È il più giovane di tutti, solo ventotto anni, ed è una delle persone più sgradevoli che conosca. Ha il talento di far infuriare la gente. Quando voglio far incazzare davvero qualcuno, James è la benzina da gettare sul fuoco.

Naturalmente è brillante come una supernova. Si è diplomato al liceo a quindici anni, ha ottenuto il massimo punteggio in tutti i test attitudinali ed è stato corteggiato da tutte le migliori università, scegliendo alla fine quella con la migliore facoltà di Criminologia. Si è laureato con lode ed è entrato nell'FBI, coronando il suo obiettivo di sempre.

A dodici anni James ha perso la sorella maggiore, uccisa da un serial killer con la passione della fiamma ossidrica. Il giorno del funerale, ha deciso che avrebbe lavorato in questo ufficio.

James è un libro chiuso. Sembra vivere solo per il lavoro. Non fa mai una battuta, non sorride, non compie un'azione superflua. Non parla della sua vita privata o di nulla che possa far intuire le sue passioni, ciò che gli piace o che non gli piace. Non ho la minima idea di quale musica ascolti, di quali film vada a vedere.

Sarebbe troppo semplice liquidarlo come una macchina umana, logica ed efficiente. No, in James c'è un'ostilità che viene fuori a raffiche improvvise. La sua disapprovazione può essere acida, la sua rudezza è leggendaria. Non credo che provi piacere nel mettere a disagio gli altri. Piuttosto sembra che non gli importi affatto di come prenderanno le sue parole. Penso che ce l'abbia con il mondo in generale, perché è un mondo dove possono esistere persone come l'assassino che ha ucciso sua sorella. Ma questo non lo scusa. Ho smesso molto tempo fa di perdonarlo per come si comporta. È troppo stronzo.

Ma non dimentico che è brillante come un flash permanente. E condivide con me una capacità che ci lega come un cordone ombelicale: riesce a entrare nella mente di un killer. Si insinua nei luoghi più oscuri, contempla le ombre, capisce il male. Proprio come me. Spesso finiamo a lavorare insieme su alcune parti di un caso con una sintonia che rasenta l'intimità. In quei momenti va tutto liscio come l'olio. Il resto del tempo, essere accanto a lui è piacevole come farsi accarezzare con la carta vetrata.

«Anch'io sono contenta di vederti» rispondo.

«Ehi, deficiente.» La voce morbida di Alan ha un sottofondo di minaccia.

James incrocia le braccia sul petto e gli scocca un'occhiata fredda. Questa è una cosa di lui che ammiro. Non si lascia intimidire da nessuno, anche se è alto solo un metro e sessantasette per settanta chili scarsi.

«Era solo una domanda» risponde.

«Be', perché non ti fai una bella camionata di cazzi tuoi?»

Poso una mano sulla spalla di Alan. «Va bene così.»

Si fissano ancora per un momento, ed è Alan a distogliere gli occhi per primo, con un sospiro. James mi squadra dalla testa ai piedi con una lunga occhiata, poi torna a concentrarsi sul dossier che stava leggendo.

Alan scuote la testa. «Scusalo.»

Sorrido. Come spiegargli che anche il modo di fare di James è la cosa *giusta* in questo momento? James mi fa incazzare come sempre, e questo è un conforto.

Decido di cambiare argomento. «Allora, cosa c'è di nuovo da queste parti?»

Giro per l'ufficio, controllando i documenti sulle scrivanie e le foto sui pannelli di sughero. Durante la mia assenza è stata Callie a sostituirmi, ed è lei che risponde alla mia domanda.

«È stato tutto tranquillo, amore mio.» Callie chiama tutti "amore mio". Le leggende metropolitane raccontano che una volta si è beccata un richiamo scritto per aver chiamato "amore mio" il direttore in persona. È un'affettazione che la diverte, e che per alcuni risulta incredibilmente irritante. Per me, è solo il suo modo di essere. «Nulla di seriale, due rapimenti. Abbiamo avuto il tempo di lavorare ad alcuni casi freddi.» Sorride. «Sembra che i cattivi siano andati in vacanza, da quando non ci sei.»

«Come sono andati i rapimenti?» I sequestri di bambini per noi sono il pane quotidiano. Quasi mai sono per denaro. Di solito si tratta di sesso, dolore e morte.

«Uno trovato vivo, l'altro morto.»

Fisso il pannello di sughero senza vederlo davvero. «Almeno sono stati trovati» mormoro. Spesso non è così. E per i genitori non c'è cosa peggiore. L'incertezza è un cancro che non uccide, ma scava un buco nell'anima. Ci sono stati genitori che sono venuti da me per anni, sperando di ricevere notizie che io purtroppo non avevo. Ho visto la speranza morire a poco a poco nei loro occhi, mentre dimagrivano, incanutivano e diventavano più acidi. In casi del genere, trovare almeno il cadavere del bambino è una benedizione. Per lo meno si tratta di una certezza.

Mi volto verso Callie. «E come ti trovi a fare il capo? Ti piace?»

Lei mi rivolge un finto sorriso altezzoso. «Mi conosci, amore mio. Sono nata principessa, e ora finalmente ho la corona.»

Alan cerca senza successo di reprimere una risata.

«Non ascoltare quel villano, per favore» dice Callie con aria sdegnata.

Anch'io rido, una risata sincera, che mi coglie di sorpresa, ma che dura un po' troppo. Mi accorgo con orrore che ho gli occhi pieni di lacrime.

«Oh, merda» borbotto, asciugandomi il viso. «Mi dispiace.» Rivolgo a tutti un debole sorriso. «È davvero bello rivedervi, ragazzi. Più di quanto possiate immaginare.»

Alan, l'uomo montagna, si avvicina e senza preavviso mi avvolge nelle sue braccia enormi. Cerco di resistergli per un momento, poi lo abbraccio anch'io, posandogli la testa sul petto.

«Oh, lo immaginiamo, Smoky» dice. «Lo immaginiamo.»

Mi lascia andare, e Callie si avvicina, spingendolo via.

«Basta con le smancerie» dice. Poi, rivolta a me: «Ti invito a pranzo fuori. E non sognarti di rifiutare».

Sento di nuovo salire le lacrime, e riesco solo ad annuire. Callie afferra la borsetta, mi prende per un braccio e mi guida verso la porta. «Torno tra un'oretta» dice agli altri, senza voltarsi. Appena fuori dall'ufficio, scoppio a piangere senza più trattenermi. Callie mi passa un braccio intorno alle spalle.

«Sapevo che non volevi dare spettacolo davanti a Damien, amore mio.»

Rido tra le lacrime e annuisco, prendendo il fazzoletto che mi porge e lasciandomi guidare dalla sua forza nel mio momento di debolezza.

Capitolo 7

Siamo sedute in un Subway e io osservo affascinata Callie che spazzola via una baguette ripiena di polpettone lunga almeno trenta centimetri. Mi sono sempre chiesta come fa. Può mangiare come un camionista e non mette mai su neppure un chilo. Forse c'entra qualcosa anche il fatto che ogni mattina si fa sei o sette chilometri di corsa. Alla fine Callie si lecca le dita e schiocca le labbra con tale entusiasmo che due anziane signore a un tavolo vicino ci lanciano occhiate di disapprovazione. Lei sospira, soddisfatta, e beve la sua bibita con una cannuccia. Penso che questa sia proprio l'essenza di Callie. Non guarda passare la vita, la divora. La ingoia a grossi bocconi, senza masticare, e poi torna a prenderne un'altra porzione. Sorrido, e lei mi rivolge uno sguardo accigliato.

«Sai, ti ho invitato a pranzo perché ho intenzione di dirti quanto sono incazzata con te, amore mio. Telefonate senza risposta, e-mail cadute nel nulla... Non è accettabile, Smoky, e non m'importa che tu sia distrutta.»

«Lo so, Callie, e mi dispiace. Dico sul serio, mi dispiace tanto.»

Lei mi fissa per un attimo, con lo sguardo duro che di solito riserva ai criminali. Sento di meritarlo. Poi l'ombra passa e torna il sorriso. «Scuse accettate. Ora la domanda vera: come stai? E non provare a mentirmi.»

Lascio vagare lo sguardo, abbasso gli occhi sul mio panino, poi torno a guardare lei. «Fino a oggi? Male. Malissimo. Incubi tutte le notti. E la depressione invece di migliorare peggiorava.»

«Hai pensato al suicidio, vero?»

È la stessa sensazione, solo meno intensa, che ho provato nello studio del dottor Hillstead. Con Callie c'è anche una maggiore vergogna. Lei e io siamo sempre state vicine, ma il nostro volerci bene era basato sulla forza, non sul piangere l'una sulla spalla dell'altra. E temo che se lei dovrà compatirmi questa vicinanza scompaia.

«Sì, ci ho pensato.»

Lei annuisce. Poi tace, come guardando qualcosa che io non riesco a vedere. «Smoky, amore mio, non c'è nulla di sbagliato in questo. La vera debolezza sarebbe quella di premere il grilletto, ma i pianti, gli incubi e tutto il resto non significano che tu sia debole. Sei ferita, e soffri. Questo può succedere a tutti, anche a Superman.»

La fisso, senza parole. Non riesco a pensare proprio a nulla da dire. Questo modo di parlare non è tipico di Callie, e mi coglie di sorpresa.

«Sai, Smoky, devi farcela. Non solo per te, ma per me.» Beve un sorso di bibita. «Tu e io ci somigliamo. Le cose sono sempre andate come volevamo. Siamo brave in ciò che facciamo, e siamo sempre riuscite in tutto. È vero o no?»

Annuisco, ancora senza parole.

«Ora ti dirò qualcosa di filosofico, amore mio. Segnatelo sull'agenda, perché di solito non parlo di cose profonde in pubblico.» Callie posa la lattina. «Un sacco di persone sono convinte che partiamo innocenti e pieni di energia, poi piano piano diventiamo sfiniti e corrotti. Niente è più così bello, eccetera eccetera. Tutto questo è semplicemente un mucchio di cacca. Non tutti cominciamo la vita con innocenza. Chiedi a qualunque bambino del ghetto. Il punto non è che scopriamo che la vita è una merda. Scopriamo che la vita può farci del male. Mi segui?»

«Sì.» Sono come ipnotizzata.

«Molti incassano i primi duri colpi abbastanza presto. Noi siamo state fortunate. Vediamo il male nel nostro lavoro, ma finora non si era introdotto nella nostra vita. Guardati: avevi trovato l'anima gemella, avevi una bella bambina e stavi facendo carriera rapidamente nell'FBI. E io? Neanche a me è andata male.» Scuote la testa. «Sono riuscita a non diventare presuntuosa, ma la verità è che in fatto di uomini ho sempre avuto ampia scelta, e ho la fortuna di avere un cervello, oltre al fisico. E sono in gamba nel mio lavoro al Bureau. Davvero in gamba.»

«Lo sei» convengo.

«Ma vedi, amore mio, il punto è proprio questo. Tu e io non avevamo mai vissuto una tragedia. Poi, all'improvviso, i proiettili hanno smesso di evitarti.» Callie scuote la testa. «Nel momento in cui questo è avvenuto, io ho perso il mio coraggio. Ho avuto davvero paura, per la prima volta nella mia vita. E da allora continuo ad avere paura. Perché tu sei migliore di me, Smoky. Lo sei sempre stata. E se questo può succedere a te, può succedere anche a me.» Posa le mani sul tavolo. «Fine del discorso.»

Conosco Callie da tempo, e so che nasconde profondità insospettate. Il mistero di quelle profondità è sempre stato parte del suo fascino, almeno per me. Ora per un attimo il velo si è sollevato. È come se si mostrasse nuda per la prima volta. È l'essenza della fiducia, e ne sono talmente toccata che sento come una debolezza alle ginocchia. Mi chino in avanti e le prendo una mano.

«Farò del mio meglio, Callie. Non posso promettere altro, ma questo te lo prometto sul serio.»

Lei mi stringe la mano, poi si tira indietro. Il velo si è chiuso. «Bene, allora spicciati, per favore. A me piace essere arrogante e al di sopra di tutto, e non sono contenta di aver dovuto abbassare la cresta per colpa tua.»

Sorrido e la guardo. Il dottor Hillstead mi ha detto che sono forte, ma non conosce Callie. È lei il mio eroe, in fatto di forza.

È la mia santa patrona irriverente e scurrile. Scuoto la testa. «Torno subito» dico. «Devo andare in bagno.»

«Non dimenticare di abbassare il sedile.»

Uscendo dal bagno, mi fermo di colpo. Callie non mi ha ancora vista, la sua attenzione è concentrata su qualcosa che ha in mano. Mi sposto di lato, per non farmi scorgere, e guardo meglio.

Callie sembra triste. No, peggio, sembra distrutta.

Io l'ho vista sprezzante, gentile, irritata, vendicativa, spiritosa e in un sacco di altri modi. Ma non l'avevo mai vista triste. E per qualche ragione so che quella tristezza non ha nulla a che fare con me.

Qualunque cosa sia ciò che ha in mano, le causa una grande sofferenza. Sono scioccata.

Callie di certo non vuole essere vista così. È un momento privato. Torno in bagno, e scopro che nel frattempo una delle signore anziane è entrata a lavarsi le mani. Mi guarda riflessa nello specchio. Mi mordo un'unghia, indecisa, poi mi faccio avanti.

«Signora» dico. «Potrebbe farmi un favore?»

«Quale favore, cara?» risponde subito lei.

«Fuori c'è la mia amica...»

«Quella che mangia in modo così volgare?»

«Già.» Esito un attimo. «Ecco... credo che si sia abbandonata a pensieri molto privati, perché io sono qui e lei è sola, e...»

«E non vuoi sorprenderla arrivando all'improvviso. Capisco.»

Quella comprensione istantanea mi lascia a bocca aperta. "Stereotipi" penso. Che cosa inutile. Avevo visto una vecchia acida, ora vedo occhi gentili, saggezza e la capacità di comprendere il ridicolo. «Sì, signora» dico a bassa voce. «Lei... la mia amica, insomma, sarà volgare, ma è la persona più di buon cuore che conosca.»

La donna mi rivolge un bel sorriso. «Non è la prima a mangiare con le mani, cara. Lascia fare a me. Aspetta trenta secondi, poi esci.»

«Grazie.» È un grazie sentito, e lei lo sa.

Esce. Lascio passare un po' di tempo e la seguo. Appena giro l'angolo la vedo in piedi accanto al nostro tavolo. Parla in tono di rimprovero. Mi avvicino.

«Ci sono persone che amano mangiare in silenzio» sta dicendo la donna a Callie. Il suo è quel tono che riesce a farti provare vergogna, più che irritazione. Mia madre era una campionessa mondiale della specialità.

Callie la fissa, accigliata. Vedo avvicinarsi la tempesta e mi affretto a raggiungerle. Meglio evitare che il favore si riveli fatale per la signora.

«Callie» dico, posandole una mano sulla spalla. «Andiamo via.»

Lei fissa con cattiveria la donna, senza nessun risultato. L'anziana signora è rilassata come un cane steso al sole.

«Callie» insisto. Lei mi guarda, annuisce e si mette gli occhiali da sole con un ampio gesto che conquista la mia ammirazione. Un punteggio perfetto alle olimpiadi della regina di ghiaccio. La folla ruggisce...

«Sì, meglio andare via in fretta da questo posto» dice, sdegnata. Afferra la borsetta e si china leggermente verso la donna. «Buona giornata» dice, in un tono che significa "crepa".

Uscendo mi volto a guardare la donna. Lei mi regala un altro bel sorriso.

"La gentilezza degli estranei, ancora una volta."

Durante il ritorno in macchina, Callie borbotta cose poco gentili contro le «vecchie bacucche» e le «mummie elitarie», ma i miei pensieri sono pieni di quell'espressione triste, così strana sul suo viso.

Arriviamo al parcheggio del Bureau, e lei si ferma accanto alla mia auto.

Ho deciso che per oggi è abbastanza. Tornerò un'altra volta a salutare il direttore.

«Grazie, Callie. Di' ad Alan che tornerò presto a salutarvi.»

Callie mi minaccia con l'indice. «Glielo dirò, amore mio. Ma non provare a ignorare altre telefonate. Non hai perso tutti quelli che ti vogliono bene, e hai degli amici al di là del lavoro. Non dimenticarlo.»

Riparte sgommando prima che abbia il tempo di replicare. È tipico di Callie voler avere sempre l'ultima parola. Mi sento bene dentro, guardandola allontanarsi.

Salgo in macchina e mi rendo conto che avevo ragione. Oggi era il gran giorno. Non sarei tornata a casa per spararmi un colpo in testa.

Come potrei? Non sono riuscita neppure a prendere in mano la pistola.

Capitolo 8

La notte è terribile, una specie di *Greatest Hits* dei brutti sogni. Joseph Sands è lì, con il suo travestimento da demone, e Matt mi sorride con la bocca piena di sangue. Il tutto si trasforma in Callie nella paninoteca Subway, che alza lo sguardo triste dal pezzo di carta che tiene in mano, estrae la pistola e spara in testa alla donna anziana. Poi sorseggia la bibita con la cannuccia, ma le sue labbra sono troppo rosse e piene. Si accorge che la sto guardando e mi strizza l'occhio, ma sembra un cadavere mentre lo fa.

Mi sveglio di colpo, e scopro che il telefono sta squillando. Guardo l'orologio. Sono le cinque del mattino. Non ricevo telefonate a ore del genere da quando sono in congedo temporaneo.

Sento ancora il sogno rimbalzarmi nella testa, e mi prendo un attimo per calmare i brividi, prima di sollevare la cornetta.

«Pronto?»

Un breve silenzio, poi la voce di Callie. «Ciao, amore mio. Mi dispiace svegliarti, ma... abbiamo qualcosa che ti riguarda.»

«Cosa? Che è successo?» Lei non risponde subito, e comincio a irritarmi. «Cristo, Callie. Parla.»

«Ti ricordi di Annie King?»

«Certo. È una delle mie migliori amiche. Si è trasferita a San Francisco una decina di anni fa. Ci sentiamo al telefono ogni tanto, e io sono la madrina di sua figlia. Perché me lo chiedi?»

Callie esita. «Merda» dice a bassa voce, trattenendo il fiato come se le avessero dato un pugno nello stomaco. «Non sapevo che fosse un'amica. Credevo si trattasse solo di una tua conoscente.»

Sento il terrore salirmi dentro. Un terrore lucido. So cosa è successo, o almeno lo immagino. Ma ho bisogno che Callie lo dica, prima di crederci. «Dimmi tutto.»

Un sospiro di resa, poi: «È morta, Smoky. Assassinata nel suo appartamento. La figlia è viva, ma in stato catatonico.»

La mia mano è come paralizzata dallo shock. Per poco non lascio cadere il telefono. «Dove sei ora, Callie?» Sento la mia voce come da lontano.

«In ufficio. Ci stiamo preparando a raggiungere la scena del delitto, con un jet privato che parte tra un'ora e mezza.»

Nonostante lo shock, percepisco la sua esitazione. Non mi ha detto tutto. «Callie? Che cosa mi stai nascondendo?»

Un altro silenzio. Un altro sospiro. «L'assassino ha lasciato un messaggio per te, amore mio.»

Stavolta sono io a tacere, mentre quelle parole si fanno strada nella mia mente. «Ti raggiungo in ufficio» dico poi, e riaggancio prima che Callie possa replicare.

Seduta sul letto, mi prendo la testa tra le mani e cerco di piangere, ma non ci riesco. Così fa ancora più male.

Sono appena le sei quando arrivo. Le prime ore del mattino sono le migliori per il traffico. Le poche persone in circolazione stanno andando a fare qualcosa di male, oppure tornano dall'aver fatto qualcosa di male. Conosco bene queste ore. Ho guidato molte volte attraverso la foschia dell'alba, diretta verso la scena di un omicidio. Proprio come adesso. E per tutta la strada non ho fatto altro che pensare ad Annie.

Ci eravamo conosciute alle superiori, quando avevamo entrambe quindici anni. Lei era una ragazza pompon, io ero un maschiaccio che fumava marijuana. Nella gerarchia della scuola, le nostre strade non erano destinate a incrociarsi. Ma intervenne il fato. Almeno, così ho sempre creduto.

Il mio ciclo mensile arrivò in piena lezione di matematica. Alzai la mano, presi la borsetta e corsi in bagno, rossa come un peperone. Speravo che il bagno fosse deserto. Avevo le mestruazioni da soli otto mesi, e le consideravo ancora una faccenda molto imbarazzante.

Mi affacciai e vidi con sollievo che il bagno era deserto. Entrai in uno dei bagni e mi stavo preparando a sistemare il mio problema quando mi bloccai con l'assorbente in mano, udendo qualcuno tirare su con il naso. Restai in ascolto con il fiato sospeso, e il suono si ripeté, trasformandosi in un singhiozzare sommesso. Qualcuno piangeva, a due porte di distanza.

Io ho un debole per chi soffre. Da piccola volevo fare la veterinaria. Ogni volta che mi imbattevo in un animale ferito – cane, gatto, uccello o altro – finivo per portarmelo a casa. Spesso morivano comunque, ma le poche volte che riuscivo a salvare loro la vita bastavano per convincermi a continuare la mia crociata. All'inizio i miei la giudicavano una cosa simpatica, poi, dopo l'ennesimo viaggio al Pronto Soccorso veterinario, cominciarono a irritarsi. Tuttavia non cercarono mai di scoraggiarmi.

Crescendo, quella tendenza ad aiutare chi soffre cominciò a estendersi anche alle persone. Quando qualcuno veniva picchiato da un ragazzo più grande, benché non avessi il coraggio di intervenire per sedare la lite, non mancavo mai di avvicinarmi, a cose finite, per vedere come stava il perdente. Portavo sempre nello zainetto un kit di pronto soccorso, e non mi sembrava affatto strano andarmene in giro a distribuire garze e cerotti. Era buffo: dover correre in bagno a causa delle mestruazioni mi mortificava, mentre il fatto che mi chiamassero "Smoky l'infermiera" non mi dava nessun fastidio. Credo sia stato questo lato del mio carattere a portarmi all'FBI. La decisione di cercare la fonte del dolore, i criminali che godevano nel causare sofferenza. Il mio kit di pronto soccorso ora è la mia squadra, e i miei cerotti sono le manette e una solida cella.

Tutto questo per dire che quella mattina, quando mi resi

conto che qualcuno piangeva in bagno, dimenticai il mio imbarazzo, sistemai rapidamente l'assorbente, mi tirai su i jeans e andai davanti al cubicolo da cui uscivano i singhiozzi.

«Ehm, ciao. Tutto bene, lì dentro?»

Il pianto si interruppe.

«Va' via. Lasciami in pace.»

Restai un momento interdetta, cercando di decidere cosa fare.

«Ti sei fatta male?»

«No! Lasciami in pace, ti ho detto.»

Ora sapevo che la persona lì dentro non era ferita. Stavo per seguire il suo consiglio e andarmene, quando qualcosa mi fermò. Il fato. Mi chinai verso la porta, e a voce più bassa dissi: «Posso aiutarti in qualche modo?».

La voce rispose, in tono disperato: «Nessuno può aiutarmi». Ci fu un breve silenzio, poi i singhiozzi ripresero. Nessuno piange come una ragazza di quindici anni. Nessuno. A quell'età si piange con tutto il cuore, senza tenersi dentro nulla, un pianto che è la fine dell'esistenza.

«Dài, non può essere così terribile.»

Ci fu un fruscio, poi la porta si spalancò, e davanti a me apparve una bionda molto carina, nonostante gli occhi arrossati. La riconobbi immediatamente e desiderai averle dato ascolto, quando mi aveva chiesto di andarmene. Annie King. Una ragazza pompon. Una di quelle creature che usano la propria bellezza per dominare il mondo della scuola. Almeno, questo era ciò che pensavo all'epoca. L'avevo già schedata e giudicata, proprio nello stesso modo in cui altri giudicavano me. In quel momento era furiosa.

«Cosa ne sai tu?» disse, con voce rabbiosa. Io la fissai, presa in contropiede e troppo stupita per reagire. Poi la sua rabbia sparì in un attimo, e riprese a piangere. «Ha mostrato a tutti le mie mutandine. Perché l'ha fatto, dopo tutto quello che mi aveva detto?»

«Eh? Chi? Le tue mutande?»

A volte, da ragazze come da grandi, è più facile parlare con un'estranea. Annie King mi raccontò tutto. Il *quarterback* della squadra di football, un certo David Rayborn, usciva con lei da quasi sei mesi. Era bello, intelligente, sembrava amarla. Da tempo cercava di convincerla ad andare "fino in fondo", ma Annie resisteva. Alla fine, però, aveva ceduto alle sue gentili insistenze. Dopo, quando tutto era finito, lui l'aveva tenuta tra le braccia e le aveva chiesto di regalargli le sue mutandine. Le avrebbe tenute in ricordo di quel momento, sarebbe stato un piccolo segreto tra loro due. La cosa era sembrata un po' strana ad Annie, ma anche romantica, in un certo senso.

«E oggi, mentre uscivo dal campo dopo l'allenamento, erano tutti lì, tutta la squadra di football, compreso David. Mi indicavano, lanciavano grida oscene e facevano smorfie. E a un tratto lui ha tirato fuori le mie mutandine, mostrandole a tutti come un trofeo. Poi mi ha sorriso, dicendo che erano il pezzo migliore della sua collezione, almeno per il momento.»

Annie scoppiò di nuovo in singhiozzi, un pianto da cuore spezzato. Le ginocchia le cedettero e cadde contro di me. Io esitai solo un attimo, poi l'abbracciai e la tenni stretta mentre piangeva, lì nel bagno delle ragazze, sussurrandole nei capelli che tutto sarebbe andato a posto.

Pochi minuti dopo, il pianto divenne meno intenso e un po' alla volta cessò. Lei si staccò da me e si asciugò il viso. Evitava il mio sguardo, e mi resi conto di quanto fosse imbarazzata.

«Ehi, ho un'idea» dissi, seguendo un impulso improvviso. «Andiamo via. Tagliamo la corda per il resto della mattina.»

Lei mi fissò, con gli occhi socchiusi. «Stai dicendo di fare fuga?»

Annuii, sorridendo. «Direi che te lo sei meritato, non credi?»

La sua reazione fu impulsiva come la mia proposta. Voglio dire, non conosceva neppure il mio nome, fino a quel momento. Mi rivolse un debole sorriso.

«Okay.»

Così ci conoscemmo. Quel giorno Annie fumò la sua prima

canna, e una settimana dopo smise di fare la ragazza pompon. Mi piacerebbe dire che ci vendicammo di David Rayborn, ma non successe mai. Nonostante la sua reputazione di perfetto stronzo, le ragazze continuavano a innamorarsene, contribuendo alla sua collezione di mutandine. La sua carriera nel football fu splendida durante tutta l'università, e per alcune stagioni arrivò persino a giocare come riserva in una squadra della National Football League. Si potrebbe pensare che questa sia una prova che nel mondo non c'è giustizia, ma poiché in un certo senso era stato lui a far conoscere Annie e me, avrei quasi potuto perdonarlo per ciò che aveva fatto.

Tra noi due si creò un legame profondo, molecolare. Passavamo insieme tutto il tempo fuori da scuola. Fu lei a consigliarmi di smettere di farmi le canne, e io le diedi ascolto, visto che i miei voti avevano cominciato a calare. Io la convinsi a uscire di nuovo con un ragazzo. Annie era con me quando dovemmo far fare l'iniezione letale a Buster, il cane che avevo da quando ero piccola. Io ero con lei quando morì sua nonna. Imparammo a guidare insieme, e insomma, attraverso problemi grandi e piccoli diventammo donne.

La nostra fu una delle relazioni più intime che si possono avere: un'amicizia che ti accompagna dall'adolescenza all'età adulta. Quel tipo di esperienza che ti porti dentro per tutta la vita, fino alla tomba.

Poi successe ciò che succede sempre. Ci diplomammo. Io stavo già con Matt, Annie aveva un fidanzato e decise di fare un viaggio con lui, prima dell'università. Io non aspettai e andai dritta all'UCLA. Giurammo di restare sempre in contatto e di telefonarci almeno due volte alla settimana, poi, com'era prevedibile, restammo prese ognuna dalla sua vita e non ci sentimmo per quasi un anno.

Un giorno stavo uscendo da una lezione e me la trovai davanti. Era bellissima e vedendola provai una fitta di gioia, dolore e nostalgia, tutto insieme come un accordo di una chitarra Gibson.

«Come ti va la vita?» chiese Annie, con gli occhi che le brillavano.

Io non risposi, ma l'abbracciai stretta e a lungo.

Andammo a pranzo insieme, e lei mi raccontò le sue avventure. Aveva viaggiato per cinquanta stati quasi senza soldi, aveva visto e fatto un mucchio di cose, compreso tanto sesso da bastare per tutta una vita. A un tratto, con un sorriso, mise la mano sul tavolo.

«Guarda bene» disse.

Guardai, vidi l'anello di fidanzamento, lanciai il classico urletto di gioia e ci abbracciammo di nuovo, e parlammo del futuro, dei progetti per il suo matrimonio. Fu come essere tornate a scuola.

Fui damigella d'onore al suo matrimonio, e lei lo fu al mio. Annie si trasferì a San Francisco con Robert, Matt e io restammo a Los Angeles. Ma riuscimmo sempre a trovare il tempo, una volta ogni sei o sette mesi, di farci almeno una telefonata, che ci riportava istantaneamente al tempo trascorso insieme, a quel primo giorno di fuga da scuola, quando eravamo libere, giovani e felici.

Robert si rivelò una fregatura, e alla fine la lasciò. Anni dopo feci un controllo su di lui, sperando di venire a sapere che se la passava malissimo, e invece scoprii che era morto in un incidente d'auto. Non ho mai capito perché Annie non me l'avesse mai detto.

Quando cominciai a lavorare all'FBI, il tempo tra le chiamate mie e di Annie si allungò fino a un anno. Poi fino a un anno e mezzo. Io acconsentii a essere la madrina di sua figlia, ma avevo visto la bambina solo una volta, dopo quel giorno, e Annie non aveva mai conosciuto mia figlia. Cosa dire? La vita andava avanti, come succede sempre.

Alcuni mi giudicheranno male per questo. Non m'importa. Il fatto è che quando Annie e io ci sentivamo, che fosse dopo sei mesi o due anni, era come se il tempo non fosse mai passato.

Tre anni fa morì suo padre. Andai al funerale, e restai con lei una settimana. Annie era stanca, invecchiata e addolorata, e stranamente l'età e il dolore la rendevano più bella che mai. La sera del funerale, dopo aver messo a letto la bambina, ci sedemo insieme sul pavimento, e lei pianse nelle mie braccia, mentre io le sussurravo nei capelli.

Annie non si era fatta più sentire dopo la morte di Matt, ma non mi era sembrato strano. Sapevo che non ascoltava mai i notiziari e non leggeva i giornali. E io non l'avevo mai chiamata per raccontarle l'accaduto. Ancora non so perché.

Mentre guidavo verso il Bureau, pensavo alla mia reazione alla notizia della sua morte. Ero triste, ma non fino in fondo, non in modo devastante.

Forse aver perso Matt e Alexa è stato troppo. Forse per questo non provo tutto il dolore che vorrei provare per la morte di Annie.

Forse ho già provato tutto il dolore che potevo provare.

«Che diavolo ci fai qui, Smoky?»

È Jones, il mio vecchio mentore. Solo che ora è il "direttore" Jones. Mi sorprende trovarlo qui. So che non disdegna il lavoro in trincea, ma il fatto è che la sua presenza è del tutto superflua, e la sua agenda è sempre piena. Cosa c'è di così importante in questo caso?

«Mi ha chiamato Callie, signore. Mi ha detto di Annie King, aggiungendo che il killer ha lasciato un messaggio per me. Vengo con voi.»

Lui scuote la testa. «Non se ne parla neanche. A parte il fatto che la vittima era una tua amica, il che significa che in ogni modo non ti lascerei toccare questo caso nemmeno con una pertica di tre metri, non hai ancora il permesso ufficiale di tornare al lavoro.»

Callie sta cercando di origliare. Jones se ne accorge e mi pilota verso la sua macchina, accendendosi una sigaretta. Sono tutti fuori, pronti a partire per l'aeroporto privato Van Nuys. Jones aspira una boccata e io guardo il fumo con desiderio. Ho dimenticato di portare le mie.

«Potrei avere una sigaretta, signore?»

Lui inarca un sopracciglio. «Non avevi smesso?»

«Ho ricominciato.»

Lui scrolla le spalle e mi porge il pacchetto. Prendo una sigaretta, aspetto che me l'accenda e anch'io aspiro una lunga boccata.

«Ascoltami bene, Smoky. Non sei certo di primo pelo e conosci il sistema. Tutto ciò che dici al tuo strizzacervelli è coperto dal segreto professionale. Ma una volta al mese lui ci manda un rapporto riassuntivo sui tuoi progressi. »

Annuisco. So che è la procedura, e non la prendo come una violazione della privacy. Il punto qui non sono i miei diritti. L'FBI deve sapere se sono ancora in grado di lavorare. O di prendere in mano una pistola.

«L'ultimo rapporto è arrivato ieri. Dice che hai ancora molta strada da fare, e non sei pronta per tornare al lavoro. E adesso ti presenti qui alle sei del mattino, determinata ad accompagnarci dove è stata uccisa una tua amica?» Scuote la testa con forza. «Come ho detto prima, non se ne parla.»

Io aspiro un'altra boccata, soppesando la sigaretta tra le dita mentre cerco di pensare a cosa dire. Ora so perché è qui. Per me. Perché il killer ha scritto a me. Perché è preoccupato.

«Signore, Annie King era la mia migliore amica. Sua figlia è ancora viva, e non ha più nessuno. Anche il padre è morto. Io sono la sua madrina, e prenderò comunque il primo aereo per San Francisco. Tutto quello che chiedo al Bureau è la cortesia di offrirmi un passaggio.»

A Jones va il fumo di traverso, e tossisce più volte. «Con chi credi di parlare, agente Barrett?» Mi punta un dito contro il petto. «Ti conosco, non cercare di fregarmi. La tua amica è morta, e mi dispiace, ma quello che vuoi non è un passaggio. Vuoi prendere in mano il caso. E io non posso permetterlo. Primo, sei personalmente coinvolta, e questo ti escluderebbe comunque. Lo dice persino il manuale. Secondo, sei a rischio di suicidio, e io non ti lascerò circolare sulla scena di un omicidio in queste condizioni.»

Resto un attimo a bocca aperta, poi esplodo, con rabbia e vergogna: «Cristo santo! Ho forse un cartello al collo, con scritto: "Sto pensando di uccidermi?"».

Il suo sguardo si ammorbidisce. «Non è questo.» Getta il mozzicone sull'asfalto, e non mi guarda negli occhi, mentre dice: «Anch'io sono stato sul punto di spararmi in bocca, una volta».

Resto senza parole, proprio come con Callie ieri. Lui annuisce. «Ho perso un partner, circa venticinque anni fa, quando ero ancora nella polizia. Ho preso la decisione sbagliata, siamo entrati in un edificio senza rinforzi, e lui ci ha lasciato le penne. Padre di famiglia, sposato con tre figli. Era colpa mia, sarei dovuto essere io a morire, e per otto mesi, giorno più giorno meno, ho pensato di correggere quell'ingiustizia.» Mi guarda, e non c'è pietà nel suo sguardo. «Non hai un cartello al collo, Smoky. Chiunque di noi penserebbe al suicidio, dopo aver passato la metà di quello che è successo a te.»

Questa è l'essenza del direttore Jones. Niente giri di parole. Con lui, sai sempre dove sei. Sempre.

Non riesco a sostenere il suo sguardo. Getto a terra la mia sigaretta, fumata a metà, e la spengo con la scarpa. Cerco di pensare bene prima di aprire di nuovo la bocca. «Signore, apprezzo ciò che mi ha detto. Ha ragione su tutto, a parte una cosa.» Ora lo guardo. So che vorrà vedere i miei occhi, mentre dico quello che sto per dire, per misurare la verità delle mie parole. «Ci ho pensato molto, è vero. Ma ieri finalmente ho capito che non l'avrei fatto. Sa cosa è cambiato?» Indico la mia squadra, in attesa sui gradini. «Sono andata a trovare loro, e mi sono sentita accettata. Be', su James non ci giurerei, ma il punto è che non mi hanno compatita, non mi hanno fatta sentire come un oggetto rotto. Ora posso dire, con la massima sincerità, che non ho più nessuna intenzione di uccidermi. E il motivo è che sono tornata nel Bureau.» Jones ascolta. So che non l'ho convinto, ma almeno ho la sua attenzione. «Non sono pronta a riprendere il comando del CASMIRC, e non sono pronta a trovarmi in nessuna situazione tattica. Le chiedo solo di lasciarmi venire con voi, per assicurarmi che Bonnie stia bene, e per riprendere familiarità con il lavoro. Sarà Callie a gestire tutto, io non sarò armata e prometto che se scopro di non farcela mi toglierò dai piedi.»

Jones infila entrambe le mani nelle tasche del soprabito, e mi rivolge uno sguardo duro, attento. Mi studia, pesando tutte le possibilità, tutti i rischi. Quando sospira, so di averlo convinto.

«So che me ne pentirò, ma va bene. L'accordo è questo: vai, prendi la bambina, dai un'occhiata in giro con la squadra. Nient'altro. E appena senti anche solo un leggero senso di nausea, schizzi via come una freccia. Parlo sul serio, Smoky. Voglio che torni con noi, ma *tutta intera*, e questo significa che non ho necessariamente bisogno di te *ora*. È chiaro?»

Faccio sì con la testa più volte, come una bambina o una recluta appena arrivata. "Signorsì, signorsì, signorsì." Posso andare con loro, e questa è la cosa importante. È una vittoria. Jones chiama Callie con un gesto, e quando lei arriva le ripete quello che ha detto a me.

«È tutto chiaro?» chiede, severo.

«Signorsì. Chiarissimo.»

Jones mi lancia un'ultima occhiata. «Avete un aereo da prendere. Muovetevi.»

«Mi piacerebbe sapere come hai fatto, amore mio» dice Callie, a bassa voce. «Comunque, per quanto mi riguarda questo è il tuo show, a meno che tu non mi dica il contrario.»

Non rispondo. Sono troppo occupata a pensare che forse ho commesso un terribile sbaglio.

Capitolo 9

«Da quando affittiamo jet privati?» chiedo a Callie.

«Ricordi i due bambini rapiti di cui ti ho parlato?»

Annuisco.

«Don Plummer, il padre della bambina trovata viva, possiede una piccola compagnia aerea. Vendono aerei, hanno una piccola scuola di volo, cose così. Voleva donare un jet al Bureau, e ovviamente abbiamo dovuto rifiutare. Allora lui ha scritto al direttore, e ha firmato un accordo che ci garantisce voli a basso costo ogni volta che ne abbiamo bisogno.» Callie scrolla le spalle. «Così, ogni volta che abbiamo fretta...»

Con noi c'è anche un ragazzo giovane, che quadra poco con il look dell'FBI. Guardo meglio e vedo un buco sul lobo dell'orecchio sinistro. Forse porta l'orecchino, quando non è in servizio. So che ci è stato prestato dalla squadra informatica. Siede un po' in disparte, con un aspetto disordinato e ancora assonnato.

Mi guardo intorno. «Dov'è Alan?»

Una specie di basso ruggito si alza dai sedili davanti. «Qui.» Non dice altro.

Guardo Callie, inarcando le sopracciglia. Lei si stringe nelle spalle.

«C'è qualcosa che lo tormenta. Quando siamo arrivati qui aveva un'aria piuttosto incazzata.» Scuote la testa. «Se fossi in te lascerei perdere, per il momento, amore mio.»

Guardo verso le ombre che nascondono Alan. Vorrei fare qualcosa, ma Callie ha ragione. Inoltre ho bisogno di conoscere i dettagli del caso.

«Aggiornatemi» dico, voltandomi verso James. Lui mi fissa con un'ostilità senza mezze misure. Irradia disapprovazione da tutti i pori.

«Non dovresti essere qui» dice.

Incrocio le braccia. «Ma ci sono.»

«È una violazione della procedura. Sarai un punto debole, in questa indagine.» Scuote la testa. «Scommetto che non hai neppure il permesso del tuo psicoanalista, vero?»

Callie resta in silenzio, e gliene sono grata. Questo è un momento chiave, che devo risolvere da sola.

«Ho il permesso del direttore Jones. Cristo, James. Annie King era una mia amica.»

«Un motivo in più per non venire. Sei troppo coinvolta emotivamente, e combinerai di certo qualche casino.»

Un estraneo che ascoltasse questa conversazione farebbe fatica a credere alle proprie orecchie. Io sono abituata a James. Lui è così. Inoltre mi fa bene. Sento qualcosa agitarsi dentro di me, la vecchia freddezza che usavo per controllare James. La lascio filtrare nel mio sguardo.

«Sono qui. Non andrò via. Accettalo e dammi tutti i particolari. E smettila di rompere i coglioni.»

James resta un attimo in silenzio. Mi esamina e lo vedo rilassarsi un po'. Scuote la testa ancora una volta, ma so che si è arreso. «Va bene» dice. «Ma voglio che sia messo a rapporto che disapprovo questa flagrante violazione alle regole del Bureau.»

«Accettato e sottoscritto.» Il mio sarcasmo rimbalza contro la sua indifferenza.

«Bene.» Il suo sguardo si vela mentre il computer che ha al posto del cervello mette insieme i dati. «Il corpo è stato rinvenuto ieri, ma sembra che sia stata uccisa tre giorni prima.»

«Tre giorni?»

«Sì.»

«Come e dove è stato trovato il corpo?»

«La polizia di San Francisco ha ricevuto un'e-mail con allegate alcune foto della donna. Sono andati a controllare e hanno trovato il cadavere. E la bambina.»

Il cuore mi martella nel petto, sento gli acidi gastrici frullare nello stomaco. Un rutto mi sale alla gola. Lo reprimo. «Mi stai dicendo che la bambina è restata lì per tre giorni con il cadavere della madre?» Non sto urlando, ma ci vado vicino. James mi fissa, calmo. Sta solo riportando i fatti.

«Peggio. L'assassino l'ha lasciata legata al cadavere della madre. Faccia a faccia. Ha passato tre giorni così.»

Il sangue mi monta alla testa, mi sento svenire. Il rutto ne approfitta per uscire, silenzioso ma orribilmente acido. Ne sento il sapore in bocca. Mi porto una mano alla fronte.

«Dov'è Bonnie ora?»

«In una clinica, piantonata dalla polizia. È catatonica e finora non ha pronunciato una sola parola.»

Cade un silenzio, rotto da Callie.

«C'è dell'altro, amore mio. Cose che devi sapere prima dell'atterraggio, altrimenti resterai presa in contropiede.»

Ho paura di quello che sto per sentire, ma mi afferro mentalmente per le spalle e mi do una bella scossa. Spero che nessuno l'abbia notato. «Continua. Dimmi tutto.»

«Tre cose: primo, lei ha affidato a te la figlia, Smoky. L'assassino ha trovato il suo testamento, lasciandolo accanto al cadavere. Ti nomina tutrice. Secondo, la tua amica gestiva un sito porno, dove era la star principale. Terzo, l'e-mail dell'assassino alla polizia conteneva una lettera per te.»

Resto a bocca aperta. Mi sento come se avessi ricevuto una bastonata. Mi gira la testa. Dietro lo shock c'è un'emozione molto egoista, alla quale mi afferro con tutte le forze: il terrore di perdere la faccia davanti alla mia squadra, soprattutto davanti a James. Puro egoismo, certo, ma anche uno strumento che posso usare per riprendere il controllo. Riesco a mettere da parte lo shock e il dolore e a parlare. La mia voce viene fuori con un tono piatto e fermo che sorprende me per prima.

«Affrontiamo le cose punto per punto. Del primo mi occuperò io personalmente. Veniamo al secondo: stai dicendo che Annie era... una specie di prostituta?»

«Niente affatto» interviene una voce estranea. «La definizione è del tutto impropria.»

È il giovane informatico, quello che porta l'orecchino nel tempo libero. Lo guardo.

«Come ti chiami?»

«Leo. Leo Carnes. Sono in prestito alla squadra per via dell'e-mail, ma anche per il lavoro della vittima.»

Lo osservo dalla testa ai piedi. Sostiene il mio sguardo senza fare una piega. È un bel ragazzo, sui ventiquattro o venticinque anni. Capelli neri, occhi tranquilli. «Se la definizione è impropria, spiegaci perché.»

Si avvicina superando diverse file di sedili, contento dell'occasione di entrare nel nostro circolo riservato. Tutti amano sentirsi accettati. «È una spiegazione piuttosto lunga.»

«Abbiamo tempo. Comincia pure.»

Annuisce, con un lampo di eccitazione negli occhi. È evidente che i computer sono la sua passione. «Prima di tutto, è necessario capire che la pornografia su Internet è una sottocultura completamente diversa dalla pornografia del "mondo reale"». Si rilassa, preparandosi a tenere la sua piccola conferenza su un argomento che conosce bene. È il suo momento di gloria, e io sono felice di lasciarglielo. Così posso approfittarne per riprendere il controllo dei miei pensieri e del mio stomaco. E per pensare a qualcosa di diverso dalla piccola Bonnie costretta a fissare gli occhi spenti di sua madre per tre interi giorni.

«Continua.»

«Intorno al 1978 sono nate le BBS, acronimo di Bulletin Board Systems. Si trattava delle prime reti ad accesso pubblico non controllate dal governo. Bastava avere un modem e un computer, e si potevano inviare messaggi, condividere file, eccetera. Naturalmente, all'epoca quasi tutti gli utenti erano scienziati o esperti informatici. Ma il punto rilevante è che le BBS divennero presto un posto per condividere, vendere o scambiare foto porno. In un territorio del tutto fuori dalle mappe. E questo era importante per chi amava la pornografia, perché...»

«Era gratis e privato» interviene James.

Leo gli rivolge un ampio sorriso. «Esatto! Non c'era più bisogno di scivolare furtivamente nel retro di un'edicola con una borsa dove nascondere gli acquisti. Potevi startene chiuso in casa e scaricare tutto il porno che volevi senza timore di essere scoperto. Era una cosa enorme! Le BBS erano dappertutto, e quindi anche il porno. Poi ci fu l'evoluzione che tutti sappiamo, e cominciarono ad apparire i browser e i siti web. Le BBS erano sempre importanti per caricare e scaricare le foto, che però potevano essere viste solo dopo il download. Adesso la visione è istantanea, non appena ti colleghi al sito. Quindi, cosa successe con il porno? Due cose: prima di tutto alcuni uomini d'affari, che avevano già un capitale, cominciarono a sviluppare siti porno su Internet. Molti venivano dall'industria audiotestuale...»

«Dalla che?» lo interrompo.

«Scusate. Sesso telefonico. Quelli che stavano già tirando su un sacco di grana con le linee erotiche, compresero immediatamente il potenziale di Internet per la diffusione del porno. *Pay per view*, *porno on demand*, insomma tutto il materiale possibile perché il maschio medio potesse masturbarsi in pace. Investirono un sacco di soldi nell'acquisto di tutte le foto porno possibili, scansionandole e mettendole sui siti web. Per poterle guardare e scaricare, dovevi pagare con la carta di credito. E qui le cose iniziarono a cambiare.»

Callie si acciglia. «In che senso?»

«Ci sto arrivando. Fino a quel momento, il porno era stato in qualche modo un'industria. Se vendevi videocassette hard, per esempio, spesso le giravi anche, avevi uno studio di produzione, conoscevi gli attori e le attrici, magari anche tu ti cimentavi ogni tanto sul set. Era un ambiente abbastanza chiuso, dove quasi tutti si conoscevano tra loro. Ma con i siti web si creò una categoria intermedia: i *webmaster*. Queste persone compravano il materiale dai pornografi, lo mettevano in rete e si facevano pagare da chi lo scaricava. Capite la differenza? Non producevano il porno, si limitavano ad acquistarlo e a rivenderlo. Erano uomini d'affari, con piani marketing, uffici, personale. Non si trattava più di un substrato equivoco della società, ma di un settore finanziario che rendeva un sacco di soldi. Alcune di quelle prime compagnie ora fatturano da ottanta a cento milioni di dollari l'anno.»

«Però» dice Callie. Leo annuisce.

«Già. A noi può non sembrare gran che, ma nella storia del porno è stato un cambio di paradigma. Nei primi anni Ottanta, tutte le persone coinvolte nella produzione della pornografia venivano dalla cultura degli anni Settanta: sesso libero, droghe, e tutti gli altri cliché. Ma i nuovi affaristi di Internet erano di un'altra razza. Non erano coinvolti in giri di scambio di coppie, non tiravano coca per farselo venire duro mentre un'attrice gli faceva un pompino. Niente di tutto questo. Molti di loro non avevano neppure mai visto il set di un film porno. Erano persone in giacca e cravatta, che guadagnavano milioni di dollari sfruttando un mercato nuovo. E trasformarono quell'attività in qualcosa... be', qualcosa di rispettabile, per quanto può esserlo la pornografia.»

«Prima hai parlato di due cose che succedono con il porno. Qual è l'altra?»

«Mentre quegli uomini d'affari costruivano i loro imperi, cominciò a verificarsi anche un altro genere di fenomeno. Oltre ai siti web che erano una collezione di foto di pornostar professioniste, cominciarono ad apparire siti in cui donne o coppie mostravano al mondo le loro prodezze sessuali. Non lo facevano per guadagnarci, ma per divertimento, per esibizionismo. Era il cosiddetto "porno amatoriale".»

Callie alza gli occhi al cielo. «Guarda che non stai parlando a una tribù di selvaggi, amore mio. Tutti noi sappiamo cos'è il porno amatoriale. La ragazza della porta accanto, e tutta quella roba lì.»

«Certo, scusatemi, ho preso un tono da conferenza. La domanda per quel tipo di porno divenne enorme, al punto che molte di quelle donne o coppie non potevano più permettersi di farlo per hobby. I costi di un sito web visitato da tante persone erano proibitivi. Così cominciarono a farsi pagare. Anche qui, alcuni dei primi siti amatoriali a pagamento fruttarono milioni. Il punto chiave è che non si trattava di gente coinvolta nell'industria del porno. Non conoscevano i produttori di video hard, non erano nel giro delle riviste o videocassette per adulti. Erano spinti più dal piacere per ciò che facevano che dalla brama di guadagno. Questo fatto, indipendentemente da come ciascuno di voi possa giudicarlo, creò un'altra rivoluzione nell'industria della pornografia. Mamme e papà, membri dei consigli scolastici, con una vita segreta che, oltre al piacere, procurava loro *anche* denaro.» Leo si volta verso di me. «Quello che intendevo dire, quando parlavo di definizione impropria, è appunto questo. Ho visto il sito della sua amica. Faceva roba *soft*, cioè niente sesso. Posava, si masturbava, usava vibratori e roba del genere. Per entrare bisognava pagare, ma insomma, non era una prostituta.» Si impappina. «Cioè, voglio dire, non so se questo possa aiutare...»

Gli rivolgo un sorriso stanco. Chiudo gli occhi. «È un bel po' di roba da mandare giù, Leo. Non so ancora bene cosa pensare di tutto questo, ma... sì, aiuta.»

La mia mente gira, gira e gira. Penso ad Annie che per vivere posava nuda. Penso ai segreti che la gente nasconde. Lei era sempre stata bella e poco convenzionale. Non mi sarei sorpresa di scoprire che aveva dei segreti sessuali. Ma quello che ho appena saputo... mi manda in tilt. In parte anche a causa della mia ambivalenza al riguardo.

Una scena mi torna in mente all'improvviso. Matt e io avevamo entrambi ventisei anni. Facevamo sesso in un modo che poteva solo definirsi spettacolare. L'avevamo fatto in tutti gli angoli della casa, provando tutte le posizioni possibili. La mia collezione di lingerie era cresciuta a dismisura. E la cosa più bella era che tutto questo non accadeva perché stavamo cercando di "mettere un po' di pepe" nel nostro rapporto. La nostra vita sessuale era pepata di per sé.

Dei due, ero io quella più avventurosa, dal punto di vista sessuale. Matt tendeva a essere più conservatore. Ma, come si dice, l'acqua cheta rompe i ponti. Matt mi seguiva senza esitazione in territori oscuri e sconosciuti. Era una delle cose che mi piacevano di lui. Era un uomo meraviglioso e gentile, ma quando ne avevo bisogno poteva anche diventare rude e un po' pericoloso.

Ogni tanto guardavamo un film porno, e io a volte lo convincevo a esplorare qualche sito Internet per adulti. Rigorosamente sotto il suo pseudonimo. Avevo sempre la paranoia del Grande Fratello, e non volevo infangare l'immagine dell'FBI. Così prendevo in giro Matt, dicendogli che era lui il pervertito della coppia.

Una sera che era uscito a fare la spesa, seguendo un impulso improvviso presi la nostra macchina fotografica digitale, mi spogliai e feci alcune foto con l'autoscatto, dal collo in giù. Poi, ridacchiando come una matta e con il cuore che batteva forte, le inviai a un sito che raccoglieva cose di quel tipo. Quando Matt tornò ero di nuovo vestita.

Passò una settimana, e avevo quasi dimenticato quella storia. Ero immersa fino al collo in un caso. Tornai a casa tardi una sera, mi trascinai in camera da letto, esausta, e trovai Matt steso sul letto, con le mani intrecciate dietro la testa e una strana espressione negli occhi.

«C'è qualcosa che vuoi confessarmi?»

Lo fissai, perplessa. «Non mi sembra. Perché?»

«Seguimi.» Scese dal letto e si diresse verso lo studio. Si sedette al computer, e mosse il mouse per far scomparire il salvaschermo.

Quello che vidi mi fece arrossire tanto da temere che la mia faccia prendesse fuoco. Era una pagina web, dove agli occhi di tutto il mondo era esposto il mio corpo nudo. Matt si voltò, con un lieve sorriso.

«Hanno mandato un'e-mail. Sembra che le tue foto gli siano piaciute molto.»

Non risposi. Notai che sotto la vergogna c'era anche una certa eccitazione, e arrossii ancora di più.

«Non credo che dovresti farlo di nuovo, Smoky... Anche se sono dal collo in giù, non è una cosa molto furba. Se qualcuno ti riconosce, sarai licenziata in tronco.»

Annuii, ancora rossa in viso. «Sì, hai ragione, non lo farò più. Ma...»

Lui inarcò le sopracciglia, in quel modo che io trovavo tanto sexy. «Ma?...»

«Ma adesso scopiamo.»

Ci strappammo i vestiti di dosso, e fu una scopata davvero selvaggia. L'ultima cosa che Matt mi disse, prima di addormentarsi, mi sembrò così buffa, così tipica di lui, che ricordarla ora mi fa male al cuore: «L'FBI non è più quella dei tempi di mio padre, eh?».

Io cominciai a ridere, rise anche lui, facemmo di nuovo l'amore e ci addormentammo stretti l'uno all'altra.

A me non importa delle innocue escursioni degli adulti su Internet, qualunque sia la posizione ufficiale del Bureau. Ma una cosa è mostrare le tette in pubblico per divertimento, un'altra è gestire un sito in prima persona e far pagare la gente per guardarti mentre ti infili oggetti tra le gambe. Mi chiedo se Annie lo facesse solo per i soldi, o anche perché la cosa le piaceva. Molto probabilmente ne ricavava qualcosa di più che un semplice ritorno economico. Annie era sempre stata così, un Icaro femmina a cui piaceva volare un po' troppo vicino al sole.

Mi scuoto da quel sogno a occhi aperti. Ho paura di essermi astratta dalla discussione, e di aver fatto la figura della sciroccata che si interrompe a metà di una frase per fissare il vuoto. James mi sta osservando. L'idea irrazionale che lui possa scoprire quelle mie foto su Internet mi manda in paranoia. In quel caso davvero non mi resterebbe che il suicidio.

«Mi sembra che tu conosca la materia, Leo» dico. «Avremo bisogno di te, perciò spero che tu sia anche un mago dei computer.»

«Sono il migliore» ammette lui, con un sorriso.

«Parliamo della lettera.»

Callie prende la sua cartella, la apre, ne tira fuori una stampata e me l'allunga.

«Tu l'hai letta?» chiedo a James.

«Sì.» Esita. «È... interessante.»

Annuisco, incrocio il suo sguardo e sento scattare il collegamento. Sul lavoro siamo come l'olio e i cuscinetti. So che vuole sapere cosa ne penso, indipendentemente da tutto.

Mi concentro su quello che sto leggendo. Devo entrare nella testa di questo assassino, e di certo lui ci ha pensato bene prima di scrivere queste parole. Si tratta di un documento inestimabile, che può dirci moltissimo su di lui.

All'attenzione dell'agente speciale Smoky Barrett.

*Vorrei che questo messaggio fosse "solo per i tuoi occhi", ma so quanto poco rispetto abbia l'*FBI *per la privacy, quando si tratta di una caccia all'uomo. Ogni porta viene spalancata, ogni angolo esplorato, ogni ombra scacciata.*

Desidero scusarmi per il periodo intercorso tra l'uccisione della tua amica e la mia e-mail alla polizia. Non ho potuto evitarlo, avevo bisogno di tempo per mettere in moto alcune cose. No, voglio essere onesto fino in fondo con te, agente Barrett. Il bisogno di tempo era il fattore primario, ma ammetto che anche il pensiero della piccola Bonnie faccia a faccia con il cadavere di sua madre per tre giorni aveva un certo fascino per me.

Credi che si riprenderà? Oppure sarà perseguitata da quell'esperienza fino al giorno della sua morte? E quel giorno arriverà presto? Forse sarà lei stessa a cercare di scacciare gli incubi, con un rasoio affilato o con un flacone di sonniferi. Solo il tempo ce lo dirà, ma è una domanda interessante. Ancora sincerità: non ho toccato la bambina. Mi piace causare dolore, sono quel tipo di serial killer, anche se ormai è un cliché. Non sono contrario moralmente all'idea di violentare le ragazzine, ma la cosa non mi attrae. Lei è ancora casta, almeno fisicamente. Violentare la sua mente è stato molto più eccitante.
Poiché tu sei una di quelle persone che non rifuggono dalla morte, ti parlerò della morte della tua amica Annie King. Non è stata una cosa rapida. Annie ha sofferto molto. Ha chiesto pietà. L'ho trovato divertente ed eccitante. Cosa ti fa pensare di me questo, agente Barrett?
Lascia che ti aiuti.
Non sono stato vittima di abusi sessuali o fisici da bambino. Non bagnavo il letto e non torturavo gli animali. Sono molto più puro di così. Faccio quello che faccio perché discendo, in linea diretta, dal PRIMO.
Sono nato per farlo. Sei pronta per la prossima rivelazione, agente Barrett? Non mi crederai, ma te lo dico lo stesso: io sono un discendente diretto di Jack lo Squartatore.
Ecco. L'ho detto. Ora tu starai scuotendo la testa, pensando che si tratta delle farneticazioni di un pazzo, un'altra povera anima che sente le voci e riceve ordini da Dio.
Ci libereremo presto di questo errore di giudizio. Per il momento ti basti sapere questo: la tua amica Annie King era una puttana. Una puttana moderna, che batteva sul viale dell'informatica. Meritava di morire urlando. Le puttane sono un cancro sulla faccia della terra, e lei non faceva eccezione.
È stata la prima. Non sarà l'ultima.
Sto seguendo le orme del mio antenato. Come lui, non sarò mai catturato. E come lui, farò storia. Vuoi essere il mio ispettore Abberline?

Spero di sì. Lo spero proprio.
Cominciamo la caccia in questo modo: trovati nel tuo ufficio il venti del mese. Ti sarà consegnato un pacco che darà valore alle mie affermazioni. So che non mi crederai, ma ti assicuro che il pacco non conterrà trappole o bombe.
Ora va' a trovare la piccola Bonnie. Forse potrete svegliarvi a vicenda gridando nel buio, ora che sei la sua nuova mammina. E ricorda, non ci sono voci che mi dicono cosa fare. E neppure ordini di Dio. Per sapere chi sono, mi basta ascoltare il battito del mio cuore.
Dall'inferno
Jack Jr.

Finisco di leggere e resto un attimo in silenzio. «Una lettera interessante» dico.

«Solo un altro pazzo furioso» ribatte Callie, in tono sprezzante.

«Non direi. Questo è qualcosa di più.» Guardo James. «Ne parleremo dopo. Devo prima pensarci sopra un po'.»

Lui annuisce. «Sì. Anch'io voglio vedere la scena del delitto, prima di trarre delle conclusioni.»

Di nuovo quella connessione. La penso come lui. Dobbiamo essere lì, dov'è successo. Dobbiamo sentirne l'odore.

«A proposito» chiedo. «Chi ha ricevuto questa e-mail al dipartimento di San Francisco?»

«La tua amica Jennifer Chang» tuona Alan dal suo sedile. «Ho parlato con lei ieri notte. Non sa che vieni anche tu.»

«Chang. Molto bene. È una delle migliori.» Avevo conosciuto Jennifer Chang sei anni prima. Era della mia età, molto competente e aveva un senso dell'umorismo acido che mi piaceva. «E a che punto sono? Hanno già analizzato la scena?»

«Sì» risponde Alan, alzandosi e venendo a sedersi vicino a noi. «La Scientifica di San Francisco ha rivoltato l'appartamento come un calzino, mentre il tenente Chang dirigeva i lavori con la frusta in mano. L'ho chiamata a mezzanotte. Il corpo era già dal coroner, il lavoro fotografico finito, le analisi eseguite. Fibre, tracce, tutto. Quella donna è una schiavista.»

«Sì, è una definizione calzante. Che ne è stato del computer?»

«Si sono limitati a rilevare le impronte, e nient'altro.» Indica Leo con uno scatto del pollice. «Gli è stato detto che se ne sarebbe occupato lui.»

«Come pensi di muoverti?» chiedo a Leo.

«Sul posto farò un esame del computer in cerca di trappole, dispositivi che potrebbero cancellare i dati sull'hard disk, insomma, problemi immediati. Ma per il lavoro serio ho bisogno di portarmi il computer in ufficio.»

«Bene. Devi analizzare quel computer a fondo, Leo. Voglio tutti i file cancellati, tutte le foto, le e-mail, tutto, e ripeto *tutto*, quello che può esserci utile. Lui deve aver trovato Annie su Internet. Questo fa del computer la nostra arma principale.»

Leo si frega le mani. «È il mio lavoro.»

«Alan, tu segui la solita pista. Raccogli tutto quello che ha in mano la polizia, rapporti, idee, eccetera, e poi riesamina tutto in cerca di altre possibili conclusioni.»

«Non c'è problema.»

Mi rivolgo a Callie. «Tu occupati della Scientifica. Sono bravi, ma tu sei meglio. Cerca di essere gentile, ma se devi convincere qualcuno a farsi da parte...» scrollo le spalle.

Callie sorride. «È la mia specialità.»

«James, tu occupati del coroner. Mettilo sotto pressione. Abbiamo bisogno che l'autopsia sia eseguita oggi. Dopodiché, tu e io andremo insieme sulla scena dell'omicidio.»

L'ostilità è palpabile, ma James si limita ad annuire. Resto un attimo in silenzio, riesaminando mentalmente la lista delle cose da fare. Mi sembra di non dimenticare nulla.

«È tutto?» chiede Alan.

Alzo gli occhi a guardarlo, sorpresa dalla rabbia nella sua voce. «Credo di sì.»

Alan si alza. «Bene.» Torna a sedersi al suo posto, lontano da noi, mentre lo guardiamo meravigliati.

«Chi gli ha messo uno scarafaggio nel culo?» chiede Callie.

«Già, che tipo!» esclama Leo.

Callie e io ci voltiamo a fissarlo, ostili. «Cosa c'è?» chiede lui.

«Come dice il proverbio, ragazzino» spiega Callie, minacciandolo con un dito, «nessuno tranne me può insultare il mio amico. Mi capisci?»

Vedo il viso di Leo chiudersi, diventare impassibile. «Certo. Stai dicendo che io non sono tuo amico, Rossa. Giusto?»

Callie inclina la testa di lato, quasi divertita. «No, amore mio, non sto dicendo questo. Qui non siamo a scuola, perciò togliti la maschera da primo della classe odiato da tutti.» Si china in avanti. «Io voglio bene a quell'uomo. Lui una volta mi ha salvato la vita, e tu non puoi permetterti di sfotterlo come lo sfotto io. Non ancora, almeno. Capisci, ora?»

Leo sembra meno ostile, ma non ancora disposto a fare marcia indietro. «Sì, è chiaro. Ma non chiamarmi più ragazzino.»

Callie guarda me e sorride. «Potrebbe anche essere un buon acquisto, dopotutto, Smoky.» Poi si rivolge a Leo. «Se hai cara la vita, non provare mai più a chiamarmi "Rossa", orecchio forato.»

«Vado a parlare con Alan» annuncio. Sono distratta, e questo scambio di battute non mi diverte. La parte di me che ricorda come essere un capo registra che in realtà ciò che sta accadendo tra Leo e Callie è un bene, per lui e per la squadra. Lei lo sta accettando, a modo suo. A volte, una squadra che lavora insieme per troppo tempo diventa un circolo chiuso, che rigetta qualunque estraneo, e sono contenta di vedere che non è il nostro caso. Ovviamente, James non fa testo. Lui è così di per sé.

Arrivo alla fila dove è seduto Alan. Ha lo sguardo fisso sulle scarpe. La tensione che emana da lui è soffocante. «Posso sedermi?» chiedo.

«Fa' come ti pare» dice, senza guardarmi.

Mi siedo. Lui fissa fuori dal finestrino. Decido di provare l'approccio diretto. «Cosa c'è, Alan?»

Si volta di scatto, e la rabbia nei suoi occhi è tale che mi scosto d'istinto. «Cos'è, vuoi dimostrare che sai come calmare il bestione nero?»

Resto assolutamente senza parole. Aspetto che gli passi, ma Alan continua a fissarmi con rabbia immutata. «Allora?» mi chiede.

«Sai che non è affatto quello che intendevo, Alan.» La mia voce è ferma e calma. «È evidente che c'è qualcosa che ti tormenta, e io volevo solo... chiedere. Nient'altro.»

Continua a fissarmi. Il fuoco è appena un po' meno intenso. Si guarda le mani. «Elaina è malata.»

Il mio shock è istantaneo e viscerale. Elaina è la moglie di Alan, la conosco da quando conosco lui. Una latina, bella dentro e fuori, l'unica che è venuta a trovarmi quando ero in ospedale. Semplicemente non mi ha lasciato scelta. È entrata spingendo da parte le infermiere, si è seduta sul letto e mi ha abbracciata nonostante le mie resistenze, tutto senza dire una sola parola. Mi sono sciolta contro il suo petto e ho pianto finché non ho avuto più lacrime. Non dimenticherò mai quel momento. Il mondo confuso oltre il velo delle mie lacrime, Elaina calda e forte e affettuosa, che mi accarezzava i capelli mormorando frasi di conforto in un misto di inglese e spagnolo. È una vera amica, una specie rara.

«Cosa? Cosa vuoi dire?»

Forse a causa della paura sincera che Alan ha sentito nella mia voce, la rabbia scompare. Niente più fuoco nei suoi occhi. Solo dolore. «Cancro al colon avanzato. L'hanno operata, ma prima dell'operazione il tumore si era rotto e alcune cellule cancerose si sono disperse nell'organismo.»

«E cosa significa?»

«Questa è la bastardata. Potrebbe non significare nulla. Quelle cellule potrebbero non rappresentare alcun pericolo. Oppure si sono già ancorate da qualche parte, e il cancro sta ricrescendo nel corpo di Elaina. I medici non possono darci nessuna certezza.» Il dolore nei suoi occhi si fa più intenso. «L'abbiamo scoperto perché aveva dolori all'addome. Credevamo fosse un'appendicite, l'hanno portata d'urgenza in sala operatoria e hanno trovato il tumore. Dopo l'operazione, il medico mi ha detto che era un tumore al quarto stadio. Sai cosa significa? Che sarebbe morta, quasi certamente.»

Gli tremano le mani, mentre continua a parlare.

«Non potevo dirlo a Elaina. Si stava riprendendo, e non volevo preoccuparla in quel momento. Ogni volta che la guardavo, pensavo che presto sarebbe morta, ma le ho lasciato credere che fosse appendicite.» Ride, senza gioia. «Così, una settimana dopo, torniamo in ospedale per il controllo, e il medico annuncia sollevato che il cancro era al secondo stadio, non al quarto. Settanta-ottanta per cento di probabilità di sopravvivere oltre cinque anni. È tutto contento, perché si tratta di una buona notizia, ma Elaina scoppia a piangere perché fino a quel momento non sapeva di avere un cancro.»

«Oh, Alan...»

«Così ora deve fare la chemio, o forse la radioterapia. Stiamo ancora raccogliendo informazioni, prima di prendere decisioni.» Si guarda di nuovo le mani enormi. «Pensavo di perderla, Smoky. Anche adesso, che tutto sembra andare per il meglio, ho paura. So cosa proverei. L'ho provato per un'intera settimana, e non riesco a liberarmene.» Solleva lo sguardo, e vedo che la rabbia è tornata. «Potrei perdere mia moglie, e cosa faccio? Prendo un aereo per andare in missione. Elaina dorme, a casa. Anzi, forse ormai si è già alzata. Ma io non sono con lei.»

Sono allibita. «Cristo, Alan! Ma perché non ti prendi un permesso? Torna da lei. Possiamo farcela anche senza di te.»

Mi guarda di nuovo, e il dolore che vedo nei suoi occhi mi toglie il fiato.

«Non capisci? Quello che mi fa incazzare non è il fatto che sono qui, ma che non c'è motivo di non esserci. Lei guarirà o non guarirà, e quello che faccio io non fa nessuna differenza.» Solleva le mani. Due pale da fornaio. «Posso uccidere con queste mani. Posso usarle per sparare, per accarezzare mia moglie, per infilare un ago. Sono forti e abili. Ma non posso usarle per afferrare quel cancro e strapparlo via. Non posso aiutare Elaina in nessun modo, e non lo sopporto.»

Torna ad abbassare le mani. Cerco di trovare delle parole di conforto. Sento la sua paura, e anche la mia. Penso a Matt.

«L'impotenza è una sensazione che conosco, Alan.»

«Lo so, Smoky. Non offenderti, ma questo non cambia nulla.» Fa una smorfia. «No, scusa, non volevo dirlo. Merda.»

Scuoto la testa. «Non preoccuparti, qui non si tratta di me, ma di te ed Elaina. Se devi sfogarti, non puoi stare attento allo stesso tempo a non ferire i miei sentimenti.»

«Forse hai ragione. Merda, Smoky, cosa devo fare?»

«Io...» Mi interrompo, pensando a cosa poter dire. «Devi starle vicino e fare tutto ciò che puoi. Se pensi di aver bisogno di aiuto, devi lasciarti aiutare dai tuoi amici. E, la cosa più importante, Alan: non dimenticare mai che tutto potrebbe comunque risolversi bene.»

Lui mi rivolge un ghigno storto. «La storia del bicchiere mezzo pieno?»

La mia risposta è dura. «Esatto. Si tratta di Elaina. E quello del bicchiere mezzo pieno è l'unico modo accettabile di considerare la situazione.»

Alan guarda fuori dal finestrino, poi torna a guardare me. Nei suoi occhi è tornata la gentilezza di sempre. «Grazie, Smoky. Dico sul serio.»

L'idea di rispondere "Non c'è di che" non mi sfiora neppure.

«Per il momento non parlarne con gli altri, va bene?» mi dice.

«Certo. Va meglio, ora?»

Lui fa una smorfia, scuote la testa. «Sì, va meglio.» Poi socchiude gli occhi. «E tu, come stai? Non abbiamo mai parlato, da...»

«Non perché tu non ci abbia provato. Comunque, per il momento, mi sembra che vada tutto bene.»

«Ottimo.»

Ci fissiamo per un attimo. Niente parole, solo comprensione. Mi alzo e gli stringo un braccio prima di allontanarmi.

Prima Callie, ora Alan. Problemi, sofferenze e misteri. Provo una fitta di senso di colpa. Negli ultimi sei mesi sono stata così assorbita dalla mia agonia, da non pensare neppure che i miei amici potessero avere dei problemi. La loro vita, a paragone con la mia, mi sembrava perfetta.

«Tutto bene, amore mio?» mi chiede Callie, mentre torno a sedere.

«Tutto bene.»

Lei mi fissa con la sua intensità brevettata. Non l'ha bevuta. «Allora, cosa farai mentre noi ce ne andiamo in giro a svolgere i nostri compiti?»

La domanda mi riporta di botto al motivo del nostro viaggio. «Prima di tutto voglio parlare con Jenny Chang. La inviterò a bere un caffè, o a mangiare qualcosa.» Mi rivolgo a James. «È in gamba, ed è stata la prima ad arrivare sulla scena. Voglio conoscere le sue impressioni.» James annuisce. «Poi andrò a trovare la migliore pista che abbiamo.»

Nessuno chiede di chi si tratta, e tutti sono felici di lasciare a me quella parte. Perché sto parlando di Bonnie.

Capitolo 10

Entriamo nella sede centrale della polizia di San Francisco, chiediamo di Jennifer Chang e ci indicano il suo ufficio. Lei ci vede arrivare, sono contenta di notare una luce nel suo sguardo, quando si accorge che ci sono anch'io. Si avvicina, con al traino un uomo che non conosco.

«Smoky! Non mi avevano detto che saresti arrivata.»

«È stata una decisione dell'ultimo minuto.»

Jennifer si ferma davanti a me e mi squadra dalla testa ai piedi. Non cerca di nascondere l'interesse per le mie cicatrici, anzi, le esamina con attenzione.

«Niente male» commenta. «Sono guarite bene. E dentro invece come va?»

«C'è ancora qualche nervo scoperto, ma sto guarendo anche dentro.»

«Ottimo. Ora dimmi, siete venuti per toglierci il caso?» Jenny non ama i giri di parole. In realtà si tratta proprio di questo, siamo venuti per assumere il controllo del caso, ma non voglio che loro se la prendano a male.

«Sì» spiego. «Ma solo per via del messaggio indirizzato a me. Conosci le regole. L'e-mail costituisce una minaccia a un'agente federale, e questo ne fa un problema nostro. Nessuno qui pensa che la polizia di San Francisco non sia in grado di svolgere il lavoro.»

Lei ci riflette un attimo. «Va bene. Voi siete sempre stati leali con me.»

La seguiamo nel suo ufficio. È una stanzetta con due scrivanie, ma ciò nonostante sono sorpresa. «Hai un ufficio personale, Jenny. Notevole, direi.»

«Ho il più alto numero di casi risolti in tre anni. Il capitano mi ha chiesto cosa volevo, e gli ho detto: un ufficio. Me l'ha dato.» Ride. «Ha dovuto sbattere fuori due anziani, il che non ha giovato alla mia popolarità. Come se me ne fregasse qualcosa.» Indica l'uomo. «Scusate, avrei dovuto presentarvi prima. Questo è Charlie De Biasse, il mio partner. Charlie, i federali.»

Lui china la testa. Sembra italiano, come suggerisce il suo cognome. Ha un viso calmo, pacioso, ma gli occhi sono svegli e attenti. «Piacere di conoscervi.»

«Piacere nostro.»

«Allora» dice Jenny. «Qual è il piano?»

Callie le espone in breve come pensiamo di muoverci. Jenny approva con un cenno del capo. «Ottimo. Vi farò preparare una copia di tutto quello che abbiamo raccolto fino a questo momento. Charlie, puoi avvisare la Scientifica?»

«Certo.»

«Chi ha le chiavi dell'appartamento di Annie?» chiedo.

Jenny prende una busta dalla scrivania e la consegna a Leo. «Sono qui dentro. Potete toccare tutto senza problemi, la raccolta di campioni e impronte è già stata effettuata. L'indirizzo è scritto sulla busta. Il sergente Bixby, nell'atrio, può trovarvi un passaggio.»

Leo mi guarda, sollevando le sopracciglia. Io annuisco e lui si avvia. Poi mi rivolgo a Jenny. «Ti andrebbe di andare da qualche parte a prendere un caffè? Mi piacerebbe avere le tue impressioni sul caso.»

«Certo. Ai tuoi colleghi può pensarci Charlie. Vero, Charlie?»

«Certo.»

«Perfetto, grazie.»

«Il vostro medico legale sa il fatto suo?» chiede James. Ovviamente lo dice in tono di sfida. Jenny aggrotta la fronte.

«A Quantico pensano di sì. Perché, qualcuno vi ha parlato male di lei?»

James fa un gesto infastidito. «Mi dica solo come posso mettermi in contatto con lei, detective. Si risparmi il sarcasmo.»

Jenny si adombra, mi guarda, e forse è la rabbia verso James che vede nei miei occhi a calmarla. «Parli con Charlie» dice, in un tono secco che non ha nessun effetto su James.

Le tocco un braccio. «Usciamo di qui.»

Lei getta un'altra lunga occhiata a James, poi annuisce. Ci dirigiamo verso l'uscita dell'edificio.

«È sempre così stronzo?» chiede, mentre scendiamo i gradini che portano in strada.

«Solo quando è di buon umore. Di solito è peggio.»

Troviamo una caffetteria poco più avanti. A San Francisco ce ne sono moltissime. Questa non fa parte di una catena, è un posto a gestione familiare, con un'atmosfera rilassata. Io ordino un caffè *mocha*, Jenny un tè. Ci sediamo a un tavolo accanto alla vetrata e restiamo in silenzio per qualche secondo, ciascuna bevendo un sorso dalla sua tazza. La *mocha* è squisita.

Guardo fuori. Questa città mi ha sempre affascinato. È la New York della West Coast. Cosmopolita, piena di influenze europee, ha comunque un carattere proprio. Di solito riesco a capire che qualcuno è di San Francisco da come è vestito. È uno dei pochi posti sulla costa dove vedi cappelli, impermeabili e guanti di pelle. Li portano più per amore dello stile che per necessità. Fuori c'è il sole, ma non fa troppo caldo.

Jenny posa la tazza e la fissa per un attimo, pensosa. «Sono sorpresa di vederti qui, e ancora più sorpresa di vedere che non comandi la tua squadra.»

La guardo negli occhi. «L'accordo è questo. Annie King era mia amica, Jenny, e devo restare il più possibile fuori da questo caso. Almeno ufficialmente. Inoltre non sono ancora pronta a riprendere la direzione del CASMIRC.»

Il suo sguardo non rivela nulla, ma neppure mi giudica. «Questo lo pensi tu, oppure è un'idea del Bureau?»

«Lo penso io.»

«In questo caso... non offenderti, ma come mai ti hanno autorizzato a venire? In una situazione simile, il mio capitano non l'avrebbe mai fatto con me.»

Le spiego tutte le emozioni positive che ho provato tornando a trovare la mia squadra. «Sembra una buona terapia per me, in questo momento. E immagino che anche il direttore la pensi così.»

Jenny sembra raccogliere le idee, prima di parlare. «Smoky, io e te siamo amiche. Non ci scambiamo bigliettini di auguri a Natale o cose del genere, ma ciò nonostante siamo amiche. Vero?»

«Certo.»

«Allora, come tua amica, devo chiederti questo: pensi di essere in grado di seguire questo caso fino alla fine? È una brutta storia, proprio brutta. Mi conosci, sai che ne ho viste tante. Ma quello che ha fatto alla bambina...» Reprime un brivido. «Sono certa che avrò gli incubi per un pezzo. E anche quello che ha fatto alla madre non è bello da vedere. E lei era tua amica. Capisco quello che dici riguardo al fatto che tornare al lavoro ti fa bene, ma pensi davvero che questo sia il caso giusto per il tuo ritorno?»

Sono sincera con lei. «In realtà non lo so, Jenny. Sono parecchio confusa, e capisco che da fuori il mio coinvolgimento in questo caso sembri assurdo, ma...» Ci penso su un attimo. «Insomma, da quando Matt e Alexa sono morti, sai cosa ho fatto? Nulla. E non intendo nel senso che sono stata in casa a rilassarmi, ma nel senso più completo del termine "nulla". Posso restare tutto il giorno seduta a fissare il muro. Poi vado a letto e ho gli incubi, mi sveglio e torno a fissare qualcosa finché mi riaddormento. Oppure mi guardo allo specchio per ore, e seguo il contorno delle cicatrici con le dita.» Sento le lacrime pungermi gli occhi. Sono contenta di sentire che sono lacrime di rabbia e non di debolezza. «Tutto ciò che posso dirti, è che vivere così è più terribile di qualunque cosa possa vedere in questo caso. Sarà un modo di pensare egoista, ma è la verità.» Ho finito le parole e mi fermo, come un orologio che ha bisogno di essere ricaricato. Jenny beve un sorso di tè. La città continua a pulsare intorno a noi, inconsapevole.

«Capisco. Allora, vuoi le mie impressioni sulla scena dell'omicidio?»

Non trovo scortese questo suo improvviso cambiare argomento. È il suo modo di dirmi che accetta le mie spiegazioni, perciò è ora di mettersi al lavoro. Le sono grata.

«Comincia pure.»

«Ho ricevuto ieri la chiamata.»

La interrompo. «Tu personalmente?»

«Sì. Ha chiesto proprio di me. La voce era filtrata. Mi ha detto di controllare la mia casella di posta. Forse l'avrei ignorato, se non avesse fatto il tuo nome.»

«Filtrata in che senso?»

«Attutita, come se avesse messo un fazzoletto sulla cornetta.»

«Inflessioni di qualche tipo? Uso di slang? Accento?»

Jenny mi guarda con un sorriso divertito. «Hai intenzione di lavorarmi come una testimone, Smoky?»

«Tu *sei* una testimone. Almeno per me. Sei l'unica ad aver parlato con lui, e la prima ad aver visto la scena.»

«Okay, lo accetto.» Pensa alla mia domanda, poi risponde: «Direi di no, anzi, direi l'esatto contrario. Completa assenza di inflessioni, e tono piatto».

«Ricordi esattamente le sue parole?» So già che la risposta è sì. Jenny ha una memoria insolita come la mia abilità con le pistole, e altrettanto temuta, almeno dagli avvocati difensori.

«Sì. Ha detto: "Parlo con il tenente Chang?" Ho risposto di sì. "C'è posta per lei", ha detto, ma senza ridere. Questo ha subito attratto la mia attenzione. Non cercava l'effetto melodrammatico. Riferiva un fatto. Ho chiesto chi era all'apparecchio, e lui ha detto: “Una persona è morta. Smoky Barrett la conosce. Controlli la posta”.»

«Nient’altro?»

«Nient’altro.»

«Sappiamo da dove veniva la chiamata?»

«Da un telefono pubblico di Los Angeles.»

Drizzo le orecchie. «Allora forse è per questo che gli servivano tre giorni. O è uno che si sposta molto, o è proprio di Los Angeles.»

«Oppure vuole confondere le piste. Se è di Los Angeles, vuol dire che è venuto qui apposta per Annie.» Ha un’espressione tesa, mentre lo dice. E so perché.

«Il che significherebbe che il suo vero obiettivo sono io.» Ho già accettato questa possibilità, anche se non ne ho ancora assorbito l’impatto emozionale. Annie forse è morta non a causa del suo lavoro, ma perché era mia amica.

«Esatto. Ma per il momento è solo una congettura. Così sono andata a controllare la posta...»

«Da dove veniva l’e-mail?»

Lei mi guarda, esita. «L’ha mandata dal computer della tua amica, Smoky. L’indirizzo era il suo.»

Provo un’ondata di rabbia. So che non l’ha fatto solo per coprire le sue tracce, ma anche per dimostrare che quello che era di Annie ora è suo. «Va’ avanti.»

«Il testo riportava solo il nome e l’indirizzo di Annie King, e poi c’erano quattro allegati. Tre erano foto della vittima, il quarto era la lettera per te. A quel punto abbiamo preso la cosa sul serio. Oggi falsificare delle foto è facilissimo, ma è come quando arriva un allarme bomba: anche se credi che sia una bufala, fai ugualmente evacuare il posto. Io e il mio socio abbiamo preso degli agenti e siamo andati a vedere.» Beve un altro sorso di tè. «La porta era socchiusa e, dopo aver bussato alcune volte senza ottenere risposta, siamo entrati. La tua amica e sua figlia erano in camera da letto. Anche il computer era lì.» Jenny scuote la testa al ricordo. «Una cosa davvero brutta, Smoky.

Tu hai più esperienza di me in queste cose, ma credo che anche tu l'avresti trovata raccapricciante. L'aveva aperta, rimuovendo organi interni e mettendoli in buste di plastica. Poi le ha tagliato la gola. Ma la cosa peggiore è ciò che ha fatto alla figlia.»

«Bonnie.»

«Esatto. L'ha sistemata sul cadavere della madre, pancia contro pancia, e le ha avvolte con parecchi giri di corda. La piccola è rimasta così per tre interi giorni, Smoky. Sai cosa succede a un cadavere in tre giorni. L'aria condizionata era spenta e il bastardo aveva lasciato una finestra socchiusa. Così sono entrate le mosche.»

So di cosa parla. Quello che descrive è inimmaginabile.

«L'odore è nauseabondo, e lei è legata lì con le mosche che zampettano dappertutto. Si era voltata in modo da poggiare la guancia sul viso della madre.» Jenny fa una smorfia, e io mi faccio un'idea dell'orrore che deve aver provato in quel momento. Sono davvero grata di non averlo dovuto vedere. «Non ha detto una parola quando siamo entrati. Né quando l'abbiamo slegata. Se n'è restata immobile, con lo sguardo fisso. Non rispondeva alle domande. Era disidratata. Ovviamente abbiamo chiamato subito un'ambulanza, e l'ho mandata in ospedale con un agente. Fisicamente sta bene. Sono riuscita a trovarle una stanza privata e ho messo un agente alla porta.»

«Grazie. Grazie davvero.»

Jenny fa un gesto vago, beve un altro sorso di tè. Vedo con sorpresa che le trema leggermente la mano. L'accaduto l'ha scossa sul serio. «Non ha ancora detto neppure una parola. Ha dieci anni. Credi che si riprenderà?»

«Non lo so. La capacità di reagire degli esseri umani non finisce di stupirmi.»

Jenny mi rivolge un'occhiata indagatrice. «Già, lo immagino.» Resta un attimo in silenzio, poi continua. «Dopo aver mandato via la piccola ho chiamato la Scientifica e li ho messi al lavoro, forse con più energia del necessario, ma ero così... Non so descrivere come mi sentivo.»

«Ti capisco.»

«Mentre accadeva tutto questo, ho chiamato il Bureau e ho parlato con Alan, e ora eccoci qui. Non ho molto altro da dirti. Siamo all'inizio, Smoky. Abbiamo raccolto gli indizi, ma non ho ancora avuto il tempo di guardare nulla con attenzione.»

«Facciamo un passo indietro. Lascia che ti guidi come una testimone.»

«Va bene.»

«Useremo la tecnica dell'intervista cognitiva.»

«Perfetto.»

I ricordi e i racconti dei testimoni sono spesso un problema. A causa del trauma e delle emozioni, la gente vede troppo poco, non ricorda cosa ha visto o ricorda cose che in realtà non sono avvenute. L'intervista cognitiva è un ottimo sistema per ovviare a questi inconvenienti. Ovviamente c'è un metodo, ma applicarlo è un'arte. Io sono molto brava, Callie è più brava di me e Alan è un maestro.

Il concetto di base è questo: limitarsi a far ripercorrere a un testimone l'evento, dall'inizio alla fine, non porta necessariamente una maggiore quantità di ricordi. L'intervista cognitiva utilizza tre tecniche. La prima lavora sul contesto: invece di cominciare dall'inizio dell'evento in esame, si parte da prima. Com'era la giornata, come stava andando in generale, quali preoccupazioni, banalità o altro occupavano la mente del testimone. Insomma, si tratta di fargli ripercorrere il flusso normale della sua vita, prima dell'evento anormale che si intende fargli ricordare. Questo spesso porta il testimone a rievocare un maggior numero di particolari, quando si arriva all'evento. La seconda tecnica consiste nel variare la sequenza dei ricordi: invece di cominciare dall'inizio, si comincia dal centro, o dalla fine. Così il testimone è obbligato a fermarsi, a pensare, a riesaminare. L'ultima parte di una buona intervista cognitiva consiste nel cambiare il punto di vista. «Potrebbe descrivermi cosa avrebbe visto una persona in piedi accanto alla porta?» chiedi. Anche questo può estrarre dalla mente del testimone qualche dato in più.

Con una come Jenny, che è una poliziotta esperta, dotata di una memoria eccellente, un'intervista cognitiva può essere uno strumento di grande efficacia.

«È tardo pomeriggio» comincio. «Tu sei in ufficio. Cosa stai facendo?»

Jenny alza gli occhi al soffitto, si concentra. «Sto parlando con Charlie. Di un caso al quale stiamo lavorando. Una prostituta di sedici anni, picchiata a morte e abbandonata in un vicolo del Tenderloin.»

«Cosa state dicendo, esattamente?»

La sua espressione diventa triste. «Lui dice che a nessuno frega un cazzo di una puttana morta, anche se ha solo sedici anni. È triste e pieno di rabbia, vuole sfogarsi. Charlie non prende bene la morte dei ragazzi.»

«Tu come ti senti, mentre lo ascolti?»

Jenny scrolla le spalle, sospira. «Come lui. Triste. Incazzata. Abbasso lo sguardo sulla scrivania, mentre parla. Una foto della ragazza sporge dal folder. Una gamba dal ginocchio in giù. Si vede subito che è la gamba di un cadavere. Mi sento stanca.»

«Continua.»

«Charlie finisce di imprecare, resta qualche secondo in silenzio, poi mi rivolge quel suo sorriso strano, chiedendo scusa per lo sfogo. Gli rispondo che non c'è problema. Anche lui a volte ascolta i miei sfoghi. È una cosa reciproca, tra partner.»

«Cosa provi per lui, in quel momento?»

«Lo sento vicino. Niente di passionale, o di sessuale. Non c'è nulla del genere tra noi. Ma so che lui sarà sempre lì per me, e io per lui. Sono contenta di avere un buon partner. E sto quasi per dirglielo, quando arriva la telefonata.»

«Dell'assassino?»

«Sì. Quando comincia a parlare mi sento come... disorientata.»

«In che senso?»

«Ecco, fino a un secondo prima era tutto... normale. Parlavo con Charlie, poi qualcuno dice: "Una chiamata per te". Rispondo "Grazie" e sollevo il microfono. Circostanze e movimenti ripetuti migliaia di volte. Ma all'improvviso tutto cambia. Mi ritrovo a parlare con qualcuno di profondamente malvagio.» Schiocca le dita. «Così. È una sensazione... disarmonica.» I suoi occhi sono confusi mentre lo dice.

Questo è l'altro motivo per cui ho deciso di usare con lei la tecnica dell'intervista cognitiva. Il maggiore problema con la memoria dei testimoni è il trauma. Bambini legati, madri fatte a pezzi. Conversazioni al telefono con l'assassino. Sono esperienze scioccanti, cariche di emozioni, anche quando le emozioni sono represse.

«Capisco. Credo che ora abbiamo il contesto, Jenny.» La mia voce è calma. Lei si sta lasciando guidare e voglio tenerla il più possibile "dentro" il momento. «Andiamo avanti. Riprendiamo da quando ti stai avvicinando alla porta dell'appartamento di Annie.»

Jenny socchiude gli occhi. «È una porta bianca. La porta più bianca che abbia mai visto. Guardandola mi sento vuota. Cinica.»

«Come mai?»

I suoi occhi, quando mi fissa, sembrano quelli di una vecchia. «Perché so che è una menzogna. Tutto quel bianco... stronzate. Me lo sento nella pancia. Qualunque cosa ci sia dietro quella porta socchiusa non è bianco. È buio, marcio e orribile.»

Ho una specie di *déjà vu*. Ho provato quello di cui parla Jenny.

«Va' avanti.»

«Bussiamo e chiamiamo il suo nome. Nulla. Nessun rumore.» Jenny aggrotta la fronte. «Sai un'altra cosa strana?»

«Cosa?»

«Nessun vicino si è affacciato per vedere cosa stesse accadendo. Voglio dire: la polizia che bussa forte alla porta di qualcuno in genere produce almeno un po' di curiosità. Credo che lei conoscesse appena i suoi vicini.»

Jenny sospira.

«A ogni modo, Charlie mi guarda, io lo guardo. Entrambi guardiamo gli agenti in divisa, e tutti sfoderiamo le pistole.» Si morde un labbro. «La brutta sensazione è molto forte, come una palla che mi rimbalza nello stomaco. Anche gli altri la sentono, glielo leggo negli occhi. Lo sento nel loro sudore, nel loro respiro ansante.»

«Hai paura?» chiedo.

Jenny non risponde subito. «Sì. Ho paura di quello che troveremo.» Fa una smorfia. «Vuoi sapere una cosa? Ho sempre paura, prima di arrivare sulla scena di un crimine. Sono nella Omicidi da più di dieci anni, ho visto di tutto, eppure ho ancora paura, tutte le volte.»

«Prosegui.»

«Metto la mano sulla maniglia, getto un'ultima occhiata a tutti, poi spalanco la porta. Entriamo con le armi in pugno.»

Cambio punto di vista. «Cosa pensi sia stata la prima cosa che ha notato Charlie, dalla soglia?»

«L'odore. L'odore e il buio. Tutte le luci erano spente, a parte quella della stanza da letto.» Jenny ha un brivido involontario. «La porta di quella stanza era in fondo al corridoio, esattamente di fronte a quella d'ingresso. In casa era buio pesto, ma quella porta era... come contornata di luce.» Si passa una mano tra i capelli. «Mi faceva pensare al mostro nell'armadio, che temevo tanto da piccola. Qualcosa che gratta dall'altra parte della porta. Qualcosa di spaventoso, che cerca di uscire.»

«Parlami dell'odore.»

Fa una smorfia. «Profumo e sangue. Questo si sentiva nell'aria. L'odore del profumo era più forte, ma sotto si sentiva il sangue. Denso e metallico. Sottile ma fastidioso, come qualcosa che riesci a vedere solo con la coda dell'occhio.»

«E cosa avete fatto?»

«Il solito. Abbiamo chiamato per capire se c'era qualcuno in casa, poi abbiamo cominciato a ispezionare una stanza alla volta. Prima il soggiorno, poi la cucina. Abbiamo usato torce elettriche perché non volevo che venissero toccati gli interruttori.»

«Ottimo» dico, incoraggiante.

«Quindi ci siamo diretti verso la stanza da letto.» Jenny mi fissa. «Ho detto a Charlie di mettersi i guanti, prima di entrare.»

Mi sta dicendo che sapeva, sentiva, che dall'altra parte della porta c'era un omicidio. Che avrebbe dovuto occuparsi di raccogliere prove, non di eventuali superstiti. «Ricordo di aver guardato la maniglia. Non volevo abbassarla. Non volevo far uscire il mostro.»

«Continua.»

«La porta non era chiusa a chiave, ma non si è aperta facilmente perché c'era un asciugamano infilato sotto.»

«Un asciugamano?»

«Inzuppato di profumo. Lo aveva messo lì per bloccare l'odore del cadavere. Non voleva che nessuno lo trovasse prima che lui fosse pronto.»

Una parte di me vuole smettere. Alzarsi, uscire dalla caffetteria, saltare sul jet e tornare a casa. È un impulso potente, che mi sale dentro, minaccia di sopraffarmi.

Lo reprimo a fatica.

«E poi?»

Jenny resta in silenzio, con lo sguardo perso. Sta vedendo troppe cose. Quando riprende a parlare la sua voce è piatta e vuota. «Abbiamo visto tutto in un colpo solo. Era l'effetto che lui cercava. Il letto era stato spostato per trovarsi in linea con la porta.» Scuote la testa. «Ricordo di aver pensato alla porta d'ingresso, così bianca. Mi sono sentita piena di amarezza. Quella vista, quell'odore... troppa roba da mandare giù. Siamo restati tutti fermi lì per almeno un minuto, prima di entrare. È stato Charlie a rendersi conto per primo che Bonnie era viva.» Jenny si interrompe. Io aspetto. «Ha battuto le ciglia, me lo ricordo. Aveva la guancia poggiata contro il viso della madre, e sembrava morta anche lei. Poi ha battuto le ciglia. Charlie ha cominciato a imprecare e...» Si morde il labbro. «A piangere. Ma questo resta tra noi, intesi?»

«Certo.»

«È stato il primo, e credo l'unico, casino che abbiamo fatto. Charlie si è precipitato nella stanza e ha slegato la bambina, pasticciando tutte le prove. Non smetteva di imprecare in italiano. Il suono delle frasi era piacevole. Strano, eh?»

«Già» rispondo, gentilmente. Jenny è immersa nel momento, e non voglio turbare il flusso dei suoi ricordi.

«Bonnie non reagiva agli stimoli. Sembrava una bambola di pezza. Charlie l'ha slegata e l'ha portata fuori dall'appartamento, prima che io potessi fare o dire nulla. Era disperato, e lo capisco.» Scuote la testa. «Ho mandato gli agenti a telefonare alla Scientifica, al Pronto Soccorso, al medico legale, eccetera. Così sono rimasta sola in quella stanza con la tua amica. Con quell'odore di sangue, profumo e morte. Ero così triste e rabbiosa che mi veniva da vomitare.» Rabbrividisce di nuovo. Apre e chiude i pugni. «Hai mai notato come sono immobili i morti, Smoky? È una cosa impossibile da fingere. A quel punto ho chiuso i contatti. Sai cosa voglio dire.»

Annuisco. Lo so. Una volta passato lo shock iniziale, chiudi il rubinetto delle emozioni, in modo da poter svolgere il tuo lavoro senza piangere, vomitare o impazzire. Impari a guardare l'orrore con occhio clinico. È una cosa innaturale.

«È strano riviverlo, in un certo senso. È come udire la mia stessa voce nella mente.» Jenny fa il verso a se stessa: «Femmina bianca, di circa trentacinque anni, nuda e legata al letto. Sul corpo sono presenti tagli dal collo fino alle ginocchia, probabilmente prodotti con un coltello. Molti sono lunghi e poco profondi, prodotti forse a scopo di tortura. Il torso...». Le trema la voce per un secondo. «Il torso è aperto e a prima vista svuotato dagli organi interni. Il volto della vittima è contorto, come se al momento della morte stesse gridando. Le ossa delle braccia e delle gambe sembrano spezzate. L'omicidio è avvenuto con lentezza. La posizione del corpo suggerisce premeditazione e progettazione. Non si tratta di un delitto passionale.»

«Parlami di questo» dico. «Che impressione ti sei fatta di lui dalla scena del delitto, in quel momento preciso?»

Jenny tace a lungo. Guarda fuori dalla vetrata, poi torna a fissarmi.

«L'agonia di quella donna l'ha fatto venire, Smoky. È stata la cosa più arrapante della sua vita.»

Queste frasi sono fredde, buie, terribili.

Ma hanno il suono della verità. Mi sento vuota, mi sento male, però comincio a sentire l'odore di quell'uomo. Un odore di sangue e profumo, di porte nell'ombra, contornate di luce, di grida e risate. Un odore di menzogne mascherate da verità, di marciume visto con la coda dell'occhio.

È un uomo preciso. E assapora quello che fa.

«Grazie Jenny.» In mezzo alla sensazione di vuoto e di sporco e di buio, dentro di me c'è qualcosa che inizia a muoversi. Un drago. Temevo non ci fosse più, dopo Joseph Sands. Non è ancora sveglio, ma lo sento vivo, per la prima volta da mesi.

Jenny si scuote. «Niente male. Mi hai davvero fatta tornare lì dentro.»

«Non ci è voluto molto, da parte mia. Sei una testimone da sogno.» La risposta mi esce di bocca meccanica, senza vita. Sono stanchissima.

Restiamo sedute per quasi un minuto in un silenzio turbato.

Il mio caffè non è più squisito, e Jenny ha lasciato il suo tè a metà. La morte e l'orrore hanno questo effetto. Riescono a succhiare via la gioia da tutto. È l'unica cosa con la quale devi sempre lottare, quando lavori per la legge. Il senso di colpa del superstite. Sembra quasi sacrilego assaporare un momento della vita, mentre parli della morte orribile di qualcun altro.

Sospiro. «Puoi portarmi da Bonnie?»

Paghiamo e usciamo. Per tutto il viaggio, ho paura di vedere quello sguardo fisso. Sento odore di sangue e profumo, profumo e sangue. L'odore della disperazione.

Capitolo 11

Odio gli ospedali. Sono felice che ci siano quando ce n'è bisogno, ma ho un solo ricordo felice associato a un ospedale: la nascita di mia figlia. Altrimenti, ogni volta che ci sono andata è sempre stato perché stavo male, o perché stava male una persona che amavo. E oggi non è diverso. Siamo venute a trovare una bambina che è rimasta legata per tre giorni al cadavere di sua madre.

Il tempo che io stessa ho trascorso in ospedale dopo Sands è un ricordo surreale. Un periodo di dolore intenso, accompagnato da un continuo desiderio di morte. Un periodo di insonnie che duravano giorni, finché crollavo per la stanchezza. Fissavo il soffitto per ore, tra il ronzio dei monitor e lo scalpiccio degli zoccoli delle infermiere. Ascoltavo la mia anima, che suonava cava, come quando accosti all'orecchio una conchiglia.

Sento odore di ospedale, e rabbrividisco.

«Siamo arrivate» dice Jenny.

Il poliziotto davanti alla porta chiede di vedere i miei documenti, anche se sono con Jenny. Approvo.

«Qualche visitatore?» chiede Jenny.

«No. Tutto tranquillo.»

«Non lasciar entrare nessuno mentre ci siamo noi, Jim. Assolutamente nessuno.»

«Signorsì.»

Il poliziotto torna a sedersi e apre il suo giornale. Noi entriamo.

Appena si chiude la porta e vedo Bonnie ho le vertigini. Non dorme, ha gli occhi aperti. Ma non si spostano neppure di un millimetro quando entriamo.

È piccola, ed è resa ancora più minuta dall'enormità dell'ospedale, unita all'enormità di ciò che ha subìto. È impressionante come somigli ad Annie. Gli stessi capelli biondi, il naso all'insù, gli occhi di un blu cobalto. Tra pochi anni sembrerà quasi una gemella della ragazza che ho abbracciato nel bagno della scuola, tanti anni fa. Mi rendo conto che sto trattenendo il fiato. Espiro e mi avvicino al letto.

Lungo la strada Jenny mi ha spiegato che gli esami non mostrano tracce di ferite, né di violenza sessuale. Ne sono felice, ma so che le ferite di Bonnie sono più profonde di quelle della carne. Sono aperte, insanguinate e non possono essere chiuse da semplici punti di sutura.

«Bonnie?» Parlo in tono calmo, misurato. Ho letto da qualche parte che le persone in coma sono in grado di sentirti, di aggrapparsi alla tua voce. E lei, anche se non è in coma, è quasi come se lo fosse. «Sono Smoky. Tua madre e io eravamo molto amiche. Sono la tua madrina.»

Nessuna risposta. Solo quegli occhi fissi rivolti al soffitto. Guardano qualcos'altro, o forse nulla. Esito un attimo, poi prendo la sua manina nella mia. Al contatto con la sua pelle soffice mi viene una vertigine. Ho tenuto molte volte in questo modo la mano di mia figlia. Si apre qualcosa dentro di me, un vuoto riempito dalla mano di Bonnie. Le parole mi escono dalle labbra, so cosa sto dicendo solo dopo averlo detto. Il suono della mia voce è basso e serio, come quando si recita una preghiera.

«Tesoro, voglio che tu sappia che sono qui per trovare l'uomo che ha fatto questa cosa orribile a te e a tua madre. È il mio lavoro. So come puoi sentirti dentro, e so che forse desideri morire.» Una lacrima mi scende lungo la guancia. «Mia figlia e mio marito sono stati uccisi da un uomo cattivo, sei mesi fa. Quell'uomo ha fatto del male anche a me, e per molto tempo io ho desiderato fare quello che ora stai facendo tu: volevo strisciare dentro me stessa e scomparire.» Faccio una pausa, tiro il fiato e stringo forte la mano di Bonnie. «Te lo dico solo per farti sapere che ti capisco. Resta pure dove sei per tutto il tempo che vuoi. Ma quando sarai pronta a uscire, sappi che non sarai sola. Staremo insieme, io mi prenderò cura di te.» Ormai piango senza ritegno, ma non m'importa. «Volevo tanto bene a tua madre, davvero tanto. Mi sarebbe piaciuto poter passare più tempo con voi, conoscerti meglio.» Sorrido appena, tra le lacrime. «Mi sarebbe piaciuto farti conoscere Alexa. Credo che sareste andate d'accordo.»

La testa mi gira ancora più forte. Le lacrime scorrono a fiumi. Il dolore a volte è così. Appena trova un'apertura, una crepa, ci si infila a forza, la allarga fino a esplodere fuori, inesorabile. Nella mia mente passano immagini di Alexa e Annie, che pulsano come illuminate da luci stroboscopiche. Ho solo un attimo per capire cosa succede. Sto svenendo.

Poi tutto diventa buio.

Questo è il secondo sogno, ed è bellissimo.

Sono in ospedale, con le doglie. Penso seriamente di uccidere Matt per avermi messo in questa situazione. Mi sento spaccata in due, coperta di sudore, grugnisco come un maiale e ogni tanto lancio urla di dolore.

C'è un essere umano che si muove dentro di me, e cerca di venire fuori. Non ci trovo nulla di poetico. Mi sento come se stessi cercando di cagare una palla da bowling. Ho dimenticato quanto mi sembrava bella l'idea di avere un bambino. Voglio che questa cosa esca da me. La amo e la odio e la amo, e tutto questo si traduce in urla e imprecazioni.

La voce del medico è tranquilla. Mi fa venire voglia di rompergli quella stupida testa calva. "Okay, Smoky, sta uscendo. Ancora qualche spinta e sarà fuori. Avanti, non mollare."

"Vaffanculo!" grido, poi spingo. Il dottor Chalmers resta impassibile. Si occupa di far nascere bambini da un bel po' di tempo.

"Stai facendo un ottimo lavoro, cara" dice Matt, la sua mano nella mia. La stringo, sapendo di fargli male, con la speranza perversa di polverizzargli le ossa.

"Come fai a saperlo?" ringhio. Ho una contrazione, e la testa mi scatta all'indietro. Impreco come non ho mai fatto prima d'ora, pronuncio parole orribili e blasfeme che farebbero arrossire un camionista. L'aria puzza di sangue e delle scoregge che mi scappano mentre spingo. Penso: "Tutto questo non è affatto bello e vorrei uccidervi tutti". Poi il dolore e la pressione aumentano, una cosa che non credevo possibile. Bestemmio con un abbandono degno di Regan MacNeil nel film *L'esorcista*.

"Ancora una, Smoky" dice la voce del dottor Chalmers tra le mie gambe, tranquilla in mezzo alla tempesta.

C'è un suono risucchiante, liberatorio, e ancora dolore e pressione, e poi finalmente mia figlia è fuori. È emersa nel mondo e i primi suoni che sente sono delle oscenità. C'è un silenzio, rumori di qualcosa che viene tagliato, e poi qualcosa spinge via tutto il dolore e la rabbia. Il tempo si ferma. Sento piangere mia figlia. Sembra incazzata nera, proprio come me fino a qualche secondo prima. La sua voce è la musica più bella che abbia mai udito, un miracolo al di là della mia immaginazione. È come se il mio cuore dovesse fermarsi per l'emozione. Sento quel suono, guardo mio marito, e comincio a piangere calde lacrime.

"Una bambina bella e sana" dice il dottor Chalmers, rilassandosi mentre le infermiere puliscono Alexa e l'avvolgono in un panno sterile. Matt ha la faccia sudata, stanca e felice. Pochi minuti fa volevo schiacciarlo come una mosca, ma ora lo amo di nuovo. Anche lui è stato parte di tutto questo, e gliene sono grata, ma non trovo le parole per dirlo, e non riesco a smettere di piangere.

Alexa è nata poco dopo mezzanotte, in mezzo al sangue, al dolore e alle urla. È stato un momento perfetto, di quelli che capitano pochissime volte nella vita.

È morta poco dopo mezzanotte, rispedita in un utero di tenebra dal quale non rinascerà.

Riprendo i sensi, tremando, ansimando e piangendo. Jenny, sopra di me, sembra sconvolta.

«Smoky! Stai bene?»

Ho la bocca gommosa, le guance secche per il sale delle lacrime. Sono mortificata. Lancio un'occhiata alla porta. Jenny scuote la testa.

«Non è entrato nessuno. Ma stavo proprio per chiamare qualcuno, se non fossi rinvenuta presto.»

Respiro forte, risucchiando l'aria. Il peggio è passato. «Grazie.» Mi siedo sul pavimento, con la testa tra le mani. «Mi dispiace, Jenny. Non sapevo che sarebbe successo.»

Lei non risponde subito. La sua maschera di durezza si ammorbidisce per un attimo. «Non preoccuparti, è tutto a posto.»

Non dice altro. Io resto lì, ansimante, finché il respiro torna normale. Poi noto una cosa, e proprio come nel sogno, tutto il dolore scompare di colpo.

Bonnie ha voltato la testa, e mi guarda. Una lacrima le scende lungo la guancia. Mi alzo in piedi, mi avvicino al letto e le prendo una mano.

«Ciao, tesoro» sussurro.

Lei non parla, e io non dico altro. Ci limitiamo a fissarci, ciascuna con le sue lacrime che scendono libere. Dopotutto è a questo che servono le lacrime. A permettere all'anima di sanguinare.

Capitolo 12

A San Francisco si guida più o meno come a New York: senza fare prigionieri. Il traffico è intenso mentre torniamo verso il dipartimento di polizia, e Jenny deve conquistare la strada palmo a palmo. L'aria è tutta una sinfonia di clacson e imprecazioni. Parlo con Callie al cellulare, tappandomi l'altro orecchio con un dito per riuscire a sentirla.

«Come è andata alla Scientifica?»

«Gente davvero in gamba, amore mio. Sto passando tutto al setaccio, ma credo proprio che abbiano fatto tutto il possibile.»

«Tuttavia mi sembra di capire che non abbiano trovato nulla.»

«L'assassino è stato molto attento.»

«Già.» Scaccio la depressione prima che prenda piede. «Hai sentito gli altri? Damien si è fatto vivo?»

«Non ho ancora avuto il tempo di contattare nessuno.»

«Noi siamo quasi arrivate. Ci vediamo tra poco.»

C'è un secondo di silenzio, poi: «Come sta la bambina, Smoky?».

Come sta? Non ho una risposta a questa domanda, e non è un argomento di cui voglio parlare ora. «Non bene.»

Chiudo la comunicazione prima che Callie possa ribattere qualcosa e guardo fuori dal finestrino. San Francisco è un labirinto di ripide colline e strade a senso unico, conducenti aggressivi e tram. Possiede una bellezza nebbiosa che ho sempre ammirato, un carattere acculturato e decadente allo stesso tempo. Ma in questo momento mi sembra solo un altro posto dove si commettono omicidi. Gli omicidi hanno questa particolarità: possono accadere al Polo Nord come all'equatore, gli assassini possono essere uomini, donne o ragazzi, le vittime possono essere santi o peccatori. L'omicidio è ovunque, e il suo nome è legione. Sento dentro di me un buio solido, nero come la pece, senza nessuna sfumatura di grigio.

Arriviamo alla stazione di polizia e finalmente lasciamo la macchina nel parcheggio riservato. Entriamo da una porta secondaria e ci dirigiamo verso l'ufficio di Jenny. Dentro troviamo Alan e Charlie, immersi nella lettura di un dossier.

«Ciao» dice Alan. Sento il suo sguardo su di me, attento.

«Notizie dagli altri?»

«Non mi ha ancora chiamato nessuno.»

«Trovato qualcosa?»

Alan scuote la testa. «Finora no. Mi piacerebbe poter dare la colpa alla polizia, ma non è così. Chang ha un ottimo equipaggio.» Schiocca le dita, sorride a Charlie. «Ah, e anche il suo secondo non è male, naturalmente.»

«Succhiamelo» dice Charlie, senza alzare la testa dal dossier.

«Continuate pure. Io chiamo James e Leo.»

Alan fa un cenno d'assenso e torna a immergersi nella lettura. In quel momento squilla il mio cellulare.

«Barrett.»

«Dove cazzo è Chang?» ringhia una voce seccata.

«Cosa succede, James?»

«Succede che il medico legale non pensa di cominciare a tagliare se prima la tua amica non si fa vedere. Dille di muovere il culo e schizzare qui in dieci secondi.»

Appende senza darmi il tempo di rispondere. Che testa di cazzo.

«James ha bisogno di te all'obitorio» dico a Jenny. «Non cominceranno senza di te.»

Lei sorride. «Mi pare di capire che il coglione sia parecchio seccato.»

«Già.»

«Ottimo. Ci vado subito.»

Jenny esce e io chiamo Leo. Mentre compongo il numero mi chiedo che tipo di orecchino porti quando non è in servizio. Risponde dopo il quinto o sesto squillo, e sembra terrorizzato. Gli battono i denti.

«C-C-Carnes...»

«Sono Smoky, Leo.»

«Un v-v-video...»

«Calmati. Fa' un respiro profondo e dimmi cosa succede.»

C'è un attimo di silenzio, poi la sua voce viene fuori in un bisbiglio. «Video dell'omicidio. Terribile...»

A quelle parole mi si fa il vuoto nella testa. Alan mi fissa, preoccupato.

Riesco a trovare la voce per replicare. «Non muoverti, Leo. Arriviamo immediatamente.»

CAPITOLO 13

Ricordo questo quartiere. Ci sono venuta quando è morto il padre di Annie. Lei abitava in un condominio stile newyorkese, con begli appartamenti completi di sala da pranzo e vasche da bagno incassate.

«Bel posto» commenta Alan, indicando fuori dal finestrino.

«Suo padre le aveva lasciato una buona eredità» spiego.

È una zona pulita, sicura. Nessun quartiere di San Francisco può essere definito davvero "residenziale", ma di certo la città ha le sue belle zone: quelle lontane dal rumore e inerpicate sulle colline con vista sulla baia, quelle storiche, con gli edifici vittoriani, e quelle di recente costruzione, come il quartiere dove abitava Annie.

Torno a pensare che nessun posto è al riparo da un omicidio. Nessuno. In un quartiere come questo non ci si aspetta di essere assassinati, ma quando succede sei morto lo stesso, esattamente come nei bassifondi.

Mentre scendiamo dall'auto, Alan chiama Leo. «Siamo qui fuori, ragazzo. Arriviamo tra pochi secondi.»

Entriamo nell'atrio. L'uomo alla reception ci vede salire in ascensore ma non dice nulla. Premiamo il bottone del quarto piano e saliamo in silenzio.

Alan e io non abbiamo detto quasi nulla per tutto il viaggio, e continuiamo a tacere. Ci prepariamo alla parte più brutta di questo lavoro: vedere il delitto. È molto diverso dall'analizzare le prove, o dall'esercizio mentale di cercare di ragionare come l'assassino. Qui si tratta di guardare una persona morire, di sentire l'odore del sangue. Come ha detto una volta Alan, c'è la stessa differenza che corre tra parlare di merda e mangiarla.

Charlie è teso e silenzioso. Forse ricorda quello che ha visto ieri sera, quando ha aperto quella porta.

Usciamo dall'ascensore, percorriamo il corridoio e svoltiamo l'angolo. Leo è fuori dall'appartamento, seduto a terra con la testa tra le mani.

«Ci penso io» mormora Alan.

Annuisco. Lui si avvicina al ragazzo, si inginocchia accanto a lui e gli posa una mano enorme sulla spalla. So per esperienza che malgrado le dimensioni il tocco di quella mano è gentile.

«Come va, ragazzo?»

Leo alza gli occhi. Ha il viso pallido che brilla di un sudore malsano. Non tenta neppure di sorridere. «Mi dispiace, Alan, non ce l'ho fatta. L'ho visto, poi ho vomitato e non sono riuscito a restare lì dentro...» La sua voce si perde in un sussurro.

«Ascolta, figliolo.» Il tono di Alan è calmo, ma esige attenzione. Charlie e io aspettiamo. Vorremmo entrare subito e compiere il nostro lavoro, ma proviamo compassione per quello che Leo sta passando. Questo è un momento cruciale per chi fa il nostro lavoro: il momento in cui guardi per la prima volta nell'abisso, e scopri che l'uomo nero esiste davvero. Il momento in cui ti trovi faccia a faccia con il male. È adesso che si decide il futuro di Leo, lo sappiamo tutti. O supera questo momento, oppure presto si troverà un altro lavoro. «Credi di aver sbagliato perché quello che hai visto ti ha terrorizzato?»

Leo annuisce, vergognoso.

«Be', ti sbagli. Vedi, forse hai visto troppi film, letto troppi libri, e ti sei fatto un'idea assurda di cosa vuol dire essere duri. Credi che davanti a un omicidio sia importante avere pronta una battuta cinica da pronunciare mentre mangi un panino al prosciutto, senza che la vista del sangue ti guasti minimamente l'appetito. È così?»

«Più o meno.»

«Quindi, se non ti comporti così, significa che sei una femminuccia e che davanti ai "vecchi" devi vergognarti. Forse sei addirittura convinto di non essere tagliato per questo lavoro, visto che hai vomitato.» Alan si volta verso di noi. «Charlie, quanti cadaveri massacrati hai dovuto vedere, prima di non vomitare più?»

«Tre. No, quattro.»

Leo solleva la testa.

«E tu, Smoky?»

«Non me lo ricordo, ma più di uno, questo è certo.»

Alan si rivolge di nuovo a Leo.

«Anche per me sono stati quattro. Anche Callie ha vomitato, qualche volta, però non lo ammetterà mai perché deve sempre fare la regina.» Fa una pausa prima di continuare. «Figliolo, non c'è nulla che possa prepararti a vedere una cosa del genere per la prima volta. Assolutamente nulla. Non c'entra quante foto hai visto, quanti dossier hai letto. La morte vera è un'altra cosa.»

Leo fissa Alan, con il rispetto venato di adorazione che uno studente mostra verso il suo mentore. «Grazie.»

«Non c'è di che.» Si alzano entrambi.

«Sei pronto a fare rapporto, agente Carnes?» chiedo, in tono severo. So che Leo ha bisogno di questo, ora.

«Signorsì.»

Gli è tornato un po' di colore sulle guance. È davvero giovane. Un ragazzino introdotto all'omicidio, e ora destinato a invecchiare molto prima del tempo. Benvenuto nel club.

«Comincia pure, allora.»

Ora parla in tono calmo. «Sono arrivato e ho cominciato a eseguire i vari controlli di prassi, verificando che non ci fossero virus o trappole di qualche tipo. Poi ho fatto la prima cosa che si fa sempre in questi casi: ho controllato quali fossero gli ultimi file modificati. L'ultimo era un file di testo nominato *readmefeds*, leggetemi federali.»

«Sul serio?»

«Già. L'ho aperto. Conteneva una sola frase: "Guarda nella tasca della giacca blu". Non c'era nessuna giacca blu in vista, allora ho aperto l'armadio. Nella tasca sinistra di una giacca da donna c'era un CD-ROM.»

«E hai deciso di dargli un'occhiata. Io avrei fatto lo stesso.»

Incoraggiato, Leo continua: «Quando masterizzi un CD puoi dargli un titolo. Quello era intitolato: *La morte di Annie*». Inghiotte a vuoto.

«Brutto figlio di puttana» sibila Charlie. «Jenny si incazzerà come una biscia quando saprà che ci è sfuggita una cosa del genere.»

«Va' avanti» dico a Leo.

«Sul CD c'era un solo file. Un video ad alta risoluzione, che occupava quasi tutto lo spazio disponibile.» Inghiotte di nuovo saliva, e torna a impallidire. «L'ho aperto, ed era...» Scuote la testa, si sforza di riprendere il controllo delle emozioni. «L'ha girato lui. Ma non è una semplice ripresa in tempo reale, è piuttosto una specie di... montaggio.»

«Dell'omicidio di Annie.» Lo dico io per lui. So che non vuole pronunciare quelle parole.

«Sì. È... indescrivibile. Non volevo continuare a guardarlo ma non ho potuto evitarlo. Poi ho cominciato a vomitare e ho chiamato l'agente Washington. Sono uscito dall'appartamento e ho aspettato qui il vostro arrivo.»

«Non hai vomitato in camera da letto, vero?»

«No, sono riuscito ad arrivare in bagno.»

Alan lo gratifica di una pacca sulla spalla che, se Leo avesse la dentiera, gliel'avrebbe fatta sputare. «Vedi? Te l'ho detto che hai della stoffa, Leo. In un momento del genere ti sei comunque preoccupato di non inquinare la scena del delitto.»

Leo gli fa un mezzo sorriso.

«Andiamo a vedere questo video» dico. «Leo, non è necessario che tu ci sia, se non vuoi.»

Lui mi guarda negli occhi, contemplandomi, con uno sguardo che esprime un'intensa maturità. In un lampo so cosa pensa. Annie era mia amica, e se io ho intenzione di andare a vederla morire, anche lui può farlo. I suoi occhi si fanno duri, confermandomi che ho visto giusto. «No, signora, la parte che riguarda il computer è compito mio. Farò il mio lavoro.»

Prendo atto della sua forza reagendo nel modo che usiamo tra noi: facendo finta di niente. «Ottimo. Accompagnaci dentro.»

Leo spalanca la porta dell'appartamento ed entriamo. Non è cambiato da come lo ricordavo. Tre stanze da letto, due bagni, ampio soggiorno e cucina spaziosa. La presenza di Annie si avverte dappertutto. Il blu era il suo colore preferito, e si nota nei dettagli: tende blu, un vaso blu, una fotografia di un cielo blu. Il posto è di classe, tutto intonato, ma non in modo ossessivo. È una casa di una bellezza serena, sottotono.

Era il talento di Annie, arredare una casa in modo perfetto senza sforzo, senza neppure doverci pensare. Ogni cosa in lei, dai vestiti all'orologio, era una nota di stile, ma senza arroganza. Era elegante in modo istintivo, una cosa che io ho sempre considerato una prova della sua bellezza interiore. Non sceglieva le cose pensando a cosa avrebbero detto gli altri, le sceglieva perché l'attraevano e perché le stavano bene. Il suo appartamento riflette questa tendenza. È immerso nella polvere dell'anima di Annie.

Ma c'è anche un'altra presenza, qui dentro.

«Senti questo odore?» chiede Alan. «Cos'è?»

«Profumo e sangue» mormoro.

«Il computer è da questa parte» dice Leo, e ci guida in camera da letto.

Qui l'armonia si spegne. Questo è il luogo dove lui ha fatto il suo lavoro. È l'opposto cosciente della bellezza inconscia di Annie. Qui qualcuno si è sforzato di ottenere una dissonanza, di rompere la serenità, di distruggere qualcosa di squisito.

La moquette è macchiata di sangue, e avverto l'odore forte della decomposizione, mescolato al profumo di Annie. L'odore della vita e quello della morte. Un tavolino è rovesciato, una lampada fracassata. Le pareti sono state graffiate, e l'intera stanza ha un aspetto stridente.

Leo si siede al computer. Io penso ad Annie.
«Cominciamo» dico.
Lui impallidisce, poi sposta il mouse e fa doppio clic su un file. Un video-player si apre sul monitor, e passano le prime immagini. Il mio cuore perde un colpo quando vedo Annie.
È completamente nuda, ammanettata al letto. La bile mi sale in gola, al ricordo di me stessa con Joseph Sands.
L'assassino è vestito di nero dalla testa ai piedi, e indossa un passamontagna.
«Cos'è, un costume da ninja?» ruggisce Alan, scuotendo la testa disgustato. «Cristo, per lui è tutto un gioco.»
Comincio a registrare i particolari in automatico. L'assassino sembra alto circa un metro e ottanta. È snello e muscoloso. Dalla pelle intorno agli occhi capisco che è un bianco.
Aspetto di sentirlo parlare. La tecnologia per il riconoscimento vocale è molto avanzata, ormai. L'uomo sparisce alla vista per un attimo, si sentono dei rumori, e quando torna nel campo della telecamera guarda l'obiettivo e sorride, lo capisco dalle rughe intorno agli occhi. Alza una mano e conta con le dita.
Uno, due. Uno, due, tre, quattro...
Una musica si diffonde nella stanza, coprendo tutti gli altri suoni. Non riconosco la canzone, ma il genere sì: un ibrido di punk e alternativo, voci melodiche con un sottofondo di chitarra dura.
Amore taglieeente... Dalle un po' del tuo amore taglieeente...
Mi viene quasi da vomitare. Quasi.
«Figlio di puttana» dice Alan, in tono rabbioso. «Si permette anche il lusso di una colonna sonora.»
Il volume è alto. L'assassino comincia a ballare. Ha un coltello in mano, e danza per Annie e per la telecamera. È frenetico, pazzo, ma si muove a tempo. Una pazzia con ritmo.
L'amore è solo a un passo di distanza dall'assassinio...
Ecco perché ha scelto questa canzone. Questo è il suo messaggio. Anche Annie se n'è resa conto, glielo leggo negli occhi. Terrore e perdita totale della speranza.
L'uomo smette di danzare, ma continua a muoversi a tempo,

in modo istintivo, come una persona che senza rendersene conto batte il piede al suono di una canzone. Ora è davanti al letto, e fissa Annie come ipnotizzato. Annie lotta, si agita. La musica copre la sua voce, ma capisco che grida attraverso il bavaglio. L'uomo guarda l'obiettivo, poi si china su Annie e comincia a usare il coltello.

Il resto è quello che ha descritto Leo. Un montaggio dell'orrore, della tortura, della violenza subita da Annie. L'uomo lavora con calma. Gli piace tagliare lentamente, e passare la lama dappertutto. A ogni cambio di immagine ho un soprassalto, come se mi dessero la scossa. Immagine, shock, salto. Annie torturata. Immagine, shock, salto. Annie violentata. Immagine, shock, salto. Tagli, tagli, tagli. Mio Dio, non smette di tagliare. Gli occhi di Annie sono pieni di dolore, di terrore, poi diventano vuoti, fissi nel nulla. È ancora viva, ma da un'altra parte. L'assassino fa una danza della pioggia. Una pioggia di sangue. Quando finisce Annie è già morta, sventrata come un pesce. Veder morire quella donna che ho abbracciato da ragazza, che ho amato, è come essere di nuovo su quel letto, e vedere Matt che grida.

Non avevo ancora pianto per la morte di Annie. Ora lo sto facendo.

Fiumi di lacrime silenziose mi scendono lungo il viso. È morta l'unica persona, oltre a Matt, che sapeva tutto di me. Adesso sono sola al mondo. Non ho radici, non ho nessuno. È insopportabile.

"Annie" penso. "Davvero non meritavi questo."

Non mi asciugo le lacrime. Non me ne vergogno. Hanno senso.

Il video finisce e restiamo tutti in silenzio.

«Vediamolo di nuovo» dico.

Vediamolo di nuovo, perché c'è un drago dentro di me, che si sta svegliando.

E voglio che si svegli affamato.

Capitolo 14

«Fammi capire» dice Alan. «Non solo ha girato questo video, ma ha anche realizzato un montaggio delle scene?»

Leo annuisce. «Sì, ma non su questo computer. L'hard disk non ha abbastanza spazio, e non ci sono programmi di montaggio installati. Probabilmente aveva con sé un portatile molto potente.»

Alan fa un fischio. «Ha un bel sangue freddo, Smoky. Si è seduto qui a lavorare accanto al cadavere della tua amica, mentre Bonnie guardava, o era già legata alla madre.»

Nessuno ha fatto commenti sulle mie lacrime. Mi sento svuotata. «Freddo, organizzato, competente... e lo farà di nuovo.»

«Come lo sai?» chiede Leo.

Mi volto verso di lui. «Ha attraversato un confine, e non tornerà indietro. Quello che ha fatto gli è piaciuto, lo ha fatto sentire vivo. E quando ami fare qualcosa, non lo fai una volta sola.»

Lui mi fissa, sorpreso da questo concetto. «E ora cosa si fa?»

«Ora voi ve ne andate, e facciamo venire James.»

Noto la freddezza nella mia voce. "Bene" penso, "si comincia."

Charlie e Leo sembrano disorientati. Alan capisce. «Lei e James hanno bisogno di un po' di spazio. Nel frattempo noi abbiamo un sacco da fare. Smoky, vuoi che sostituisca James all'obitorio?»

«Sì, va bene.» La mia risposta è distratta, distante. Quasi non mi accorgo che se ne vanno. La mia mente è un enorme spazio aperto. Lo sguardo è fisso nel nulla.

Perché il treno buio sta arrivando.

Lo sento in lontananza, *ciuf, ciuf, ciuf*, fumo, calore e ombre.

L'ho incontrato durante il mio primo caso. È difficile parlarne. Il treno della vita procede sui binari della normalità e della realtà. È il treno sul quale si trova la maggior parte della gente, dalla nascita alla morte. È pieno di risate e lacrime, trionfi e momenti duri. I suoi passeggeri non sono perfetti, ma fanno del loro meglio.

Il treno buio è diverso.

Corre su binari fatti di ossa e di cose viscide. È il treno su cui viaggiano quelli come Jack Junior. Il suo carburante è la morte, il sesso, le grida. È un serpente nero su ruote, che si nutre di sangue. Puoi incontrarlo se salti giù dal treno della vita e corri nei boschi. Puoi corrergli accanto per un po', e dare un'occhiata al triste carico dei vagoni. Puoi saltare a bordo e fare un giro attraverso i sussurri e le ossa, fino a incontrare il capotreno. Lui è il mostro che stai cercando, e ha molte forme. Può essere un quarantenne basso e calvo, oppure un giovane alto e biondo. A volte, raramente, è una lei. Sul treno buio lo vedi com'è veramente, sotto i falsi sorrisi e i vestiti eleganti. Ti trovi a guardare nelle tenebre, e in quel momento, se non distogli lo sguardo, capisci.

Questi assassini di cui vado a caccia non sono persone tranquille e sorridenti, dentro. Ogni cellula del loro corpo è un grido senza fine. Borbottano continuamente, sono malvagi e coperti di sangue. Sono capaci di masturbarsi mentre mangiano carne umana, di grugnire in estasi toccando cervelli e feci. Le loro anime non camminano, strisciano.

Il treno buio è il luogo della mia mente dove posso togliere la maschera agli assassini. Dove non distolgo lo sguardo, non mi tiro indietro, non cerco pretesti o motivi, ma accetto ciò che vedo. Sì, i suoi occhi sono pieni di vermi. Sì, beve lacrime di bambini assassinati. Sì, qui c'è spazio solo per l'omicidio.

«Interessante, Smoky» mi disse il dottor Hillstead una volta, quando gliene parlai. «La mia domanda, e la mia preoccupazione, è questa: una volta salita a bordo, cosa ti impedisce di non scendere più? Di diventare tu il capotreno?»

Sorrisi. «Se lo vedi davvero il capotreno, non c'è pericolo che succeda una cosa del genere. Capisci subito che tu non sei così.» Lo fissai negli occhi. «Se davvero togli la maschera al capotreno, ti rendi conto che è un alieno. È un'aberrazione, un essere di un'altra specie.»

Hillstead annuì, ricambiando il sorriso, ma non sembrava convinto.

Quello che non gli dissi è che il problema non è il rischio di diventare il capotreno. È smettere di vederlo, una volta scoperto com'è senza la maschera. A volte possono volerci mesi, mesi di incubi e di sudori freddi all'alba. È una cosa fatta di silenzi, di stanze chiuse dove Matt non riusciva mai raggiungermi. Per lui era la cosa più difficile.

Questo è il prezzo che si paga per salire sul treno buio. Una parte di te, una scheggia del tuo essere, varca una solitudine ignota alla maggior parte della gente. Una solitudine assoluta, eterna.

Sola nel luogo dove è stata uccisa Annie, lo sento arrivare. Quando lo guardo passare, o decido di salirci sopra, non posso avere gente intorno. Divento distante, fredda e dura. L'unica eccezione è la compagnia di un altro vagabondo come me, qualcuno che abbia familiarità con il treno.

James lo conosce. Ha un sacco di difetti ed è uno stronzo, ma condivide con me questo dono. Può salire sul treno e vedere il macchinista.

Al di là di ogni metafora, il treno buio è un luogo dove è possibile un'osservazione ravvicinata, creata attraverso un'empatia con il male.

Ed è una cosa molto spiacevole.

Mi guardo intorno, assorbendo le sensazioni. Sento la presenza di quell'uomo, il suo odore. Devo sentirne anche il sapore, i suoni. Invece di spingerlo via, devo abbracciarlo. Come un amante.

Questa è la cosa che non ho mai detto al dottor Hillstead. Non credo che gliela dirò mai. Il fatto è che questa intimità dà assuefazione. È eccitante. Il killer va a caccia dappertutto. Io vado a caccia del killer. Ma il gusto del sangue in qualche modo ci unisce.

Lui è stato qui, e qui devo stare anch'io. Devo trovarlo, avvicinarmi alle ombre, alle larve, alle grida.

La prima sensazione è sempre la stessa. La sua eccitazione per aver invaso lo spazio di un altro essere umano. Gli umani si separano, creano spazi che definiscono propri. E si accordano tra loro per rispettarne i confini. È un bisogno primario. Casa tua è casa tua. Una volta chiusa la porta, puoi gettare la maschera con la quale ti presenti al mondo e riposare. Altri esseri umani entrano solo se invitati, e rispettano il tuo spazio perché vogliono che tu rispetti il loro.

La prima cosa che fanno i mostri, la prima cosa che li eccita, è violare questo limite. Sbirciano dalle finestre. Ti seguono per strada. Entrano in casa tua quando non ci sei, toccano le tue cose. Sono degli invasori.

E la distruzione degli altri è il loro afrodisiaco.

Ricordo un colloquio con un mostro che avevo catturato. Le sue vittime erano bambine di cinque o sei anni. Avevo visto le foto. Prima, sorrisi raggianti, nastri nei capelli. Dopo, morte, violenza, tortura. Piccoli corpi congelati in un urlo eterno. Stavo già per lasciare la stanza dell'interrogatorio, quando mi venne in mente una domanda.

«Perché proprio loro?» chiesi. «Perché delle bambine piccole?»

Lui sorrise. Un sorriso crudele, con gli occhi come due pozzi vuoti. «Perché era la cosa più cattiva che potessi immaginare, tesoro.» Si leccò le labbra. «Più è cattiva, meglio è.» Chiuse gli occhi al ricordo. «Le piccoline... Ah, la cattiveria di tutto questo era così dolce!»

Il bisogno dei mostri si nutre di rabbia. Una rabbia potente, incendiaria, ruggente. La sento, in questa stanza. Con tutta la sua freddezza, alla fine si è fatto prendere da una frenesia distruttiva, fuori controllo.

Di solito quella rabbia viene da violenze subite nell'infanzia. Botte, torture, sodomia, abusi. Quasi tutti i mostri sono creati da genitori Frankenstein, che schiacciano la loro anima e poi li mandano nel mondo a fare la stessa cosa ad altri.

Ma questo non fa nessuna differenza, per me. I mostri sono al di là della redenzione, in ogni caso. Il motivo per cui un cane ti morde non ha tanta importanza. Quello che importa è che ha i denti aguzzi.

Questa comprensione è un compagno di strada che non mi lascia mai. I mostri diventano la mia ombra e a volte mi sembra di sentirli ridere alle mie spalle.

«Come ti ha cambiato questo, nel corso del tempo?» mi chiese il dottor Hillstead. «Ci sono delle conseguenze emozionali costanti?»

«Be', sì, ovviamente.» Cercai le parole giuste. «Non è depressione, o cinismo. Non è che non puoi essere felice. È...» Schioccai le dita. «È un cambiamento climatico dell'anima.» Subito dopo averlo detto feci una smorfia. «No, queste sono scemenze poetiche.»

«Non c'è nulla di scemo nel trovare le parole giuste per qualcosa» ribatté lui. «Si chiama chiarezza. Ora finisci quello che volevi dire.»

«Ecco, lei sa che il mare determina il clima delle terre vicine. Ci possono essere cambiamenti improvvisi, ma in genere non durano, perché il mare è grande e non cambia, quindi il clima è costante.»

Il dottor Hillstead annuì.

«Ecco, è un po' una cosa del genere. Tu sei in costante prossimità di qualcosa di enorme, buio e spaventoso, che non va mai via. È sempre lì, ogni minuto di ogni giorno. E questa prossimità influenza il clima della tua anima. Per sempre.»

Lui mi fissò con occhi tristi. «E com'è questo clima?»

«Piovoso. Ogni tanto c'è una bella giornata di sole, ma in genere è grigio e nuvoloso.»

Mi guardo intorno in quella stanza da letto. Sento le grida di Annie nella testa. "Sta piovendo" penso. Annie era il sole, lui è le nuvole. E questo cosa c'entra? Solo altra poesia inutile. «La luna» dico a bassa voce. «Luce contro il nero.»

«Ciao.»

La voce di James mi catapulta fuori dal mio sogno a occhi aperti. Lui è sulla porta, e osserva ogni cosa: le macchie di sangue, il letto, il comodino rovesciato. Le sue narici vibrano.

«Cos'è questo odore?» mormora.

«Profumo. Ha inzuppato di profumo un asciugamano e lo ha incuneato sotto la porta, per ritardare il momento in cui l'odore del cadavere sarebbe uscito dall'appartamento.»

«Voleva prendere tempo.»

«Già.»

James solleva una carpetta. «Ho ricevuto questa da Alan. I rapporti e le foto della scena.»

«Perfetto. Tu devi vedere il video.»

Quando cominciamo di solito facciamo così. Frasi brevi, come raffiche di armi automatiche. Diventiamo una staffetta, e ci passiamo a vicenda il testimone.

«Mostramelo.»

Ci sediamo e guardo di nuovo Jack che balla e Annie che muore. Stavolta resto distaccata, ed esamino il treno con attenzione. Mi si forma nella testa un'immagine di Annie morta in un prato, sotto la pioggia. L'acqua le riempie la bocca, le scende lungo le guance grigie.

«Perché ha lasciato questo per noi?» chiede James.

Mi stringo nelle spalle. «Non lo so ancora. Cominciamo dall'inizio.»

Lui apre la cartellina. «Il corpo è stato scoperto alle sette di ieri sera. L'ora della morte è incerta, ma basandosi sul grado di decomposizione, sulla temperatura dell'ambiente, eccetera, il medico legale stima che sia morta tre giorni fa, tra le nove e le dieci di sera.»

Faccio un po' di conti. «Deve essersi preso qualche ora per violentarla e torturarla. Questo significa che deve essere arrivato qui intorno alle sette. Madre e figlia non potevano essere già a letto. Perciò come ha fatto a entrare?»

James legge il dossier. «Nessun segno di scasso. O è entrato con lei, o si è introdotto in casa dopo averla convinta ad aprire la porta.» Si acciglia. «È un bastardo audace. Arriva qui a un'ora in cui gli inquilini sono tutti in casa, poco prima di cena. È sicuro di sé.»

«Ma come ha fatto a entrare?» Ci guardiamo, perplessi.

Pioggia, pioggia, va' via...

«Cominciamo dal soggiorno» dice James.

Fuoco automatico. *Bang, bang, bang.*

Usciamo dalla stanza da letto e andiamo in fondo al corridoio, davanti alla porta d'ingresso. Gli occhi di James si fermano su qualcosa. «Aspetta.» Va in camera da letto e torna con il dossier. Mi mostra una foto.

«Ecco come ha fatto.»

Capisco subito cosa vuol dire. È una foto dell'ingresso. Si vedono tre buste sulla moquette. Annuisco. «Ha fatto la cosa più semplice. Bussa. Annie apre la porta, lui entra in casa e si chiude la porta alle spalle. Lei lascia cadere la posta che aveva in mano. Rapido e improvviso.»

«Ma come ha fatto a impedirle di gridare per chiedere aiuto? I vicini sarebbero certo accorsi.»

Prendo il dossier e guardo con attenzione le foto. Ne indico una del tavolo da pranzo. «Qui» dico. Si vede un libro di aritmetica aperto sul tavolo. Guardiamo il tavolo del soggiorno. «È a meno di tre metri dalla porta. Bonnie era seduta lì quando Annie ha aperto la porta.»

James annuisce. «Ha minacciato la bambina per controllare la madre.» Sibila tra i denti. «Cristo, questo significa che è entrato deciso, senza nessuna esitazione.»

«È stato un blitz. Non le ha dato il tempo di reagire. L'ha spinta in casa, ha sbattuto la porta, è corso da Bonnie, probabilmente le ha puntato un'arma alla gola...»

«...E ha detto alla madre che se avesse gridato avrebbe ucciso la bambina.»

«Già.»

Pioggia, pioggia, va' via...

«Proprio un tipo deciso» borbotta James, pensoso. «La prossima domanda è: quanto tempo è passato prima che si mettesse a fare quello per cui era venuto?»

Questo è il momento in cui non ci limitiamo più a osservare il treno buio, ma saliamo a bordo. «Sì, e le domande successive sono: ha detto ad Annie cosa aveva intenzione di farle? E cosa ha fatto nel frattempo con Bonnie? L'ha legata e l'ha obbligata a guardare?»

Fissiamo entrambi la porta d'ingresso: vedo tutto nella mia testa, come un film. Senza voltarmi, so che James sta facendo la stessa cosa.

Il corridoio è deserto e lui è eccitato. Il cuore gli martella nel petto mentre aspetta che Annie apra la porta. Solleva una mano per suonare di nuovo, nell'altra ha... cosa? Un coltello?

Sì.

Si è preparato una storia da raccontarle, qualcosa di semplice, che ha ripassato diverse volte prima di venire qui. Ad esempio, che è un inquilino del piano di sotto e ha bisogno di un favore.

Annie apre la porta, senza mettere la catenella di sicurezza. Sono le sette di sera, tutta la città è sveglia, lei è nel suo appartamento, in un edificio con portiere e cancello. Tutte le luci sono accese. Non ha motivo di avere paura.

Lui si introduce in casa prima che lei possa reagire. È una forza inarrestabile. La spinge dentro, facendola cadere, chiude la porta e corre da Bonnie. La immobilizza e le punta il coltello alla gola.

«Un grido e tua figlia muore.»

Annie reprime il grido istintivo che le era salito in gola. Il suo è uno shock totale. Tutto è accaduto troppo in fretta. Sta ancora sforzandosi di cercare una spiegazione razionale. Forse è una candid camera, forse si tratta di uno scherzo, forse... idee assurde, ma sempre meglio della verità.

Bonnie la fissa con occhi dilatati dalla paura.

In quel momento Annie comprende che non può trattarsi di uno scherzo. Quell'uomo sta minacciando sua figlia con un coltello. È tutto VERO.

«Cosa vuoi?» gli chiede. Spera di potersi mettere d'accordo con lui. Forse è un rapinatore, o un violentatore. "Dio, ti prego, fa che non sia un pedofilo."

Ricordo una cosa: «Aveva un piccolo taglio sulla gola» dico.

«Chi?»

«Bonnie. Aveva un piccolo taglio qui» tocco il punto esatto sulla mia gola. «L'ho notato in ospedale.»

«L'ha fatto lui con il coltello» dice James, dopo averci pensato un attimo.

Non possiamo esserne certi, naturalmente. Ma sembra la cosa più probabile.

L'uomo punge la gola di Bonnie con la punta del coltello. Niente di grave, vuole solo far uscire una goccia di sangue, dimostrare che fa sul serio e far saltare il cuore in gola ad Annie.

«Fa' quello che ti dico» ordina. «O tua figlia morirà.»

Ha vinto. Bonnie è nelle sue mani, e Annie ormai appartiene a lui.

«Farò tutto quello che vuoi. Ma non fare del male alla bambina.»

Lui sente l'odore della paura di Annie, e si eccita. Un'erezione comincia a muoversi nei pantaloni.

«Credo che Bonnie fosse lì, mentre lui violentava e torturava la madre» dico. «Credo che l'abbia costretta a guardare.»

James inclina la testa di lato. «Perché?»

«Vari motivi. Il primo è che non l'ha uccisa. Perché? Era una persona in più da controllare, sarebbe stato più semplice ucciderla subito. Ma la sua preda era Annie. Se gli piace la tortura, gli piace la paura. L'angoscia. Tenere Bonnie lì, obbligarla a guardare, sapendo che la madre soffriva anche per questo, soffriva tanto da rischiare di impazzire... Credo che l'idea gli piacesse parecchio.»

James ci pensa su. «Sono d'accordo, anche per un altro motivo.»

«Quale?»

Mi guarda negli occhi. «Tu. Lui vuole te, Smoky. E fare del male a Bonnie rende la ferita più profonda.»
Lo fisso, scioccata.
Ha ragione.
Ciuf, ciuf, ciuf, il treno buio comincia a prendere velocità.

«Fa' quello che ti dico, o farò del male alla tua mamma» dice l'uomo a Bonnie. Usa l'affetto che provano l'una per l'altra per controllarle e portarle in camera da letto.

«Le conduce in camera da letto.» Vado verso la stanza e James mi segue. Entriamo. «Chiude la porta.» Chiudo la porta anch'io. Annie non immaginava che non l'avrebbe mai più vista aperta.
James fissa il letto, immaginando la scena. «Non ha paura di Bonnie, ma non può ancora rilassarsi. Deve immobilizzare Annie.»
«Nel video era ammanettata.»
«Esatto. La obbliga ad ammanettarsi al letto. Gli basta solo un polso, per il momento.»

«Prendi queste» dice ad Annie, estraendo un paio di manette da una borsa e gettandogliele...

No, non ci siamo. Torniamo indietro.

Ha il coltello puntato alla gola di Bonnie. Fissa Annie a lungo. La possiede con gli occhi. È sua, e glielo fa capire.
«Spogliati» dice. «Spogliati per me.»
Annie esita. Lui spinge la lama contro la gola della bambina. «Spogliati!»
Piangendo, lei si toglie i vestiti, davanti agli occhi di Bonnie, e resta in reggiseno e mutandine, in un ultimo tentativo di resistenza.
«Togliti tutto!» grida l'uomo, minaccioso, agitando il coltello.
Annie ubbidisce, piangendo ancora più forte...

No. Non quadra.

Annie ubbidisce, sforzandosi di non piangere, di essere forte per sua figlia. Si toglie la biancheria intima, e tiene gli occhi fissi in quelli di Bonnie. Cerca di indurla a concentrare l'attenzione sul suo viso. Non sul proprio corpo nudo, né sull'uomo.

Ora lui prende le manette dalla borsa.

«Ammanettati al letto» ordina ad Annie. «Subito.»

Annie esegue. Appena sente lo scatto, l'uomo prende dalla borsa altre due paia di manette e le usa per immobilizzare polsi e caviglie della piccola Bonnie. La bambina trema, lui ignora i suoi singhiozzi. La imbavaglia. Bonnie fissa la madre, con uno sguardo supplichevole che dice: "Ti prego, digli di smettere". Questo fa piangere Annie.

L'uomo è ancora teso, prudente. Si avvicina ad Annie e le ammanetta al letto l'altro polso. Poi le caviglie. Infine la imbavaglia.

Ora può rilassarsi. La sua preda non può più sfuggirgli.

Assapora il momento.

Si dedica con calma a preparare la scena. Sposta il letto, posiziona la telecamera. C'è un modo corretto di fare le cose, una simmetria molto importante, vitale. Niente fretta. Non bisogna trascurare nessun dettaglio: toglierebbe eleganza all'atto. E l'atto è tutto, per lui. È la sua acqua e la sua aria.

«Il letto» dice James.

«Cosa?»

Lui si avvicina alla testiera. È un letto matrimoniale, di legno massello. Robusto.

«Come ha fatto a spostarlo?» James guarda la moquette. «Segni di trascinamento. Quindi l'ha tirato verso di sé.» Controlla la base del letto. «Lo ha afferrato da questa parte, e lo ha tirato camminando all'indietro. Aveva bisogno di una buona presa...» James si inginocchia. «Penso che lo abbia afferrato da sotto, sollevandolo.» Si infila sotto il letto fino alle spalle. Accende la torcia elettrica, poi la spegne. Quando si alza in piedi è sorridente. «Là sotto non ci sono tracce di polvere per rilevare le impronte.»

Ci scambiamo un'occhiata. Incrociamo mentalmente le dita.

Molti fanno l'errore di credere che i guanti di lattice siano sufficienti a non lasciare impronte digitali. Spesso è così, ma non sempre. Quei guanti sono stati inventati in origine per i chirurghi. Quindi devono calzare come una seconda pelle, perché il medico non perda la precisione del tocco. Sono talmente sottili che a volte si adattano perfettamente alle increspature dei polpastrelli. E se una persona con guanti di lattice tocca una superficie adatta, può lasciare un'impronta identificabile. È difficile, ma possibile. Il letto di Annie è di legno. Forse le soluzioni usate per lucidarlo hanno lasciato un residuo di grasso che ha assorbito le impronte digitali dell'assassino, anche attraverso i guanti.

Come ho già detto, è difficile, ma possibile.

«Ottima intuizione» dico.

«Grazie.»

Olio e cuscinetti. Solo quando siamo sul territorio di caccia James riesce a non essere stronzo.

È tutto pronto. Ha spostato il letto, ha posizionato la telecamera. Fa un ultimo controllo per assicurarsi che sia tutto perfetto. Lo è. Ora rivolge tutta la sua attenzione ad Annie, fissandola a lungo.

Questa è la prima volta che lei lo guarda negli occhi. Finora lui aveva da fare, stava preparando il palcoscenico, e lei aveva ancora speranza. Ora che la fissa, Annie capisce. Vede occhi che non hanno orizzonte. Neri, senza fondo, e insaziabili all'inverosimile.

Lui sa che lei sa. Che ha capito. Questo lo eccita moltissimo, come sempre. Ha estinto la speranza in un altro essere umano. Si sente Dio.

James e io siamo arrivati allo stesso punto, alle stesse conclusioni. Lo sento. Vediamo l'uomo, vediamo Annie, e con la coda dell'occhio vediamo anche Bonnie. Sentiamo l'odore della disperazione. Il treno buio prende velocità, e noi ci siamo sopra, con i biglietti già bucati.

«Ora guardiamo di nuovo il video» dice James.

Faccio doppio clic sul file, e rivediamo ogni cosa. La danza, la tortura, la violenza.

Il sangue schizza dappertutto e lui ne sente l'odore, la sensazione appiccicosa. A un certo punto si volta a guardare la bambina. È pallida e scossa da un tremito incontrollabile, come un attacco di epilessia. La sensazione orgasmica creata da questa sinfonia di estremi è quasi troppo forte. L'uomo ha un brivido di piacere. Non è semplicemente malvagio. Sta violentando il bene. Lo sta scopando a morte. Musica e sangue e budella e urla e terrore. La terra trema, e lui è l'epicentro di quel terremoto. Sta salendo verso il pinnacolo, verso il punto in cui tutto esplode in una luce accecante, dove la ragione e l'umanità stessa scompaiono.

È un breve momento, l'unico in cui la fame e il bisogno sono soddisfatti. Un piccolo istante di sollievo.

Il coltello si abbassa e c'è sangue e sangue e sangue, l'uomo sale, sale, sale, fermandosi in punta di piedi sul picco di una montagna, allungandosi al massimo non per toccare con un dito il volto di Dio, non per diventare qualcosa di più, ma per annullarsi del tutto. Getta la testa all'indietro mentre il suo corpo è scosso da un orgasmo più forte di quanto possa sopportare.

Poi è finita, e la rabbia che non è mai andata via ritorna.

Qualcosa stride nella mia mente. «Un momento» dico. Faccio tornare indietro il video. Lo faccio ripartire. Di nuovo quella sensazione. Aggrotto le sopracciglia, seccata. «Qualcosa non quadra. Ma non capisco cosa.»

«È possibile andare avanti un fotogramma alla volta?» chiede James.

Esploriamo le opzioni del programma finché troviamo quello che cerchiamo. O quasi. Non riusciamo ad avanzare un fotogramma alla volta, ma almeno a rallentatore.

«Qualcosa in questo punto» mormoro.

Osserviamo, attenti. Siamo verso la fine del video. L'uomo è in piedi accanto al letto di Annie, poi c'è un tremolio ed è ancora in piedi davanti al letto, ma c'è qualcosa di diverso.

James lo vede per primo. «Dov'è il quadro?»

Riguardiamo la scena. Lui è in piedi accanto al letto, e sulla parete alle sue spalle c'è un quadro con un vaso di girasoli. Dopo il tremolio il quadro non c'è più.

«Che cavolo...» Mi volto a guardare il punto corrispondente della stanza. Il quadro è lì, sopra il comodino rovesciato.

«Perché l'ha staccato dalla parete?» chiede James. Lo sta chiedendo a se stesso, non a me.

Guardiamo la scena ancora una volta. Uomo in piedi, quadro, tremolio, uomo piedi, niente quadro.

Un'epifania mi investe con il ruggito di una cascata. Apro la bocca e mi sento come ubriaca. «Gesù Cristo!»

«Cosa c'è?»

«Guardiamolo di nuovo. Fa' attenzione a dove è appeso il quadro, poi ritrova quel punto sulla parete quando il quadro non c'è più.»

Il video va avanti, quadro, tremolio, niente quadro. James si acciglia. «Non...» Poi spalanca gli occhi, incredulo. «Non può essere.» Lo guardiamo ancora una volta.

Non c'è più dubbio. Ci scambiamo un'occhiata. Ora tutto è cambiato.

Sappiamo perché il quadro è stato rimosso. Perché era un punto di riferimento per l'altezza.

L'uomo vicino al letto quando il quadro è appeso al muro è almeno cinque centimetri più alto dell'uomo in piedi nello stesso punto quando il quadro non c'è più.

Abbiamo raggiunto la motrice del treno buio, e lo shock di ciò che abbiamo visto ci ha lasciato muti.

Non un macchinista.

Due.

CAPITOLO 15

«È vero» dice Leo, guardando stupito prima James, poi me. Ha appena finito di guardare il video. «Quel tremolio è dovuto a un montaggio imperfetto.»

Jenny mi guarda. «Niente male.»

«Vi è mai capitata una cosa del genere, prima?» chiede Charlie. «Due che lavorano insieme?»

Annuisco. «Una volta. Ma era una cosa diversa. Un uomo e una donna che lavoravano in team. L'uomo era il capo. Due maschi insieme è molto insolito. Quello che fanno è qualcosa di molto privato. Intimo. E in genere non amano condividerlo con altri.»

Cade il silenzio. Ciascuno fa le sue considerazioni.

«Vorrei controllare quelle impronte, amore mio» dice a un tratto Callie.

«Avrei dovuto pensarci io» ammette Jenny.

«Già, avresti dovuto pensarci» ribatte secco James. È tornato quello di sempre.

Jenny lo fissa con odio. Lui la ignora e si volta verso Callie, che sta aprendo il suo kit.

Userà una luce ultravioletta ad alta capacità riflettente. La luce rimbalza in modo uniforme sulle superfici piatte. Quando incontra delle imperfezioni, come per esempio i solchi e le spirali di un'impronta digitale, le mette in risalto contro l'uniformità della superficie. Con una macchina fotografica apposita è possibile scattare foto chiarissime a tali imperfezioni, e usarle per identificare la persona che ha lasciato l'impronta.

Il kit contiene un filtro per proteggere gli occhi, un apparecchio emittente e una macchina fotografica agli ultravioletti ad alta risoluzione. Il sistema non funziona sempre, ma ha il vantaggio di non intaccare in nessun modo la superficie esaminata. Le polveri o le colle, una volta applicate, non possono più essere tolte. La luce lascia tutto esattamente com'era prima.

«Sono pronta» dice Callie. Con quell'affare in testa sembra uscita da un film di fantascienza. «Spegnete le luci.»

Charlie spegne l'interruttore. Callie si stende sulla schiena e striscia sotto il letto. Vediamo il bagliore degli ultravioletti filtrare tra le assi. Una pausa, rumori vari, poi gli scatti della macchina fotografica. La luce ultravioletta si spegne e Callie striscia fuori. «Tre buone impronte della mano sinistra e due della destra» dice con un ampio sorriso. «Molto chiare.»

Per la prima volta, da quando mi ha telefonato per dirmi della morte di Annie, provo qualcosa che non è solo rabbia, dolore o gelo. Mi sento eccitata.

«Ottimo lavoro» dico, ricambiando il sorriso.

Jenny scuote la testa. «Mi fate quasi paura, sai?»

Siamo solo a bordo del treno buio, Jenny. E lasciamo che ci mostri i loro errori.

«Una domanda» dice Alan. «Come mai nessun vicino si è lamentato della musica? Il volume era piuttosto alto.»

«A questo posso rispondere io, amore mio» dice Callie. «Fate silenzio e ascoltate.»

Facciamo come dice, e subito notiamo un tonfo attutito di bassi, con qualche nota alta. Proviene da vari punti dell'edificio, da appartamenti sopra e sotto quello di Annie.

Callie scrolla le spalle. «Qui vivono diverse giovani coppie, e parecchi di loro amano ascoltare musica a tutto volume.»

Alan annuisce. «Capisco. Secondo punto.» Indica la stanza con un gesto circolare. «Hanno fatto un vero casino, qui dentro. E non potevano certo uscire coperti di sangue. Dovevano prima ripulirsi. Il bagno è immacolato, perciò credo che si siano lavati lì e poi abbiano pulito tutto.» Si volta verso Jenny. «La Scientifica ha controllato gli scarichi dei lavandini?»

«Glielo chiederò.» Il suo cellulare squilla. Jenny risponde. «Chang.» Guarda me. «Sul serio? Bene, glielo dico.»

«Cosa succede?» chiedo.

«Era il poliziotto di guardia in ospedale. Bonnie ha parlato. Solo una frase, ma lui ha pensato che avresti voluto saperlo.»

«Cosa ha detto?»

«Ha detto: "*Voglio Smoky*".»

Capitolo 16

Jenny mi ha portato in ospedale a tutta velocità, usando la sirena per passare con il rosso ai semafori. Non abbiamo detto neppure una parola per tutto il viaggio.

Ora sono accanto al letto di Bonnie. Ci guardiamo. Di nuovo mi colpisce la sua perfetta somiglianza con sua madre. È come se Annie, che ho appena visto morire, mi guardasse attraverso gli occhi di sua figlia.

Sorrido. «Mi hanno detto che hai chiesto di me, tesoro.»

Lei annuisce, ma non parla. Per il momento non possiamo aspettarci altre parole da lei. Nei suoi occhi non c'è più quell'espressione appannata, ma dentro di lei ha messo radici qualcosa di disperato e pesante.

«Devo farti due domande, Bonnie. Sei d'accordo?»

Lei mi rivolge uno sguardo apprensivo, ma annuisce.

«Gli uomini cattivi erano due, vero?»

Paura. Le trema il labbro. Ma annuisce di nuovo.

Sì.

«Benissimo. Solo un'altra domanda, poi non parleremo più di questo per il momento. Hai visto in faccia uno dei due?»

Bonnie chiude gli occhi. Inghiotte saliva. Apre gli occhi e scuote la testa.

No.

Sospiro. Non mi sorprende.

«Mi dispiace, tesoro. Hai chiesto di me. Ora non c'è bisogno che tu mi dica cosa vuoi, se non ti va di parlare. Ma puoi indicarmelo?»

Lei continua a guardarmi dal letto. Sembra cercare qualcosa nei miei occhi, una rassicurazione. Dalla sua espressione non capisco se l'ha trovata o no. Comunque annuisce.

Poi mi prende la mano. Aspetto, ma non fa altro. Poi capisco.

«Vuoi venire con me?»

Annuisce.

Un milione di pensieri mi attraversano la mente. "Sono incapace di badare a me stessa, come baderò a lei? Quando sarò occupata con un caso a chi la lascerò?" Non importa: affronterò quei problemi quando si presenteranno. Per ora sorrido e le stringo la manina. «Adesso ho delle cose da fare, ma quando sarò pronta per tornare a Los Angeles verrò a prenderti.»

Bonnie continua a guardarmi negli occhi. Alla fine sembra trovare quello che cercava. Mi stringe anche lei la mano, poi affonda la faccia nel cuscino e chiude gli occhi.

Esco dalla stanza sapendo che qualcosa è cambiato nella mia vita. Mi chiedo se in bene o in male, e mi rispondo che per ora non importa. Non si tratta di capire quello che è meglio e quello che è peggio. Si tratta di sopravvivere. È questo che dobbiamo fare ora, Bonnie e io.

Mentre torniamo al commissariato Jenny rompe il silenzio.

«Allora la prenderai con te?»

«Sono l'unica persona che ha. E per quanto riguarda me, lei è l'unica persona che ho.»

Jenny ci pensa su. Poi un sorriso le appare sul volto. «È un'ottima cosa, Smoky. Davvero. Se finisce in un orfanotrofio nessuno l'adotterà. È troppo grande.»

Mi volto a fissarla. Sento qualcosa di non detto, sotto quelle parole. Jenny cerca di ignorarmi, poi sospira.

«I miei genitori sono morti quando avevo quattro anni, e sono cresciuta a spese dello Stato. Nessuno sembrava voler adottare una bambina cinese, all'epoca.»

«Non ne sapevo nulla» dico, sorpresa.

Jenny scrolla le spalle. «Non è una cosa che vai a dire in giro. "Ciao, mi chiamo Jenny Chang e sono orfana." Preferisco non parlarne.» Mi guarda, in una muta richiesta di discrezione. «Ma voglio dirti questo. Hai fatto una bella cosa, in quella stanza. Una cosa pura.»

Resto un attimo in silenzio. So che ha ragione. «Mi sembra la cosa giusta. Annie l'ha affidata a me. A proposito, non ho ancora visto il suo testamento. È vero che è stato trovato accanto al corpo?»

«Sì, è nel dossier.»

«Tu l'hai letto?»

«Sì.» Tace di nuovo, come cercando le parole giuste, poi aggiunge: «Ha lasciato tutto nelle tue mani, Smoky. L'erede ovviamente è sua figlia, ma ha nominato te come esecutrice testamentaria e fiduciaria. Dovevate avere un rapporto molto stretto».

Quelle parole fanno tornare il dolore. «Era la mia migliore amica. Fin dai tempi della scuola.»

Quando parla di nuovo, Jenny dice una sola parola, piena di tutti i significati che vuole trasmettermi: «Merda».

Sì, merda, che vada a farsi fottere questo mondo di merda, e l'ingiustizia, e quello che è successo a te, e la morte di tua figlia e dei bambini in generale, tutto questo vada a farsi fottere finché crepa e si trasforma in polvere e la polvere scompare per sempre. Ecco ciò che Jenny mi sta dicendo.

Rispondo anch'io con una sola parola.

«Grazie.»

Capitolo 17

«Vuoi la versione condensata o preferisci tutti i particolari?» chiede Alan, aprendo il rapporto dell'autopsia.

«La versione condensata.»

«Allora, la tua amica è stata violentata prima e dopo la morte. È stata seviziata con una lama affilata, e la maggior parte delle ferite non erano letali.»

Non faccio commenti, e lui prosegue.

«La morte è avvenuta per dissanguamento, dopo la recisione della giugulare.» Alan abbassa gli occhi sul foglio. «Quando hanno finito di divertirsi con lei, i due l'hanno aperta, rimuovendo gli organi interni e sistemandoli in borse di plastica che poi hanno lasciato accanto al cadavere.» Mi guarda. «C'è tutto, tranne il fegato.»

«Se lo sono portato via» dice James nel silenzio che segue. «Oppure l'hanno mangiato sul posto.»

Non riesco a reprimere un brivido. Sono certa che ha ragione.

«Le ferite sembrano causate da un bisturi, e questo quadra anche con il fatto che, secondo il medico legale, l'asportazione degli organi è stata eseguita da una persona competente. Sapeva dove trovare ciascun organo e come rimuoverlo lasciandolo intatto. Non solo hanno separato l'intestino tenue dall'intestino crasso, ma li hanno divisi secondo le parti che li compongono. Quattro per il tenue, tre per il crasso.»

«Hanno sezionato nello stesso modo qualche altro organo?»

Alan consulta il rapporto, poi scuote la testa. «No.» Mi fissa. «Volevano solo esibirsi.»

«Ottima cosa» dico, secca.

Leo mi guarda, incredulo. «In che senso, ottima?»

È Alan a rispondergli. «Se prendiamo quelli come loro, è perché commettono errori. Se vogliono esibirsi, significa che non sono paghi dell'atto in sé, ma vogliono anche la nostra attenzione. E in tal caso è più probabile che commettano qualche imprudenza.»

«In poche parole, ragazzo» interviene Callie, «significa che sono ancora più matti del solito, e questo aumenta le possibilità che facciano uno scivolone.»

«Capisco» dice Leo, ma si vede che la cosa lo turba. È difficile abituarsi a una linea di pensiero che considera un'ottima cosa la dissezione di organi umani da parte di due psicopatici.

Alan continua. «Una volta rimossi gli organi, hanno lasciato aperta la cavità e hanno legato Bonnie sopra il cadavere della madre.» Chiude il folder. «Non sono state rinvenute tracce di liquido seminale, mentre ci sono residui di lattice nella vagina.»

Hanno usato i preservativi per evitare di lasciare il loro DNA.

«Nient'altro. Niente capelli, peli o impronte digitali presenti sul cadavere.»

«Quindi a che punto siamo?»

James scrolla le spalle. «Niente ferite da esitazione. Operavano con un alto livello di competenza, quando l'hanno aperta. Secondo me è probabile che almeno uno dei due sia un medico o abbia studiato Medicina.»

«Oppure hanno fatto molta pratica» mormora Callie.

«Che altro sappiamo?» Sposto lo sguardo su ciascuno di loro, a turno. Alan prende un bloc-notes e una penna. Questo fa parte della nostra routine. È pronto a prendere nota di ogni pensiero rilevante.

«Sappiamo che sono entrambi maschi bianchi» dice Callie. «Uno è alto circa un metro e ottanta, l'altro uno e settantacinque. Entrambi in buona forma fisica.»

Ora tocca ad Alan. «Sono molto attenti. Sanno di poter essere identificati dai residui corporei, e prendono precauzioni per evitare di lasciarne. Niente peli, capelli, cellule epiteliali, e niente sperma.»

«Ma non sono furbi come credono» intervengo. «Abbiamo le impronte sul letto. E abbiamo scoperto che erano in due.»

«Be', questo è il problema» dice Alan, asciutto. «Se conoscono il principio dello scambio, devono anche sapere che si verifica sempre, in un modo o nell'altro.»

Alan sta parlando del Principio di Locard, il padre della medicina forense moderna. Noi tutti lo conosciamo a memoria: «Quando due oggetti entrano in contatto tra loro, c'è sempre uno scambio di materiale tra l'uno e l'altro. Tale scambio può essere difficile da identificare, ma si verifica sempre, ed è responsabilità degli investigatori provare che è avvenuto».

I nostri assassini sono stati davvero molto prudenti. L'assenza di liquido seminale è rivelatrice. Con l'avvento di libri e film gialli (senza parlare dell'HIV), l'uso dei preservativi è in aumento, ma è ancora insolito nelle violenze sessuali. I violentatori amano la sensazione di potere che dà loro la penetrazione forzata, e i preservativi attenuano il piacere di violare il corpo di un altro essere umano. Jack e il suo amico li hanno usati, quindi capisco il senso di quello che dice Alan.

«Sappiamo che non sono perfetti» dice James. «Hanno una debolezza evidente: l'esibizionismo e la voglia di prenderci in giro. Questo è molto rischioso, e aumenta la probabilità che commettano errori.»

«Va bene. Che altro?»

«Almeno uno dei due possiede buone competenze tecniche» dice Leo. «Montare un video oggi è più semplice che in passato, ma ci sono molti modi per farlo, e quello usato da loro non è alla portata di un utente medio di computer.»

«Pensiamo che vivano a Los Angeles, giusto?» interviene Callie.

Mi stringo nelle spalle. «Per il momento possiamo procedere su questa base, ma si tratta di un sospetto, non di una certezza. Quello che conosciamo per certo è la tipologia delle loro vittime e il fatto che ne cercheranno altre: donne come Annie.» Mi rivolgo a Leo. «Come la definivano nella lettera?»

«"Una puttana moderna che batteva sul viale dell'informatica".»

«Quante possono essere, quelle come lei?»

Leo fa una smorfia. «Migliaia, in tutti gli Stati Uniti. Forse meno di mille se consideriamo solo la California. Ma il numero non è l'unico problema. Ogni donna con un sito è potenzialmente una imprenditrice indipendente. Alcune sono riunite sotto una singola azienda, ma molte altre sono come Annie King: progettano, mantengono e fanno funzionare personalmente il proprio sito web. È un'azienda con un solo datore di lavoro e un solo impiegato. E non c'è una Camera di Commercio per questo tipo di attività. Ci sono elenchi di siti porno sul web, ma non esiste nulla che somigli a un consorzio.»

È una brutta notizia, ma mi viene un'idea. «Allora, invece di cercare tutte le donne in quel ramo, cerchiamo i posti dove i nostri killer potrebbero aver trovato Annie. Hai appena detto che ci sono degli elenchi, no?»

Leo annuisce.

«È improbabile che Annie sia menzionata su tutti. Cerchiamo quelli in cui appare, poi restringiamo il campo di ricerca solo alle donne citate in quegli elenchi specifici.»

Leo scuote la testa. «Non è così semplice. E se loro l'avessero trovata con un motore di ricerca? Inoltre, molte si fanno pubblicità con alcune foto su siti gratuiti, detti *feeder,* dove poi c'è il link al loro sito. Loro potrebbero averla trovata anche così.»

«Senza parlare del fatto che possono essere arrivati a lei attraverso di te, Smoky.» Callie lo dice con riluttanza. Annuisco e sospiro.

«Insomma, la pista di Internet non ci porta da nessuna parte?»

«Non esattamente» dice Leo. «Il primo posto in cui cercare è la lista degli iscritti al suo sito. Le persone che hanno pagato per entrare nell'area riservata ai soci.»

La mia attenzione si risveglia. Alan annuisce. «Giusto. È così che hanno preso quei pedofili, nella retata contro la pornografia infantile, vero?»

«Esatto» sorride Leo. «Quando si paga con una carta di credito, entrano in gioco leggi e controlli precisi. Inoltre molte aziende che gestiscono pagamenti on line effettuano un controllo automatico: l'indirizzo fornito dal firmatario al momento dell'iscrizione deve corrispondere a quello del titolare della carta di credito che si trova nella loro banca dati.»

«Sappiamo quanti membri aveva il sito di Annie?»

«Non ancora. Per scoprirlo avremo bisogno di un mandato, ma non è un problema: in genere si tratta di aziende con cui è facile intendersi.»

«Appena torniamo a casa voglio che tu ti metta al lavoro su questa pista» gli dico. «Alan può aiutarti a procurarti tutti i mandati che ti servono. Quando hai la lista, passala al setaccio. Inoltre cerca qualunque cosa, ripeto, *qualunque* cosa nel computer di Annie che possa servirci come traccia. Forse aveva notato qualcosa, si era scritta un appunto...»

«Certo. Cercherò anche tra le sue e-mail. Il suo provider dovrebbe avere una copia di tutti i messaggi recenti che non siano già nel suo computer.»

«Bene.»

«Un'altra cosa» dice Jenny. «Si sono dati molta pena per non farci capire che erano in due.»

«Forse speravano di usare questo fatto come un asso nella manica per confonderci, più avanti. Non ci ho ancora pensato.» Scuoto la testa. «Intanto abbiamo una pista concreta da seguire: le impronte digitali. Come siamo messi con l'identificazione?»

«Appena torniamo a Los Angeles le inserirò nell'AFIS. La velocità di controllo è di circa un milione di impronte al minuto, perciò non ci vorrà molto.»

Questa possibilità solleva le speranze di tutti. Potrebbe davvero essere così semplice. L'AFIS (Automated Fingerprint Identification System) è uno strumento formidabile. Se siamo fortunati troveremo il nostro uomo in poche ore.

«Allora mettiamoci al lavoro.»

«Qual è l'impressione che tu e James vi siete fatti di loro, Smoky?» chiede Callie.

«Già, sentiamola» dice Alan. Entrambi mi guardano, in attesa.

Sapevo che l'avrebbero chiesto. Lo fanno sempre. Io sono salita sul treno buio, ho visto i mostri, e loro vogliono che gli racconti del viaggio.

«Si tratta solo di sensazioni e supposizioni» spiego.

Alan fa un gesto indifferente. «Sì, sì, lo dici sempre. Dài, racconta.»

Sorrido, mi sistemo sulla sedia, alzando gli occhi al soffitto, e richiamo alla mente quello che ho visto sul treno buio.

«Sono molto amalgamati tra loro. Non sono ancora riuscita a separarli. Sono... intelligenti, e anche colti. Almeno uno dei due ha un'istruzione elevata.» Getto un'occhiata a James. «Possibile laurea in Medicina.» James annuisce. «Sono determinati, precisi. Pianificano tutto attentamente. Hanno passato ore a studiare la medicina forense, per assicurarsi di non lasciare tracce utili a identificarli. Questa per loro è una parte molto importante. Jack lo Squartatore è uno dei serial killer più famosi di tutti i tempi. Come mai? Innanzitutto perché *non è mai stato catturato.* Loro vogliono seguire le sue orme in tutto. Lui non è stato preso, loro non vogliono farsi prendere. Lui si burlava della polizia, loro si burlano di noi. Lui uccideva le prostitute, loro uccidono quelle che identificano come il loro equivalente moderno. In seguito emergeranno altri parallelismi.»

«Uno dei loro problemi è il narcisismo» interviene James.

Annuisco. «Esatto.»

Charlie si acciglia. «In che senso?»

«Ti faccio un esempio: quando guidi un'automobile, hai bisogno di pensarci?»

«No, guido e basta.»

«Giusto. Per Jack Junior e il suo amico, invece, guidare non è abbastanza. Loro hanno bisogno di ammirarsi, di notare come guidano bene. È quel tipo di narcisismo che ti spinge ad ammirare quello che fai *mentre* lo fai...» Scrollo le spalle. «Se dedichi una parte della tua attenzione a guardarti guidare, non puoi essere concentrato al cento per cento sulla strada.»

«Ed ecco le impronte digitali sotto il letto» spiega James. «Non è un errore da poco. Cinque impronte, una cosa molto più pericolosa di fibre o capelli. Erano troppo occupati ad ammirarsi per notarlo.»

«Ora è chiaro» dice Charlie.

«Ho detto che sono molto amalgamati tra loro» riprendo, «ma questo non è del tutto vero. Jack Junior secondo me è uno solo dei due. Si tratta di una cosa troppo importante per condividerla con qualcun altro. Sei d'accordo, James?»

«Sì.»

«Allora dove si colloca l'altro?» chiede Alan.

«Non lo so. Un allievo?» Scuoto la testa. «Non riesco ancora a capirlo. Ma sono sicura che è Jack l'elemento dominante.»

«Questo è coerente con le coppie di assassini del passato» dice Callie.

«Già. Quindi, sono intelligenti, precisi, narcisisti. Ciò che li rende molto pericolosi è la loro disposizione a uccidere. Le azioni decise non sono un problema, per loro, e questo è male per noi, perché significa che tendono a non complicarsi la vita con piani elaborati. Bussano alla porta, irrompono in casa, chiudono la porta e assumono il controllo. Semplice e pulito: A, B, C, D. In genere non si tratta di un talento innato. È possibile che almeno uno di loro abbia ricevuto un addestramento militare. L'abilità di sottomettere un altro essere umano senza esitare è una cosa che si impara.»

«Il loro gusto per la violenza sessuale e l'omicidio è autentico» dice James.

«Questo non è scontato?» chiede Jenny.

Scuoto la testa. «No. A volte un assassino cerca di mascherare un omicidio commesso per altre ragioni come l'opera di un serial killer. Ma quello che hanno fatto ad Annie... Loro sono dei veri maniaci.»

«Il profilo delle loro vittime è doppio» dice James.

Callie aggrotta la fronte. Sospira. «Stai dicendo che oltre alle proprietarie di siti porno anche noi siamo il loro bersaglio, vero?»

James annuisce. «Esatto. La scelta della vittima, in questo caso, è specifica e ragionata, perché rispondeva a entrambi i profili. Annie King gestiva un sito web per adulti, ed era amica di un membro di questa squadra. Si sono dati davvero da fare per ottenere la tua attenzione, Smoky.»

«Be', l'hanno ottenuta.» Resto un attimo in silenzio, per raccogliere le idee. «Direi che abbiamo detto tutto quello che c'era da dire. Ma non dimentichiamo la cosa più importante che sappiamo di loro.»

«Quale sarebbe?» chiede Leo.

«Che lo faranno di nuovo. E non si fermeranno finché non li prenderemo.»

Capitolo 18

Ho chiesto a Jenny di darmi un passaggio in ospedale, così posso passare un po' di tempo con Bonnie, mentre gli altri si dedicano ai compiti loro assegnati.

Sulla porta della stanza, il poliziotto di guardia mi tende una busta gialla formato A4. «È arrivata questa per lei, agente Barrett.»

Capisco subito che qualcosa non va. Non c'è motivo perché qualcuno mi mandi una busta qui. Gliela strappo dalle mani. Sopra c'è scritto solo, in inchiostro nero in stampatello: «Att.ne agente speciale Barrett».

Jenny fissa il poliziotto con rabbia. «Gesù Cristo, Jim! Usa la testa!» Lei ha già capito. Lui ci mette un paio di secondi, poi impallidisce.

«Oh... Merda.»

A suo merito va detto che scatta subito in piedi e apre la porta della stanza, con la mano sul calcio della pistola. Io mi precipito dietro di lui e provo un sollievo indescrivibile quando vedo Bonnie che dorme tranquilla. Faccio cenno al poliziotto di venire fuori. Appena richiusa la porta, lui dice: «Probabilmente l'ha mandata l'assassino, vero?».

«*Probabilmente* sì» rispondo. Non ho abbastanza energia per dare un tono acido alla mia risposta. Jenny invece ha energia per due. Gli pianta un dito sul petto con forza.

«Ti rendi conto di quello che hai fatto? La cosa che mi fa incazzare di più è che sei un buon poliziotto. Sai perché ho chiesto specificamente che fossi assegnato qui? Perché ero sicura che non ti saresti limitato a scaldare la sedia!» È furiosa, e non fa nulla per nasconderlo. Da parte sua, Jim non cerca inutili giustificazioni.

«Ha ragione, tenente Chang. La busta è stata portata da un'infermiera di turno alla reception. Ho visto il nome dell'agente Barrett ma non ho fatto il collegamento e sono tornato a leggere il giornale.» È così avvilito che quasi mi dispiace per lui. Quasi. «Merda! Mi sono lasciato intontire dalla routine! Un errore da recluta alle prime armi. Merda, merda, merda!»

Il suo atto di contrizione è talmente sincero che Jenny si calma un po'. «Sei un buon poliziotto, Jim. Ti conosco, e so che ricorderai questa idiozia fino al giorno della tua morte. Così forse eviterai che ti succeda di nuovo.» Sospira. «Inoltre il tuo dovere principale era quello di restare qui, a proteggere la bambina.»

«Grazie, tenente, ma questo non contribuisce a farmi sentire meglio.»

«Quanto tempo fa ti è stata consegnata la busta?»

«Circa... un'ora e mezza fa. L'infermiera mi ha detto che era venuto un uomo a portarla.»

«Scendi a farti dare i particolari. Come è stata consegnata, da chi, che aspetto aveva l'uomo, tutto.»

«Signorsì.»

«Guardiamo cosa contiene» dico, mentre lui si allontana. La apro. Dentro ci sono dei fogli tenuti insieme da una graffetta. In alto leggo le parole: "Saluti, agente Barrett!". Guardo Jenny. «È una sua... È una loro lettera.»

«Merda!»

Mi sudano le mani. So che devo continuare a leggere, ma ho paura delle prossime rivelazioni di quel pazzo. Tiro fuori il plico di fogli. La lettera è in cima.

Saluti, agente Barrett!

Immagino che tu sia già immersa fino al collo nel caso. Ti è piaciuto il video? La colonna sonora secondo me era particolarmente appropriata.

Come sta la piccola Bonnie? Grida e piange, oppure se ne sta in silenzio? Me lo chiedo, ogni tanto. Portale i miei saluti.
I miei pensieri tuttavia sono rivolti soprattutto a te, agente Barrett. Come procede la tua guarigione? Dormi ancora nuda, con quel pacchetto di sigarette sul comodino, a sinistra del letto? Sono stato a casa tua, e devo dire che parli molto, nel sonno.

«Cristo santo!» mormora Jenny.

Le metto in mano i fogli. «Tienili un attimo.»

Corro fino al cestino della spazzatura più vicino e vomito tutto ciò che ho nello stomaco. Sono stati a casa mia! Mentre dormivo! Provo prima un brivido di intenso terrore. Poi un senso di violazione. Infine rabbia. Ma il sentimento predominante è terrore puro. Se l'hanno fatto una volta, potrebbero farlo di nuovo. Ancora scossa dai conati, picchio un pugno contro il bordo del cestino. Mi asciugo la bocca con il dorso della mano e torno da Jenny.

«Stai bene?»

«Per niente. Ma andiamo avanti.» Lei mi restituisce i fogli. Li prendo con mani tremanti e continuiamo a leggere.

Matthew e Alexa, che peccato averli persi. E tu sola in quella casa che ormai è una nave fantasma, che fissi il tuo corpo sfigurato nello specchio. Che tristezza.
Personalmente ti trovo più bella, così sfregiata, ma so che non mi crederai. Voglio dirti una cosa che potrà esserti utile, agente Barrett. Le cicatrici non sono il marchio della vergogna, ma il segno di chi è riuscito a sopravvivere.
Forse ti chiederai perché ti dico questo. Per un senso di lealtà, suppongo. E per rendere interessante il gioco. Sono molti quelli che potrebbero darmi la caccia, ma tu... sono convinto che tu sia più in gamba di tutti gli altri.
Mi sono dato molta pena per assicurarmi che tornassi in gioco, e ora resta ancora una cosa da fare, un'ultima ferita da chiudere.
Un cacciatore ha bisogno di un'arma, e tu non puoi toccare la

tua. Bisogna risolvere questo problema, per equilibrare gli avversari. Questi fogli contengono alcune informazioni che secondo me sono alla base della tua difficoltà. Forse ti lasceranno un'altra cicatrice, ma ricorda questo: una cicatrice è molto meglio di una ferita aperta.
Dall'inferno,

Jack Jr.

Giro la pagina e ci metto meno di un secondo a capire di cosa si tratta. Intorno a me cala un silenzio innaturale. Sento che Jenny mi parla, ma non riesco a sentire cosa dice.

Ho freddo, sempre più freddo. Mi battono i denti, ho i brividi e il mondo comincia a oscillare. Le pulsazioni si fanno sempre più rapide, poi il suono ritorna in un rombo caotico.

«Smoky! Gesù... Dottore!»

La sento ma non posso parlare, né smettere di battere i denti. Vedo un dottore avvicinarsi. Mi tasta, mi guarda negli occhi. «È in stato di shock» dice. «Stendiamola a terra, con i piedi in alto. Infermiera!»

Jenny si china su di me. «Smoky! Di' qualcosa.»

Vorrei farlo, Jenny. Ma sono come congelata. Il mondo è congelato, e persino il sole è freddo. Tutto è morto, o sta per morire.

Jack Junior aveva ragione. Appena ho letto quel foglio ho ricordato tutto.

Si tratta di un rapporto balistico. La parte cerchiata da un tratto di pennarello dice: «I test balistici provano in modo conclusivo che il proiettile rimosso dal corpo di Alexa Barrett proviene dall'arma dell'agente Barrett...».

Sono stata io a uccidere mia figlia.

Sento il rumore, e resto sorpresa quando mi rendo conto che sono io a produrlo. È un grido che comincia basso, in gola, poi sale un'ottava dopo l'altra, fino a diventare così forte da spaccare i vetri. E continua, come l'acuto di una cantante d'opera.

Finalmente, tutto diventa nero.

Capitolo 19

Mi sveglio in un letto d'ospedale. Nella stanza c'è solo Callie. Quando la guardo in faccia, capisco perché.

«Tu lo sapevi, vero?»

«Sì» dice lei. «Lo sapevo.»

Distolgo lo sguardo. Non mi sentivo così depressa e priva di forze da quando mi sono svegliata in un altro ospedale, dopo la notte con Sands. «Perché non mi hai detto nulla?» Non so se c'è rabbia nella mia voce. Non m'importa.

«Il dottor Hillstead mi ha chiesto di non farlo. Pensava che non fosse ancora il momento. Anch'io lo pensavo. E continuo a pensarlo.»

«Davvero? E come mai credi di sapere tante cose su di me?» La rabbia ora c'è, bollente e velenosa.

Callie non si scompone. «So solo questo: sei ancora viva. Non ti sei sparata in bocca. Perciò non ho rimorsi, amore mio.» Poi aggiunge, in un sussurro: «Ma questo non significa che non mi abbia fatto male, Smoky. Volevo bene ad Alexa, e tu lo sai».

Quelle parole spazzano via tutta la mia rabbia. Così, all'improvviso. «Non ce l'ho con te. E neppure con Hillstead. Forse aveva ragione, dopotutto.»

«Perché dici questo?»

«Perché ora ricordo tutto. Eppure non voglio morire.» Mi ripiego su me stessa, come per ripararmi dal dolore. «Mi sembra un tradimento, Callie. È come se il fatto che voglio vivere significhi che non li amavo abbastanza.»

La guardo negli occhi, vedo che le mie parole l'hanno colpita. La mia Callie, la regina in carrozza, ha un'espressione come se le avessi appena sferrato un pugno in faccia. O forse al cuore.

«Bene» dice dopo un lungo momento. «Questo non è vero. Andare avanti dopo la loro morte non significa che non li amavi, Smoky. Significa solo che loro sono morti e tu no.»

Inserisco questa perla di saggezza nel mio schedario mentale, per un uso futuro. «È buffo, vero? Sono sempre stata capace di colpire qualunque cosa, con una pistola. Mi viene naturale. Ricordo di aver mirato alla sua testa, e poi lui è stato così veloce. Mai vista una mossa così rapida. Ha strappato Alexa dal letto e se n'è fatto scudo. Lei mi guardava negli occhi quando è successo.» Mi si contorce la faccia. «Sai, anche lui è sembrato sorpreso. Con tutto quello che aveva fatto, per un attimo è stato come se avesse pensato di essersi spinto troppo oltre. Poi gli ho sparato.»

«Ti ricordi bene questa parte, Smoky?»

Aggrotto la fronte. «Cosa vuoi dire?»

Un sorriso triste. «Non gli hai semplicemente sparato, amore mio. Lo hai riempito di piombo. Gli hai vuotato addosso quattro caricatori e stavi ricaricando, quando ti ho fermata.»

All'improvviso ricordo tutto. Sands mi aveva violentata, torturata. Matt era già morto, io galleggiavo sopra ondate di dolore, perdendo e riprendendo conoscenza. Tutto era un po' surreale, come se fossi drogata. O come quando la pennichella pomeridiana è durata una mezz'ora di troppo.

Sentivo un senso di urgenza, ma era qualcosa di lontano, come attraverso un velo sciropposo.

Sands si chinò in avanti, avvicinando il viso al mio. Il suo fiato era caldo in un modo innaturale. Qualcosa di appiccicoso mi cadde sul petto. La sua saliva. Un brivido mi scosse tutto il corpo.

«Ora ti slegherò le mani e i piedi, dolce Smoky» mi sussurrò all'orecchio. «Voglio che tocchi il mio viso, prima di morire.»

Rovesciai gli occhi. La mia cognizione del tempo era vaga.

Sentii che mi scioglieva le mani, poi affondai di nuovo nel nero. Ripresi conoscenza, e lui mi stava slegando i piedi. Luce e ombra, luce e ombra.

Si stese accanto a me, sul letto. Era nudo e ce l'aveva duro. Con la mano sinistra mi teneva per i capelli, mentre mi accarezzava lo stomaco con il coltello. Sentii di nuovo il suo respiro, caldo e acre.

«È ora di morire, dolce Smoky» sussurrò Sands. «So che sei stanca. Devi fare solo un'ultima cosa, prima di andare.» Cominciò ad ansimare. L'erezione si fece più invadente, premendomi contro il fianco. «Toccami il viso.»

Aveva ragione, ero stanca. Stanchissima. Volevo solo rifugiarmi nel nero per sempre. La mia mano si alzò, per compiere quell'ultima azione. E poi...

«Mamma!» gridò Alexa. Un urlo forte, terrorizzato, che mi colpì come un manrovescio.

«Ci aveva detto che Alexa era morta» mormoro a Callie. «Che l'aveva uccisa per prima. Quando la sentii gridare, dall'altra stanza, capii che aveva mentito, e che sarebbe andato da lei appena finito con noi.» Nel ricordare quell'istante serro il pugno, mentre il mio corpo è scosso da un tremito di rabbia e terrore.

Fu come un'esplosione. Il drago nel mio ventre si svegliò di colpo e cominciò a ruggire. Vibrai un pugno a Sands. Sentii il suo naso rompersi, scesi dal letto e corsi verso il comodino dove tenevo la pistola. Ma lui fu veloce e ferale come un animale da preda. Nessuna esitazione. Rotolò giù dal letto e corse fuori dalla stanza. Udii i suoi piedi nudi sul parquet. Andava da Alexa.

Urlai come un'ossessa. Mi sembrava di bruciare, l'adrenalina mi scorreva nelle vene con un'intensità insopportabile. Il tempo accelerò, a una velocità che non credevo possibile.

Avevo la pistola in mano. Più che correre, mi sembrò di teletrasportarmi verso la stanza di Alexa. Lui stava entrando in quel momento e io ero già lì, e la vidi. Sul letto, con il bavaglio allentato. "Brava ragazza" ricordo che pensai.

«Mamma!» gridò Alexa di nuovo, con gli occhi spalancati, le

guance rosse, fiumi di lacrime. Adesso ero io l'animale feroce. Alzai la pistola, mirai alla testa di Sands...

E poi l'orrore. Orrore, orrore, orrore infinito. Inferno in terra.

E poi urlai, urlai, urlai, all'infinito. Inferno in terra. Sparai a Sands, gli sparai, e gli sparai ancora e ancora, e poi...

«Oh, Cristo, Callie, Cristo, Cristo. Mi dispiace tanto.»

Lei mi prende la mano, la stringe fino a farmi male, scuote la testa. «Non preoccuparti, Smoky. Non eri in te.»

Ricordo che Callie apparve all'improvviso sulla porta della stanza con la pistola in mano. La rivedo muoversi verso di me con prudenza esagerata, dicendomi di mettere giù la pistola. Io gridavo. Lei continuava ad avanzare. Sapevo che voleva prendermi la pistola, e non potevo permetterlo. Ne avevo bisogno per puntarmela alla testa e uccidermi. Meritavo di morire, avevo ammazzato mia figlia. Allora feci l'unica cosa che mi sembrava sensata. Puntai la pistola contro Callie e premetti il grilletto.

Fu pura fortuna che il caricatore fosse vuoto. Pensandoci adesso, ricordo che lei non rallentò neppure. Continuò ad avvicinarsi fino ad afferrare la mia pistola e gettarla di lato. Dopo non ricordo bene cosa successe.

«Avrei potuto ucciderti» mormoro.

«No.» Callie sorride, triste ma con un accenno di malizia. «Avevi mirato alla gamba.»

«Callie» dico in tono di gentile rimprovero. «Me lo ricordo.» Non avevo mirato alla gamba, ma al cuore.

Lei si china in avanti e mi fissa negli occhi. «Smoky, io mi fido di te più di chiunque altro al mondo. Questo non è cambiato. Non so cos'altro posso dirti, se non che non ti parlerò mai più di quello che è successo allora.»

Chiudo gli occhi. «Chi altri lo sa?»

Un silenzio. Poi: «Io. La squadra. Il direttore Jones. Il dottor Hillstead. E basta. Jones ha fatto in modo di non far trapelare nulla».

"Ma non ci è riuscito" penso. "*Loro* lo sanno."

«Mentre eri priva di conoscenza... per circa due ore...»

«Continua.»

«Ecco... L'unica persona che sa della tua reazione di oggi è il dottor Hillstead. Voglio dire, a parte Jenny e il resto della squadra.»
«Non l'hai detto a Jones?»
Lei scuote la testa. «No.»
«Perché?»
Callie lascia andare la mia mano. Sembra a disagio, una cosa insolita per lei. Si alza in piedi. «Ho paura... tutti abbiamo paura... che se glielo diciamo lui deciderà che non puoi tornare al lavoro. Mai più. Sappiamo che anche tu puoi prendere questa decisione, ma volevamo lasciarti la possibilità di scegliere.»
«Gli altri sono stati tutti d'accordo?»
Una lieve esitazione. «Tutti a parte James. Lui ha detto che prima voleva parlare con te.»
Chiudo gli occhi. In questo momento, James è l'ultima persona che ho voglia di vedere. Proprio l'ultima.
Sospiro. «Va bene. Digli di entrare. Non so ancora cosa deciderò, Callie. Ora voglio andare a casa. Prendere Bonnie, tornare a casa e cercare di riflettere. Ho bisogno di mettere ordine nella mia testa, una volta per tutte, se no sono fregata. Voi potete continuare con l'AFIS e il resto. Io devo andare via.»
Lei abbassa lo sguardo sul pavimento, poi torna a fissarmi. «Capisco. Metto in moto le cose, allora.»
Callie si dirige verso la porta. Si ferma e si volta. «Pensa una cosa, amore mio. Tu conosci le pistole meglio di chiunque altro. Forse, quando me l'hai puntata contro, hai premuto il grilletto perché sapevi che il caricatore era vuoto.» Mi strizza l'occhio ed esce.
«Forse» dico a bassa voce.
Ma non credo.
Ho premuto il grilletto perché, in quel momento, volevo che morissero tutti.

Capitolo 20

James entra e chiude la porta. Prende una sedia, l'avvicina al letto. È silenzioso, non capisco cosa stia pensando. Del resto non l'ho mai capito.

«Callie mi ha detto che volevi parlarmi, prima di decidere se denunciarmi al direttore Jones o no.»

Lui non risponde. Resta lì seduto e mi guarda. È esasperante.

«Allora?»

«Il problema è che tu sei con noi solo a metà.» Indica la stanza con un gesto circolare. «Così. E questo ti rende inaffidabile, quindi pericolosa.»

«Crepa.»

Lui mi ignora. «È vero, pensaci. Quando eravamo insieme nell'appartamento di Annie King, eri la Smoky che conoscevo. Tutti hanno avuto questa sensazione. Callie e Alan hanno cominciato automaticamente a trattarti da capo, a contare su di te. Insieme, noi due abbiamo trovato indizi che altrimenti sarebbero andati persi. Ma poi è bastata una lettera e hai avuto un collasso.»

«È un po' meno semplice di così, James.»

Lui scrolla le spalle. «Non per quello che riguarda il lavoro. O sei del tutto con noi, oppure è meglio che tu non ci sia. Perché se pensiamo che possano succedere ancora eventi del genere, allora non possiamo contare su di te. E questo ci porta a quello che voglio dirti.»

«Cioè?»

«Ho sentito che vuoi tornare a casa. Bene. Ma quando vorrai rientrare al lavoro, o sarai guarita del tutto, oppure è meglio che non ti faccia vedere. Altrimenti andrò da Jones, e se lui non mi starà a sentire, arriverò ancora più in alto, finché troverò qualcuno disposto ad ascoltarmi e a mandarti via.»

«Sei uno stronzo arrogante» gli dico tra i denti, con furia appena contenuta.

Lui resta impassibile. «L'opzione non è negoziabile. Io mi fido di te, Smoky. So che se mi darai la tua parola, la manterrai. Torna guarita, oppure non tornare. Questo è ciò che ti chiedo.»

Lo fisso, e nei suoi occhi non vedo né disapprovazione, né compassione.

In realtà non chiede molto. Quello che dice è ragionevole. Lo odio lo stesso.

«Ti do la mia parola. Ora togliti dalle palle.»

James si alza ed esce senza voltarsi indietro.

Capitolo 21

Il viaggio di ritorno è silenzioso. Bonnie, seduta accanto a me, mi tiene la mano e guarda fuori dal finestrino. Callie finora ha aperto bocca solo una volta, per dirmi che due agenti piantoneranno casa mia finché io stessa chiederò di interrompere la sorveglianza. Io non credo che lui rischierà di introdursi di nuovo in casa mia, ora che ha scoperto le carte, ma sono più che contenta della protezione. Callie mi ha anche detto che la ricerca delle impronte digitali con l'AFIS non ha dato nessun risultato. Oh, ma che bella giornata!

Dentro mi sento ribollire, una confusione di sensazioni illuminata da piccole esplosioni di panico. Non sono le emozioni a essere schiaccianti, è la realtà. La realtà di Bonnie. La guardo di nascosto. Mi mette a disagio. Se la chiamo, risponde voltando la testa, mi fissa con uno sguardo franco, poi torna alla sua immobilità, alla sua distanza.

Stringo un pugno, chiudo gli occhi. Gli attacchi di panico esplodono come bengala.

La maternità mi terrorizza. Perché è di questo che stiamo parlando, senza tanti giri di parole. Bonnie ha solo me, e ci aspettano moltissime giornate insieme, piene di scuola, di mattine di Natale, di richiami delle vaccinazioni, mangia la verdura, impara a guidare, a casa alle dieci, eccetera, eccetera, eccetera. Tutte le grandi, piccole e meravigliose banalità che comporta il fatto di essere responsabile della giovane vita di un'altra persona.

In passato avevo un sistema per questo. Ma in passato eravamo in due. C'era Matt. Ci aiutavamo a vicenda, litigavamo su ciò che era meglio per Alexa, l'amavamo insieme. Essere genitori vuol dire essere consapevoli, nella maggior parte dei casi, di stare sbagliando tutto, ed è confortante avere qualcuno con cui condividere questa sensazione.

Bonnie ha solo me. Una donna dalla mente confusa, che si porta dietro un treno merci di zavorra, mentre Bonnie viaggia a bordo del suo treno personale di orrore, verso un futuro di... cosa? Parlerà mai di nuovo? Farà amicizie? Avrà un ragazzo? Sarà felice?

Mi rendo conto che non so nulla di lei, e il mio panico aumenta. Non so se sia brava a scuola, non conosco i suoi programmi televisivi preferiti, o cosa prenda di solito a colazione. Non so niente.

Il terrore continua a crescere, vorrei solo aprire il portello dell'aereo e saltare giù gridando, piangendo e ridendo come una pazza e...

Ed ecco di nuovo la voce di Matt nella mia testa. Dolce, bassa e tranquilla.

"Shhh, piccola. Rilassati. Una cosa alla volta. La più importante l'hai già fatta."

"Quale sarebbe?" rispondo mentalmente, in tono lamentoso.

Lo sento sorridere. "L'hai presa con te. Ora è tua. Qualunque cosa accada, per difficile che sia, questo non cambierà mai. È la Prima Regola di Mamma, ricordi? Il resto verrà da solo."

La Prima Regola di Mamma...

Alexa aveva i suoi problemi, non era una bambina perfetta. Aveva bisogno di sentirsi dire spesso che le volevo bene. Io le dicevo sempre la stessa cosa. La prendevo in braccio, la coccolavo, e con le labbra tra i suoi capelli sussurravo: «Sai qual è la Prima Regola di Mamma, tesoro?».

Lei lo sapeva benissimo, ma chiedeva sempre: «Qual è, mamma?».

«Che tu sei mia, e questo non cambierà mai. Non importa quello che succederà, non importa quanto sarà difficile, non importa se...»

«...Il vento smetterà di soffiare, il sole smetterà di brillare e le stelle cadranno dal cielo» continuava lei, completando il rituale.

Quella risposta la faceva sentire sicura, e si rilassava.

Il nodo che avevo nel cuore si scioglie.

La Prima Regola di Mamma.

Posso cominciare con quella.

I bengala di panico smettono di esplodere dentro di me.

Per ora.

Scendo dall'aereo senza dire nulla. Bonnie mi segue.

Gli agenti promessi ci aspettano fuori, e ci accompagnano a casa seguendoci con la loro auto. L'aria è fredda, c'è appena un po' di foschia. C'è traffico, ma non è ancora l'ora di punta; il formicaio non è del tutto sveglio.

Anche in macchina regna il silenzio. Bonnie non parla, e io sono troppo occupata a pensare e a preoccuparmi.

Penso ad Alexa. Fino a ieri non avevo notato quanto poco ho pensato a lei, dal giorno della sua morte. È stata una presenza... vaga. Un viso in lontananza. Capisco adesso che era lei la figura confusa nel mio sogno con Sands. La lettera di Jack Junior ha cancellato le ombre.

Ora Alexa è di una bellezza vivida, accecante, nella mia mente. I ricordi sono una sinfonia a volume troppo alto. Mi fanno male le orecchie, ma non posso smettere di ascoltare.

La sinfonia della maternità: amare con assoluto abbandono, senza considerazione per se stessi, con la totalità del proprio essere. È una passione capace di offuscare il sole con il suo splendore. Una speranza senza fondo, una gioia fiera.

Quanto le volevo bene... Più che a Matt, più che a me stessa.

So perché il suo viso era confuso. Perché il mondo senza di lei è... insopportabile.

Eppure io sono qui, e lo sopporto. Questo mi spezza qualcosa dentro, qualcosa che non guarirà mai.

Ne sono contenta.

Perché voglio che la sua assenza mi faccia male per sempre.

Quando arriviamo a casa, venti minuti dopo, gli agenti si fermano dietro di noi e mi fanno un cenno.

«Aspetta un attimo qui, tesoro» dico a Bonnie.

Mi avvicino alla loro macchina, e sorrido riconoscendo uno dei due. Dick Keenan. Era istruttore a Quantico, mentre io frequentavo l'accademia. Verso la cinquantina, ha deciso che voleva concludere la carriera lavorando "sulla strada". Un uomo solido, della vecchia scuola. Capelli a spazzola e tutto il resto. Era anche noto per il suo spirito burlone.

«Come mai hanno mandato te, Dick?» gli chiedo.

Lui sorride. «Il direttore Jones.»

Annuisco. Dovevo immaginarlo. «Chi c'è con te?»

L'altro agente è giovane, più giovane di me. Si vede che è nuovo, e che la prospettiva di restare per giorni interi seduto in macchina senza far nulla lo attrae, gli sembra una cosa importante.

«Hannibal Shantz» dice, tendendo la mano fuori dal finestrino.

«Hannibal?» sorrido stringendogliela.

Fa spallucce. Sembra uno di quei tipi bonaccioni, che non se la prendono mai. Mi piace.

«Sei aggiornato sui particolari, Dick?»

Lui annuisce, deciso. «So di te, della bambina e di come ti è stata affidata.»

«Bene. Vorrei chiarire subito una cosa. Lei è il vostro obiettivo primario, intesi? Se vi capiterà di dover scegliere tra lei e me, proteggete lei.»

«Bene.»

«Grazie. È stato un piacere conoscerti, Hannibal.»

Mi allontano, rassicurata. Vedo Bonnie che mi aspetta in macchina, e casa mia sullo sfondo.

Durante il viaggio ho avuto tutto il tempo di chiedermi perché sono rimasta in questa casa. Per testardaggine, credo. E anche per stupidità. Ma il fatto è che questo posto fa parte di me, e se lo abbandono so che non sarò mai completa.

In cucina, la domanda mi viene automatica.

«Hai fame, tesoro?»

Bonnie mi guarda. Annuisce.

Bene. Sono soddisfatta. La Prima Regola di Mamma è amore. La seconda, nutrire. «Vediamo cosa c'è in frigo.»

Lei mi segue, guardiamo insieme e devo reprimere una risatina isterica. Il frigo è peggio che vuoto: c'è solo un barattolo di burro di arachidi quasi finito e un cartone di latte scaduto da un pezzo.

«Okay, piccola, sembra che prima dovremo fare un po' di spesa.» Mi massaggio gli occhi. Sono stanchissima, ma questa è una delle reali conseguenze dell'essere genitori. Non una regola, piuttosto una legge naturale. I figli sono tuoi, e tu sei responsabile per loro. Perciò non importa se sei stanca, loro non hanno la patente né la carta di credito.

Guardo Bonnie e sorrido. «Andiamo a fare rifornimento.»

Lei mi rivolge uno dei suoi sguardi. Poi sorride e annuisce.

«In sella, allora» dico, prendendo la borsetta e le chiavi.

Keenan e Shantz non ci hanno seguito. Ho detto loro che potevo badare a me stessa. È più importante per me sapere che quando torneremo non ci sarà nessuno in casa ad aspettarci.

Percorriamo le corsie di un supermercato Ralph's, un moderno territorio di caccia.

«Va' avanti tu» dico a Bonnie. «Non so cosa ti piace, perciò dovrai mostrarmelo.»

La seguo spingendo il carrello. Ogni volta che indica qualcosa io la prendo e la fisso per un momento, per imprimerla nella mente. Sento una voce forte e profonda dentro di me che dice: "Maccheroni al formaggio. Spaghetti al ragù. Niente funghi, mai, pena la morte. Patatine *Cheetos*, piccanti".

I Comandamenti del Cibo. Sono importanti per capire Bonnie.

Sembra che un meccanismo polveroso e arrugginito si stia rimettendo in moto. Un ingranaggio alla volta, cigolando. Amore, rifugio, maccheroni e formaggio.

"È come andare in bicicletta, piccola" sussurra Matt.

"Forse" rispondo.

Sono così presa a parlare tra me che, quando Bonnie si ferma, per poco non la investo con il carrello. «Scusa, tesoro. Abbiamo preso tutto?»

Sorride e annuisce. Tutto.

«Allora torniamo a casa a mangiare.»

Non è andare in bicicletta, il problema. Quello non si dimentica, una volta imparato. Ma la strada è cambiata. Amore, rifugio, maccheroni e formaggio, certo. Ma anche una bambina muta e una nuova mamma piena di cicatrici, che parla da sola ed è un po' pazza.

Sono al telefono con Elaina, la moglie di Alan, e mentre parlo guardo Bonnie che trangugia i maccheroni con totale dedizione. I bambini sono molto prammatici, riguardo al cibo. Anche se sta finendo il mondo, quando è ora di pranzo bisogna mangiare.

«Lo apprezzo molto, Elaina. Alan mi ha detto quello che stai passando, e non te l'avrei mai chiesto, ma...»

«Per favore, Smoky» mi interrompe lei, con un tono che mi ricorda Matt. «Tu hai bisogno di tempo, e lei ha bisogno di un posto dove stare quando tu sei via. Finché non avrai sistemato tutto.»

Mi viene un groppo in gola a quelle parole, e lei se ne accorge. «Le cose si sistemeranno, Smoky. Non preoccuparti.» Tace un secondo. «Sei stata un'ottima madre per Alexa, e te la caverai benissimo anche con Bonnie.»

Un misto di dolore, gratitudine e tenebra mi invade. Mi schiarisco la voce e riesco a dire solo: «Grazie».

«Non c'è di che. Chiamami quando hai bisogno di aiuto.»

Non aspetta altre conferme da me e riattacca. Elaina sa cos'è l'empatia. Si è offerta di occuparsi di Bonnie in qualunque momento io ne abbia bisogno. Senza esitare, senza fare domande.

"Non sei sola, piccola" sussurra Matt.

"Forse no."

Il telefono squilla, interrompendo la mia conversazione con i fantasmi.

«Ciao, amore mio» dice Callie. «C'è un nuovo sviluppo che vorrei comunicarti.»

Mi si stringe il cuore. Che altro sarà successo?

«Dimmi tutto.»

«Nello studio del dottor Hillstead c'erano dei microfoni.»

«Cosa?»

«Non ti sei chiesta come faceva Jack Junior a sapere le cose che ti ha scritto nella lettera?»

Silenzio. "No" realizzo con enorme stupore. Non me l'ero chiesto. «Cristo santo, Callie, no, non ci avevo pensato. Com'è possibile?»

«Con tutto quello che è successo, devo dire che non ci avevo pensato neppure io. Dobbiamo ringraziare James, per questo.» Si interrompe un attimo. «Mio Dio, ho appena pronunciato le parole "ringraziare" e "James" nella stessa frase. Sto invecchiando.»

«I dettagli, Callie» dico in tono impaziente. In questo momento non mi interessano le battute, e sono troppo stanca per scusarmi.

«C'erano due microfoni nello studio. Roba buona, ma di qualità media.» Mi sta dicendo che probabilmente non sarà possibile rintracciare il luogo dove sono stati acquistati. «Erano attivati con un telecomando, e trasmettevano senza fili a un microregistratore nascosto dentro lo sgabuzzino delle scope. Aveva solo bisogno di sapere gli orari dei tuoi appuntamenti con il dottor Hillstead. Poi attivava i microfoni e in seguito scaricava le registrazioni.»

Provo un profondo senso di intimità violata, come una scarica elettrica. Mi ha ascoltato parlare di Matt e di Alexa? Mi ha ascoltato mentre ero *debole?* La mia rabbia è così forte che ho voglia di vomitare, di svenire.

Poi, rapida com'è venuta, la rabbia se ne va. Resta solo un

senso di desolazione esausta. La marea si è ritirata, la spiaggia è asciutta e solitaria.

«Devo lasciarti, Callie» borbotto.

«Tutto bene, amore mio?»

«Grazie per avermelo detto, Callie. Ora devo lasciarti.»

Chiudo la comunicazione e mi meraviglio di come mi sento vuota. È una sensazione a suo modo squisita. Perfetta.

«Possiamo sempre andare a Parigi» mormoro, e sento la risata isterica che preme per uscire.

Mi rendo conto che Bonnie ha finito di mangiare e mi osserva. È una cosa che mi scuote fino alle ossa.

"Cristo" penso. Questa è la prima cosa che devo farmi entrare in mente, una volta per tutte. Non sono sola. Lei è qui, e mi vede.

I giorni passati a sedere sul pavimento, al buio, a parlare da sola... quei giorni devono finire.

Nessuno ha bisogno di una madre pazza.

Siamo nella mia stanza, sedute sul letto, e ci guardiamo.

«Come ti sembra, Bonnie? Può andare?»

Lei si guarda intorno, passa la mano sul copriletto. Poi sorride e annuisce. Sorrido anch'io.

«Bene. Ora, ho pensato che forse preferisci dormire con me. Se invece non vuoi, non c'è problema.»

Bonnie mi prende la mano e muove la testa su e giù diverse volte. Decisamente un sì.

«Perfetto. Ora devo spiegarti alcune cose. Sei d'accordo?»

Un cenno affermativo.

Molti non approverebbero questo approccio così diretto. Pazienza. Vado a sensazioni, e qualcosa mi dice che devo essere sincera con questa bambina.

«La prima è questa: a volte, mentre dormo... be', quasi sempre, in realtà... ho degli incubi. Qualche volta mi spaventano molto, e mi sveglio gridando. Spero che non succeda più ora che tu dormi con me, ma è una cosa che non posso controllare. Vorrei che non ti spaventassi, se succede.»

Bonnie studia la mia faccia, poi il suo sguardo si sposta verso la foto sul comodino. Matt, Alexa e io, sorridenti, senza nessuna idea di quello che il futuro aveva in serbo per noi. Bonnie torna a guardarmi, inarcando le sopracciglia.

Ci metto qualche secondo a capire. «Sì, gli incubi riguardano quello che è accaduto a loro.»

Bonnie chiude gli occhi, solleva una mano e si tocca il petto. Poi li apre e mi guarda.

«Succede anche a te, eh? Allora facciamo un patto: nessuna delle due si spaventa se l'altra si sveglia gridando.»

Lei sorride. A un tratto capisco quanto sia surreale questa situazione. Non sto parlando con una bambina di dieci anni di vestitini o di una gita al parco. Sto facendo con lei un patto che riguarda incubi e grida notturne.

«La seconda cosa... è un po' più difficile per me. Devo decidere se continuare o meno a fare il mio lavoro. Mi occupo di andare a caccia di persone cattive, come quelle che hanno fatto del male alla tua mamma. E forse sarò troppo triste per poter continuare a farlo. Puoi capirlo?»

Annuisce, cupa. Capisce eccome.

«Non ho ancora deciso. Se smetto, tu e io decideremo insieme cosa fare. Se continuo... Non potrò tenerti con me tutto il tempo. E dovrò chiedere a qualcuno di occuparsi di te mentre sono al lavoro. Posso prometterti questo, però: ti lascerò solo con una persona che ti piace. Sei d'accordo?»

Stavolta il cenno affermativo è lento. Sto cominciando a capire il suo linguaggio. "Sì" sta dicendo Bonnie. "Ma con riserva."

«Ora l'ultima cosa. È la più importante, perciò ascolta con attenzione.» Le prendo la mano e la guardo negli occhi. «Se vuoi stare con me, io non ti lascerò. Mai. Questa è una promessa.»

Il viso di Bonnie mostra la prima vera emozione da quando l'ho vista in quel letto di ospedale. Si contorce in una smorfia di dolore. Le lacrime le scendono lungo le guance. L'abbraccio stretta, cullandola mentre piange in silenzio. L'abbraccio e le mormoro parole nei capelli, e penso ad Annie, ad Alexa e alla Prima Regola di Mamma.

Dopo un po' smette di piangere, ma resta con il viso contro il mio petto. Sospira, si stacca e si asciuga le lacrime con le mani. Mi guarda intensamente. Ho un soprassalto quando mi posa una mano sulla faccia. Con tremenda tenerezza segue il contorno delle cicatrici. Comincia dalla fronte, scende sullo zigomo, posa il palmo sulla guancia. Poi è lei che abbraccia me.

Stranamente non mi viene voglia di piangere. Provo piuttosto una brevissima sensazione di pace. Di conforto. Un po' di calore entra in quella parte di me che era gelata.

Mi stacco dall'abbraccio e rido. «Siamo una bella coppia, eh?»

Sorride anche lei, con vera allegria. So che non durerà, che il suo dolore, quando arriverà, avrà la forza di un maremoto. Ma è comunque bello vederla ridere.

«Stasera voglio fare una cosa, che mi aiuterà a decidere se mantenere il mio lavoro oppure no. Vuoi venire con me?»

Bonnie annuisce. Le do un buffetto sul mento. «Bene, andiamo, allora.»

Guido fino a un poligono di tiro nella San Fernando Valley. Prima di scendere dalla macchina, cerco di raccogliere il coraggio. L'edificio è freddo e funzionale, con la vernice scrostata sui muri e finestre che forse non sono mai state lavate. "Come una pistola" penso. Può essere graffiata e ammaccata, ma l'unica cosa che conti è che possa sparare. Questo edificio non è diverso. Qui vengono a sparare diversi tipi *tosti*. E per tosti non intendo entusiasti. Intendo persone che passano la vita con la pistola in mano, per uccidere o per mantenere la pace.

Persone come me. Guardo Bonnie, con un debole sorriso. «Pronta?» chiedo.

Un cenno affermativo.

«Allora andiamo.»

Conosco il proprietario, un ex cecchino dei Marines, con occhi caldi in superficie e freddi dentro. Appena mi vede tuona: «Smoky! È un pezzo che non ti si vedeva».

Sorrido, indico le cicatrici. «Ho avuto un po' di sfortuna, Jazz.»

Lui nota Bonnie e le sorride. Lei non ricambia. «E questa bambina chi è?»

«Si chiama Bonnie.»

Jazz ha un sesto senso con le persone. Capisce subito che Bonnie non sta bene, e lascia perdere tutte le carinerie che potrebbero solo agitarla. Le rivolge un cenno del capo, poi mi guarda, con le mani sul bancone.

«Cosa preferisci, stasera?»

«Quella Glock.» Indico l'arma. «Con un solo caricatore. E ovviamente cuffie antirumore per tutte e due.»

«Certo, certo.» Prende tutto ciò che gli ho chiesto e mette in fila gli oggetti sul banco.

Mi sudano le mani. «Io... avrei bisogno di un favore, Jazz. Potresti inserire tu il caricatore e portare la pistola in sala di tiro?»

Lui inarca le sopracciglia. Mi sento arrossire di vergogna. Ma la mia voce è tranquilla. «Per favore, Jazz. Si tratta di un test. Se quando sarà il momento non riesco a prendere in mano la pistola, probabilmente non sparerò mai più in vita mia. Non voglio provare a toccarla prima di quel momento.»

I suoi occhi mi esaminano, caldi e freddi allo stesso tempo. Il calore ha il sopravvento. «Non c'è problema, Smoky. Dammi solo un secondo.»

«Grazie. Grazie davvero.» Metto la cuffia protettiva, poi prendo l'altra e mi chino verso Bonnie. «Dobbiamo indossare queste in sala di tiro, tesoro. Altrimenti il rumore degli spari può danneggiare l'udito.»

Lei annuisce, tende la mano. Le do la cuffia e la indossa.

«Seguitemi» dice Jazz.

Appena passata la soglia, sento l'odore. Fumo e metallo. Inconfondibile. Sono contenta di vedere che in questo momento non c'è nessuno.

Spiego a Bonnie che deve stare indietro, vicino al muro. Jazz mi guarda e infila il caricatore. Posa la pistola sulla mensola di legno che si trova di fronte a ogni corsia. Gli occhi freddi, stavolta, ma la bocca sorride. Torna di là. Sa che preferisco restare sola.

Mi volto e sorrido a Bonnie. Lei non ricambia il sorriso e mi fissa, attenta. Capisce che si tratta di un momento importante.

Prendo una sagoma di carta e l'attacco alla clip che la sostiene. Premo il bottone e la osservo allontanarsi sempre di più, fino ad assumere quasi le dimensioni di una carta da gioco.

Il cuore mi martella nel petto. Ho i brividi ma allo stesso tempo sudo.

Guardo la Glock.

Un nero strumento di morte. Alcuni vorrebbero che non esistesse. Per altri è un'espressione di bellezza. Io l'ho sempre considerata un'estensione del mio braccio. Fino a quando non mi ha tradito.

Questa è una Glock modello 34. Canna: 5,32 pollici. Peso: 990 grammi circa con il caricatore pieno. Contiene diciassette proiettili da 9 mm. La trazione sul grilletto è di 2,50 kg. Questi dati sono parte di me, come la mia altezza e il mio peso. Ora la questione è se io e quest'uccello nero possiamo riconciliarci.

Tendo la mano. Sudo profusamente, mi sento la testa leggera. Stringo i denti e mi sforzo di non fermare la mano. Rivedo Alexa e la sua espressione stupita quando il proiettile sparato da me le entra nel petto, costringendola al silenzio per sempre. È una scena che si ripete continuamente nella mia mente. Bang e morte, bang e morte, bang e la fine del mondo.

«*Merda! Merda! Merda!*» Non so se ce l'ho con Dio, con Joseph Sands, con me stessa o con la pistola.

Afferro la Glock con un gesto fluido e sto già sparando prima ancora di pensarci. L'acciaio nero mi salta in mano. *Bang-bang-bang!*

Alla fine sento il clic di uno scatto a vuoto. Sto tremando e piangendo, ma ho la Glock stretta in mano. E non sono svenuta.

"Bentornata" mi sembra di sentirle dire, in un sussurro.

Con mano malferma premo il bottone che riporta la sagoma verso di me. Quello che vedo quando arriva mi riempie di un'esultanza venata di tristezza. Dieci colpi alla testa, sette al cuore. Ho colpito dove volevo, come sempre.

Guardo il bersaglio, poi la pistola. So che da ora in poi sparare non sarà più un piacere.

Ma va bene così. Ora so quello che volevo sapere: posso ancora tenere in mano una pistola. Amarla non è necessario.

Tolgo il caricatore, stacco la sagoma e guardo Bonnie. Ha gli occhi spalancati, e sorride. Le scompiglio i capelli e torniamo da Jazz. Lo troviamo seduto su uno sgabello, a braccia conserte. Sul volto gli aleggia un sorriso, e gli occhi sono tutto calore.

«Lo sapevo, Smoky» dice. «Ce l'hai nel sangue.»

Annuisco. So che ha ragione.

La mia mano e la pistola sono di nuovo sposate. Forse sarà una relazione difficile, ma ora so che mi mancava. Naturalmente, neppure la pistola ora è più tanto giovane.

È invecchiata e piena di cicatrici.

SECONDA PARTE

Sogni e conseguenze

Capitolo 22

Bonnie mi sveglia urlando in piena notte.

Non è un grido da bambina. È l'ululato di un prigioniero dell'inferno. Accendo di scatto l'abat-jour sul comodino e vedo che ha ancora gli occhi chiusi. Io mi sveglio sempre quando comincio a gridare. Bonnie grida mentre dorme. Intrappolata nei suoi incubi, riesce a dar voce al suo terrore ma non a svegliarsi.

L'afferro e la scuoto. Le grida finiscono e lei apre gli occhi, tremante e di nuovo silenziosa. Me la tiro vicino, abbracciandola e accarezzandole i capelli, senza dire nulla. Il suo respiro si calma e presto dorme di nuovo.

Mi stacco piano da lei. Sembra tranquilla, ora. Riprendo sonno e, per la prima volta negli ultimi sei mesi, sogno Alexa.

"Ciao, mamma" mi dice sorridendo.

"Cosa c'è, Coscette di pollo?" La prima volta che l'avevo chiamata così aveva riso tanto da farsi venire il mal di pancia. Da quel giorno il nomignolo aveva preso piede.

Mi fissa con quello sguardo serio che è suo e non è suo. Non è suo perché è troppo piccola per uno sguardo del genere. Ed è suo perché esprime perfettamente il suo essere. Gli occhi castani di Matt mi fissano da un viso che è un cocktail di geni miei e suoi, conditi da fossette che sono solo di Alexa. Matt scherzava spesso sul fatto che il nostro postino aveva le fossette, e forse un giorno mi aveva consegnato un "pacco speciale". Molto divertente.

"Sono preoccupata per te, mamma."

"Come mai, tesoro?"

I suoi occhi diventano troppo tristi per la sua età e per quelle fossette.

"Perché ti manco tanto."

Indico Bonnie, accanto a me. "E lei? Cosa dici, sei d'accordo con quello che ho fatto?"

Mi sveglio prima che possa rispondere. Ho gli occhi asciutti ma il cuore in gola. Respiro a fatica. Poi passa. Bonnie ha gli occhi chiusi, l'espressione tranquilla.

Mi riaddormento, ma stavolta non sogno nulla.

È mattina. Ho indossato il mio tailleur più bello, quello nero, che Matt definiva il mio "vestito assassino", e mi guardo allo specchio, sotto gli occhi vigili di Bonnie.

Ho trascurato per mesi i miei capelli. L'unica cosa che mi davo la pena di fare era pettinarli in modo che ricadessero sopra le cicatrici. Ora li ho tirati indietro. Bonnie mi ha aiutato a farmi la coda. Invece di nascondere al mondo le cicatrici, ho deciso di esporle.

"Strano" penso. "Non sembrano così orribili. Certo, sono sfigurata, su questo non c'è dubbio, ma complessivamente non sembro un fenomeno da baraccone." Mi chiedo come mai finora non me ne fossi accorta. Deve essere per via di tutta la bruttezza che mi tenevo dentro.

Mi piace il mio aspetto. Ho una faccia da dura formidabile. Un look che quadra con la mia attuale visione della vita. Mi volto a guardare Bonnie. «Come ti sembro?»

Sorride e annuisce.

«Okay, è ora di andare, tesoro. Oggi abbiamo diversi giri da fare.»

La prima fermata è dal dottor Hillstead. L'ho già chiamato e mi sta aspettando. Lascio Bonnie con Imelda, la sua segretaria, una latina che tratta la gente con un misto di calore e impazienza. Bonnie sembra trovarla simpatica. La capisco: noi persone ferite odiamo la pietà, e vogliamo solo essere trattate normalmente.

Appena entro, il dottor Hillstead si alza e mi viene incontro. Ha un aspetto desolato. «Smoky, non sai quanto mi dispiace per ciò che è successo. Non avrei mai voluto che venissi a sapere la verità in quel modo.»

Scrollo le spalle. «Nemmeno io, ma ormai è fatta. E non è questo il peggio. Lui è stato in casa mia, mi ha guardato dormire. Mi sorveglia da vicino.»

Hillstead mi fissa, scioccato. «È stato in casa tua?»

«Sì.» Continuo a riferirmi all'assassino al singolare. Il fatto che si tratti in realtà di due persone è il nostro asso nella manica, e deve restare segreto.

Il dottore si passa una mano tra i capelli. Sembra davvero scosso.

«È sconcertante, Smoky. Ho già sentito parlare di casi del genere, ovviamente, ma è la prima volta che una cosa simile succede a me.»

«C'è sempre una prima volta.»

Forse è il mio tono calmo a colpirlo. Per la prima volta da quando sono entrata mi guarda con attenzione. Nota il cambiamento e torna a essere il mio terapista.

«Non vuoi sederti?»

Mi accomodo su una delle due poltrone di pelle di fronte alla scrivania. Hillstead mi guarda, pensieroso. «Ce l'hai con me per averti nascosto il rapporto balistico?»

Scuoto la testa. «No. O meglio, all'inizio sì, ma capisco perché l'ha fatto e credo che fosse giusto così.»

«Non volevo dirtelo finché non fossi stato sicuro che potevi sopportarlo.»

«Non so se fossi pronta oppure no» ribatto, con un debole sorriso. «Ma ho colto l'occasione.»

Lui annuisce. «Già, vedo che c'è stato un cambiamento. Vuoi parlarmene?»

«C'è poco da dire» spiego. «È stato un colpo molto duro. Per un attimo non ci ho creduto, poi ho ricordato tutto. Ho sparato ad Alexa. Ho tentato di uccidere Callie. È stato come se tutto il dolore degli ultimi sei mesi mi si fosse rovesciato addosso in un colpo solo. Sono svenuta.»

«Callie me l'ha detto.»

«E quando ho ripreso conoscenza non volevo morire. Questo mi faceva sentire male, in colpa. Ma era comunque la verità. Non voglio morire.»

«Ottimo, Smoky» dice lui, calmo.

«Inoltre lei aveva ragione riguardo alla squadra. Sono come una famiglia per me. E stanno passando un brutto momento. La moglie di Alan ha un cancro, Callie ha un problema di cui non parla con nessuno. E io non posso restare a guardare. Voglio bene a tutti loro, e se hanno bisogno di me, io ci sarò. Mi capisce?»

«Perfettamente. Era proprio ciò che speravo. Mi dispiace per i loro problemi, ovviamente, ma quello che voglio dire è che negli ultimi mesi tu hai vissuto in un vuoto. E riprendere il contatto con loro forse poteva ricordarti un valido motivo per continuare a vivere.»

«E cioè?»

«Il senso del dovere. Per te si tratta di una motivazione primaria. Hai un dovere verso di loro. E verso le vittime.»

Questa idea mi prende alla sprovvista. Perché mi rendo conto che coglie nel segno. Sì, forse non guarirò mai del tutto, forse mi sveglierò gridando fino al giorno della mia morte. Ma finché i miei amici avranno bisogno di me, e finché ci saranno in giro dei mostri assassini, devo restare in gioco. Non ho scelta.

«Ha funzionato» dico.

«Ne sono felice» ribatte lui, con un sorriso gentile.

Sospiro. «Di ritorno da San Francisco ho avuto molto tempo per pensare. E ho capito che dovevo fare una cosa. Se non ci fossi riuscita, stamattina sarei andata in ufficio a rassegnare le mie dimissioni.»

«Di cosa si tratta?» chiede lui. Secondo me lo sa già, ma vuole che sia io a raccontarlo.

«Sono andata in un poligono di tiro. Ho scelto una Glock e ho deciso di vedere se potevo ancora sparare. Se potevo almeno prendere in mano una pistola senza svenire.»

«E?»

«Ce l'ho fatta» dico semplicemente.

Lui mi guarda, con le punte delle dita unite. «C'è dell'altro, vero? Tutto il tuo aspetto è diverso.»

Guardo negli occhi quest'uomo, che da mesi cerca di aiutarmi. Comprendo ora che la sua abilità nel trattare con gente come me è una danza stupefacente, un misto di caos e precisione. Sa quando indietreggiare, quando fare una finta e quando attaccare, per rimettere insieme una mente. «Non sono più una vittima, dottor Hillstead. Questa è la semplice verità, senza tanti giri di parole. È in gran parte merito suo, e voglio ringraziarla. Senza di lei a quest'ora potrei essere morta.»

Ride, e scuote la testa. «No, Smoky, non credo che saresti morta. Sono felice di averti dato una mano, ma tu sei nata per sopravvivere. Non credo che ti saresti uccisa, davvero.»

"Chi lo sa" penso.

«E ora cosa farai? Mi stai dicendo che non hai più bisogno di continuare a vedermi?» È una domanda sincera. Dalla sua espressione non sembra affatto che abbia già deciso quale dovrebbe essere la risposta giusta.

«No, non sto dicendo questo.» Sorrido. «È buffo, se un anno fa qualcuno mi avesse proposto di andare da uno strizzacervelli, probabilmente gli avrei sparato. Mi sentivo superiore a chi crede di averne bisogno. Ora le cose sono cambiate.» Faccio una pausa. «E ho ancora delle cose da superare. La morte della mia amica... Sa che sua figlia ora vive con me, vero?»

Annuisce, serio. «Callie mi ha detto ciò che le è successo. Sono felice che tu abbia deciso di occuparti di lei. Deve sentirsi molto sola.»

«Non parla, si limita ad annuire. Stanotte gridava nel sonno.»

Il dottor Hillstead fa una smorfia. «Credo che ci metterà

molto tempo a guarire, Smoky. Forse non parlerà per anni. L'unica cosa da fare è quello che stai già facendo. Falle sentire che ci sei, occupati dei suoi bisogni e non cercare di parlare di ciò che le è successo. Per questo forse ci vorranno mesi.»

«Davvero?» Mi viene fuori un tono sconsolato. Lui mi rivolge uno sguardo gentile.

«Sì. Tutto quello di cui ha bisogno, ora, è di sapere che è al sicuro e che non è sola. Che la vita continua. La sua fiducia nelle cose fondamentali, come la presenza dei genitori, la sicurezza di una casa, è stata distrutta. In modo orribile. E per ricostruirla ci vorrà tempo.» Mi rivolge uno sguardo misurato. «Tu dovresti saperlo.»

Inghiotto a vuoto. Annuisco.

«Dalle tempo. Osservala. Sono certo che saprai quando sarà il momento giusto per cominciare a parlare di quello che le è successo. E quando arriverà quel momento...» Sembra esitare, ma solo per un attimo. «Fammelo sapere. Sarei felice di poterti raccomandare un terapista per lei.»

«Grazie. E per la scuola?»

«Ti consiglio di aspettare. La cosa più importante è la sua salute mentale.» Scuote la testa. «È difficile prevedere come ne uscirà. Il luogo comune secondo cui i bambini sono molto flessibili è vero. Può rimettersi in sesto abbastanza rapidamente da essere pronta per le complessità della vita scolastica, o forse avrà bisogno di insegnanti privati fino alla laurea. Ma, per il momento, oserei dire che questa è l'ultima delle tue preoccupazioni. Prodigati per farla star meglio. E se pensi che io possa essere d'aiuto, non esitare a chiamarmi.»

Provo una sensazione di sollievo. Ho una via da seguire. E non ho dovuto prendere questa decisione da sola. «Grazie.»

«Parliamo di te, ora. In che modo aver preso in casa la bambina ha influenzato il tuo stato mentale?»

«Mi sento in colpa. E felice. Colpevole di essere felice. Felice di sentirmi in colpa.»

«Perché tanto conflitto?»

Lo chiede in tono neutro, senza implicare un giudizio. Non sta dicendo che la mia conflittualità è sbagliata. Vuole solo sapere da cosa nasce.

Mi passo una mano sui capelli. «Credo che la domanda giusta dovrebbe essere: "Perché no?". Ho paura. Mi manca Alexa. Mi agita l'idea di rovinare ancora di più quella povera ragazzina. C'è solo l'imbarazzo della scelta.»

Hillstead si china in avanti, attento. Ha afferrato qualcosa, e non vuole mollare la presa. «Distilla quello che provi, Smoky. Capisco che ci sono molti fattori in gioco, ma cerca di ridurre tutto a qualcosa che puoi gestire.»

«È perché lei è Alexa e allo stesso tempo non lo è» dico all'improvviso, senza pensarci.

Ed è proprio così, semplicemente. Bonnie è una seconda possibilità per me di essere madre, di avere una figlia. In questo senso è Alexa. Ma allo stesso tempo non lo è perché Alexa è morta.

Non tutte le verità hanno un bell'aspetto. Molte portano dolore. Altre sono soltanto il punto di partenza per una faticosa scalata. Questa verità in particolare mi fa sentire vuota, come il suono di una campana in un campo senza vento.

Se riuscirò a lavorare con questa verità, so che le cose cambieranno. Ma si tratta di un lavoro enorme, che mi farà male.

«Sì» riesco a dire, con la voce rauca. Poi raddrizzo la schiena, spingo da parte il dolore. «Comunque ora non ho tempo per parlare di questo.» Mi viene fuori un tono scortese. Pazienza. In questo periodo ho bisogno della mia rabbia, e di tutte le parti più dure di me.

Il dottor Hillstead non si offende. «Capisco. Però fa' in modo di trovare il tempo, un giorno o l'altro.»

Annuisco.

Lui sorride. «Ora torniamo alla domanda a cui non hai ancora risposto. Cosa pensi di fare adesso?»

«Adesso» dico, con la voce fredda come il cuore, «ho intenzione di tornare al lavoro. E di trovare l'uomo che ha ucciso Annie.»

Il dottor Hillstead mi fissa per un tempo lunghissimo. È uno sguardo penetrante come un laser. Mi sta valutando, decidendo se approvare o meno la mia decisione. Alla fine apre il cassetto della scrivania e ne tira fuori la mia Glock, sempre nella sua busta trasparente. «Immaginavo che mi avresti detto qualcosa del genere. Così la tenevo pronta per te.» Inclina la testa di lato. «È per questo che sei venuta, in realtà, vero?»

«No» dico sorridendo. «Ma c'entrava anche questo, certo.» Prendo la pistola e la metto nella borsetta. Mi alzo in piedi e stringo la mano al dottore. «Volevo che lei mi vedesse con un aspetto migliore.»

Lui mi tiene la mano per più tempo del necessario. Il suo spirito gentile traspare dagli occhi. «Mi trovi qui se hai bisogno di parlarmi» dice. «In qualunque momento.»

A sorpresa, sgorgano le lacrime. Credevo di aver finito di piangere. Ma forse è meglio così. Non voglio che la gentilezza, degli estranei e degli amici, mi lasci indifferente.

Capitolo 23

«Questo è il posto in cui lavoro, tesoro.»

Bonnie alza gli occhi in uno sguardo interrogativo.

«Sì, ho deciso di tornare al lavoro. Ma prima devo dirlo al mio capo.»

Lei sembra approvare.

Ci fermiamo prima agli uffici del CASMIRC. Quando entriamo, ci sono solo Callie e James.

«Ciao» dice Callie, incerta. James ci guarda senza dire nulla.

«Callie, devo salire dal direttore Jones. Potresti stare con Bonnie nel frattempo? Non ci metterò molto.»

Callie mi fissa per qualche secondo. Poi sorride a Bonnie. «Tu che ne dici, amore mio? Ti va di stare con me?»

Bonnie la studia e Callie sopporta l'occhiata con serena pazienza. Bonnie annuisce, lascia la mia mano e va a prendere la sua.

«Torno subito» dico, ed esco. Li ho lasciati nell'incertezza apposta. Tanto lo sapranno presto.

Salgo all'ultimo piano. Shirley, la segretaria del direttore Jones, mi rivolge un sorriso professionale. «Ciao Smoky.»

«Ciao, Shirley. Lui c'è?»

«Un attimo che controllo.» Prende l'interfono e preme il bottone. Sa che Jones c'è. Quello che vuole controllare è se è disposto a vedermi. Non me la prendo. Credo che Shirley riserverebbe lo stesso trattamento anche al presidente degli Stati

Uniti. «Signore? C'è qui l'agente Barrett. Ah-ha. Bene.» Chiude la comunicazione. «Entra pure.»

Mi afferra una manica mentre le passo davanti. Ora il sorriso è più sincero. «Bentornata tra noi. Oh, non fare quella faccia sorpresa. Chiunque lo capirebbe. Hai un ottimo aspetto, Smoky. Sul serio.»

«Con una mente acuta come la tua dovresti entrare nella mia squadra, Shirley.»

Ride. «No, grazie, mi annoierei. Il mio lavoro qui è molto più pericoloso.»

Ricambio il sorriso e apro la porta. Entro e la chiudo alle mie spalle. Il direttore Jones è seduto alla scrivania, e mi squadra dalla testa ai piedi. Sembra approvare quello che vede, e annuisce. «Siediti.» Obbedisco e lui continua. «Dieci minuti fa ho ricevuto una telefonata dal dottor Hillstead. È d'accordo a farti tornare in servizio attivo. È per questo che sei venuta?»

«Sì, sono pronta a tornare. Ma a una condizione: voglio continuare a occuparmi del caso di Annie.»

Lui scuote la testa. «Non lo so, Smoky. Non credo che sia una buona idea.»

Scrollo le spalle. «Allora mi dimetto. Farò la detective privata e continuerò a cercare quei due per conto mio.»

Il direttore Jones fa uno sforzo evidente per non restare a bocca aperta. Poi la sua espressione si fa incazzata. Ma incazzata nera. «Mi stai dando un ultimatum?»

«Signorsì.»

Lui continua a fissarmi con uno sguardo tra lo shock e la rabbia. Alla fine scuote la testa e l'ombra di un sorriso gli solleva un angolo della bocca. «Stai scherzando col fuoco, agente Barrett. Comunque va bene, sei riammessa in servizio e il caso è tuo. Tienimi informato.»

Non c'è altro. Mi sta congedando. Mi alzo per andarmene.

«Smoky.»

Mi volto.

«Prendili, quei bastardi.»

In ufficio, Callie e James mi aspettano. So che questo è un momento critico, per loro e per tutta la squadra. Un momento che potrebbe cambiare tutto. Avrei potuto farli soffrire di meno se li avessi informati subito, ma non ero sicura che Jones mi avrebbe lasciato condurre il caso di Annie. E nell'eventualità opposta ero davvero intenzionata a dimettermi.

«Vado a lasciare Bonnie da Elaina.» Callie inarca le sopracciglia, James mi rivolge un'occhiata interrogativa. «Ho mantenuto la promessa. Sono tornata.»

Lui annuisce brevemente, senza fare domande. Sul viso di Callie si diffonde un'espressione contenta e sollevata. Ne sono felice, ma spero proprio che Callie non creda che sarà tutto come ai vecchi tempi.

Lavorare con la squadra sarà bello come sempre, certo. Ma ora siamo invecchiati. Come la squadra di football che perde una partita per la prima volta, abbiamo scoperto di non essere invulnerabili. Che possiamo restare feriti e anche morire.

Anch'io sono cambiata. Lo noteranno? E questo li renderà felici o tristi? Ciò che ho detto al dottor Hillstead è la verità. Ho smesso di essere una vittima, ma questo non significa che sono la stessa Smoky Barrett di prima.

Me ne sono accorta al poligono di tiro. È stata un'epifania, come la voce del Dio in cui non credo. Ho saputo che non amerò più un uomo. L'amore della mia vita era Matt, ed è morto. Nessuno mai lo sostituirà. Non è fatalismo, o depressione. È una certezza che mi ha portato un po' di pace. Amerò Bonnie e la mia squadra, e a parte loro avrò un solo altro amore per il resto della mia vita: la caccia.

Mentre tenevo in mano la Glock ho capito tutto questo. Non sono più una vittima. Sono diventata la pistola.

Nel bene e nel male, finché morte non ci separi.

Capitolo 24

«Tutto bene, tesoro?» chiedo a Bonnie prima di scendere dalla macchina.

Lei mi guarda con occhi troppo vecchi per la sua età. Annuisce.

«Perfetto.» Le scompiglio i capelli. «Elaina è una mia ottima amica. È la moglie di Alan. Ti ricordi di Alan? L'hai conosciuto in aereo.»

Un cenno affermativo.

«Credo che stare con lei ti piacerà. Ma se non dovesse piacerti, troveremo un'altra soluzione.»

Lei mi guarda. Sembra pesare la verità delle mie parole. Sorride e annuisce.

«Ottimo» dico, ricambiando il sorriso.

Dallo specchietto retrovisore vedo Keenan e Shantz, nella loro auto. Sanno che lascerò qui Bonnie, e resteranno a sorvegliarla. Questo mi fa quasi sentire tranquilla. Quasi.

«Andiamo, dài.»

Scendiamo dall'auto, andiamo alla porta e suoniamo il campanello. Pochi secondi dopo Alan viene ad aprire. Ha un aspetto migliore di quello che aveva sull'aereo, ma sempre molto stanco. «Ciao, Smoky. Ciao, Bonnie.»

Lei alza gli occhi a fissarlo, esaminandolo. Lui aspetta senza fretta, con la sua pazienza da gigante buono, finché Bonnie gli rivolge un sorriso di approvazione.

«Entrate pure. Elaina è in cucina.»

Elaina si affaccia da dietro un angolo. I suoi occhi si illuminano vedendomi, e io sento una stretta al cuore. Questa è Elaina. Risplende di gentilezza.

«Smoky!» grida, correndomi incontro. Ci abbracciamo.

Lei fa un passo indietro e mi guarda. Elaina è più alta di me, ma sembra minuscola accanto ad Alan. È anche molto bella. Non di quella bellezza che ti lascia senza fiato, come Callie. La sua grazia emana dalla sinergia fra il suo aspetto e il suo carattere. È una di quelle donne la cui personalità pervade ogni molecola del loro essere, attirando a sé gli altri con una sorta di forza di gravità. Alan una volta ha riassunto tutto questo in una semplice frase: «Lei è la Madre».

«Ciao, Elaina» dico. «Come stai?»

Un breve lampo di tristezza le appare negli occhi. Mi bacia sulla guancia. «Molto meglio, ora, Smoky. Ci sei mancata.»

«Anche voi mi siete mancati.»

Lei mi fissa per un lungo momento, poi annuisce. «Molto meglio» ripete, e so che stavolta si riferisce a me. Poi si siede sui talloni davanti a Bonnie, in modo da trovarsi faccia a faccia con lei. «Tu devi essere Bonnie» dice.

Bonnie la fissa, in un attimo sospeso nel tempo. Elaina trasuda amore nel suo modo inconscio, senza parole. È una forza della natura, capace di abbattere i muri che il dolore costruisce intorno al cuore. Bonnie si irrigidisce. Ha un brivido e qualcosa di indefinito le appare sul viso. Ci metto qualche secondo a capire. È sofferenza, una sofferenza profonda, dell'anima. L'amore di Elaina è potente, grezzo ed elementare. Non fa prigionieri. E ha tagliato le protezioni di Bonnie come un coltello di luce, mettendo a nudo il suo dolore nascosto. Tutto in un solo istante. Vedo Bonnie che perde la sua battaglia interna, mentre le lacrime cominciano a scorrerle in silenzio lungo le guance.

Elaina apre le braccia, e Bonnie si precipita contro il suo petto. Lei la solleva, l'abbraccia stretta, le accarezza i capelli mormorandole parole di conforto in quella mistura di inglese e spagnolo che ricordo benissimo.

Sono senza parole, e sento un nodo in gola. Spingo indietro le lacrime, e noto che Alan sta facendo lo stesso. Non è solo il dolore di Bonnie, ma la sua comprensione istantanea che il petto di Elaina è un posto sicuro dove rifugiarsi quando qualcosa fa male.

Lei è la Madre.

Il momento sembra durare per sempre.

Bonnie si stacca dall'abbraccio, asciugandosi il viso con le mani.

«Meglio, ora?» chiede Elaina.

Bonnie la guarda e risponde con un sorriso stanco. Con quel pianto si è liberata di qualcosa di profondo, ed è esausta.

Elaina le accarezza il mento. «Hai sonno, vero?»

Bonnie annuisce, fa fatica a tenere gli occhi aperti. Mi rendo conto con stupore che si sta addormentando in piedi. Elaina la prende in braccio, Bonnie le poggia la testa sulla spalla e dorme già.

È stata una specie di magia. Elaina ha risucchiato via il suo dolore, e adesso Bonnie può dormire. Anche a me era successo, in ospedale, dopo la visita di Elaina. Il primo vero sonno dopo parecchi giorni.

Provo una fitta di gelosia vedendo Bonnie addormentata tra le braccia di Elaina. Mi detesto per essere così egoista, ma non riesco a evitare la paura. E se Bonnie dovesse attaccarsi troppo a questa donna meravigliosa? La perderei. Il solo pensiero di questa possibilità mi terrorizza. Credo sia una cosa molto materna.

Elaina sorride. «Non vado da nessuna parte, Smoky.»

La sua solita, incredibile empatia. Mi vergogno di me, ma lei sorride di nuovo, spazzando via tutto. «Credo che noi due ce la caveremo bene, qui. Ora voi potete andare al lavoro.»

«Grazie» borbotto, lottando di nuovo contro la voglia di piangere.

«Se vuoi davvero ringraziarmi, vieni a cena stasera.» Si avvicina e mi tocca il viso, dal lato con le cicatrici. «Meglio» dice. «Davvero molto meglio.»

Saluta Alan con un bacio e si allontana, portandosi dietro il suo amore elementare, che le permette di cambiare tutto quello che tocca solo essendo se stessa.

Alan e io usciamo, e ci fermiamo un attimo sotto il portico. Siamo entrambi commossi e fragili.

Alan rompe il silenzio con delle azioni, invece di parole. Si porta le mani enormi al viso, con un movimento disperato. Le sue lacrime sono silenziose come quelle di Bonnie. Il gigante buono è scosso dai singhiozzi. So che sono lacrime di paura. Lo capisco. Essere il marito di Elaina è come essere il marito del sole. E lui ha paura di perderla, di restare per sempre nelle tenebre. Potrei dirgli che la vita continua, bla, bla, bla.

Ma so che non è il caso.

Gli passo un braccio intorno alle spalle e lo lascio piangere. Io non sono Elaina. Ma so che lui non vorrebbe mai farle vedere il suo dolore. Faccio del mio meglio. So per esperienza che, anche se non è abbastanza, è sempre molto meglio di niente.

La tempesta passa, rapida come era cominciata.

Gli occhi di Alan sono già asciutti, e questo non mi sorprende. "Noi siamo così" penso, un po' triste.

Anche quando vorremmo spezzarci, possiamo solo piegarci.

Capitolo 25

Tutti sembrano stanchi, con quel look tipico di quando sei uscito di fretta per non fare tardi. Pettinatura in ordine, ma imperfetta. Rasature buone ma non tanto da lasciare la pelle completamente liscia. Tutti tranne Callie, è ovvio. Lei è bella e impeccabile come sempre.

«Come sta Bonnie?» chiede.

Mi stringo nelle spalle. «Difficile a dirsi. Per il momento, bene. Ma...» non finisco la frase.

Sanno cosa voglio dire, e nessuno fa commenti. Forse guarirà, forse no. Comunque la guardi, non è una bella situazione.

Un forte *din-don* mi fa voltare.

«Che diavolo è?» chiedo.

«Significa che mi è arrivata un'e-mail, amore mio.»

Callie si avvicina al suo computer, batte sulla tastiera. Si acciglia, mi guarda. «Posta psicotica» dice.

La sensazione letargica che aleggiava nella stanza svanisce in una frazione di secondo. Ci stringiamo tutti intorno alla scrivania di Callie. La cartella «posta in arrivo» è aperta, con l'ultimo messaggio in cima. L'oggetto è: «Un messaggio dall'inferno». Il mittente: «Tu sai chi». Callie lo apre con un doppio clic.

Saluti, agente Thorne e agente Barrett. Sono certo che leggerete insieme questo messaggio.

Ora siete tornate al nido, e sono certo che state organizzando la caccia. Devo ammettere che questo mi eccita. Non avrei potuto sperare in nemici migliori.
Ho qualcosa di personale per te, agente Thorne, ma prima di arrivarci devo fare una digressione. Spero che mi perdonerai. Sono certo che tutti voi vi sarete chiesti come mai vi ho sfidato in modo tanto diretto. Forse avete già messo al lavoro psicologi e analisti, cercando di capire, di estrarre significati dalle mie azioni.

«Ti piacerebbe» mormora Callie.

Non si tratta di un commento ozioso. *Loro* ci stanno mostrando una cosa importante, qui, una parte di ciò che li eccita. Il pensiero che noi investiamo tempo e risorse per cercare di comprenderli.

La risposta, comunque, non è complessa. Proprio come me. I miei motivi non sono arcani, non sono nascosti nelle paludi della psiche. Risplendono della fresca semplicità sterile e luminosa di un bisturi.
Vi sfido perché voi mi meritate. Siete predatori di predatori, e sono certo che avete trascorso anni a darvi pacche sulle spalle, congratulandovi tra voi per la vostra bravura nel mettere in gabbia chi uccide.
Per questo, ora meritate me. Se gli altri a cui date la caccia sono ombre, io sono la tenebra. Loro sono sciacalli, io un leone. Credete di essere in gamba? Allora provate a prendermi. Provate a catturarmi.
Desidero tanto avere degni avversari, agente Barrett. Leggete con attenzione le mie lettere, annusate il mio odore. Sentite la mia presenza letale. Ne avrete bisogno, nei giorni a venire. Imparate a vivere con la certezza di essere sotto assedio. Ora non sapete esattamente cosa intendo dire, ma lo scoprirete presto. Imparatelo, e poi usatelo come guida nella vostra caccia. Perché vi prometto questo: finché mi lascerete libero di tagliare e strappare la carne, vivrete sotto assedio.

Leggendo queste parole non riesco a reprimere un brivido.

Ora veniamo a noi, agente Thorne. La persona che mi interessa sfidare è l'agente Barrett, ma so che ogni sfida lanciata a lei coinvolge tutti voi. E poiché abbiamo ancora un giorno prima che il mio pacco arrivi nelle vostre mani, cerchiamo di far buon uso del nostro tempo.

L'agente Barrett ha perso la sua migliore amica. In questo tempo che ci resta vorrei fare in modo che ciascuno di voi perda qualcosa di ugualmente importante.

Una serie di campanelli d'allarme cominciano a squillarmi in testa. Non conosco ancora bene questi due, ma una cosa ho già capito di loro: non bluffano. Ecco ciò che mi dà i brividi.

Questo mi riporta a te, agente Thorne. Qui sotto troverai un link a un sito web. Visitalo, e se saprai cercare, tutto ti sarà chiaro. Penso che ti piacerà l'ironia.

Dall'inferno,

Jack Jr.

C'è un ipertesto nel messaggio, con le parole *clicca qui.*

«Cosa faccio?» chiede Callie.

«Vediamo di cosa si tratta» rispondo.

Lei clicca sul link e si apre la finestra del browser. Aspettiamo che si carichi la pagina web. Sullo sfondo bianco appare un logo in rosso che dice «Red Rose». Sotto, in lettere più piccole, «amateur – rossa naturale».

Finalmente arriva il resto della grafica e quello che vedo mi fa sbattere le palpebre, perplessa.

Alan si acciglia. «Che diavolo è?...»

La foto sullo schermo mostra una rossa alta e bella, poco più che ventenne, con indosso soltanto un tanga rosso. Guarda verso l'obiettivo con un sorriso seducente. Mi volto a guardare Callie. È pallida come un cadavere, e gli occhi sono pieni di una paura indicibile.

«Callie, cosa significa?»

La guardiamo tutti. Perché la giovane che si fa chiamare Red Rose le somiglia abbastanza da poter essere sua sorella.

«Callie?» Il tono di Alan è allarmato. Callie indietreggia e va a sbattere contro il muro alle sue spalle. Si porta un pugno chiuso alla bocca, spalanca gli occhi. Trema in modo incontrollabile. Alan allunga una mano a sorreggerla.

Poi Callie esplode, come un uragano improvviso. La paura le scompare dagli occhi, sostituita da una rabbia intensa. Si volta verso Leo con un ringhio, e quando parla la sua voce è un ruggito.

«*Trova il suo indirizzo! Adesso!*»

Leo resta a fissarla per una frazione di secondo, poi va a sedersi al computer più vicino. Callie si china sulla scrivania, stringendone i bordi. L'aria intorno a lei è elettrica.

Solo James osa sfidare la sua rabbia. «Callie» dice, in tono tranquillo. «Chi è quella donna?»

Callie lo fissa con uno sguardo terribile.

«È mia figlia.»

Poi lancia un grido, rovescia la scrivania e la scaglia lontano, con il computer sopra.

Noi restiamo immobili, attoniti, non per quello che ha fatto ma per la rivelazione.

«*È un uomo morto! Morto, morto, morto!*» Si volta verso di me. «Hai sentito, Smoky?» Il suo è un urlo di agonia.

E mi rivedo sei mesi fa, quando le ho puntato addosso una pistola e ho premuto il grilletto, ignorando che il caricatore fosse vuoto. Sì, ho sentito.

«Trova quell'indirizzo, Leo» dico, senza smettere di fissare Callie. «Trovalo subito.»

Capitolo 26

Sono seduta accanto a Callie, e prego di arrivare viva a destinazione. Siamo dirette a Ventura County e Callie guida lungo la 101 come se volesse rompere il muro del suono. Spero solo che gli altri siano dietro di noi. Non appena Leo è risalito all'indirizzo della proprietaria del dominio web «Red Rose», Callie si è precipitata fuori dall'ufficio. L'unica cosa che sono riuscita a fare è stata correrle dietro.

La guardo. È terrore e furia impastati insieme.

«Callie, di' qualcosa» imploro, stringendo il bracciolo del sedile.

«Prendi la mia borsa» ringhia. «E guarda nel portafogli.»

Obbedisco, e trovo quasi subito una foto. Formato tessera, in bianco e nero. Mostra un neonato con gli occhi chiusi, la testa ancora un po' conica per essere passata attraverso il canale uterino. È il tipo di foto che fanno in ospedale ai nuovi nati.

«Avevo quindici anni» dice Callie. Si interrompe per affrontare un tornante, facendo fischiare le gomme. «Ed ero molto sciocca. Andai a letto con Billy Hamilton perché aveva un buon odore. Non è buffo, amore mio?» aggiunge con amarezza. «L'unica cosa che ricordo di lui è il suo odore. Come sole e pioggia insieme.»

«Restai incinta, uno scandalo mai successo prima nella mia famiglia. E neppure in quella di Billy. Mio padre per poco non mi ripudiò. Mia madre andò in chiesa e ci restò per giorni. L'aborto era fuori questione, eravamo buoni cattolici.» Le parole le escono piene di sarcasmo e dolore. «I nostri padri si incontrarono e trovarono una soluzione insieme. Così andavano le cose, tra le buone famiglie del Connecticut. Billy aveva un futuro, e anch'io avrei potuto averne uno, anche se ormai ero "macchiata". Decisero che avrei finito l'anno scolastico con un'insegnante privata, avrei partorito senza chiasso, e il bambino sarebbe stato dato in adozione. Per giustificare l'insegnamento privato inventarono una storia di copertura: avevo una grave allergia che richiedeva alcuni mesi di isolamento. Non c'era da discutere. Era così e basta. Partorii durante l'estate e l'anno dopo tornai a scuola come se nulla fosse successo.» Un altro tornante a velocità da urlo. «Naturalmente non avevo più il permesso di uscire. A Billy fu fatto giurare che avrebbe tenuto la bocca chiusa, e lui mantenne il segreto.» Callie si stringe nelle spalle. «Non era un cattivo ragazzo. Non mi trattò neppure male, dopo. Alla fine... tutta la storia si sgonfiò da sola.» Indica con un cenno del mento la foto che ho in mano. «Ma anche se ero una stupida, sapevo che non era giusto fingere che fosse stato tutto un sogno. Un'infermiera scattò quella foto e io mi costringevo a guardarla almeno una volta al mese. E alla fine presi delle decisioni.» Ora la sua voce ha un tono basso e serio. Me la immagino seduta nella sua stanza, mentre pronuncia un solenne giuramento. «Non sarei mai stata stupida di nuovo. Non sarei più stata cattolica. E non avrei più lasciato che qualcuno prendesse decisioni importanti al posto mio.»

«Cristo, Callie.» È l'unica cosa che riesco a dire.

Lei scuote la testa, una volta sola. «Non ho mai cercato di incontrarla, Smoky. Non mi sembrava giusto. Voglio dire, sapevo che era stata adottata, ma ero convinta che avesse il diritto di vivere la sua vita.» Fa una risata tagliente, metallica. «Ma suppongo che il luogo comune secondo cui non smetti mai di essere una madre sia vero, amore mio. Anche quando hai abbandonato la tua bambina. E adesso lei gestisce un sito porno, e forse è già morta, solo perché io sono sua madre.»

Le mani le tremano sul volante. Guardo di nuovo la foto. Era questa che Callie stava fissando da Subway, quando io ero uscita dal bagno. Callie, con i suoi atteggiamenti irriverenti e le battute volgari, così sicura di sé. Quante volte, da sola, tirava fuori questa foto, la fissava e si lasciava invadere dalla tristezza?

Guardo fuori dal finestrino. Le colline scorrono a velocità impossibile, e ogni tanto appare un cartello che segnala un'uscita. È una giornata piena di sole, e il cielo è sereno. È il tipo di luminosità che la gente immagina quando sente la parola «California».

In questa luce perfetta, io vorrei urlare. Perché la realtà continua ad abbattere birilli: Matt, Alexa, Annie, Elaina... e ora Callie. Riesco a convogliare la forza di quello che sento nelle mie parole.

«Ascoltami, Callie. Forse non è morta. Forse loro stanno solo giocando con te.»

Lei non risponde. Si volta a guardarmi per un attimo. I suoi occhi sono pieni di disperazione.

Accelera ancora di più.

Arriviamo a Moorpark circa mezz'ora dopo essere uscite dall'ufficio, un tempo record. La città è un piccolo agglomerato in crescita tra Simi Valley e Thousand Oaks, e gli abitanti sono in prevalenza di classe media e medio-alta. Ci fermiamo davanti alla casa. Due piani, bianca con le finiture blu. Un vicino dall'altra parte della strada sta falciando il prato. Tutto è di una banalità surreale.

Callie scende dall'auto con la pistola in mano. Una macchina di morte dai capelli rossi.

«Merda» mormoro, seguendola. È tutto sbagliato.

Guardo lungo la strada, sperando di vedere arrivare Alan o James, ma non sento neppure il rumore di un motore in lontananza. Callie è già alla porta. La raggiungo. Il vicino che tagliava il prato ha spento la falciatrice e sta indietreggiando a bocca aperta.

Callie batte il pugno sulla porta. «FBI!» dice. «Aprite!»

Solo silenzio. Poi udiamo dei passi. Callie ha gli occhi spalancati e le narici frementi. Le mani strette sulla pistola.

Una voce di donna chiede: «Chi è?».

«FBI, signora» risponde Callie, con il dito appena staccato dal grilletto. «Per favore apra la porta.»

Posso quasi sentire l'esitazione della donna. Poi la porta si apre e...

Davanti a noi c'è la figlia di Callie, viva e spaventatissima alla vista delle pistole.

In braccio ha un neonato.

CAPITOLO 27

Siamo in casa. Callie è seduta in soggiorno, con la testa tra le mani. Io sono in cucina, e parlo con Alan al cellulare.

«Tutto a posto» dico. «Voleva solo spaventare Callie.»

«James e io siamo partiti da una decina di minuti. Vuoi che veniamo comunque?»

Getto un'occhiata a Callie e a sua figlia. In soggiorno l'aria è tesa, elettrica.

«No. Meno siamo, qui dentro, meglio è. Tornate in ufficio, vi chiamo io.»

«Ricevuto.»

Alan chiude la comunicazione. Respiro a fondo ed entro nell'occhio del ciclone. La figlia di Callie, il cui nome è Marilyn Gale, passeggia su e giù per la stanza, frenetica, con il bambino in braccio. Si ferma e riparte, si ferma e riparte, continuamente.

Dio, se somiglia a Callie. Lei non sembra averlo ancora notato. È leggermente più bassa e più pesante, con i lineamenti più morbidi. Ma i capelli rossi sono uguali, e il suo corpo possiede la stessa bellezza elegante della madre. Gli occhi sono diversi. "Il fantasma di Billy Hamilton" penso. La cosa che più mi fa pensare a Callie, in questo momento, è la rabbia di Marilyn. È incazzata nera, quel tipo di incazzatura che solo una paura improvvisa può creare.

«Allora, volete dirmi che cazzo succede?» strilla. «Perché

due agenti dell'FBI hanno fatto irruzione in casa mia con le pistole in mano?»

Callie non risponde. Ha ancora la testa tra le mani, e sembra esausta.

Credo che per il momento tocchi a me parlare. «Vuol sedersi, signora Gale? Le spiegherò ogni cosa, ma credo dovremmo prima cercare di calmarci, tutti.»

Lei si ferma e mi fissa con uno sguardo che riesce quasi a convincermi del ruolo della genetica nella formazione del carattere. Dai suoi occhi traspare l'acciaio freddo di Callie. «Mi siedo. Ma non mi chieda di calmarmi.»

Provo a sorridere. Lei si siede. Callie non ha ancora alzato la testa.

«Sono l'agente speciale Barrett, signora Gale, e...»

«Signorina» interrompe lei. «Barrett? Non è mica quella che è stata assalita da quel pazzo, sei mesi fa? Quella che ha perso la famiglia?»

Quelle parole mi causano una fitta di dolore, ma annuisco. «Sono io.»

Questa conferma sembra calmarla. Non è certo contenta, ma la sua rabbia ora è venata di compassione. Il ciclone perde intensità. Restano solo alcuni lampi. «Mi dispiace» dice. Sembra notare per la prima volta le mie cicatrici. Le guarda con attenzione misurata, ma non con repulsione. Quando mi guarda negli occhi, vedo qualcosa che non mi aspettavo: rispetto, invece di pietà.

«Grazie» dico, tirando il fiato. «Sono a capo della sezione dell'FBI di Los Angeles che si occupa dei crimini violenti. Siamo sulle tracce di un uomo che ha già ucciso una donna. Quest'uomo ha mandato un'e-mail indicando che lei sarebbe stata il suo prossimo bersaglio.»

Marilyn Gale impallidisce. Stringe al petto il suo piccolo. «Cosa? Io? Perché?»

Callie solleva la testa. Quasi non la riconosco, tanto il suo viso è stanco e provato. «Uccide donne che gestiscono siti porno su Internet. Ci ha inviato un link al suo sito.»

La paura sul viso di Marilyn è sostituita da un'espressione perplessa. «Eh? Ma... io non ho un sito web. Meno che mai un sito porno, ci mancherebbe altro! Studio all'università... be', adesso sono in maternità, ovviamente. Questa è la seconda casa dei miei genitori, e per il momento abito qui.»

Silenzio. Callie la fissa, notando la sua confusione. Capisce, come l'ho capito io, che si tratta di emozioni genuine. Marilyn dice la verità.

Callie chiude gli occhi. Un po' di sollievo si diffonde sul suo viso, con appena una traccia di tristezza. La capisco. È contenta che sua figlia non faccia pornografia. Ma adesso sa che il motivo per cui Marilyn ha attratto l'attenzione di Jack Junior è solo uno. Sollievo mescolato con senso di colpa, il mio cocktail preferito.

«Siete sicuri che quell'uomo parlasse proprio di me?»

«Ne siamo sicuri» risponde Callie.

«Ma io non gestisco un sito porno.»

«Lui ha altri motivi.» Callie la fissa. «Lei è stata adottata, signorina Gale?»

Marilyn si acciglia. «Sì, ma cosa...»

Non finisce la frase. Guarda bene Callie per la prima volta. Spalanca gli occhi e la bocca. Posso quasi sentirla mentre fa il paragone a mente. E vedo il momento in cui la rivelazione la colpisce.

«Lei è... tu sei...»

Un sorriso amaro da parte di Callie. «Sì.»

Marilyn resta immobile, attonita. Sul suo viso si alternano shock, meraviglia, rabbia, dolore, senza che nessuna di tali emozioni riesca a prevalere. «Io... non so che...» Si alza in piedi con un movimento fluido, stringendo il figlio. «Vado a metterlo nella culla. Torno subito.» Si allontana e scompare rapidamente in cima alle scale.

Callie si appoggia allo schienale del divano. Chiude gli occhi. Ha una faccia come se avesse bisogno di un milione di anni di sonno. «È andata proprio bene, amore mio.»

È esausta, spenta. Cosa posso dirle? «È viva, Callie.»

Quella ovvia verità sembra colpirla. Apre gli occhi e mi guarda.

«Che ottimismo solare, da parte tua» dice con un sorriso. Percepisco il nervosismo nella sua voce, ma sono davvero ottimista.

Sentiamo un rumore di passi sulle scale, poi Marilyn appare in soggiorno. Ha approfittato di quei pochi secondi per ricomporsi. Ora sembra cauta e pensosa. Persino intrigata.

Mi meraviglia un recupero così rapido, ma poi ricordo chi è sua madre.

«Posso offrirvi qualcosa? Un caffè, un bicchiere d'acqua...»

«Un caffè, grazie» dico.

«Per me acqua» dice Callie. «Non ho bisogno di altri stimolanti, in questo momento.»

Questa battuta strappa a Marilyn un accenno di sorriso. «Torno subito.»

Va in cucina e torna con un vassoio. Mi porge il mio caffè, indicandomi il bricco con la panna e lo zucchero. Dà a Callie il suo bicchiere d'acqua, poi prende un caffè anche lei. Si siede, ripiegando le gambe sotto di sé, e guarda Callie tenendo la tazza con entrambe le mani.

Ora che ha superato lo shock iniziale, noto i suoi occhi intelligenti e la sua energia. Non è dura come Callie, ma sembra ugualmente forte. Un misto di sua madre e di Elaina. Amore e acciaio.

«Quindi tu sei mia madre» dice, andando subito al punto. Molto Callie.

«No.»

«Ma... avevo capito...»

Callie la zittisce con un gesto. «Tua madre è la donna che ti ha cresciuto. Io sono quella che ti ha abbandonato.»

Il dolore nella sua voce mi strappa una smorfia. L'espressione di Marilyn si addolcisce.

«Okay, sei la mia madre biologica.»

«Sì, questa imputazione mi trova colpevole.»

«Quanti anni hai?»

«Trentotto.»

Marilyn annuisce, facendo i conti. «Mi hai avuta a quindici anni.» Beve un sorso di caffè. «Molto presto.»

Callie non dice nulla. Marilyn la guarda senza ostilità. È curiosa. Spero che Callie lo noti.

«Raccontami com'è andata.»

Callie distoglie lo sguardo, beve un sorso d'acqua, torna a guardare Marilyn. Io cerco di rendermi invisibile. "È strano" penso. Arriviamo con le pistole in mano, le spieghiamo che forse è la vittima designata di un serial killer, eppure la cosa che le interessa di più è sapere di sua madre. Mi chiedo se questo sia un indizio della bontà insita negli esseri umani. O della loro ridicolaggine.

Callie comincia a parlare, prima lentamente, poi sempre più animata. Racconta la storia dell'affascinante Billy Hamilton e dei Thorne bigotti e autoritari. Marilyn ascolta, attenta, sorseggiando il suo caffè. Quando Callie finisce il suo racconto, Marilyn resta a lungo in silenzio.

Alla fine fischia tra i denti. «Wow. Che storiaccia.»

Rido. Proprio come Callie. Signora dell'*understatement*.

Callie resta in silenzio. È il ritratto di una donna che spera di aver superato un esame.

Marilyn fa un gesto vago. «Comunque non è stata colpa tua.» Scrolla le spalle. «Cioè, resta una brutta storia, ma tu avevi quindici anni. Non ce l'ho con te.» Callie abbassa lo sguardo sul tavolino.

Marilyn lo nota. «Dico sul serio. Ascolta, i miei genitori adottivi sono ottime persone. Mi vogliono bene e io ne voglio a loro. Ho avuto una buona vita. Forse questo momento dovrebbe essere più intenso, non so, ma il fatto è che non ho trascorso i miei ventitré anni sentendomi tradita e abbandonata.» Si stringe nelle spalle. «Non sto dicendo che oggi non sia successo qualcosa di importante. È successo, eccome. Ma insomma, a quanto vedo è stata più dura per te che per me.» Tace un attimo, poi continua, in tono più disteso. «Mi sono posta delle domande su di te, è ovvio. E devo dire che la verità è migliore di quello che immaginavo. Quasi un sollievo, in realtà.»

«Un sollievo?» ripete Callie, incredula.

Marilyn ride. «Certo. Potevi essere una puttana, una tossica persa. Avermi abbandonata perché mi odiavi. Potevi essere morta. Credimi, questa spiegazione è molto più facile da accettare.»

Le sue parole sembrano avere un effetto magico su Callie. Il suo viso riprende colore, gli occhi tornano a brillare. Drizza la schiena e dice: «Grazie per quello che hai appena detto». Poi riabbassa gli occhi. «Mi dispiace tanto.» Sembra proprio distrutta. Ho voglia di abbracciarla.

Marilyn assume un finto tono di rimprovero. «Ora smetti di batterti il petto. Comunque la storia si ripete, in un certo senso.»

«In che senso?»

«Be', guardami. Hai notato che ho un figlio, e che in casa non c'è un signor Gale?»

Callie inarca le sopracciglia. «Intendi dire che...»

Marilyn annuisce. «Già. Anch'io ho avuto il mio Billy Hamilton. Ma va bene così. Lui è andato via e adesso ho Steven. Uno scambio vantaggioso, oserei dire. I miei genitori ci stanno aiutando, e vogliono che finisca l'università.» Sorride. «Mi piace la mia vita. Alla fine è andato tutto bene.» Si china in avanti, guardando Callie negli occhi. «Quello che hai fatto non mi ha rovinato, capisci?»

Callie sospira. Tamburella con le dita. Si guarda intorno. Beve un sorso d'acqua. «Be', accidenti» sorride. «È strano trovarmi così facilmente non colpevole.» Esita, poi infila una mano nella borsa. «Vuoi vedere una cosa?» Tira fuori la foto di Marilyn appena nata e gliela porge.

Marilyn la guarda. «Sono io?»

«Il giorno in cui sei nata.»

«Però, ero bruttina forte.» Alza gli occhi a guardare Callie. «La porti con te da allora?»

«Sempre.»

Marilyn le restituisce la foto. Ciò che dice dopo è tipico di Callie.

«Gesù, questo è un momento molto televisivo, eh?»

Segue un silenzio scioccato. Poi tutte scoppiamo a ridere. Andrà tutto bene.

Capitolo 28

Siamo al piano di sopra, e stiamo guardando il sito di Red Rose.

«Mi piacerebbe essere io, quella» dice Marilyn. «Ma credetemi, non si tratta di me. Ho le tette più piccole e le smagliature sulla pancia.»

«Un semplice "copia e incolla"» dice Callie, passandosi una mano tra i capelli. «Il tuo viso sul corpo di un'altra. Lo ha fatto solo per farmi stare male.»

Marilyn distoglie lo sguardo dal computer. «Sono in pericolo? Io e Steven siamo in pericolo?»

Callie non risponde subito. Pesa le parole. «È possibile, anche se non possiamo esserne sicuri. Tu non corrispondi al suo profilo, ma...»

«Ma i serial killer sono imprevedibili.»

«Già.»

Marilyn annuisce. La sua calma mi sorprende. «Questo è quasi abbastanza da convincermi a cambiare corso di laurea.»

«Cosa studi?»

«Criminologia.»

Callie la fissa a bocca aperta. La imito. «Stai scherzando.»

«No. Strano, vero?» Un mezzo sorriso. «Coincidenza? Non credo.»

Una nuvola passa sul viso di Callie. «Strani giorni, questi.»

«A chi lo dici, mamma.» Entrambe ridono.

«Non voglio correre rischi» dice Callie, di nuovo seria. «Chiederò una protezione della polizia per te fino a quando questa storia sarà finita.»

Marilyn annuisce. È una madre, non rifiuta l'offerta. «Credete che finirà, a un certo punto?»

Callie le rivolge un sorriso duro pieno di promesse per Jack Junior. «Siamo in gamba, Marilyn.» Indica me. «E lei è la migliore di tutti.»

Marilyn mi guarda, esaminando le mie cicatrici. «È la verità, agente Barrett?»

«Lo prenderemo» mi limito a dire. In tono sicuro, senza più mettere in dubbio le mie capacità. «Li prendiamo sempre. Prima o poi commettono un errore, e lui non fa eccezione.»

Marilyn sposta lo sguardo da me a Callie. Sembra accettare le nostre parole. «E ora cosa succede?» chiede.

«Ora» dico, «Callie chiamerà la polizia e chiederà una sorveglianza per casa tua, ventiquattr'ore su ventiquattro. Io invece chiamo gli altri della squadra per informarli di cosa è accaduto. A quest'ora saranno parecchio in ansia.»

Facciamo le nostre telefonate. Il sollievo di Alan è viscerale. Callie non incontra resistenze da parte della polizia locale.

«Stanno arrivando» dice.

Non vorrei dirlo, ma devo. «Quando arrivano loro, noi dobbiamo andare via.»

Callie esita, poi annuisce. «Lo so.» Si rivolge alla figlia. «Marilyn... potrei...» Ride, scuotendo la testa. «Questo è davvero assurdo e surreale, amore mio. Ma... potremmo vederci di nuovo?»

Il sorriso di Marilyn è immediato. «Certo. Ma a una condizione.»

«Quale?»

«Devi dirmi il tuo nome. Non posso continuare a chiamarti "agente Thorne".»

Una volta in macchina, prima di accendere il motore, Callie guarda verso la casa di sua figlia. Non riesco a decifrare la sua espressione, perciò le faccio una domanda ovvia. «Come ti senti?»

Lei ci mette un po' a rispondermi. Quando si volta, ha negli occhi uno sguardo stanco e pensoso.

«Sto... bene, amore mio. Non lo dico solo per rassicurarti. È andata molto meglio di quanto potessi immaginare. O sperare. Ma continuo a pensare...»

«Cosa?»

«I killer hanno detto che ciascuno di noi avrebbe perso qualcosa. Ma io sono arrivata prima. Credi che fosse nei loro piani?»

Ci penso su. «No» dico. «Non credo. Secondo me erano convinti che tua figlia ti avrebbe rifiutato, e che questo ti avrebbe gettato a terra, impedendoti di continuare a occuparti del caso.»

Callie sporge le labbra. «Non ne sono sicura. Sono d'accordo con la tua prima affermazione, ma non credo che loro fossero davvero convinti che, alla fine, sarei stata incapace di lavorare. Credo che sperassero esattamente nel contrario. Comincio ad avere un'idea del loro modo di pensare, amore mio. Non vogliono farsi prendere. Ma vogliono degli avversari disposti a dare il massimo.» Mi guarda, decisa. «E sai una cosa? Ha funzionato. Non mollerò neppure un istante, finché non li avremo catturati. Era questo che volevano, capisci? Farmi sapere che Marilyn non sarà mai al sicuro finché non li prenderemo.»

Ho la sensazione che abbia ragione. Anche Callie ha di queste piccole epifanie, proprio come me. Per questo è così in gamba. Dico l'unica cosa che posso dire: «Allora prendiamoli».

Capitolo 29

Ci mettiamo una vita a tornare. Quando siamo partite da Los Angeles era primo pomeriggio, adesso ci tocca il traffico dell'ora di punta. Appena entriamo in ufficio tutti posano su di noi sguardi carichi di interrogativi.

«Niente domande, amori miei» dice Callie, sollevando una mano. «In questo momento non ho nulla da dire.» Il suo cellulare si mette a squillare e si volta per rispondere.

Ha chiuso di nuovo lo spiraglio che aveva aperto sulla sua vita privata. Ne sono contenta, e vedo che anche gli altri lo sono. Significa che Callie è tornata se stessa. Tutti noi non esiteremmo a sostenerla, ma vederla vulnerabile ci agita. Mi chiedo se non sia anche per questo che lei si è chiusa di nuovo in se stessa. Non tanto per lei, ma per noi.

Alan rompe il silenzio. «Sto esaminando di nuovo il dossier sul caso di Annie» dice. «C'è qualcosa che non mi torna, ma ancora non ho capito cosa.»

Annuisco, ma sono distratta. O forse solo stanca. Guardo l'orologio e scopro con sorpresa che siamo già a fine giornata.

Non che ci sia davvero un limite al nostro orario di lavoro. La posta in gioco è troppo alta. Ho sempre pensato che per i soldati in guerra sia la stessa cosa. Quando volano i proiettili, devi rispondere al fuoco indipendentemente dall'ora. E se hai un'opportunità di avanzare, la sfrutti, che siano le quattro del mattino o le quattro del pomeriggio. E approfitti dei momenti tranquilli per riposare, perché non sai quando il nemico riaprirà il fuoco.

Questo sembra uno di quei momenti, perciò prendo la mia decisione, da buon generale.

«Ora tutti a casa» dico. «Domani forse ci sarà parecchio da fare. Perciò riposate.»

James si avvicina. «Io non ci sarò fino all'ora di pranzo» dice piano. «Domani è *quel giorno*, per me.»

Ci metto qualche secondo a ricordare di cosa parla. «Ah!» Faccio una smorfia. «Lo avevo dimenticato, James. Porta i miei saluti a tua madre.»

Lui si volta ed esce senza rispondere.

«Anch'io lo avevo dimenticato, amore mio» mormora Callie. «Deve essere perché questo fa sembrare Damien quasi umano.»

«Dimenticato cosa?» chiede Leo.

«Domani è l'anniversario della morte della sorella di James» rispondo. «È stata assassinata. Ogni anno vanno a portarle un saluto sulla tomba.»

«Oh, ma che cazzo!»

Quell'imprecazione gli esce con una veemenza che mi sorprende. «Scusate» dice Leo. «È che tutta questa merda sta cominciando a darmi sui nervi.»

«Benvenuto nel club, amore mio» dice Callie, non senza una certa gentilezza.

«Già, capisco.» Leo fa un respiro profondo, si passa una mano tra i capelli. «Ci vediamo domani.»

Esce facendo un cenno di saluto collettivo. Callie lo segue con lo sguardo. «Il primo caso è sempre il più duro. E questo è particolarmente duro di per sé.»

«Già. Ma credo che ce la farà.»

«Lo penso anch'io, amore mio. All'inizio non ne ero sicura, ma vedo che sta crescendo in fretta. Ascolta, cosa fai stasera?»

«Viene a cena da noi» tuona Alan. Mi guarda. «Elaina insiste.»

«Non so...»

«Vai, Smoky, ti farà bene» dice Callie. «E potrebbe far bene anche a Bonnie.» Va a prendere la borsetta sulla sua scrivania. «Del resto, è quello che ho intenzione di fare anch'io.»

«Vieni a cena da Alan?»

«No, sciocca. Era mia figlia al telefono.» Si interrompe un attimo. «Suona strano dirlo, sai? A ogni modo, stasera ceno con lei e con mio... nipote. Mio Dio, questa parola mi dà i brividi.»

«Ma è bellissimo, Callie!» esclamo. «O forse dovrei dire "nonna"?»

«Non te lo consiglio, se vuoi restare mia amica, amore mio» risponde, altezzosa. Prima di lasciare l'ufficio si volta a guardarmi. «Va' a cena da Alan. È bello fare una cosa normale, di tanto in tanto, con altre persone.»

«Allora?» interviene Alan. «Vieni o preferisci mettermi nei guai con Elaina?»

«Oh... E va bene.»

«Ottimo. Ci vediamo a casa.»

Lui e Callie escono e io resto sola in ufficio. Sì, penso proprio che seguirò il consiglio di Callie. È stato soprattutto il suo commento su Bonnie a convincermi. Penso anch'io che sia un bene per lei. Di sicuro molto meglio che passare la serata con me in quella casa che Jack Junior ha definito "una nave fantasma".

Ma prima di uscire voglio sedermi un attimo a pensare. Le cose si sono mosse troppo in fretta, ultimamente, da un punto di vista fisico, mentale e spirituale. Mi sento allo stesso tempo energica ed esausta. Riassumo mentalmente i giorni appena trascorsi. Ho smesso di pensare al suicidio e voglio vivere. Ho perso la mia migliore amica. Ho riacquistato una vecchia amica, la mia pistola. Ho una nuova figlia, muta, che forse non si riprenderà mai. Ho scoperto che Callie non solo ha una figlia, ma anche un nipote. Ho scoperto che Elaina ha un cancro e forse ce la farà o forse no. E ho imparato più cose sul mondo della pornografia di quante avrei mai voluto saperne.

Sì, definitivamente una vita movimentata.

Ma in questo momento, nell'ufficio vuoto, tutto è tranquillo e regna il silenzio. Come un buon soldato, mi alzo ed esco, chiudendomi la porta alle spalle. Mi dirigo verso l'ascensore.

Mentre scendo, mi rendo conto che si tratta di un silenzio diverso da quello che possono sperimentare le persone normali, che fanno una vita normale. È un momento di riposo, certo. Ma è anche pieno di tensione e di attesa. Perché non si può mai sapere quando il nemico riaprirà il fuoco.

Cosa staranno facendo Jack Junior e il suo amico? Chissà, forse anche loro si riposano prima del prossimo omicidio.

Appena Alan apre la porta, capisco che qualcosa non va. È sconvolto, rabbioso, sembra che abbia voglia di piangere e di ammazzare qualcuno allo stesso tempo.

«Quel figlio di puttana» sibila.

«Cosa è successo?» chiedo, allarmata, entrando in casa di corsa. «Elaina sta bene? Bonnie...»

«Stanno bene, ma quello stronzo bastardo...» Mi fissa, con i pugni serrati. Se non fosse mio amico, sarei terrorizzata. Corre a prendere da un tavolino una busta formato A4 e me la mette in mano.

«Leggi qua» dice Alan.

È indirizzata a: *Elaina Washington, Requiescat in Pace.*

Mi sento gelare. La apro. Dentro c'è una lettera scritta al computer, attaccata con una graffetta in cima a delle carte. Sfoglio il fascicolo e capisco tutto. «Merda, Alan...»

«È la sua fottuta cartella clinica!» grida Alan, e comincia a camminare avanti e indietro. «C'è tutto sul tumore. Persino gli appunti del suo medico.» Mi strappa i fogli di mano. «Guarda qui, c'è una parte che ha evidenziato.»

Leggo il punto che mi ha indicato.

La signora Washington è in fase due, già verso la fase tre. Le prospettive sono buone, ma bisogna far capire alla paziente che la fase tre è ancora possibile, anche se poco probabile.

«Leggi il biglietto di quel bastardo!»

Guardo il foglio con la graffetta, leggo la formula iniziale che ormai ho imparato a conoscere.

Saluti, signora Washington!
Non posso definirmi un amico di suo marito. Il nostro è più un... rapporto di lavoro. Credo che le farà piacere conoscere la realtà sulla sua situazione.
Sa quali sono le possibilità di sopravvivenza con un cancro in fase tre? Cito letteralmente: «Fase tre: metastasi ai linfonodi intorno al colon. Possibilità di sopravvivenza oltre i cinque anni, dal 35 al 60 per cento».
Un po' scarse, eh? Se fossi un giocatore d'azzardo, scommetterei decisamente contro di lei.
Buona fortuna. Terrò d'occhio i suoi progressi.
Dall'inferno,

Jack Jr.

«È la verità, Alan?»

«Non nel modo in cui la racconta lui» ruggisce Alan. «Ho chiamato il medico. Mi ha detto che se fosse davvero preoccupato me l'avrebbe detto. Si era scritto quell'appunto per ricordarsi cosa doveva dirci alla prossima visita.»

«Ma Elaina l'ha visto così, senza spiegazioni.»

Lo sguardo addolorato di Alan è una risposta sufficiente.

Chino la testa, portandomi una mano alla fronte. Una rabbia accecante mi scoppia dentro. Di tutte le persone a cui poteva fare del male, a parte Bonnie, Elaina è quella che meno lo merita. Ricordo come, stamattina, la sua sola presenza ha spezzato le barriere di Bonnie. Era successo anche con me, in ospedale.

Voglio uccidere Jack Junior.

Continua ad avere accesso a informazioni riservate sulle nostre vite. Microfoni nello studio del dottor Hillstead per arrivare a me. E ora cosa? Ha scassinato lo schedario di un ospedale per impadronirsi della cartella clinica di Elaina?

Cos'altro sa di noi?

Guardo Alan. «Lei come sta?»

Lui si lascia cadere su una poltrona. Ha uno sguardo perso. «Prima si è spaventata. Poi ha cominciato a piangere.»

«Dov'è?»

«In camera da letto, con Bonnie.» Mi rivolge un'occhiata stanca. «Bonnie si rifiuta di lasciarla sola.» Si prende la testa tra le mani. «Cristo santo, Smoky... Perché lei?»

Sospiro, mi avvicino e gli poso una mano sulle spalle. «Perché sapevano che ti avrebbe fatto male, Alan.»

Lui ha uno scatto della testa. Mi fissa con occhi di fuoco. «Voglio prenderli, quei figli di puttana.»

«Lo voglio anch'io, non sai quanto. Ascolta, Alan, non credo che Elaina corra un immediato pericolo da parte di Jack e compagnia. Secondo me non è questo il loro scopo.»

«Cosa te lo fa pensare?»

Scuoto la testa, pensando a quello che mi ha detto Callie. «Fa parte del loro gioco. Vogliono stimolarci a dare il meglio di noi stessi, nella caccia. Per questo ci stanno fornendo dei motivi personali.»

«Se è davvero questo che vogliono, sta funzionando» dice Alan, cupo.

Annuisco. «Senza dubbio.»

Alan sospira. Mi guarda con occhi supplichevoli. «Non vorresti andare di sopra a vedere come stanno?»

Gli tocco una spalla. «Ma certo.»

Busso, apro la porta della stanza da letto e metto dentro la testa. Elaina è stesa su un fianco, e mi volta la schiena. Bonnie è seduta accanto a lei, le accarezza i capelli. Mi guarda, e vedo la furia nei suoi occhi. Ci fissiamo un attimo, poi annuisco. Hanno fatto del male a Elaina, e lei non lo sopporta.

Giro intorno al letto e vado a sedermi sul bordo. Elaina ha gli occhi aperti e gonfi di pianto.

«Ehi» dico.

Lei mi guarda, poi torna a fissare il nulla. Bonnie continua ad accarezzarle i capelli.

«Sai cosa mi dispiace di più, Smoky?» dice Elaina dopo qualche secondo.

«No, dimmelo.»

«Che Alan e io non abbiamo mai avuto figli. Ci abbiamo provato e provato e provato, ma non è mai successo. E ora sono troppo vecchia per averne, e ho un cancro.» Chiude gli occhi. Li riapre. «E arriva quest'uomo a invadere la nostra vita. A ridere di noi. Di me. A terrorizzarmi.»

«È proprio quello che sta cercando di fare, Elaina.»

«Lo so, e ci è riuscito.» Silenzio. «Sarei stata una brava mamma, non credi?»

La profondità del dolore di Elaina mi lascia senza parole. È Bonnie a risponderle. Le dà un colpetto sulla spalla, aspetta che si volti verso di lei, poi annuisce, decisa.

"Sì" sta dicendo. "Saresti stata una mamma meravigliosa."

Lo sguardo di Elaina si addolcisce. Tocca il viso della bambina. «Grazie, tesoro.» Di nuovo silenzio. Mi guarda. «Perché lo fa, Smoky?»

Perché l'ha fatto, perché continua a farlo, perché tutto questo è accaduto? Perché sono morti mio marito e mia figlia? Le continue domande delle vittime. «Innanzitutto perché gode nel farti soffrire, Elaina. E poi perché sa che così spaventa Alan. Questo lo fa sentire potente, e gli piace moltissimo.»

Naturalmente non è una risposta soddisfacente per una vittima, lo so. Perché io? Sono un buon padre/madre/fratello/figlia/sorella. Non ho fatto del male a nessuno. Sì, magari qualche volta ho mentito, ma in genere dico la verità, e amo i miei cari, la mia famiglia. Cerco di fare del mio meglio, di comportarmi bene, e sono felice quando le cose vanno bene. Non sono un eroe, non finirò sui libri di storia. Allora, perché proprio io?

Non posso mai rispondere quello che penso davvero. Perché tu cammini, respiri. E perché il male esiste. Perché nel gioco della vita hai estratto il bastoncino più corto. Dio si è dimenticato di te, quel giorno, oppure ciò che ti è successo fa parte di un piano divino più grande. A te la scelta. La verità è che a volte succedono brutte cose, e oggi era il tuo turno.

Alcuni potrebbero definirlo cinismo. Ma è quello che mi impedisce di impazzire. Altrimenti dovrei cominciare a pensare che forse i cattivi contano più dei buoni. Preferisco dirmi: "No, non contano di più. Il fatto è che il male esiste a spese del bene, e oggi il bene ha avuto una brutta giornata". Il che mi porta ad accettare l'altra faccia della medaglia, e cioè che domani potrebbe essere il male ad avere una brutta giornata. Questo si chiama speranza.

Ma quando le vittime chiedono perché, è meglio rispondere con verità più semplici, come quella che ho detto a Elaina. A volte dà sollievo al loro dolore, e a volte no. Più no che sì. Purtroppo se hai bisogno di porre la domanda è perché non ti interessa la risposta.

Elaina sembra pensare a quello che ho detto. Quando torna a guardarmi le vedo in viso un'emozione poco familiare: rabbia. «Prendi quell'uomo, Smoky. Mi hai sentito?»

Inghiotto saliva. «Sì.»

«Bene. So che ce la farai.» Si alza a sedere. «Ora mi faresti un favore?»

«Qualunque cosa.» Dico sul serio. Se mi chiedesse di portarle una stella del firmamento, almeno ci proverei.

«Di' ad Alan di salire, per favore. Lo conosco, sono certa che è seduto in soggiorno intento a darsi la colpa di tutto. Digli di piantarla e di venire qui. Ho bisogno di lui.»

Scossa, ma di nuovo forte come sempre. Penso per l'ennesima volta che amo questa donna. «Ci vado subito» dico. Poi, rivolta a Bonnie: «Andiamo, tesoro».

Bonnie scuote la testa. No. Tocca una spalla di Elaina, poi l'afferra in modo possessivo. Aggrotto le sopracciglia. «Penso che dovremmo lasciare soli Elaina e Alan, sai?»

Lei scuote di nuovo la testa, decisa. Non se ne parla neanche.

«Per me non c'è problema se resta qui, stanotte» interviene Elaina. «Se tu sei d'accordo, naturalmente. Bonnie è un vero tesoro.»

La guardo, sorpresa. «Ne sei sicura?»

Lei accarezza i capelli della bambina. «Certo.»

«Be'... allora va bene.» Del resto ci vorrebbe un miracolo per strappare Bonnie da lì, in questo momento. «Bonnie, vengo a trovarti domattina, va bene?»

Lei annuisce. Faccio per uscire, ma sento i suoi passi dietro di me. Mi tira per una manica, costringendomi a guardarla dritto negli occhi.

«Cosa c'è, piccola?»

Lei si tocca il petto, poi tocca me. Lo fa due o tre volte, in modo insistente, con un'espressione sempre più preoccupata. Alla fine capisco. Sento salirmi le lacrime agli occhi. "Sono con te" mi sta dicendo. "Resto qui solo per aiutare Elaina. Ma sono con te." Vuole accertarsi che io capisca. "Sì, Elaina è Madre, però io sono con *te*".

Non dico niente. Annuisco, l'abbraccio stretta e lascio la stanza.

Al pianterreno, Alan è in piedi davanti alla finestra, e guarda il crepuscolo.

«Elaina si riprenderà presto, Alan. Ti manda a dire di piantarla di darti la colpa di tutto e di salire da lei, perché ha bisogno di te. Ah, e per stanotte Bonnie dorme da voi. Si è rifiutata di lasciare sola Elaina.»

Questo sembra sorprenderlo. «Davvero?»

«Già. È molto protettiva nei suoi confronti.» Gli pianto un dito tra le costole. «Sai che ti capisco, Alan. Ma ora devi muovere il culo e andare ad abbracciare tua moglie. E pazienza per la mancanza di privacy.»

«Sì» dice lui, dopo un certo tempo. «Hai ragione. Grazie.»

«Non c'è di che. Ascolta, se hai bisogno di un giorno di permesso, domani, prenditelo.»

Lui si incupisce. «Niente da fare, Smoky. Hanno ottenuto ciò che volevano. Non smetterò di dare loro la caccia finché non saranno morti o in galera.» Sorride, ma è un sorriso che fa paura. «Credo che da questo affare ricaveranno più di quanto si aspettano.»

Ne sono convinta anch'io.

Capitolo 30

Lungo la via del ritorno mi sento sola. Keenan e Shantz sono rimasti a sorvegliare Bonnie. Fuori è buio, quel buio delle strade isolate. In passato era una sensazione piacevole. Adesso questa solitudine è piena di rabbia e tristezza. Stringo il volante come se fosse il collo di Jack Junior. La luna splende, e una parte di me riconosce la sua bellezza. Ma ricordo anche le volte che ho visto pozze di sangue scuro sotto la luna.

Appena imbocco il vialetto d'ingresso squilla il cellulare.

È James.

La sua voce trema di rabbia, ma c'è anche qualcos'altro, qualcosa che non avevo mai sentito prima. «Quei... quei figli di puttana!»

Jack Junior.

«Dimmi cosa è successo, James.»

«Sono arrivato a casa di mia madre circa venti minuti fa» dice con il respiro ansimante. «Stavo per suonare il campanello, quando ho notato una busta attaccata sulla porta con lo scotch. Sopra c'era il mio nome, così l'ho aperta.» Respira a fondo. «Dentro c'era un biglietto e... e...»

«Cosa?»

«Un anello. L'anello di Rosa.»

Rosa era sua sorella, quella sulla cui tomba James e sua madre andranno a deporre dei fiori, domani. Comincio a capire. «Cosa diceva il biglietto, James?»

«Solo una frase. "Rosa non riposa più in pace."»

Sento un peso piombarmi sullo stomaco.

Il tono di James è disperato. «Quell'anello... Gliel'abbiamo lasciato al dito quando l'abbiamo seppellita, capisci?»

Il peso si trasforma in un battere d'ali di pipistrelli. Non riesco a dire nulla.

«Ho chiamato il cimitero. Mi sono fatto passare la sorveglianza e ho chiesto loro di andare a controllare.»

«Controllare cosa, James?» chiedo inutilmente, perché conosco già la risposta.

Lui fa un respiro prima di parlare. «Non c'è più, Smoky. Rosa non c'è più. Quei bastardi hanno profanato la sua tomba.»

Poggio la testa sul volante. Chiudo gli occhi. I pipistrelli nello stomaco ora sono immobili. «Oh, James...»

«Sai quanti anni aveva quando quel pezzo di merda l'ha uccisa, Smoky? Venti. Vent'anni, era intelligente, gentile e bella e lui ci ha messo tre giorni a ucciderla. Tre giorni. Sai quando mia madre ha smesso di piangere la sua morte?» Ora sta urlando. «Mai!»

Sollevo la testa, ancora con gli occhi chiusi. Ora so qual è la nota strana nella voce di James. Dolore. E vulnerabilità. «Non so cosa dire... Vuoi... vuoi che venga da te? Cosa farai adesso?» Dal mio tono credo lui capisca come mi sento: impotente.

C'è un lungo silenzio, seguito da un sospiro. «No. Mia madre è di sopra, che piange e si strappa i capelli. Devo andare da lei. Devo...» Non finisce la frase. «Smoky, stanno mettendo in atto la loro minaccia.»

«Già.» Gli racconto di Elaina.

«Bastardo figlio di troia!» Grida James. È la prima volta che lo vedo così incontrollato. «No, non venire, ce la faccio da solo. Ho la sensazione che riceverai un'altra telefonata, stasera.»

Mi si stringe lo stomaco. Jack Junior ha detto che ciascuno di noi avrebbe perso qualcosa. E manca ancora Leo.

«Voglio quel pezzo di merda, Smoky. A tutti i costi.»

Oggi ho già sentito altre volte quelle parole, in versioni leggermente diverse. Il pensiero di doverle sentire anche da Leo mi riempie di rabbia e disperazione. Riesco a mantenere la voce calma. «Anch'io James. Va' a consolare tua madre, e chiamami se hai bisogno di me.»

«Non ho bisogno di te.»

Fine della vulnerabilità.

James riattacca e io resto seduta in macchina a guardare la luna. Per un minuto, un minuto solo, mi sento addosso uno di quei momenti che investono a volte chi ha una posizione di leadership. Sento di stare mancando alle mie responsabilità verso la squadra. Ma in questo attimo di egoismo non mi preoccupo di loro. Vorrei solo che la responsabilità non fosse mia.

«Ma lo è» mormoro, stringendo forte il volante. Ormai l'egoismo è scomparso, sostituito da un odio bruciante.

Faccio una cosa che ho fatto altre volte in passato: grido dentro la macchina, picchiando i pugni sul volante, sotto quella cazzo di luna indifferente.

Terapia Smoky.

Capitolo 31

Appena entro in casa chiamo Leo. Il telefono squilla a vuoto. «Cristo, Leo, rispondi.»

Alla fine sento la sua voce, stanca e spenta. «Pronto?»

«Leo! Dove sei?»

«Dal veterinario con il mio cane, Smoky.»

La normalità di questa risposta mi solleva. Ma dura solo un attimo.

«Qualcuno gli ha amputato tutte e quattro le zampe. Devo farlo sopprimere.»

Resto a bocca aperta, mentre lui aggiunge, con voce spezzata: «Chi può aver fatto una cosa del genere, Smoky? Sono arrivato a casa, e lui era lì in soggiorno, e tentava...». Si interrompe, cerca le parole nel suo dolore. «Tentava di strisciare verso di me. C'era sangue dappertutto ed emetteva dei guaiti spaventosi, come... come un neonato. E mi guardava, come se pensasse di aver fatto qualcosa di male. Come se volesse chiedermi: "Cosa ho fatto? Rimedierò, basta solo che tu me lo dica. Vedi? Sono un bravo cane".»

Le lacrime mi scendono sulle guance.

«Chi può aver fatto una cosa del genere?»

Non gli viene in mente perché non ci sta davvero pensando. Quello che vuol dire è che una persona capace di fare una cosa del genere non dovrebbe esistere. «Sono stati Jack Junior e il suo amico, Leo.»

Lo sento risucchiare il respiro. «Cosa?...»

«Sono stati loro, o qualcuno incaricato da loro.»

Leo si prende un paio di secondi per mettere insieme i pezzi. «Quello che hanno scritto in quella e-mail...»

«Già.» "Purtoppo esistono, Leo" penso. "E quello che hanno fatto al tuo cane per loro non è nulla."

Posso immaginare i suoi pensieri, mentre resta in silenzio. "Il mio cane seviziato a causa del mio lavoro." Senso di colpa, debilitante, orribile. Si schiarisce la voce, un suono rasposo, triste. «Hai ragione, Smoky.»

Respiro a fondo e gli racconto degli altri. Di James. Di Elaina, ma senza dargli troppi dettagli sulla sua malattia. Quando finisco, Leo resta in silenzio. Io aspetto.

«Sto bene, ora» dice soltanto. Una frase breve e grondante menzogna. Ma vuol farmi sapere che ha capito.

Dico di nuovo la frase che sto cominciando a odiare: «Chiamami, se hai bisogno di me».

«Va bene.»

Chiudo la comunicazione, e resto in piedi in cucina, con una mano sulla fronte. Non riesco a togliermi dalla mente l'immagine di quel cane dagli occhi supplichevoli: "Cosa ho fatto di male?". E la risposta è resa ancora più terribile dal fatto che il cane morirà senza sapere la verità.

Nulla. Non hai fatto nulla di male.

«Hanno proprio alzato il tiro, eh?» dice Callie.

«Già. Volevo che fossi informata. Sta' attenta.»

«Anche tu, amore mio.»

«Non preoccuparti.»

Dopo aver riattaccato mi siedo al tavolo di cucina, con la testa tra le mani. È stata la giornata peggiore da molto tempo a questa parte. Mi sento come se mi avessero picchiata. Dolorante, triste e vuota. E sola.

Callie ha sua figlia. Alan ha Elaina. E io?

Io piango. Mi fa sentire stupida e debole, ma lo faccio perché non posso evitarlo. Piango abbastanza a lungo da cominciare a irritarmi. Mi asciugo il viso con le mani, e smetto per pura forza di volontà. "Basta con l'autocompatimento" ringhio tra me. "La tua solitudine è colpa tua. Non hai lasciato avvicinarsi nessuno, quando stavi male, e questo è il risultato."

Sento salire la rabbia, e la lascio espandersi. Mi secca gli occhi. Jack Junior e il suo compare hanno fatto del male alla mia squadra, che è come la mia famiglia, toccando ciascuno nel punto più debole.

«Sono due pezzi di carne morta» dico alla casa vuota. Sorrido. Dopo tutti questi mesi, la picchiatella non ha perso l'abitudine di parlare da sola.

Sono così, ormai, me ne rendo conto. Una nuova Smoky. Ho sempre il drago dentro, e posso vedere il treno buio e sparare con la mia pistola. Ma non sono più fatta di linee rette e certezze. Rimbalzo, vado fuori squadra, e ho sviluppato una nuova caratteristica: la fragilità. È strana, non è che mi piaccia molto, ma c'è.

Salgo verso la mia stanza, come se mi trascinassi dietro un peso. Passo davanti al piccolo studio che Matt aveva creato per noi due, e qualcosa mi spinge a dare un'occhiata dentro. Vedo il computer, spento da mesi e coperto di polvere.

Mi siedo, lo accendo, aspetto che si avvii. Ho ancora una connessione Internet? Non ricordo se il pagamento è automatico oppure no. Apro il browser e noto che funziona. Vedo sul desktop l'icona del programma di posta elettronica. E penso.

Faccio doppio clic sull'icona. Esito solo un momento, poi clicco su «invia e ricevi». Comincia ad arrivare roba di ogni tipo. Mesi interi di messaggi e di spam. E c'è anche quello che mi aspettavo di trovare. L'oggetto è: «Quanto costa quel cucciolo in vetrina?». Sento la carica energetica che mi dà il mio odio per quell'uomo.

Apro il messaggio e leggo.

Carissima Smoky,
A quest'ora saprai già che sono un uomo di parola.
Callie Thorne ha dovuto affrontare sua figlia, la moglie di Alan Washington si chiede se morirà presto, e il povero Leo deve accettare la prematura scomparsa del migliore amico dell'uomo. In quanto al giovane James... Rosa è qui accanto a me, mentre scrivo. È un po' consunta, ma i fluidi conservanti che usano per i morti sono incredibilmente efficaci. Non ha più gli occhi, ma i capelli sono ancora molto belli. Ricordati di dirlo a James da parte mia, per favore.
Credo che il desiderio di vendetta sia lo strumento più efficace per affilare una spada. E tu? Pensaci. Se non lo credevi prima, sono certo che ora ne sarai convinta. Ormai tutti voi vorrete la mia pelle a tutti i costi! Magari sognate di vedermi implorare pietà ai vostri piedi, e di piantarmi una pallottola in testa, invece che di mandarmi in galera.
Ma ci sono due facce della medaglia. Lo ripeto, anche se non ce ne sarebbe bisogno: nulla di ciò che vi è caro è al sicuro. Dovete impegnarvi al massimo per trovarmi. Finché mi lasciate libero di scivolare tra i boschi al margine della civiltà, prenderò e prenderò e prenderò a vostre spese. Quello che vi ho preso finora vi sembrerà poca cosa, al confronto.
Ogni settimana toglierò qualcosa a ciascuno di voi. La figlia ritrovata di Callie Thorne e il suo nipotino. La moglie di Alan. La madre di James. E andrò avanti finché tutti i membri della squadra vivranno come vivi tu, Smoky. Finché tutto ciò che amano non ci sarà più, e si ritroveranno soli in una casa vuota, con un solo pensiero: la consapevolezza terribile che tutto questo è accaduto per colpa di quello che sono, e di quello che fanno. Spero che ormai tu sappia che non parlo invano. E spero che questa pistola puntata alla testa di tutti voi vi fornisca l'impeto necessario per concentrarvi al massimo. Ho bisogno che siate tutti affilati come rasoi, che abbiate occhi da assassini.

Ora mettetevi in caccia, e cercate di dare il meglio. Avete una settimana. Fino ad allora ciò che amate sarà al sicuro. Poi comincerò a mangiare il vostro mondo, e le vostre anime cominceranno a morire.
Non vi sentite eccitati? Io sì. Buona fortuna.
Dall'inferno,

Jack Jr.

P.S. agente Thorne, forse ti starai chiedendo se davvero ti ho preso qualcosa. Forse credi che in realtà ti abbia fatto un favore. In un certo senso questo è possibile. Ma pensaci meglio. Forse ti ho solo ricordato quello che hai perso per sempre. Ci hai pensato? Cosa hai perso?

Fisso quelle parole per molto tempo, seduta nella mia casa vuota. Non sono addolorata, e neppure arrabbiata. Mi sento piena di quello che tutti vogliono da me: certezza.

Morirò prima che un membro della mia piccola famiglia finisca come me: a parlare e a piangere da solo.

Capitolo 32

È mattina, e sto passando in rassegna le mie truppe, dopo aver dato loro una versione "epurata" dell'e-mail di Jack Junior.

Hanno tutti un aspetto orribile. Ma sono tutti decisi. Nessuno vuole perdere tempo a parlare di ciò che è successo. Vogliono cominciare la caccia. E aspettano indicazioni da me.

«Bene» dico. «Una cosa ormai è certa.»

«Quale?» chiede Alan.

«Jack Junior e il suo amichetto sono delle autentiche teste di cazzo.»

Segue un breve silenzio, poi tutti ridono. A parte James, ovviamente. Un po' di tensione si disperde.

Ma solo un po'.

«Ascoltate» riprendo. «Il primo round l'hanno vinto loro, su questo non si discute. Ma hanno commesso un grave errore. Volevano motivarci, e ci sono riusciti. Il fatto è che non hanno idea di cosa questo significhi.» Faccio una pausa, valutando le loro reazioni. «Credono di essere in vantaggio su di noi. Niente di nuovo, quelli come loro lo pensano sempre. Ma noi sappiamo che sono in due, e abbiamo le impronte digitali di uno di loro. Stiamo accorciando il distacco. Siete d'accordo?» Cenni affermativi. «Bene. Perciò mettiamoci al lavoro. Callie, ripetimi cosa ti ha detto il dottor Child sul profilo dei nostri assassini. Quando me l'hai detto la prima volta ero distratta da altri pensieri.»

«Ha detto che ha letto la lettera e che si è fatto un'opinione, ma vuole aspettare a comunicarcela finché non vedrà cosa c'è nel pacco che dovrebbe arrivare il venti.» Callie si stringe nelle spalle. «Sembrava molto deciso, al riguardo.»

Non me la prendo. Il dottor Child non mi ha mai deluso, e devo fidarmi del suo istinto. Mi volto verso Alan e Leo. «A che punto siamo con il mandato per la lista dei soci del sito di Annie?»

«Dovremmo averlo tra un'ora circa» dice Leo.

«Ottimo. Appena ce l'hai, va' pure avanti come d'accordo.» Schiocco le dita. «Non doveva venire qualche artificiere della polizia?»

Alan annuisce. «Stanno arrivando. E portano un *bomb sniffer.*»

Chiamiamo così un macchinario che rileva tracce di molecole ionizzate, tipiche dei materiali esplosivi.

Abbiamo discusso a lungo su come prepararci per il venti. Il direttore Jones voleva sul posto una squadra di teste di cuoio, nel caso in cui i nostri due killer decidessero di effettuare personalmente la consegna. Io avevo bocciato l'idea.

«Non è così che si sono comportati finora, e non credo che adesso cambieranno sistema. Mi aspetto una consegna normale.»

Avevo aggiunto che portare lì una squadra d'assalto avrebbe attirato anche i media, e questo l'aveva convinto. Entrambi avevamo deciso di avere sul posto degli artificieri, nel caso si trattasse di un pacco esplosivo. Non prendere quella precauzione sarebbe stato avventato.

«C'è qualcosa che continua a disturbarmi, nel dossier di Annie» dice Alan. «Mi farebbe piacere avere una seconda opinione.» Getta un'occhiata a James.

«James, dagli una mano.»

Lui annuisce. Questa mattina non ha ancora detto una sola parola.

«C'è un'altra domanda a cui rispondere, amore mio» mormora Callie. «Come si procurano le informazioni? Abbiamo trovato i microfoni nell'ufficio del dottor Hillstead, ma come spiegare le cartelle cliniche, o mia figlia?»

«Non è tanto difficile» interviene Leo. Ci voltiamo tutti verso di lui. «Le informazioni semplicemente non sono mai al sicuro, come crede la gente.» Scrolla le spalle. «La cartella clinica di Elaina? Basta un camice bianco e l'atteggiamento giusto, e puoi muoverti in un ospedale come in casa tua. Aggiungi a questo qualche conoscenza informatica, e fai presto a penetrare nei server dell'ospedale. Le informazioni si possono comprare, rubare, ottenere in vari modi.» Fa una pausa. «Vi sorprenderebbe scoprire come può essere facile. Lavorando sui crimini informatici ne ho viste di tutti i colori. Hacker e ladri di identità riescono a mettere le mani su tutti i dati personali che vogliono.» Fissa Callie. «Dammi una settimana, e scoprirò tutto su di te. Da quanti soldi hai sul conto corrente a quali medicine prendi.» Rivolge a tutti noi un'occhiata circolare. «La quantità di cose che Jack ha scoperto finora è preoccupante, non dico di no. Ma davvero non è troppo difficile.»

Tutti noi assorbiamo queste informazioni in silenzio. Alla fine annuisco. «Grazie, Leo. Allora, ciascuno ha chiaro quello che deve fare?» Li guardo uno a uno. «Bene.»

La porta dell'ufficio si apre e compare Marilyn Gale, con una faccia preoccupata. Accanto a lei c'è un poliziotto in uniforme, con un pacco tra le mani.

CAPITOLO 33

«È arrivato un'ora fa» dice Marilyn. «Indirizzato all'agente Barrett, presso casa mia. Ho pensato...» Non finisce la frase, ma tutti capiamo. Chi altri manderebbe un pacco per me a casa di Marilyn?

Siamo tutti intorno alla scrivania, e guardiamo un po' il pacco, un po' Marilyn. Callie lo nota, e la sua esasperazione ha la meglio.

«Oh, Cristo» dice. «Sì, è mia figlia, Marilyn Gale. Marilyn, ti presento James, Alan e Leo, funzionari di basso rango.»

Marilyn sorride a questa frase. «Piacere.»

«L'avete intercettato voi?» chiedo al poliziotto, che si è presentato come sergente Oldfield.

«No, signora.» È un uomo dall'aspetto solido, non un novellino, consapevole del suo ruolo e per niente intimidito da me o dall'FBI in generale. «Il nostro compito era quello di sorvegliare la residenza e la signorina Gale quando esce.» Indica Marilyn con uno scatto del pollice. «È stata lei a venire da noi con il pacco. Ci ha spiegato la situazione e ci ha chiesto di accompagnarla qui.»

«Non l'hai aperto, vero?» chiedo a Marilyn.

Lei torna seria. «No. Anche se sono appena al secondo anno di Criminologia» Alan e James si scambiano un'occhiata significativa, «basta guardare un po' di telefilm per sapere che non bisogna inquinare possibili prove.»

«Ottimo, Marilyn.» Scelgo con attenzione le parole. Non voglio spaventarla, ma devo dirglielo. «Questa però non è l'unica ragione. Potrebbe anche trattarsi di un pacco esplosivo.»

Lei spalanca gli occhi e impallidisce. «Oh. Io... Gesù. Voglio dire, non mi era neppure venuto in mente...» Impallidisce ancora di più. Scommetto che pensa al bambino.

Callie le mette una mano sulla spalla. «Non c'è più da avere paura, adesso, amore mio. L'hanno passato ai raggi X quando siete saliti, no?»

«Certo.»

«Cercano proprio cose del genere.»

Marilyn riprende colore. È una che recupera in fretta. Torno a guardare il pacco, e penso che abbiamo un'altra novità. Probabilmente nulla di bello.

«Callie, perché non porti Marilyn a mangiare qualcosa?»

Lei capisce al volo. Dentro il pacco può esserci qualcosa che per Marilyn sarebbe meglio non vedere.

«Buona idea. Andiamo, amore mio.» Prende la figlia per un braccio e la pilota verso la porta. «A proposito, dov'è il piccolo Steven?»

«L'ho lasciato da mia madre. Ma tu sei certa di voler uscire adesso?»

«Non c'è problema, andate pure» intervengo, con un sorriso che non riflette affatto come mi sento dentro. «E grazie per averci portato il pacco. Dovesse succedere di nuovo, Marilyn, chiamaci subito, senza toccare nulla.»

Lei annuisce. Callie la spinge fuori.

«Le dispiace se resto, signora?» chiede il sergente Oldfield. «Vorrei sapere cosa c'è dentro. Farmi un'idea sulla persona che state cercando.»

«Certo, sergente. Ma in futuro aggiunga l'intercettazione di pacchi alla lista dei suoi compiti.» Lo guardo, con un sorriso cordiale. «Non è un rimprovero, solo una richiesta.»

«Lo consideri già fatto.»

Apro un cassetto, prendo una scatola di guanti in lattice e ne infilo un paio. Il pacco è in realtà un'altra busta gialla formato A4, dello spessore di un paio di centimetri. Sopra c'è la solita scritta in stampatello. «All'attenzione dell'agente Smoky Barrett.»

La giro, noto che non è sigillata. Solo un fermo metallico la tiene chiusa. A questo punto tanto vale aprirla.

Contiene un fascio di carte. La lettera è in cima. Sfoglio il resto. Sono foto di donne in slip e senza reggiseno. Alcune sono legate a una sedia, altre a un letto. Tutte hanno un cappuccio in testa. Poi vedo qualcosa che mi procura una stretta al cuore: un CD-ROM.

Comincio a leggere la lettera.

Saluti, agente Barrett!

Mi rendo conto che far recapitare il pacco a casa della signorina Gale è stato un espediente macchinoso. Ma l'ho fatto per sottolineare ancora una volta il fatto che i vostri cari non sono mai al sicuro da me. Posso raggiungerli in qualsiasi momento.

Questo plico comunque è tutto per te, agente Barrett. Abbi la pazienza di seguirmi nella spiegazione, perché c'è una base filosofica dietro tutto questo, una storia che devi conoscere se vuoi capire esattamente cosa hai appena ricevuto.

Sai qual è la parola più digitata in tutti i motori di ricerca su Internet? "Sesso". E sai qual è una delle parole che la segue da presso? "Violenza".

Tra i milioni di persone che si collegano alla rete, due delle cose più ricercate, più desiderate, sono sesso e violenza.

Cosa significa questo? Si potrebbe arguire che in questo stesso momento ci sono almeno un milione di maschi seduti davanti a un computer, con le mani sudate e un'erezione nei pantaloni. Un'immagine interessante, no?

Ora passiamo a un argomento correlato. Un nuovo tipo di siti stanno proliferando nella rete. Siti dove uomini che odiano le donne condividono con altri tale odio. Prendiamo ad esempio un sito dal nome rivelatore: www.revengeonthebitch.com, ovvero "vendetta sulla troia". Su questo sito, uomini che sono stati lasciati pubblicano foto compromettenti delle loro ex mogli o fidanzate, dove le donne in questione posano nude o durante atti sessuali. Lo scopo è quello di umiliarle e metterle in imbarazzo. Sotto ogni foto c'è uno spazio dove i visitatori possono scrivere la loro opinione. Il primo allegato rappresenta un campione di quanto sto dicendo. Dagli un'occhiata.

Trovo l'allegato. In cima c'è la foto di una donna sorridente dai capelli castani, tra i venti e i venticinque anni. È nuda e a gambe aperte. La didascalia dice: «Quella stupida traditrice della mia ex ragazza. Una troia disgustosa». Sotto c'è un elenco di commenti.

CALIFORNIADUDE: «Che puttana! Dovresti essere contento che quella squallida figa sia passata a qualcun altro!».
JAKE28: «Avresti dovuto darle del Rohypnol* e poi passarla a me e ai miei amici. Le avremmo fatto il culo volentieri. Troia!».
RIZZO: «Viva il Rohypnol!».
DANNYBOY: «Io me la sarei chiavata volentieri».
TENINCH: «Bella figa. Peccato che sia una troia».
HUNGNHARD: «Fa come me! Ficcale il cazzo in bocca e dille di stare zitta».

Ho letto abbastanza. Quest'odio indifferenziato mi dà la nausea.
«Cristo» dice Leo.
Continuo a leggere la lettera.

Niente male, eh? Allora, cosa bolle in pentola? Il fatto è che sesso, violenza e odio verso le donne sono un passatempo molto diffuso. Mescoliamo questi ingredienti, e cosa viene fuori?
Un ambiente molto favorevole all'incontro di menti simili. Menti come la mia, agente Barrett.

* Il Rohypnol causa amnesia anterograda, ed è spesso usato nelle violenze sessuali: il soggetto è incapace di ricordare con chiarezza gli eventi avvenuti nel lasso di tempo in cui era sotto l'effetto della medicina (N.d.T.).

Certo, la maggior parte di queste menti sono puerili e indegne. Ma cercando bene, insinuando, facendo le domande giuste... Si possono trovare quei pochi che sono pronti a saltare il fosso. In molti casi, hanno solo bisogno di un po' di incoraggiamento. Di un mentore, se mi consenti l'uso di questa parola.

Sento lo stomaco che inizia a rivoltarsi. Comincio a capire dove vuole arrivare.

Credo di aver posto le basi perché tu possa capire. Ora passiamo alle foto. Devi aver già dato loro un'occhiata, quando hai aperto il pacco. Ora guardale meglio.

Lo faccio. Le donne sono cinque in tutto. «Cosa ne pensi?» chiedo ad Alan. «Il letto e la sedia ti sembrano gli stessi in tutte le foto?»

Alan guarda con attenzione le pagine. «Sì» dice. Poi allinea le foto sulla mia scrivania, l'una accanto all'altra. Indica la moquette in uno degli scatti. «Guarda lì.»

Vedo una macchia.

«Poi lì.» Indica un'altra foto.

Stessa macchia.

«Merda» commenta Leo. «Donne diverse, stesso uomo.»

«Ma non si tratta di Jack, dico bene?» interviene James, rompendo il suo silenzio. «Non è lui. Forse è il suo amico.»

Nessuno dice più nulla. Riprendo la lettura.

Sei in gamba, agente Barrett, e a questo punto avrai notato che queste belle ragazze sono state fotografate tutte nello stesso posto. Il motivo è semplice: tutte e cinque sono state uccise dallo stesso uomo.

Mi sfugge un'imprecazione. L'avevo intuito, ma le sue parole lo confermano: quelle poverette sono già morte.

Forse tu o qualcuno della tua squadra avete già intuito che l'uomo in questione non sono io. Se è così, lasciatemi essere il primo ad applaudire.

Ho trovato il giovane pieno di talento che ha scattato queste foto nel vasto mare scuro di Internet. Ho riconosciuto i suoi appetiti e il suo odio, e lui non ci ha messo molto a fare il salto, ad abbandonare l'ultima stupida remora che lo teneva attaccato alla luce e ad abbracciare le tenebre.

Naturalmente questa potrebbe essere tutta una menzogna da parte mia, non è vero? Be', da' un'occhiata al CD-ROM *allegato. Quando hai finito, chiama per favore l'agente Jenkins, dell'*FBI *di New York, e chiedigli di Ronnie Barnes.*

Ah, nel caso coltivassi qualche speranza che Barnes possa fornirti la traccia che stai cercando per arrivare a me, mi dispiace deluderti, ma il signor Barnes non è più tra noi. Guarda il CD *e capirai.*

Tornando al punto principale, il vostro imperativo resta lo stesso: datemi la caccia, e non perdete tempo.

Ricordate una cosa: Ronnie Barnes era solo uno dei tanti che condividono questi appetiti speciali. E io sono in continua ricerca di altri come lui.

Dall'inferno,

Jack Jr.

«Gesù Cristo» dice Alan, disgustato.

«Interessante» commenta James. «Sta dicendo che è come un virus vivente. Che si può replicare in altri esseri umani.»

«Esatto» ribadisce Leo. «E continua ad alzare la posta. Vuol farci capire senza ombra di dubbio che l'escalation continuerà finché non lo prenderemo.»

Sono troppo stanca e turbata per replicare. Allungo il CD a Leo. «Guardiamolo» dico.

Ci sistemiamo alle sue spalle mentre lui apre il CD e notiamo un'icona ormai familiare: un file video. Leo si volta a guardarmi.

«Aprilo.»

Doppio clic. Si apre il player e partono suoni e immagini. Vediamo una donna legata a una sedia. Stavolta è completamente nuda e non incappucciata. È una bruna sui ventidue o ventitré anni. Ed è chiaramente terrorizzata.

Un giovane entra nell'inquadratura, accanto a lei. È nudo anche lui, e ride. Ha un'erezione. Il terrore lo eccita. Con una smorfia di disgusto continuo a guardare. Presumo si tratti di Ronnie Barnes.

«Che faccia di cazzo» è il commento di Oldfield.

Poco gentile, ma esatto. Viso brufoloso, petto incavato e occhiali spessi: Ronnie Barnes è il classico tipo disprezzato dalle ragazze, che si masturba pensando a loro anche se le odia per quello che dicono di lui. Più sono belle, più le odia e si disprezza perché le desidera. Penso tutte queste cose non per via del petto scarno e dei brufoli, ma perché è davanti a una donna legata, ha un coltello in mano e la cosa lo eccita da morire. Guarda fuori campo e dice: «Vuoi che lo faccia ora?». Non sento la risposta, ma Ronnie annuisce. «Benissimo.»

«Con chi parla?» si chiede Alan.

«Due possibilità» rispondo.

Barnes si china, sembra raccogliere il coraggio. Ciò che fa subito dopo è così improvviso e brutale che tutti facciamo uno scatto indietro. «Troia fottuta!» strilla. Alza il coltello e lo cala di punta con tale forza da farlo quasi scomparire nel corpo della ragazza. E poi più che tirarlo fuori lo *strappa* via. È un gesto selvaggio, furioso. Lo solleva di nuovo sopra la testa, e colpisce di nuovo. Tutto il suo corpo, tutti i suoi muscoli, sono tesi nello sforzo.

Di nuovo.

Questo non è il sistema metodico di Jack Junior. È l'attacco senza cervello di un invasato.

Di nuovo.

«Brutta figa! Troia!» esclama Barnes. Poi continua a gridare parole incoerenti.

«Che bastardo!» dice Leo, alzandosi per andare a vomitare nel cestino dei rifiuti.

Nessuno di noi si sogna di sminuirlo per questo.

Improvvisamente, come era iniziata, la mattanza finisce. La donna è caduta sulla schiena, con tutta la sedia. Le sue forme umane sono appena riconoscibili. Barnes è in ginocchio, con la schiena all'indietro e le braccia aperte, coperto di sangue e sudore. Sta iperventilando. La sua erezione è scomparsa.

Guarda di nuovo fuori campo, con espressione adorante. «Posso dirlo, adesso?» Evidentemente riceve una risposta affermativa. Si volta verso la telecamera, sorride, con un'espressione che ha poco di umano, e dice: «Questo è per te, Smoky».

«Oh, Cristo» geme Leo.

Io non dico nulla. La mia anima è chiusa. Barnes guarda di nuovo fuori campo. «Come sono andato? Era questo che volevi?»

La sua espressione cambia. Prima è perplessa, poi impaurita. «Cosa fai?»

Quando lo sparo gli fa schizzare via il cervello, salto anch'io all'indietro, facendo cadere la sedia.

«Merda!» grida Alan, dietro di me, anche lui colto di sorpresa.

Mi chino in avanti, stringendo i bordi della scrivania. So cosa succederà ora. Lui non si lascerà scappare l'occasione. Infatti il viso mascherato appare davanti alla telecamera, la pelle intorno agli occhi increspata da un sorriso che non possiamo vedere, e fa un gesto con i pollici alzati.

Il video finisce.

Siamo tutti troppo scioccati per parlare subito. Leo si pulisce la bocca. Il sergente Oldfield si accorge di stringere involontariamente il calcio della pistola.

Io mi sento vuota, come una steppa in cui soffia il vento.

Devo fare un grande sforzo per riprendere il controllo. Tutta la mia rabbia, la mia determinazione, si concentrano in tre parole: «Torniamo al lavoro».

Tutti mi guardano come se fossi impazzita.

«Forza!» esclamo. «Riprendete il controllo, tutti quanti. Questa è solo un'altra distrazione. Non abbiamo tempo da perdere. Al lavoro, ho detto. Io chiamo questo agente Jenkins.» Sto tremando, ma la mia voce è ferma.

Un po' alla volta le mie parole penetrano nelle loro menti. Cominciano a muoversi. Io prendo il telefono, chiamo il centralino e mi faccio passare il quartier generale dell'FBI di New York. Mi gira la testa. Quando mi risponde la reception chiedo dell'agente Jenkins. Sorpresa, sorpresa: anche lui è nel CASMIRC.

Il telefono squilla. Risponde una voce: «Agente speciale Bob Jenkins».

«Salve Bob, sono Smoky Barrett, del CASMIRC di Los Angeles.» Il mio tono tranquillo mi sorprende. "Ciao, come stai? Senti, ho appena visto una donna sbudellata in diretta, ti va se ti racconto le mie impressioni?"

«Ciao Barrett. So chi sei.» Il suo tono è curioso. Anch'io sarei curiosa, al suo posto. «A cosa devo il piacere?»

Mi siedo. Respiro a fondo. Le mie pulsazioni stanno cominciando a tornare normali. «Cosa puoi dirmi di Ronnie Barnes?»

«Barnes?» Sembra sorpreso. «È storia vecchia. Circa sei mesi fa ha ucciso e mutilato cinque donne. Intendo *mutilato* sul serio. Per essere sinceri, l'abbiamo scovato per caso. Qualcuno ha sentito l'odore e ha chiamato la polizia. Loro sono entrati nell'appartamento e hanno trovato l'ultima delle cinque donne e Barnes che si era suicidato, con un colpo in testa. Caso chiuso.»

«Ho delle novità per te, Bob. Barnes non si è suicidato.» Una lunga pausa. «Dimmi tutto.»

Gli riassumo in meno parole possibile il caso di Jack Junior e gli parlo del pacco che ci ha appena mandato. E del video. Quando finisco, Jenkins resta in silenzio per un bel po'.

«Sono in servizio più o meno da quando ci sei anche tu, Smoky. Hai mai avuto a che fare con qualcosa di simile, prima?»

«No.»

«Nemmeno io.» Sospira. È un sospiro che riconosco. Un'ammissione che i mostri continuano a mutare, e diventano sempre peggio. «C'è qualcosa che posso fare?» chiede.

«Puoi mandarmi una copia del dossier sul caso Barnes? Non

credo che ci troverò nulla, l'uomo che cerchiamo è molto attento, ma non si può mai sapere.»

«Certamente. C'è altro?»

«Sì, un'ultima cosa, per pura curiosità. Quando è morto Barnes?»

«Aspetta un attimo.» Lo sento battere su una tastiera. «Vediamo... Il corpo è stato rinvenuto il ventun novembre... basandosi sul grado di decomposizione e su altri fattori, il medico legale stima che sia morto il diciannove.»

Mi sento risucchiare l'aria dai polmoni. Per poco non lascio cadere il telefono.

«Smoky? Ci sei?»

«Sì, grazie per l'aiuto, Bob. Attendo il dossier, allora.» La mia voce ha un tono distante, meccanico. Lui non sembra farci caso.

«Te lo mando via corriere domani mattina.»

Ci salutiamo, riattacchiamo e io resto a fissare il telefono. Il diciannove novembre.

Non posso crederci.

Mentre Ronnie Barnes massacrava quella povera ragazza, Joseph Sands stava distruggendo la mia vita. Quella stessa notte. Non la stessa data un anno o dieci anni prima. No, *quello stesso giorno*.

Coincidenza? O in tutto questo c'è qualche significato nascosto che non riesco a vedere?

Capitolo 34

Il resto della giornata è trascorso come in un sogno. Callie è tornata, Marilyn sta bene. Il sergente Oldfield, prima di andarsene, mi ha giurato che non permetterà a Jack Junior di fare a Marilyn quello che Barnes ha fatto alla ragazza del video. Tutto è pronto per la consegna del pacco di Jack, che arriverà domani.

Ma io ero distante. Continuavo a tornare con la mente alla coincidenza di quelle date. Mi sembrava di essere entrata in una piega del tempo. Mentre Ronnie Barnes sorrideva alla telecamera, io urlavo e Matt moriva. Mentre lui piantava il coltello nel corpo di quella donna, Joseph Sands sfregiava il mio volto con il suo sigaro.

Mentre accadeva, Jack Junior era già al lavoro.

Sapeva già di me.

Questa è forse la cosa che mi disturba di più. Da quanto tempo occupo i suoi pensieri? Ha intenzione di fare con me quello che Joseph Sands non è riuscito a finire?

Ho paura. Lo ammetto, sono terrorizzata.

«*Maledetto!*» grido, battendo una mano sul volante così forte da farmi male. Sto tremando, un tremito che mi scuote tutto il corpo.

«Così va meglio» ringhio. «Continua così, Smoky.»

E continuo a nutrire la mia rabbia mentre guido verso casa di Alan ed Elaina. Lui mi ha fatto paura, e questo mi fa infuriare.

La rabbia non disperde del tutto la paura.

Ma mi aiuta a superare questo momento.

Capitolo 35

Stasera ho accettato l'invito a cena di Elaina e Alan. Avevo bisogno di un po' di normalità, ed Elaina non mi ha deluso. Stava meglio, mi ha fatto ridere più di una volta, e ha fatto sorridere spesso anche Bonnie. Capisco che Bonnie si stia quasi innamorando di lei. È una cosa che è successa anche a me.

Ora Elaina sta preparando Bonnie per tornare a casa con me, mentre Alan e io aspettiamo in soggiorno.

«Mi sembra che stia meglio» dico.

Lui annuisce. «Molto meglio. Bonnie l'ha aiutata parecchio.»

«Ne sono felice.»

Bonnie entra in soggiorno, seguita da Elaina. «Sei pronta, tesoro?» le chiedo.

Un sorriso e un cenno del capo. Mi alzo, abbraccio Alan ed Elaina.

«Alan ti ha detto che domattina cominciamo presto?»

«Sì, me l'ha detto.»

«Va bene se porto qui Bonnie alle sette?»

Lei sorride, scompiglia i capelli della bambina. Bonnie la guarda con occhi adoranti. «Certo che va bene. Abbracciami, zuccherino.»

Si abbracciano, poi noi due usciamo di casa.

«Sali in camera, tesoro» dico a Bonnie. «Io arrivo tra un minuto.»

Lei annuisce e si avvia per le scale. Il mio telefono squilla.

«Sono Leo.»

«Dimmi tutto.»

«Alan e io abbiamo ottenuto il mandato per la lista dei membri del sito di Annie King. Non ho fatto in tempo a dirtelo prima. Ho contattato l'azienda, e sono stati molto gentili.»

«Cioè te l'hanno data?»

«La sto esaminando da quattro ore. Mi sembra di aver trovato qualcosa.»

«Cosa, esattamente?» chiedo, speranzosa.

«Il sito della tua amica conta quasi un migliaio di soci. Ho pensato che poteva valere la pena cercare nomi che avessero a che fare con la storia di Jack lo Squartatore. Hai presente, Londra, l'inferno, quel tipo di cose.»

«E?»

«E ho trovato quasi subito un Frederick Abberline. È il nome dell'ispettore che dava la caccia al vecchio Jack a quei tempi.»

«Perché non mi hai chiamato subito?»

«Perché non ho ancora finito. Pensaci un attimo. È troppo ovvio. Non credo che si tradirebbero così facilmente. Infatti ho controllato l'indirizzo. Si tratta di una casella postale.»

«Merda» dico a bassa voce.

«Ma è pur sempre una pista. Inoltre ne sto seguendo parallelamente anche un'altra. Sai che quando ci si iscrive a un sito usando una carta di credito, il numero IP dell'utente viene registrato.»

«E che diavolo è il numero IP?»

«Qualunque cosa, sulla rete, dall'indirizzo di un sito alla tua connessione via modem, è basata su un numero. Questo è l'IP, che sta per Internet Protocol. Ogni volta che navighi sul web, sei identificabile dal tuo numero IP.»

«E quando usi una carta di credito, quel numero viene registrato?»

«Esatto.»

«E questo dove ci porta?»

«Qui sta il problema. Il numero IP può essere relazionato alla tua connessione in due modi, uno buono per noi, e uno meno buono. L'IP è di proprietà dell'azienda che ti fornisce l'accesso a Internet, nota come "provider". In molti casi, ogni volta che ti connetti ti viene assegnato un numero IP diverso. Non c'è continuità.»

«Questo è il sistema meno buono per noi» dico.

«Già. L'altro modo è una connessione sempre attiva, dove il numero assegnato dal provider resta sempre lo stesso. Sarebbe un bel colpo per noi, se lui avesse una connessione di questo tipo. Perché quel numero permette di rintracciare la persona.»

«Potrei sbagliarmi» dico, «ma il nostro Jack mi sembra troppo intelligente per non averci pensato.»

«Probabile» ribatte Leo. «Ma anche nel caso di connessioni multiple, il suo provider avrà una serie di numeri che potranno fornirci almeno la zona da cui provengono le chiamate.»

«Ottimo lavoro, Leo. Continua su questa pista, senza fermarti neppure un momento.»

«Senz'altro.»

Gli credo. Dall'eccitazione della sua voce, sono certa che stanotte non dormirà molto. Sente l'odore del sangue, un'esca irresistibile per un cacciatore.

Mi dirigo verso il letto, verso Bonnie, verso il sonno.

Stavolta faccio un sogno strano, diverso dagli altri perché è un vero ricordo.

«Anima come un diamante...»

È una cosa che Matt mi disse una volta, in un momento di rabbia. Ero stata impegnata in un caso che aveva assorbito tutto il mio tempo per un periodo di quasi quattro mesi, durante i quali avevo visto pochissimo lui e Alexa. Matt aveva sopportato tutto per i primi tre mesi, senza dire nulla. Poi una sera, tornando a casa, lo trovai seduto al buio.

«Non possiamo andare avanti così» disse. Notai subito il veleno nella sua voce.

Restai senza parole. Ero convinta che tutto andasse a meraviglia. Ma con Matt succedeva sempre così. Sopportava stoicamente ciò che lo disturbava finché a un tratto esplodeva senza preavviso. Erano brutti momenti: dal cielo sereno all'uragano in pochi secondi.

«Di cosa stai parlando?»

Mi rispose con voce tesa dalla rabbia. «Come, di cosa sto parlando? Cristo, Smoky! Sto parlando del fatto che non ci sei mai. Un mese, va bene. Due mesi, non va più bene, ma pazienza. Tre mesi, ora basta! Non ci sei mai, e quando ci sei ti comporti come se io e Alexa non esistessimo. Anzi peggio, perché sei molto irritabile. È di questo che sto parlando!»

Non sono mai stata brava a misurare la forza contro gli attacchi diretti. A volte penso che sia il mio lato irlandese, ma in realtà mia madre era la pazienza fatta persona. No, credo sia un tratto specificamente mio. Se mi trovo alle corde, i concetti di giusto o sbagliato perdono valore. Voglio solo liberarmi, e sono disposta anche a giocare sporco per riuscirci. Il punto debole di Matt era la sua incapacità di parlare fino al momento in cui esplodeva. Il mio era attaccare senza esitazione e senza pensare alle conseguenze, quando mi trovavo con le spalle al muro. Questo problema tra noi non si è mai risolto, era una delle imperfezioni del nostro rapporto. E adesso mi manca.

Matt mi aveva spinto in un vicolo cieco, e io risposi con un colpo basso.

«Secondo te quindi dovrei dire ai genitori di quelle povere bambine che non ho tempo di dare la caccia al pazzo che le ha uccise, vero? Se vuoi, da domani posso attenermi a un orario fisso, dalle nove alle cinque. Ma quando morirà la prossima bambina, andrai tu a parlare con i genitori, e a spiegare loro che non possiamo fare molto perché dobbiamo trovare un po' di tempo da dedicare alla nostra famiglia.»

Parole crudeli, fredde e terribilmente sleali. Ma la crudeltà dipendeva dal mio lavoro, pensai, e in quel momento odiai Matt per la sua mancanza di comprensione. Trascorrere le serate in casa con la mia famiglia significava lasciare un assassino libero di colpire ancora. Dedicandomi completamente alla caccia, invece, trascuravo la famiglia. Era un equilibrio difficile, quasi impossibile da mantenere. Matt arrossì violentemente, e borbottò: «Vaffanculo, Smoky. Hai un'anima come un diamante».

«E questo che cazzo significa?» chiesi, esasperata.

Lui mi fissò e disse: «Significa che la tua anima è bella come un diamante, Smoky. Ma altrettanto fredda e dura».

Quelle parole mi fecero male. La mia rabbia sfumò all'improvviso. Non era da Matt dire cose crudeli. Quella era la mia specialità. Ma la cosa che più mi feriva era la possibilità che avesse ragione. Lo fissai scioccata, a bocca aperta. Matt sostenne il mio sguardo, con appena una traccia di vergogna sul viso.

«Al diavolo» disse, e salì al piano di sopra, lasciandomi sola in soggiorno, con il cuore a pezzi.

Facemmo la pace, naturalmente, e quel momento fu superato. Questo è l'amore. Non si tratta tanto di romanticismo e passione. È uno stato di grazia, in cui ti trovi quando accetti la verità totale di un'altra persona, il lato crudele e quello divino. E l'altro accetta le stesse cose in te, ed entrambi avete un desiderio così profondo di stare insieme che le incomprensioni non possono intaccarlo. Conoscere i lati peggiori dell'altro, e volergli bene ugualmente con tutta l'anima. E sapere che anche per lui è lo stesso.

Un amore così dà un senso di sicurezza e potere. A quel punto la passione, il romanticismo, non sono accecanti, ma sono invulnerabili, eterni.

Almeno finché uno dei due non muore.

Stavolta non mi sveglio urlando. Mi sveglio piangendo. Lascio scendere le lacrime lungo il viso, e ascolto il rumore del mio respiro finché il sonno mi sommerge di nuovo.

Capitolo 36

Tutti hanno un aspetto di merda. Ma Leo è decisamente quello messo peggio.

«Non sei andato a casa, vero?» gli chiedo.

Mi fissa con gli occhi arrossati e mormora qualcosa di incomprensibile.

«Problema tuo» dico. «Ascoltate. Callie e Alan, voi sarete con me nel parcheggio. Leo e James, proseguite con i compiti assegnati.»

Annuiscono tutti.

«Andiamo.»

Il tecnico degli esplosivi mostra il tesserino. «Reggie Gantz.» Quasi trent'anni, aspetto annoiato e occhi duri.

«Agente speciale Barrett. Mostrami cosa avete portato.»

Mi conduce sul retro del furgone e apre i portelli. Prende un lap-top e una specie di grossa telecamera. «Questo è uno scanner a raggi X portatile» dice. «Il contenuto del pacco apparirà sul monitor del computer. Poiché dite che il pacco sarà consegnato da terzi, una eventuale bomba di certo non sarà attivata dal movimento. Altrimenti potrebbe esplodere durante il viaggio.»

«Mi sembra sensato.»

«Dopo i raggi X useremo lo *sniffer*. Sfregherò sul pacco un tessuto di cotone, inserendolo poi nella macchina. La spettrometria rileverà se ci sono tracce di molecole ionizzate. Questi due esami ci permetteranno di scoprire con elevato margine di sicurezza se si tratta di una bomba oppure no.»

Annuisco. «Non sappiamo quando arriverà, perciò dovete prepararvi a un'attesa che potrebbe anche essere lunga.»

Lui fa un saluto militare e torna a sedersi nel furgone, senza una parola.

Ripasso mentalmente la sequenza. Un autista verrà a consegnare il pacco. Sarà fermato e gli prenderanno le impronte digitali, mentre Reggie esaminerà il pacco. Una volta ricevuto il suo benestare, Callie, Alan e io porteremo il pacco in laboratorio, dove sarà analizzato alla ricerca di impronte o tracce di qualunque tipo. Sarà fotografato, e solo allora lo apriremo.

Il rispetto delle procedure è allo stesso tempo un vantaggio e uno svantaggio. Una cosa che un killer fa in pochi minuti, a noi richiede giorni di analisi. Siamo sempre più lenti di lui. D'altra parte, finiamo sempre per trovare qualunque cosa si sia lasciato dietro, per quanto microscopica. In quest'epoca la capacità di interpretare anche la minima traccia di materia è impressionante. I criminali dovrebbero indossare una tuta spaziale, per essere sicuri di non lasciare tracce. Ma anche così, almeno sapremmo che indossavano una tuta spaziale.

Anche l'assenza di tracce è in qualche modo una traccia. Ci dice che il criminale ha una certa conoscenza dei metodi polizieschi. Ci fa capire il suo sistema e la sua psicologia. È un tipo intelligente, composto, paziente, oppure un pazzo frenetico e passionale?

«Ehi» dice Alan a un tratto. «Direi che ci siamo.»

Vedo il furgone di un corriere fermarsi davanti all'edificio. Il conducente, un giovane dai capelli biondi e dalla barba rada, ci guarda con aria preoccupata. Non deve essere abituato a simili comitati di ricevimento. Mi avvicino, gli faccio cenno di abbassare il finestrino.

«FBI» dico, mostrandogli il tesserino. «Ha un pacco da consegnare qui?»

«Sì, certo. È nel retro. Cosa succede?»

«Quel pacco è una prova indiziaria, signor...»

«Eh? Ah, Jedediah. Jedediah Patterson.»

«Per favore scenda, signor Patterson. Il pacco è stato spedito da un criminale ricercato.»

Lui resta a bocca aperta. «Sul serio?»

«Sì. Abbiamo bisogno di prendere le sue impronte. Ora vuole scendere, per favore?»

«Le mie impronte? E perché?»

Mi costringo a non perdere la pazienza. «Analizzeremo il pacco alla ricerca di impronte digitali. E dobbiamo poter escludere le sue.»

Finalmente gli si fa giorno. «Ah, capisco.»

«Ora può scendere, per favore?» La mia pazienza si sta esaurendo. Forse Patterson lo capisce, perché apre la portiera e salta giù.

«Grazie. Ora segua l'agente Washington. Lui le prenderà le impronte.»

Indico Alan. Jed Patterson gli lancia un'occhiata cauta. «Non si preoccupi» dico, divertita. «È cattivo solo con i cattivi.»

Patterson continua a fissare l'uomo montagna. «Se lo dice lei...» Si avvicina ad Alan, il quale finalmente se lo porta via.

Ora posso concentrarmi sul pacco. Reggie Gantz è già accanto al furgone con il suo equipaggiamento. Non ha perso l'aria annoiata.

«Vado?» chiede.

«Vai.»

Apre le portiere posteriori del furgone. Abbiamo fortuna. Dentro ci sono solo tre pacchi, e trova immediatamente il nostro. È indirizzato a me.

Accende il lap-top e regola lo scanner a raggi X. Pochi secondi dopo vediamo apparire il contenuto del pacco sullo schermo del computer.

«Sembra un barattolo di qualcosa... Poi c'è una lettera... e un altro oggetto piatto e circolare. Forse un CD. Nient'altro.

Adesso attivo lo *sniffer*, per accertarmi che quel liquido non sia nulla di pericoloso.»

«È probabile che lo sia?»

«No. Quasi tutti gli esplosivi liquidi sono instabili. In tal caso il pacco sarebbe esploso ben prima di arrivare qui.» Scrolla le spalle. «Ma è meglio non dare nulla per scontato.»

Sono contenta che Reggie sia qui, ma il suo mi sembra un lavoro da pazzi. «Va' avanti.»

Lui prende un batuffolo di cotone e lo passa sopra il pacco, da tutti i lati. Lo inserisce nella macchina e lo spettrometro si mette al lavoro. Pochi minuti dopo Reggie dice: «Per me è a posto. Potete aprirlo».

«Grazie, Reggie.»

«Non c'è di che.» Sbadiglia. Lo seguo con lo sguardo mentre torna al suo furgone. Ce ne sono di tipi strani, in giro.

Ora sono sola con il pacco. Lo guardo. È appena abbastanza grande per ciò che contiene. Un barattolo di vetro, una lettera e un CD. Brucio dal desiderio di aprirlo.

Alan sta tornando con Jed Patterson, il quale ha le punte delle dita nere d'inchiostro. «Il pacco è sicuro» dico. «Portiamolo in laboratorio.»

«Subito» mi assicura Callie.

Tutti mordono il freno.

Gene Skyes, il capo del laboratorio, fa una faccia rassegnata appena ci vede entrare.

«Ciao, Smoky. Quanto tempo ho per questo pacco?»

Sorrido. «Come, non hai ancora finito?»

«Ho capito. Lo volevi per ieri, giusto?»

«Esatto.»

Sospira. «Dimmi tutto.»

«È stato consegnato da un corriere. Lo ha spedito il nostro uomo. È già stato controllato da un esperto in esplosivi, quindi l'esterno è stato ripulito. Abbiamo le impronte del corriere, per escluderle.»

«Sai cosa contiene?»

«L'abbiamo passato ai raggi X. Dovrebe contenere un barattolo di vetro, una lettera e forse un CD. Ma non siamo sicuri di niente al cento per cento finché non l'avremo aperto.»

«Come mai siete sicuri che provenga dal vostro uomo?»

«Perché lui ci ha detto che lo avrebbe mandato.»

«Gentile da parte sua.» Gene riflette un attimo su queste informazioni. «Avete già esaminato una scena del delitto in rapporto a questo criminale?»

«Sì.»

«Trovato niente?»

Gli dico delle impronte sotto il letto di Annie.

Gene si gratta la testa. Comincia a immergersi nel problema.

«Ho bisogno di un lavoro minuzioso su questo pacco, Gene. Ma devi fare il più in fretta possibile.»

«Certo. Procederò a strati, analizzando separatamente la scatola e il contenuto. Mi hai detto che è un tipo attento, quindi non credo troveremo impronte plastiche o visibili. Ma le sorprese sono sempre possibili.»

Noi distinguiamo tre tipi di impronte: plastiche, visibili e latenti. Le prime due sono le nostre preferite. Le impronte plastiche sono quelle lasciate su una superficie morbida, tipo stucco, cera, o sapone. Quelle visibili sono le impronte lasciate da un assassino su una superficie dopo aver toccato qualcos'altro, per esempio del sangue. Il nome indica che sono visibili a occhio nudo. Le latenti, o invisibili, sono le più comuni. E la tecnologia per rilevarle è quasi una forma d'arte.

Gene è un artista. Se su questo pacco c'è qualcosa, lui lo troverà.

«Non c'è bisogno di dire, Gene, che se lì dentro c'è un CD ho bisogno dei file che contiene prima che tu faccia qualunque cosa che potrebbe danneggiarlo.» A volte per rilevare le impronte latenti si usano prodotti chimici o il calore. Ed entrambe le cose possono rendere illegibile un CD.

Gene mi rivolge un'occhiata offesa. «Smoky! Con chi credi di avere a che fare?»

Rido. «Scusa.» Gli consegno due buste di plastica, contenenti altre cose inviate da Jack nei giorni scorsi.

«Controlla anche queste, dopo. Le ha mandate la stessa persona.»

Lui si acciglia. «Nient'altro?» chiede, sarcastico.

«Avrai il beneficio della mia assistenza ed esperienza, amore mio» dice Callie. Gene la guarda storto.

«Abbiamo pochissimo tempo, Genc. Ci ha fatto sapere che ucciderà di nuovo.»

Gene torna serio. «Ho capito.»

In ufficio, Alan è al telefono. Parla rapidamente, si vede che è eccitato. Ha in mano il dossier di Annie. «Ho bisogno di una conferma, Jenny. Devo essere sicuro al cento per cento. Va bene.» Batte il piede a terra mentre attende, impaziente. «Sul serio? Perfetto, grazie.» Riattacca, si alza in piedi e mi si avvicina. «Ricordi che qualcosa non mi quadrava?»

«Sì.»

«Era nell'inventario degli oggetti rinvenuti dentro l'appartamento di Annie.» Apre il dossier, trova la pagina che cerca e me la indica. «Guarda. Una ricevuta da parte di un servizio di disinfestazione, che ha ispezionato l'appartamento cinque giorni prima dell'omicidio.»

«E allora?»

«Allora, in genere negli edifici come quello la disinfestazione si fa in tutto l'edificio.»

«Non è una prova conclusiva, ma va' avanti.»

«Lo so, anch'io avrei potuto lasciar perdere. Ma quando eravamo lì ho visto la ricevuta autentica, e da allora ho cominciato ad avere la sensazione di aver mancato qualcosa.»

«Non farla tanto lunga, Alan.»

«Scusa. Era un'annotazione sulla ricevuta.» Prende un blocnotes dalla scrivania, e legge: «"Did Shoe Writeup". Che cazzo significa? Inoltre ha firmato "Armouried Murrey".»

«Strano nome.»

«Sono anagrammi, no?» interviene James.

Alan si volta a guardarlo, sorpreso. «Esatto. Come hai... Non importa.» Torna a indicarmi il blocco. «Cambia le lettere, e "Did Shoe Writeup" diventa "Die Stupid Whore", muori stupida puttana.»

Sento il consueto nodo allo stomaco.

«E "Armouried Murrey" diventa "I am your murderer", io sono il tuo assassino.»

«L'ultimo insulto» mormora James. «Le dice in faccia che morirà, e che sarà lui a ucciderla. E lei non sospetta nulla.»

Resto calma. Ormai i loro giochetti non mi fanno più effetto. «Ottimo lavoro» dico ad Alan.

Lui scrolla le spalle. «Ho sempre avuto una passione per gli anagrammi. E per i particolari fastidiosi.»

«Okay, okay, sei stupefacente» dice James. «Il punto è: come possiamo usare la tua scoperta?»

«Perché non me lo dici tu, testa di cazzo?»

L'insulto lascia James del tutto indifferente. Annuisce, pensa. «Non credo che sia andato a casa sua per vantarsi, ma per esplorare. Per essere certo di conoscere la disposizione delle stanze.»

«Oppure per verificare dati precedenti» dico io. «Forse era già stato prima in casa di Annie, e voleva controllare che non fosse cambiato nulla.»

«Sì, è in linea con il loro metodo. Sono intelligenti, prudenti. Pianificano tutto.»

«Esatto!» dico, eccitata. «Forse cominciamo a conoscere il loro metodo. Se potessimo avere un'idea di chi sarà la loro prossima vittima, potremmo riuscire a beccare quello che effettua la ricognizione.» Mi rivolgo a Leo. «Tu cosa hai scoperto?»

Lui fa una smorfia. «Niente di utile, temo. Il numero IP non era fisso. Siamo riusciti a rintracciare il luogo da cui si è connesso, ma non serve a niente.»

«Come mai?»

«Ha usato un Internet café. Completamente anonimo.»

«Merda. C'è altro?»

«No.»

«Bene. Concentratevi e fate funzionare il cervello. In fretta.»

Squilla il telefono. Alan risponde, parla, poi appende. «Gli esami giù al laboratorio sono già pronti» dice.

Scendo quattro piani in ascensore, e quando arrivo vedo Gene che parla animatamente con Callie, che ascolta con una espressione divertita.

«Attenta» le dico. «È capace di consumarti le orecchie, se lo lasci fare.»

«Stavo spiegando all'agente Thorne le ultime novità sull'identificazione del DNA nei mitocondri.»

«Roba troppo cervellotica per me» dice Callie, asciutta.

Gene aggrotta le sopracciglia. «Piantala, Callie. Ti conosco, sai? Eri tra i miei migliori studenti.»

Lei sorride e mi strizza l'occhio.

Sollevo la mia tazza di caffè in un brindisi. «Ho sempre cantato le tue lodi, Gene. Ora, cos'hai per me?»

Sospira. «Niente tracce fisiche immediate. Cioè, niente impronte digitali, fibre, capelli, cellule epiteliali, niente di niente. Ma questo è il dato interessante, perché ci dice sul nostro killer qualcosa che lui stesso ignora.»

Questo commento solleva le mie aspettative. «Continua.»

«Ogni cosa a suo tempo, Smoky. Per capire cosa voglio dire, devi prima leggere la lettera. Prego» dice, mettendomela in mano.

Non mi piacciono i tipi che fanno i misteriosi. Ma Gene è uno dei migliori scienziati forensi del Paese. Forse del mondo. E Callie mi incoraggia a fare come dice lui.

«Vale la pena di aspettare, amore mio.»

Abbasso lo sguardo sulla lettera.

Saluti, agente Barrett!

Muoio dalla voglia di sapere se ti è piaciuta la storia di Ronnie Barnes. Non era un ragazzo molto intelligente, lo so, ma mi serviva per dimostrare un punto. So che ti starai chiedendo

quanti altri Ronnie Barnes ci sono in giro. Purtroppo per te, trovo più piacevole lasciarti nel dubbio.
Ti ho vista entrare in quel poligono di tiro, quando sei tornata da San Francisco. Devo dire che ero proprio ECCITATO*!*
È sempre bello quando uno sgambetto produce il risultato previsto. Ora il mio avversario è armato e pronto a combattere, e questo mi scalda il sangue nelle vene. Provi anche tu le stesse cose? L'aumentare delle pulsazioni, l'acutizzarsi delle percezioni?

«Continua a seguirti, amore mio.»
«Già. È un punto che dovremo affrontare.»

Ora sembri diversa, agente Barrett. Più pericolosa. Non nascondi più quelle cicatrici di cui prima ti vergognavi tanto. Buon per te. E anche per me. Perché ora possiamo fare a meno dei guanti gialli. Ora possiamo cominciare a rendere il gioco davvero interessante.
Ma veniamo al contenuto del pacco. Per il barattolo c'è bisogno di una piccola spiegazione.
Parliamo di Annie Chapman, nota anche come Dark Annie. Questo nome non ti dice nulla, agente Barrett? Strano. Annie è stata la seconda vittima del mio antenato.
Povera Annie Chapman. Non era stata sempre una lurida puttana, sai? Aspettò la morte del marito, prima di cominciare ad aprire le gambe per denaro. Una cosa davvero offensiva. Quando lui la uccise, fu come incidere un ascesso sulla pelle della società.
Fu la seconda a morire per mano del caro Jack, ma la prima da cui lui prelevò qualche ricordino. Le tolse l'utero, la parte superiore della vagina e due terzi della vescica.
Naturalmente le teorie al riguardo si sprecano. E naturalmente sono tutte sbagliate. Nessuno aveva l'ampiezza di vedute necessaria per comprendere il piano del mio antenato. Io voglio rivelartelo, perciò ascoltami bene.
Jack sapeva di provenire da una schiatta eccezionale, discen-

dente dagli antichi predatori, dai primi cacciatori, che si elevavano al di sopra della mandria dell'umanità. E considerava suo dovere trasmettere le sue conoscenze e il suo potere alle generazioni future, per renderci edotti della nostra sacra missione. Così prelevò dei pezzi dalle puttane uccise e li conservò in barattoli sigillati, decretando che fossero trasmessi ai suoi discendenti, di generazione in generazione, per ricordare a noi quello che lui aveva cominciato.

Ho detto che ti avrei fornito le prove di quanto affermo, agente Barrett. E sono un uomo di parola. Ti ho spedito uno dei miei sacri ricordi: l'utero di Annie Chapman. Stupefacente, vero? Controlla pure. E quando avrai finito, sono certo che troverai ancora più difficile dormire, la notte. Perché saprai che un discendente dell'Ombra è libero e in caccia.

«È vero quello che afferma, Gene? C'è davvero un utero umano nel barattolo?»

Lui sorride, criptico. «Ci arriveremo. Finisci di leggere.»

L'Ombra. C'è solo un originale, ma tu hai conosciuto molti pretendenti al titolo, non è vero, agente speciale Barrett? Persone che vivono e uccidono nell'ombra. Il mio antenato era nato nell'ombra. La sua era un'eredità di tenebre.

Amava l'oscurità, e... ne era riamato. Era il figlio legittimo delle ombre.

Ma sto divagando.

Ho incluso nel pacco anche un altro CD-ROM. *Continuando la missione intrapresa dal mio antenato, ho liberato il mondo da un'altra puttana. Ho inciso un altro ascesso.*

«Merda» dico tra i denti.

Divertiti a guardarlo. Sono orgoglioso del mio lavoro.

Questo è tutto, per il momento. Ma sta' tranquilla, agente Barrett. Mi terrò in contatto. Forse in un modo più personale. Una settimana. Tic tac, tic tac.

Dall'inferno,

Jack Jr.

Poso la lettera sul tavolo e fisso Gene. «Ora vuota il sacco.»

Lui si frega le mani. «Dopo aver letto quella roba, ovviamente il barattolo è stato la prima cosa che ho controllato. L'ho sottoposto ad alcuni test, ed ecco cosa ho scoperto.»

«Cosa?»

Lui fa una pausa a effetto. «I tessuti nel barattolo non sono umani, Smoky. Se dovessi tirare a indovinare, direi che si tratta di tessuti bovini.»

Resto un attimo a bocca aperta. «Cristo santo!»

«Già. Il nostro uomo crede di essere in possesso di ricordi provenienti da Jack lo Squartatore, ma invece non ha altro che un pezzo di carne di vacca. Il suo intero sistema di credenze è costruito su una menzogna.»

I miei pensieri vanno velocissimi. «Quindi sono tutte stronzate. Non fa parte di una stirpe di assassini. Non discende dallo Squartatore. È solo...»

«Solo un altro serial killer» dice Callie, completando la frase. «Niente male, eh? Non è una prova utile a identificare i nostri ragazzi, ma ci aiuta parecchio nello sforzo di definirli.»

«Ottimo lavoro. Davvero ottimo. Puoi farmi un rapporto scritto su tutto ciò?»

«Certamente. Sarà pronto entro stasera.»

«Grande. Callie, dobbiamo comunicare subito la notizia agli altri.» Ci avviamo verso la porta.

«Smoky?»

Mi volto, e vedo Gene che tiene il CD nella mano guantata.

Merda.

Nella foga l'avevo dimenticato. La mia esultanza svanisce.

È ora di guardare un altro omicidio.

Capitolo 37

Siamo di nuovo in ufficio.

«Notizie buone e notizie cattive» dico.

«Comincia dalle buone» mi esorta Alan.

Riassumo loro la lettera e la scoperta di Gene. Leo e Alan non nascondono la sorpresa. James ha uno sguardo distante. Pensa. Poi parla: «Allora, qualcuno lo ha indottrinato. Le possibilità sono due: o questo qualcuno crede davvero alla storia che Jack ti ha raccontato, o vuole che ci creda lui».

«Forse è una fantasia che si è creato da solo» dice Leo. «Perché dici che c'entra un'altra persona?»

«Perché se questo fosse il caso, il suo livello di follia allucinatoria dovrebbe essere tale da impedirgli di lavorare in modo tanto preciso e organizzato.»

Callie annuisce. «Sono d'accordo, amore mio. Creare un tale sistema di credenze, e poi dimenticare di averlo creato... No, non è il tipo di pazzo con cui abbiamo a che fare.»

«Si tratta di un grande passo avanti» dico. «Ora non dobbiamo più cercare solo lui, ma anche scoprire chi è stato a costruire in lui questa convinzione.» Guardo Callie. «Spiega tutto questo al dottor Child. Chiamalo a casa, se non è in ufficio. Digli che ho bisogno di vederlo domani mattina. Questo è il momento in cui un profilo potrebbe davvero essere molto utile.»

«Okay.»

«Sta cominciando a perdere colpi» dico. «Il primo indizio è questo. Il secondo è che si è lasciato sfuggire il fatto che continua a seguirmi.»

Alan mi fissa, allarmato. «Cosa?»

«Quando siamo tornati da San Francisco sono andata in un poligono di tiro. Nella lettera lui scrive che mi ha visto entrare. Questa è una mossa sbagliata da parte sua.»

«Devi stare molto attenta, amore mio.»

Sorrido. «Non preoccuparti, Callie. Ho intenzione di rivolgermi a un vecchio amico, un ex agente segreto. Gli chiederò di seguirmi.»

Lei annuisce. «Così potrà individuare chiunque altro ti stia seguendo.»

«Esatto. È un tipo in gamba, e riuscirà a scoprire se sulla mia macchina ci sono microfoni o segnalatori. Gli farò controllare anche casa mia. Se troviamo dei microfoni li lascerò al loro posto. Sapremo che ci sono, ma lui non saprà che noi sappiamo.»

«Hai notato che ultimamente dici sempre "lui" e non "loro" riferendoti ai killer?» dice James.

La sua osservazione mi sorprende. Non ci avevo fatto caso. «Credo sia perché sono sempre più convinta che uno dei due sia il personaggio principale. Jack Junior. L'altro è solo una spalla. Come Ronnie Barnes, che è stato usato e poi eliminato. Nelle sue lettere dice che è in cerca di altri potenziali assassini.»

«Questo solleva la questione dell'altro uomo che ha partecipato all'omicidio di Annie King» dice James. «È ancora vivo o è già morto, come Ronnie Barnes?»

«Non c'è modo di saperlo per certo, ma... credo che sia ancora vivo.»

«Sono d'accordo» dice Alan. «Pensateci. Con Annie lui ha dato inizio a un gioco che progettava da tempo. Non vorrà interrompere tutto a metà per dedicarsi a trovare e addestrare un altro complice.»

Li guardo tutti, uno alla volta. «Stiamo colmando lo svantaggio.»

James mi fissa. «Basta pacche sulla schiena, ora. Quali sono le cattive notizie?»

Gli mostro il CD. «Nel pacco c'era anche questo. Jack ha ucciso ancora.»

In ufficio cala il silenzio. Leo si alza e tende la mano verso il CD. «Guardiamolo e facciamola finita.»

«Va bene.»

Glielo do. Lui lo inserisce nel lap-top. Pochi secondi dopo comincia il video.

Parte con un titolo. Lettere bianche su fondo nero:

Questa morte è stata sponsorizzata da: www.darkhairedslut.com

«Prendi nota» dico a Leo.

Appare una donna nuda e legata a un letto, proprio come Annie. Un'altra bruna, dai capelli lunghi e lucidi. Si vede che Jack le preferisce. Sembra avere meno di venticinque anni, e un aspetto naturale. Niente seno rifatto, il corpo perfetto di chi è giovane e non ha ancora avuto figli. I suoi occhi esprimono quello che prova. Panico, terrore, disperazione, il tutto a un livello insopportabile.

Jack Junior appare in campo, con lo stesso costume che indossava quando ha ucciso Annie. Fa un cenno di saluto verso la telecamera, e di nuovo ho la sensazione che sorrida. Lo diverte l'idea di commettere un crimine sotto i nostri occhi, anche se non proprio in diretta, senza tradire la propria identità. Esce fuori campo e un attimo dopo comincia la musica. Forte, quasi assordante.

Si avvicina alla donna danzando, ondeggiando la testa, prendendo il ritmo della propria malvagità. Poi solleva la sua arma. Non un coltello, stavolta. Una mazza da baseball. Fa un paio di finte, solo per terrorizzare ancora di più quella poveretta. Lei ha gli occhi fuori dalle orbite, il viso rosso e teso nello sforzo di urlare attraverso il bavaglio.

E ora comincia il montaggio, proprio come nel video di Annie. Tutto è eseguito con una brutalità impressionante, senza esitazioni. Quando si prepara a colpire, Jack solleva la mazza sopra la testa. Quando l'abbassa, mette nel colpo la forza di tutti i muscoli. Non vuole semplicemente romperle le ossa, vuole polverizzarle. Ogni volta che la donna sviene si ferma, e la schiaffeggia fino a farla rinvenire. La vuole cosciente, presente in tutto quello che le sta succedendo, minuto per minuto.

A un tratto mette giù la mazza e monta sopra la donna. Comincia il sesso, brutale, con movimenti forti, decisi. Vuole che le ossa rotte buchino la carne. Vuole che quella scopata provochi alla vittima la maggiore sofferenza possibile. Anche stavolta si ferma e la sveglia ogni volta che sviene. Per quella poveretta rinvenire deve essere stato come il ritorno continuo di un incubo.

La violenza sessuale finisce, e appare il bisturi. Lui lo mostra alla vittima. Le afferra il mento e la costringe a guardare quello che sarà lo strumento della sua morte. Gli occhi della donna fissano la lama, la seguono mentre scende lungo il suo ventre. Assumono un'espressione folle quando la vivisezione ha inizio.

Leo, davanti al computer, ha la faccia verde, ma stavolta non vomita. Ci ha messo poco a diventare forte. E scoprirà che si tratta di una metamorfosi irreversibile.

Quando la donna è morta e lo sventramento è completo, Jack Junior si alza e la fissa per un tempo lunghissimo. Il cadavere ha un aspetto devastato, come se fosse esploso dall'interno. Jack si volta verso la telecamera e fa il consueto gesto con i pollici alzati. Il video finisce.

«Credi di essere divertente» mormoro, piena di rabbia impotente. «Continua pure a sorridere, stronzo.»

Anche la mia minaccia è impotente.

Naturalmente, una parte di me sa che quel bastardo non sorride mai *davvero.* Non ci sono sorrisi, dentro di lui.

Restiamo tutti in silenzio, cercando di razionalizzare quello che abbiamo appena visto.

«Controlla quell'indirizzo web, Leo» dico a un tratto. «Vediamo chi era quella povera ragazza.»

«Subito» risponde. Poi: «Come... Come è possibile che un esere umano faccia una cosa del genere?».

Mi fissa con uno sguardo implorante. Vuole davvero una risposta. Cerco di scegliere con cura le parole.

«Il motivo è che gli *piace* farlo. È il loro modo di fare sesso e ne sono schiavi, molto più di quanto un tossico sia schiavo dell'eroina. Ci sono un sacco di motivi per cui possono diventare così. Ma il fatto è che amano appassionatamente ciò che fanno.» Guardo James. «Qual era l'espressione che hai usato una volta?»

«Carnivori sessuali.»

«Già. È proprio quello che sono.»

Leo rabbrividisce. «Niente di tutto questo somiglia all'idea che me n'ero fatto.»

«Lo so, credimi. Si è diffusa la convinzione che andare a caccia di serial killer o di pedofili sia eccitante. Invece è un lavoro che ti consuma. Non ti svegli la mattina fregandoti le mani alla prospettiva di incastrare il criminale a cui stai dando la caccia. Ti guardi allo specchio e ti senti in colpa perché non sei ancora riuscito a prenderlo. Cerchi di non pensare alla possibilità che uccida ancora perché tu non sei stato capace di fermarlo.» Scuoto la testa. «È il senso di responsabilità che provi quando qualcuno muore a consumarti.»

Leo mi fissa ancora per un momento, poi fa quello che ha imparato a fare per reagire all'orrore: si volta verso il computer e si mette al lavoro. Un minuto dopo mi chiama: «Il proprietario del sito darkhairedslut.com si è registrato con l'indirizzo di un appartamento a Woodland Hills.»

«Hai anche un nome?»

«No, purtroppo. È registrato a nome di una ditta. Probabilmente la ragazza ha costituito una azienda propria.»

«Alan, chiama la polizia della zona. Dì loro di controllare quell'appartamento. Se la donna è lì, devono apporre i sigilli e avvertirci. Nessuno deve entrare o uscire.»

«Ricevuto.»

«In questo video non era ovvio» dice James. «Almeno non per me.»

Aggrotto la fronte. «Cosa non era ovvio?»

«Che i killer erano due.»

Annuisco, sorpresa. «Hai ragione. Il fatto stesso che abbia dovuto chiederti cosa intendevi ne è la prova. Se stavolta Jack aveva compagnia, non si notava.»

«Ma c'erano tutti e due» replica James. «Lo sento.»

Annuisco di nuovo. Il treno buio continua ad andare, *ciuf, ciuf, ciuf*. James e io siamo sempre a bordo.

Mi rivolgo a Leo. «Voglio dare un'occhiata al sito di quella donna.»

«Non avrei mai creduto che qualcuno mi avrebbe ordinato di navigare tra i siti porno in ufficio» dice Callie, ironica.

«Preferisci farlo a casa da sola?»

«Molto divertente.»

È più che altro un tentativo di sollevare gli animi, ma cade nel vuoto. Quelle immagini sono ancora troppo vivide nella nostra mente.

«Eccolo» dice Leo.

Avviciniamo le sedie per vedere meglio. Lo sfondo è marrone. La donna che Jack Junior ha massacrato nel video indossa solo un tanga. Ha il culo rivolto verso di noi, in una posa pensata per eccitare, e guarda l'obiettivo da sopra la spalla con un sorriso seducente. Ha un aspetto da pornostar professionista, ma è anche viva e umana, molto diversa dal cadavere sventrato che abbiamo appena visto.

"Sono una troia dai capelli neri" dichiara un logo attraverso lo schermo. A destra della foto principale ce ne sono altre più piccole. Sono censurate, ma il messaggio è chiaro: non si tratta di un sito dedicato alle pose erotiche. Le foto ritraggono momenti di sesso orale, anale, lesbico, di gruppo. Un testo in caratteri più piccoli lo conferma: «Mi piace succhiare il cazzo e bere la sborra. Amo prenderlo nel culo, scopare con più uomini insieme e adoro leccare la figa!».

«Una ragazza versatile» commenta Callie.

«Non c'è dubbio» ribatto.

Altre scritte illustrano le sue specialità. «Live webcam», «sex party per i miei fan», riservati ai soci, naturalmente.

Leo ci conduce attraverso altre due pagine, finché arriviamo alla destinazione finale: quella dove bisogna pagare per poter andare oltre.

«E ora?» chiedo. «Non ho intenzione di usare la mia carta di credito.»

«Non credo che ne avremo bisogno» dice Leo. «Mi è venuta un'idea.»

Clicca sul link con la scritta «members entry» e appaiono i campi dove inserire il nome utente e la password.

«Scommetto che nome e password sono gli stessi che ha usato per Annie King. Rispettivamente: "jackis"e "fromhell".» Leo li scrive negli spazi appositi, clicca su «OK». Appare una pagina di benvenuto. «Voilà» dice Leo.

«Bella intuizione.»

La pagina offre un menu dei contenuti del sito. Fotografie, videoclip, live webcam show... Il link che attira subito la mia attenzione è: «Foto dei party con i miei fan».

«Chissà...» dico ad alta voce.

«Cosa, amore mio?»

«I party. Forse lui non ha resistito alla tentazione di fare sesso con lei, sapendo che presto l'avrebbe uccisa.»

«Questo avrebbe aumentato l'aspettativa e il suo senso di potere.»

È un *modus operandi* tipico dei serial killer. Seguire e spiare la vittima, progettare l'azione, sono rituali che danno loro piacere quasi come l'omicidio finale.

«Credo che la probabilità sia piuttosto alta» interviene James. «Possiamo scaricare tutte le foto, isolare le facce di tutti gli uomini e passarle a un database per il riconoscimento.» Si stringe nelle spalle. «Vale la pena di tentare.»

Chi crede che il nostro lavoro sia tutto eccitazione e inseguimenti mozzafiato, non conosce questa parte. Ci piacerebbe muoverci a passo di carica, ma siamo costretti a essere metodici. Gettiamo le nostre reti e i nostri ami, come pescatori. Cerchiamo impronte digitali. Otteniamo un mandato per la lista dei soci del sito. Passiamo le foto al database per il riconoscimento facciale. E così via. Di solito, quando le tiriamo su, le reti sono vuote. Ma noi le ributtiamo in acqua, contenti di qualsiasi preda, che sia uno squalo o un pesciolino. Qualunque cosa ci porti più vicini al killer è buona. È una corsa di tartarughe, e i progressi si misurano in centimetri, non in metri.

«Okay, procedete. Tu e Leo.» Mi rivolgo ad Alan. «Hai parlato con la polizia?»

«Sì, devo incontrarli sul posto.»

«Hai contattato anche il dottor Child?»

«Sì. All'inizio ha fatto qualche resistenza, ma è bastato un breve riassunto di ciò che abbiamo trovato oggi a far aumentare il suo interesse. Vuole una copia del rapporto entro oggi, e domattina è disposto a vederti per rispondere alle tue domande.»

«Molto bene. Callie, fatti dare il rapporto da Gene e occupati di farlo pervenire al dottor Child.»

Callie solleva il telefono e Alan si dirige verso la porta. Io vado a frugare nei cassetti della mia scrivania finché tiro fuori la rubrica. La sfoglio e trovo il numero che mi interessa.

Tommy Aguilera. Un ex agente dei Servizi Segreti, che adesso lavora come consulente privato. Ci siamo conosciuti durante un caso: il figlio di un senatore con una spiccata tendenza per la violenza sessuale e l'omicidio. Alla fine Tommy ha dovuto spararagli e, nella tempesta che ne è seguita, solo la mia testimonianza ha impedito che perdesse il lavoro. Lui mi ha ripetuto più volte che sarebbe stato a mia disposizione in qualunque momento avessi avuto bisogno di un favore.

Compongo il numero. Tommy è un tipo in gamba. Serio, con un viso che non tradisce mai nulla e la voce morbida. La sua è la calma di un serpente sicuro della propria capacità di scattare al momento giusto.

Risponde al quarto squillo. La voce è esattamente come la ricordavo.

«Ciao Tommy, sono Smoky Barrett.»

Un breve silenzio. «Smoky! Come stai?»

Quel saluto di circostanza non significa che non gli importi davvero come sto. È solo che Tommy non è un tipo da conversazioni banali. Quindi salto i convenevoli.

«Ho bisogno del tuo aiuto, Tommy.»

«Dimmi tutto.»

Gli spiego rapidamente la situazione, mettendo l'accento sul fatto che Jack Junior è stato in casa mia e sembra seguirmi dappertutto.

«C'è una forte possibilità che ti segua per mezzo di un segnalatore elettronico.»

«Sì, è una delle cose che vorrei accertare. Ma senza fargli capire che l'ho scoperto.»

«Capisco» dice Tommy. «Vuoi che ti segua.»

«Esatto.»

«Quando?»

«Prima di tutto vorrei chiederti di controllare casa e macchina per verificare la presenza di cimici elettroniche. Poi devi seguirmi. Questo potrebbe anche darci un'opportunità di beccarlo. Forse è l'unica cosa stupida che abbia fatto.» Esito un attimo. «Ah, è meglio che te lo dica: sono in due.»

«Lavorano insieme?»

«Già.»

«Quando comincio?» Semplice, senza esitazioni.

«Dovrei essere a casa stasera intorno alle undici. Possiamo vederci là?»

«Perfetto. E non preoccuparti se ti capita di tardare. Aspetterò.»

«Grazie, Tommy. Lo apprezzo davvero.»

«Finalmente mi posso sdebitare, Smoky. Ci vediamo stasera.»

Appende. Tommy è decisamente un tipo poco portato alle

chiacchiere. Aspetto che Callie finisca la sua telefonata, poi chiedo: «Allora?».

«Tutto a posto. Gene spedirà subito una copia del rapporto via corriere al dottor Child.»

«Quanto tempo ci vuole per preparare un kit da scena del crimine, Callie?»

Lei inarca le sopracciglia, sorpresa. «Dipende. Forse Gene ne ha uno già pronto. Comunque, direi una mezz'ora.»

«Scendi da lui e mettine insieme uno. Se trovano un cadavere, voglio che tu e Gene facciate personalmente il primo esame della scena, prima dell'arrivo della Scientifica della polizia. Questa è la nostra occasione di vedere una scena del delitto intatta.»

«Ci vado subito, amore mio» dice Callie, e schizza fuori. In quel momento ho una delle mie epifanie. Le mie percezioni sono tese al massimo.

«Leo, James, ascoltate» dico, eccitata. «Ditemi cosa pensate di questo.» Loro mi fissano, attenti. «Entrambe le volte, i nostri due killer hanno pagato per entrare nella zona del sito riservata ai soci. Ci siamo?»

«Sì.»

«Ed entrambe le volte hanno scelto la stessa password e lo stesso nome utente. Ora...»

Leo spalanca gli occhi. «Giusto! Forse hanno già scelto la prossima vittima, e si sono già iscritti al suo sito. Anche se non hanno usato esattamente la stessa combinazione di parole, potrebbe essere qualcosa sul tema di Jack lo Squartatore.»

Sorrido. «Esatto. Non credo ci siano molte aziende che si occupino di processare i dati di accesso per i siti porno.»

«Infatti. Saranno una dozzina al massimo.»

«Dobbiamo contattarle tutte. James, pensateci voi due. Chiedetegli di cercare nei loro database la nostra combinazione di nome utente e password e tutte le varianti che riuscite a pensare. Poi ci occuperemo di abbinare la password a un sito web. Sto parlando di buttare la gente giù dal letto.»

James mi rivolge uno sguardo di ammirazione, ovviamente a denti stretti. «Molto competente.»

«Per questo sono io il capo e guadagno tanto più di voi.»

La sua rinuncia a una risposta pungente equivale a un complimento.

Alan mi chiama al cellulare. «Abbiamo la scena del delitto, Smoky» dice.

«Chi è l'ispettore che se ne occupa?»

«Barry Franklin. È qui accanto a me e vuole parlarti.»

«Passamelo pure.»

Due secondi dopo sento la voce di Barry. Non è affatto contento. «Smoky. Che cos'è questa storia di negarci l'accesso alla scena del delitto?»

«Non si tratta affatto di questo, Barry. È solo la nostra prima occasione di vedere per primi un luogo dove il nostro killer ha operato. Non ho bisogno di spiegarti il motivo, giusto?»

Un silenzio, seguito da un sospiro. «Va bene. Posso entrare con i tuoi uomini, almeno? Sai che non combino casini.»

«Ma certo, Barry. Ci mancherebbe. Puoi ripassarmi Alan?»

«Eccolo.»

«Allora, tutto a posto?» mi chiede Alan.

«Sì. Io, Callie e Gene partiamo tra cinque minuti. Ci vediamo lì.»

«Abbiamo il nome della vittima, Smoky. Charlotte Ross.»

«Grazie.» Chiudo la comunicazione.

Charlotte Ross. Donna promiscua e dalla dubbia moralità.

Ma certamente immeritevole, per questo, di essere torturata, violentata e uccisa.

E in ogni modo so che non è per difesa della morale che Jack e il suo amico fanno quello che fanno. Questa forse è l'idea che usano per giustificarsi.

Ma la vera ragione è che loro si nutrono di urla e lacrime.

Capitolo 38

L'ora di punta è già passata, perciò non ci mettiamo molto ad arrivare a Woodland Hills. Quello di Charlotte Ross è un piccolo condominio a un solo piano. Niente di prestigioso, ma carino. In tono con il quartiere.

Scendiamo dall'auto e ci dirigiamo verso la porta, dove ci attende Alan.

«Dov'è Barry?» chiedo.

«Ancora dentro.»

«Tu hai dato un'occhiata?»

«No, sapevo che avresti voluto essere tu la prima.»

Anni di lavoro insieme creano questo tipo di simbiosi.

Infilo la testa dentro e chiamo Barry. Lui esce da una stanza e mi raggiunge sotto il portico.

«Grazie a Dio» dice, infilando una mano nella tasca interna della giacca. «Avevo proprio bisogno di una scusa per uscire a fumare una sigaretta.» Tira fuori il pacchetto e se ne accende una, con espressione beata. «Ne vuoi?»

«No, grazie.» La voglia di fumare è scomparsa del tutto, in quell'arco di tempo tracciato fra l'istante in cui ho saputo la verità su Alexa e quello in cui ho ripreso in mano la pistola.

Sono felice che sia Barry a occuparsi di questo caso. Lo conosco da quasi dieci anni. Basso, un po' gonfio e con una calvizie pronunciata, occhiali e faccia da buon vicino di casa. Ciò nonostante, esce sempre con donne belle e più giovani di lui. Trasmette la sensazione di essere più grande del corpo che gli è toccato in sorte, ed è sicuro di sé senza essere arrogante. Molte donne trovano irresistibile una tale combinazione di sicurezza e buon cuore. A parte questo, Barry è un ottimo poliziotto. Se lavorasse per l'FBI, l'avrei già richiesto per la mia squadra.

«Non vedi l'ora di entrare?» chiede.

«Dimmi prima quello che hai visto tu.»

Barry annuisce e comincia a parlare. Con la sua memoria fotografica, non ha bisogno di consultare appunti. «La vittima è Charlotte Ross, ventiquattro anni. È stata trovata legata al letto, già deceduta e aperta dallo sterno al bacino. Gli organi interni sembrano essere stati asportati, messi in borse di plastica e sistemati accanto al corpo. Lividi enormi su braccia e gambe, soprattutto su gomiti e ginocchia. Molte ossa rotte. Dalle contusioni direi che l'ha picchiata con un oggetto contundente.»

«Già, con una mazza da baseball.»

Barry inarca le sopracciglia. «Come lo sai?»

«Mi ha spedito il video dell'omicidio. Questa è la sua seconda vittima. O meglio, la seconda di cui siamo venuti a sapere.»

«A prima vista direi che la morte risale ad almeno tre giorni fa. Il cadavere è in stato di putrefazione avanzata.»

«I tempi tornano con quello che sappiamo noi.»

Barry aspira una lunga boccata. Mi guarda pensoso. «Allora, di cosa si tratta, Smoky?»

«Sempre della stessa cosa, Barry. Di uno psicotico che gode nel causare dolore e terrore.» Mi massaggio gli occhi. Sono stanca. «Sceglie le sue vittime tra donne che gestiscono siti porno su Internet...» Esito un attimo prima di continuare. «Barry, questo deve restare tra noi. La stampa non deve saperne nulla.»

«Non c'è problema.»

«Innanzitutto, non si tratta di un uomo solo, ma di due. Crediamo che uno dei due sia la personalità dominante. Inoltre sono ossessionati da me e dalla mia squadra. La prima vittima è stata una mia vecchia compagna di scuola. La mia migliore amica. E loro lo sapevano.»

Il viso di Barry si fa triste. «Ah, merda, Smoky.»
«Quello che hai descritto sembra essere il loro *modus operandi*. Alla mia amica hanno tagliato la gola, mentre qui è diverso, ma l'asportazione degli organi interni è la loro firma. Quello che secondo noi è l'elemento dominante del duo sostiene di essere un discendente di Jack lo Squartatore.»
«Deve essere una cazzata» dice Barry, con un'espressione disgustata.
«Infatti. E ne abbiamo anche le prove.»
«Allora, cosa vuoi fare adesso?»
«Voglio entrare e restare un po' da sola. Poi entreranno Gene e Callie per una ricerca iniziale. Quindi il vostro laboratorio potrà processare tutti i dati. Ho solo bisogno che facciano in fretta, e che mi trasmettano una copia dei risultati.»
«Okay.» Barry va a spegnere la sigaretta in strada, per non inquinare la scena del delitto. Torna indietro e dice: «Vuoi vederla adesso?».
«Sì.» Mi rivolgo ai miei uomini. «Alan, va' a casa da tua moglie. Non c'è motivo perché resti qui.»
Lui esita un attimo, poi annuisce. «Grazie.» Gira sui tacchi e si allontana.
«Callie, ci metterò una ventina di minuti. Mezz'ora al massimo. Appena ho finito potete entrare.»
«Non c'è problema, amore mio. Resta pure tutto il tempo che vuoi.»
Mi avvicino alla porta e resto un attimo in ascolto. Un attimo dopo lo sento: *ciuf, ciuf, ciuf.* Il freddo mi scivola addosso, e in un campo aperto senza vento si avvicina il treno buio. Mi preparo a salire a bordo.
Entro in casa. L'interno non è elegante, ma è semplice e pulito. Mi faccio l'idea di una donna che ha cercato di farsi strada, poi ha smesso di fingere. La delusione non era ancora un modo di vita, ma stava per diventarlo.
L'odore di morte permea le stanze. Niente profumo, qui. Solo un odore crudo di omicidio. L'odore dell'anima di Jack Junior.
A destra del soggiorno c'è la cucina. Una portafinestra scor-

revole conduce nel giardino posteriore. Vado a controllare il catenaccio. Standard, poco efficiente. Ma intatto.

«Hai bussato di nuovo, vero?» mormoro. «Tu e il tuo amichetto. Lui forse si è nascosto di lato, mentre tu stavi davanti alla porta. Pronto a irrompere in casa all'improvviso.»

Mi viene in mente che la loro scelta di orari con Annie, le sette di sera, forse non era solo dovuta al gusto della sfida. È l'ora in cui la gente torna a casa dal lavoro, e non ne vuole sapere più nulla del mondo esterno.

«È questo che avete fatto, anche qui? Siete arrivati verso le sette, sorridenti, con le mani in tasca, e avete suonato alla porta?»

Sento la loro arroganza. È una sensazione forte. *Ciuf, ciuf, ciuf.*

È sera. Parcheggiano davanti a casa della puttana. Perché no? Non c'è nulla di strano nel fermarsi vicino al marciapiede. Scendono, si guardano intorno. Non c'è silenzio, ma è tutto tranquillo. È il crepuscolo, c'è vita e movimento dietro i muri delle case. Formiche in un formicaio.

Si avvicinano alla porta. Sanno che la loro preda è in casa. Sanno tutto quello che c'è da sapere. Una rapida occhiata per assicurarsi che nessuno li stia osservando, poi lui suona. Un attimo dopo lei apre la porta...

E poi? Nell'ingresso non ho visto della posta caduta a terra, né segni di lotta. Ma sento di nuovo quell'arroganza.

Hanno fatto la cosa più semplice: sono entrati, spingendola indietro, e hanno chiuso la porta. Sapevano che non li avrebbe fermati. Quasi nessuno come prima reazione cerca di opporsi alla spinta. Cerchiamo sempre un motivo, una spiegazione per quello che accade. E il cacciatore approfitta di quel momento di esitazione.

Ma forse lei ha reagito. Forse ha aperto la bocca per gridare mentre chiudevano la porta. Loro però erano preparati. Come? Con un coltello. No. Niente bambini da prendere in ostaggio, stavolta. Avevano bisogno di una minaccia più immediata. Una pistola? Sì. Non c'è nulla come il buco nero della canna di una pistola per ottenere silenzio.

«Sta' zitta o ti uccido» dice uno dei due. Tono calmo, pratico. Credibile. Lei capisce che la minaccia non è vana. Quello è un uomo capace di spararle e poi sbadigliare.

Entro in camera da letto. La puzza qui è più forte. Riconosco la stanza dal video. Decorata in morbidi toni di rosa. Parla di giovinezza, di una felicità che non si pone troppe domande.

In mezzo a quella morbidezza, la cosa più dura.

Lei. Morta e in putrefazione, ancora legata al letto.

È morta con gli occhi aperti. Anche le gambe sono aperte. L'hanno lasciata così apposta, lo so: per vantarsi con noi. "L'abbiamo avuta" sembrano dire, "e ora non esiste più. Una puttana senza nessun valore."

Le borse sono sistemate vicino al letto. Mentre il corpo è una scena di violenza, caos e depravazione, le borse sono il contrario: l'una accanto all'altra in linea retta. Ben ordinate. Anche questa è una vanteria. "Guarda come siamo abili." O forse rappresentano un linguaggio che solo loro capiscono, pittogrammi insanguinati che noi non riusciamo a decifrare.

Tutto parla di un rituale preciso. "Questo è ciò che avrebbe fatto Jack lo Squartatore" pensano, perciò lo fanno anche loro. Sono intrigata dalla loro intensa concentrazione. *Lei* rappresentava il fulcro della loro attenzione. Solo lei. Nient'altro nella stanza è stato toccato o danneggiato. Il loro bisogno di possesso non si estende all'ambiente. Gli basta la donna.

Entro nella stanza e mi guardo intorno. Libri, dappertutto. Usati e sistemati a caso. Non un semplice elemento decorativo. Charlotte Ross era una lettrice. Do un'occhiata ai titoli, e provo una fitta di amarezza, venata di ironia. Sono quasi tutti thriller, e molti parlano di serial killer.

Rivolgo l'attenzione al letto. Noto i vestiti della donna ammucchiati sul pavimento. Mi avvicino, chinandomi a esaminarli senza toccare nulla. La chiusura del reggiseno è strappata, così come le mutandine. Non se le è tolte da sola. Fisso quel viso congelato in un urlo eterno. «Hai lottato, Charlotte?» le chiedo. «Quando ti hanno ordinato di toglierti reggiseno e mutandine, li hai mandati a cagare?»

È in piedi accanto al letto, con indosso solo la biancheria intima, scossa da scariche di adrenalina.

Uno di loro la minaccia con la pistola. «Togliti tutto» ordina. «Subito.»

Lei li guarda entrambi e, al contrario di Annie, capisce.

Vede quegli occhi vuoti.

Sa di essere perduta.

«Vaffanculo! Vaffanculo!» strilla, e attacca l'uomo con la pistola a calci e pugni, gridando: «Aiuto! Aiuto!».

Guardo con attenzione. Ci sono lividi su tutto il viso, intorno agli occhi. Prodotti prima o dopo averla legata al letto? Non lo saprò mai per certo. Decido che è stato prima, perché mi piace pensare che lei abbia reagito.

Lui è furioso. Quella troia ha osato toccarlo. Per un attimo ha anche paura. Bisogna farla smettere di urlare. Le dà un pugno nello stomaco.

«Bloccale le braccia dietro la schiena» dice con rabbia al suo complice.

Lei sta ancora cercando di riprendere fiato, mentre l'altro esegue l'ordine.

«Devi imparare a obbedire, troia» dice quello con la pistola. La colpisce in faccia con la mano aperta. Una volta, due, tre. La testa della donna scatta di qua e di là. Lui le strappa il reggiseno, con quella forza brutale che hanno solo i pazzi. Poi le strappa di dosso anche le mutandine. Lei cerca di urlare di nuovo, ma un pugno al plesso solare e un paio di fortissimi manrovesci la fanno tacere. La donna ora è nuda, confusa, con gli occhi pieni di lacrime e un ronzio nelle orecchie. Le cedono le gambe.

È di nuovo sotto controllo.

Questo lo calma.

A questo punto deve averla imbavagliata. Osservo le mani e i piedi, noto le manette. La mano sinistra attira la mia attenzione. Charlotte aveva le unghie finte. Quella sul mignolo sinistro non c'è più. Tutte le altre sono a posto. Resto lì a mordermi il labbro e a pensare.

Mi viene un'idea. Corro fuori, sotto il portico.

«Hai una torcia elettrica?» chiedo a Barry.

«Certo» risponde, allungandomi una piccola Mag-Lite.

Torno accanto a Charlotte, mi inginocchio e guardo sotto il letto con la torcia.

Eccola.

Un'unghia finta solitaria sulla moquette. Sulla punta mi sembra di vedere una gocciolina di sangue.

Mi alzo in piedi, guardo Charlotte. Quell'unghia mi fa stare male. È un'ultima sfida, un ultimo vaffanculo dalla tomba.

Altri potrebbero pensare che sia stato un incidente. Io scelgo di pensarla in modo diverso. Lei amava leggere libri che parlavano di serial killer, era affascinata dal mistero, dall'omicidio e dall'inchiesta. Doveva essere un tipo combattivo, e sapeva che sarebbe morta.

«Ammanetta la puttana al letto» dice quello con la pistola.

L'altro la spinge giù, le afferra i polsi, e...

«Ahi! Brutta troia!» strilla. «Questa vacca mi ha graffiato!»

«Allora sbrigati a immobilizzarla, cazzo.»

Il complice le dà un altro pugno nello stomaco, spinge un polso contro la testiera, fa scattare le manette. Poi fa la stessa cosa con l'altro braccio.

Forse lei ha approfittato del momento in cui le ammanettava le caviglie. Forse ci ha messo più tempo. Forse è stata una cosa su cui si è concentrata durante il terrore, la tortura, la violenza. Posso quasi vederla.

Tutto è dolore, paura e una nebbia rossa. La uccideranno, lo sa. A causa delle sue letture, sa anche del DNA. E sa cosa c'è sotto la sua unghia finta.

La spinge con il pollice. Spinge ancora, più forte, ancora più forte, pregando che loro non notino cosa sta facendo, finché...

Tac. Si stacca. Non la sente cadere sulla moquette, ma una parte di lei soffre per questo distacco. L'unghia sopravviverà, in qualche modo. Lei no.

Fissa l'uomo con la pistola, e riceve un sorriso in risposta.

Chiude gli occhi e comincia a piangere. Pensa alla sua unghia.

Sa che non la rivedrà mai più.

Mi sento come se un vento freddo mi fosse entrato nell'anima. Guardo Charlotte.

«L'ho trovata» sussurro. «Grazie di averla lasciata per me.»

«Sempre la solita porcheria» borbotta Barry. «Eppure non riesco ad abituarmici.»

Lo guardo. «Probabilmente è una buona cosa, Barry.»

Lui mi fissa, colpito. Poi sorride appena. «Già.»

Callie e Gene si stanno preparando a entrare. Ho detto a tutti dell'unghia.

«Non ci metteranno molto, Barry, perciò chiama la tua Scientifica e digli di venire in fretta. Stagli addosso, e fammi avere il loro rapporto, per favore. Sono abbastanza sicura che gli assassini siano gente di qui. Se è possibile, farò in modo che ci sia anche tu, quando li prenderemo.»

Barry scuote la testa. «Apprezzo il pensiero, Smoky, ma non preoccuparti. Questo è uno di quei casi dove non importa chi li prende. Basta che qualcuno lo faccia.»

«Allora cosa ne dici di mantenerci informati a vicenda?»

«Per me va bene.»

«Cosa vuoi che facciamo esattamente, lì dentro?»

Gene ha sul viso un'espressione mista di esasperazione ed eccitazione. È la prima volta da molto tempo che esce sul campo, ma lo irrita il fatto che la scena non sia interamente "sua".

«Voglio tutti i risultati immediati possibili, che possano darci un'indicazione su come beccare il nostro uomo. La Scientifica della polizia di Los Angeles è competente. Faranno loro il lavoro pesante. Voi dovete limitarvi a una ricognizione di superficie e capire se c'è qualcosa che può servirci subito.»

«Vuoi che preleviamo l'unghia?»

Esito un attimo. «Questo ci garantirebbe un esame del DNA più rapido?»

«Sì.»

«Allora prendetela. Ma dovete restare qui fino all'arrivo della Scientifica e aspettare che l'abbiano catalogata. Altrimenti un'eventuale condanna del killer potrebbe essere invalidata dal fatto che abbiamo manipolato la catena indiziaria.»

«Preferisci la macchina fotografica o gli ultravioletti?» chiede Gene a Callie.

«La macchina fotografica, grazie.»

Callie fotograferà la scena, in particolare tutto ciò che hanno intenzione di toccare o spostare. Gene userà l'apparecchio agli ultravioletti, che è una versione più piccola di quello usato da Callie nell'appartamento di Annie. Aiuterà a localizzare eventuali tracce di sangue, sperma e altri fluidi, oltre a capelli e fibre.

«Andiamo.»

Entrano in casa e io li seguo. È il mio turno di essere ignorata, mentre loro eseguono una danza a due non dissimile da quella che facciamo io e James.

Callie annusa l'aria. «Cosa dici, amore mio? Saranno circa tre giorni che è morta?»

«Più o meno.»

Callie scatta alcune foto del corpo e delle borse di plastica. Gene passa gli ultravioletti sulle borse. «Nessuna impronta.» Si rivolge a me. «Naturalmente questo non è un esame approfondito.»

Passano al cadavere. Callie scatta, Gene esamina la mano destra di Charlotte. «Vedi la zona dell'unghia mancante?»

Callie risponde scattando una serie di foto.

«L'unghia è sulla moquette» dico. «Tra il letto e il muro.» Callie si inginocchia e scatta alcune foto dell'unghia. «Sembra che ci siano sopra tracce di sangue e di tessuto, Gene.»

Lui si inginocchia e passa il raggio sotto il letto. «Ci sono molte particelle, qui sotto. Non voglio rimuovere nulla, a parte l'unghia...» Passa l'emettitore a Callie e tira fuori di tasca un paio di pinzette e una bustina di plastica. Si abbassa di nuovo, cercando di toccare la più piccola porzione possibile di moquette, e preleva l'unghia. Poi si raddrizza, sollevando la bustina. «Potrebbe esserci del DNA, qui.»

«Quanto ci vuole?» chiedo.

Gene scrolla le spalle. «Ventiquattr'ore.» Faccio per protestare, ma mi ferma con un gesto. «È un tempo brevissimo, il più breve possibile. Ventiquattr'ore. Punto.»

Sospiro. «Va bene.»

Gene riprende l'emettitore dalle mani di Callie e si dedica a esaminare Charlotte, passandolo sul collo, sulla cavità toracica aperta, sulle gambe. Si alza. «Non vedo evidenza immediata di liquido seminale. C'è sangue dappertutto, ovviamente. Non è possibile trarre nessuna conclusione a occhio nudo.»

Callie scatta qualche altra foto.

«Credo che la pista migliore, nonché la più immediata, sia quella del DNA che forse è presente sull'unghia» dice Gene, rivolto a me. «Poiché sembra esserci stata una lotta, dirò alla Scientifica di fare ancora più attenzione del solito, soprattutto con il reggiseno e le mutandine.»

«Questo è tutto?»

«Per il momento, amore mio» risponde Callie. «Ma l'unghia mi sembra un bel passo avanti, non credi?»

«Certo, certo.» Guardo l'orologio. Sono quasi le undici. «Devo andare a casa. Ho un appuntamento con l'esperto della sicurezza. Voi due restate qui e aspettate la Scientifica. Gene, *per favore*, fai tutto il possibile per quel DNA.»

«Puoi starne certa.»

Gene si volta a guardare Charlotte, che sta ancora gridando.

Capitolo 39

«Come sta?» chiedo, con voce stanca.

«Bene. Si è svegliata nel pomeriggio, abbiamo guardato un po' di tivù insieme. Tu mi sembri esausta, non credo sia il caso di svegliarla ora.»

La solita empatia di Elaina. Mi sento in colpa, ma non abbastanza da rifiutare l'offerta.

«Grazie. Prometto che non diventerà un'abitudine. Dille che domattina la chiamerò.»

«Va' a dormire, Smoky.»

Mentre guido, mi chiedo se avrei lasciato Alexa con Elaina, in circostanze simili. Allontano quel pensiero, lo spingo in un cassetto, lo chiudo a chiave e vendo la casa dove si trova quel cassetto.

Arrivo appena dopo le undici. Dio, oggi è stata una maratona.

Tommy è già qui. Non mi sorprende. La puntualità è un suo tratto caratteristico.

Scende dalla macchina, si avvicina e mi fa cenno di abbassare il finestrino.

«Mettila in garage» dice. «Forse ti stanno spiando. Una volta in garage non dire nulla finché non ho controllato l'auto.»

«Okay.»

Apro il garage con il telecomando ed entro. Tommy mi segue, con uno zaino sulle spalle. Spengo il motore e scendo.

Lo osservo in silenzio mentre mi passa addosso un rilevatore di frequenze che arriva fino a quattro gigahertz. Non si affretta. È lento, metodico e completamente concentrato. Ci mette una decina di minuti. Una volta finito, passa all'ispezione fisica. Il rilevatore non è abbastanza, le cimici bisogna anche cercarle.

Lo guardo mentre lavora. Non lo vedevo da anni. È in ottima forma, come sempre. Tommy ha origini latine: capelli neri e ondulati, occhi scuri, e una piccola cicatrice sulla tempia sinistra che in qualche modo lo rende ancora più attraente. I suoi lineamenti sono duri eppure fini. Sembra una versione maschile di Callie. Ma non ha il suo stesso umorismo. Ciò che lo definisce meglio è il suo aspetto sicuro e silenzioso. Quando ti ascolta non si innervosisce, non tamburella con le dita sul tavolo, non mostra nessuna impazienza. Ma non è neppure rigido. Al contrario, appare rilassato. Tutto il movimento è nei suoi occhi. Sempre intenti, interessati, vivaci. Immagino che sia un retaggio del suo passato di agente segreto. La capacità di osservare senza necessariamente intervenire è un tratto tipico di quel mestiere.

Non è un tipo che parla molto di sé. So che non è mai stato sposato, ma ignoro quante donne abbia avuto. Non so perché abbia lasciato i Servizi. Sembra quasi che siano stati loro a lasciare lui. Quando ho controllato il suo background, non è venuto fuori nulla, e non mi è sembrato giusto ficcare il naso più del dovuto. Le cose che ho bisogno di sapere le so già: Tommy è in gamba nel suo lavoro, ha una sorella a cui vuole un gran bene e una madre a cui dà tutto l'aiuto possibile. Sono dati che rivelano molto sul carattere di una persona. Ma non posso evitare di pormi domande su ciò che non so.

La sua voce mi strappa dai miei pensieri. «Niente microfoni o segnalatori su di te. Non credo sia necessario cercarli anche dentro il garage. Non è un posto dove trascorri molto tempo, immagino.»

«Già.»

«Questa è l'auto che hai sempre guidato?»

«Sì.»

Tommy si stende sulla schiena, e passa il rilevatore sotto la macchina, da cima a fondo.

«Trovato. Molto professionale. Un segnalatore GPS in tempo reale, ultimo modello.» Esce da sotto l'auto. «Con il software giusto, possono seguire tutti i tuoi spostamenti su un computer portatile. Presumo che per il momento tu voglia lasciarlo lì, vero?»

«Esatto. Non voglio fargli capire che lo abbiamo trovato. Così mentre mi segui forse riuscirai a individuare uno di loro.»

«Perfetto. E sono entrati anche in casa, mi hai detto?»

«Sì. Ho già fatto cambiare la serratura.»

«Ma potrebbero aver sistemato delle cimici prima di allora. Vuoi che le cerchi? Ci vorrà qualche ora.»

«Se ce ne sono, voglio saperlo. Ma voglio anche lasciarle al loro posto.»

Tommy solleva lo zaino. «Entriamo, mi metto subito al lavoro.»

Prima di tutto controlla il mio cellulare. Poi, mentre lui continua la caccia alle cimici, io telefono ai membri della squadra.

«Come andiamo con la ricerca di password e nome utente, James?»

«Ci metteremo tutta la notte. Stiamo ancora cercando di rintracciare i proprietari di alcune aziende.»

«Andate avanti così.»

James appende senza replicare. Il solito stronzo.

Callie è in laboratorio con Gene, che sta cercando di mantenere la parola sull'esame del DNA.

«Sta chiedendo la restituzione di qualche favore, Smoky. Ha già buttato giù dal letto un po' di gente. È molto determinato.»

«Non lo biasimo affatto.»

«Neppure io. Non mi interessa che lavoro facesse quella povera ragazza, amore mio. Lui le ha tolto ogni opportunità di cambiare.»

«Lo so, Callie. Per questo dobbiamo prenderlo. Va' avanti e cerca di dormire un po', se ci riesci.»

«Anche tu, Smoky.»

Chiamo Alan per ultimo. Gli comunico che Bonnie dorme da loro, stasera.

«Certo, non c'è problema.» Fa una pausa. «La prossima settimana Elaina inizia la chemio.»

Il nodo alla gola ormai sta diventando una sensazione familiare. «Andrà tutto bene, Alan.»

«Il bicchiere mezzo pieno, eh?»

«Già.»

«Buonanotte.» Riattacca. Io resto a fissare il telefono.

Tommy continua a muoversi per casa. Tutto è vuoto e silenzio. Mi manca già Bonnie. Le circostanze che l'hanno portata qui sono terribili, e mi dispiace davvero tanto per tutto ciò che ha dovuto sopportare. Ma il fatto è che ora mi manca. La sua assenza produce echi dentro di me.

Brucio dalla voglia di concludere questo caso, e non solo per le solite ragioni. Non solo per liberare le strade da Jack Junior e dalla sua pazzia. Ma anche per poter dare a Bonnie una vera casa. Penso al futuro, una cosa che non mi capitava più dal giorno in cui ho ucciso Joseph Sands.

I passi di Tommy risuonano al piano di sopra. Accendo la tivù in soggiorno e cerco un programma da guardare nell'attesa.

Ho dodici anni, ed è estate. Un'estate splendida. Mio padre è ancora vivo, e non immagino che sarà morto prima che io compia ventun anni. Siamo sulla spiaggia di Zuma, seduti sulla sabbia. Gocce d'acqua fredda dell'oceano evaporano sulla mia pelle. Sento il sapore del sale sulle labbra. Sono giovanissima, sono al mare e mio padre mi vuole bene.

Un momento perfetto.

Lui guarda il cielo. Lo vedo sorridere e scuotere la testa. "Cosa c'è, papà?"

"Pensavo ai diversi tipi di sole, tesoro. Ogni posto ha il suo sole, non lo sapevi?"

"Davvero?"

"Eh, sì. C'è il sole del Kansas, sui campi di grano. Quello di Bangor, nel Maine, che sbircia da dietro le nuvole, illuminando un cielo grigio. C'è il sole dorato della Florida... Il mio preferito è il sole della California. Secco, caldo, nel cielo blu senza nuvole. Come oggi. È un sole che dice che tutto ricomincia, che qualcosa di eccitante sta per accadere." Torna ad alzare la testa verso il cielo. Chiude gli occhi e lascia che il sole della California gli inondi il viso, mentre la brezza gli scompiglia i capelli. Per la prima volta penso che mio padre è bello.

All'epoca non capii bene cosa mi stesse dicendo, ma non importava. La cosa principale era che stava condividendo qualcosa con me perché mi voleva bene.

Ogni volta che penso a mio padre e cerco di ricordare com'era, penso a quel momento.

Mio padre era una persona stupefacente. Mamma è morta quando io avevo dieci anni. Per lui è stato un colpo durissimo, ma non si è lasciato spezzare. Non mi ha lasciata a me stessa, mentre si macerava nel suo dolore. L'unica cosa di cui non ho mai dubitato, era che mio padre mi volesse bene.

Mi sveglio sentendo una mano sulla spalla, e scatto puntando la pistola mentre sto ancora aprendo gli occhi. Ci metto un paio di secondi a capire che si tratta di Tommy. Non sembra allarmato. Se ne sta lì con le mani lungo i fianchi. Abbasso la pistola.

«Scusa» dice.

«No, scusami tu, Tommy.»

«Ho finito. Ho trovato solo un microfono nel telefono. Credo dipenda dal fatto che vivi sola. A meno che non parli con i muri, il telefono è l'unica cosa che vale la pena di ascoltare.»

«Quindi ci sono cimici solo nel telefono e nell'auto.»

«Esatto. La mia proposta è questa: mi fermo a dormire qui sul divano, e domani quando esci ti seguirò.»

«Sei certo di voler dormire qui?»

«Sei il mio datore di lavoro, ora, Smoky. Il mio compito è proteggerti ventiquattr'ore al giorno.»

«Mentirei se dicessi che non mi fa piacere. Grazie.»

«Di niente. Sai che ti devo molto.»

Lo fisso a lungo. «Tommy, non mi devi nulla. Sul serio. Ho fatto solo il mio lavoro.»

«Mi sei stata vicina in un brutto momento, Smoky. Sei libera di pensare che non ti devo nulla, ma io sono libero di pensare il contrario.» Resta un attimo in silenzio. «Avrei tanto voluto essere qui, il giorno in cui è venuto Sands.»

Sorrido amara. «L'avrei voluto anch'io.»

Tommy annuisce. «Ora sono qui. Va' a riposare, non hai nulla di cui preoccuparti.» Mi fissa, i suoi occhi sono diventati pietra e ghiaccio. «Chiunque voglia farti del male dovrà passare sul mio cadavere.»

Lo guardo intensamente, forse per la prima volta. Penso al sogno di mio padre, a tutto ciò che è successo e che potrebbe succedere. Mi perdo in quegli occhi scuri.

«Cosa c'è, Smoky?» mi chiede, con la sua voce morbida.

Invece di rispondere, faccio una cosa assurda. Mi alzo e lo bacio sulla bocca. Lo sento irrigidirsi. Mi spinge via.

«Sono davvero così brutta, Tommy?» chiedo, incapace di guardarlo negli occhi.

Segue un lungo silenzio. Poi mi alza il mento con una mano. Resisto. Non voglio vedere la repulsione sul suo viso.

«Guardami» dice Tommy.

Lo guardo, e ciò che vedo non è repulsione, ma tenerezza. Venata di rabbia.

«Non sei affatto brutta, Smoky. Ti ho sempre considerata sexy. Ora hai bisogno di qualcuno, lo capisco. Ma questo non ci porterebbe da nessuna parte.»

Sento la sincerità nella sua voce. «E se a me non importasse? Penseresti male di me?» chiedo.

«No. Ma non è questo il problema.»

«E allora qual è?»
Tommy allarga le braccia. «Ho paura che sia tu a pensare male di me.»
Quelle parole mi fanno pensare. E mi fanno bene. Mi avvicino di nuovo a lui. «Sei buono, Tommy. Mi fido di te. E non m'importa se questo ci porterà da qualche parte oppure no.» Gli accarezzo il viso. «Ho sofferto molto e mi sento sola, è vero. Ma non è questo il motivo. Voglio solo che un uomo mi desideri. Nient'altro. È sbagliato, secondo te?»
Mi fissa. Il suo sguardo non rivela nulla. Poi mi prende il viso tra le mani, posa le labbra sulle mie. Sono dure e morbide allo stesso tempo. La sua lingua mi scivola in bocca e la mia reazione è istantanea. Mi incollo a lui con tutto il corpo, sento la sua erezione sotto i pantaloni. Lui si stacca, gli occhi semichiusi dal piacere. È sexy in un modo pazzesco.
«Di sopra va bene?»
Forse, se non me lo avesse chiesto, se avesse semplicemente cercato di portarmi nel letto che finora ho condiviso solo con Matt, mi sarei opposta. Una parte di me si oppone anche ora.
«Sì» rispondo.
Lui mi solleva tra le braccia, e mi porta di sopra senza nessuno sforzo apparente. Gli appoggio la testa sul collo, sento il suo odore di maschio. Il mio desiderio si fa più intenso. Mi è mancato, quell'odore. Voglio sentire un altro corpo contro il mio. Voglio non essere sola.
Voglio sentirmi bella.
In camera, Tommy mi adagia sul letto e comincia a spogliarsi. Lo guardo. È uno spettacolo che vale la pena. Ha un corpo atletico senza essere ipertrofico, un corpo da ballerino. Ha i peli sul petto, non troppi, la quantità giusta per essere sexy. Quando si toglie i pantaloni e i boxer trattengo il fiato. Non alla vista del suo uccello, anche se non mi sfugge affatto. Trattengo il fiato alla vista di un uomo nudo davanti a me, dopo tanto tempo. Sento un'onda di energia che mi attraversa, ruggente, diretta verso una riva interiore.

Si avvicina, si siede sul letto e comincia a sbottonarmi la camicetta. I dubbi mi assalgono di nuovo. «Tommy, io... Le cicatrici non sono soltanto sul viso...»

«Shhh» mi dice, senza smettere di lavorare sui bottoni. Ha le mani forti. Callose in alcuni punti, morbide in altri. Tenere e dure, come lui.

Apre la camicetta, mi tira a sedere per sfilarmela. Poi mi toglie il reggiseno. Mi guarda, e il mio timore scompare. Non c'è repulsione o pietà, nel suo sguardo. Solo quella specie di reverenza che a volte hanno gli uomini, quando ti vedono nuda. Come a voler dire: "Davvero? È tutto per me?".

Tommy si china e mi bacia di nuovo. Sento il suo petto contro il mio. I miei capezzoli si induriscono, trasmettendomi esplosioni di sensazioni. Tommy mi bacia il mento, poi scende sul collo.

Quando mi prende un capezzolo in bocca, mi inarco e lancio un grido. Cristo, è così che si diventa dopo mesi senza sesso? Gli prendo la testa tra le mani e comincio a dire cose insensate. Lui continua a baciarmi, passando da un capezzolo all'altro, strappandomi gemiti e grugniti. Intanto mi slaccia i pantaloni. Si solleva in ginocchio per togliermeli, insieme alle mutandine, e poi resta un attimo a contemplarmi, con i miei pantaloni appallottolati in mano. Il suo è uno sguardo di puro desiderio.

Sono nuda di fronte a un uomo affascinante, e vedo che mi desidera con tutto se stesso. Malgrado le cicatrici. Mi salgono le lacrime agli occhi.

Tommy si preoccupa. «Tutto bene?»

«Certo» dico, sorridendo tra le lacrime. «Sono felice. Mi fai sentire sexy.»

«Tu *sei* sexy, Smoky.» Accarezza con un dito le mie cicatrici, dal viso fino alla pancia. «Credi che questi segni ti rendano brutta?» Scuote la testa. «Mostrano carattere, forza. Mostrano che sei una combattente, che non ti arrendi mai, fino alla morte.» La sua mano torna sul mio viso. «Non sono difetti, Smoky. Sono una prova di quello che sei sempre stata.»

Allungo le braccia e lo tiro su di me.

«Fammi sentire che lo pensi davvero. Fammelo sentire per tutta la notte.»

Mi prende in parola. Andiamo avanti per ore, tra luce e tenebra, in un'alternanza quasi insopportabile di emozioni e sensazioni. Sono insaziabile, continuo a chiedere. E lui continua a dare, fino al momento in cui il mondo si contrae in un punto, per poi esplodere in un orgasmo che mi fa urlare a squarciagola.

«Da spaccare le finestre» diceva Matt.

Il dolore più dolce è l'assenza di senso di colpa. So che Matt mi vede, ed è contento. Lo sento che mi sussurra all'orecchio: "Sei ancora nel mondo dei vivi. Quindi continua a vivere".

Mi addormento sapendo che stanotte non sognerò. I miei sogni torneranno, lo so, ma intanto il passato e il presente stanno imparando a convivere. Finora il presente ha odiato il passato, e il passato era nemico del futuro. Forse, presto, il passato tornerà a essere semplicemente il passato.

Il sonno mi reclama, e non è una fuga, ma un conforto.

Capitolo 40

Al mattino mi sveglio, sazia e dolorante. Tommy non c'è, ma lo sento muoversi al pianterreno. Mi stiro, tendendo ogni muscolo, poi mi alzo dal letto.

Mi faccio una doccia, che mi rimette in sesto ma mi sciacqua via l'odore di Tommy dalla pelle. Una bella scopata è come una maratona, e alla fine una doccia è molto più soddisfacente se prima hai sudato come si deve.

Mi vesto, scendo e trovo Tommy in cucina.

Ha lo stesso aspetto di ieri sera, senza neppure una spiegazzatura sul vestito. Ha fatto il caffè, e me ne porge una tazza.

«Grazie» dico.

«Devi uscire presto?»

«Tra una mezz'ora. Devo prima fare una telefonata.»

«Okay, avvisami quando sei pronta.» Mi fissa, con un sorriso da sfinge.

«Cosa c'è?» chiedo, inarcando un sopracciglio.

«Niente, pensavo a ieri notte.»

«È stato bellissimo» dico, guardandolo negli occhi.

«Già. Sai, non mi hai neppure chiesto se c'era un'altra donna.»

«Ho pensato che, se ci fosse stata, tra noi due non sarebbe successo nulla. Mi sbagliavo?»

«No.»

Abbasso gli occhi sulla tazza. «Ascolta, Tommy. Ieri hai detto che non sapevi se questo avrebbe avuto un seguito o no. E io ti ho detto che non m'importava. Ci tengo a dirti che parlavo sul serio. Mi va bene se non avrà un seguito, ma...»

«Ma ti va bene anche se lo avrà» finisce lui. «È questo che volevi dire?»

«Sì.»

«Bene, perché anch'io la penso così.» Mi accarezza i capelli, e io poggio la testa sulla sua mano. «Parlo sul serio, Smoky. Sei una donna fantastica, l'ho sempre pensato.»

«Grazie.» Sorrido. «Allora, quello che è successo come lo chiamiamo? Una storia di una notte con delle potenzialità?»

Tommy scoppia a ridere. «Bella definizione! Dimmi quando sei pronta per uscire.»

Annuisco e mi allontano sentendomi perfettamente a mio agio. Comunque vada, né io né lui rimpiangeremo la notte appena trascorsa. Grazie a Dio.

Salgo di sopra centellinando il mio caffè come fosse l'elisir di lunga vita. E questo, considerando quanto poco ho dormito, non è molto lontano dalla verità. Sono appena le otto e trenta, ma Elaina si alza presto. Compongo il numero.

Risponde subito. «Pronto?»

«Ciao, sono Smoky. Scusa per ieri sera. Come sta Bonnie?»

«Bene, direi. Non parla, ma sorride molto.»

«E la notte?»

Silenzio. «Ha urlato nel sonno. L'ho svegliata e l'ho coccolata. Dopo ha dormito bene.»

«Elaina, mi dispiace.» Mi sento in colpa. Mentre io gridavo di piacere, Bonnie gridava contro il suo passato. «Ti ringrazio davvero tanto per quello che fai.»

«È una bambina che ha sofferto e ha bisogno di aiuto, Smoky. Questo non è un peso, per me, né lo sarà mai.» Parole semplici, pratiche, direttamente dal cuore. «Vuoi parlare con lei?»

Il mio cuore perde un colpo. "Sì, voglio parlarle." Mi rendo conto di nuovo che Bonnie mi manca. «Sì, puoi passarmela, per favore?»

«Un attimo.»

Sento alcuni rumori, poi il suono del respiro di Bonnie al telefono.

«Ciao, tesoro» dico. «So che non puoi rispondermi. Voglio dirti che mi dispiace tanto di non essere passata a prenderti, ieri sera. Ho lavorato fino a tardi. Quando mi sono svegliata, stamattina, e tu non c'eri...» Non finisco la frase. «Mi manchi, Bonnie.»

Silenzio. Altri rumori. Poi la voce di Elaina. «Aspetta, Smoky. C'è qualcosa che vuoi dire a Smoky, dolcezza?» Altro silenzio. «Glielo dico io.» Ora parla con me. «Mi ha fatto un gran sorriso, si è abbracciata e ha indicato il telefono.»

Mi si stringe il cuore. Non c'è bisogno di traduzione. «Dille che l'abbraccio tanto anch'io. Ora devo andare, ma stasera vengo a prenderla. Niente più notti fuori, se posso evitarlo. Almeno per un po' di tempo.»

«Okay, ti aspettiamo.»

Riattacco e mi siedo un attimo. Ci sono strati di emozioni dentro di me. Per Bonnie, provo un amore sempre più grande, tenerezza, senso di protezione. Intorno però galleggiano altre emozioni, come foglie secche. Irritazione, perché non riesco semplicemente a godermi la notte passata con Tommy. È una emozione debole ma insistente. Un egoismo quasi infantile: non merito anch'io qualche momento felice?

E c'è la voce della colpa, tutta olio e serpenti: "Come osi essere felice se lei non lo è?".

Sono voci che ho già sentito, quando c'era Alexa. Essere genitori non è un canto monocorde. È un coro di sentimenti complessi, che fa risuonare allo stesso tempo note di amore e rabbia, altruismo ed egoismo. Ci sono volte che la bellezza dei tuoi figli ti lascia senza fiato, e volte in cui, solo per un attimo, vorresti non avere figli.

Provo queste emozioni perché sto diventando la mamma di Bonnie. E questo porta un'altra voce: "Come osi amarla?".

"Non ricordi?"
"Il tuo amore porta la morte."
Questa voce non l'accetto. "Oso perché devo" rispondo. "Questo significa essere genitori. L'amore ti fa superare quasi tutto. E al resto ci pensa il senso del dovere."
Voglio che Bonnie si senta sicura, che abbia una casa.
Sfido le voci a ribattere, ma tacciono tutte.
Bene.
È ora di andare al lavoro.

La porta dell'ufficio si spalanca ed entra Callie, con gli occhiali da sole e una tazza di caffè in mano.
«Non parlarmi» dice con voce roca. «Almeno finché non avrò assorbito la mia dose di caffeina.»
Annuso l'aria. Callie ha sempre un ottimo caffè. «Cos'è? Caffè alla nocciola?»
Lei si allontana, stringendo la tazza. Solleva un angolo della bocca in una specie di ringhio. «È mio.»
Infilo una mano nella borsa e ne tiro fuori un pacco di piccoli bomboloni al cioccolato. «Oh, guarda cos'abbiamo qui. Bomboloni al cioccolato. Mmm, che bontà.»
Callie esita, in preda a emozioni contrastanti. «E va bene» dice. Prende la tazza vuota sulla mia scrivania e la riempie a metà con il suo caffè. «Ora dammi due bomboloni.»
Li tiro fuori dal pacco e li spingo verso di lei. Scambiamo gli ostaggi, poi Callie va a sedersi alla sua scrivania. Mangiamo e beviamo.
Paradisiaco.
Callie sorseggia il suo caffè e mi fissa. Uno sguardo penetrante, anche attraverso gli occhiali da sole.
«Cosa c'è?» chiedo.
«Dimmelo tu» farfuglia lei, a bocca piena.
Cristo, non sarà mica vera la favola che se hai scopato bene ti si legge in faccia?
«Non capisco di cosa parli.»

Lei continua a guardarmi da dietro gli occhiali scuri, con un sorriso sornione. «Come preferisci, amore mio.»

Decido di ignorarla.

Leo, Alan e James arrivano a poca distanza l'uno dall'altro. Leo ha un'aria come se fosse stato investito da un camion. James ha lo stesso aspetto di sempre.

«Venite qui» dico. «Riunione di coordinamento.»

Si avvicinano tutti e comincio. «Leo e James, a che punto siamo con la ricerca di nome utente e password?»

Leo si passa una mano tra i capelli. «Abbiamo contattato tutte le compagnie, e tutte ci hanno assicurato la loro collaborazione.» Guarda l'orologio. «Ho parlato con l'ultima mezz'ora fa. Entro un'ora dovremmo avere i primi risultati.»

«Appena viene fuori qualcosa, fatemelo sapere subito. Callie, l'esame del DNA?»

«Gene ha fatto davvero l'impossibile, amore mio. Se c'è del DNA su quell'unghia e se è di una persona schedata, sapremo chi è entro l'ora di cena.»

Tutti restiamo un attimo in silenzio, all'idea che potremmo conoscere l'identità di uno dei mostri prima che faccia buio.

«Sarebbe un bel colpo» mormora Alan.

«Già» dico. «Intanto, a che ora è disposto a vedermi il dottor Child?»

«Ha detto dopo le dieci» risponde Callie.

«Bene. Callie e Alan, coordinatevi con Barry e con la Scientifica. Voglio sapere come procede il resto delle analisi.»

«Certo, amore mio.»

«Io vado dal dottor Child.» Mi rivolgo a tutti. «Siamo su una pista calda. Velocità e precisione sono tutto.» Guardo l'orologio e mi alzo. «Andiamo.»

È tempo di lanciare un'altra rete.

Busso alla porta, apro e infilo dentro la testa. Il dottor Child è seduto alla scrivania e legge un grosso dossier. Alza gli occhi e sorride.

«Smoky, che piacere vederti. Entra, entra.» Indica le sedie davanti alla scrivania. «Accomodati pure. Ho bisogno ancora di un attimo. È un caso affascinante.»

Mi siedo e lo guardo leggere. Il dottor Child è vicino ai sessanta. Capelli bianchi, barba e occhiali. Ha sempre un'aria stanca e i suoi occhi hanno un fondo triste che non scompare neppure quando ride. Guarda nella mente dei serial killer da quasi trent'anni. Forse tra una ventina d'anni anch'io avrò quello sguardo.

È l'unico, a parte me e James, ad avere intuizioni utili sui mostri.

Annuisce tra sé e smette di leggere. Mi guarda. «Smoky, noi due abbiamo già collaborato, quindi sai che tendo a smontare i casi un pezzo alla volta. Lo farò anche con questo.»

«Prego.»

Poggia il mento sulle punte delle mani unite. «Parlerò come se si trattasse di un solo individuo. La personalità dominante infatti è quella del nostro "Jack Junior". Sei d'accordo?»

Annuisco.

«Bene. Ci sono due possibilità. La prima, e la più improbabile, è che si tratti di una finta. Che tutta la storia della sua discendenza da Jack lo Squartatore sia un trucco per depistarti. Una visione secondo me troppo paranoica e improduttiva.

«La seconda è molto, molto insolita, ma a mio avviso è la più probabile. Si tratta di una specie di lavaggio del cervello a lungo termine: qualcuno si è prodigato negli anni, con grandi sforzi e pazienza, a forgiare l'identità del nostro Jack. Per arrivare a un tale grado di identificazione, si tratta di un influsso che deve essere iniziato quando il soggetto era molto giovane. Forse a opera di uno o di entrambi i genitori.

«Molti serial killer hanno storie simili, come sai. Da bambini hanno subìto violenze fisiche e/o sessuali, che hanno prodotto in loro una rabbia omicida. Nell'infanzia, questa rabbia non può essere espressa contro chi abusa di loro: una persona adulta, più forte e autorevole. Quasi sempre si tratta del padre o della madre. Il bambino ama questa persona, e si convince di aver fatto qualcosa di male che giustifica la violenza.

«La rabbia deve avere uno sfogo, e in genere si canalizza principalmente in tre modi. Violenza contro se stessi: il bambino bagna il letto. Violenza contro l'ambiente: provoca piccoli incendi. Violenza contro esseri viventi: tortura e uccide piccoli animali. Quando poi il bambino diventa adulto, la logica conclusione è la violenza contro altri esseri umani.

«Tutto ciò, naturalmente, è una semplificazione estrema. Gli esseri umani non sono robot e una mente non è uguale all'altra. Non tutti i bambini violentati bagnano il letto, appiccano incendi e torturano animali. Non sempre i violentatori sono i genitori. Ma in gran parte dei casi questa semplificazione riflette abbastanza accuratamente la realtà.»

Il dottor Child si appoggia allo schienale e mi fissa.

«Ci sono però delle eccezioni. Rare, ma ci sono. Rappresentano l'argomento impugnato da chi sostiene che la violenza sia una questione di predisposizione, e non di ambiente. Ci sono assassini che provengono da famiglie e situazioni normali; il loro *background* non fornisce alcuna spiegazione evidente per quello che fanno.» Scuote la testa. «Ma perché una cosa deve per forza escludere l'altra? Molti sono d'accordo con me nel pensare che si tratti di una combinazione di carattere e famiglia.» Batte due dita sul rapporto che ha di fronte a sé. «In questo caso le variabili abbondano. Lui dice di non essere stato soggetto a violenze di nessun tipo, che da piccolo non ha appiccato incendi o torturato animali. Questo potrebbe non essere vero. Forse non vuole accettare la verità. Ma se invece è vero, siamo davanti a qualcosa di nuovo: un serial killer creato dal nulla. Un individuo indotto così a lungo e così a fondo ad accettare un particolare sistema di credenze, da averlo trasformato in certezza. Se ciò è vero, siamo davanti a un uomo molto pericoloso. Non ha la psiche ferita dagli abusi sessuali o dalle botte. Non ha la bassa stima di sé che tali violenze producono.

«Quindi è in grado di operare a un elevato livello di razionalità, e di integrarsi perfettamente nella società. Anzi, può essere stato addestrato specificamente a farlo. Se quanto presumiamo è vero, Jack Junior si dedica ai suoi crimini con l'idea che sia per lui un destino, che sia ciò per cui è nato. Non ha le pastoie risultanti dalla consapevolezza di commettere qualcosa di sbagliato. Perché fin da piccolissimo gli è stato detto il contrario.»

Il dottor Child mi guarda. «Per completare la sua fantasia di essere l'erede di Jack lo Squartatore, ha bisogno di un brillante detective che gli dia la caccia. E ha scelto te. Una buona scelta, devo dire.»

Si china in avanti, prendendo di nuovo in mano il rapporto. «La verità sul contenuto del barattolo, il fatto che si tratti di tessuti bovini e non umani, come lui sembra credere, può rivelarsi la tua arma più potente. È un simbolo di tutto ciò in cui crede. Se dovesse scoprire che quel simbolo è falso, che lo è sempre stato... il mondo che si è creato intorno crollerebbe di colpo.» Il dottor Child fa una pausa. «Finora si è dimostrato intelligente, organizzato, preciso. La verità su quel barattolo potrebbe distruggerlo. Naturalmente, dobbiamo anche considerare la possibilità che la rifiuti, considerandola una menzogna da parte nostra, allo scopo di destabilizzarlo. In tal caso, è molto probabile che proverebbe un impulso irresistibile di fare del male all'individuo responsabile di tale menzogna. E anche questo potrebbe essere utile per noi. Giusto?»

Annuisco. «Sì.»

«Ma entrambe le possibilità contengono pericoli. Se gli viene tolta la base sulla quale ha costruito la sua vita, potrebbe cedere a un impulso suicida. In tal caso, però, sono quasi certo che farebbe in modo di non morire solo.»

Ricevo il messaggio. Un Jack pieno di rabbia suicida potrebbe trasformarsi in un pericoloso kamikaze. Dobbiamo essere preparati anche a questa possibilità.

«Cosa può dirmi su Ronnie Barnes?» chiedo.

Lui annuisce, alzando gli occhi al soffitto. «Sì. Il giovane che Jack sostiene di aver "formato" personalmente, dopo averlo conosciuto tramite Internet. Interessante, ma non del tutto nuovo. Gli omicidi di gruppo non sono poi così rari. Charles Manson forse ha guidato il gruppo di assassini più famoso, ma non è stato né il primo, né l'ultimo.»

«Lo so» rispondo. «Mi vengono in mente almeno una ventina di casi, senza neppure doverci pensare.»

«Esatto. Secondo le stime, un quindici per cento degli omicidi seriali sono commessi in team. Quasi sempre si tratta di due individui, ma ci sono stati gruppi più numerosi. C'è sempre una figura dominante, con una energia e una fantasia più potenti. È l'ispiratore, quello che spinge gli altri a mettere in atto il crimine. Tutte le persone coinvolte presentano tratti psicopatici, ma molti sono convinti che senza la figura centrale gli altri non si sarebbero spinti fino all'omicidio.» Il dottor Child fa un sorriso dal quale traspare uno stanco cinismo. «Non sto dicendo che gli altri siano vittime, ovviamente. I membri non dominanti del team dopo l'arresto spesso dichiarano di essere stati costretti a fare quello che hanno fatto. Ma le prove raccolte raramente confermano tali affermazioni.»

«Gli "Squartatori di Chicago"» dico.

«Eccellente esempio» sorride Child. «E anche abbastanza recente.»

Mi riferisco a un gruppo degli anni Ottanta. Uno psicopatico di nome Robin Gecht era a capo di una banda di altri tre uomini, che prima di essere catturati fecero in tempo a violentare, torturare e uccidere più di diciassette donne. Una delle caratteristiche della banda era quella di asportare i seni delle vittime, per usarli poi a scopi sessuali o... alimentari.

«Gecht non ha mai ucciso nessuno *di persona*, vero?» chiedo.

«No. Ma era la forza dietro le azioni degli altri. Un uomo molto carismatico.»

«Il nostro è un caso simile, ma non uguale.»

Il dottor Child inclina la testa di lato. «Spiegati.»

«È solo una sensazione. Sì, Jack è il dominante, è lui che

prende le decisioni. Ma nei team di serial killer, di solito c'è un rapporto tra loro. Sono psicopatici, ma si danno qualcosa a vicenda. Jack ha sacrificato Barnes solo per darci qualcosa in più a cui pensare e per confondere le acque.» Scuoto la testa. «Mi sembra che per lui complici e seguaci siano solo il mezzo per un fine. Non credo che abbia bisogno di loro, un bisogno emozionale, intendo, per la sua fantasia.»

Il dottor Child unisce le punte delle dita, ci pensa su. Sospira. «Sì, questo quadra con la duplice tipologia delle sue vittime.»

«Cioè con il fatto che il suo secondo tipo di vittime siamo noi.»

«Esatto. Questo lo rende di sicuro più pericoloso. Barnes ed eventuali altri adepti, in questo scenario, sono solo pedine da muovere su una scacchiera. Non è una catastrofe, ma neppure una buona notizia. Un minore coinvolgimento emozionale significa minori possibilità di sbagliare.»

"Proprio quello che ci mancava" penso.

«Come crede che si muova per reclutare i membri del suo team?»

«Come dice lui stesso, Internet gli garantisce l'anonimato e una vasta riserva di caccia.» Il dottor Child sospira. «Come sempre accade, le grandi invenzioni possono essere usate per il bene come per il male. Internet ha eliminato i confini politici. Ben prima che cadesse la cortina di ferro, dalla Russia era già possibile ricevere e-mail. Persone in luoghi lontanissimi tra loro possono comunicare in tempo reale. Americani ed eschimesi scoprono di non essere poi tanto diversi gli uni dagli altri. Allo stesso tempo, Internet fornisce l'ambiente ideale per gente come il nostro Jack Junior. I siti web dedicati alla violenza sessuale, alla pedofilia, alle foto di cadaveri di persone giustiziate o morte in incidenti stradali...» Torna a fissarmi. «Per tornare alla tua domanda, basandomi su quello che sappiamo finora, direi che cerca adepti nelle zone più scabrose di Internet, specificamente in quelle dove può prima osservare. All'inizio probabilmente si limita a questo. Osserva, cerca determinate inclinazioni, trova punti di contatto, argomenti di cui parlare per risultare simpatico o autorevole. Ma a un certo punto» il dottor Child si china in avanti per dirlo, «deve incontrarli di persona. Le e-mail o le chat room non bastano. Per vari motivi. Prima di tutto, è troppo facile fingere di essere una persona diversa, su Internet. Jack ama il rischio, ma si prepara bene prima di affrontarlo. Di certo, vorrà assicurarsi che la persona con cui ha parlato sia davvero chi sostiene di essere.»

«Quali sono gli altri motivi?»

«Intanto, anche gli altri vorranno essere certi della *sua* identità. Ma la cosa rilevante è un'altra: non credo sia plausibile che riesca a convincerli a mettere in atto le loro fantasie senza una interazione personale. No, se fossi in lui, mi guarderei intorno, farei una lista di probabili aiutanti. Controllerei la loro identità, e solo allora inizierei il contatto on line, seguito a tempo debito da incontri faccia a faccia. Da lì in poi, Jack comincia a piegarli alla sua volontà. Forse comincia un po' alla volta: "Andiamo a spiare in un collegio femminile". "Prendiamo una prostituta e diamole un sacco di botte". "Ora uccidiamo un gatto, guardandolo negli occhi mentre muore". Alzando lentamente la posta, il debole sistema morale che quelle persone si sono costruite per regolare i propri comportamenti e per sentirsi "normali", crolla. Una volta messo un piede all'inferno, perché non metterceli tutti e due? Non dimentichiamo che per loro quello che noi chiamiamo inferno è il paradiso in terra.»

«Quanto tempo può volerci per condizionare una persona fino al punto da spingerla a uccidere?»

Il dottor Child mi fissa. «In pratica mi stai chiedendo quanti altri protetti possa aver creato.»

«Esatto.»

Allarga le mani. «Non posso saperlo. Dipende da troppi fattori. Quando ha iniziato? Qual è il vivaio da cui pesca? Se, per esempio, scegliesse violentatori da poco tornati in libertà, i tempi sarebbero brevi. Il passo dalla violenza sessuale all'omicidio è piuttosto breve.»

Assorbo queste informazioni guardandolo negli occhi stanchi. Da quanti anni Jack è sulla piazza? Quanti seguaci può avere? Non possiamo saperlo.

«C'è un'altra cosa che mi disturba, dottore. Lei ha detto che Jack Junior ama il rischio. L'idea stessa di creare dei seguaci è una mossa pericolosa. Ciascuno dei suoi protetti potrebbe rivelarsi un punto debole, e questa mi sembra una contraddizione. Da un lato si dimostra molto prudente e intelligente. Dall'altro corre rischi enormi. Non lo capisco.»

Il dottor Child sorride. «Non hai preso in considerazione l'ipotesi più semplice per spiegare questa contraddizione.»

«Quale sarebbe?»

«Che si tratta di un folle.»

Lo fisso, sbalordita. «Questo è tutto?»

«Posso spiegartelo meglio» dice lui, tornando serio. «Ma non perdere di vista questa semplice verità. È il rasoio di Occam della mia professione.» Si fa indietro sulla sedia. «Allora, ci sono due fattori. Il primo è la sua idea contorta di "propagare la specie", di "passare la staffetta" di Jack lo Squartatore. Il secondo sono le passioni.»

«Passioni?»

«Sono il movente primo di tutti i crimini seriali. Il bisogno di commettere una determinata azione. Un bisogno così forte da superare ogni prudenza.» Si stringe nelle spalle. «Jack ha la necessità di contattare altri, manipolarli, formarli. È un agire irrazionale, perciò, a meno che non ci sia una motivazione "logica", che al momento ignoriamo, dobbiamo concludere che alla base di questa deviazione ci sia qualcosa di diverso dalla ragione. Plagiare soddisfa una sua passione, e ciò è più piacevole e più importante del suo bisogno di essere prudente.»

«Insomma, fondamentalmente è pazzo.»

«Come ho detto prima.»

«Perché proprio Jack lo Squartatore? Perché l'ossessione per le puttane?»

«Credo che una cosa giustifichi l'altra» risponde Child. «Secondo me le puttane sono il motivo per cui ha scelto Jack lo Squartatore, e non il contrario. La persona che ha creato questa elaborata fantasia aveva un problema con le donne, forse dovuto ad abusi visti o subiti. Le motivazioni alla fine sono sempre le stesse. La solita vecchia storia.»

«Insomma, il nostro Jack è un pazzo, e l'uomo che l'ha indottrinato era ancora più pazzo di lui.»

«Esatto.»

Distolgo lo sguardo, soprappensiero. Prevedibile e imprevedibile. Guidato dalla ragione e dalla follia allo stesso tempo. Una combinazione letale. Tuttavia, ora ho l'impressione di conoscerlo appena un po' meglio.

«Grazie, dottor Child. Mi è stato di grande aiuto, come sempre.»

Mi pianta in faccia i suoi occhi stanchi. «È il mio lavoro, agente Barrett. Ti invierò quanto prima il mio rapporto. Ti prego, sta' molto attenta con quest'uomo. Rappresenta qualcosa di nuovo. Ciò è interessante da un punto di vista clinico, ma nella pratica "nuovo" è sinonimo di "molto pericoloso".»

Sento il drago agitarsi a queste parole, ansioso di raccogliere la sfida. «Dalla mia parte della barricata, dottore, posso dirle che i modi e i motivi per cui Jack Junior fa quello che fa possono essere nuovi.» Scuoto la testa, seria. «Ma alla fine un omicidio è sempre un omicidio.»

Capitolo 41

«Aggiornami.»

Sono stata chiamata dal direttore Jones per metterlo al corrente dei progressi sul caso. Appena gli parlo di Tommy Aguilera mi interrompe.

«Un momento. Aguilera è un civile ora, dico bene?»

«È in gamba, signore. Davvero molto in gamba.» Non parlo solo dal punto di vista professionale, ma ovviamente non lo specifico.

«Lo so che è in gamba. Non è questo il punto.» Mi guarda con un'espressione come se avesse appena morso un limone. «Stavolta te la lascio passare, Smoky. In futuro, prima di decidere di coinvolgere persone esterne al Bureau, chiedi il mio permesso.»

«Signorsì.»

«Ora continua.»

Concludo il rapporto parlandogli della visita al dottor Child. Jones alla fine intreccia le mani sulla scrivania. «Allora, ricapitoliamo. Ha già ucciso due donne. Ogni volta ti manda un video dell'omicidio. Ha un partner. Ha una fissazione per te, al punto da entrare in casa tua e sistemare cimici nel tuo telefono e nella tua auto. Ha già attaccato personalmente anche il resto della squadra, e minaccia di farlo ancora. Sta cercando altri potenziali serial killer, oltre all'uomo che già lavora con lui. E infine, non è quello che è convinto di essere. Ho saltato qualcosa?»

«No, signore.»

«Avete delle impronte digitali. Probabilmente ora avrete anche del DNA. Conoscete il suo *modus operandi*. La vostra pista migliore adesso consiste nel cercare altri siti porno dove possa essersi registrato. Questo è tutto, se non sbaglio.»

«È esatto, signore. Ora vorrei muovermi in due nuove direzioni. E ho bisogno del suo permesso.»

«Parla.»

«Voglio portare il caso ai media.»

Lo sguardo di Jones si fa cauto. Di solito non amiamo i media. Interagiamo con loro solo quando siamo costretti o quando crediamo che possano esserci utili. Stavolta potrebbero esserci utili, ne sono convinta, ma devo convincere anche Jones.

«Perché?»

«Due motivi. Il primo è la sicurezza. Cominciamo a farci un'idea del nostro uomo, ma ancora non possiamo prevedere quando riusciremo ad acciuffarlo. Dobbiamo mettere in guardia la gente. È arrivato il momento.»

Lui annuisce, a malincuore. «E il secondo motivo?»

«Il dottor Child sostiene che se Jack Junior venisse a sapere qual è il vero contenuto del barattolo che ci ha inviato, ne resterebbe molto scosso. Forse tanto da perdere il controllo. E noi dobbiamo spingerlo a questo, signore. Finora si è mosso in modo impeccabile. Questa è l'unica informazione in nostro possesso che a lui manca. È un'arma, e io voglio usarla.»

«Potrebbe esploderti tra le mani, Smoky. Non parlo di quello che ha fatto finora. Parlo di un missile teleguidato puntato dritto su di te.»

«È proprio quello che spero, signore. Così lo prenderemo.»

Jones mi fissa con un'espressione che non riesco a decifrare. Si alza, va alla finestra. Comincia a parlare dandomi le spalle. «Ti ordino di stare molto, molto attenta. Questa ossessione che lui ha per te...» Esita. Si volta a guardarmi. «Non voglio assolutamente che si ripeta una situazione come quella di Sands. È chiaro?»

Resto senza parole davanti all'emozione che sento irradiare da lui.

«Ti conosco da quando sei entrata nel Bureau, Smoky. Da quando eri giovane ed entusiasta. Quello che ti succede non mi è indifferente, lo capisci?»

«Signorsì. Sarò prudente.»

Il dolore nei suoi occhi scompare. Jones voleva che lo vedessi, poi è tornato a nasconderlo. Questo sguardo che mi ha permesso di gettare dentro la sua anima è una cosa preziosa, e l'apprezzo come tale.

«Hai parlato di due nuove direzioni. Qual è la seconda?»

«Se riusciamo a identificare la sua prossima probabile vittima, voglio tendergli una trappola. Ma dovremo agire in fretta.»

«Se e quando arriverà quel momento, prima parlane con me.»

«Signorsì.»

Appena rientro in ufficio, Leo sventola un foglio. «Hanno concluso la ricerca» dice. «Hanno trovato un sito dove qualcuno si è registrato con la stessa combinazione di nome utente e password.»

"Strano che non l'abbiano variata" penso. «Dammi i particolari.»

Leo legge dal foglio. «La donna si chiama Leona Waters. Il suo sito si chiama...» mi rivolge un sorriso stanco. «Cassidy Cumdrinker. Abita a Santa Monica.»

«Hai l'indirizzo?»

«L'ho già stampato.» Me lo dà.

«Cosa facciamo, amore mio?» chiede Callie.

«Prima ditemi se ci sono notizie da Barry.»

«Hanno trovato un'altra ricevuta di una ditta di disinfestazione. Stessa merda dell'altra volta.»

«Quindi è quello il loro *modus operandi.*»

«Sembra di sì.»

«C'è altro?»

«No. Ma la Scientifica non ha ancora finito.»

«Okay, ecco cosa si fa. Callie e io andiamo a trovare la signora Waters. Voglio farmi un'idea della situazione. Da lì vedremo come elaborare un piano. Alan, tu tieni i contatti con Barry e con Gene per il DNA. Appena ci sono novità chiamami.»

«Va bene.»

«Noi cosa facciamo?» chiede James.

«Continuate a guardare foto porno» dico, indicando le foto dei party hardcore che hanno esaminato con il software per l'abbinamento facciale. «Callie, hai sempre quel contatto con Channel 4?»

«Bradley?» Il suo non è esattamente un sorriso da signora. «Non andiamo più a letto insieme, ma ci parliamo ancora.»

«Perfetto. Parlagli, allora. Digli di venire qui quanto prima. Voglio questa storia sul notiziario delle sei.»

Callie solleva le sopracciglia. «Così presto?»

Spiego le mie ragioni. Callie annuisce. «Sono certa che gli darà una bella scossa, e questo è un bene per noi. Ma poi potrebbe prendersela con te.»

«Lo sta già facendo, direi. Solo che in questo modo potremmo essere pronti a riceverlo.»

«Chiamo subito Bradley.»

L'ufficio è un alveare in piena attività. Per il momento non c'è bisogno di me, e ne approfitto per controllare la posta elettronica. Ho dato ordine a tutti di controllare le loro caselle ogni mezz'ora, ma io non guardo la mia da diverse ore.

La prima che vedo mi fa drizzare la schiena. L'oggetto è: «Saluti dalla troia dai capelli neri».

Apro il messaggio e leggo l'incipit, che ormai conosco a memoria.

Saluti, agente Barrett!
Immagino che ormai avrai già visto il mio ultimo lavoro. La piccola Charlotte Ross. Ah, che puttanella! Disposta ad aprire le gambe per tutti, maschi e femmine, da soli o in gruppo. Interessante il fatto che io sia stato l'unico per il quale non le abbia aperte volentieri, no?
Non che importasse qualcosa.
Un'altra puttana morta. E tu brancoli ancora nel buio. Ti senti scoraggiata, agente Barrett? Surclassata?
Ah, a proposito, rimuovi pure il segnalatore sulla tua auto e il microfono nel telefono.

«Merda» dico tra i denti.

Con chi credi di avere a che fare, agente Barrett? Apprezzo lo sforzo, ma pensavi davvero di prendermi così? Sapevo che prima o poi li avresti trovati. Puoi mandare via il tuo signor Aguilera o tenerlo, non cambia nulla. Questo non ti porterà più vicina a me. Io sto seguendo le orme del mio antenato, portando avanti la sua sacra missione. E raccolgo i miei ricordini, da trasmettere alle generazioni future.
Mentre scrivo, sto guardando la mia prossima vittima. Dolce come una pesca. Ma la bellezza esteriore si ferma appena sotto la pelle. Prendiamo te, agente Barrett. All'esterno sei piena di cicatrici, ma dentro possiedi la bellezza di una cacciatrice nata. La mia prossima vittima è attraente di fuori. Ma dentro?
Solo un'altra puttana.
Ho in serbo anche qualche altra sorpresa per te.
Mi terrò in contatto. Per ora, corri, corri, corri!
So che lo farai.
Dall'inferno,

Jack Jr.

La sua sicurezza sfottente mi irrita oltre misura. Be', anch'io ho un messaggio per te, caro il mio psicopatico. E spero proprio che ti cancellerà quel sorriso dalla faccia.

«Ho parlato con Bradley» dice Callie.
Chiudo il programma di posta elettronica.
«Allora?»
Sorride. «Ha quasi avuto un orgasmo al telefono. Sarà qui tra mezz'ora.»
«Ottimo. Di' alla reception di farlo salire alla sala conferenze del secondo piano.»

Bradley Cummings arriva puntualissimo, venticinque minuti più tardi. Dall'ultima volta che l'ho visto, non è cambiato. Di una bellezza rozza e mascolina, alto, vestito impeccabile. Callie mi ha raccontato senza nessuna vergogna alcune delle loro avventurose scopate, definendolo «piuttosto soddisfacente».
Bradley non ha voluto strafare. È venuto solo con un cameraman.
«Grazie per essere venuto, Brad.»
«Callie mi ha spiegato al telefono di cosa si tratta. Nessun giornalista che si rispetti perderebbe quest'occasione. Come vuoi fare?»
«Semplice. Ti do tutti i particolari a telecamera spenta. Poi faremo un'intervista dove potrai chiedermi tutto quello che ti sembra necessario.»
«Perfetto.»
«Brad, ho bisogno che esca nel notiziario delle sei.»
«Non sarà un problema, sta' tranquilla.»
«Bene. Un'altra cosa. C'è una parte specifica delle informazioni che deve essere comunicata da me personalmente, davanti alla telecamera. È di vitale importanza che sia io a parlarne, e nessun altro.»
Mi fissa, un po' a disagio. «Smoky, non ci saranno sorprese? Voglio dire, la storia non è un trucco, o qualcosa del genere?»
«No. L'unico trucco è il fatto che ti sto usando, Brad. Ma ogni singolo particolare di quello che ti dirò è vero. La notizia è sicura al cento per cento. Trasmettendola farai due cose: metterai in guardia le potenziali prossime vittime di quel pazzo e

darai a me la possibilità di farlo incazzare sul serio. Per questo devo essere io a pronunciare certe parole. Lui è una bomba a mano, e io sto per tirare la linguetta.» Scrollo le spalle. «Quando inneschi una bomba, c'è sempre la possibilità che ti esploda in mano.»

Brad mi guarda negli occhi, cercando di capire se gli sto mentendo. «Va bene, mi fido. Ora dimmi tutto.»

In una ventina di minuti gli riassumo gli eventi degli ultimi cinque giorni. Lui prende appunti, fa qualche domanda qua e là. Quando finiamo si passa una mano tra i capelli.

«Cristo» dice. «È davvero... impressionante. La cosa che dirai riguarderà il contenuto del barattolo?»

«Esatto. È molto probabile che lui perda il controllo e decida di uccidere la persona che gli ha rivelato quella scomoda verità.»

«Capisco» dice Brad, pensoso. «Bene, cominciamo.»

È bravo nel suo lavoro. Le sue domande sono acute e precise. Finalmente arriva quella decisiva.

«Agente speciale Barrett, ha detto di possedere informazioni importanti riguardo al contenuto del barattolo inviato dall'assassino. Può spiegarci di cosa si tratta?»

«Sì, Brad. Abbiamo aperto il barattolo, per farne analizzare il contenuto. E abbiamo scoperto che si trattava di carne bovina, e non umana.»

«Questo cosa significa?»

Guardo dritto nella telecamera. «Significa che quell'uomo non è chi dice di essere. Non è un discendente di Jack lo Squartatore. Ma probabilmente è convinto di esserlo. Non credo sapesse cosa c'era davvero in quel barattolo.» Scuoto la testa. «È triste, in realtà. Vive una menzogna, e non lo sa.»

«Grazie, agente Barrett.»

Brad se ne va tutto contento con il suo servizio, promettendo che sarà trasmesso nel notiziario delle sei e ripetuto in quello delle undici. Esce quasi di corsa.

«È andata molto bene» commenta Callie. «Avevo dimenticato quanto è bello. Forse dovrei chiamarlo, una sera di queste.»

«Se lo fai, poi per favore non raccontarmi tutti i particolari.»

«Non è divertente» ribatte lei. «Quello che hai appena fatto, intendo dire. Jack Junior sarà fuori di sé.»

«È proprio quello che spero. Ora andiamo a trovare la Waters.»

Prendiamo una macchina a noleggio. Voglio essere certa che non saremo seguite, e che lui non riconosca l'auto su cui viaggiamo.

Mentre siamo per strada, chiamo Tommy e gli racconto dell'e-mail.

«Uno dei due doveva essere lì ieri sera o stamattina. Sono anche ben informati sulle persone che conosci. Persone come me.»

«Già. Allora è inutile continuare, Tommy. Ti chiamo più tardi per eliminare il segnalatore GPS e il microfono.»

«Non avrai bisogno di chiamarmi.»

«Perché?»

«Perché non ho intenzione di smettere di seguirti, Smoky. Come ti ho detto ieri, il lavoro finirà solo quando tu avrai preso quel pazzo e sarai al sicuro.»

Vorrei protestare, ma la verità è che in fondo speravo in una risposta del genere.

«Sono a poca distanza da te, Smoky.»

A causa di un incidente sull'autostrada ci mettiamo molto più del previsto e arriviamo poco prima delle due del pomeriggio. Leona Waters abita in un condominio molto carino di un quartiere assai meno attraente. Santa Monica è un posto strano. Molte zone sono abitate dal ceto medio-alto, ma altre sono decadute, come succede a Los Angeles. Molti si allontanano sempre di più, cercando di sfuggire al cancro di questa città. Che però li raggiunge sempre.

Parcheggiamo e ci avviciniamo al portone. C'è una serratura di sicurezza, dove i residenti devono inserire un codice d'accesso. Alla reception staziona un poliziotto privato. Busso sul vetro per attirare la sua attenzione. Mi fissa con annoiata irritazione finché non metto contro il vetro il distintivo dell'FBI. Allora schizza via dalla sedia e corre ad aprire.

Vede le mie cicatrici e resta un attimo interdetto. Poi i suoi occhi si spostano su Callie, indugiando per qualche secondo sulla scollatura.

«In cosa posso aiutarvi, signore?»

«Siamo qui per parlare con una persona, signor...»

«Ricky» dice subito lui, leccandosi le labbra e raddrizzando la schiena. Sui quarantasette, ha l'aspetto di un uomo che una volta era in forma e poi si è lasciato andare. Viso stanco e segnato. Decisamente non sembra uno che si gode la vita.

«Dobbiamo solo parlare con una persona che abita qui. Niente di particolare.»

«Di chi si tratta, se posso chiederlo?»

«Questo purtroppo è segreto d'ufficio, Ricky. Sono certa che può capirlo.»

Lui annuisce, si dà un'aria di importanza. «Certo, signora. Ovviamente. L'ascensore è da quella parte. Chiamatemi se avete bisogno di qualcosa.» Dà un'altra sbirciata alle tette di Callie.

«Senz'altro» risponde lei. "Scordatelo" penso io.

Mentre saliamo al terzo piano, Callie commenta: «Rivoltante».

«Puoi dirlo forte.»

Usciamo in corridoio, seguiamo le frecce e arriviamo all'appartamento numero 314. Suono il campanello e la porta si apre quasi subito.

La donna sulla soglia e io ci fissiamo a bocca aperta. Callie rompe il silenzio.

«Hai una sorella di cui non mi avevi parlato, amore mio?»

La domanda è più che sensata. Leona e io siamo alte uguali.

Stesse curve sui fianchi, stesso seno scarso. Capelli lunghi, scuri e folti. Lineamenti simili: naso della stessa forma, occhi di colore diverso. Naturalmente lei non ha cicatrici sul volto. Mi sento fortemente a disagio, pensando al motivo per cui Jack l'ha scelta.

«Leona Waters?» chiedo.

Lei sposta lo sguardo da me a Callie, poi torna a guardare me. «Sì...»

Le mostro il distintivo. «FBI.»

Si acciglia. «Sono nei guai?»

«No, signora. Sono il capo del CASMIRC di Los Angeles, la squadra che si occupa di serial killer e rapimenti di bambini. Stiamo cercando di catturare un uomo che ha violentato, torturato e ucciso almeno due donne. Abbiamo ragione di credere che lei possa essere la sua prossima vittima.»

Lei spalanca gli occhi. «È uno scherzo?»

«Putroppo no, signora. Possiamo entrare?»

Lei resta immobile per una manciata di secondi, poi si riprende e si fa da parte.

L'appartamento mi colpisce per il gusto con cui è arredato. Raffinato, sottile e molto femminile. La donna ci indica il divano e si siede su una poltrona.

«Allora, parlate sul serio? C'è davvero un pazzo che vuole uccidermi?»

«Sì. È un uomo molto pericoloso. Il suo obiettivo sono le donne che gestiscono siti Internet per adulti. Le tortura, le violenta e le uccide. Poi sfigura i loro corpi. Crede di essere un discendente di Jack lo Squartatore.»

Ho scelto questo approccio diretto per abbattere qualsiasi esitazione da parte sua. Da come è impallidita direi che ha funzionato.

«Cosa vi fa pensare che abbia scelto me?»

«Segue un modello preciso. Si iscrive al sito web della vittima, sceglie un nome utente e una password che in qualche modo richiamano Jack lo Squartatore. Abbiamo scoperto una combinazione di questo tipo sulla lista dei membri del suo sito, signora Waters.» Mi tocco il petto. «Quell'uomo mi odia, è ossessionato da me. E lei avrà notato che noi due ci somigliamo parecchio.»

Leona Waters esita, mi squadra dalla testa ai piedi. «Sì, certo, lo vedo.» Esita un attimo. «È stato lui a... farle questo?» chiede, indicando le mie cicatrici.

«No, è stato un altro psicopatico.»

«Non vorrei sembrare offensiva, ma... ecco, non ispira molta fiducia.»

Mi sforzo di sorridere, per farle capire che non mi sento offesa. «È comprensibile. Ma l'uomo che mi ha fatto questo mi ha colto impreparata. Nel suo caso, è proprio quello che vogliamo evitare. Lui non sa ancora che abbiamo scoperto il suo gioco.»

Finalmente la comprensione le illumina il viso. «Ho capito. Volete tendergli una trappola, è così?»

«Esatto.»

«E io dovrei fare da esca?»

«Non proprio. L'esca è il suo appartamento, ma al suo posto ci sarà una nostra agente. Non ho la minima intenzione di farle correre rischi. Ma ho bisogno che ci dia il permesso di usare il suo appartamento. Naturalmente per un po' di tempo dovrà andare a stare da qualche altra parte.»

Negli occhi le passa un lampo che non riesco a interpretare. Si alza, fa qualche passo, resta un attimo ferma dandoci le spalle. Quando torna a voltarsi, il suo viso esprime determinazione.

«Sapete quanti anni ho?» chiede.

«No» rispondo.

«Ventinove. Niente male per una quasi trentenne, no?» dice indicando se stessa.

«Sono d'accordo con lei.»

«Mi sono sposata a diciotto anni, con il primo uomo con il quale avevo fatto sesso. Credevo che fosse l'amore della mia vita, e avrei fatto qualunque cosa per lui. Poi però il principe azzurro ha cambiato colore, e ha cominciato a picchiarmi. Non mi ha mai procurato fratture, o lividi sul volto. Era troppo furbo per questo. Ma sapeva come farmi male. E come umiliarmi.» I suoi occhi sono fissi nei miei. «Sa cos'è il sesso con un uomo del genere? Violenza carnale e basta, anche se si tratta di tuo marito.» Scuote la testa. «Ci ho messo tempo a crescere. Sette anni. Per i primi sei l'idea di lasciarlo non mi ha neppure sfiorato. Lui era riuscito a convincermi che quello che mi faceva succedeva per colpa mia.»

«E cosa ha fatto sì che la situazione cambiasse?» chiede Callie.

Entrambe sappiamo che non è il caso di chiederle cosa ha a che fare questo con noi. Se vogliamo ottenere la sua collaborazione, dobbiamo ascoltare quello che ha da dire.

Leona Waters scrolla le spalle, con uno sguardo duro. «Sono cresciuta. Ho parlato con la polizia. Mi hanno detto che provare le violenze di mio marito sarebbe stato difficile, dato il modo astuto con cui abusava di me.» Sorride. «Allora ho nascosto in casa una telecamera e ho filmato tutto. Mi sono lasciata picchiare, violentare e degradare un'ultima volta. Poi ho consegnato il video alla polizia e ho sporto denuncia. Il suo avvocato ha cercato di contestare la legittimità del video, ma non ci è riuscito.» Scrolla le spalle. «Il giudice ha dato ragione a me e mio marito è finito in galera. Io ho venduto tutto e sono venuta a Los Angeles.» Indica con un gesto circolare l'appartamento. «Questo è mio. Probabilmente voi non approvate quello che faccio per vivere, ma non m'importa. Ho una casa mia, e sono libera.» Torna a sedersi. «Il punto è questo. Ho giurato a me stessa che non mi sarei più lasciata sottomettere da nessuno. Mai più. Perciò, se volete usare il mio appartamento per catturare questo psicopatico, avete il mio permesso e la mia collaborazione. Ma non lascerò la mia casa.» Incrocia le braccia, in atteggiamento risoluto.

La fisso a lungo. Lei non distoglie lo sguardo. Questa situazione non mi piace affatto, ma capisco che non si lascerà convincere. Allargo le braccia. «Come vuole, signora Waters. Se riuscirò a fare accettare al mio capo la situazione, faremo a modo suo.»

«Mi chiami pure Leona.» Si china verso di me, fiera ed eccitata. «Allora, qual è il piano?»

Sono cautamente ottimista. Leona non ha ricevuto nessuna visita da un'impresa di disinfestazione. Questo significa che siamo in anticipo su di loro. La visita di ricognizione potrebbe essere oggi, domani, comunque molto presto. Ne sono convinta.

Il drago si agita dentro di me. Ormai è sveglio da un pezzo, e sente l'odore del sangue.

Ho già parlato con il direttore Jones. Ha imprecato, ma alla fine ha ceduto. Callie e io siamo ancora nel soggiorno di Leona, e stiamo bevendo il caffè che ci ha offerto. Siamo in attesa di quattro uomini delle squadre speciali della polizia, due agenti e due ufficiali. Arriveranno uno alla volta, per non insospettire eventuali osservatori.

Leona è nel suo studio, intenta a rispondere alle e-mail.

«Sai» dice Callie. «Non mi piace il suo lavoro, ma mi piace lei. È una donna forte.»

Sorrido. «Piace anche a me. Avrei preferito che se ne andasse, ma devo ammettere che ha coraggio.»

Callie beve un sorso di caffè. «Quante probabilità abbiamo, secondo te?»

«Non lo so. Ma dopo averla vista, sono certa che siamo sulla pista giusta.» Faccio una smorfia di disgusto. «Deve averla scelta per avere l'illusione di violentare e uccidere me.»

«Sì, la vostra somiglianza è notevole, amore mio. Mi viene quasi voglia di credere nella teoria del *doppelgänger*.»

Squilla il mio cellulare. «Sì?»

La voce baritonale di Alan mi rimbomba nell'orecchio. «Volevo solo aggiornarti. L'esame del DNA è più lento del previsto. Gene dice che avrà i risultati per le dieci di stasera.»

«Qui abbiamo una pista interessante» dico io di rimando. Poi gli parlo di Leona Waters e del piano appena concordato con Jones.

«Sembra una buona notizia» replica Alan. «Forse stavolta li becchiamo, quei figli di puttana.»

«Tieni le dita incrociate. Vi aggiorno io.» Riattacco e guardo l'orologio. «Merda, sono già le sei.»

«L'ora del notiziario» dice Callie.

«L'ora di far incazzare sul serio il nostro psicopatico.»

Capitolo 42

Brad è molto serio davanti alle telecamere.

«Molti di voi ricorderanno l'agente speciale Smoky Barrett per un fatto avvenuto l'anno scorso. Un serial killer a cui lei dava la caccia, un certo Joseph Sands, una sera le uccise il marito e la figlia. L'agente Barrett sopravvisse, ma restò sfigurata. Nonostante questa tragedia personale, oggi è di nuovo al lavoro. Stavolta è sulle tracce di un uomo noto solo come Jack Junior, il quale sostiene di essere un discendente diretto di Jack lo Squartatore.»

Brad spiega la situazione al pubblico, in modo preciso e asciutto. La verità è già abbastanza orribile di per sé, e non c'è bisogno di ricamarci sopra per costruire la notizia. Verso la fine appare il mio viso, e racconto la verità sul contenuto del barattolo. Mi guardo sullo schermo in modo spassionato. Sto cominciando ad abituarmi alle mie cicatrici. Ma agli spettatori di certo farò un bell'effetto. Poi la telecamera torna a inquadrare Brad.

«L'FBI consiglia a tutte le donne in questo ramo di attività di prendere serie precauzioni.» Brad recita la lista delle precauzioni consigliate. Infine guarda l'obiettivo, bello e drammatico. «Fate attenzione e siate prudenti. La vostra vita potrebbe essere in pericolo.»

Il servizio finisce. «Avete fatto un buon lavoro tutti e due, amore mio» commenta Callie.

«State cercando di farlo arrabbiare, vero?»

Ci voltiamo di scatto. Eravamo così prese dal notiziario da non accorgerci che Leona era dietro di noi.

«Sì, esatto» rispondo.

Lei mi regala un sorriso ammirato. «Lei è una donna incredibile, agente Barrett. Se io avessi passato quello che ha passato lei...» Scuote la testa.

«Non dica altro, Leona. Lei ne ha vissuto una versione diversa, e ha trovato la forza di andare avanti.»

Suonano alla porta. Nel soggiorno cade il silenzio.

Vado alla porta. «Chi è?»

«Agente speciale Barrett? Sono l'agente Decker. Con me c'è l'agente McCullogh e due membri dello SWAT team.»

Guardo dallo spioncino. Riconosco Decker. Apro e faccio loro cenno di entrare.

Come da istruzioni sono in abiti civili, ma tutti hanno scelto la stessa tenuta: jeans e polo a maniche lunghe. Anche nello sforzo di apparire casual hanno mantenuto il senso della divisa. Comunque, a prima vista nessuno di loro ha la faccia da poliziotto.

«Siete già stati informati?» chiedo, quando siamo tutti riuniti in soggiorno.

Mi risponde un coro di «Signorsì».

«Bene. Come sapete si tratta di due uomini. Hanno già ucciso due volte. Sono astuti e precisi, e agiscono senza esitazione. Conosciamo il loro *modus operandi*: prima del delitto, uno dei due fa una visita di ricognizione, fingendosi un addetto di una impresa di disinfestazione. Questo è ciò che speriamo accada qui. Non sottovalutateli, chiaro? Se uno dei due estrae un coltello, non lo fa a scopo intimidatorio, ma per uccidere. Dobbiamo catturare vivo quello che si presenterà qui, per arrivare all'altro.» Indico la padrona di casa. «Questa è la signora Leona Waters. Pensiamo che sia stata scelta come prossima vittima.»

Tutti e quattro la guardano. Uno la osserva con un apprezzamento che non mi piace, anche se da un certo punto di vista neppure mi dispiace, vista la nostra somiglianza. Mi pianto davanti all'agente in questione. «Ognuno di voi deve agire con un alto livello di professionalità. Dovete sapere che ho chiesto alla signora Waters di andare a stare altrove, e di lasciarci il suo appartamento per preparare l'operazione. Lei ha rifiutato di andarsene e ha offerto la sua piena collaborazione. Mi chino verso l'agente e gli mormoro all'orecchio: «Se le succede qualcosa perché tu hai pensato con il cazzo invece che con il cervello, ti spello vivo, capito?».

L'espressione di scusa che vedo nei suoi occhi mi sembra autentica. Annuisce.

«Qual è il piano, signora?» chiede Decker.

Dimentico la mia rabbia. «Manteniamo tutto il più semplice possibile. Un uomo sul tetto. Uno fuori dall'ascensore. Due qui con me e con l'agente Thorne. L'uomo sul tetto ci avverte ogni volta che qualcuno si avvicina all'edificio. Quello appostato fuori dall'ascensore confermerà se la persona in questione è scesa a questo piano. Noi qui dentro saremo pronti a riceverlo. Avete l'equipaggiamento necessario?»

«Sì, signora» risponde Decker. «Auricolari e microfoni. E le armi, naturalmente.»

«Compreso un fucile di precisione per l'uomo sul tetto» aggiunge uno degli agenti.

Annuisco. «Bene. Mi raccomando, fate in modo di non farvi notare. Se sospetteranno qualcosa, li perderemo. Domande?»

Tutti scuotono la testa.

«Mettetevi in posizione, allora. E preparatevi a una lunga attesa.»

Capitolo 43

Questo è indicativo del lavoro che faccio. La mia vita è governata da influenze esterne. L'ironia è che io detesto essere forzata a fare qualunque cosa, eppure ho scelto una professione che mi costringe regolarmente a cambiare i miei piani e a prendere decisioni improvvise. Quando vai a caccia di assassini, il programma è semplice: più li lasci in libertà, più gente uccidono. Devi per forza stargli addosso finché non li prendi.

Perciò ora mi trovo qui, in compagnia di una donna che per lavoro mette in piazza le proprie avventure sessuali, e sono disposta ad attendere tutto il tempo necessario, nella speranza di caturare Jack Junior o il suo partner.

Callie è seduta sul divano, con i piedi sul tavolino, e guarda un talk show con Leona. Entrambe mangiano pop-corn. Questa è una delle cose che ammiro di lei. Riesce a vivere il momento, si rilassa, ma è sempre pronta a entrare in azione come un colpo di frusta. Un talento che io non possiedo.

Guardo l'orologio. Le nove e mezzo. Chiamo l'uomo sul tetto. «Nulla di anomalo, Bob?»

«Nulla, signora» risponde nell'auricolare.

Tendo l'orecchio ad ascoltare la conversazione tra Callie e Leona.

«Posso chiederti una cosa, amore mio? Cosa succederà quando vorrai di nuovo un uomo nella tua vita?»

«In che senso?»

«Voglio dire, cambierai il tuo stile di vita?»

Leona ci pensa su un attimo. «Dipende. Molte persone si incontrano e fanno coppia in ambienti non monogami. Le probabilità sono scarse, ma succede. Se non trovo un uomo in questo modo, immagino che aspetterò finché decido di cambiare lavoro, poi mi metterò in cerca della persona giusta. Ho giurato a me stessa che non avrei mai più cambiato vita per un uomo.»

«Interessante.»

«Penso che siano problemi specifici del mio stile di vita.»

Distolgo l'attenzione. Callie ha sempre avuto un vorace interesse per i motivi degli altri.

Noi non siamo gli unici in attesa. Anche in ufficio sono ancora tutti al lavoro. Tutti condividiamo la responsabilità del nostro compito, così come il senso di colpa se Jack Junior dovesse uccidere di nuovo.

Un fruscio, poi la voce di Bob nell'orecchio. «Maschio, circa un metro e ottanta, capelli scuri. Sembra indossare una specie di uniforme.»

«Ricevuto» conferma Dylan, l'uomo sul pianerottolo.

Rivolgo un'occhiata circolare a Callie, Decker e McCullough. Raccolgo in risposta cenni affermativi. Tutti hanno sentito. Passano diversi secondi.

«Un uomo corrispondente alla descrizione è appena uscito dall'ascensore» dice Dylan. «Confermo l'uniforme. Ripeto, indossa l'uniforme di una ditta di disinfestazione.»

«Ricevuto» dico. Il drago si agita. Le pulsazioni aumentano. «Resta dove sei per bloccare la via di fuga, Dylan.»

«Ricevuto.»

«Bob, ti tengo aggiornato. Se dovesse sfuggirci potrei ordinarti di spararagli dal tetto.»

«Ricevuto. Sono pronto.»

Guardo Leona. «È lui.»

Lei annuisce. Sembra più eccitata che spaventata.

Sentiamo bussare. Le faccio un cenno. Lei si avvicina alla porta, guarda dallo spioncino. Si volta e scuote la testa. È una persona che non conosce. Le faccio segno di andare avanti.

«Chi è?» chiede.

«ABC Disinfestazioni, signora. Scusi l'ora, ma siamo stati chiamati dal proprietario dell'edificio per un'emergenza. Sembra si tratti di topi. Dovrei entrare a controllare il suo appartamento. Ci vorrà solo qualche minuto.»

«Va bene. Attenda un attimo.»

Si volta verso di me. Le indico la stanza da letto. Io, Callie e gli altri estraiamo le pistole. Alzo una mano, contando con le dita. Uno, due, tre. Spalanco la porta di scatto.

«FBI!» Urlo. «Fermo!»

La canna della pistola è a mezzo metro dalla sua faccia. Negli occhi vedo il vuoto che immaginavo. Lascia cadere il portablocco e alza le mani.

«Non sparate!» dice. La voce è sorpresa, come è giusto che sia in una situazione del genere, ma gli occhi no. Gli occhi guardano, misurano, pensano.

«Non muoverti» dico. «Mani dietro la testa, e mettiti in ginocchio!»

Lui mi fissa, si lecca le labbra. «Tutto quello che vuoi... Smoky.»

Esito per una frazione di secondo, a causa del fatto che ha usato il mio nome. Lui si muove veloce come il vento. Fa un passo di lato, poi mi viene addosso. Una mano spinge via la pistola, un'altra mi colpisce in faccia. Volo all'indietro, vedo le stelle e la frazione di secondo passa.

Sbatto contro il tavolino, atterro sulla schiena e cerco di rimettermi in piedi. Sono riuscita a non lasciar cadere la pistola.

Lui si sta ancora muovendo. Qualche specie di devastante arte marziale. Pugni e calci brevi e brutali. Decker si prende una gomitata alla mascella. Due denti gli schizzano fuori dalla bocca come proiettili. Poi la voce di Callie, fredda come il ghiaccio: «Un'altra mossa e ti uccido, stronzo».

Il movimento finisce. Tutto resta sospeso. Callie gli tiene la pistola puntata alla fronte. Lui si guarda intorno, rabbioso.

Viene placcato da McCullough e da Dylan, il quale ha abbandonato l'ascensore ed è arrivato a unirsi alla festa.

Mi rendo conto che sanguino e mi gira la testa. Molto.

«Amore mio, stai bene?»

Mi alzo in piedi, barcollando. «Sì...»

Poi cado con il culo per terra. Almeno non svengo.

Lui grida: «Stupida troia! Vacca! Credi che questo significhi qualcosa? Non significa niente! Niente, capito?».

«Sta' zitto!» urlo più forte di lui. «O ti sparo in una gamba. Dylan, McCullough. Lo voglio ammanettato e imbavagliato.»

Dylan mi sorride mentre fa scattare le manette. Poi lo porta sul pianerottolo per perquisirlo e leggergli i suoi diritti.

«Come stai?» chiede Callie, preoccupata.

Scuoto la testa per verificare. «Niente più capogiri. La mia faccia?»

«Ti ha fatto una bocca che nemmeno con il collagene, amore mio.»

Questo mi fa pensare a Decker. Grido il suo nome.

«Sono qui. Sto bene.»

È in piedi, ma deve appoggiarsi al muro. Si tiene un fazzoletto inzuppato di sangue contro le labbra.

«Hai bisogno di un medico» dico.

«No, di un dentista» ribatte, da dietro il fazzoletto.

«Callie.»

Lei apre il cellulare. «Li chiamo subito, amore mio.»

La porta della stanza da letto si socchiude. «Posso uscire?» chiede Leona, con voce malferma. State tutti bene?»

Mi guardo intorno. Il tavolino spaccato, Decker sanguinante, e finalmente l'adrenalina mi esplode dentro.

«L'abbiamo preso!» urlo.

Callie e Decker hanno un soprassalto. Callie ride, Decker ci prova.

«Tutto a posto, Leona» dico. «Tutto perfetto.»

Faccio crocchiare le dita. Mi fanno male le labbra.

Ma il drago ruggisce e digrigna i denti.

"Dammi da mangiare" sibila. "Lasciami masticare le sue ossa."

Mi lecco le labbra, sento il sapore del sangue. Questo dovrebbe calmare il drago, per il momento.

Capitolo 44

Sto entrando con Callie negli uffici dell'FBI. Abbiamo lasciato un poliziotto con Leona, mentre il nostro assassino è stato accompagnato al commissariato di polizia di Wilshire, dove sarà schedato. Sono venuta qui a prendere Alan per discutere insieme la strategia dell'interrogatorio. Ho appena premuto il bottone per chiamare l'ascensore quando squilla il cellulare.

«Smoky!»

Elaina. Dalla voce sembra terrorizzata. «Cosa succede, Elaina?»

«Ci sono tre uomini che ronzano intorno a casa nostra. Sembrano molto giovani.»

Un lampo di terrore mi attraversa. Penso a Ronnie Barnes. È possibile che Jack abbia creato un piccolo esercito di psicopatici? O sono troppo paranoica?

No, con lui la paranoia non è mai troppa.

Ho detto ad Alan che sua moglie non correva nessun pericolo immediato. Forse ho sbagliato di nuovo.

Lascio perdere l'ascensore. Corro su per le scale, con Callie dietro. «Elaina, dove sono gli agenti di sorveglianza?»

Silenzio.

«L'auto c'è. Ma non li vedo.»

«Hai un'arma in casa?»

«Sì, una pistola. Nell'armadio in camera.»

«Prendila, chiuditi in bagno. Prendo con me Alan e tra un quarto d'ora siamo lì.»

«Ho paura, Smoky.»

Chiudo un attimo gli occhi, senza smettere di correre. «Chiama la polizia. Prendi la pistola. Noi arriviamo, Elaina.»

Chiudo la comunicazione. Mi dispiace, ma devo spingerla ad agire. Pochi secondi dopo spalanco la porta dell'ufficio. L'espressione che devo avere lascia tutti ammutoliti.

«Alan, Elaina ha visite!» Indico Leo e James. «Voi due restate qui. James, tieni i contatti con la polizia riguardo all'uomo che abbiamo catturato e che loro stanno schedando. Callie e Alan, con me. Muoviamoci!»

Alan si è già mosso. Faccia piena di domande, occhi pieni di terrore. Ma la voce è ferma, mentre scendiamo di corsa verso il parcheggio. «Quanti sono?»

«Tre. Intorno alla casa. Le ho detto di chiamare la polizia, di prendere la pistola e di chiudersi in bagno.»

«Dove cazzo sono gli agenti che sorvegliano Bonnie?»

«Non lo so.»

Attraversiamo la reception di corsa, usciamo, altre scale fino al parcheggio. Elaina e Bonnie, Elaina e Bonnie. Ripeto queste parole nella mia mente come un mantra. Forse dovrei avere più paura, ma non ho tempo. Callie non ha detto una parola. Corre in silenzio.

Poi succede.

«Muori, puttana!»

Siamo nel parcheggio. Il giovane che ha urlato queste parole corre verso di me con un coltello in mano. Viso contorto, occhi affamati. Il tempo scorre al rallentatore, un fotogramma dietro l'altro. "Un metro e ottanta" penso, analitica. "Corre, ha il coltello alzato. Mi sarà addosso tra mezzo secondo..."

Gli faccio un buco in testa ancora prima di finire il pensiero. Ho estratto e sparato con una velocità istintiva, che non si lascia rallentare dalla mente.

Gli esplode la testa. Il tempo riprende la velocità normale.

Scarto di lato mentre lui cade in avanti, con un tonfo che fa volare via il coltello e pezzi di materia grigia.

«Porca puttana fottuta!» urla Alan.

Noto che né lui, né Callie hanno avuto il tempo di estrarre la pistola.

«Callie, guidi tu» urlo. «Muoversi, forza!»

Vedo Tommy correre verso di noi. Non mi fermo. «Stiamo bene!» grido. «Ci sono degli uomini in casa di Alan!»

Tommy non rallenta, non fa gesti, non dice una parola. Con un movimento fluido si volta e torna di corsa verso la sua auto. "Addestramento da Servizi Segreti" penso. Azione decisa, senza esitazioni, istantanea.

Raggiungiamo la macchina di Callie. Saliamo a bordo. Due secondi dopo lei parte sgommando.

«Chi cazzo era quello?» chiede Alan.

«Uno dei fratelli di sangue di Ronnie Barnes, amore mio» mormora Callie tra i denti, mentre fila via dal parcheggio come un razzo.

Sul viso di Alan appare la paura. «Oh, no...» bisbiglia.

Non è necessaria una risposta. So che nella sua testa echeggia lo stesso mio mantra. Elaina e Bonnie, Elaina e Bonnie, Elaina e Bonnie.

E sono certa che per lui, come per me, quelle parole prendono sempre più il tono di una preghiera.

Capitolo 45

Alan chiama la moglie. «Stiamo arrivando. Hai chiamato la polizia? Cosa? Merda, resta dove sei, tesoro, non muoverti.» Copre il microfono e dice: «Sono in casa. Li sente muoversi in giro». Torna a rivolgersi a Elaina. «Ascolta, piccola. Non parlare più, non voglio che ti sentano. Lascia la comunicazione aperta, posa il telefono e punta la pistola contro la porta. Se non senti me, Smoky o Callie, spara senza esitare a chiunque cerchi di entrare.»

«Elaina e Bonnie, Elaina e Bonnie, Elaina e Bonnie...»

Siamo arrivati. Callie frena sul vialetto d'ingresso e scendiamo, con le armi in pugno. Alan ha già messo via il telefonino. Vedo l'auto di Keenan, e vado a controllare. Quello che vedo mi riempie di dolore e rabbia. Entrambi assassinati, con un buco in fronte.

Adesso bisogna pensare a vendicarli. A piangerli ci penseremo dopo.

Corro verso la casa. Indico la porta. È stata forzata. «Entriamo in silenzio» sussurro. «Se possibile li voglio vivi. Mi hai sentito, Alan?»

Lui mi fissa. Uno sguardo freddo, da killer. Poi annuisce, poco convinto.

Entriamo, attenti a ogni segno della presenza di intrusi. Ci scambiamo occhiate. Al pianterreno non c'è nessuno. Sentiamo un movimento di sopra. Indico il soffitto.

Saliamo le scale in fretta e in silenzio. Sento il respiro di Alan, vedo la sua fronte imperlata di sudore, anche se la temperatura in casa è fresca. Siamo quasi in cima quando Elaina urla.

«Alan!» La sua voce è terrorizzata. Seguono tre spari potenti, in rapida successione. *Bang! Bang! Bang!*

«FBI!» grido. «Gettate le armi e in ginocchio, stronzi!»

Bang! Bang! Bang! Ora vedo da dove vengono gli spari. Un giovane dai capelli neri sembra avere le convulsioni, mentre la pistola di Elaina gli apre in corpo una serie di buchi.

Gli altri due si voltano verso di noi. Uno ha un coltello, l'altro una pistola. Sembrano colti di sorpresa, poi vedono me e sui loro volti appare l'odio.

«È lei» dice quello con la pistola. «Quella puttana di Smoky!»

Mi punta contro la pistola, mentre l'altro si getta in avanti con il coltello. Tutto si muove di nuovo al rallentatore.

Alan e Callie sparano al primo. Noto con una specie di distaccata approvazione i buchi che gli si aprono in testa e nel petto, schizzando sangue e materia cerebrale. Mentre cade preme di riflesso il grilletto. Con quello del coltello si ripete la scena del parcheggio, ma stavolta sparo alla mano. Ci serve vivo. Cade in ginocchio. Vomita, poi si accascia a terra, svenuto ma scosso da tremiti.

«*Elaina!*» tuona Alan.

«*Qui!*» grida lei di rimando, isterica. «Stiamo bene! Stiamo bene! Stiamo bene!»

Alan e io corriamo verso il bagno. Quando le vedo sane e salve dentro la vasca mi cedono le gambe dal sollievo. Elaina piange, ha lo sguardo da pazza e la pistola ancora in mano. Bonnie è seduta con la fronte sulle ginocchia, e ondeggia avanti e indietro. Corro verso di lei, urtando Alan che corre verso Elaina.

«Stai bene, tesoro?» chiedo, agitata, tenendole la testa tra le mani.

Alan sta facendo la stessa cosa con Elaina. Bonnie comincia a piangere, mi abbraccia. I «Grazie a Dio» di Alan e miei echeggiano sui muri. In un caos di sollievo.

«Callie!» grido. «Stanno bene! Tutte e due!» Nessuna risposta. «Callie?»

L'immagine del ragazzo con la pistola che preme il grilletto mentre cade mi torna in mente di colpo.

«Oh, no...» mormoro. Lascio Bonnie, afferro la pistola, esco cauta dal bagno.

La vedo.

Lo shock mi impedisce di parlare.

Callie è stesa sulla moquette in cima alle scale, con i capelli scomposti e gli occhi chiusi.

Una macchia rossa si allarga sul suo petto.

«Un'ambulanza! Alan...» dico a bassa voce. Poi lo ripeto urlando: «Un'ambulanza! *Chiama una cazzo di ambulanza!*».

Capitolo 46

Sono nell'auto di Tommy. Stiamo andando in ospedale. Tutto il mio corpo è scosso da tremiti incontrollabili.

Non riesco a formare pensieri compiuti. Il terrore continua a spararmi dentro scariche di adrenalina.

Alan è rimasto con Elaina e Bonnie. E con il ragazzo rimasto vivo. Non mi ha detto nulla, ma non ce n'era bisogno. Quello che avrebbe voluto dire gli si leggeva negli occhi.

Tommy sta parlando. Le sue parole penetrano la nebbia che mi avvolge la mente.

«Ho visto la ferita, Smoky. Un po' me ne intendo. Non so dirti se guarirà o no, ma posso dirti che non sono sicuro che sia mortale.» Si volta a guardarmi. «Mi ascolti?»

«Sì, Cristo santo!» urlo. «Ti sento!» Non so perché ho urlato. Non ce l'ho con Tommy.

«Grida pure, Smoky. Va bene così.»

Il suo tono stoico mi fa infuriare. «Sempre calmo e impassibile, eh?» dico. Il veleno che ho dentro chiede di schizzare fuori. «Pensi che il fatto di essere una specie di robot ti renda speciale?»

Nessuna risposta.

«Ma non devi essere tanto speciale, se ti hanno sbattuto fuori dai Servizi! Sei un perdente! Mi hai sentito? Non significhi nulla per me! La mia amica sta morendo, e tu ti comporti come nulla fosse. Ti odio! Per me non sei nulla, e...»

La mia voce si perde in un gemito. Il veleno è finito. Ora è tornato il mio vecchio amico: il dolore. Abbasso rapida il finestrino e vomito in strada. Una fitta mi attraversa la testa.

Mi rilasso, finalmente calma. Tommy apre lo scomparto del cruscotto. «Ci sono dei fazzoletti, lì dentro.»

Ne prendo alcuni. Mi pulisco la faccia.

«Scusa» dico, un paio di chilometri dopo.

Lui mi guarda, sorride. «Non pensarci.»

Quando comincio a piangere, Tommy mi posa una mano su un ginocchio e la tiene lì, mentre continuiamo la nostra corsa verso l'ospedale.

Capitolo 47

La cappella dell'ospedale è silenziosa e tutta per me. Callie è sotto i ferri, ancora nessuna notizia. Tutti gli altri sono in sala d'aspetto. Leo, James, Alan, Elaina e Bonnie. Il direttore Jones sta arrivando.

Io sono in ginocchio e prego.

Non credo nel Dio in cui credono tanti: da qualche parte nei cieli, onnipotente, che guida l'universo.

Credo però in *qualcosa*, che non è molto interessato a noi ma che ciò nonostante di tanto in tanto dà un'occhiata giù, per vedere cosa fanno le formichine.

Sono in ginocchio a mani giunte sperando che sia una di quelle volte.

Sono sporca di sangue e di violenza. Ma prego con la testa china, in un mormorio disperato.

"Va bene, ho perso Matt, mia figlia e la mia migliore amica. Sono piena di cicatrici e ho incubi che mi fanno svegliare urlando. Ho passato sei mesi di sofferenze, in cui desideravo solo morire. Bonnie è muta a causa dell'orrore a cui è stata sottoposta da uno psicopatico. Ed Elaina, una delle persone migliori che conosco e amo, ha un cancro." Mi asciugo una lacrima con il dorso della mano. "Tutto questo sono riuscita ad accettarlo. Ci ho messo un po', ma ce l'ho fatta." Un'altra lacrima scende indisturbata lungo la guancia. Mi stringo le mani fino a farmi male. "Ma questo no. Questo è troppo. Non posso perdere anche Callie. Perciò ti propongo un accordo. Ci sei?" La disperazione supplichevole della mia voce diventa ancora più intensa. "Lasciala vivere, e fa' a me tutto quello che vuoi. Accecami, paralizzami, fammi venire un cancro, bruciare la casa, cacciare dall'FBI. Ma fa' che Callie non muoia. Ti prego."

Qualcosa dentro di me si spezza, e il dolore mi getta a terra. Metto le mani avanti per sostenermi, e mi ritrovo a quattro zampe, mentre le lacrime scendono sul pavimento di maiolica della cappella. "Vuoi vedermi strisciare?" chiedo in un sussurro. "Vuoi farmi torturare e violentare da dieci psicopatici? Va bene. Basta che Callie viva."

Non arriva nessuna risposta, ma questo non mi stupisce, perché non me l'aspettavo. Avevo solo bisogno di dire queste cose. Di supplicare l'universo di risparmiare Callie. Avevo bisogno di mostrare che sono disposta a rinunciare a tutto, pur di salvare la mia amica.

Nel caso che questo possa fare una differenza.

Torno in sala d'attesa. Mi sono presa un po' di tempo per ricompormi, ma sono ancora scioccata, confusa e distrutta. So che dovrei sostenere gli altri. È questo il compito di un leader. «Novità?» chiedo. La voce viene fuori ferma. Sono orgogliosa di me.

«Non ancora» risponde Alan.

Li guardo. James è cupo, Leo cammina avanti e indietro. Alan ha un'aria impotente che commuove. Solo Elaina e Bonnie sembrano calme. Eppure sono quelle che hanno appena rischiato di essere uccise. Non sai mai da dove viene fuori la forza.

La sala ha l'odore sterile e i rumori ovattati tipici degli ospedali. Tutto così tranquillo, come in una biblioteca. Una biblioteca dove la gente sanguina e muore.

Vado a sedermi accanto a Bonnie. «Come stai, tesoro?»

Annuisce, poi scuote la testa. Ci metto qualche secondo a capire. "Sì, sto bene. No, non preoccuparti per me."

«Meglio così» mormoro.

La porta della sala d'aspetto si apre ed entra il direttore Jones. Anche lui sembra disfatto.

«Dov'è? Se la caverà? Cosa è successo?»

Mi alzo e gli vado vicino, in un ticchettare di scarpe sulle mattonelle. «È ancora in sala operatoria, signore.»

Jones mi fissa per un lungo momento. «Qual è la situazione?»

«Un proiettile di nove millimetri nel petto. Ha perso molto sangue e l'hanno portata direttamente in sala operatoria. Non sappiamo altro.» "Concisa ed efficiente" penso. Reprimo la risatina isterica che inizia a gorgogliare dentro di me.

Jones mi fissa, rosso in viso. Mi spaventa il livello di rabbia che vedo nei suoi occhi. La rabbia non è un'emozione tipica del nostro direttore. Questo blocca sul nascere la mia isteria.

«Da quanto tempo è dentro?» chiede Jones, duro.

«Due ore.»

Lui si volta di scatto. Fa due passi. Si volta ancora di scatto e torna indietro, puntandomi contro un dito. «Stammi bene a sentire, Smoky. Ho due agenti morti e un altro sotto i ferri. Nessuno di voi, lo ripeto, *nessuno* di voi, deve mai restare solo da questo momento in avanti. Per me potete anche dormire tutti insieme, non mi importa. Il punto è che non dovete andare neppure in bagno o soffiarvi il naso se non c'è qualcuno con voi. È chiaro?»

«Signorsì.»

«Non voglio altri morti. Mi hai sentito, Smoky?»

Sopporto il peso della sua rabbia, come ha fatto Tommy con me in macchina. So che Jones pensa a Joseph Sands. Che si preoccupa per me. Per noi. Lo capisco.

La tempesta passa e Jones si calma. Si porta una mano alla fronte. Riconosco la sua lotta. È la stessa che ho appena sopportato io. Lui è il capo. Deve comportarsi da capo.

«Aggiornatemi, mentre aspettiamo.»

Lo metto al corrente. L'arresto del compagno di Jack Junior, la telefonata di Elaina, il tizio che ho ucciso nel parcheggio.

L'assalto a casa di Elaina da parte dei tre giovani psicopatici. Il nostro intervento.

«Dove si trova quello che hai ferito alla mano?»

«Qui. Stanno cercando di riattaccargli le dita.»

«Gli taglino anche le altre, piuttosto» ruggisce Jones.

Con la coda dell'occhio vedo Bonnie annuire. Questo mi intristisce, in qualche modo.

«Gli altri tre? Tutti uccisi?»

«Sì.»

«Da chi?»

A un certo punto dell'inchiesta bisognerà rendere conto di ogni proiettile sparato. «Io ho ucciso quello del parcheggio, come ho detto. Elaina ha fatto fuori uno dei tre che erano entrati in casa sua. Alan e Callie hanno ucciso l'altro, quello con la pistola.

Il direttore Jones guarda Elaina. Il suo sguardo si ammorbidisce. «Mi dispiace» dice. Non ha bisogno di dire altro. Elaina capisce. Gli dispiace che lei, una civile, sia stata costretta a uccidere.

«Grazie.»

Jones torna a rivolgersi a me. «E tutti questi sono allievi di Jack Junior?»

«Difficile dubitarne, signore.»

«E il sospetto che avete catturato? Siete sicuri che faccia parte del gruppo?»

«Non possiamo darlo per certo, ma... sì. Credo proprio di sì.»

Jones annuisce. «Ottimo. Davvero ottimo.» Resta in silenzio per diversi secondi, guardandoci uno dopo l'altro. «Ascoltate» dice poi, in tono meno tagliente. «Aspetteremo tutti qui finché non sapremo se l'agente Thorne se la caverà. Appena avremo notizie, buone o cattive, torneremo al lavoro.»

Nessuno dice nulla. Vedo solo una cupa determinazione negli sguardi di tutti. Anche Jones la nota, e annuisce. «Benissimo.»

"Benissimo" penso. Un'altra bolla di isteria che è riuscita a superare le mie difese interne. Mi sento malferma sulle gambe, e finalmente mi siedo.

Squilla un cellulare. Tutti controllano il proprio, ma è quello di Tommy. Mi ero quasi dimenticata di lui. Non fa parte della squadra, perciò si è tenuto in disparte.

«Aguilera.» Aggrotta la fronte. «Chi parla?»

Una calma terribile si distende sul suo viso. Non è una calma rilassata. È una calma omicida. Mi guarda. «Un attimo.»

Si avvicina e copre il microfono con una mano. «È *lui*.»

Salto in piedi, seguita da quasi tutti gli altri. Le bolle isteriche sono scomparse. «Cosa? Intendi Jack Junior?» Dire che ho un tono incredulo non rende l'idea.

«Sì. Vuole parlare con te.»

Un milione di pensieri mi attraversano la mente. Questa è un'assurda variazione della sua routine. Non ha senso. «Qualche possibilità di rintracciare la chiamata?» chiedo a Tommy.

«No. Queste cose vanno preparate prima.»

Il direttore Jones sospira. «Parlagli, Smoky. È l'unica cosa da fare.»

Tendo la mano e prendo il telefono. Faccio un respiro profondo per calmarmi e me lo accosto all'orecchio. «Parla Barret.»

«Agente speciale Barrett! Come stai?» La voce è filtrata da qualche aggeggio elettronico. Mi sembra di parlare con un robot.

«Cosa vuoi?»

«Ho pensato che almeno per una volta dovevamo parlare. Le e-mail e le lettere sono così impersonali, non trovi?»

«Trovo che tu abbia reso tutta questa storia molto personale, Jack. Inoltre sei un fottuto bugiardo.»

Ride, e il filtro elettronico rende orribile quel suono. «Ti riferisci ai visitatori che ho mandato, vero? Be'... hai ragione, ma non ti ho mentito del tutto. È solo che... mi annoiavo. Il lavoro con te e i tuoi in un certo senso è piacevole come quello sulle mie puttane.»

Voglio fargli del male. Spaccare quello strato di arroganza. «Jack, hai visto il mio piccolo spot al telegiornale?»

Un lungo silenzio. Quando torna a parlare noto con soddisfazione che la sua voce è piatta. «Sì, Smoky. Ho visto e sentito le tue menzogne.»

Rido. Una risata breve che sembra un latrato. «Menzogne? E perché diavolo dovrei mentire? Non ti piace la verità, eh, stronzo? Non c'è nessuna eredità, nessun utero di Annie Chapman, nessuna missione sacra. Sei tu che non sai quello che dici, Jack. Tutta la tua vita è una menzogna! Cristo, non sei neppure capace di seguire il *modus operandi* del vero Jack lo Squartatore! Lui uccideva le puttane, Jack, non i poliziotti. E tu non sai decidere cosa vuoi. Lui almeno sapeva che tipo di vittime cercare ed è stato coerente. Tu non riesci ad affrontare la realtà, vero? Non sai quanto sei patetico!»

Il suono del suo respiro ansimante, modificato dal filtro, è strano, surreale.

«Sei ancora lì, Jack?»

Un altro silenzio, poi: «Un buon tentativo, Smoky. Meriti un applauso. Perché dovresti mentire? Per il motivo più semplice: destabilizzarmi». Si interrompe un attimo, e posso quasi sentire la sua rabbia. «Non ho mai detto di *essere* lo Squartatore, stupida troia. Ho detto che *discendo* da lui. E mi sono evoluto. Vuoi sapere perché il mio obiettivo siete voi, oltre alle puttane? Perché così mi va, e sono abbastanza in gamba da potermelo permettere. E il motivo per cui mi diverto a creare i miei piccoli adepti è lo stesso: perché *posso* farlo.»

Per un attimo solo, sono tentata di rivelargli che abbiamo catturato il suo amichetto. Ma riesco a trattenermi.

«No, lo fai perché sei un povero psicopatico, Jack. Evoluto? Non credo proprio. Il vero Jack lo Squartatore non si è mai fatto prendere. Io invece ti prenderò. Contaci.»

Segue ancora un lungo silenzio. Quando parla di nuovo, non c'è più rabbia nella sua voce. Ha ripreso il controllo.

«Parlando di puttane... Come sta la piccola Bonnie?»

Anche se mi costa molto, devo continuare a farlo parlare. Provo a tentare un approccio diverso. Abbasso la voce, assumendo un tono tranquillo, ragionevole.

«Jack, perché non smetti di fingere? Sappiamo entrambi chi è che vuoi veramente.»

«E chi sarebbe questa persona, agente speciale Barrett?»

«Io. Tu vuoi me.»

Il direttore Jones lancia un grido strozzato. «No! Dannazione, Smoky!»

Lo ignoro. «Ho ragione?»

Lui ride di nuovo. «Smoky, Smoky, Smoky...» Ha un tono condiscendente. «Io voglio tutto, mia cara. Voglio le puttane, voglio te, voglio tutti quelli che ami. Ah, a proposito, come sta la povera Callie? Sopravviverà?»

«Vaffanculo, bastardo!»

«Hai ancora un giorno, Smoky» dice lui, ignorando l'insulto. «Poi un'altra puttana morirà. E naturalmente anche tu e i tuoi potrete aspettarvi qualcosa di divertente.»

Capisco che sta per chiudere la comunicazione. «Aspetta.»

«No. Stavolta non ho resistito alla tentazione, ma questo modo di comunicare è troppo rischioso. Non aspettarti che succeda ancora. La prossima volta che sentirai la mia voce, saremo faccia a faccia, e urlerai. Ah, un'altra cosa. Se l'agente Thorne dovesse morire, ti consiglio di farla cremare. Altrimenti potrei essere tentato di profanare la sua tomba... e giocare con lei. Come ho fatto con la piccola Rosa.»

Riattacca, con quelle parole che mi gelano fino alle ossa.

«Ma che cazzo hai in testa?» inveisce James. La furia nella sua voce mi lascia senza parole. Soprattutto qui, in questa sala d'aspetto di ospedale. Lo guardo. Emette letteralmente onde di rabbia.

«Di cosa stai parlando?» chiedo, incredula.

«Dovevi per forza prenderlo per il culo, vero? Non potevi resistere.» Le sue parole sono gonfie di veleno. «Lui ci sta addosso, e tu devi farlo incazzare ancora di più. Fai sempre così. Racconti a noi e agli psicopatici la stessa cosa: che siamo invincibili. Invece non è vero.»

Ora è lanciato, inarrestabile.

Tutto quello che riesco a fare è continuare a fissarlo.

«Cos'è quella faccia? Non ricordi cos'hai fatto quando davamo la caccia a Joseph Sands? Sei andata in tivù, hai detto al mondo che lui non era altro che un povero stronzo patetico, sperando che avrebbe abboccato all'amo.» James fa una pausa. Ha gli occhi accesi e la bocca contorta in una specie di smorfia. «E ha abbocato, direi. Ha ucciso la tua famiglia e per poco non ha fatto fuori anche te. E ora ne abbiamo un altro con la stessa idea fissa in mente, che minaccia tutti noi... e tu non hai imparato un cazzo dall'esperienza! Keenan e Shantz sono morti. Deve morire anche Callie perché tu capisca finalmente che quando giochi a fare la dura altre persone perdono la vita?» Si ferma, ma non ha ancora finito. Si tende come un elastico pronto a scattare. È il silenzio prima del ruggito finale. «Aver causato la morte di tuo marito e tua figlia non è bastato a insegnarti la lezione?»

Alzo la mano per colpirlo. Non voglio dargli semplicemente uno schiaffo, ma un manrovescio da fargli ballare i denti. Due cose mi fermano. La prima è il lampo di vergogna nei suoi occhi quando si rende conto di quello che ha detto. La seconda è Bonnie. Si è avvicinata a James e gli tira forte una mano.

«Eh? Cosa c'è?» chiede lui, confuso.

Bonnie gli fa cenno di chinarsi. Lui l'accontenta. Io resto a guardare, tremante di rabbia.

Bonnie lo schiaffeggia al posto mio. Nonostante abbia solo dieci anni e sia anche piccola per la sua età, il rumore del suo palmo contro la guancia di James risuona nella stanza come una frustata.

James spalanca gli occhi dalla sorpresa, apre la bocca e cade a sedere sul pavimento. Bonnie mi fissa brevemente, annuisce e torna a sedersi accanto a Elaina.

Nessuno dice una parola. Sento fisicamente la loro immobilità. James si alza lentamente in piedi, una mano sulla guancia. Nei suoi occhi vedo vergogna, dolore e meraviglia.

Vorrei dire qualcosa, ma due entrate in scena mi tolgono la

parola. La figlia di Callie entra di corsa nella sala d'aspetto e appare sulla porta un chirurgo esausto e sudato. Non so a chi rivolgermi prima, ma è Marilyn a risolvere il problema, voltandosi verso il medico.

«L'agente Thorne è viva» dice lui, con voce stanca.

«Grazie a Dio!» esclama Elaina.

Ho voglia di cadere in ginocchio per la gioia. Il chirurgo solleva una mano per chiedere silenzio. «Il proiettile ha mancato di poco il cuore. E non si è frammentato. Ma prima di fermarsi nella spalla sinistra ha sfiorato la spina dorsale.»

La temperatura della stanza precipita di colpo alle parole "spina dorsale".

«Il midollo non è leso, ma è comunque stato toccato, e si è prodotto un gonfiore. Inoltre c'è stata una notevole perdita di sangue...»

«Vada al punto, dottore» interviene il direttore Jones, impaziente.

«Il punto è che la situazione dell'agente Thorne è ancora critica. L'operazione è riuscita, ma...» Cerca le parole giuste, non le trova. «Potrebbe ancora morire. È improbabile, ma non possiamo escluderlo.»

Marilyn pone la domanda cruciale. Quella che ci spaventa tutti. «E il gonfiore del midollo spinale?...»

«La cosa più probabile, secondo me, è che si riassorba senza causare danni permanenti.» Sospira. «Ma non posso assicurarvelo al cento per cento. C'è sempre la possibilità che resti paralizzata.»

Marilyn si copre la bocca con le mani, troppo spaventata per riuscire a parlare. Io rompo il silenzio: «Grazie, dottore».

Lui annuisce, rivolge uno sguardo a tutti ed esce.

«Gesù, no» geme Marilyn. «L'ho appena conosciuta. Io...»

Il pianto scende, inarrestabile. Vado ad abbracciarla.

Mi sento a pezzi. Ma non mi lascio spezzare.

Capitolo 48

Siamo tornati in ufficio. Elaina e Bonnie sono a casa mia, visto che l'abitazione di Alan ora è diventata una "scena del crimine". Marilyn è rimasta in ospedale, in attesa di notizie di Callie. Quando siamo andati via ha solo detto: «Prendeteli».

James è in piedi davanti alla finestra e guarda fuori. Continua a evitare il mio sguardo. Io vorrei strisciare in una tana e dormire per un anno. Ma non posso permettermelo.

«Sai qual è il problema con lo stress, James?» chiedo.

Lui non risponde. Io aspetto.

«Qual è?» chiede alla fine, sempre guardando fuori.

«Lo stress crea piccole crepe, che poi si estendono sempre più, finché alla fine qualcosa si rompe.» Cerco di tenere un tono di voce calmo, non accusatorio. «È questo che vuoi, James? Vuoi spezzarmi del tutto?»

Lui si volta di scatto a fissarmi. «Cosa? No, io... È solo che con Callie in ospedale...» James stringe i pugni, li apre, respira a fondo. «Non ho paura per me, Smoky. Ho paura per Callie. Lo capisci?»

«Certo» rispondo. «Io avevo sempre paura per Matt e Alexa, sai? Ogni giorno temevo che accadesse loro qualcosa. Come poi è successo.» Mi stringo nelle spalle. «Matt una volta mi disse una cosa vera. Mi disse che io facevo il lavoro che amavo. È così. Odio quei bastardi, e amo l'idea di catturarli. Lo capisci?»

James resta un attimo in silenzio, poi annuisce.
«E ho pensato a lungo a quello che mi hai detto in ospedale. Sands è venuto a uccidere la mia famiglia perché io l'avevo provocato? Per molto tempo ho creduto di sì. Ma ora so che non è vero. Lui è venuto da noi perché io gli davo la caccia. Perché facevo il mio lavoro. E sarebbe venuto comunque, anche se non l'avessi insultato in tivù. Mi segui?»
James non risponde.
«Il punto è questo. Ciò che io dico o non dico a Jack Junior non fa differenza.» Indico tutti i presenti con un gesto circolare. «Noi siamo le sue prede, ora.»
James mi fissa a lungo, prima di rispondere. Alla fine chiude gli occhi e annuisce.
«Scuse accettate» dico.
Lui distoglie lo sguardo, si schiarisce la voce. Tutti sono restati zitti e attenti durante la discussione. Abbiamo toccato il culmine. La macchina perfetta della squadra rischia di esplodere. La fonte della nostra rabbia è Jack Junior, lo so. Ma ho paura dello squilibrio che si è creato dopo ciò che è successo a Callie. Se io sono il perno intorno al quale girano i raggi della ruota, Callie è il movimento stesso, ciò che fa avanzare la ruota su ogni terreno. Le sue battute, il suo humour, sono come un tonico. La sua assenza crea un vuoto, e temo che cercheremo di riempirlo gettandoci l'uno contro l'altro.
«Sapete qual è stata la prima cosa che mi ha detto Callie, la prima volta che mi ha visto?» dico, all'improvviso. «Ha detto: "Grazie a Dio! Non sei una nana, dopotutto".» Sorrido a quel ricordo. «Aveva saputo che sono alta meno di un metro e sessanta e non riusciva a farsi un'idea di quell'altezza. Così, mi immaginava come una nana.»
Alan ride piano. «Sai cosa ha detto a me, la prima volta che ci siamo visti? "Mio Dio, un negro gigante."»
«No!»
«Sì, te lo giuro.»
Il cellulare di Alan squilla. Mentre lui risponde e ascolta cade

il silenzio nella stanza. «Sul serio? Perfetto. Grazie, Gene.» Riattacca e mi guarda. «Le impronte dell'uomo che abbiamo catturato corrispondono a quelle trovate sotto il letto di Annie. E abbiamo anche un po' del suo DNA per le analisi...»

«Sul serio? Come è possibile?»

«Si è spaccato un labbro durante la colluttazione con voi. E Barry gli ha offerto il suo fazzoletto per asciugarsi il sangue.»

«Astuto» commento, senza sorridere.

«È uno dei due che cerchiamo, Smoky» dice Alan. «Al cento per cento. Forse non siamo ancora in grado di provarlo, ma ci siamo vicini. Cosa vuoi fare?»

Tutti guardano me, con la stessa domanda negli occhi. Cosa voglio fare? La risposta è semplice.

"Uccidiamolo e mangiamolo" propone il drago.

In un certo senso faremo così.

«Uno di noi due condurrà l'interrogatorio più importante della sua vita, Alan» rispondo. «E dovrà aprire quell'uomo come una noce.»

Capitolo 49

Alan e io siamo con Barry nella sala di osservazione, e guardiamo l'uomo attraverso il falso specchio. È ammanettato mani e piedi e seduto al tavolo.

Ha un aspetto normale, il che mi sorprende, in un certo senso. Capelli castani, viso duro e spigoloso. Gli occhi sono pieni di rabbia, ma il corpo è rilassato. Fissa lo specchio, sapendo di essere osservato.

«Freddo come un ghiacciolo» commenta Alan. «Cosa sappiamo di lui?»

«Poco» risponde Barry. «Si chiama Robert Street, trentotto anni, single, mai sposato, niente figli. Lavora come istruttore di arti marziali in una palestra.» Mi guarda, indica le mie labbra gonfie. «Ma questo lo sai già.»

«Sapete anche dove abita?» chiedo.

«Sì. In un appartamento a Burbank. Ho già mandato qualcuno a chiedere un mandato di perquisizione. Non dovrebbero esserci problemi.»

«Chi conduce l'interrogatorio?» chiede Alan. «Hai detto "uno di noi due". Quindi tu o io?»

«Tu, è ovvio.» Non devo neppure pensarci. Alan è il migliore, e l'uomo in quella stanza è la chiave per trovare il nostro Jack Junior. Per mettere fine a questa storia.

Alan mi rivolge una lunga occhiata, poi annuisce e si volta a fissare Robert Street attraverso il vetro. Barry e io aspettiamo. Alan studia il prigioniero come un cacciatore studia la preda. Si prepara.

Dobbiamo fare in modo che ceda. Per molte ragioni. Innanzitutto non l'abbiamo ancora incastrato. Un buon avvocato potrebbe sostenere che le impronte sotto il letto di Annie sono state lasciate quando Street ha spostato il letto durante il suo finto controllo come impiegato di una ditta di disinfestazione. Certo, è una cosa sospetta, ma da sola non basta per accusare un uomo di omicidio. Abbiamo il suo DNA, ma non ci sono ancora i risultati per il confronto. Inoltre, il DNA trovato sotto l'unghia di Charlotte Ross potrebbe essere quello di Jack Junior, e non quello di Robert Street.

Ma soprattutto, abbiamo bisogno che Street ci conduca fino a Jack.

Alan si rivolge a Barry. «Okay, fammi entrare.»

Barry lo accompagna fuori, e poco dopo lo vedo apparire nella stanza dall'altra parte dello specchio. Robert Street lo guarda, inclina la testa di lato e sorride.

«Impressionante» dice, con un ghigno. «Suppongo che tu sia il poliziotto cattivo, giusto?»

Alan si avvicina, con l'aria di chi ha tutto il tempo del mondo. Si siede direttamente di fronte a Street, si aggiusta il nodo della cravatta, sorride. So che ogni movimento, e la lentezza o la velocità con cui è compiuto, è calcolato. Così come il tono della sua voce quando parla. È tutta una messinscena, con uno scopo preciso.

«Signor Street, mi chiamo Alan Washington.»

«So chi sei. Come sta la signora?»

Alan sorride, scuotendo la testa. Gli punta contro un dito enorme. «Bravo» dice. «Bel tentativo di farmi uscire dai gangheri.»

Street sbadiglia, mostrando una noia esagerata. «E quella troia della Barrett dov'è?»

«Arriverà, ma per il momento è fuori combattimento» dice Alan. «Gliele hai suonate per bene, in quell'appartamento.»

Un sorriso cattivo. «Felice di saperlo.»

Alan scrolla le spalle. «Ascolta, resti tra noi, ma anche a me qualche volta viene voglia di mollarle un cazzotto.»

«Sul serio?» Street sembra dubbioso.

«Già. Non posso evitarlo. Sono della vecchia scuola. Sono cresciuto sapendo che il posto di una donna è sotto di me, non sopra di me.» Alan ride alla propria battuta. «E ogni tanto devo dare qualche ceffone a mia moglie, per ricordarle chi comanda.»

Street adesso è attentissimo, quasi affascinato. Il mostro in lui desidera che Alan parli sul serio, e questo desiderio supera la sua diffidenza.

I giorni dei tubi di gomma e del gioco del poliziotto buono e del poliziotto cattivo sono finiti da un pezzo. Ora c'è una scienza sperimentata dell'interrogatorio, basata su psicologia, capacità di osservazione e una certa quantità di arte pura. Il primo passo è quello di stabilire un rapporto. Se Street fosse stato un appassionato di pesca sportiva, anche Alan lo sarebbe diventato all'istante. Invece la sua passione è ferire e umiliare le donne, quindi per il momento è anche la passione di Alan. E funzionerà. Ho visto questa tecnica andare a segno non solo con criminali incalliti, ma persino con poliziotti che la conoscevano. È la natura umana, irresistibile e inevitabile.

«E l'FBI cosa ne pensa?» chiede Street.

Alan si china in avanti, minaccioso. «Mia moglie sa tenere la bocca chiusa.»

Street annuisce, impressionato.

«Comunque, per tornare a noi» dice Alan, «oltre a Smoky hai malmenato anche qualcuno degli altri. Mi dicono che sei un istruttore di arti marziali.»

«Esatto.»

«Che stile?»

«Wing Chun. È una specie di kung fu.»

«Sul serio? Bruce Lee, eh?» Alan sorride. «Io sono cintura nera di karate.»

Street lo guarda bene, valutando le sue dimensioni. «E lo pratichi seriamente, oppure è solo per darti delle arie?»

«Combatto due volte alla settimana, e da dieci anni faccio ogni giorno i miei *kata*.»

Dietro lo specchio, guardo Barry. «Alan non sa neppure cosa sia un *kata* di karate.»

Street annuisce. Un piccolo cenno di rispetto tra uomini. Alan sta entrando in contatto. «Ottimo. Uno grosso come te può essere letale, se si tiene ben allenato.»

Alan allarga le mani come a dire: "Faccio del mio meglio". «E tu? In che anno hai cominciato a praticare il kung fu?»

Street ci pensa su, abbocca all'esca. «Non ricordo l'anno preciso... Avevo cinque o sei anni, vivevamo a San Francisco.»

Alan sibila. «Un sacco di tempo. Quanto ci vuole, in media, partendo da zero, ad arrivare a un buon livello?»

«Difficile a dirsi. Dipende molto dalla persona. Ma in genere quattro o cinque anni.»

Alan sta creando una "base operativa" per mezzo di una tecnica neurolinguistica. Si tratta di rivolgere al soggetto due specie di domande: quelle dove gli si chiede di ricordare qualcosa e quelle che richiedono l'uso di processi cognitivi. Alan intanto prende nota del suo linguaggio corporeo, si accorge di quali cambiamenti si verificano quando ricorda e quando riflette, soprattutto nello sguardo. Quando Street ha dovuto ricordare l'anno in cui ha iniziato a praticare il kung fu ha guardato a destra. Quando ha dovuto pensare a quanto tempo ci può mettere qualcuno ad arrivare a un buon livello, ha guardato in basso a sinistra. Ora Alan sa che se gli chiede di ricordare qualcosa e Street guarda in basso a sinistra, probabilmente sta mentendo, perché riflette invece di ricordare.

«Quattro o cinque anni. Niente male.» Alan fa un gesto dietro la sedia. Si tratta di un segnale e io rispondo con un colpetto sul vetro. Alan fa una smorfia. «Scusa. Torno tra un attimo.»

Street non risponde. Alan si alza ed esce. Pochi secondi dopo è con noi nella sala di osservazione.

«Sarà anche un duro» dice subito, «ma su interrogatori e linguaggio non verbale non sa proprio un cazzo. Penso di farcela in fretta.»

«Sta' attento» dico. «Vogliamo che ci porti da Jack Junior, e non sappiamo ancora quanto gli sia leale.»

Alan scuote la testa. «Non ha importanza.» Si rivolge a Barry. «Hai quel folder?»

«Eccolo.» Barry gli consegna un folder con dentro dei fogli. Alcuni sono bianchi, altri contengono informazioni che non c'entrano niente con Street. Tuttavia sulla copertina del folder è stampato a chiare lettere il nome «Robert Street».

Alan si prepara a cambiare tono e ritmo dell'interrogatorio. Adesso si arriva al confronto diretto. Nella nostra società, tendiamo a pensare che un folder contenga informazioni importanti, e il fatto che questo sia pieno di fogli farà pensare a Street che abbiamo parecchie prove contro di lui. Ora Alan sta per affrontare un punto chiave di questo tipo di interrogatorio, che può avere risultati drammatici. Alcuni indiziati addirittura svengono.

Alan osserva per qualche secondo Street attraverso il vetro, poi torna nella stanza con lui, fingendo di leggere i fogli contenuti nel folder. Lo chiude e fa in modo che Street noti il suo nome stampato sulla copertina. Stavolta non si siede, prende una posizione dominante: le gambe un po' divaricate, l'atteggiamento rilassato e sicuro di sé.

«Le cose stanno così, signor Street.» È tornato ad assumere un tono formale, intimidatorio. «Sappiamo che lei è coinvolto nell'omicidio di Annie King e Charlotte Ross. Le sue impronte corrispondono a quelle trovate nell'appartamento di Annie King, inoltre stiamo comparando il suo DNA con delle tracce raccolte nell'appartamento di Charlotte Ross. Sono certo che coincideranno. Abbiamo poi il *modus operandi* usato in entrambi i delitti: le ricevute da lei rilasciate fingendosi un impiegato di una ditta di disinfestazione. I nostri grafologi saranno senz'altro in grado di stabilire che è stato lei a scriverle. Insomma, praticamente il caso è chiuso. Ora, ecco quello che voglio sapere: è disposto a parlare di questo con me?»

Alan trasuda sicurezza e potere, sembra la personificazione del maschio alfa. Street lo guarda, e noto che il respiro accelera. Poi si rilassa, stringe gli occhi e scrolla le spalle. «Non è che non sia disposto. Ma non so a cosa si riferisce.»

Sorride. Crede di avere ancora un asso della manica. Non sa che abbiamo scoperto che sono in due.

Alan lo fissa in silenzio. Poi all'improvviso si sposta di lato, afferra il tavolo e lo spinge contro il muro. Quindi sistema la sedia esattamente di fronte a Street e si siede.

È molto minaccioso.

«Cosa sta facendo?» chiede Street. Nella sua voce c'è un accenno di nervosismo.

Alan lo guarda, sorpreso. «Voglio solo essere sicuro che ci capiamo, signor Street.»

Apre di nuovo il folder, finge di leggere, scuote la testa. Poi lo chiude, lo posa sul pavimento e avvicina ancora di più la sedia a quella di Street, invadendo il suo spazio personale. Spinge un ginocchio tra le ginocchia di Street, una minaccia subcosciente alla sua virilità. L'assassino inghiotte saliva. Ha la fronte imperlata di sudore. Ma non è consapevole di queste reazioni fisiologiche. Tutto quello che sa è che Alan riempie il suo mondo, e si sente molto a disagio.

«Vede, c'è ancora un capo sciolto.»

Street inghiotte di nuovo. «Cosa?»

Alan annuisce. «Un capo sciolto.» Spinge appena un po' avanti il ginocchio. «Vede, sappiamo che non ha agito da solo.»

Street spalanca gli occhi. Il suo respiro accelera. Lascia andare un rutto leggero. «Cosa?» ripete.

«Lei ha un complice. L'abbiamo scoperto guardando il video dell'omicidio di Annie King. C'è una differenza di altezza tra voi. E sappiamo che è lui il vero Jack Junior.»

Street sembra un pesce preso all'amo. Apre e chiude la bocca, con gli occhi fissi su Alan. Rutta di nuovo, porta le mani all'inguine in un gesto difensivo. Ma sono tutte azione riflesse, inconsapevoli. Alan si china verso di lui.

«Sai chi è, Robert?»

«No!» Sguardo in basso a sinistra. Mente.

«Vedi, Robert... Io penso che tu lo sappia. Robert, Robert, penso proprio che tu sappia chi è e dove possiamo trovarlo. È vero, Robert?» La ripetizione del nome serve a creare in lui una sensazione di accusa e di non sapere dove nascondersi. Come una voce che ti insegue, urlando: "Ehi, tu!".

Street è ormai coperto di sudore.

«No.»

«Quello che non capisco è... perché lo proteggi.» Alan si accarezza il mento, pensoso. «Forse...» Schiocca le dita. «Sai, quando due serial killer maschi lavorano insieme, spesso scopano tra loro. Cioè, per essere precisi, quello dominante scopa l'altro. È per questo che lo proteggi? Perché ti piace prenderlo nel culo da lui?»

Street spalanca gli occhi di scatto, tremante di rabbia. «Non sono un frocio di merda!»

Alan si china ancora più in avanti. I loro nasi si sfiorano. «Non è quello che dice la bambina. Bonnie. Ti ricordi di lei? Ha raccontato che uno di voi inghiottiva il pisello dell'altro come se fosse una gara di mangiatori di wurstel.»

Street è paonazzo e scosso da tremiti. «È una piccola troia bugiarda!»

«Beccato» dice Barry, accanto a me.

Alan non smette di incalzarlo. «Bonnie ha detto che uno dei due succhiava con grande impegno. Ha fornito particolari che una ragazzina della sua età non può conoscere.»

«Mente! E sa tutto sui pompini, perché sua madre era una puttana! Noi non abbiamo mai...»

Si interrompe, comprendendo ciò che ha appena detto.

«Allora eri lì» dichiara Alan, in tono tranquillo.

Street è rosso come un peperone. Gli scendono lacrime lungo le guance. Non credo che se ne renda conto. «All'inferno! Va bene, ero lì. L'ho aiutato a uccidere quella troia! Ma lui non lo prenderete mai, vedrete. È troppo intelligente per voi!»

«Questa è una confessione» mormoro.

Barry annuisce. «Ha appena comprato un biglietto per la camera a gas.»

Alan si fa appena un po' indietro, lasciando il ginocchio dov'è. Street sta crollando davanti ai suoi occhi.

«Sai Robert, in questo momento una squadra sta andando a perquisire il tuo appartamento. Robert, scommetto che lì troveremo qualcosa che ci aiuterà a identificarlo. Dico bene, Robert?»

Sguardo a destra. Street ricorda qualcosa. «No! Non c'è niente! E smettila di ripetere il mio nome!»

«Hai visto?» mormora Barry, eccitato.

Ho visto. Quando Street ha detto no, ha guardato in basso e a sinistra.

Ha mentito.

Nel suo appartamento c'è qualcosa che non vuole farci trovare.

Capitolo 50

Siamo nell'appartamento di Street. Barry e io lo abbiamo visto crollare un pezzo alla volta, sotto l'incalzare di Alan. Non ha rivelato l'identità di Jack Junior, ma ha confessato praticamente tutto il resto: come Jack l'ha contattato, come sceglievano le vittime, eccetera. Ha persino firmato una confessione. Alan l'ha distrutto. Quando ha lasciato la stanza interrogatori, Street era sfatto, sudato, balbettante e piangente.

Il drago ha approvato.

Squilla il mio cellulare. «Barrett.»

«Sono Gene, Smoky. Il DNA di Street corrisponde a quello trovato sotto l'unghia di Charlotte Ross. Ho pensato che volessi saperlo.»

«Grazie, Gene. È una buona notizia.»

Un silenzio. «Callie si rimetterà?»

«Credo di sì. Ma è presto per dirlo. Dobbiamo aspettare.»

Gene sospira, e ci salutiamo.

«Un posto pulito» commenta Alan.

Mi guardo intorno. Ha ragione. L'appartamento di Street non è solo pulito, è splendente: un indizio inequivocabile di una personalità ossessivo-compulsiva. Inoltre è molto impersonale. Niente quadri alle pareti, niente foto di familiari o di amici. Il divano è funzionale, il televisore è piccolo.

«Spartano» mormoro.

La stanza da letto, come il soggiorno, è immacolata. Letto fatto, lenzuola tese. Un computer su una piccola scrivania di fronte al muro.

Poi noto l'unico particolare fuori posto. Un medaglione da donna, con una catenina d'oro. È sistemato con precisione accanto a un libro. Lo prendo e lo apro. Dentro c'è la foto di una donna non più giovane ma molto bella. "La madre di qualcuno" penso.

«Interessante» commenta Alan.

Annuisco. Prendo in mano il libro. È un testo base di inglese per l'università. Sulla prima pagina c'è scritto a penna:

Questo libro appartiene a Renee Parker. Forse non sembra, ma è un libro MAGICO. *Ha! Ha! È il mio tappeto volante. Perciò non toccatelo!*

Seguono data e firma.

«Circa venticinque anni fa, giusto?»

Annuisco. Sento accelerare le pulsazioni. Questa è la chiave che ci mostrerà la sua vera faccia. Lo sento.

Passo le dita sopra l'iscrizione.

Forse finirà davvero per rivelarsi un libro magico.

Capitolo 51

Alan parla, eccitato. Io ascolto. Ho la sensazione che tutto cominci a muoversi a un ritmo sempre più rapido, come molecole riscaldate che in modo lento ma inesorabile arrivano al punto di ebollizione.

«Sul VICAP c'è un riferimento al nome Renee Parker.» VICAP sta per Violent Criminal Apprehension Program. Concepito da un poliziotto di Los Angeles nel 1957, è diventato operativo solo nel 1985. Il concetto è brillante: un database nazionale che permette di raccogliere, comparare e analizzare dati riguardanti crimini violenti. Le informazioni su casi risolti e irrisolti possono essere immesse da chiunque lavori per le varie forze di polizia, a qualunque livello o grado. Si tratta di una montagna di dati.

Alan sta leggendo dai fogli che ha in mano. «Un vecchio caso. Venticinque anni fa. Una ballerina di strip-tease strangolata in un vicolo. E attenzione... Alcuni organi sono stati asportati.»

La mia stanchezza scompare in un lampo, come se avessi sniffato caffeina pura. «È lui. Deve essere lui.»

«Già. E senti questa: all'epoca avevano un indiziato, ma non sono riusciti a trovare abbastanza prove per incastrarlo.»

Salto in piedi. «Leo, tu resta qui a coordinare i contatti. James e Alan, noi andiamo a San Francisco. Subito.»

«Non me lo farò dire due volte» ribatte Alan. Usciamo dall'ufficio spinti da un vento di adrenalina, eccitazione e furia.

Appena fuori dall'edificio vedo Tommy seduto in macchina, attento e immobile.

«Un attimo» dico agli altri due. Mi avvicino all'auto e Tommy abbassa il finestrino.

«Cosa succede?

Lo informo del risultato ottenuto dal VICAP. «Stiamo andando a San Francisco.»

«Cosa vuoi che faccia io?»

Sorrido e gli tocco una guancia. «Va' a dormire.»

«Buona idea.» Laconico come sempre. Ma mentre sto per allontanarmi, mi chiama. «Smoky.» Mi volto a guardarlo. «Sta' attenta.»

Alza il finestrino e si allontana, ma ho fatto in tempo a vedere la preoccupazione nei suoi occhi.

«Gli piaccio, gli piaccio» mormoro in falsetto, imitando la voce di Sally Field alla consegna dell'Oscar.

Bolle di isteria.

Capitolo 52

Questo sogno è nuovo. Il passato e il presente si sono fusi, diventando una cosa sola.

Dormo nella mia stanza e un rumore mi sveglia. Qualcuno sta segando qualcosa. Inoltre posso sentire altri suoni indefinibili, come di roba molliccia spostata qua e là. Mi alzo, con il cuore in tumulto, prendo la pistola dal comodino.

Esco dalla stanza a piedi nudi. Mi tremano le mani, al pensiero che ci sia qualcuno in casa mia.

Lo vedo appena entro in soggiorno. Non riesco a vedere il suo volto, perché è avvolto da bende. Le labbra sono enormi, rosse e gonfie. Gli occhi neri sono senza vita, come pezzi di pelle morta.

"Vedi?" sibila, come un serpente.

Non riesco a vedere cosa mi sta indicando. È qualcosa sul divano. Comincio a pensare che, qualunque cosa sia, non voglio vederla.

Ma devo.

Mi avvicino. Un passo. Un altro passo.

"Vedi?" ripete lui.

Adesso sì. È stesa sul divano. Lui l'ha aperta dallo sterno all'inguine, mettendo a nudo i suoi organi. I capelli sono sporchi di terra di cimitero. Punta un dito sporco contro di me.

"Colpa tua..." dice, rauca.

È Alexa, poi è Charlotte Ross, poi è Annie.

"Perché hai lasciato che mi uccidesse?" mi chiede Annie, con il dito puntato. "Perché?"

L'uomo con il viso bendato ride. "Vedi?" sussurra. "Le loro dita sporche saranno puntate contro di te per sempre."

"Perché?" chiede ancora Annie.

Mi sveglio di colpo. Sono in aereo. James e Alan dormono. Guardo il buio della notte fuori dal finestrino e rabbrividisco. Dita sporche. Non c'è bisogno di cercare simbolismi, per questa immagine.

Sento sempre dita puntate contro di me. Le dita di coloro che non ho salvato.

Dall'aereo ho chiamato Jenny Chang, e la troviamo ad aspettarci all'arrivo.

«Non siamo più amiche» dice subito, indicando l'orologio. Praticamente è ancora notte.

«Mi dispiace, Jenny. Le cose si sono parecchio incasinate.» Le dico di Callie. La sua espressione si fa dura.

«Non sapete ancora come sta?»

«No» risponde James.

«Cristo...» mormora Jenny, distogliendo lo sguardo.

Sollevo la borsa. «Ma abbiamo un risultato interessante dal VICAP.»

«Dimmi tutto.»

Le faccio un rapido riassunto.

«Venticinque anni fa» commenta, pensosa. «Io sono entrata in polizia a ventidue anni... No, all'epoca non c'ero ancora. Chi seguiva il caso?»

«Un certo Rawlings.»

Jenny resta interdetta. Guarda Alan. «Rawlings? Ne siete sicuri?»

«Sì» risponde lui. «Perché?»

Lei scuote la testa. «Questo forse è un bel colpo per voi. Rawlings è praticamente un alcolizzato. Lo è sempre stato, a quanto ne so. Beve e conta i giorni che lo separano dalla pensione.»

«E in che modo questo rappresenterebbe un bel colpo per noi?»

«Perché essendo quello che è, è probabile che all'epoca abbia tralasciato qualche particolare. Che a voi invece non sfuggirà.»

Andiamo al commissariato, e Jenny compone subito un numero al telefono. Attende a lungo, picchietta una matita sulla scrivania.

«Rawlings? Jenny Chang. Sì, so perfettamente che ora è.» Aggrotta la fronte. «Non è colpa mia se sei un alcolizzato.»

Le rivolgo uno sguardo supplichevole. Voglio che quell'uomo collabori con noi, non che le appenda il telefono in faccia. Jenny chiude gli occhi. Probabilmente sta contando fino a dieci.

«Scusami, Don. Anch'io sono stata tirata giù dal letto, e parlo a sproposito. Ho qui il capo del CASMIRC di Los Angeles. Si tratta di un tuo vecchio caso. Una certa...» consulta il blocco dove ha scritto il nome. «Renee Parker.» Un'espressione sorpresa le si dipinge in faccia. «Certo. Va bene, ti aspettiamo qui.» Riattacca, perplessa.

«Cosa c'è?» chiedo.

«Appena ho pronunciato quel nome, ha smesso di protestare e ha detto che veniva subito.»

«Si vede che quel caso è stato importante, per lui.»

Don Rawlings arriva meno di mezz'ora dopo. Poco meno di un metro e ottanta, con la pancia, gli occhi rossi e il viso rubizzo del bevitore abituale. Sembra invecchiato prima del tempo.

Mi alzo a stringergli la mano. «Grazie per essere venuto, signor Rawlings. Sono l'agente speciale Smoky Barrett, capo del CASMIRC di Los Angeles. Le presento i miei uomini: James Giron e Alan Washington.»

Lui mi fissa, attento. «So chi è. È stata aggredita in casa sua da un serial killer. L'incubo di ogni poliziotto.»

«Cos'è quello?» chiedo, notando il folder che ha in mano.

Rawlings si siede e posa il folder sulla scrivania. «Una copia del dossier su Renee Parker. L'ho tenuto per tutti questi anni. A volte lo rileggo, quando non riesco a dormire.»

Il suo viso cambia, mentre nomina la donna. Gli occhi si fanno più svegli, la bocca più triste. Avevo ragione. Quel caso è stato importante per lui.

«Me ne parli, per favore.»

Il suo sguardo si fa distante. Perso nei ricordi. «Ci vuole prima un prologo, agente Barrett. Il tenente Chang le avrà detto che sono un alcolizzato buono a nulla. Ed è vero. Ma non sono sempre stato così. Una volta, tanto tempo fa, ero quello che lei è adesso. Il miglior elemento della Omicidi.» Guarda Jenny. «Non lo sapevi, eh?»

Jenny inarca un sopracciglio. «No.»

«Ora lo sai. Comunque, quando entrai in polizia ero giovane e parecchio stronzo. Razzista, omofobo, incline a perdere le staffe alla minima provocazione. Spesso usavo i pugni anche quando non ce n'era bisogno. Ma la strada prima o poi ti insegna come sono le cose in realtà.

«Smisi di essere razzista il giorno in cui un collega nero mi salvò la vita. L'uomo a cui davamo la caccia stava per spararmi alle spalle. E il nero mi placcò togliendomi dalla traiettoria di tiro e abbattendo allo stesso tempo l'altro. Da allora fummo sempre amici, fino alla sua morte. Fu ucciso in servizio.»

Quegli occhi tristi si fanno ancora più vuoti e distanti.

«Smisi di avercela con gli omosessuali dopo un anno alla Omicidi. La morte tende a darti un altro punto di vista sulle cose. C'era un ragazzo che vendeva panini su un furgone, davanti alla stazione. Era omosessuale e non faceva nulla per nasconderlo. Capì subito come la pensavo al riguardo e non perdeva occasione di provocarmi, per mettermi a disagio.»

Un debole sorriso appare e scompare sulle labbra di Rawlings.

«Mi faceva proprio incazzare. Be', un giorno un gruppo di

balordi l'ha ammazzato di botte, solo perché era omosessuale. E per ironia della sorte il caso fu affidato a me.» Mi guarda e sorride, sardonico. «Viene quasi da credere nel karma, eh? Conobbi sua madre. All'inizio gridava e si strappava i capelli. Poi, nel corso delle indagini, l'ho vista morire dentro a poco a poco. Al funerale c'erano almeno duecento persone. E non si trattava di gente venuta per solidarietà verso un gay, no. Erano le persone che lui aveva aiutato. Scoprii che faceva volontariato: ospizi, centri di disintossicazione dalla droga... Quel ragazzo era un santo. Ed era stato ucciso solo perché era gay.» Rawlings stringe il pugno. «Era sbagliato. Completamente sbagliato. E io non potevo più avere una parte in questo. Da allora ho smesso di odiare i gay.»

Rawlings agita una mano, come per scacciare i ricordi. «In ogni modo, quello che volevo dire... È che poco dopo il mio ingresso alla Omicidi non usavo né pensavo più parole come "frocio", "negro" e simili. Ero cambiato, ero contento e la vita era bella.

«Ora facciamo un salto di cinque anni. Il periodo d'oro era finito. Avevo cominciato a bere, tradivo mia moglie, pensavo spesso di spararmi un colpo in testa. Tutto a causa di quei bambini morti.» I suoi occhi prendono un'espressione che riconosco: l'ho vista molte volte guardandomi allo specchio. «Qualcuno uccideva bambini di pochi mesi. Li rapiva, li strangolava e li gettava per strada. Sei vittime, e non solo non avevo preso l'assassino, non avevo neppure un indiziato. Mi sentivo morire dentro.» Mi guarda fisso. «Lei sa cosa voglio dire, ne sono certo.»

Annuisco. Solo un anno fa avrei disprezzato Don Rawlings, considerandolo un debole, che usava il passato come scusa. Ora non giustifico del tutto ciò che è diventato, ma capisco che il peso di questo lavoro a volte può essere troppo. Provo compassione per lui.

«So cosa vuol dire» dico. Lui legge la sincerità nei miei occhi e continua il suo racconto.

«Mi stavo lasciando andare, e non m'importava. Facevo tutto ciò che potevo per togliermi dalla mente quei poveri piccoli morti. Bere, scopare... tutto. Ma loro continuavano ad apparire nei miei sogni. Poi incontrai Renee Parker.»

Sul volto gli appare un sorriso autentico, che lo fa sembrare più giovane.

«La conobbi in occasione della morte del suo compagno, un piccolo spacciatore che aveva fatto uno sgarbo all'uomo sbagliato. Renee faceva lo strip-tease e aveva appena cominciato a bucarsi. Era una cosa che vedevo continuamente, e avevo imparato a non immischiarmi. Ma lei era diversa. C'era vita sotto la superficie.» Rawlings alza gli occhi a guardarci. «So cosa pensate: il poliziotto e la spogliarellista, un film già visto un sacco di volte. Ma non era così. Certo, lei aveva un corpo notevole, ma non era quello che mi interessava. La vidi, e pensai che forse avevo l'occasione di fare qualcosa di buono. Qualcosa per compensare il fatto che avevo lasciato morire quei bambini.

«La sua storia era classica. Voleva fare l'attrice, era finita a ballare in topless per guadagnare qualche soldo. Poi aveva trovato il solito stronzo che le aveva offerto gratis il primo buco. Tutto molto prevedibile. Ma era lei a essere imprevedibile. La disperazione che aveva negli occhi. Come se si trovasse sul bordo di un precipizio, ma non fosse ancora caduta giù.

«La sbattei in un centro di riabilitazione per tossici. Quando smontavo, a volte andavo a trovarla. Le parlavo, la incoraggiavo. Capitava che restassimo anche tutta la notte a parlare. Renee è stata la mia prima amica donna.» Rawlings mi guarda. «Tra le altre cose, ero anche un tipico maschio sciovinista. Le donne si dividevano in quelle da sposare e quelle da scopare.»

«Sì, ho conosciuto tipi del genere» gli assicuro.

«Be', io ero così. Ma quella ragazza di vent'anni per me divenne un'amica. Non pensavo né a scoparla, né a sposarla. Volevo solo che stesse bene. Nient'altro.» Si morde un labbro. «Ero un buon poliziotto, sul serio. Non prendevo bustarelle, spesso catturavo i delinquenti, non picchiavo le donne. Avevo delle regole. Ma come *persona*, non ero mai stato un gran che. Capisce la differenza?»

«Sì.»

«Quello che stavo facendo per Renee mi faceva stare bene, perché non pensavo a me stesso.» Si passa una mano tra i capelli. «Quando uscì dal centro era a posto. Aveva colto la sua occasione e aveva smesso sul serio. Cominciò a lavorare. Pochi mesi dopo si iscrisse a un corso serale di drammaturgia, all'università. Diceva che se non fosse riuscita a fare l'attrice si sarebbe adattata a fare la cameriera, ma non era ancora pronta ad abbandonare il suo sogno.

«Di tanto in tanto uscivamo insieme. Andavamo al cinema. Sempre da amici. Non volevo altro, da lei. Era la prima volta che di una donna mi interessava più l'amicizia che il culo. I bambini morti scomparvero dalla mia mente. Smisi di bere, e feci anche pace con mia moglie.»

Rawlings resta in silenzio, e so cosa sta per arrivare, lo sento, come un treno fantasma che arriva a tutta velocità. Conosco già la fine della storia: Renee Parker, salvata da se stessa, finisce uccisa in un modo orribile. Ma finora non sapevo cosa questo avesse significato per le persone che la conoscevano.

Per Don Rawlings, è stato il momento in cui il destino gli ha voltato le spalle. Il punto in cui i bambini morti sono tornati, e non sono mai più andati via.

«Ricevetti la chiamata alle quattro del mattino. Non sapevo chi fosse la vittima, lo scoprii sul posto.» Ha gli occhi come fantasmi nella nebbia. Persi e destinati a non trovare la strada del ritorno. «Il medico legale disse che c'erano quasi cinquecento bruciature di sigaretta sulla sua pelle. Cinquecento! L'aveva torturata e violentata. Ma il peggio era ciò che aveva fatto dopo averla uccisa. Le aveva aperto la pancia, togliendole alcuni organi, e li aveva lasciati a marcire sul cemento accanto al cadavere.

«Non riesco a ricordare come mi sentii, quando la vidi lì. Forse non voglio ricordarlo. Un agente la guardò e disse: "Sì, la conosco. Era una spogliarellista che lavorava nel Tenderloin. Belle tette".» Non aveva bisogno di altre spiegazioni. L'aveva riconosciuta, aveva ricordato le sue tette, l'aveva etichettata. Non un essere umano, non una ragazza che lottava per realizzare il suo sogno. Solo una spogliarellista.»

Il dito di Rawlings segue il contorno di un'imperfezione sulla scrivania. «Dovettero togliermelo dalle mani. Anni dopo quel bastardo andò a prendere il dossier del caso. Alla voce "professione" cancellò "cameriera" e scrisse "spogliarellista/possibile prostituta". Mandò persino la correzione al VICAP.»

Sono schifata e incredula. Suppongo che si veda, perché Rawlings annuisce.

«È la verità.» Sospira. «Comunque, non parlai della mia relazione privata con lei, in modo che non mi togliessero il caso. Volevo prendere quel figlio di puttana. Dovevo prenderlo. Ma era molto in gamba. Niente impronte, niente di niente. All'epoca non esisteva ancora la prova del DNA, quindi andai a cercare dove si finisce sempre, in mancanza di prove fisiche precise.»

«Tra la gente che la conosceva» dico.

«Esatto. Scoprii che aveva conosciuto un tizio alla scuola serale. Un bel ragazzo, di nome Peter Connolly. Appena parlai con lui, capii subito che qualcosa non quadrava. Era il modo in cui rispondeva alle domande, come se si prendesse gioco di me. Seguendo un'intuizione, mostrai la sua foto nel locale di strip-tease dove Renee lavorava prima di conoscermi. E diverse persone lo riconobbero. Le sue visite a quel locale coincidevano con i giorni in cui Renee lavorava. Poi scoprii un'altra cosa. Peter aveva un piccolo problema di droga, e si era rivolto allo stesso centro di Renee, proprio nello stesso periodo in cui lo frequentava anche lei. Ora avevo le antenne dritte. Quando venni a sapere che si era iscritto all'università giusto una settimana dopo Renee, fui certo che si trattasse del mio uomo.»

Rawlings si zittisce all'improvviso, e non parla più.

«Posso immaginare come sia finita, Don» dico in tono gentile. «Niente prove che lo collegassero all'omicidio. Sì, aveva frequentato il locale di strip-tease, il centro di disintossicazione e il college. Ma tutto questo poteva essere spiegato.»

Rawlings annuisce, con una tristezza immensa. «Già. Riuscii ad avere un mandato di perquisizione per il suo appartamento, ma non trovai nulla. E il suo passato era pulito.» Alza di nuovo gli occhi a fissarmi. «Sapevo che era stato lui, ma non potevo provarlo. E non ci furono altri omicidi simili. Passò il tempo, Peter Connolly andò a vivere altrove. Io ricominciai a fare brutti sogni. A volte i bambini, a volte Renee.»

Nessuno qui si sente superiore a lui, ora. Tutti, come lui, arrivano prima o poi al punto in cui non possono piegarsi oltre senza spezzarsi. Non ci sembra più un uomo patetico, ma una vittima di guerra.

Chi ha inventato la frase "il tempo guarisce tutte le ferite" non era un poliziotto.

«Noi siamo qui, adesso» dico nel silenzio che si è creato, «perché il VICAP ha trovato una corrispondenza tra il *modus operandi* di un caso che stiamo seguendo e quello dell'assassino di Renee Parker. Ha ucciso di nuovo.» Mi chino verso Rawlings. «Dopo aver ascoltato la tua storia, Don, sono certa che si tratta dello stesso uomo.»

Rawlings mi rivolge uno sguardo diffidente, come chi non osa sperare. «Avete avuto miglior fortuna di me?»

«Non in termini di prove fisiche. Ma abbiamo scoperto degli elementi che, combinati con l'identità del tuo indiziato di venticinque anni fa, potrebbero risolvere il caso.»

«Di cosa si tratta?»

Gli parlo di Jack Junior e del contenuto del barattolo. Il cinismo sul viso di Rawlings lascia il posto all'eccitazione.

«Stai dicendo che è stato indottrinato a credere di essere un discendente di Jack lo Squartatore, e che ha cominciato da giovane?»

«Esatto.»

Si appoggia allo schienale della sedia, attonito. «Porca miseria... Io all'epoca non avevo motivo di interrogare sua madre. Il padre era morto da tempo...» Reagisce allo shock e indica il folder che ha portato con sé. «Lì dentro c'è tutto. Chi è sua madre, dove abitava a quel tempo.»

«Allora andiamo a trovare la signora» dico.

«Credete che...» Respira a fondo, drizza la schiena. «So di non valere più molto. Sono un ubriacone che vive nel passato. Ma se mi lasciate venire con voi, prometto che non combinerò pasticci.»

Non ho mai sentito una richiesta fatta in tono più umile.

«È ora che tu veda la fine di questa storia, Don» dico.

Capitolo 53

Concord è a nord di Berkeley, nella zona della baia. È lì che abita la madre di Peter Connolly, ed è lì che siamo diretti. Sappiamo che si chiama Patricia, e che ha sessantaquattro anni. Abbiamo preferito non avvisarla della nostra visita. È già successo che una madre abbia fatto del figlio un assassino. Non possiamo escludere nulla.

Sono nella "Zona", lo stato mentale in cui entro verso la fine di una caccia. So, a livello istintivo, che stiamo per piombare sulla preda. Tutti i sensi si acutizzano a un livello quasi doloroso, e mi sento sicura, invincibile, senza paura.

Anche sul viso di Don Rawlings c'è una scintilla di questa sicurezza, forse venata di disperazione. Ha osato credere di nuovo. Il prezzo di una delusione, per lui, stavolta potrebbe essere molto alto. Fatale. Eppure adesso sembra diverso, più giovane. Gli occhi sono limpidi e concentrati. Si intravede il poliziotto che doveva essere tanto tempo fa.

Noi che facciamo questo lavoro siamo dei drogati. Camminiamo tra il sangue e il marciume. Abbiamo il sonno devastato da incubi. Ce la prendiamo con amici e familiari, o con entrambi. Ma quando, verso la conclusione di un caso, ci troviamo nella Zona, è uno sballo senza uguali. Uno sballo che ti fa dimenticare il sangue, il marciume, gli incubi e gli orrori. E appena la caccia finisce, sei pronto a ricominciare.

Naturalmente, quando non prendiamo il nostro uomo, il marciume resta, ma senza la ricompensa che lo purifica. In ogni modo, siamo sempre disposti a correre il rischio.

La nostra è una professione con un alto tasso di suicidi. Come tutte le professioni in cui sbagliare comporta terribili responsabilità.

In questo momento, tutto ciò per me non importa. Le mie cicatrici non significano nulla. Perché sono nella Zona.

I libri e i film sui serial killer mi hanno sempre affascinato. Scrittori e registi sembrano convinti di dover creare una pista che l'eroe possa seguire. Una serie di tracce e deduzioni che portano infine alla tana del mostro, dove tutto si rivela.

A volte succede proprio così. Ma normalmente no. Ricordo un caso che ci ha fatto impazzire. Un uomo che uccideva bambini. Dopo tre mesi, eravamo ancora all'inizio. Neppure una pista. Poi un giorno ho ricevuto una telefonata dalla polizia: il mostro si era costituito. Caso chiuso.

Con Jack Junior abbiamo impiegato tutte le nostre risorse. Sofisticate tecnologie, ricerche esoteriche dei numeri IP. Lui è stato brillante, ha sistemato microfoni e segnalatori, ha arruolato degli adepti.

E alla fine, forse la soluzione dipenderà da due soli fattori: un pezzo di carne di mucca, e un caso irrisolto di vent'anni fa.

Io ho imparato una verità che mette ordine in questo caos: un assassino preso è un assassino preso. Punto.

Squilla il cellulare di Alan. «Sì?» risponde. Chiude gli occhi, temo una brutta notizia. Poi li riapre e vedo il sollievo. «Grazie, Leo. Grazie di aver chiamato.» Chiude la comunicazione. «Non si è ancora svegliata, ma le sue condizioni ora sono stabili. È in terapia intensiva, ma il chirurgo ha detto a Leo che "non è più da temere la morte della paziente, a meno di un evento inatteso e poco probabile".»

«Callie ce la farà» dico. «È troppo testarda.»

James non replica nulla, e torna il silenzio. Dopo qualche minuto Jenny annuncia: «Siamo arrivati».

La casa è vecchia e un po' trascurata. Il giardino è lasciato andare, ma non è ancora morto. Scendiamo dall'auto. La porta si apre prima che bussiamo.

Patricia Connolly ha un viso stanco e tirato. Ma gli occhi sono svegli.

E impauriti.

«Siete della polizia, vero?»

«Sì, signora» rispondo. «Polizia e FBI.» Le mostro le mie credenziali e presento anche gli altri. «Possiamo entrare, signora Connolly?»

Mi fissa, dura. «Sì, ma non chiamatemi signora Connolly.»

Nascondo la mia perplessità. «Come preferisce che la chiamiamo?»

«Signorina Connolly. Questo è il mio cognome, non quello di mio marito, che possa bruciare all'inferno.» Si scosta dalla soglia. «Entrate pure.»

Dentro, la casa è pulita ma priva di personalità. Sembra un posto a due dimensioni.

Patricia Connolly ci fa accomodare in soggiorno. «Posso offrirvi qualcosa? In casa ho solo acqua e caffè.»

Tutti scuotono la testa, e io dico: «No, grazie, signorina Connolly. Stiamo bene così».

Lei annuisce. Si guarda le mani. «Allora, perché non mi dite il motivo della vostra visita?»

Non riesce a sostenere il mio sguardo. Decido di seguire l'istinto. «Perché non ce lo dice lei, il motivo, signorina Connolly?»

Alza la testa di scatto. Capisco che ho avuto ragione. Ha uno sguardo colpevole.

Ma non è ancora pronta a parlare. «Non ne ho idea.»

«Mente!» esclamo. Alan mi guarda, sorpreso. Sono sorpresa anch'io.

Ma sono anche stufa di andare con i piedi di piombo. Sono arrivata al limite, e la rabbia che ho dentro comincia a traboccare. Mi chino in avanti, la fisso negli occhi e le punto contro un dito. «Siamo qui per suo figlio, signorina Connolly. Siamo qui perché la mia migliore amica è stata violentata e sventrata come un pesce. E sua figlia è rimasta legata per tre giorni al cadavere della madre.» Ora sto alzando la voce. «Siamo qui per un uomo che tortura le donne. E per un'agente della nostra squadra che ora è in ospedale, e forse rimarrà storpia per tutta la vita. Siamo qui...»

Patricia Connolly scatta in piedi, coprendosi le orecchie con le mani. «Basta!» strilla. Toglie le mani, china la testa. «Per favore... basta.» Ricade a sedere, come un pallone sgonfiato.

Lascia andare un lungo sospiro. Qualcosa che aspettava da tempo di poter uscire. «Credete di sapere perché siete qui» dice, guardando me. «Ma non è così. Non è per quelle povere donne.» Fissa Rawlings. «E neppure per quella poveretta di tanto tempo fa. Certo, loro c'entrano. Ma il motivo per cui siete qui ha le sue radici in un tempo assai più lontano.»

Potrei interromperla, dirle di Jack Junior e della carne nel barattolo, ma preferisco che segua il suo ritmo.

«È strano come a volte le cose più importanti delle persone ti sfuggono. Anche quando si tratta di persone che ami. Non è giusto. Se un uomo si trasformerà in un violento, che picchia la moglie o peggio, dovrebbe esserci qualcosa in lui che permetta di capirlo prima. Non crede?»

«Facendo il lavoro che faccio, l'ho pensato anch'io molte volte» rispondo.

«Allora saprà che non funziona così. Anzi, molte volte è proprio il contrario. Le persone più brutte sono le migliori, e quelle più affascinanti possono essere dei mostri.» Scrolla le spalle. «L'aspetto non indica nulla. Proprio nulla.

«Naturalmente, da giovani non ci si preoccupa di cose del genere. Io conobbi mio marito Keith a diciotto anni. Lui ne aveva venticinque, ed era uno degli uomini più belli che avessi mai incontrato. Non sto esagerando. Un metro e ottanta, capelli neri, viso da attore. E quando si toglieva la camicia... be', diciamo solo che il corpo era all'altezza della faccia.» Patricia sorride, triste. «Quando mostrò interesse per me, caddi letteralmente ai suoi piedi. Come molti giovani, ero convinta che la mia fosse una vita noiosa. Lui era bello ed eccitante. Proprio quello che ci voleva.» Si interrompe, ci guarda. «A proposito, tutto questo succedeva in Texas. Io non sono di qui.» Prende un'aria distante. «Texas. Pianure, calore e noia.»

«Keith cominciò a corteggiarmi. Lo feci correre giusto il minimo indispensabile per fargli capire che non ero una donna facile. All'epoca non lo sapevo, ma lui mi leggeva dentro come se fossi trasparente. Sapeva dal primo momento che ero già sua, ma stava al gioco perché si divertiva. Avrebbe potuto prendermi e dirmi di seguirlo e io lo avrei fatto. Lo sapeva, ma rispettò le formalità.

«Era bravo a fingere di non essere un mostro. Era un perfetto gentleman, romantico come nei film. Credevo di aver trovato l'uomo ideale: bello, gentile, premuroso. Quello che ogni giovane donna sogna di trovare.» Il tono e il sorriso di Patricia sono amari.

«Dovete sapere che la mia vita in famiglia non era facile. Mio padre aveva un brutto carattere. Non picchiava spesso mia madre, ma almeno una volta al mese le affibbiava un pugno o un manrovescio. Su di me non aveva mai alzato le mani, e solo in seguito compresi che non era perché non volesse picchiarmi. Sapeva che se mi avesse toccato, sarebbe stato per un motivo diverso dalla violenza. Mi capisce?»

«Purtroppo sì» rispondo.

«Credo che lo capisse anche Keith. Ne sono certa. Una sera, appena un mese dopo il nostro incontro, mi chiese di sposarlo.» Patricia sospira al ricordo. «Scelse la sera perfetta per farlo. C'era la luna piena, l'aria era fresca. Mi portò una rosa e mi disse che si sarebbe trasferito in California. E voleva che io andassi con lui. Come sua sposa. Disse che mi amava, e che sapeva che avevo bisogno di allontanarmi da mio padre. Questa era la nostra occasione. Naturalmente dissi di sì.»

Chiude gli occhi. Ho l'impressione che quello sia stato il punto in cui la sua vita ha preso la direzione sbagliata ed è finita nelle tenebre, per sempre.

«Partimmo quattro giorni dopo, in segreto. Non salutai neppure i miei. Misi in valigia quel poco che avevo, e fuggii in piena notte. Non li vidi mai più.

«Mi sentivo eccitata. Libera. Felice. Un bell'uomo voleva sposarmi, ero sfuggita alla vita triste che mi aspettava. Ero giovane e guardavo al futuro.» La sua voce diventa monotona. «Ci mettemmo cinque giorni ad arrivare in California. Due giorni dopo ci sposammo. E la notte di nozze scoprii che il mio futuro era l'inferno.»

Ora anche il volto di Patricia, oltre alla sua voce, è privo di espressione. «Keith era il contrario di Halloween. Non un umano mascherato da mostro, ma un mostro travestito da essere umano.» Rabbrividisce. «Ero vergine, e lui fu dolcissimo con me fino al momento in cui mi portò in braccio attraverso la soglia della nostra stanza d'albergo. Appena chiuse la porta, si tolse anche la maschera.

Non dimenticherò mai quel sorriso. Hitler forse sorrideva così, quando pensava agli ebrei che morivano nei suoi campi di concentramento. Keith sorrise, poi mi assestò un manrovescio in piena faccia. Mi uscì il sangue dal naso, e finii a faccia in giù sul letto. Ero confusa. Per alcuni secondi cercai di convincermi che stavo sognando.» Stringe le labbra, dura. «Ma non era un sogno. Era un incubo. "Capiamoci subito", disse lui, cominciando a strapparmi i vestiti di dosso. "Tu sei di mia proprietà. Sei un animale da riproduzione. Nient'altro." La sua voce mi spaventava quasi di più di ciò che mi stava facendo. Era calma, piatta... normale. Mi mise carponi e... mi violentò. È la parola giusta, anche se eravamo marito e moglie. Mi imbavagliò persino, per attutire le mie urla.

E mentre mi violentava, continuava a parlare in quel tono calmo. "Dedicheremo alcuni giorni a insegnarti qual è il tuo posto. Imparerai a eseguire tutto ciò che ti dico senza esitazione. Qualunque disobbedienza, anche minima, sarà punita in modo estremamente doloroso."»

Patricia resta a lungo in silenzio. Noi rispettiamo i suoi

tempi. Ormai non c'è fretta. Siamo nel posto giusto e lei ci sta rivelando quello che abbiamo bisogno di sapere.

Quando riprende a parlare, la sua voce è quasi un sussurro. «Ci mise tre giorni a piegarmi. Mi picchiò, mi coprì di tagli e di bruciature di sigarette. Alla fine di quel periodo, facevo senza esitare tutto ciò che mi ordinava, per quanto degradante o schifoso potesse essere.» Torse la bocca in una smorfia di disgusto. «Poi cadde anche l'ultima menzogna. Mi portò dall'hotel a casa sua. Già, aveva una casa in California. Non era vero che viveva in Texas e voleva trasferirsi. No, in quel periodo era andato a caccia. Voleva trovare la donna giusta con cui fare un figlio.»

«Peter» dico.

«Sì. Il mio *dolce* Peter.» Pronuncia la parola "dolce" con sarcasmo. «Keith la notte mi teneva legata, per impedirmi di fuggire. Mi picchiava, mi usava. Poi rimasi incinta. Quello fu l'unico periodo pacifico della mia nuova vita, perché lui smise di picchiarmi. Non voleva danneggiare il feto.» Patricia si porta una mano alla fronte. «All'inizio ero felice che fosse un maschio. Se fosse nata una femmina lui l'avrebbe uccisa. Ma ora so che anche aver avuto un figlio è stata una maledizione.»

Fa un'altra pausa per ricomporsi, prima di continuare. «Mi fece partorire in casa, ovviamente. Fece lui da ostetrica. Poi mi allungò uno straccio per pulirmi, mentre vezzeggiava il bambino. Quando mi fui ripulita ed ebbi dormito un po', mi mise in braccio il piccolo Peter. Fu allora che mi diede il suo ultimatum.» Patricia si torce le mani in un gesto inconscio di nervosismo. «Mi disse che ero servita allo scopo, e ora si imponeva una scelta. Poteva uccidermi subito e allevare Peter da solo, oppure poteva affidarlo a me. Spiegò che se l'avessi cresciuto io, lui non mi avrebbe più picchiata. Avrebbe persino dormito in un letto separato. Ma se fossi fuggita... Disse che mi avrebbe trovato dovunque fossi andata. E che ci avrei messo settimane a morire.» Ora le sue mani sono strette insieme in modo spasmodico. «Gli credetti. Forse avrei dovuto accettare e poi alla prima occasione uccidere Peter e suicidarmi. Ma avevo ancora speranza che le cose potessero cambiare.»

Patricia è il ritratto stesso dell'amarezza.

«Così accettai il patto. Lui mantenne la parola. Non alzò più le mani contro di me, e si trasferì in una stanza separata. Naturalmente il bambino dormiva con lui. Così era sicuro che non l'avrei rapito e portato via con me. Peter cresceva bene, e quando compì cinque anni io ero quasi riuscita a convincermi che le cose fossero migliorate. La mia vita non era piacevole, ma era vivibile. Purtroppo la situazione cambiò molto presto. E anche se Keith non mi picchiava più, quello che cominciò a farmi era molto, molto peggio.» Patricia tace, mi rivolge un debole sorriso. «Scusate, ho bisogno di un caffè prima di continuare. Nessuno ne gradisce una tazza?»

Ho la sensazione che sarebbe più a suo agio se accettassimo. «Io sì, grazie» sorrido.

Anche Jenny e Don accettano, mentre Alan chiede un bicchiere d'acqua. Solo James non vuole nulla.

«Credi a questa storia?» sussurra Alan mentre Patricia è in cucina.

«Sì» rispondo d'istinto. Ci penso su un attimo, poi confermo. «Sì, le credo.»

Patricia torna portando un vassoio con tazze e bicchieri. Distribuisce le bevande e torna a sedersi. Fissa Alan. «Ho sentito quello che ha detto, signor Washington.»

Lui fa una faccia sorpresa e vergognosa, due emozioni che non manifesta spesso. «Mi dispiace, signorina Connolly. Non intendevo offenderla.»

Lei sorride. «Non mi sono offesa. Vivendo con un uomo malvagio si impara a riconoscere i buoni a prima vista. Lei è un brav'uomo, signor Washington. Inoltre la sua è una domanda logica.» Si volta in modo da darci un fianco. «Le dispiace abbassare la cerniera del mio vestito, agente Barrett? Fino a metà dovrebbe bastare.»

Mi alzo, ma esito.

«Lo faccia, non si preoccupi.»

Tiro giù la cerniera. Quello che vedo mi spinge a chiudere gli occhi.

«Impressionante, eh?» dice Patricia. «Lasci guardare anche gli altri.»

La parte di schiena che si vede sotto il vestito è una massa di tessuto cicatrizzato. Respingendo l'orrore, osservo con occhio clinico. Si tratta di cicatrici prodotte in modi e tempi diversi. Alcune sono bruciature di sigaretta, rotonde e precise. Altre sono lunghe e sottili. Tagli di coltello. Molte sembrano prodotte da colpi di frusta. Tutti guardano, nessuno a lungo. Questa è la prova che la sua storia non è una menzogna. Ma è una vista terribile. Chiudo il vestito e tiro su la cerniera.

Il silenzio che segue è cupo. Alla fine è Alan a parlare per primo.

«Mi dispiace per ciò che ha dovuto subire» dice. «E mi scuso per aver dubitato di lei.»

Patricia Connolly sorride, in un modo che ricorda la ragazza che deve essere stata. «Apprezzo la sua gentilezza, signor Washington.»

Poggia le mani in grembo. «Il fatto è che io non sapevo cosa stesse facendo. E quando lo compresi era troppo tardi. Keith passava ore in cantina con Peter, con la porta chiusa a chiave. All'inizio Peter tornava su con il visino stravolto, come se avesse pianto. Ma un anno dopo cominciò a salire sorridente. Un anno dopo ancora non aveva più espressione, se non un accenno di arroganza. Poi anche l'arroganza scomparve, e a dieci anni sembrava un bambino perfettamente normale. Simpatico, intelligente. A volte mi faceva ridere.»

Patricia scuote la testa.

«Tutto questo lo vedo ora, naturalmente. All'epoca, non mi resi conto dell'avvicendarsi di quei cambiamenti.

«In tutti quegli anni, Keith aveva mantenuto la parola. Non mi aveva picchiata e non aveva mai più fatto sesso con me. Si comportava come se non esistessi, il che mi andava benissimo. Solo che... Solo che...»

L'emozione la investe con la violenza improvvisa di un uragano. Le lacrime cominciano a scenderle lungo il viso.

«Solo che era una cosa molto egoista, da parte mia. Lui non mi toccava, e io in cambio gli avevo ceduto mio figlio. Non facevo domande, non cercavo di origliare, non facevo nulla. Che razza di madre è una donna così?»

La tempesta passa. Patricia si asciuga il viso con il dorso di una mano.

«Perché in realtà i cambiamenti di Peter li notavo, ma non volevo vederli. Notavo il sorriso di suo padre, quello stesso sorriso che aveva rivolto a me appena dopo sposati.» Tace di nuovo, poi sospira. «Quando Peter aveva quindici anni, decisi di agire.» Il suo sguardo si fa di nuovo distante.

«Durante tutti quegli anni in cui non ero stata picchiata né violentata, avevo avuto tempo di guardare dentro me stessa. Era come essere rinchiusa in una torre, in un certo senso. E in quell'isolamento decisi che era arrivato il momento, per me e per mio figlio, di essere liberi. Così cominciai a pensare di uccidere Keith.»

Il viso di Patricia non rivela nessuna emozione. «Decisi di fare la cosa più semplice. L'avrei invitato a letto con me, una cosa che non si aspettava. L'avrei lasciato abusare di me. Poi l'avrei ucciso con un coltello nascosto sotto il cuscino. Così io e Peter saremmo stati liberi. Avremmo lasciato quella casa e saremmo tornati in Texas, dove ci aspettava una nuova vita.» Mi guarda. «Immagino che ci siano persone brave a uccidere, e persone incapaci. O forse non ero io a essere incapace di uccidere, era lui a essere troppo bravo per me. Non lo sapevo ancora, ma l'avrei scoperto presto.»

Tocca la catenina che porta appesa al collo.

«La mia proposta lo sorprese. Gli dissi che mi mancava il sesso con lui. Vidi la lussuria accendersi nei suoi occhi e mi preparai a soffrire. Per lui il sesso era solo violenza. Mi portò in camera da letto e mi strappò quasi i vestiti di dosso.» Patricia continua a tormentare la catenina con le dita. «Lo lasciai fare a lungo. Fu terribile, come ricordavo, ma cos'erano alcune ore di sofferenza, a paragone della libertà che stavo per conquistare? Volevo farlo stancare il più possibile. Quando finì avevo un occhio nero, le labbra gonfie e il naso sanguinante. Lui rotolò al mio fianco e chiuse gli occhi con un sospiro di soddisfazione.»

Patricia trema, mentre si prepara a raccontare il seguito. «Chi crederebbe che un essere umano possa muoversi con tale rapidità? Ma forse lui non era umano. Nel momento in cui chiuse gli occhi, io afferrai il coltello e colpii. Tutta l'azione durò solo un secondo, forse meno. Eppure lui mi bloccò il polso quando la lama era a un centimetro dalla sua gola. Era fortissimo, più forte di chiunque altro avessi mai conosciuto.

«Tenne fermo il mio polso, sorrise in quel suo modo perverso e scosse la testa. "Non è stata una buona idea, Patricia", disse. "Temo che ora dovrai morire." Ero paralizzata dalla paura. Lui mi tolse di mano il coltello e cominciò a picchiarmi. Stavolta non risparmiò i colpi. Mi fece saltare alcuni denti, mi ruppe il naso e la mascella. Stavo quasi per svenire, quando si chinò verso di me e mi sussurrò all'orecchio: "Preparati a morire ora, animale da riproduzione". Poi tutto divenne nero.»

Patricia tace. Io sono ipnotizzata dalla catenina che continua a muovere con le dita.

«Mi svegliai in ospedale. Ero piena di dolori, ma l'unica cosa che riuscivo a pensare era questa: se io ero viva, significava che lui era morto. Aprii gli occhi e vidi Peter seduto accanto al mio letto. Lui mi prese la mano, e restammo così, in silenzio, per più di un'ora.» Gli occhi le si riempiono di lacrime. «Fu lo sceriffo a spiegarmi l'accaduto, alcune ore dopo. Era stato Peter. Aveva sentito le mie urla, e aveva fatto irruzione nella stanza proprio mentre Keith stava per tagliarmi la gola. Aveva ucciso suo padre per salvare me.»

Patricia ha uno sguardo completamente perso. «Avete idea delle emozioni che una cosa del genere può provocare? Dopo tutti quegli anni, tutto quello che avevo passato. Il sollievo era così forte da risultare quasi insopportabile. E poi, scoprire che mio figlio era davvero mio figlio, che aveva scelto me invece di suo padre...» Le lacrime continuano a inondarle il viso. «Ero convinta di averlo ormai perso per sempre. Scusatemi.»

Si alza e va a prendere una scatola di fazzoletti su una mensola. Torna a sedersi sul divano e si asciuga gli occhi.

«Mi dispiace...» dice.

«Non si preoccupi» rispondo. Quello che deve aver passato è inimmaginabile. Forse alcuni la disprezzeranno, per aver sopportato quelle violenze per tanti anni. Per essere stata debole. Io amo pensare di essere più saggia di loro.

Patricia riprende il controllo di sé. «Guarii e tornammo a casa insieme. Fu un bel periodo. Peter mi copriva di attenzioni. La cena non era più un momento cupo in cui nessuno parlava. Eravamo... una famiglia.» L'amarezza scivola di nuovo sul suo viso come una maschera nera. «Ma non durò.»

Riprende a tormentare la catenina. La gira, la torce. «Peter continuava a passare ore in cantina. Non sapevo cosa facesse, non ero mai scesa laggiù. Ma avevo paura. Si trattava di qualcosa che lui aveva cominciato a fare con suo padre, quindi doveva essere qualcosa di male.

«Passarono mesi. Ero preoccupata, ma non feci nulla. Negavo quello che non volevo sapere. Sì, si tratta di questo. Che dire? Keith, il mio incubo vivente di tanti anni, era morto. Avevo riavuto mio figlio. La vita era tornata normale.» Patricia si massaggia lievemente la fronte. «Ma passarono troppi giorni, troppe notti in cui non riuscivo a smettere di pensare a quella cantina. Così una mattina, mentre Peter era a scuola, decisi di andare a vedere.

«Keith teneva la chiave nascosta sotto una lampada nella sua stanza. Lo sapevo da anni. Così quel giorno andai a prenderla e aprii la porta della cantina.

«Ricordo che restai a lungo in cima alle scale, indecisa, lottando con me stessa. Poi accesi la luce e scesi.»

Patricia smette di parlare. Il silenzio dura tanto da farmi temere che abbia perso la cognizione del tempo, intrappolata nei suoi ricordi. Sto quasi per toccarle un braccio quando riprende il racconto.

«Attesi il ritorno di Peter. Quando arrivò a casa, gli dissi subito che ero andata in cantina. E avevo visto tutto. Gli dissi che lui mi aveva salvato la vita e mi aveva dato la libertà. Inoltre era mio figlio. Perciò non avrei parlato. Ma gli dissi che non potevo più lasciarlo vivere sotto il mio tetto.

«All'inizio non ero sicura che avrebbe creduto alla mia promessa di tenere la bocca chiusa.» Sorride, pensosa. «Immagino che in un certo senso mi volesse bene. Forse perché ero sua madre, o forse solo perché sentiva di aver bisogno di un sostegno, di qualcosa che gli permettesse di considerarsi ancora un essere umano. Comunque fosse, accettò la mia decisione. Fece i bagagli, ci mise dentro anche alcune cose che si trovavano in cantina, e se ne andò. Prima di uscire di casa mi baciò sulla guancia e mi disse che mi voleva bene e mi capiva. Da allora non l'ho più rivisto, e sono passati quasi trent'anni.»

Patricia sta di nuovo piangendo. Fissa Don Rawlings. «Quando lessi sui giornali di quella povera ragazza, e che Peter era sospettato dell'omicidio, seppi subito che era stato lui. Quadrava con ciò che avevo trovato in cantina.» Si torce le mani. «So che avrei dovuto farmi avanti, dire qualcosa, ma... lui mi aveva salvato la vita. Era mio figlio. So che questo non mi giustifica, ma allora mi sembrò giusto non parlare. Ora invece...» Lascia andare un sospiro che sembra riassumere decenni di stanchezza. «Ora sono vecchia. E non ne posso più del dolore, dei segreti e degli incubi.»

«Cosa aveva trovato in cantina, Patricia?» le chiedo.

Mi guarda negli occhi, giocherellando di nuovo con la catenina d'oro.

«Andate a vedere di persona. Non apro quella porta da quasi trent'anni. Adesso è arrivato il momento di farlo.»

Si sfila la catenina e vedo che c'è una chiave appesa. Me la consegna.

«Andate pure. Aprite quella porta, e lasciate entrare la luce.»

Capitolo 54

Credo che Patricia abbia detto la verità. Nessuno è entrato qui da moltissimo tempo. La serratura resiste, quando cerco di girare la chiave. Alan ci lavora sopra, alternando momenti di concentrazione assoluta ad altri dove bestemmia come un minatore.

«Ah!» esclama a un tratto. Si sente uno scatto e la serratura cede. «Finalmente.»

Alan si alza in piedi e spalanca la porta. Una rampa di scale in legno conduce giù, nel buio. Improvvisamente, mi viene in mente una domanda.

«Patricia, qui siamo in California, e le case non hanno la cantina sotterranea. Questa la fece costruire Keith?»

«No, suo nonno.» Indica la parete a sinistra della porta. «Vedete quel punto più chiaro? Keith mi disse che in passato c'era un mobile montato su cardini che nascondeva la porta. Non so perché lui lo tolse.» Patricia sta indietro, come se avesse paura di quella porta aperta. «Le scale portano a un corridoio. La cantina non è esattamente sotto la casa. Keith disse che suo nonno la fece costruire così apposta, per via dei terremoti.»

«Lei è scesa in cantina dopo il terremoto del '91?» chiede Jenny.

«No, non ci torno da quell'unica volta che vi ho raccontato. La luce è a destra sul muro. Fate attenzione.» Patricia torna in soggiorno a passo svelto, quasi correndo.

Jenny mi fissa, con le sopracciglia sollevate. «Non è una buona idea, Smoky. C'è un motivo per cui non abbiamo cantine, in California: i terremoti. Là sotto potrebbe essere pericoloso.»

Forse ha ragione, ma non importa. «Non posso aspettare, Jenny. Devo vedere cosa c'è là sotto.»

Jenny mi fissa per un attimo, poi annuisce. «Anch'io.» Sorride. «Ma tu vai per prima.»

Scendo, seguita da tutto il gruppo. Più scendiamo, più il suono dei nostri passi è attutito. La terra che ci circonda rappresenta un isolamento acustico naturale. Qui sotto è fresco, silenzioso e isolato.

In fondo alle scale troviamo uno stretto corridoio di cemento. Cinque o sei metri più avanti distinguo la sagoma di una porta. La raggiungo, trovo l'interruttore sul muro e accendo la luce. Entriamo.

«Cristo» dice James. «Guarda lì!»

Siamo in una stanza molto ampia, sui centocinquanta metri quadrati, tutta cemento grigio, luci crude e mobili funzionali. Quello che ha attratto l'attenzione di James è sulla parete in fondo a sinistra.

Mi avvicino, stupefatta. La parete è coperta di illustrazioni a grandezza naturale del corpo umano, tutte con precise didascalie. Si comincia con il corpo intero, poi senza la pelle, con il sistema muscolare in evidenza, per finire con i diagrammi che mostrano nei particolari gli organi interni.

Mi avvicino alla parete, e facendolo noto quello che c'è scritto su un'altra parete, che da lontano era oscurata dalla cattiva illuminazione. «Guardate questo» dico.

Il muro è stato dipinto di bianco, per far risaltare meglio le lettere nere:

I Comandamenti dello Squartatore

1 - Gli esseri umani sono, par la maggior parte, bestiame. Tu sei della stirpe degli antichi predatori, i primi cacciatori. Non

lasciare mai che la morale della mandria ti distragga dalla missione.
2 - Non è mai un peccato uccidere una puttana. Sono la stirpe del diavolo, un ascesso sulla pelle della società.
3 - Quando esci dall'ombra per uccidere una puttana, fallo nel modo più orrendo possibile, per dare una lezione alle altre.
4 - Non sentirti colpevole di esultare alla morte di una puttana. Sei dell'antica stirpe, e la tua sete di sangue è naturale.
5 - Tutte le donne hanno in sé la capacità di essere puttane. Prendine una solo per assicurare la continuità della stirpe, ma non permettere mai a una donna di confonderti la mente e il cuore. Sono animali da riproduzione, e nient'altro.
6 - Gli insegnamenti possono essere passati solo a un figlio maschio, mai a una femmina.
7 - Ogni Squartatore deve trovare il suo Abberline. Hai bisogno di un nemico, per mantenere acuti i tuoi sensi e le tue capacità.
8 - Finché non avrai trovato il tuo Abberline, devi tenere nascosto il tuo lavoro.
9 - Muori, piuttosto che lasciarti prendere.
10 - I discendenti dell'Ombra sono senza paura. Saziano i loro bisogni senza esitare e senza rimorsi. Lotta sempre per rendere chiaro questo punto. Cerca il rischio calcolato che fa cantare il tuo sangue.
11 - Non dimenticare mai che discendi da lui: l'Ombra.

«Cristo santo» sussurra Don.

«Guardate qua» dice Alan.

Ci sono tre file di scaffali nella stanza.

«Libri di anatomia, e ogni tipo di pubblicazioni su Jack lo Squartatore.» Alan guarda meglio, tira fuori un volume da uno scaffale, lo apre. «Proprio come pensavo» dice, guardandomi. «Diari.» Sfoglia le pagine, si ferma. Mi mostra ciò che ha trovato.

Una serie di foto in bianco e nero attaccate con nastro adesivo, che occupano diverse pagine. Mostrano una giovane donna imbavagliata e legata a un tavolo. La stanza della foto sembra questa. Faccio alcuni passi, chiamo Alan. Lui mi raggiunge e gli indico il tavolo davanti a noi.

«Merda» dice, confrontandolo con quello della foto. «È lo stesso.»

Le foto mostrano la donna violentata, torturata e sventrata. Hanno un aspetto orribilmente didattico, come se l'uomo mascherato nelle foto stesse tenendo un seminario sulla sofferenza e la depravazione.

«Gesù» dico. «Quanti saranno?»

«Un centinaio, a occhio e croce.»

Sfoglio le pagine fino ad arrivare ad alcune note.

Peter mostra già di appartenere alla stirpe, a soli otto anni. È restato a osservare mentre uccidevo la puttana, scattando fotografie e facendo domande intelligenti. Ha mostrato particolare interesse nella meccanica dello sventramento. Sono felice che non vomiti più.

Un'altra nota dice:

Stavolta ho portato Peter a caccia con me. Non gli ho solo fatto scuola, ormai è importante che cominci a coinvolgersi di più. Dopotutto ha dieci anni. Sono contento di lui. È dotato.

Quando ho spogliato la puttana il suo pene si è indurito e lui ha mostrato imbarazzo. Gli ho spiegato la meccanica di questo fatto, e ho ordinato alla puttana di dargli piacere con la mano. Peter ne è rimasto affascinato e contento. Più tardi mi ha ringraziato.

E ancora:

Peter oggi mi ha chiesto quanti anni avevo quando ho ucciso la mia prima puttana. Ho esitato, prima di rispondergli. Lui è così pieno della forza della nostra stirpe, che non volevo rivelargli la debolezza di mio padre. Temevo che cominciasse a du-

bitare della nobiltà del sangue. Ma alla fine gli ho detto tutto: mio padre mi aveva nascosto il segreto del lignaggio, e io l'avevo scoperto da solo, facendo ricerche nel nostro albero genealogico. Quando l'avevo affrontato direttamente, mio padre aveva cercato debolmente di negare. Lui e mia madre volevano convincermi che ero pazzo.

Non avevo bisogno di preoccuparmi della reazione di Peter. Lo sguardo di adorazione che mi ha rivolto, per la mia perseveranza nella ricerca della verità e per la vendetta che ho esercitato su mio padre, è qualcosa che ricorderò sempre con gioia.

«Proprio come ha detto Patricia» borbotta Alan. «Ha cominciato presto a distorcere la psiche del ragazzo.»

«Quel poveretto non ha avuto nessuna possibilità di reagire» interviene James. «Ma ormai non è più salvabile.»

Io non rispondo. Mi ronzano le orecchie, ho le vertigini. Sento piccole scosse elettriche in tutto il corpo. Ho sfogliato tutto il diario fino all'ultima pagina. E ho visto la firma. La mia mente è colma di terrore, rabbia, incredulità, vergogna e senso di tradimento.

Forse è solo una coincidenza, penso.

Ma so che non lo è.

Guardo i Comandamenti sulla parete, rileggo il numero sette:

7 - Ogni Squartatore deve trovare il suo Abberline. Hai bisogno di un nemico, per mantenere acuti i tuoi sensi e le tue capacità.

«Smoky?» La voce di Alan è tagliente, preoccupata. «Cosa succede?»

Non riesco a parlare. Gli allungo il diario, aperto sull'ultima pagina, quella che riporta la firma.

Keith Hillstead.

Hillstead. E suo figlio si chiama Peter.

Conosco Jack Junior. E lui conosce me.

Intimamente.

Mostri travestiti da umani, che recitano la parte alla perfezione.

Peter Hillstead ha ingannato tutti, me compresa.

Ma c'è una cosa ancora più terribile, che mi fa venire voglia di vomitare quando me ne rendo conto. Lui non ha solo violato la mia intimità, mi ha anche aiutato. Certo, lo faceva per i suoi scopi, eppure... Al pensiero che, in un certo senso, sono una donna migliore per averlo incontrato, vorrei gridare, vomitare e stare sotto la doccia per un anno di seguito.

«So chi è» dico alla fine.

A queste parole cade un silenzio scioccato, seguito da un accavallarsi di voci. Alan zittisce tutti.

«Di cosa stai parlando?»

Indico la firma in fondo al diario. «Keith Hillstead. Il figlio si chiama Peter. Il nome del mio psicoanalista è Peter Hillstead.»

Alan sembra dubbioso. «Potrebbe essere una semplice coincidenza, Smoky.»

«No. Una foto di padre e figlio mi darebbe la certezza assoluta, ma oltre al nome anche l'età corrisponde.»

«Cristo santo» mormora James.

«Andiamo» dico, avviandomi verso le scale.

Patricia ci aspetta in soggiorno. «Signorina Connolly, ha per caso una foto di Keith Hillstead e di Peter?»

Lei mi guarda negli occhi. «Avete trovato qualcosa, vero?»

«Sì. Ma per essere assolutamente certa dovrei vedere qualche foto di Keith e Peter.»

Lei si alza. «Quando Peter se ne andò, si portò dietro tutte le foto che avevo di lui. Ma ne conservo una di Keith. L'ho tenuta in fondo a un cassetto, per ricordarmi che faccia può avere il male. Aspettate un attimo.»

Patricia va in camera da letto, e torna poco dopo con una foto venti per trenta. «Ecco qua» dice, tendendomela. «Bello come il diavolo, il che è anche logico, visto che lui e il diavolo erano buoni amici.»

Appena guardo la foto, ogni ombra di dubbio viene spazzata via istantaneamente. Vedo quegli occhi blu elettrico, belli come quelli di Peter. «Si somigliano come due gocce d'acqua» dico a James. «Adesso ne ho la certezza: Peter Hillstead è il figlio di Keith.»

«Volete dire che... sapete chi è l'uomo che ha ucciso Renee?»

Nello sguardo di Don Rawlings c'è una luce di speranza, a cui lui non osa abbandonarsi. Malgrado il tumulto che sento dentro di me, riesco a sorridergli.

«Esatto.»

Dal suo viso scompaiono almeno dieci anni di età. I suoi occhi diventano più limpidi, l'espressione più dura, decisa. «Cosa posso fare?»

«Vorrei che tu e Jenny vi occupaste di un'analisi approfondita di tutto ciò che c'è in quella cantina. E se in questa casa riusciamo a trovare impronte che corrispondono a quelle di Peter Hillstead...» Non ho bisogno di finire la frase. Hanno già capito. Sapere chi è Jack Junior non basta: bisogna anche essere in grado di provarlo in tribunale.

«Ci pensiamo noi» dice Jenny. «Voi cosa farete?»

«Torniamo a Los Angeles e arrestiamo quel bastardo.»

Sento un tocco sul braccio. Nell'eccitazione del momento avevo quasi dimenticato la presenza di Patricia Connolly.

«Mi prometta una cosa, agente Barrett.»

«Se posso, signorina Connolly.»

«So che Peter ora è un uomo cattivo. Era predestinato a diventarlo, dal momento in cui suo padre lo condusse in quella cantina per la prima volta. Ma se dovrà ucciderlo... mi prometta che sarà una cosa rapida.»

Guardando Patricia, vedo quello che potrei essere diventata, se avessi continuato a starmene in casa a fissare le mie cicatrici allo specchio, e se non mi fossi uccisa.

Sarei diventata come lei: un fantasma, fatto di fumo e di ricordi terribili, in attesa della raffica di vento che lo dissolverà nel nulla.

«Se si arriverà a questo punto, Patricia, farò del mio meglio per rispettare questa sua volontà.»

Lei mi stringe appena il braccio e torna a sedersi in poltrona. Immagino che sarà lì che la troveranno morta. Un giorno si addormenterà su quella poltrona e non si sveglierà più.

«Puoi accompagnarci all'aeroporto, Jenny?»

«Certamente.»

Guardo James e Alan.

«Andiamo a scrivere la parola fine.»

CAPITOLO 55

Sono al telefono con Leo, sull'aereo che ci sta riportando a Los Angeles.

«Parli sul serio?» mi chiede.

Gli ho appena raccontato quello che abbiamo trovato a Concord.

«Assolutamente. Devi cominciare a preparare una richiesta per un mandato di perquisizione, in ufficio e in casa. Quando arriveremo scriverò io i particolari.»

«Va bene.»

«Trova una foto del dottor Hillstead. Poi comparala con le foto dei party che abbiamo scaricato dal web.»

«Comincio subito.»

«Bene. Di' pure a tutti cosa sta succedendo. Ora chiamo il direttore Jones. Dovremmo essere lì tra poco più di un'ora.»

«Perfetto. Ci vediamo, capo.»

Chiudo la comunicazione, chiamo il centralino e mi passano Shirley. «Ho bisogno di parlare con lui, Shirley. Dovunque sia e qualunque cosa stia facendo. È importante.»

Shirley non fa domande. Sa che non sono il tipo da gridare al lupo per nulla. In meno di trenta secondi sono al telefono con Jones.

«Cosa succede?» chiede.

Gli racconto di Concord, di Keith Hillstead, della cantina e di quello che c'era dentro. Concludo con la rivelazione su Peter.

Segue un silenzio scioccato. Poi devo allontanare il telefono dall'orecchio, perché Jones comincia a urlare. Prima una serie di imprecazioni deliranti. Poi: «Quindi il miglior psicoanalista di cui ci siamo serviti negli ultimi dieci anni per i nostri agenti è un serial killer? È questo che mi stai dicendo?».

«Signorsì, sto dicendo proprio questo.»

Un altro silenzio, molto breve stavolta. Poi: «Dimmi qual è il piano». Lo sfogo è finito. Ora si parla di lavoro.

«La polizia di San Francisco sta passando al setaccio la casa di Concord. Speriamo di trovarvi ancora qualche impronta di Peter. Meglio ancora se le troviamo in cantina.»

«Impronte digitali? Dopo più di vent'anni?»

«Certo. Nella letteratura c'è un caso di impronte sviluppate da un pezzo di carta porosa dopo quarant'anni. Intanto Leo sta preparando una richiesta di mandato per casa e studio di Hillstead. La completerò io all'arrivo. Appena avremo il mandato, partiamo per la perquisizione senza perdere neppure un secondo.»

«Qual è la tua idea per Hillstead?»

Capisco perfettamente la domanda. Non solo non abbiamo abbastanza prove per condannarlo, ma neppure per arrestarlo. «Lo farò fermare e portare in centrale per interrogarlo, mentre effettuiamo la doppia perquisizione. Tra qui e la casa di San Francisco dovremmo trovare senz'altro qualcosa per convertire il fermo in arresto.»

«Portami la richiesta di mandato quando arrivi. La farò approvare al volo.»

«Signorsì.»

Appendo e guardo James e Alan. «Abbiamo via libera su tutta la linea. Ora dobbiamo solo convincere il pilota a volare più veloce.»

Appena l'aereo atterra scendiamo di corsa. Dieci minuti dopo siamo già sulla 405. Chiamo di nuovo Leo. «Stiamo arrivando. Hai già scritto la base per la richiesta?»

«Certo. Mancano solo le tue aggiunte ed è pronta per la stampa.»
«Ottimo.»

Parcheggiamo davanti alla sede dell'FBI e scendiamo. In quel momento il mio cellulare squilla.
«Barrett.»
«Saluti, agente Barrett.» La voce stavolta è chiara, non filtrata. Faccio cenno agli altri di fare silenzio.
«Come va, dottor Hillstead?»
«I miei complimenti, Smoky. Devo dirti che mi sono chiesto spesso se il fantasma di Renee Parker sarebbe tornato un giorno a crearmi problemi. Ho infranto uno dei miei Comandamenti, con lei. Non avevo ancora trovato te, ma ciò nonostante ho esposto il mio lavoro. Non ho potuto resistere. Credevo che dopo vent'anni... Ah, che peccato. Anche i piani migliori hanno sempre un difetto. E dare a Street il medaglione e il libro... Cosa posso dire? Mi supplicava di dargli qualcosa. E meritava un pegno. Era davvero un ottimo studente. Entusiasta.» Hillstead ride piano. «Naturalmente ho pensato alla possibilità di addossare a lui l'omicidio di Renee, ma... Ah, che peccato» ripete.
La sua voce è quella di sempre, ma il tono è diverso. Parla con una specie di frivolezza da malato di mente che non gli avevo mai sentito.
«Sa tutto?» chiedo.
«Ma certo. Non ho appena detto che pensavo spesso a Renee? Sarebbe stato stupido da parte mia pensarci e non prepararmi per questa eventualità. Ovviamente ora il gioco dovrà cambiare.»
«In che senso?»
«Be', conosci la mia identità, no? Questo significa che sono finito. Io e i miei siamo sempre esistiti nell'ombra, agente Barrett. Non prosperiamo nella luce. Ah, che peccato. Sai per quanti anni ho dovuto ascoltare i lamenti dei tuoi colleghi, mentre cercavo il mio Abberline? Le ore infinite in cui fingevo

di interessarmi ai loro problemi, e aiutavo davvero quei vermi, in modo da poter continuare la mia ricerca?» Sospira. «E finalmente ho trovato te. Forse il risultato ha superato le aspettative.»

«Non deve per forza finire così, dottor Hillstead. Io posso arrestarla.»

Ridacchia. «Non credo proprio, Smoky. Ma ne parleremo tra un attimo. Prima devo farti una confessione. Ricordi quella notte con Joseph Sands?»

Sono calma, le sue parole non mi causano nessuna emozione. «La ricordo fin troppo bene, e lei lo sa.»

«Hai mai letto con attenzione il dossier? Per esempio dove parla del suo ingresso in casa tua?»

«Ho letto tutto, a parte il rapporto balistico che lei aveva tolto. Perché?»

Silenzio. Immagino che sorrida. «C'erano segni di effrazione?»

Sto per dirgli che mi sta annoiando, e che voglio sapere dove si trova. Qualcosa mi ferma. Cerco di ricordare quello che mi chiede. «No, non c'era nessun segno di effrazione.»

«Già. E non sei curiosa di sapere come mai?»

Non rispondo.

Penso a Ronnie Barnes, che è morto il diciannove del mese, lo stesso giorno in cui Sands ha ucciso la mia famiglia.

«Ma per il motivo più ovvio, Smoky cara. Sands aveva una chiave.» Ride. «Ora prova a indovinare chi gliel'aveva data.» Un breve silenzio. «Ma io, Smoky cara. Io.»

Capisco che faccia devo avere dalla reazione di Alan, il quale si allontana di un passo da me, con un'espressione molto cauta. Devo essere trasfigurata dal desiderio di uccidere che mi scorre nelle vene.

Sento bruciarmi gli occhi dalla rabbia, una rabbia pari a quella che provavo legata al mio letto, mentre Joseph Sands torturava e uccideva Matt.

Matt, Alexa, tutto ciò che amavo nella vita. Le cicatrici che sfigurano il mio viso e il mio cuore, che per poco non hanno distrutto la mia anima. Mesi di incubi, oceani di lacrime. Funerali, lapidi, l'odore dei cimiteri. Sigarette e disperazione, e la gentilezza degli estranei.

Quel mostro sorridente al telefono si è lasciato dietro una scia di rovine. Don Rawlings, me, Bonnie. Ha sbriciolato come pane secco le nostre speranze, nutrendosi del nostro dolore come uno spirito maligno.

So bene che lui non rappresenta tutto il male del mondo. Ma è la fonte del male per me. È la violenza che ho subìto, le grida di Matt, il dolore per aver ucciso Alexa. È i bambini morti che visitano i sogni di Don Rawlings, la fine della mia amica Annie, la sofferenza di Callie in ospedale, e la stanchezza grigia di quella sua povera madre, che appassisce come una rosa antica.

«Dove sei?» chiedo, a bassa voce.

Lui ride piano. «Ho toccato un nervo scoperto, eh? Molto bene.» Un breve silenzio. «Sands rappresentava il tuo ultimo test, Smoky. Se fossi sopravvissuta a lui, saresti stata degna di essere il mio Abberline.» La sua voce ha un tono quasi gentile. Sognante.

«Dove sei?» ripeto.

Ride ancora. «Te lo dirò, non preoccuparti. Ma prima c'è qualcuno che vuole parlarti. Su, saluta l'agente Barrett.»

Sento il fruscio del telefono che si sposta. «S-smoky?»

Una scossa mi attraversa da capo a piedi.

Elaina. Tutto è successo con tanta rapidità. Keenan e Shantz non sono stati ancora sostituiti. "*Stupida, stupida, stupida!*"

«Lei è qui con me, Smoky. E c'è anche qualcun altro, che non può venire al telefono perché... be', perché non riesce più a parlare.» Quel bastardo ride. «Un bel déjà vu, non trovi?»

Sto soffocando. C'è aria tutto intorno a me, ma non riesco a respirare. Il tempo si muove al ritmo del mio cuore, *tum, tum, tum.* Non sono spaventata. Sono terrorizzata. Il mio è un terrore puro, isterico, che impregna l'anima. Eppure quando parlo la mia voce è calma.

«Dove sei, Peter? Dimmelo, e verrò da te.» Non gli chiedo di non far loro del male. Tanto non gli crederei.

«Ecco le regole, Smoky. Io sono in casa mia. Elaina è nuda e legata al letto. La piccola Bonnie è tra le mie braccia. Ti sembra una scena già vista? Se non sei qui tra venticinque minuti esatti ucciderò Elaina, poi anche Bonnie avrà il suo piccolo déjà vu. Se vedo la polizia o una squadra d'assalto le uccido subito entrambe. Puoi portare i membri del tuo team, Smoky, ma a parte questo la faccenda è tra noi due. È chiaro?»

«Sì.»

«Perfetto. Il conto alla rovescia comincia da... ora!»

Riattacca.

«Che cazzo succede?» chiede subito Alan.

Non rispondo. Lo guardo. I suoi occhi sono intensi, preoccupati, pronti. Alan è sempre pronto. Soprattutto quando hai bisogno di un amico. Sento il mio respiro: dentro e fuori, dentro e fuori.

Provo una calma sconcertante. Come se fossi su una spiaggia, sola, con una conchiglia all'orecchio che mi trasmette un ruggito lontano. Sono forse in stato di shock?

No, credo di no. Credo che semplicemente Hillstead abbia ottenuto quello che voleva.

Ora sono come lui. Pronta a uccidere senza pensarci sopra, senza rimpianti o problemi morali. Con la stessa tranquillità con cui sradicherei un'erba cattiva.

Poso le mani sulle spalle di Alan, alzo il viso a guardarlo negli occhi. «Ascolta, devo dirti una cosa che ti farà male. Ma prima voglio che tu sappia che ci penserò io a mettere tutto a posto.»

Lui non parla. L'allarme, l'inizio della comprensione, si accendono nei suoi occhi.

«Ha preso Elaina e Bonnie» dico.

Sento i suoi muscoli contrarsi sotto le mie mani. Il suo corpo è scosso da un solo, breve tremito. I suoi occhi sono fissi nei miei. «Lui vuole me, e ora andremo nel posto dove le tiene prigioniere. Una volta lì, lo uccideremo e salveremo loro due, a tutti i costi.» Affondo le dita nelle sue spalle. «Capito? Me ne incarico io.»

Alan mi fissa senza parlare per diverso tempo. James resta da parte, in silenzio.

«Il suo piano è morire e portarti con lui» dice alla fine Alan.

Annuisco. «Lo so. Dovrò essere più veloce di lui.»

Alan mi prende le mani tra le sue, dure ed enormi. Il suo tocco è sorprendentemente gentile. «*Devi* essere più veloce, Smoky.» Gli trema la voce.

Mi lascia le mani, estrae la sua pistola, controlla il caricatore e torna verso la macchina.

«Andiamo» dice soltanto.

Piegarsi e non spezzarsi.

"Ma noi spezzeremo qualcosa?" chiede il drago. "Gli spezzeremo le ossa?"

È una domanda retorica. Non rispondo.

Lungo la strada telefono a Tommy.

«Mi segui sempre?» chiedo.

«Sì.»

«Le cose sono cambiate.»

Lo aggiorno sugli ultimi sviluppi.

«Cosa vuoi che faccia?»

«Va' al suo indirizzo e aspetta. Se lo vedi uscire da solo, significa che ha avuto la meglio su di noi. In tal caso, voglio che tu lo uccida.»

Un lungo silenzio. Poi la risposta, nel solito tono. «D'accordo.»

«Grazie Tommy.»

«Smoky, non farti sparare.» Una pausa. «Voglio ancora vedere se la nostra storia andrà da qualche parte.»

Riattacca.

Entriamo nel vialetto d'ingresso. Tutto sembra normale. Piacevole e tranquillo, un tipico quartiere residenziale. Spengo il motore della macchina e in quello stesso istante suona il telefono.

«Barrett.»

«Ce l'hai fatta in meno tempo del previsto, Smoky. Sono orgoglioso di te! Ora lascia che ti informi sulle regole. Tu entri dalla porta principale. I tuoi amici aspettano fuori. Se succede una cosa qualsiasi, diversa da quello che ho appena detto, uccido Elaina e Bonnie. Chiaro?»

«Chiaro.»

«Perfetto. Allora... entra!»

Chiudo la comunicazione. Estraggo la pistola, la controllo e lascio che si adatti alla mia mano. Uccello di morte, nero, liscio, freddo. Si prepara a cantare.

«Io entro, voi restate fuori. Queste sono le sue regole.»

«Non ho intenzione di ascoltare queste stronzate» ringhia Alan.

Lo fisso. «Ci penserò io, Alan.» Gli lascio vedere e sentire il drago. «Non sbaglierò la mira.»

Alan guarda la mia pistola. Si passa la lingua sulle labbra. Il suo viso è una maschera di emozioni: durezza e impotenza, rabbia e paura. Inghiotte saliva e annuisce. Guardo James e anche da lui ricevo un cenno affermativo.

Non c'è altro da dire. Mi volto e salgo i gradini che conducono alla porta. Giro la maniglia. Il cuore mi martella nel petto. Ho paura, ma sento anche un senso di esultanza. Entro e mi chiudo la porta alle spalle.

«Vieni di sopra, Smoky cara» dice Hillstead.

Salgo le scale lentamente. Sudo. Arrivo in cima.

«Da questa parte.»

Entro in camera da letto. Ciò che vedo ha su di me l'effetto che lui voleva: mi paralizza dal terrore.

Elaina è nuda e legata al letto, mani e piedi. Lui ha già lavorato di coltello. Ha inciso un gioco di tris sulla sua pancia, e le ha fatto un lungo taglio di traverso sopra i seni. Ma nei suoi occhi, dietro il terrore, vedo uno sguardo di sfida che mi solleva.

Questo significa che Hillstead non si è ancora dedicato a distruggerla dentro.

Peter Hillstead è seduto in poltrona ai piedi del letto. Ha Bonnie in braccio e le tiene un coltello puntato alla gola. Anche lei ha uno sguardo di sfida, con in più una cosa che a Elaina manca: l'odio. Se potesse uccidere l'uomo che ha assassinato sua madre, lo farebbe.

«Un bel déjà vu, Smoky, non è vero? Noterai che non ho ancora toccato il viso di Elaina.» Ride piano. «Ho pensato di incorporare nella scena alcuni elementi della tua psicosi. Abbiamo la distruzione di una persona che ami, una difficoltà ricorrente che sembri avere. Abbiamo le cicatrici e gli sfregi. E infine abbiamo tua figlia Alexa, lo scudo umano.»

Sollevo la pistola, ma lui nasconde la testa dietro quella di Bonnie. Preme il coltello e sul collo della bambina appare una goccia di sangue.

«Piano, niente fretta» dice. «Ho preparato una poltrona anche per te. Siediti, rilassati.» Il suo viso ricompare, con un odioso sorriso. «Sarà come ai vecchi tempi.»

"Spezzagli le ossa!" ringhia il drago.

"Silenzio" ordino. "Devo concentrarmi."

La poltrona indicata è di fronte alla sua. Proprio come ai vecchi tempi. Vado a sedermi.

«Vuoi analizzarmi ancora, Peter?»

Ride, scuote la testa. «L'analisi è finita, Smoky. Non ho altre opinioni da darti su te stessa.»

«Cosa vuoi, allora?»

I suoi occhi hanno un odioso lampo di ilarità. «Voglio parlarti, Smoky. E poi vedere cosa succede.»

Potrei spezzargli le ginocchia in una frazione di secondo, *bang-bang*, e finire con un colpo in testa. Inspira, espira, tre colpi e addio Peter.

Mentre lo penso, la mano con la pistola si sta già muovendo. La canna sale, e io so a livello istintivo che l'altezza è giusta, so quanti chilogrammi di pressione ci vogliono per premere il grilletto. So, senza doverci pensare, di quanti centimetri dovrò muovere la canna dopo il primo sparo per spezzargli l'altro ginocchio.

Solo che la mano con la pistola... è malferma.

Poi comincia a tremare.

Chiudo gli occhi e abbasso l'arma. Hillstead ride forte.

«Smoky! Forse ho parlato troppo presto. Forse hai ancora bisogno di un po' di terapia.»

Sento salire il panico, in ondate lente, oscure. Guardo Bonnie, e vedo con sorpresa che anche lei mi guarda. I suoi occhi sono pieni di fiducia.

Batto le palpebre, e il suo viso si fa indistinto. Le batto ancora, e diventa Alexa.

Occhi duri, nessuna fiducia.

Alexa sa bene che non c'è da fidarsi.

Nelle orecchie mi rimbomba un debole suono.

No, un momento. È una voce. Troppo debole e distante per capire cosa dice.

«Smoky? Ci sei?»

La voce di Hillstead fa tornare il viso di Bonnie.

Mi rendo conto che sto perdendo la testa. Proprio adesso, quando c'è più bisogno di me.

"Mio Dio."

Mi schiarisco la voce e mi costringo a rispondere. «Hai detto che volevi parlare. Allora parla.» Il mio tono non è convincente, ma le parole almeno sono sensate.

Sono inzuppata di sudore.

«Credi che la situazione in cui mi trovo mi dispiaccia?» comincia. «Niente affatto. Mio padre mi ha insegnato a mantenere un certo livello. Una delle sue frasi preferite era: "Non importa quanto tempo vivrai, ma quanto bene hai ucciso mentre eri vivo".» Hillstead socchiude gli occhi. «Mi capisci? Per onorare l'eredità dell'Ombra, non basta uccidere puttane e burlarsi dell'FBI. È una questione di... stile. Si tratta del *modo* di uccidere, non solo dell'atto in sé. Tagliare con l'argento migliore, bere il sangue nel più fine cristallo, strangolare indossando un completo Armani.» Si affaccia da dietro il viso di Bonnie. «Qualunque idiota è capace di uccidere, ma io e i miei antenati facciamo storia. Diventiamo immortali.»

Devo prendere tempo. Perché sento di nuovo nella testa quella debole voce, e so che ciò che sta dicendo è importante.

«Tu non hai figli» dico. «Quindi sei l'ultimo della specie. Niente immortalità.»

Lui scrolla le spalle. «I geni emergeranno di nuovo. Chi può dire se lui non abbia impiantato il suo seme in altri posti? Anch'io potrei averlo fatto.» Sorride. «Non sono il primo, dubito che sarò l'ultimo. La nostra razza sopravviverà.»

Un pensiero terribile mi paralizza. È possibile che io non voglia salvare Bonnie, perché in qualche parte del mio essere sono convinta che non sarebbe giusto verso Alexa?

La mano si stringe spasmodica intorno al calcio della pistola.

La voce nella mia testa è ancora indistinta, ma il tono è più urgente. «Razza? Quale razza?»

«I primi cacciatori. I predatori a due gambe.»

«Ah, quelle cazzate.»

Lui spinge di nuovo il coltello contro la gola di Bonnie. Mi manca il fiato. Poi si rilassa e ride piano.

«Il punto di tutto questo, mia cara Smoky, è che non importa che tu mi abbia scoperto. Io ho rispettato i Comandamenti, molto più di mio padre: lui non trovò mai il suo Abberline. E i miei adepti?» Sembra compiaciuto, contento di sé. «Quello è stato un vero tocco di originalità.» Si affaccia di nuovo da dietro Bonnie. «Inoltre ho una proposta da farti, per rendere più divertente la fine di questa storia.»

La voce nella mia testa tace. Il disagio si insinua dentro di me. «Che proposta?»

«Cicatrici in cambio di una vita, Smoky. Voglio lasciare il mio marchio su di te, offrendoti qualcosa in cambio.»

«Ma di cosa cazzo stai parlando?»

«Se ti dicessi di spararti con la tua pistola, e in cambio io libererò Bonnie ed Elaina, mi crederesti?»

«No.»

«Già. Ma se invece ti dicessi: "Prendi un coltello, tagliati il viso, e in cambio lascerò andare Elaina?..."»

Il disagio cresce. Riprendo a sudare.

«Aaah... vedi? Ecco la cosa divertente, Smoky. In questo caso devi per forza pensarci su.» Ride. «Le possibilità abbondano. Puoi non accettare, e forse riuscirai ugualmente a liberarle, ma forse no. Puoi tagliarti la faccia, ma forse sto mentendo e dopo saremo al punto di prima. E ti sarai procurata altre cicatrici per niente. Non è una decisione semplice. La sola possibilità che io parli sul serio fa sì che tu debba pensarci. Peggio ancora, è davvero *possibile* che io dica la verità. Non è credibile che io voglia scambiare Elaina per la gioia di costringerti a procurarti altre cicatrici? Direi di sì, soprattutto se continuo a tenere come scudo questo tesorino.»

Non ho ancora risposto. Il disagio è diventato nausea, un movimento untuoso nello stomaco. Ha ragione, ci penso sul serio. Ciò che mi ha chiesto è orribile ma sopportabile. Certo, potrei perdere, come in ogni gioco d'azzardo. Ma se vincessi... Vale la pena tentare?

Forse sì.

"No, no, no!" grida il drago. "Spezzagli le ossa!"

"Silenzio!" rispondo.

L'altra voce non si fa sentire. È lì, ma non parla. Aspetta.

«Mi stai facendo davvero questa proposta, Peter?» chiedo.

«Certo. C'è un coltello tra il cuscino e il bracciolo della poltrona.»

Poggio la pistola in grembo, faccio scorrere le dita sul lato della poltrona. Eccolo. Acciaio freddo. Trovo a tastoni il manico, lo afferro e tiro fuori il coltello.

«Guardalo.»

Lo guardo. È un coltello da caccia. Fatto per tagliare la carne.

«Cicatrici» dice a bassa voce Hillstead. «Segni del tempo che passa, come gli anelli di un albero.» Un occhio sbircia da dietro la testa di Bonnie. Posso quasi sentirne lo sguardo sulla faccia, come una mano morbida che segue il contorno delle mie cicatrici. In un certo senso le ama. «Voglio lasciare il mio marchio su di te, mia Abberline. Voglio che tu mi veda quando ti guardi allo specchio. Per sempre.»

«E se lo faccio?»

«Ti lascerò tagliare le corde di Elaina, con quello stesso coltello. Qualunque cosa succeda dopo, lei uscirà di qui sana e salva.»

Elaina cerca di parlare attraverso il bavaglio. Scuote la testa. I suoi occhi dicono: "No, no, no...".

Fisso il coltello. Penso alla carta geografica di dolore che è diventato il mio viso. Finora le mie cicatrici mi ricordano solo tutto ciò che ho perso. Forse quella che vuole lui mi ricorderà che ho salvato Elaina, o forse sarà solo una cicatrice in più. Forse tutti noi moriremo qui.

Forse potrei puntarmi la pistola alla testa e premere il grilletto. Mi tremerebbe la mano, se dovessi sparare a me stessa?

Il mondo mi gira intorno. Bonnie diventa Alexa, Alexa diventa Bonnie, un ocenao mi ruggisce nel cervello. Mi sento allo stesso tempo calma e terrorizzata.

Sto perdendo la testa, non c'è alcun dubbio.

Distolgo lo sguardo dagli occhi di Elaina.

«Dove?» chiedo.

Vedo formarsi le zampe di gallina intorno a quell'occhio azzurro. Sta sorridendo.

«Semplice, mia cara Smoky. Lasceremo intatto il lato del viso che Sands non ha toccato. Mi piace pensare a te come la Bella da un lato e la Bestia dall'altro. Perciò voglio un taglio netto sul lato sinistro, da sotto l'occhio all'angolo della tua bella bocca.»

«E se lo faccio potrò liberare Elaina?»

«Così ho detto. Naturalmente potrei aver mentito.»

Esito, poi alzo il coltello. Ho già deciso di farlo non appena l'ha detto. Perché tardare ancora?

"Non tardare, telefona oggi stesso!" dice la parte di me che è pazza. "Tagliati la faccia ora, e riceverai in omaggio un forno a microonde!"

Poggio la punta della lama sotto l'occhio sinistro. Ne sento la freddezza. Niente sembra così freddo e insensibile come un coltello contro la pelle. Un coltello è come un soldato che esegue qualunque ordine, purché possa tagliare.

«Taglia in profondità» dice Hillstead. «Quando avrai finito voglio vedere l'osso.»

Joseph Sands voleva che toccassi il suo viso. Peter Hillstead vuole che tocchi il mio viso. Taglio, decisa e a fondo. Il dolore è intenso. La lama affilata mi affetta la faccia con facilità. Il taglio è lungo ed esce molto sangue. Assaporo sulle labbra il mio stesso vino.

Il drago urla.

Hillstead è affascinato. Quell'unico occhio è spalancato, osserva tutto con avidità, si nutre del mio sangue.

Gli lascio un momento per godere, poi dico, puntando il coltello verso di lui: «Ora posso liberare Elaina?».

Il sangue mi gocciola dal mento e l'occhio spalancato lo segue.

«È bellissimo...» sussurra Hillstead.

"Plic, plic, plic."

«Peter.» L'occhio si stacca dal sangue, riluttante. «Posso tagliare le corde di Elaina?»

Zampe di gallina che tradiscono un altro sorriso. «Be'... No. Direi di no.»

Disperazione e disprezzo mi invadono. «Sei così prevedibile. Se fossi una persona originale l'avresti lasciata andare. Invece questo è proprio ciò che mi aspettavo.»

Scrolla le spalle. «Non è possibile accontentare tutti.»

«Puoi ancora accontentare me.»

«Come?»

«Morendo, Peter. Morendo.»

Parole coraggiose, ma ho ancora paura della mia pistola.

Hillstead ride. «Certo, Smoky. Ora ci arriviamo.» Con una

mano tiene il coltello alla gola di Bonnie, con l'altra l'afferra dietro la testa. «Mi hai dato quello che volevo. Adesso è arrivato il momento di finirla.»

Lascio cadere il coltello. Lui segue la caduta con lo sguardo. Anch'io sono in un certo senso affascinata alla vista del mio sangue lucido sulla lama.

Inclino la testa di lato. La voce è tornata, ed è più vicina.

«Come finirà, Peter?» chiedo, senza guardarlo.

«In un modo o nell'altro, Smoky.»

Esisto su due livelli. Una parte di me guarda Hillstead, lo ascolta, chiede. L'altra parte tende le orecchie per sentire la voce.

«Che vuol dire, "In un modo o nell'altro", Peter?»

Un altro sorriso tradito dalle zampe di gallina.

«Taglierò la gola a Bonnie, Smoky. Conterò fino a dieci, poi le farò un'altra bocca sotto il mento, una bocca larga da un orecchio all'altro. A meno che tu non riesca a uccidermi prima, naturalmente.» Muove il coltello. «Comunque vada, sono certo che alla fine morirò per mano tua. Ma se riesci a spararmi prima che arrivi fino a dieci, Bonnie vivrà.» Guarda la mia pistola. «Se invece non ce la fai... Abbiamo di nuovo la storia di Alexa. Bonnie muore, tu perdi un'altra figlia. Mi ucciderai lo stesso, ma troppo tardi.»

Ora finalmente sento la voce.

"*Mamma.*"

«Tutto quello che devi fare, Smoky cara...» Tira fuori la testa da dietro Bonnie. «È permettermi di aiutarti per l'ultima volta.»

"Ascoltami, mamma. Puoi farcela, è tutto a posto."

Mi sto svuotando. Divento ferma, sempre più ferma. Immobile.

«Fottiti.»

«Ah, Smoky cara...» Il sorriso di Hillstead si fa più ampio. «Non fare l'errore di non credermi. Ti darò dieci secondi, poi la uccido, aprendole la gola con questo coltello. La sua unica possibilità sei tu. Certo, potresti mancare me e colpire lei, come hai fatto con Alexa. E così avrai ucciso un'altra bambina con la tua pistola.»

Il sangue mi gocciola dal viso. Gli occhi di Bonnie mi riempiono la mente.

Ma è Alexa che mi riempie l'anima.

I più bei ricordi di lei mi arrivano tutti insieme. Ogni momento in cui l'ho vista sorridere, l'ho abbracciata, ho sentito l'odore dei suoi capelli, ogni bacio che mi ha dato. È vero, già da un po' ho cominciato a ricordare cose di lei. Ma questi ricordi sono diecimila volte più vividi. E centomila volte più forti.

E tutto è perduto, per sempre.

«Forza, agente speciale Barrett. Sto per iniziare il conto alla rovescia.»

Nuoto in un oceano di lacrime, dove non c'è orizzonte.

La domanda, ancora una volta, è: mi tremerà la mano se punto la pistola contro di me? Potrei finirla così. Veloce. Facile.

La fine di tutti i ricordi. È quello che voglio più di ogni altra cosa.

«Sei stata la mia Abberline, Smoky. Dovresti esserne orgogliosa: sei il meglio del meglio. Nessuno di noi è mai stato catturato, fin dai tempi del Primo. Il tuo trucco della carne del barattolo è stato una bella idea. Una menzogna, certo, ma devo ammettere che mi hai fatto arrabbiare. In quanto a Robert... si è mosso in modo trascurato, perciò non dirò che la sua cattura sia stato un colpo di genio da parte tua. Ma sei molto dotata, Smoky cara. Molto dotata.»

Riesco appena a sentirlo. Ho un rombo nelle orecchie che minaccia di annegare il mondo. Sono io che mi prendo a pugni la testa fino a farmi sanguinare le mani. Io che urlo, che impreco, che muoio, che...

"Mamma!"

Il ruggito tace.

Di nuovo silenzio.

La vedo con la coda dell'occhio, ma non posso guardarla direttamente. Ho troppa vergogna.

"È tutto a posto, mamma. Davvero. Devi solo ricordare la cosa importante."

Che ti ho deluso? Che ti ho ucciso? Che sono sopravvissuta mentre tu sei morta? E la cosa peggiore: che dopo la tua morte la vita è andata avanti?

La vergogna affonda le sue radici in ogni parte del mio essere.

Il mio dolore è assoluto, infinito.

"Siamo arrivati al punto finale" penso, "quando perderò l'ultima battaglia."

Tutto perde colore e mi sento svenire.

Ma prima di perdere conoscenza vedo Alexa sorridere.

È un sole bruciante. Un idolo di luce d'oro.

"No, mamma, ricorda l'amore."

Come se qualcuno avesse premuto il bottone "pausa", tutto il dolore e la vergogna si fermano. Restano sospesi.

Ora c'è immobilità.

Passa un momento lentissimo, fuori dal tempo, durante lo spazio allungato di un singolo battito cardiaco.

In piedi davanti a me c'è Alexa. Non è più un'immagine confusa, un'ombra, un passaggio rapido in un sogno.

È bellissima e splendente.

"Ciao mamma" dice.

"Ciao, amore" sussurro.

So che non è lì davvero. Ma allo stesso tempo so che c'è.

"Ora devi scegliere, mamma" dice. "Una volta per tutte."

"Scegliere cosa, tesoro?"

Si china in avanti e mi prende la mano tra le sue. La tenerezza che mi comunica è troppo grande, ho voglia di tirarmi indietro.

"Di *vivere*, mamma."

La verità, almeno per me, arriva sempre in un solo istante, e cambia tutto per sempre. La verità, quella vera, è sempre semplice.

E questa non è diversa.
Una scelta tra vivere e morire è una scelta tra Alexa e Hillstead.
Tra Matt e Sands.
Alexa sorride, annuisce... e scompare.
E all'improvviso, nello spazio di quel singolo battito del mio cuore, sono guarita. Quella verità ha scacciato la mia follia.
Il tempo riprende a scorrere.
Hillstead sta ancora parlando, ma non sento cosa dice. Sono immersa in un mondo silenzioso, dove tutto si muove a velocità normale, ma io mi sento come se stessi facendo tai chi in fondo a una piscina.
Dal momento in cui sono entrata in questa stanza, gli occhi di Bonnie non hanno lasciato i miei. Pieni di terrore, pieni di fiducia. Ora che sono guarita la guardo davvero.
"È molto bella, mamma."
"Sì, tesoro, lo so" mormoro.
Hillstead socchiude gli occhi, mi fissa. Adesso lo sento: «Con chi parli, Smoky cara? Stai perdendo la testa del tutto? Meglio di no, perché mancano solo tre secondi, poi la piccola Bonnie avrà un bel sorriso sotto il mento».
Solo un quarto circa della sua testa è visibile dietro quella di Bonnie. Un colpo molto difficile.
I calcoli relativi cominciano da soli nella mia mente, con un ronzio prima sommesso, poi sempre più veloce.
Il drago sente che è arrivato il suo momento, e si fa vivo.
La voce di Alexa mi giunge di nuovo, senza turbare il mio equilibrio. "Non preoccuparti, mamma. Fidati semplicemente del tuo istinto, e andrà tutto bene."
"Non so, Alexa. Basta un errore di due o tre centimetri, e potrei uccidere lei."
Sento le sue braccia da fantasma avvolgersi da dietro intorno a me. Una mano mi tocca il cuore. "È qui, mamma. Hai smesso di fidarti del tuo cuore, ma adesso Bonnie ha bisogno di te. Io non sono gelosa di lei, mamma. Me l'avevi chiesto in sogno, ma

ti sei svegliata prima che potessi risponderti. Sono felice che tu le voglia bene."

Nella mia mente appare il viso di Alexa. Gli occhi castani di Matt, il sorriso da folletto, le fossette del postino. Ora non ho più paura di guardarla. Sento sciogliersi l'abbraccio. Sta andando via. Ma prima di scomparire mi sussurra un'ultima cosa: "Mamma, devi capire che non sei perfetta. Fa' quello che senti, e renditi conto che puoi fare solo del tuo meglio, e niente di più".

Il drago ruggisce, il ronzio nella mia mente diventa un urlo come di un colibrì in fiamme, che diventa un falco, poi un'aquila e...

La mia mano non trema più.

Alzo la pistola e premo il grilletto senza neppure pensarci.

Non sento il rumore dello sparo. L'impressione è tutta visiva. Vedo il viso di Bonnie sobbalzare, mentre la testa di Hillstead esplode e il coltello gli cade di mano. So che ho ucciso anche lei.

Un urlo mi sale in gola, mi prendo la testa tra le mani. Ma Bonnie si muove, mi si avvicina saltellando sui piedi legati. Appena vedo la sua guancia sinistra capisco tutto.

Ce l'ho fatta. Il proiettile ha sfiorato la faccia di Bonnie, ma ha trovato il bersaglio e si è infilato dritto nell'occhio di Hillstead. Lei sta bene. Lui è morto.

Infilo la pistola nella fondina con la mano di nuovo tremante. James e Alan corrono su per le scale, seguiti da Tommy. Alan piange, mentre slega Elaina e la copre con una coperta. James e Tommy mi chiedono se sto bene. Non rispondo.

Guardo Hillstead, morto sul pavimento. L'uomo che ha dato a Sands le chiavi di casa mia, il primo vero responsabile della morte della mia famiglia, delle cicatrici sul mio viso. Penso alla scia di distruzione che si è lasciato dietro.

Alla fine, ha avuto la prova che la morte è sempre a un passo di distanza.

Ma questo vale anche per la vita.

Capitolo 56

Callie ha chiesto la presenza di tre persone per questo momento. Io, Marilyn ed Elaina. Ho portato anche Bonnie, ma Callie non ha avuto da ridire.

Due giorni dopo la morte di Peter Hillstead, Callie si è svegliata dal coma. Ora sono passati altri due giorni, e il medico si sta preparando a farle un test di sensibilità ai piedi. Lei fa del suo meglio per nasconderlo, ma si vede benissimo che è terrorizzata.

Ha un aspetto terribile. È pallida, stanca. Ma è viva.

Ora scopriremo se tornerà a camminare.

Il dottore ha in mano uno di quegli strumenti che tutti abbiamo visto qualche volta, ma di cui non conosciamo il nome. È una specie di rotella puntuta posta in cima a un manico. Lui passerà le punte sotto i piedi di Callie. La guarda. «Pronta?»

Elaina le prende una mano. Io faccio la stessa cosa dall'altro lato del letto. Accanto a Elaina c'è Marilyn. Bonnie, al mio fianco, contempla la scena con aria preoccupata.

«Cominciamo pure con il solletico, amore mio.»

Il medico le fa scorrere quella specie di sperone sulla pianta del piede sinistro. «Lo sente?»

Gli occhi di Callie si fanno grandi dalla paura. «No.»

«Niente panico» le dice il medico, cercando di rassicurarla. Ma non mi sembra che funzioni, perché Callie mi sta stritolando la mano. «Proviamo con l'altro piede.» Passa la rotella sulla pianta, e aspettiamo.

Una contrazione. L'alluce si muove. Callie trattiene il respiro.

«Lo ha sentito?» chiede il dottore.

«Non ne sono sicura...»

«Va bene. Il fatto che l'alluce si sia mosso è un segno eccellente. Proviamo ancora.» La rotella scorre di nuovo sul piede. Stavolta l'alluce si contrae immediatamente.

«L'ho sentito!» esclama Callie. «Leggero, ma l'ho sentito.»

«Questo è davvero ottimo, Callie» dice il medico, sorridendo. «Ora voglio che lei faccia un'altra cosa: provi a muovere il dito che prima ha avuto la contrazione.»

A Callie sudano le mani. Sento un leggero tremito.

«Avanti» dice Elaina, piano. «Provaci. Sono certa che puoi farcela.»

Callie fissa l'alluce con una concentrazione degna di un campione olimpionico pronto a scattare. La sua tensione mentale è quasi palpabile.

Il dito si muove.

«Ho sentito qualcosa!» dice Callie. «Come una... connessione. È possibile?»

Il sorriso del dottore stavolta è ampio, enorme. Noi restiamo seri, attenti. Prima di rilassarci nel sollievo dobbiamo sentirlo dalla sua viva voce.

«Sì, è possibile ed è un'ottima cosa. C'è solo un cinque per cento di probabilità che lei abbia problemi di deambulazione. E comunque, se dovesse succedere, non sarà nulla che una fisioterapia appropriata non possa correggere. È solo questione di allenare di nuovo il corpo ad accettare lo scambio di messaggi tra il cervello e le gambe.» Fa una pausa, respira. «Insomma, penso di poter affermare con fiducia che non resterà paralizzata.»

Callie abbandona la testa sul cuscino e chiude gli occhi. Nella stanza risuona un coro di «Grazie a Dio». È un uragano di sollievo.

Poi tutti restiamo in silenzio.

Perché udiamo il lamento.

È il suono di qualcuno che libera un dolore enorme, spaventoso. Ci voltiamo per vedere da dove viene.

Bonnie. È appoggiata contro la porta, con il viso rosso, le lacrime che schizzano letteralmente dagli occhi, i pugni sulla bocca. Si sforza di trattenere un vulcano di sofferenza che esige di uscire.

Sono scioccata, senza parole. Mi sento come se mi avessero spaccato il cuore con un rasoio.

Tra tutti noi, era la piccola Bonnie che temeva di più per Callie. Capisco perché, in un lampo di intuizione che rende ancora più schiacciante il dolore per quella povera bambina. Se Callie fosse rimasta paralizzata, agli occhi di Bonnie questo avrebbe voluto dire che Hillstead aveva vinto. E ora lei piange e urla per sua madre, per me, per Elaina, per Callie e per se stessa.

La voce di Callie attraversa la stanza come una freccia morbida. «Vieni qui, amore mio.»

Bonnie corre accanto al letto, le prende una mano, se la porta al viso e chiude gli occhi. Piange, con quella mano sulla guancia. È un pianto di gioia e di dolore allo stesso tempo.

Callie mormora parole di conforto, mentre tutti noi restiamo muti.

Non potremmo parlare neppure se volessimo.

Callie ha chiesto di restare sola con me per qualche minuto.

«Immagino» dice dopo un breve silenzio, «che ora tutti sappiano di me e Marilyn.»

Sorrido. «Direi proprio di sì.»

Callie sospira. Non mi sembra un sospiro di rimpianto. «Ah» dice. «Lei mi vuole bene, sai?»

«Lo so.»

«Ma non è per dirti questo che ti ho chiesto di restare.»

«Allora perché?»

«C'è una cosa che devo fare, e... non sono ancora pronta a farla con Marilyn. Forse non sarò mai pronta.»

La fisso, perplessa e curiosa. «Che cosa?»

Lei mi fa cenno di avvicinarmi. Vado a sedermi sul bordo del letto.

«Vieni più vicino» dice.

Mi afferra le braccia e mi tira accanto a sé, fino ad abbracciarmi.

Ci metto qualche secondo a capire. Poi chiudo gli occhi e l'abbraccio stretta.

Sta singhiozzando. In silenzio, ma con tutta l'anima.

La lascio piangere e non mi sento triste.

Non si tratta di quel tipo di lacrime.

Sono le cinque, e in ufficio siamo rimasti solo io e James. È un momento raro. Tutti i mostri per il momento sono stati messi a dormire. Possiamo uscire in orario. E io penso proprio di approfittarne.

Aspetto la stampata del mio rapporto. Uscirà l'ultima pagina, e sarà la conclusione del caso di Jack Junior, dopo tutto il sangue, la sofferenza, le vite spente prima del tempo.

Ma le cose che lui ha fatto, il modo in cui hanno colpito me e altri, avranno un'eco per anni a venire. Le ferite chiuse magari non fanno più male, ma le cicatrici sono sempre visibili. E a volte, nelle ore solitarie, prudono.

Come la cicatrice lasciata dalla morte di Keenan e Shantz.

«Ecco le mie note» dice James, facendomi sobbalzare. Le posa sulla mia scrivania.

«Grazie, ho quasi finito.»

Lui resta lì a guardare la stampante, insieme a me. Un altro momento raro: James e io che condividiamo un piacevole silenzio.

«Immagino che non lo sapremo mai» dice a un tratto.

«Immagino di no.»

Entrambi conosciamo il treno buio, perciò non c'è bisogno di specificare.

C'è stato qualcuno prima del padre di Peter Hillstead? Un nonno o un bisnonno assassino? Se fosse possibile seguire la traccia all'indietro, fino ai giorni in cui non esisteva una vera medicina legale, ci troveremmo davvero oltreoceano, in strade acciottolate illuminate da lampioni a gas?

Arriveremmo a un uomo con un bisturi lucente in mano e un cappello a cilindro in testa?

Riusciremmo a dare un volto a un terrore leggendario?

Probabilmente no.

Ma non lo sapremo mai per certo.

È la capacità di lasciare senza risposta domande come queste, di allontanarci da esse senza voltarci indietro, che ci permette di restare sani di mente.

L'ultima pagina esce dalla stampante.

EPILOGO

Ho fatto seppellire Annie accanto a Matt e ad Alexa. Così Bonnie e io potremo visitare insieme i nostri cari.

È una bella giornata, con quel sole californiano che piaceva tanto a mio padre, temperato da una brezza fresca che mantiene una temperatura piacevole.

L'erba nel cimitero non è stata ancora tagliata, e di tanto in tanto ondeggia, fitta e di un verde lucido. Guardando le lapidi che si estendono lontano, fin dove arriva l'occhio, mi sembra di essere sul fondo dell'oceano, dove tra le alghe emerge una fila dietro l'altra di navi fantasma.

Ci sono altri, vecchi e giovani, da soli o in gruppo, che si muovono tra le tombe. Sono venuti a trovare mogli, mariti, figli, fratelli e sorelle. Alcuni sono morti in pace, altri in modo violento. Altri ancora sono morti soli.

Alcune tombe non hanno visitatori. Sono vecchie e trascurate.

Anche se è pieno di ricordi di morte e di fantasmi, questo è un luogo pacifico. E oggi è un giorno perfetto.

Bonnie ha piantato fiori sulla tomba di sua madre. Si alza in piedi, scuotendo via la terra dalle mani.

«Hai finito, tesoro?» chiedo.

Mi guarda, annuisce. Sorride.

Elaina ha cominciato la chemioterapia. Alan viene ancora tutti i giorni al lavoro. Io ho accettato che ciò che succederà a entrambi è al di là del mio controllo. Posso soltanto star loro vicino volendogli bene.

James ha fatto rimettere nella tomba il cadavere di sua sorella. Leo ha un altro cane, un cucciolo di cui parla continuamente. Callie guarisce in fretta, e la permanenza in ospedale la rende sempre più insofferente. È un buon segno. Sua figlia va a trovarla spesso, e Callie sembra ormai aver accettato il titolo di nonna, seppure a denti stretti.

Tommy e io ci siamo visti ancora diverse volte, ma la prendiamo con calma. Bonnie lo trova simpatico. Vedremo cosa succederà.

Abbiamo scoperto che Peter Hillstead ha ucciso almeno dodici donne, in passato. Quasi tutti delitti perfetti. L'abbiamo saputo solo dai suoi diari. Prendeva nota di tutto, come suo padre. E come il padre sceglieva vittime di cui nessuno avrebbe notato la scomparsa, distruggendone i cadaveri quando aveva finito con loro. Non c'erano prove della loro morte, solo... ombre. Non sappiamo ancora con quali e quanti mostri Peter fosse in contatto, a parte quelli che già conosciamo. Anche questo è al di là del mio controllo, perciò non mi tormento. Ma se un giorno strisceranno fuori dalle loro tane, sarò pronta a schiacciarli.

Sembra che Robert Street conoscesse Hillstead da quasi tre anni, ma abbia partecipato solo agli ultimi due omicidi. Sinceramente, non mi interessa. La cosa importante è che Hillstead sia morto, e Street entrerà presto nel braccio della morte.

Hillstead usava la sua posizione di medico e terapista di fiducia dell'FBI per avere accesso ai dati del personale. Così ha scoperto la figlia di Callie. Il Bureau aveva effettuato un controllo completo sul passato di Callie e Marilyn non era sfuggita al loro scrutinio.

A volte Hillstead ci è sembrato onnipotente, con la sua abilità nello scoprire tutto su di noi. In realtà era solo intelligente e furbo.

Ma noi siamo stati più furbi di lui, una cosa di cui sono felice, ma di cui conosco anche il pericolo. La mia arroganza è un treno buio che può farmi precipitare in un burrone, se non sto attenta. Per il momento però non faccio nulla. Il drago è orgoglioso, dopotutto.

Gli Hillstead hanno scatenato tremende discussioni tra gli analisti dell'FBI. Si tratta di un profilo di serial killer finora sconosciuto, bla, bla, bla.

Secondo me Peter Hillstead non era tanto diverso da tutti gli altri serial killer che ho catturato. Ha commesso un errore, come tutti. Ed è stata Renee Parker, la sua prima vittima, a uscire dalla tomba per tirarlo sottoterra con lei. Questo in qualche modo mi dà molta soddisfazione.

I veri fantasmi, l'ho pensato spesso, sono le conseguenze delle nostre azioni. Le tracce che lasciamo durante il nostro passaggio nel tempo.

Le conseguenze possono tormentarci, danneggiarci, ma anche esaltarci ed essere fonte di conforto la notte. Non tutti i fantasmi piangono o urlano. Alcuni si limitano a sorridere.

Bonnie non parla ancora. Non grida nel sonno ogni notte, ma neppure dorme sempre tranquilla. È una bambina bella, intelligente e generosa. È anche un'artista, una pittrice. Dipinge cose belle e brutte, che per il momento rappresentano per lei il suo linguaggio.

Ormai abbiamo una routine sperimentata. Non è ancora un rapporto madre-figlia, ma facciamo progressi, e io non sono più terrorizzata dalla responsabilità. Applico la Prima Regola di Mamma e sarò felice di andare dovunque mi porterà.

I fantasmi di Matt e Alexa mi visitano in sogno, e sono un conforto. Non ho più gli incubi.

«Andiamo?»

Come risposta, Bonnie mi prende la mano.

Lei è muta, io sono sfregiata, ma è una bella giornata e il futuro non sembra più terribile. Io ho lei, lei ha me, e su questa base cresce l'amore.

E dall'amore, la vita.

Usciamo dal cimitero mano nella mano, sotto lo sguardo vigile dei nostri fantasmi.

Li sento sorridere.

Ringraziamenti

Ringrazio caldamente Diane O'Connell per i consigli editoriali e per i continui incoraggiamenti. Fredrica Friedman per i suoi inestimabili consigli. Liza e Havis Dawson per l'instancabile lavoro che hanno fatto a mio nome, compresa un po' di assistenza editoriale e un migliaio di altre cose. Bill Massey, il mio editor alla Bantam. Nick Sayers, il mio editor alla Hodder. Mia moglie, la mia famiglia e gli amici per aver sostenuto il mio desiderio di scrivere. E infine un grazie speciale a Stephen King per il suo libro *On Writing*. È stato il libro che ha fatto la differenza tra *pensare* di scrivere e *scrivere* sul serio.

L'agente Smoky Barrett
torna come protagonista in

Gli occhi del buio

e

Io confesso

PIEMME **BESTSELLER**

1. Michael Connelly, *Lame di luce*
2. Jennifer Weiner, *Buonanotte baby*
3. Ian Caldwell - Dustin Thomason, *Il codice del quattro*
4. Suad, *Bruciata viva*
5. Geronimo Stilton, *Barzellette al top*
6. Kate Mosse, *I codici del labirinto*
7. Jack Whyte, *Io Lancillotto. Il cavaliere di Artù*
8. Candace Bushnell, *Lipstick Jungle*
9. Greg Iles, *Il progetto Trinity*
10. Guido Cervo, *La legione invincibile*
11. Anna Guglielmi, *Il linguaggio segreto del corpo*
12. Carol O'Connell, *La giuria deve morire*
13. Lauren Weisberger, *Al diavolo piace Dolce*
14. Michael Connelly, *Il poeta*
15. Lou Marinoff, *Platone è meglio del Prozac*
16. Lolly Winston, *Cioccolata per due*
17. Anthony De Mello, *Messaggio per un'aquila che si crede un pollo*
18. Fernando S. Llobera, *Il circolo di Cambridge*
19. Yann Martel, *Vita di Pi*
20. Sherry Argov, *Falli soffrire*
21. Michael Connelly, *La bionda di cemento*
22. Isabelle Filliozat, *Le emozioni dei bambini*
23. Robert Crais, *Il mercante di corpi*
24. Gordon Russell, *Il grande gladiatore*
25. Joanna Briscoe, *Vieni a letto con me*
26. Hernán Huarache Mamani, *Negli occhi dello sciamano*
27. Michael Connelly, *La memoria del topo*
28. Lauren Weisberger, *Il diavolo veste Prada*
29. Conn Iggulden, *Le porte di Roma*
30. Candace Robb, *La taverna delle ombre*
31. Graham Hancock, *Il mistero del sacro Graal*
32. Guido Cervo, *L'onore di Roma*
33. Alberto Ongaro, *La taverna del Doge Loredan*
34. Robert Eisenman - Michael Wise, *Manoscritti segreti di Qumran*
35. Dennis Lehane, *La casa buia. Gone Baby Gone*
36. Anthony Flacco, *La danzatrice bambina*
37. Valeria Montaldi, *Il mercante di lana*
38. Michael Connelly, *Musica dura*
39. Amanda Eyre Ward, *Non voltarti*
40. Jack Whyte, *Io Lancillotto. Il marchio di Merlino*
41. Emily Giffin, *Piccole confusioni di letto*

42. Trudi Birger, *Ho sognato la cioccolata per anni*
43. Corine Sombrun, *Il canto della sciamana*
44. Marcia Grad Powers, *La principessa che credeva nelle favole*
45. Andreas Beck, *La fine dei Templari*
46. Michael Crane, *La setta di Lazzaro*
47. Zecharia Sitchin, *L'altra Genesi*
48. Michael Connelly, *Ghiaccio nero*
49. Patrick Fogli, *L'ultima estate di innocenza*
50. Jennifer Weiner, *Brava a letto*
51. David Anthony Durham, *Annibale*
52. Gilles Paris, *Autobiografia di una zucchina*
53. Leila, *Murata viva*
54. Mohsin Hamid, *Nero Pakistan*
55. Michael Connelly, *Il buio oltre la notte*
56. Dalila Di Lazzaro, *Il mio cielo. La mia lotta contro il dolore*
57. Joseph Thornborn, *Il quarto segreto*
58. Lou Marinoff, *Le pillole di Aristotele*
59. Leah Stewart, *Caffè con panna*
60. Guido Cervo, *Il legato romano*
61. Antonio Socci, *Mistero Medjugorje*
62. Polly Williams, *Vita bassa e tacchi a spillo*
63. Marco Bettini, *Pentito. Una storia di mafia*
64. Claudio Paglieri, *Domenica nera*
65. David Camus, *Il cavaliere della Vera Croce*
66. Tiziana Merani, *Devo comprare un mastino*
67. Steve Nakamoto, *Gli uomini sono pesci*
68. Donya al-Nahi, *Nessuno avrà i miei figli*
69. Michael Connelly, *Debito di sangue*
70. Susan Jane Gilman, *Ragazze non troppo perbene*
71. Lionel Shriver, *Dobbiamo parlare di Kevin*
72. Eric Giacometti - Jacques Ravenne, *Il rituale dell'ombra*
73. Candace Bushnell, *New York Sexy*
74. Greg Iles, *La regola del buio*
75. Jack Whyte, *Io Lancillotto. Il destino di Camelot*
76. Diaryatou, *La schiava bambina*
77. Robert Eisenman, *Giacomo il fratello di Gesù*
78. Michael Connelly, *Utente sconosciuto*
79. Conn Iggulden, *Il soldato di Roma*
80. Siba Shakib, *Afghanistan dove Dio viene solo per piangere*
81. Robert Crais, *La prova*
82. Debra Dean, *Le madonne dell'Ermitage*
83. Hyok Kang, *La rondine fuggita dal paradiso*
84. Massimo Polidoro, *Etica criminale. Fatti della banda Vallanzasca*
85. Isabelle Filliozat, *Fidati di te. Migliora l'autostima per essere a tuo agio sempre*
86. Valeria Montaldi, *Il signore del falco*
87. Hernán Huarache Mamani, *La profezia della curandera*

88. Michael Connelly, *Il ragno*
89. Anosh Irani, *Il bambino con i petali in tasca*
90. Marco Salvador, *Il longobardo*
91. Elizabeth Buchan, *La rivincita della donna matura*
92. Candace Robb, *Il saio nero*
93. Guido Cervo, *Il segno di Attila*
94. Carol O'Connell, *La bambina di casa Winter*
95. Alberto Ongaro, *Il ponte della solita ora*
96. J.R. Moehringer, *Il bar delle grandi speranze*
97. Michael Connelly, *L'ombra del coyote*
98. Ugo Barbàra, *Il corruttore*
99. Harold G. Moore - Joseph L. Galloway, *Eravamo giovani in Vietnam*
100. Carla Maria Russo, *La sposa normanna*
101. Vauro Senesi, *Kualid che non riusciva a sognare*
102. Jennifer Weiner, *A letto con Maggie*
103. Jack Whyte, *Io Lancillotto. Il sogno di Ginevra*
104. Jacqueline Pascarl, *La principessa schiava*
105. Toby Young, *Un alieno a Vanity Fair*
106. Thomas Healy, *Ti presento Martin*
107. Guido Cervo, *Le mura di Adrianopoli*
108. James D. Tabor, *La dinastia di Gesù*
109. Emily Giffin, *A prova di baby*
110. Kathleen McGowan, *Il vangelo di Maria Maddalena*
111. Aline Baldinger-Achour, *Le grandi religioni spiegate ai miei figli*
112. Robert Crais, *L.A. killer*
113. Gianni Palagonia, *Il silenzio*
114. Jonathan Kwitny, *L'uomo del secolo*
115. Clare Sambrook, *Harry non ha paura*
116. Patrick Fogli, *Lentamente prima di morire*
117. Michael Connelly, *La città delle ossa*
118. Franco Scaglia, *L'oro di Mosè*
119. Joseph Thornborn, *L'ultima rivelazione*
120. Zecharia Sitchin, *Spedizioni nell'altro passato*
121. Lolly Winston, *Felicità senza zucchero*
122. Jack Whyte, *Saint-Clair. I custodi del codice*
123. Michel Benoît, *Il tredicesimo apostolo*
124. Conn Iggulden, *Cesare padrone di Roma*
125. Dinaw Mengestu, *Le cose che porta il cielo*
126. George Pelecanos, *Il giardiniere notturno*
127. Amy Scheibe, *A spasso con Jennifer*
128. Gordon Russell, *La notte del gladiatore*
129. Hamida Ghafour, *Il paese di polvere e di vento*
130. Laura Fitzgerald, *Colazione da Starbucks*
131. Bob Berkowitz, *La nuda verità*
132. Tony Sloane, *Legionario*
133. Justine, *Ho deciso di non mangiare più*

134. Conn Iggulden, *La caduta dell'aquila*
135. Andrew Crofts, *Il fabbricante di sogni*
136. Alexandra Ripley, *Rossella*
137. Claudio Paglieri, *Il vicolo delle cause perse*
138. Susan Jane Gilman, *Non volevo il vestito bianco*
139. Deborah Rodriguez, *La parrucchiera di Kabul*
140. Jim Dwyer - Kevin Flynn, *102 minuti*
141. Michael Connelly, *Vuoto di luna*
142. Els Quaegebeur, *Io sono l'altra*
143. Harry Bernstein, *Il muro invisibile*
144. Ariana Franklin, *La signora dell'arte della morte*
145. Lesley Downer, *L'ultima concubina*
146. Dalila Di Lazzaro, *L'angelo della mia vita*
147. Daoud Hari, *Il traduttore del silenzio*
148. Richard Maun, *Il mio capo è un bastardo*
149. Jack Whyte, *La pietra del cielo*
150. Khaled Hosseini, *Il cacciatore di aquiloni*
151. Candace Robb, *La mano del traditore*
152. Siba Shakib, *La bambina che non esisteva*
153. Carol O'Connell, *Susan a faccia in giù nella neve*
154. Dalia Sofer, *La città delle rose*
155. Jo Nesbø, *Il pettirosso*
156. Pascal Khoo Thwe, *Il ragazzo che parlava col vento*
157. Carlo Maria Martini, *Le tenebre e la luce*
158. Jennifer Weiner, *Letto a tre piazze*
159. Guido Cervo, *Il centurione di Augusto*
160. Kate Jacobs, *Le amiche del venerdì sera*
161. Michael Connelly, *Il poeta è tornato*
162. Anthony De Mello, *Istruzioni di volo per aquile e polli*
163. Syrie James, *Il diario perduto di Jane Austen*
164. Zecharia Sitchin, *Il giorno degli dei*
165. Jacqueline Pascarl, *Solo per i miei figli*
166. Khalil Gibran, *Quando l'amore chiama, seguilo*
167. Randa Jarrar, *La collezionista di storie*
168. Jack Whyte, *La spada che canta*
169. Candace Bushnell, *Bionde a pezzi*
170. Malika Bellaribi, *La bambina con i sandali bianchi*
171. Alfredo Colitto, *Cuore di ferro*
172. Jennifer Weiner, *Certe ragazze*
173. Emma La Spina, *Il suono di mille silenzi*
174. Polly Williams, *Le brave ragazze combinano guai*
175. Carla Maria Russo, *L'amante del Doge*
176. Christel Martin, *Madre di diecimila figli*
177. Vittorio Messori - Andrea Tornielli, *Perché credo*
178. Conn Iggulden, *Il figlio della steppa*
179. Mark Kurzem, *Il bambino senza nome*

180. Laurie Notaro, *Il club delle poche ma buone*
181. Rebecca Stott, *Il codice di Newton*
182. Alan Drew, *Nei giardini d'acqua*
183. Sara Yalda, *Il paese delle stelle nascoste*
184. Thierry Cohen, *Non lasciarmi andare*
185. Cody McFadyen, *L'ombra*
186. Sarah Bilston, *Letto & biscotti*
187. Saverio Gaeta, *Medjugorje. È tutto vero*
188. Marco Polillo, *Testimone invisibile*
189. James A. Levine, *Il quaderno azzurro*
190. Dennis Lehane, *Mystic River. La morte non dimentica*
191. Neil Sheehan, *Vietnam. Una sporca bugia*
192. Titania Hardie, *Il labirinto della rosa*

Per l'elenco completo
e per maggiori informazioni,
visita il sito: www.piemmebestseller.it